ein Ullstein Buch

Von der gleichen Autorin
in der Reihe der
Ullstein Bücher:

Manches Jahr bin ich gewandert (307)
Der Wind ist mein Kleid (389)
Wo die Berge jung sind (413/414)
Eine Winterliebe (491)
Wirf einen Schatten nur (521)
Zwischen zwei Sonnen (3036)

Han Suyin

Alle Herrlichkeit auf Erden

ein Ullstein Buch

Ullstein Buch Nr. 280
im Verlag Ullstein GmbH,
Frankfurt/M – Berlin – Wien
Titel der englischen Originalausgabe
»A Many-Splendoured Thing«
Übersetzung von Isabella Nadolny

Ungekürzte Ausgabe

Umschlagentwurf: Heinz Kröhl

Mit Genehmigung des
Holle Verlages GmbH, Baden-Baden
Printed in Germany 1974
Gesamtherstellung:
Ebner, Ulm/Donau
ISBN 3 548 02280 4

VORREDE

April

»Wirst du ein Buch über mich schreiben?« fragte Mark. Wir lagen selig entspannt im langen Gras am Hang in der heißen Sonne. Über uns erstreckte sich ein weiter Himmel bis zum offenen Horizont. Rundherum Granitfelsen, Gras, Farn und Zwergmyrte. Unterhalb des Hügels lag das Meer, blau gekräuselt und ohne ein einziges Segel im endlosen Frühlingsnachmittag. Wir sprachen geruhsam, mit Abstand zu uns selbst, sorgfältig erwogene Worte, sprachen über die Dinge, an die zu denken gerade jetzt nicht mehr schmerzte. Klar und ohne Vorbehalte unterhielten wir uns über Abschied und Trennung, über den Zerfall unserer Welt in Stücke, die nie wieder zusammenzufügen waren. Unsere Stimmen waren so körper- und schwerelos, wie sie es nur nach einer solchen Liebesstunde sein können.

»Vielleicht, daß ich etwas über dich schreibe«, erwiderte ich. »Aber nicht jetzt. Jetzt bin ich viel zu glücklich, daß ich lebe und mich eins mit dir fühle. Vielleicht, wenn du mich einmal verläßt und ich dann darüber traurig bin, oder aus irgendeinem anderen Grund – dann werde ich ein Buch über dich schreiben.«

»Aus was für einem anderen Grund denn auch noch?« fragte Mark.

»Des täglichen Brotes wegen. Dafür könnte ich meine Liebe jederzeit verkaufen. Die Schale Reis ist für mich der zwingendste Grund auf der Welt, um irgend etwas zu tun. Ein Stück meiner Seele für die Massen – und Reis und Wein zum Tausch: das ist für mich keine Entweihung.«

»Wenn du heiße Leidenschaft auf den Markt bringen willst, Liebste«, sagte Mark und zog mit dem Finger meine Augenbrauen nach, »dann mach schnell, bevor alles vergessen ist – dir ist doch der Einbalsamierungsgeruch alter Erinnerungen ohnehin so sehr zuwider.«

»Eben darum täte ich's ja. Ich werde alle alten Erinnerungen ausgraben – ich bin von Geburt respektlos. Und ich werde es tun, bevor deine Liebe sich von mir zurückzieht wie das Meer bei Ebbe und das nasse Ufer von lauter Nichtigkeiten bedeckt zurückläßt – bevor der unbekümmerte Körper die Wunde geheilt hat, die du mir dann geschlagen hast, bevor der Klang der Worte verfälscht ist, die wir füreinander gebraucht haben; bevor ich kratzen muß, um die Narben des Kummers und des Entzückens wieder zum Bluten zu bringen. Ich werde sagen, daß wir uns so liebten wie alle Liebenden und bestrebt waren, uns von den kleinen Widrigkeiten des Alltags nicht unterkriegen zu lassen. Und wie es dann doch geschah, ohne daß wir es merkten. Genauso wie alle anderen. Denn schließlich sind wir nicht mehr und nicht weniger als alle anderen – flüchtig und unvollkommen Liebende in einer Welt ewiger Unbeständigkeit.«

»Wie du reden kannst«, sagte Mark. »Glaubst du wirklich, andere Leute haben aneinander ebensoviel Glück und Freude gehabt wie wir? Glaubst du wirklich, daß gerade unsere Liebe nicht von Dauer sein wird? Ich glaube es nicht.« Er sah sich um, als suchte er eine Bestätigung. Aber da waren nur Myrte und langes Gras, Hügelabhang und Meer und wir beide tief vergoldet vom langen Sonnenbad.

»Liebster, auch häßliche Leute mit dicken Bäuchen glauben, daß sie genauso lieben wie wir und ebenfalls für immer. Das ist die Illusion aller Liebenden, sich für einzigartig zu halten, und ihre Worte für unsterblich.« Mark meinte: »Das ist zwar eine Illusion, aber es ist die einzige Wahrheit, die wir beide besitzen – so wollen wir sie genießen, solange wir es können. Denn schließlich, Liebste, haben wir nur wenig Zeit – nur wenig Zeit, uns zu lieben.«

Das waren die einzig aufrichtigen Worte, die wir an jenem Nachmittag zueinander sprachen.

ERSTER TEIL

AUFBRUCH

AUSZUG AUS CHINA

März

Mrs. Parrish zupft sich ihr neues Seidenkleid über den Hüften glatt und äußert sich anerkennend. »Sie werden schlanker, zweifellos«, sagt Mrs. Thrale und häkelt weiter. »Das verdankt sie Ihnen, Doktorin.«

»Um so etwas wie Sie, Doktorin, habe ich Gott schon immer gebeten«, nickt Helen Parrish und dreht sich vor dem hohen Spiegel, um ihren Rücken betrachten zu können. Die drei Wochen Diät haben wahre Wunder gewirkt. Ihr Mann, Alf, kommt von der Mission in Hankau und kann jeden Tag in Hongkong eintreffen. Die Kommunisten rücken von Osten und Norden heran. Jede Stadt fällt ihnen widerstandslos zu, ganze Armeen ergeben sich samt ihren Generälen. Auch Hankau wird fallen.

Helen Parrish meint, daß ihr Mann sicher nicht in Hankau bleiben könne, wenn die Kommunisten die Schule übernehmen, an der er lehrt. Sie und die Kinder sind schon vor vier Monaten nach Hongkong gekommen. Und hier bei dem üppigen Essen, dem Eiskrem, dem Mangel an Bewegung hat sie zwanzig Pfund zugenommen. Sie war ein bißchen verzweifelt darüber, bis ich im Februar im Missionshaus erschien, frisch aus England kommend, wo ich gerade mein Medizinstudium beendet hatte. Wochenlang stand ich bei den Mahlzeiten neben ihr und schwenkte eine Liste verbotener Genüsse vor ihrer Nase. »Wie gut, daß Sie noch ein Weilchen im Gästehaus bleiben«, sagt sie. »Es ist so beruhigend, eine Ärztin zur Hand zu wissen – zumal, wenn man Kinder hat.«

Mary Fairfield strickt, ihre blassen Lippen bewegen sich rasch und zählen die Maschen. Heute morgen, nach einem langen, ernsthaften Gebet, hat Gott ihr eröffnet, daß sie mit ihren Kindern nach China zurück müsse. »Sie werden von den Kommunisten ›befreit‹ werden«, meint Helen Parrish, »ich fürchte, das wird nicht gut für Sie und die Kinder ausgehen.« Aber für Mary Fairfield wie für so viele andere Missionare ist China der fruchtbare Acker, das auserwählte Land, um dort das Wort Gottes auszusäen und zu verbreiten. In dieser dunklen Stunde der Gefahr muß mehr denn je Propaganda für die Heilsbotschaft gemacht werden. »Schon meine Eltern waren Missionare in China. Dort bin ich geboren, dort habe ich meine Kindheit verlebt. Meine Kinder sind dort geboren. Ein Leben ohne China kann ich mir gar nicht vorstellen.«

Mrs. Thrale, die nicht strickt, ist auch traurig, aber aus anderen Gründen. Sie ist noch nicht lange Missionarin. Die Thrales sind erst vor kurzem aus Amerika gekommen und hatten gerade ihr Haus möbliert – da wurde die Stadt bedroht, und sie reisten nach Hongkong ab. »Ach, Sie hätten die Vorhänge in meinem Schlafzimmer sehen sollen: Gelber Chintz mit einem Maiglöckchenmuster. Mir bricht das Herz, wenn ich an all unsere Möbel denke, die wir verkaufen mußten. Ich bin sicher – Gott will, daß wir eines Tages dorthin zurückkehren.«

Mrs. Jones ist Engländerin. Sie gehört mit zu dieser Gruppe, die hier in Helen Parrishs Schlafzimmer zusammensitzt, strickt und plaudert. Aber wenn wir alle zusammen sind, spricht sie wenig. In der ersten Woche im Gästehaus der Mission schliefen wir gemeinsam in einem Zimmer und flüsterten in der Nacht, wenn wir nebeneinander in unseren eisernen Betten lagen. Das war, bevor ich ins Souterrain zog. »Henry und ich sind nicht einer Meinung. Er möchte in China bleiben.« Wenn er abreist, wird er bei der Mission kündigen und sich einen Beruf in England suchen müssen. Er war lange fort von zu Hause und weiß nicht recht, wo man beim Stellungsuchen überhaupt anfängt. Mrs. Jones hat Angst – sie ist keine Heldennatur. »Wenn Henry Missionsarzt wäre, würden die Kommunisten ihn ruhig weiterarbeiten lassen. Aber er ist Evangelist. Er druckt Traktate und verteilt sie. Ihn werden sie gleich festnehmen.«

In der ersten Angst vor der anrückenden Armee sind viele Missionarsfamilien nach Hongkong geflüchtet. Wenn sie erst hier sind, läßt ihre Furcht nach, und sie wollen wieder zurück. Kaum einer möchte heim nach England oder Amerika. Viele von ihnen sind schon in der zweiten Generation Missionare in China. Ihre Eltern haben den Heiden das Wort Gottes verkündet – und nun soll dieses schöne Land an die Heiden zurückfallen? War es ihnen nach so vielen Jahren harter Arbeit etwa doch nicht gelungen, die chinesische Seele für das Christentum zu gewinnen? »Ich liebe China. Ich habe das chinesische Volk immer geliebt. Mein China, mein geliebtes China«, sagen sie. »Ich kann es einfach nicht fassen, daß so viele Leute zu den Kommunisten überlaufen. Sogar manche der besten Christen. Dabei habe ich die Leute gekannt wie mich selbst – ich kann nicht verstehen, was mit ihnen los ist.« Das Gästehaus der Mission, ein rechteckiges gelbes

Gebäude, dessen Front zwei Reihen Fenster mit grünen Jalousien zeigt, liegt dem Botanischen Garten in Hongkong gegenüber. Die Diele mit den Rodangstühlen um das weiße Kanapee, den Zimmerpalmen, dem dunkelpolierten Fußboden und den cremefarbenen Wänden vereint Einfachheit und Schäbigkeit in dem mißglückten Versuch, ein gemütliches Heim vorzutäuschen. In den Jahren 1949 und 1950 ist es ständig von Missionaren aus China belegt, meistens sind es Amerikaner, aber auch einige Engländer und chinesische Pfarrer. Nicht-Missionare dürfen nur wenige Tage bleiben. Der Aufenthalt kostet sechzehn Dollars oder ein englisches Pfund pro Tag für Wohnung und Verpflegung. Das Haus hat moderne sanitäre Einrichtungen; zwar gibt es kein fließendes heißes Wasser, aber es stehen jedem Erwachsenen täglich zwei Eimer davon zum Baden zur Verfügung. Während ich dort war, kamen durchschnittlich fünf Menschen auf jeden Raum.

»Die Haushälterin lungert schon wieder hier herum«, sagte Helen Parrish nach einem kurzen Blick aus der Schlafzimmertür. »Die ›Capsicum‹ ist gerade eingelaufen. Bestimmt sind wieder viele unserer Leute an Bord. Ich bin gespannt, wie viele sie noch hier in die Zimmer packen.« »Ich finde es einfach unfair, so viele Leute hier wohnen zu lassen, die gar nicht Missionare sind. Schließlich ist das hier ein Missionshaus. Sie meine ich nicht, Doktorin, Sie wohnen ja sowieso im Keller.«

Mitten in diesem Austausch von Bemerkungen, dem ich schweigend folge, erscheint die Haushälterin in der Tür. Sanft und schüchtern nimmt sie ihre Zuflucht zur Pantomime, wenn sie sich genauer verständlich machen will. Ihre Züge wechseln den ganzen Tag, um jeweils Sorge, Vergnügen, Überraschung, Interesse, Erstaunen oder Freude zu unterstreichen. Rasch und mit vollendeter Leichtigkeit wechselt sie von einer Gefühlsregung ins genaue Gegenteil. Sie berührt kaum den Boden, es scheint, als schwebe sie zwei Zoll darüber. Ein Lächeln liegt meist auf ihren Lippen. Da steht sie, mit diesem Lächeln, in Helen Parrishs Schlafzimmer. Sie strahlt uns an, dann verzieht sich ihr Gesicht und zeigt Qual, so daß Mary Fairfield erschrocken eine Masche fallen läßt. »Es tut mir leid«, flüstert die Haushälterin, »meine liebe Mrs. Fairfield, aber leider müssen wir — es geht nicht anders — einen kleinen Jungen mit seiner Mutter noch in Ihr Zimmer legen. Ein sehr, sehr lieber kleiner Junge übrigens, ein reizendes Kind«, schmeichelt sie, und ihr Gesicht verrät begeisterte Zuneigung für den sehr, sehr lieben kleinen Jungen. »Nun« — Mary Fairfield kämpft nur allzu sichtbar zwischen christlicher Nächstenliebe und Widerwillen — »natürlich käme ich gar nicht auf den Gedanken, es abzulehnen. Wir müssen uns ja bei dieser Überfüllung alle gegenseitig helfen. Suzie und Claire sind allerdings böse erkältet, und ich weiß nicht – ich weiß wirklich nicht, ob es vernünftig ist, noch ein Kind hier ins Zimmer zu legen. Außerdem kann jeden Tag mein Mann eintreffen. Dem Baby geht's auch nicht gut, wissen Sie. Es können die Masern sein. Keuchhusten und Lungenentzündung hat es ja gehabt, aber die Masern noch nicht. Ich habe heute schon viermal gemessen. Ich meine, ein Klistier ist vielleicht gut. Es ist wunderbar, wie manchmal ein Klistier die Temperatur bei einem Kleinkind herunterdrückt – nicht wahr, Doktorin?«

Ich erkläre: »Kein Klistier!«

Mrs. Jones, Mrs. Thrale und Mrs. Parrish sind blind für die bittenden Grimassen der Haushälterin. Wir denken alle an die Wasserversorgung. Noch mehr Leute, noch weniger Wasser – oder noch kälteres Wasser. Pläne schießen uns durch den Kopf. Man müßte eine halbe Stunde früher aufstehen, oder vielleicht wäre es gut, dem Boy ein Trinkgeld zu geben ... Hongkong ist überfüllt. Es sind zweieinhalb mal mehr Menschen in der Stadt als voriges Jahr. Und jeden Tag kommen neue, mit der Bahn, mit dem Schiff, mit dem Flugzeug oder zu Fuß über die Grenze. Es ist unmöglich, irgendwo noch Quartier zu finden, ohne eine Menge Geld dafür auszugeben. Bevor man die Nase in so ein Zimmer stecken darf, muß man Schlüsselgeld, Handgeld, Treppengeld, Freundschaftsgeld zahlen. Natürlich gibt es auch noch das Möbelgeld für nicht vorhandene Möbel und nicht zuletzt die wahnwitzig hohe Miete. Und jede dieser Ausgaben bedeutet ein kleines Vermögen in Hongkong-Dollars – sechzehn davon sind ein englisches Pfund – für die Vermittler, ohne die man überhaupt kein Zimmer bekommt.

Ich bin kein Missionar, darf aber im Gästehaus der Mission wohnen – das ist ein Zugeständnis an die Gesundheitsbehörden, denen ich unterstehe. Mein Gehalt wird jedoch nach den ortsüblichen chinesischen Sätzen berechnet, obgleich ich im Gästehaus nach europäischem (oder fast europäischem) Standard lebe. Das Gehalt genügt nicht zum Wohnen und Essen für mich und meine Tochter – geschweige denn für sonstige Ausgaben. Und doch kann man es nicht aufbessern, denn es enthält bereits die höchste Aufwandsentschädigung, die ich als Witwe mit einem Kind in Hongkong zu beanspruchen habe. Schon im zweiten Monat mache ich Schulden. Mabel Chow, die Empfangsdame im Gästehaus, und Lucy Koo, eine Lehrerin, helfen mir. Mabel sitzt in der Halle, liest die Zeitung, gibt den Leuten falsche Auskünfte über die Lage von Straßen und Läden und spielt den Dolmetscher für jene Missionare, die den Dialekt nicht verstehen können. »Sie sprechen kein Chinesisch«, erklärt sie mir am zweiten Tag nach meiner Ankunft im Gästehaus.

»Aber freilich doch!« Ich schaue auf die ein Meter fünfzig große Mabel herunter, die schon sechs Kinder hat – das siebente ist ziemlich sichtbar unterwegs unter ihrem engen, chinesischen Gewand. »Ich spreche bloß nicht den kantonesischen Dialekt, weil ich aus dem Norden bin.«

»Ah, aus Shanghai!« sagt sie.

»Nein, nicht aus Shanghai. Shanghai ist für mich nicht Nordchina. Ich bin aus Peking.«

»Für uns Kantonesen«, sagt Mabel, »der ganze Norden ist Shanghai. Hier nur Kantonesisch ist Chinesisch. Wir sprechen nicht nördlichen Dialekt, also chinesisch sprechen Sie nicht.«

Nach diesen Erläuterungen werden wir Freunde, und Mabel weiß bald über meine finanziellen Sorgen Bescheid. Und sie hilft.

»Heute habe ich mit Mrs. Koo über Sie gesprochen«, verkündet sie eines Tages. »Mrs. Koo sagt, sie nimmt Sie mit in ihr Zimmer. Sie ist alte Freundin von Manager. Sie zahlen nur die Hälfte.«

»Aber Mrs. Koo kennt mich doch gar nicht.«

»Sie kennt Sie nicht, aber sie mag Sie gern trotzdem.«

Am Abend treffe ich Lucy Koo. Für eine Kantonesin ist sie sehr groß, etwas gebeugt, eine Witwe, die zwei Kinder zu erhalten hat. Sie ist Lehrerin an der Schule und bewohnt ein kaltes und ziemlich feuchtes Kellergelaß. Sie lebt seit Jahren hier im Gästehaus. Ihr Mann, ein protestantischer chinesischer Pfarrer, ist im Japanischen Krieg gefallen. Lucy Koo ist fromm, aber sie macht nie den Versuch, mich zu bekehren. Wir haben nur eins gemeinsam: Unsere Witwenschaft, unsere Kinder und unsere Armut.

»Sie und Ihre Tochter können zu mir ins Zimmer ziehen, zu mir, meinen beiden Kindern und meinem Hund Soosee. Ich hoffe, es ist Ihnen recht.« Es ist mir sehr recht. Lucy hat ausgemacht, daß ich nur den halben Preis zu zahlen brauche – so komme ich finanziell allmählich wieder zurecht. Das ist sehr wichtig für mich, denn die Überfahrt von England hat mein ganzes Geld verschlungen.

Und so bleibe ich vier Monate im Gästehaus, bis ich im Juni ins Krankenhaus umziehen kann. Bis dahin fahre ich täglich mit dem Autobus ins Krankenhaus und kehre abends zurück in Lucy Koos Schlafzimmer. Meine neunjährige Tochter geht in eine chinesische Schule. Sie fängt an, ihr Englisch zu vergessen, und lernt dafür Kantonesisch.

Während dieser vier Monate treffe ich unendlich viele aus China kommende Missionare. Ich hatte gar nicht geahnt, daß es so viele überhaupt gibt. »Den Auszug aus Ägypten«, nennen sie es im Scherz. Und so sieht es auch tatsächlich aus.

DAS REICH GOTTES

März

Ich hatte mir Missionare immer als »Menschen höherer Ordnung« im konfuzianischen Sinne vorgestellt. Ich meinte, ihr Vorrat an Güte, Wohlwollen und Wissen müsse größer sein als der durchschnittlicher Menschen. Mit großer Erleichterung stellte ich fest, daß sie ganz gewöhnliche Leute waren, wohlmeinend, schwer arbeitend, weder weiser noch immer duldsamer als andere. Ihr Beruf war es, Gottes Wort zu lehren, wie es der meine war, die Menschen zu heilen. Und dabei glaube ich, daß sie und wir uns manchmal so weit versteigen, dabei von einer Berufung zu sprechen. Wie alle normalen Menschen vom gesunden Egoismus interessieren sie sich in erster Linie für ihre Familien, für ihre Kinder, ihr Heim, ihre Sicherheit, ihre Lebensversicherungspolice, ihre Gehälter, Pensionen und ihren Urlaub.

In den ersten Monaten des Jahres 1949 waren sie verwirrt, erstaunt und empört. Was da in China geschah, kam ihnen unerwartet. Einige stellten die Behauptung auf, es handle sich um eine vorübergehende Phase von Gewalttaten, ähnlich jenen früheren Ausbrüchen von Fremdenhaß, wie sie von Zeit zu Zeit in China aufflammen. Andere neigten eher zu der Ansicht, die Kuomintang-Regierung werde standhalten und am Ende noch siegen, »wenn sie erst die Reformen durchführt, statt sie nur zu verkünden«. Die Tatsache, daß die Chiang Kai-sheks Christen waren, schien ihnen Garantie genug, daß die Kuomintang-Regierung doch noch andere Saiten aufziehen könne und daß dann wieder alles gut werden würde.

Vielleicht blieben gerade diejenigen, die die in China vor sich gehende unaufhaltsame Umwälzung tatsächlich begriffen, so lange dort, bis es nicht mehr länger ging. Ich war jedenfalls wenig beeindruckt von dem Verständnis, das die nach Hongkong Gekommenen für die Ereignisse zeigten. Sie waren mir etwas zu verwirrt und zu beleidigt. Es ging zu wie bei einer unerwiderten Liebe. »Seht, was sie uns da jetzt antun, nach allem, was wir für sie getan haben«, so sprachen sie.

Wie schwierig muß es sein, Missionar zu werden! Um andere zu überzeugen, muß man völlig von der Vortrefflichkeit des eigenen Glaubensschemas durchdrungen sein. Mit der Vorstellung, die höhere Wahrheit, die bessere Erklärung für das geistige Leben zu besitzen, scheint ein Verstehen, ein Dulden, ein Verzeihen unvereinbar zu sein. In Hongkong gab es zwei Typen von Missionaren. Die einen, die noch nicht lange in China lebten, waren noch in dem Fanatismus ihrer konfessionellen Enge befangen. Sie verbreiteten stets das schweflige Aroma des Höllenfeuers, zu dem die Heidenseelen in alle Ewigkeit verdammt waren. Sie waren intolerant und bigott. Sie weideten sich an der Möglichkeit des Märtyrertums und nahmen den Druck, der sich gegen sie richtete, als persönliche Verfolgung. Aber das waren wenige. Die anderen - der größere Teil - waren außerordentlich liebenswert durch ihre Menschlichkeit, ihre Duldsamkeit und eine gute Portion Humor. Nach und nach und ohne allzu große Schwierigkeiten hatten sie den Glauben an die unbedingte Unfehlbarkeit ihres Dogmas zusammen mit den zündenden Aspekten der Gottheit über Bord geworfen. Sie bekannten sich zu ihr, interessierten sich nun aber weit mehr für die praktischen und sozialen Seiten des Christentums. Da sie human gesonnen waren, wurde das Errichten von Krankenhäusern und Schulen ihre Religion. Sie gründeten christliche Vereine und nahmen sich der Verwahrlosten und Verlassenen an. Dennoch hatte sie das Geschehene am meisten verletzt, denn sie hatten ihre Tätigkeit selbstlos und hingebungsvoll ausgeübt und fragten sich nun: »Was geschieht mit unseren christlichen Gemeinden? Viele Christen sind zu dem neuen Regime übergelaufen, einige noch nicht. Werden die, die Widerstand leisten, Verfolgungen ausgesetzt sein? Was wird aus unseren Kirchen, unseren Krankenhäusern und Schulen?« Sie hatten China helfen wollen. Und sie mußten erfahren, daß man ihnen unlautere Motive unterschob, daß man ihre Bemühungen um Eintracht und Verständnis mißverstand. China stieß sie aus.

Ein dicker, lustiger Mann, dessen Namen ich nie erfuhr, sprach eines Abends über all diese Dinge mit mir. Auf der Durchreise nach Amerika wohnte er für acht Tage im Gästehaus. Er hatte die muntere, christlich joviale Art des extrovertierten Predigers. Es stellte sich heraus, daß er jahrelang Missionar gewesen war, bevor er Experte für landwirtschaftliche Fragen wurde.

»Wie viele haben Sie wirklich bekehrt?« fragte ich ihn. »Ich meine, echt bekehrt?«

»Einen, glaube ich. Die anderen waren Reis-Christen oder waren zu leicht zu bekehren.«

Der runde, lustige Mann war sehr froh, zu jemanden sprechen zu können, der zuzuhören verstand, und ich bin eine gute Zuhörerin. »Ich finde«, sagte er, »daß wir doch über die eigentliche Art Ihres Volkes überhaupt nicht Bescheid wissen, obgleich viele von uns chinesisch können und manche sich sogar so etwas wie ein intellektuelles Wissen von China erwerben. Wir ahnen niemals, welche Reaktionen wir hervorrufen. Schon durch die Tatsache unserer Ausbildung zu Missionaren ist uns das versagt, was Sie auf chinesisch ein ›verständnisvolles Herz‹ nennen würden.«

Ich widersprach. »Es ist das eine Frage der Sprache, glaube ich. Sie sind zu sehr davon überzeugt, daß alle Leute das gleiche meinen, wenn sie die gleichen Worte gebrauchen.«

Er nickte. »Vielleicht. Ich habe sehr früh herausgefunden, daß ich selber nicht wußte, was ich mit ›Gott‹ und ›Gottes Wort‹ eigentlich meinte. Ich wußte es, solange ich noch in meiner Heimat war, aber als ich nach China kam, begannen nach und nach die Worte ihren Sinn einzubüßen. Ich bin, was China anbetrifft, weder romantisch noch sentimental wie manche Europäer oder Amerikaner. Ich liebte meine Christen nicht annähernd so wie einen ehrlichen Heiden. Und so mußte ich denn das Predigen aufgeben. Es war nicht leicht, meinen eigenen Glauben abzulegen. Es dauerte auch ziemlich lange, bis ich die Wahrheit einsah und die Mission verließ. Ich glaube, ich habe recht damit getan, denn ich bin einer der wenigen, die weder erstaunt noch verletzt sind über das, was jetzt geschieht. Was konnten wir denn nach unseren Predigten anderes erwarten als das, was jetzt in China vor sich geht? Wir kombinierten Christus mit der Frauenemanzipation, der Sozialreform und dem Bau von Krankenhäusern. Wir haben den Keim zu jener ungeheuren Macht, die China regieren und die Welt in Staunen versetzen wird, selbst in den Boden gelegt und großgezogen. Wir, die Missionare, und nicht Marx oder die Russen. Wir, mit unseren Missionsschulen und Universitäten und unserem Christlichen Verein Junger Männer und der Vereinigung Christlicher Frauen. Der Kommunismus kam erst später und eignete sich die Stärke und die Macht, die wir herangezogen hatten, an, gab ihnen Namen und Form - weil wir Euch nichts anderes zu bieten hatten. Wir gewöhnten die chinesische Jugend daran, sich in Gruppen zusammenzuschließen. Wir haben Eure introvertierten Neigungen und Euren Abscheu vor den Massen verlacht und schließlich zerbrochen. Wir haben Euren ästhetisierenden Gelehrten das Versemachen abgewöhnt und ihnen beigebracht, Feder und Sprache statt zur Freude des einzelnen zum Nutzen von Millionen zu gebrauchen. Wir haben in engster Nachbarschaft der dichtbevölkerten Städte, neben all ihrer Unzufriedenheit und Unruhe große Universitäten gebaut. Wir haben Euch aus Euren Häusern geholt und in moderne, hygienische Schlafsäle gepfercht. Wir haben in Euch einen Gemeinschaftsgeist herangezogen, Euch Gemeinschaftsspiele gelehrt bis zum gemeinschaftlichen Singen am Feierabend. Wir haben in Euch ein Pflichtgefühl gegen Euer Vaterland angeregt und entwickelt, so lange, bis Ihr von einem wahren Sendungsbewußtsein besessen wart.

Die Erziehung, die wir Euch angedeihen ließen, löste Euch von Euren Traditionen ab - so wurdet Ihr, nun entwurzelt, zum Nährboden für jenen sehr weitläufigen und sehr verwaschenen Humanismus, mit dem die Menschheit sich zu trösten versucht. Ihr lerntet von uns eine Menge abstrakter Begriffe, für die es in Eurer Sprache nicht einmal ein Wort gibt: Demokratie, Freiheit, Gleichheit - ohne daß wir uns darum kümmerten, was sie für Euch bedeuten, oder auch nur, was sie für uns bedeuten. Wir sprachen von Massenerziehung und von der Abschaffung der Ungerechtigkeit. Jetzt mögen Eure politischen Ideen marxistisch sein, aber der Eifer und der Glaube, der Euch vorwärtstreibt, wurzelt in unserem sozialgesinnten Christentum.

Unsere christlichen Vereine waren die Avantgarde jeden Strebens nach Freiheit und sozialer Gerechtigkeit. All Eure Revolutionäre sind irgendwie mit unseren Lehren in Berührung gekommen. Viele Eurer kommunistischen Führer sind Christen. Wir lehrten Euch, Macht zu konzentrieren, und statteten Euch mit sozialen Ideen aus. Die Revolution habt dann Ihr gemacht. Der Kommunismus strebt nach paradiesischer Vollkommenheit, genau wie das Christentum. Er möchte aber schon im Leben das genießen, was der Christ erst im Himmel zu finden hofft. Er will einen perfekten Mechanismus der Existenz schaffen, ohne Not, ohne Unsicherheit und Mangel. Der Christ schafft sich durch Gebete und gute Werke eine Garantie für Glückseligkeit und Sicherheit nach dem Tode. Der Kommunismus ersetzt das Wort ›Ewigkeit‹ durch das Wort ›Zukunft,‹ und ›Sünde‹ heißt bei ihm ›Imperialismus‹ und ›Kapitalismus‹. Der Kommunist lebt im Glauben an den Wert des Menschen und in der Hoffnung auf die Zukunft, genau wie der Christ im Glauben an Gott und in der Nächstenliebe.«

Das runde Gesicht und die blauen Augen dieses lustigen Mannes blickten in eine Zukunft, die er mißbilligte. »Ja, wir haben Euch etwas vom Reich Gottes vorgepredigt, und Ihr versucht nun auf Eure

Weise, es schon hier auf Erden zu verwirklichen. Ihr habt erkannt, welchen Wert die christlichen Nationen auf Reichtum und materiellen Erfolg legen, während wir Euch nur von den Schätzen des Himmels predigten. Ihr habt das schon lange durchschaut. Nie mehr werden Missionare nach China zurückkehren. Missionen sind so überholt wie bandagierte Füße. Wir gehören der gleichen absterbenden Welt an wie die Kolonialmächte, und wir sind ebenso im Innersten faul. Es hat keinen Sinn, sich etwas vorzumachen, wir haben unsere Arbeit getan, und jetzt müssen wir gehen. Einige werden sich noch an irgend etwas klammern, bis auch sie es eines Tages aufgeben. Die innerchinesische Mission wird wahrscheinlich etwas länger ausharren, und die katholische Kirche wird sehr viel Ausdauer bewahren.«

»Was tun Sie eigentlich noch - außer daß Sie in der Landwirtschaft tätig sind?«

Er verstand sofort, was ich meinte.

»Ich versuche herauszufinden, wieviel mir Gottes Wort bedeutet. Es ist etwas so Großes. Und nun scheint mir auf einmal das Wichtigste zu sein, daß ich erst einmal mich selber kennenlerne, bevor ich anderen predige.«

Er wurde zurückhaltend, als wir auf ihn persönlich zu sprechen kamen, und so sprachen wir lieber von mir. Es ist nicht gut, dem Innersten im Wesen eines Mannes zu nahe zu kommen.

»Und was werden Sie tun?«

»Nach China gehen und meinen Arztberuf ausüben. Nicht, weil ich Kommunistin, sondern weil ich Chinesin bin.«

»Geben Sie acht, daß Sie sich nicht verlieben und heiraten, wenn Sie noch eine Weile in Hongkong sind.«

»Keine Angst. In zwei Monaten werde ich völlig im Krankenhaus eingesperrt leben. Außerdem interessiere ich mich nur für meinen Beruf. Ich war acht Jahre verheiratet. Ich falle auch gar nicht in Versuchung«, lachte ich, »denn mein Herz ist tot.«

»Na, das macht das Leben einfach für Sie, zumal Ihr Beruf Sie ausfüllt. Aber ich würde nicht allzu sicher sein. Hongkong ist eine merkwürdige Stadt, ähnlich einem Schiff. Und man weiß ja doch nie, was an Bord eines Schiffes alles passieren kann. Also - alles Gute!«

Ich habe ihn nie wiedergesehen. Ich hätte es gern gewollt, denn er versuchte Ordnung in sein Leben zu bringen - und in bezug auf Hongkong hatte er auch recht.

April

»Wir wollen spazierengehen«, sagte Lucy Koo zu mir. Sie möchte sich ein paar Warenhäuser in den beiden Hauptstraßen der Stadt ansehen und dann den Nachmittag in einem der luftgekühlten Kinos beschließen.

Es ist ein wunderbarer, warmer Tag mit flutendem Sonnenschein und einer Luft, die bis zur Tollheit aufreizend den Körper umschmeichelt. Ich sage: »Gut, gehen wir.« Vom Gästehaus, wo Helen Parrish und Mrs. Thrale von der sonnendurchglühten Veranda her die spielenden Kinder beaufsichtigen, schleppen wir uns, unsere drei Kinder und Soosee, den Schäferhund, zum Botanischen Garten. Dort stellen sich die Kinder unter die Riesenfarne, und Lucy fotografiert sie. Wir klettern den Weg hinauf, der sich den Hügel emporschlängelt. Unter uns, auf dem Abhang verstreut, liegen die Gebäude der Universität. Parallel zum Ufer breiten sich die grauen Dächer der Stadt aus. Dahinter in der blauen Lücke des Hafens die Schiffe, zwischen der Insel und der Stadt Kaulun auf dem Festland. Und in der Ferne steigen die kahlen Hügel von Kaulun auf wie eine Barriere zwischen der Kolonie und dem unsichtbaren fernen China.

Die Kinder zählen die Schiffe, während Lucy, Soosee und ich nach Atem ringen. Die behäbig breiten Schiffe sehen aus wie auf dem Rücken liegende Asseln, ihre Masten und Schornsteine wirken wie aus ihrem Bauch aufragende Beine. Sampans hängen an ihren Flanken gleich roten Ameisen, die ein totes Insekt umschwärmen. Die kleinen Rennboote berühren die Wasseroberfläche flüchtig, wie Frühlingsfalter. Eine weiße Jacht gleitet träge an einem grauen Zerstörer vorbei. Plumpe Fährboote ziehen ihre seichten Furchen zwischen der Insel und Kaulun. Das cremefarbene Boot aus Macao schneidet durch das schmiegsame Wasser wie eine Schere durch Seide. Große Dschunken mit gerippten rotbraunen Segeln durchpflügen die Bläue, beharrlich vorwärtsdrängend.

»Vierundachtzig Schiffe«, ruft meine Tochter Mei, »ich habe vierundachtzig Schiffe gezählt.« Und sie beginnt, die Dschunken in ihrem neugelernten Kantonesisch zu zählen. Lucy ist müde, sie nimmt die Kinder zum Essen mit hinunter und wird sie nachmittags ins Kino bringen. Ich bleibe allein, frei, um herumzustreifen, umhüllt von Sonnenglast, den Himmel über mir, in der Umarmung der Hügel, vollständig glücklich darüber, allein losziehen und Hongkong besehen zu können.

Überall wird gebaut. Hongkongs Bevölkerung hat sich nahezu verdreifacht, und jede Woche strömen etwa zehntausend Flüchtlinge aus China herein. Tag und Nacht hört man das Sprengen, Bohren und Hämmern. Selbst die stillen Hügel hallen vom Klirren menschlicher Geschäftigkeit wider. Auf den Vorgebirgen, Hängen und Hügeln, die sich in der Mitte der Insel erheben, bauen die Reichen ihre Behausungen. Bevor mit dem Bau begonnen werden kann, muß die Auffahrt zu der geplanten Stelle tief in den Berg geschnitten werden. Die Hügelkuppe muß abgetragen werden, um eine genügend große ebene Fläche für den Unterbau zu schaffen. An mehr als einem Dutzend Stellen wird gleichzeitig gebaut. Eine Unzahl schwarzgekleideter Hakka-Frauen, unter deren breitrandigen flachen Strohhüten die Fransen schwarzer Tücher vorschauen, trägt in Ameisenprozession einen Korb Humus nach dem anderen fort. Der Gipfel des Hügels wird langsam weggefressen, die nackte Erde erscheint - ein ockerfarbener Fleck zwischen grünen Büschen. Hier und dort auf der ebenen Fläche lassen die Frauen kleine Erdkegel stehen, wie Finger, die zum Himmel zeigen. Ihre Höhe bestimmt die Menge der fortgeschafften Erdmassen und die Bezahlung der Frauen. Zuletzt wird der Boden mit bloßen Füßen und Handpaddeln glattgestampft - und dann können die Fundamente gelegt werden.

Weil man so viele Bäume gefällt hat, sind die Hänge kahl, und im Sommerregen rutschen große Stücke davon ab. Der freigelegte Felsen, vom Wasser ausgewaschen und von der Sonne verbrannt, ist verwittert und bröckelt, wenn man ihn belastet. Damit das Haus festen Halt bekommt, muß ein großer pyramidenförmiger Stein- oder Betonuntergrund angelegt werden. Diese Konstruktion ist oft zwei bis drei Stockwerke hoch und läßt eine gepflasterte Terrasse oder einen flachen Garten entstehen, in die dann das Haus gesetzt wird. Die Rampe der Terrasse trägt Dutzende von Blumentöpfen, die je nach der Jahreszeit gewechselt werden, Chrysanthemen und Hahnenkamm, Kaladium und Dahlien im Herbst, Hibiskus und Poinsettia im Winter, im Frühling Kamelien - und Nelken und Lilien im Sommer. Wie sie so gewichtig dastehen, hoch über den Palmen und Bambusstauden ihrer Gärten, beschützt von ihrer blühenden Brustwehr, haben die Häuser der Reichen den Zauber ferner Schlösser. Die älteren, rundbogig und pfeilerverziert, durch Feuchtigkeit und Moder sanft ergraut, verschmelzen mit den Linien der sie umgebenden Hügel. Den neuen fehlt die Milderung durch Alter und Witterung, und sie stehen in hartem Rosa und Weiß grell und nackt in der Sonne.

Hier und da erheben sich die Wohnblocks der europäischen Regierungsbeamten: einförmige, gleichmäßige, geflissentlich unschöne, sechs- bis achtstöckige Keksdosen, ihr aufdringliches Weiß beherrscht die graue Stadt zu ihren Füßen. Ähnliche Wohnkasernen, etwas luftiger gebaut, erheben sich zu Hunderten im neuen Teil der sich ausdehnenden Stadt. Sie sind für die wohlhabenderen Chinesen bestimmt, von denen die meisten aus Shanghai stammen und sich in ihrem Wohnbezirk ein kleines, geschäftiges Abbild ihrer Heimatstadt geschaffen haben.

In den Außenbezirken, an den Hängen der Causeway-Bay, um den Mount Davis und zwischen den Bergen von Kaulun liegen die Holzhüttenquartiere der Squatter. Die niederen Dächer neigen sich zueinander, der Zwischenraum zwischen den Blockhütten beträgt nicht mehr als fünf Fuß. Es gibt keine Kanalisation, kein Wasser, keine sanitären Einrichtungen. Die einzige Zapfstelle in einer Anhäufung von über zweihundert Hütten ist ein Wasserhahn, der eine Viertelmeile weiter oben am Berge liegt. Diese übereinandergeschachtelten Bretterbuden, die sich an den bröckelnden Abhang klammern, sich unter beängstigenden Felsvorsprüngen zusammendrängen, ständig davon bedroht, vom Regen weggespült oder aus Gesundheitsgründen abgerissen zu werden, und immer in Feuersgefahr, sobald auch nur einer eine Mahlzeit kocht - sie beherbergen viele Zehntausend Menschen. Die Regierung der Kolonie kann nichts dagegen unternehmen, denn neue Zehntausend kommen allwöchentlich über die Grenze.

Diese Squatterlager haben Wurzeln geschlagen, sie dehnen sich aus, sie verbreiten sich über die ganze Kolonie. Im Zentrum hat man sie niedergerissen, und nun entstehen sie in den Außendistrikten am Fuß der Hügel dicht neben der Schwelle der reichen Bergvillen, sie haben sich zwischen die Schichtkuchenblocks der Beamtenwohnungen und die Geschäftsstraßen eingeschlichen und säumen die gepflegten Chausseen, auf denen die modernsten Wagen an den Strand hinausfahren. Eins dieser Lager drängt sich dicht an einen der luxuriösesten Rennställe.

Nirgends auf der Welt gibt es eine so enge Nachbarschaft zwischen Schmutz und Reichtum, Elend und Prunksucht. Hier leben Reiche und Arme, einander hörend, sehend und riechend, in brüderlicher Nachbarschaft als Fluchtgenossen.

In Hongkong gibt es zwei Arten von Straßen. Die glatten, ebenen, lädenflankierten Hauptstraßen, die parallel zum Ufer laufen, von den neuesten Wagen durchrast, und dann die steilen, sie kreuzenden Treppengassen. In den breiten ebenen Straßen bietet sich ein Überfluß an Waren aus der ganzen Welt, denn alles kommt nach Hongkong oder passiert es auf seinen Wegen, und der Hafen ist voller Schiffe, die noch immer mehr Waren ausladen. »Hier kann man alles kaufen«, das ist das Motto der Kolonie. Vom Kampfflugzeug bis zum neuesten Parfum — alles ohne Einschränkung. Jetzt, da die Reichen aus Shanghai zugezogen sind, ist viel freies Kapital im Umlauf. Daher diese Hochkonjunktur.

Ja, es herrscht Hochkonjunktur. Oberflächlich betrachtet, gedeiht Hongkong blendend. Die Reichen haben ihr Geld mitgebracht, sie bauen, feiern und kaufen. Die Läden sind zum Bersten voll mit allem, wonach es einen gelüsten könnte. Und was gefällt den Reichen besser als die amerikanischen Waren, die so glatt, so schick und so bunt sind! Kameras, Badeanzüge, Lippenstifte, Parfums, Uhren, Schuhe, Strümpfe, Seiden, Brokate, Nylons und nochmals Parfums breiten sich in Haufen auf den Ladentischen. Hongkong ist das Paradies der Käufer.

In dichten Scharen, Möwenschwärmen ähnlich, ziehen die müßigen reichen Chinesinnen von Geschäft zu Geschäft, ihre Stimmen schwirren hoch über dem Straßenlärm, und an ihren Gelenken klingeln viele Armbänder. Ihre rotbekrallten Hände graben in den Seiden- und Samtstoffen, in den Brokaten und Satins. Die kantonesischen Verkäuferinnen und indischen Verkäufer wickeln eine Rolle des schillernden Seidenstoffes nach der anderen ab und drapieren sie um ihren eigenen Körper, damit der Kunde sie betrachten kann. Die reichen Frauen drängen sich bei den Goldschmieden und Jade-Verarbeitern, sammeln sich in den Schönheitssalons und wühlen zwischen den Lippenstiften in goldenen Hülsen, den trägerlosen Badeanzügen, Chanel-Parfums und falschen Chignons, die über die Tische verstreut sind. Sie kaufen und kaufen, laut, raffgierig und zutiefst gelangweilt. Um das Hongkong-Hotel im englischen Geschäftsviertel bummeln amerikanische Matrosen, pfeifen Taxis heran, lassen sich von kleinen Jungen die Schuhe putzen. An ihrem Arm hängen grell aufgedonnerte chinesische Prostituierte. Touristinnen in schulterfreien Kleidern starren die gestickte Unterwäsche und die schöngezierten chinesischen Gewänder an. Bankiers und Geschäftsleute aus Shanghai, in Gruppen zu zweit und zu dritt, ereifern sich in eindringlichen Zischlauten über ihre Geschäfte, sämtlich in schmucken Sharkskin-Anzügen mit grellbunten amerikanischen Schlipsen und einem neuesten Parker in der Rocktasche. Verwundete der Kuomintang-Armee, schmutzig, zerlumpt, mancher auf Krücken, lehnen an den Wänden, ihre dunklen Gesichter mustern finster die Straßen. Unter den Arkaden der Bürgersteige gleitet, flutet, rasselt und klappert die anonyme Masse der Bewohner von Hongkong. Mancher, der so aussieht, als gehöre er hierher, ist ein Passant, der sich zu seinem Heimatort weit hinten in Südchina bekennt, der sich weigert, zur Kolonie gezählt zu werden, und Passant bleiben will, selbst wenn er sein Leben lang hier arbeitet, selbst wenn seine Kinder hier zur Welt gekommen sind, ja selbst dann, wenn er hier geboren ist. Das ist der hervorstechendste Zug der Kolonie: Mit wenigen Ausnahmen betrachten sich alle, die da kommen, als unterwegs nach anderwärts.

In den engen, steilen Treppengassen des Chinesendistrikts wohnen die Armen, und kaum einer geht, um sie sich anzusehen. Die Straßen sind schmutzig, in den Häusern stinkt es. Die verfaulten Holzbalkone der vierstöckigen Häuser hängen voller Wäsche. Diese Baulichkeiten haben keine Bäder, keine Latrinen, keine Höfe und nur eine gemeinschaftliche Küche für oft nahezu zwanzig Familien. Die Stockwerke sind in Kammern eingeteilt, von denen jede, acht Quadratfuß groß, eine Familie von mindestens fünf Personen beherbergt. Die Betten stehen dreifach übereinander. Abends werden die Eimer mit den Exkrementen vor die Tür gestellt. Die Stufen der Straße hinauf und hinunter spielen die unzähligen Kinder der Armen im Staub. Die Straßenkehrer, die von den Abfällen der Hotels leben und im Freien schlafen, sind hier zu Hause. Hier breitet eine Familie zwischen dem Stand des Schuhflickers und dem Tisch des Congee-Verkäufers eine Matte auf die Erde – und das ist dann ihr Heim. Zwischen den Füßen der Passanten verkaufen die Armen den noch Ärmeren den Abfall des Marktes: zwei faule Tomaten, eine Handvoll Bohnen oder ein angeknicktes Ei.

Wie die Bewohner zweier verschiedener Planeten, einander fremd und unbekannt, gehen diese Menschen Seite an Seite dahin, gleichgültig und ahnungslos, rempeln einander an oder weichen vor einer Berührung aus. Ihre Blicke gleiten aneinander vorüber ins Leere.

Gefesselt von einer privaten Gier nach Sicherheit und Lebensmöglichkeit, nur seine eigenen Chancen und nur seine eigene Gefährdung im Kopf, glaubt jeder von ihnen sich als ein Ganzes, bewegt sich in seiner eigenen und engsten Welt und leugnet alle anderen. Denn andere anzuerkennen, heißt in die eigene Zähigkeit im Existenzkampf eine Bresche schlagen.

Und ausgerechnet hier auf dem Bürgersteig treffe ich meine Freundin Anne Richardson, eine Amerikanerin, freie Schriftstellerin, die ich vor zehn Jahren in Tschung-king und vor fünf Jahren in London bei einer Cocktailparty getroffen habe und nun hier in Hongkong wiederfinde, wo ich allerdings noch vielen Leuten begegnen werde; sie ist, wie ich, ganz in die Betrachtung des Straßenbildes vertieft.

»Komm mit zur Einwanderungsbehörde. Ich muß meine Aufenthaltsgenehmigung für Hongkong erneuern lassen«, sagt Anne.

Die Einwanderungsbehörde ist in einem alten Barockgebäude auf der Praya — der breiten Avenue, die am Ufer entlangführt — untergebracht. Die Wände des Hauses sind seit Jahren nicht mehr gestrichen, und von der Decke bröckelt uns, während wir warten, leise der Stuck auf die Köpfe. »Das ist so eine liebenswerte Eigenschaft der Engländer«, sagt Anne. »Ihre wichtigen öffentlichen Gebäude sind nicht wie bei uns in Amerika aus Stahl und Beton, mit bequemen Stühlen und imposanten Schreibtischen hinter schalldichten Türen, und mit der Außenwelt durch ein System moderner Telefone verbunden. Behörden arbeiten hier in zwei oder drei halbdunklen schäbigen Räumen. Die Dielen sind abgetreten, die Türen schließen nicht, der einzige antiquierte Telefonapparat befindet sich gerade außerhalb der Reichweite des Abteilungschefs.«

Beim Anblick der einzigen Holzbank für die wartende Menge müssen wir lachen. Auf der Rückwand haben die Köpfe all derer, die dort schon gesessen haben, einen grauen, fettigen Streifen hinterlassen. Auf dem marmornen Kaminsims liegen, achtlos hingeworfen, Akten mit dem Vermerk »Dringend« oder »Nur für den Dienstgebrauch«. Chinesische Angestellte in Hemdsärmeln tippen nachdenklich auf vorsintflutlichen Schreibmaschinen. Zwei gesetzte junge Männer in Polizeiuniform sprechen leise mit den Besuchern. Alles strömt eine selbstbewußte Sicherheit aus, die eine gewisse Autorität bewirkt, jedoch ohne Angeberei bleibt, was nur einschüchternd und unwirksam wäre. So, finde ich, sollte eine Regierung regieren: ganz beiläufig, gutmütig, ja menschlich, zwischen wackligen Pulten, gebrechlichen Stühlen und haltlosen Karteikästen mit zerbrochenen Böden. Anne und ich sind ganz begeistert von dieser Einwanderungsbehörde.

Der blonde Polizeibeamte kommt mit Annes Paß zurück. Ein großer Stempel baumelt in seiner Linken. »Sie sind nicht Missionarin, wie?« fragt er.

»Nein, ich bin Schriftstellerin«, sagt Anne.

»Na, dann ist es gut! Wir erneuern Ihre Genehmigung für sechs Monate. Missionaren geben wir nur drei Monate, weil's so viele sind. Siebenhundert haben wir allein in den Akten.«

»Kommen Sie doch mit ins Missionshaus und sehen Sie sich einige von den siebenhundert an«, schlage ich Anne vor.

Der graugoldene Abend wandert über den Himmel, während Anne und ich dem Gästehaus der Mission zustreben. In der Diele lächelt Mabel Chow schwach zu mir herüber. Ihr Gesicht ist müde und maskenhaft gespannt. »Ich habe Rückenschmerzen, ich glaube, das Baby kommt«, sagt sie. »Alles Gute«, antworte ich. »Hoffentlich ist's wieder ein Junge.« Lucy Koo und die Kinder sind aus dem Kino zurück. Mei berichtet: »Es war schon wieder was mit Liebe. Tante Lucy mag so was gern. Liebe, immerzu Liebe.« Der Gong zum Dinner ertönt, und wir marschieren mit der ersten Gruppe im Gänsemarsch ins Eßzimmer. Dort ist große Aufregung, und Helen Parrish kommt uns entgegen.

»Dr. Han, darf ich Ihnen meinen Mann vorstellen. Er ist heute nachmittag aus Hankau gekommen.«

Ich schüttle Alf die Hand. Er ist groß, blond und sehr ruhig. Weit hinten in China ist Hankau heute gefallen. Mr. Parrish ist vor einer Woche von dort aufgebrochen, gerade noch rechtzeitig. Er bringt Nachricht von Mary Fairfields Mann. Mr. Fairfield wird nicht fliehen, er hat sich entschlossen, dort zu bleiben, und so wird Mary Fairfield nach China zurückkehren – wie Gott es sie vor einiger Zeit hat wissen lassen. Ihr Gesicht ist vor Freude geradezu schön, ich sehe sie an und fürchte mich fast ein wenig. Es ist mir nie aufgefallen, daß sie überhaupt schön sein könnte. »Nun«, sagt sie in ihrer gedehnten Sprechweise, über die ich mich manchmal geärgert habe und die jetzt Klang und Würde bekommen hat, »ich denke, jetzt bleiben wir, bis man uns hinauswirft. Vielleicht werden wir, wenn wir nach China zurückkehren, auch verstehen lernen, was dort los ist. Nur dort fühle ich mich zu Hause. Ich denke – ja, ich glaube bestimmt –, daß wir an das chinesische Volk glauben müssen.« Nach dem Essen sitzen Anne, Lucy und ich im Gemeinschaftsraum und blicken auf Hongkong hinab, auf die Stadt, in der wir leben, und dann hinüber zu der Dunkelheit hinter den Hügeln, wo, unsichtbar, aber immer gegenwärtig, China liegt: der Grund für unser Hiersein.

Hier leben wir alle, Bankiers, Geschäftsleute, reiche Frauen, Missionare und Squatters. Solche, die die Gipfel der Hügel abtragen lassen, um sich ein Haus zu bauen, und solche, die sich auf einer Matte auf dem Gehsteig zum Schlafen zusammendrängen. Wanderer wider Willen, Flüchtlinge. Für mich, die Passantin unter vielen Passanten, ist Hongkong im April 1949 ein einziges Flüchtlingslager. Hafen für viele Schiffe, Zuflucht für viele Leute aus China, Squatterkolonie, Rummelplatz und Konjunkturzentrum. Hongkong, wo die Menschen in ihrem Kommen und Gehen flüchtiger sind als sonst irgendwo auf der

Welt. Eine schöne Insel in den Armen des Meeres, die vielerlei Welten in sich beheimatet.

Und drüben, gleich hinter den Hügeln, liegt China.

FRÖHLICHE BEGEGNUNG

Juni

Weil ich Stipendiatin des British Council gewesen war, lud mich Evelyn Walsingham zum Essen ein. Sie pflegte sich um all diejenigen zu kümmern, die von England zurückgekommen waren, und uns bei unseren Schwierigkeiten zu helfen. Evelyn ist immer außerordentlich pünktlich. Ich mußte einen dringenden Fall verarzten, der auf des Messers Schneide stand; und obgleich ihre angenehme, unpersönliche elegante Stimme, die immer so wie auf hohen Absätzen daherkommend wirkt, mir am Telefon versicherte, es mache gar nichts aus, war ich doch sehr verlegen, als ich mit einer Verspätung von Dreiviertelstunden eintraf.

Evelyn lebte während jener Sommermonate des Jahres 1949 an der Conduit Road in einem sehr eleganten Viertel. An der Conduit Road stehen große alte Häuser auf massiven Steinunterbauten, mit bunten Blumen und zierlichen Bäumen. Das Haus gehörte James und Fiona Manton. Fiona war in Europa und hatte Evelyn Walsingham und ihren Mann gebeten, während ihrer Abwesenheit zu ihrem James zu ziehen.

Ich sollte, als ich später bei James und Fiona Manton wohnte, noch oft in diesen Salon treten, in ihm sitzen und viele Stunden in ihm verbringen, aber ich werde ihn immer so in Erinnerung behalten, wie ich ihn an diesem Abend sah. Geräumig, mit Fenstern, die bis zum Boden reichten, so daß die vielsternige Nacht hereinsah, die gelblichen Wände von sanftem Licht überglänzt, die kamelienrosa Lampenschirme, die grün-rosa Sessel, die rehfarbenen chinesischen Teppiche mit blauem Muster, eine Perserbrücke, die unter dem gedämpften Licht wie ein Rubin glühte, die langsam summenden Ventilatoren und die vielen Blumen. Tattybogle, der schönste aller Windhunde, auf seiner Privatcouch: niemand hätte ihn dort stören dürfen; Tatty, der die Gäste anbellte, wenn er fand, es sei jetzt an der Zeit, daß sie gingen – eine sanfte, gedankenvolle Seele von Hund, der den ganzen

Tag lang nur übelnahm und nach dem Lunch auf dem Rücken liegend schlief, die Beine gerade in die Luft emporstreckend – eine merkwürdig unschickliche Lage für einen so herrschaftlichen, Hund.

Es war eine Menge Leute anwesend. Evelyn sah wunderschön aus in ihrem türkisfarbenen Leinenkleid. Ihr Haar lag wie gesponnenes Silber in tadellosen Locken um die glatte weiße Stirn. Sie führte mich überall umher, verbarg meine Schüchternheit unter einer Flut von einführenden Worten und entwickelte dabei eine so gute Technik, daß ich keinen einzigen Namen verstand. Evelyn stellte vor: »...der Korrespondent der...« und ich schüttelte Mark die Hand, ohne seinen Namen oder den des Blattes zu erfahren, für das er schrieb. Dann gingen wir zum Essen.

Ich erinnere mich... Sich zu erinnern ist eine recht nichtige Beschäftigung. Woran erinnert man sich – warum nur an eines und nicht an alles andere? Von diesem Essen weiß ich gar nichts mehr und erinnere mich nur noch der aus dem Augenwinkel blitzartig wahrgenommenen Hand meines Tischnachbarn, die, mit einem goldenen Siegelring am Finger und einem dunkelbehaarten Handrücken, eine Gabel auf dem Teller herumschiebt. Ihn, Mark, habe ich gar nicht bemerkt.

Eine große Silberschale voller Iris, Jasmin und Rosen stand nahe bei den rosa Stühlen, auf denen ich dann mit James Manton saß, Kaffee trank und über China sprach. China, das – so nah und doch so weit von der Kolonie entfernt – eine andere Welt war. James ist reizend und sieht gut aus, mit dunklen spanischen Augen unter geraden Brauen. Er ist in Nordschottland geboren. »Sie müssen uns oft besuchen, wenn meine Frau aus Europa zurück ist. Sie liebt Hunde und Vögel ebensosehr wie Sie Katzen und Schmetterlinge.« Dann sprachen wir vom Vormarsch der Kommunisten und davon, daß die Geschäftsleute alle dafür seien, die schlimmen Zeiten durchzustehen, auch davon, daß sich schließlich alles beruhigen werde und daß man dann wieder mit China würde Geschäfte machen können, denn Geschäfte mit China bedeuteten für die Kolonie alles. »Wenn sich alles so weit beruhigt hat, wird es wieder wie vorher sein«, meinte James. »Ich glaube nicht, daß die Chinesen jemals richtige Kommunisten werden. Sie sind nicht dafür geboren. Seit Jahrtausenden haben sie die Sippenherrschaft, und die werden sie nicht aufgeben.«

Jemand steuerte quer durch das Zimmer auf den leeren Sessel zu meiner Rechten. Ich blickte auf. Der Mann war nicht sehr groß, er war schlank, und sein weißer Anzug ließ ihn fast schmächtig erscheinen. Er ging vorsichtig, tastete mit seinen Füßen vor, als ob sie Hände seien. Er hob das Bein bei jedem Schritt im Kniegelenk etwas an, wie es Hirsche tun. Und plötzlich wurde ich mir intensiv des Teppichgewebes unter seinen Schuhen bewußt. Als ob ich darauf läge und als ob mir jedes rauhe Haar in den Rücken stäche. Ich fühlte, über ein genaueres Erkennen hinaus, die blauen Muster auf dem rehfarbenen Grund, die Sinnbilder glücklicher Vorbedeutung, die darin eingewebt waren, die Fledermäuse und Päonien, die Lotosblüten und endlosen Knoten, die Pfirsiche und die Wälle der Ewigkeit, die den Teppich rundherum einfaßten. Es war, als ob sich etwas in mir im Schlafe bewegt und geseufzt habe. Wie ein schüchterner Finger, der mein Herz berührt, oder wie ein schläfriger Vogel, der die Flügel ein wenig spreizt und wieder einschläft, so rührte und bewegte ich mich in mir selbst und ruhte dann wieder. Unerklärlicherweise überkam mich wortlos ein Gefühl für die Materie, aus der die Dinge gemacht sind – in diesem Falle war es der Teppich. Einen Augenblick lang verlor ich, während der Fremde durch das Zimmer auf mich zuging, den Kontakt zu dem, was wir Wirklichkeit nennen, zu dem Stuhl, auf dem ich saß, zu der Tasse, die ich in der Hand hielt, zu James' Worten. Dann schnellte die Welt zurück an ihren Platz, und ich saß da und lächelte, und Mark setzte sich in den Sessel an meiner Seite.

Er erwiderte mein Lächeln. Ich dachte: Was für blaue Augen er hat, wie Saphire. Mit solchen Augen darf er nicht zuviel trinken, sonst verbleichen sie und werden weiß wie bei einem Fisch.

Sein Lächeln hatte etwas in sich Ruhendes, Unaggressives – sehr unähnlich der etwas mühevollen Grimasse, die die meisten Ausländer sich auferlegen. Es war das, was wir »herzöffnend« nennen.

»Ich glaube«, sagte er, »wir haben einen gemeinsamen Freund – Peter Dixon.«

»So, Peter.« Ich freute mich. »Wie geht es ihm, ist er noch in Indonesien?«

»Ja, immer noch. Es geht ihm auf die Nerven, aber er liebt es trotzdem«, sagte Mark.

»Er glaubt, daß die Indonesier trotz all seiner Anstrengungen nie recht erwachsen werden. Auf dem Wege nach Hongkong war ich zehn Tage bei ihm in Bangkok, er hat mich herumgeführt, und ich entdeckte, daß er die Chinesen haßt.«

»Nur weil er die Malaien, die Siamesen und die Indonesier zu sehr liebt. Darum hat er nicht viele Sympathien für Ihre vitale, allzu unternehmungslustige Rasse. Sie verdrängen die weniger aktiven Völker Südostasiens.«

»Peter ist so englisch in seinem Wunsch, den Schwachen und Getretenen beizustehen. Aber er versteht nicht, warum die Chinesen sich rühren müssen.«

»Ich könnte mir vorstellen, daß das Ihrem Volk angeboren ist«, sagte Mark. »Angeboren und weiterentwickelt, infolge vernichtender Armut daheim und vergleichsweise großer Summen, die dann vom Ausland her zum Unterhalt der großen Familie im Mutterland nach Hause geschickt werden.«

»Das sollten Sie nicht tadeln!«

»Natürlich nicht. Man darf niemals das verurteilen, was man nicht versteht. Ich glaube nicht, daß wir uns anheischig machen können, andere Völker zu verstehen. Ich meine, Ost und West können nie wirklich zusammenkommen, finden Sie nicht auch? Sie werden stets getrennt bleiben. Man kann niemals zugleich östlich und westlich sein. Man muß wählen.«

»Ach, finden Sie«, fragte ich, wandte mein Gesicht ab und lächelte. Er starrte mich an, als ich mich ihm wieder zuwandte, schlug aber höflich die Augen nieder. Dann begann er von sich selbst zu sprechen. »Ich war fast fünfzehn Jahre hier im Osten - überall. Ich gehe nächstes Jahr nach Europa, wahrscheinlich nach Rom.«

»Das wird als Abwechslung hübsch sein«, sagte ich.

Er blickte mich verständnislos an. »Aber ich möchte nicht fahren. Ich verlasse dies alles sehr ungern. Meine Frau vermißt Europa so sehr. Sie möchte in Rom leben.«

»Sie hat völlig recht. Ich würde höchst ungern dauernd in Europa oder Amerika leben, weil ich schließlich Asiatin bin. Für Sie ist das etwas anderes. Sie werden es dort viel hübscher haben. Sobald die neuen Machthaber China übernehmen, wird hier überall Aufruhr und Umwälzung sein. Das ganze Südostasien wird sich erheben und bersten. Sie sitzen auf einem Vulkan. Sie sind anderswo viel sicherer.«

»Sie scheinen recht sicher zu sein, daß die Kommunisten in China die Oberhand bekommen.«

»Natürlich! Es gibt keine andere Möglichkeit. Dieser Ausbruch gestauter Energie war unvermeidlich. Das Volk stimmt für die Kommunisten, nicht, weil es kommunistisch empfindet, sondern weil die Kuomintang-Regierung so hoffnungslos korrumpiert ist. Dieser Vorgang wird eine der größten Revolutionen der Welt ohne Blutvergießen sein.«

Heute weiß ich, daß ich nichts hätte sagen können, was ihn noch stärker von seiner Reise nach Europa abhielt. Und dabei wußte ich nicht einmal seinen Namen. Ich hatte nur gedacht, daß es für alle

Europäer besser sei, in ihre eigenen Länder zurückzukehren, und er war eben auch ein Europäer, ein Ausländer.

Es war Zeit aufzubrechen. Tatty wurde lebhaft und bellte erleichtert, als wir uns erhoben. Wir traten in eine Nacht voller Sterne hinaus. Die Lichter kletterten die Hänge empor bis in den Himmel hinein. Die grünen und roten Neonlichter der Geschäftsreklamen zickzackten wie eine wilde Jagd von Glühwürmchen unter uns die Straßen entlang, und die Schiffe steckten wie Diamantbroschen im dunklen Samt des Wassers. Ich wandte mich zu Mark, der neben mir ging. »Sehen Sie Hongkong«, sagte ich, »niemand weiß, wo der Himmel mit seinen Sternen endet und wo die Erde mit ihren Lichtern beginnt.«

Wir gingen den gewundenen Fußpfad vom Haus zur Conduit Road hinunter, wo die Wagen parkten. Der Weg war steil und glitschig. An einer Seite erhob sich eine moos- und farnbewachsene Wand. Oberhalb beugten sich Bäume und Büsche über die Mauern der terassenförmigen Gärten am Abhang. Auf der anderen Seite begleitete ein niedriges, breites Steingeländer den Pfad bis hinunter auf die Straße. Dort stand eine Laterne. In der warmen Juninacht schwirrten ganze Geschwader von Moskitos, Schnaken und Nachtmotten dagegen an und stießen geräuschvoll gegen das Glas. Sie fielen mit einem weichen Schneeballplumps zu Boden, und die weißglühende Zauberei zog immer neue Opfer aus der Nacht herbei. Wir sagten uns Lebewohl, und James Manton fuhr mich in die Klinik zurück. Mark beugte sich aus dem Wagen, den er mit zwei anderen teilte, und lächelte mir noch einmal zu. Ich winkte, angetan von seiner Liebenswürdigkeit, zurück und vergaß ihn dann sofort.

INNERLICHE ANNÄHERUNG

Juni

Nähe bringt uns die Tatsache einer Trennung schärfer zu Bewußtsein. In Hongkong hatte ich stärkeres Heimweh nach China als in London. Mei blieb jetzt während der Woche in ihrer Schule, und ich lebte ganz in der Klinik. Als Anne Richards in eine der kleinen teuren Wohnungen zog, die nur wenige Schritte von der Klinik entfernt lagen, ging ich öfters zu ihr zum Tee, und wir sprachen von Peking, von Tschung-king und den Kriegsereignissen. Für Anne und mich war China der Mittelpunkt der Welt. In Hongkong verstreut lebten noch einige Männer und Frauen wie Anne, Amerikaner oder Engländer, die dieses »Jenseits der Hügel« nicht loswurden und noch immer unter seinem Zauber standen. Früher oder später wandte sich ihr Gespräch immer den Jahren zu, die sie dort verbracht hatten.

»In Tschung-king war es schrecklich«, sagten sie. »Aber es hat Spaß gemacht. Damals lebte man noch. Es gibt kein Land der Welt, das so lebendig ist wie China.«

Anne kaute an ihrer Zigarettenspitze, als ich hereinkam. In der Tasche trug ich Marks ersten Brief an mich. »Liebe Han Suyin«, schrieb er, »ich fand Sie reizend und würde Sie gern wiedersehen.«

»Wie geht's in der Klinik?« fragte Anne.

»Viel zu tun. Ich vermisse das Missionshaus und die Missionare. Ich möchte so gern verfolgen, was aus ihnen wird. Was tut ein Missionar, der keine Mission mehr hat, Anne? Er ist wie ein Arzt, der keine Patienten mehr bekommt.«

»Ach«, sagte Anne, »sie reisen nach Amerika, und man gibt ihnen eine kleine Kirche in den hintersten Wäldern von Süd-Dakota. Sie werden Lehrer oder fangen ein Geschäft an. Einige werden als ›Sachverständige‹ eingestellt, weil sie China kennen. Und wenn ein Krieg kommt, werden sie eingezogen, um chinesischen Unterricht zu erteilen, oder im Nachrichtendienst verwendet.«

Sie reichte mir ein Gurkenbrötchen. »Und wie war deine Einladung gestern abend?« fragte sie.

»Sehr nett. Ich habe einen Reporter getroffen, und er hat mir geschrieben und mich für nächsten Mittwoch zum Essen eingeladen - da habe ich meinen freien Nachmittag. Ich glaube aber, ich gehe nicht.«

»Wie heißt er denn?« fragte Anne.

Ich sah im Brief nach. »Mark Elliott«, sagte ich.

»Oh, den kenne ich«, rief Anne, »der ist nett. Er ist Auslandskorrespondent. Du mußt ihn nicht Reporter nennen, obwohl ich nicht glaube, daß ihm das was ausmacht. Warum willst du nicht mit ihm ausgehen?«

»Nun, ich bin Chinesin, und er ist Engländer. In China geht man als Frau nicht mit einem Ausländer aus. Ich meine, als anständige Frau.«

»Sei nicht töricht«, sagte Anne. »Wir sind in Hongkong und nicht in Tschung-king. Die Zeiten haben sich geändert. Es wird dir guttun, zur Abwechslung mal mit einem Manne auszugehen.«

Der Mittwoch kam, und Mark wartete vor der Klinik neben einem kleinen grünen Morris. Es war ein schöner Juniabend. Das Meer war rosa und türkisgrün, übersät von den rosagoldenen Segeln der Fischerdschunken, die leise und träumerisch schwankten, als lächelten sie vor sich hin. Auch das ganze Land war rosig und smaragdfarben. Blaue Schatten lagen um den Fuß der Häuser und Bäume. Die Inseln Lantau, Cheunghau und Nikuchau waren purpurgesprenkelt. Eine orangefarbene Theatersonne verschleierte sich mit einem kleinen goldenen Heiligenschein aus Wolken. Alles war sehr farbig und von einer etwas künstlichen Fröhlichkeit.

»Wohin gehen wir?« fragte Mark.

»Ich weiß nicht«, sagte ich, »ich bin erst seit fünf Monaten hier.«

»Wo möchten Sie essen?«

»Ich kenne kein einziges Restaurant. Ich war immer nur bei Freunden eingeladen«, antwortete ich und fügte beschämt hinzu: »Wissen Sie, ich bin nämlich Witwe.«

Wir umrundeten Pokfulum Road und ließen Mount Davis dämmerblau zu unserer Linken zurück - da sagte er: »Wenn's Ihnen recht ist, führe ich Sie in den Pariser Grill. Dort ist das Essen gut.«

Die Wandmalereien im Pariser Grill stellten französische Ballettzenen dar. Da gab es eine üppige Bardame, einen Schutzmann, der seinen Stab schwang, einen Apachen, zwei Absinthtrinker, zwei geschnürte Damen, einen Zeitungskiosk nebst schnurrbartgeziertem Verkäufer und ein Kind mit einem Reifen. Wir setzten uns auf die rotledernen Barhocker, der Geschäftsführer begrüßte uns, Mark nahm einen rosa Gin und ich einen Martini.

»Ich hoffe, Sie haben mir meinen Brief nicht übelgenommen«, sagte Mark.

»Er hat mich überrascht, er war sehr direkt, aber übelgenommen habe ich ihn nicht. Es war schon das beste, so zu schreiben, wenn Sie mit mir ausgehen wollten.«

»Sie hätten mich ja doch auch für unverschämt halten können.«

»Sie sagten die Wahrheit, also war's in Ordnung.«

Plötzlich lachte er auf - ein helles, angenehmes Lachen. »Wollen wir nun etwas bestellen?« fragte er. »Ich mag ganz bestimmte Gerichte gern. Wollen wir Spargelsalat und Kalbsbries à la Financière essen?«

»Klingt wundervoll«, stimmte ich zu. Der Martini machte mich wohlwollend. »Und Sie - waren Sie auch in China? Für mich gibt es drei Gruppen von Menschen: Chinesen, Nichtchinesen, die in China waren, und dann die übrigen.«

Mark fing an, von sich selbst zu sprechen. Zuerst erzählte er von seiner Reise nach Sinkiang und dem Besuch der Tun Huang-Höhlen und des Mondsichel-Sees und wie er dort Wassermelonen gegessen habe. Er war von Peking aus getrampt, mit Autobussen gefahren und hatte sein Bettzeug mit sich geführt wie die anderen chinesischen Reisenden auch. Wir tranken noch einige rosa Gins und noch ein paar Martinis, und er erzählte und erzählte. Plötzlich redete ich auch. Wir setzten uns hinüber an einen Tisch, und ich zeichnete mit der Gabel Arabesken aufs Tischtuch, um ihm die Struktur unserer Schriftzeichen zu erklären, und sprach von den chinesischen Liedversen. Ich sprach von vielem, was ich verschwommen immer gedacht, aber niemals klar ausgesprochen hatte, und jetzt kamen mir die rechten Worte. Mark wiederum erzählte von den Schulen in England, den Beziehungen, die man sich dort schuf, und wieviel leichter das Leben sei, wenn man irgendwo einen Burschen in einer öffentlichen Stellung antraf, mit dem man die gleiche Schule besucht hatte.

»In China ist es dasselbe«, sagte ich. »Wir haben solche Schulbeziehungen in noch viel stärkerem Maße, nur daß es bei uns eher auf der Universität so ist. Ich bin schon für jemanden eingenommen, wenn ich höre, daß er auf meiner Universität war. Sogar manche Ehen entstehen bei uns auf diese Weise unter Kommilitonen. Wegen der Ähnlichkeit zwischen Ihren Colleges und unserer konfuzianischen Erziehung war es mir immer leicht, mit Engländern zurechtzukommen.«

Mark erzählte von den zwei Jahren seines Lebens, in denen er Finanzexperte im Hauptquartier in Shanghai gewesen war. Er war damals in China umhergereist, hinauf nach Mukden, hinunter nach Hankau, Nanking und Kanton, hatte Geschäftsverträge abgeschlossen und gelegentlich Streitigkeiten geschlichtet. »Nie gab es Schwierigkeiten, obwohl ich weder chinesisch lesen noch sprechen oder schreiben konnte. Die Hauptsache war, völliges Vertrauen zu zeigen und nicht mißtrauisch oder gekränkt zu sein, bloß weil etwas ganz anders war, als ich es kannte. Ich habe mir nie die Mühe gemacht, Dinge schriftlich festzulegen, wie so viele Ausländer. Ich konnte auch gar nicht richtig addieren und nicht subtrahieren - das Dividieren habe ich gar nicht erst probiert. Trotzdem war ich ein guter Finanzexperte. Ich brauchte nicht einmal zu mogeln.«

»Sagen Sie für gewöhnlich die Wahrheit?« fragte ich und beugte mich vor, um ihm prüfend ins Gesicht zu sehen.

Er schien etwas zu stutzen, antwortete aber ohne Gekränktheit. »Ja, ich versuche es. Ob es mir gelingt? Doch, wohl - im großen und ganzen sage ich schon die Wahrheit, so, wie ich sie verstehe. - Eine Drambuie? Ich rauche eine Zigarre, wenn ich darf.«

Wir tranken auf seine Finanzexpertenzeit, dann auf die Welt im allgemeinen und schließlich auf unsere höchst eigene Welt, die uns wie eine Muschel umschloß. Wir hatten an diesem Abend das Gefühl, daß unser bisheriges Leben sehr zufriedenstellend gewesen sei. Sicher gemacht durch meine Erfahrungen und Erkenntnisse, vergaß ich meine gelegentliche Trauer und meinte, eigentlich ein erfülltes Leben zu besitzen, mit Ehe und Kind und einem Beruf. Mark erzählte mir, wie gut das Leben ihn behandelt habe - Reisen, berufliche Erfolge und viele Freunde. Da wir satt waren, sprachen wir auch vom Essen. Von den vielen Gerichten, die wir gegessen hatten, den chinesischen, siamesischen, indischen, amerikanischen, französischen und englischen. »Als ich als ›gelber Fisch‹ durch China trampte«, erzählte er, »habe ich oft Wassermelonen gegessen. Ich mag sie sehr gern. Abends, wenn die kalte Luft anfängt, einen in die Nase zu kneifen, und wenn ich sehr hungrig war, habe ich flache heiße Petersilien- und Zwiebelkuchen gegessen, mit duftendem Sesamsamen bestreut und mit geräuchertem Schinken gefüllt. Und Congee, heiß und dampfend, der nach Seerosensamen roch.«

»Oh, hören Sie auf«, rief ich aus, »ich bekomme Heimweh! Mir fallen die Herbstmondnächte in Peking ein, mit den kleinen Täßchen heißen Weins, dünnen Scheibchen Ingwer und pikanter Leberwurst - und der Mond, wie er so groß im Baum über uns schaukelt - und die letzten, schwachen Rufe der Zikaden . . .«

Vor diesem Abend lagen verschiedene Vergangenheiten. Aber im Augenblick waren sie uns unter dem Vergleich amüsanter, netter Episoden zu einer einzigen zusammengeflossen. »1933 war ich in Japan«, sagte Mark, »und sah mir die dortigen Tempel an.« »Da war ich in Peking«, ergänzte ich. »Ich kam erst 1936 nach Peking«, überlegte er. »Ich war auf eine große Europareise gegangen und damals gerade in Italien.« Und so ging es weiter. Abgesehen davon, daß wir beide mit einigen Jahren Abstand in Peking geboren waren, hatten wir nichts gemeinsam - wir waren noch an keinem Ort gleichzeitig gewesen, außer hier und jetzt. Mark schien das zu begeistern. »Wir hätten uns ja gar nicht vorher begegnen können«, wiederholte er mehrmals. »Das Schicksal hat uns ja noch nie zu gleicher Zeit irgendwo zusammengebracht.«

Wir waren etwas angeheitert. Die Monate, die er in Neuguinea wegen einer Rückgratverletzung in Gips verbracht hatte, schienen uns ein riesig komisches Zwischenspiel. Sein ganzes Leben bestand aus

Zwischenspielen wie ein Bankett aus lauter Hors d'œuvres. Und für mich waren die Jahre der Gefühlsleere Ameisenjahre gewesen, ein Aufspeichern von Wissen in der Kornkammer des Geistes, eine Vorbereitung auf meinen Beruf, der mich freute und der es mir möglich machen sollte, beim Aufbau Chinas mitzuwirken. »Ärzten«, sagte ich, »wird noch dieselbe furchtgemischte Verehrung gezollt wie einst Sehern und Priestern. Infolgedessen entwickeln wir eine unglaubliche Machtgier. Stellen Sie sich einmal vor, wie verführerisch es sein muß, Gewalt über Leben und Tod zu besitzen. Wir Ärzte sind alle größenwahnsinnig.«

»Wir Journalisten aber auch«, sagte Mark. »Denken Sie nur an die Lügen, die wir der Masse unserer Leser auftischen. Wir sind die großen Verteilungsstellen des Bis-zur-Minute-Allerneuesten. ›Folie de grandeur‹ ist unsere Berufskrankheit.«

Wir hielten uns für Fortunas Lieblinge. Wir hatten so vieles gesehen, gehört, gefühlt und gelebt wie andere niemals. Wir lehnten uns zurück, und Mark sog behaglich an seiner Corona. »Ich liebe den Duft einer Zigarre«, sagte ich zu ihm, »er regt die Phantasie so stark an.«

Mark fragte mich, warum ich Martinis tränke. »Mir fiel kein anderer Cocktailname ein außer Martini, also nannte ich den. Sherry klingt so englisch, und Sie waren mir schon englisch genug. Ich wollte nichts bestellen, was eine wohlerzogene Engländerin trinkt.«

»Ach Gott«, seufzte Mark zufrieden. »Was für ein hübscher Abend. Ich dachte nicht, daß er so nett sein würde. Als Peter mir am Telefon in Singapur von Ihnen erzählte, dachte ich: Schon wieder eine von Peters intelligenten berufstätigen Frauen. Ich bin Ihnen sogar richtig aus dem Weg gegangen - wissen Sie, ich dachte, Sie trügen bestimmt eine Brille. Als ich Sie auf Evelyns Gesellschaft traf, war ich überrascht und dachte während des Essens immer wieder darüber nach. Schließlich meinte ich bei mir, daß Sie jemand anderes sein müßten. Ich fürchte, ich habe Ihnen meinen ganzen Lebenslauf erzählt und mehr über mich und mein Innerstes, als ich selber weiß.«

»Ja, das haben Sie«, sagte ich. Er hatte mir tatsächlich alles gesagt. Er hat später Details noch nachgeholt, aber von diesem Tage an kannte ich ihn gut.

DAS SCHICKSALSHÜNDCHEN

Juli

Der Sommer ist die unangenehmste Jahreszeit in Hongkong. Die Schönheit der Insel wird unter dem harten, erbarmungslosen Licht ausgelöscht. Alles erbleicht im Blenden der stählernen See und unter dem blassen Himmel. Es ist zu hell, um irgend etwas deutlich zu sehen, zu heiß, um die Erde zu riechen, und zu feucht, um zu fühlen, wie die Dinge sich angreifen. Wie früh man auch aufsteht, um noch die Dämmerung zu genießen – man findet sie schon verworren angefüllt mit Wolken und Nebel. »Bohnenquark« nennen die Chinesen dieses Wetter, weil Dunst und Wolkenflocken über den Hügeln und dem Meere liegen wie Bohnenquark. Und doch gibt es den Augenblick, in dem die Nacht sich davonmacht und der Tag kommt. Aber er ist schwer zu fassen - Dämmerung, Morgen und Tag verschwimmen ineinander.

Der leichte Morgenwind erhebt sich leise unter den grauen Wolken, die Land und Meer überdecken, raschelt in den Bananenblättern, blättert im flammenden Wald, seufzt in den Kasuarinenbäumen. Er schmiegt sich in den Hafen, schleicht um die Schiffe, die in Nebel eingehüllt noch in der bleiernen See ruhen. Weiter östlich, wo gestern der Flugzeugträger ankerte, erweitert sich ein heller grauer Streifen immer mehr, wird weiß und schillernd wie ein Fischbauch. Nun sind die Schiffe deutlich, wie Bleistiftzeichnungen auf der grauen Seide des Wassers. An Land kräuselt sich der erste Rauch aus den hohen Schornsteinen träge gen Himmel. Hier eine Wand, da ein Dach, dort ein erleuchtetes Fenster. Der Flugzeugträger, ein stachliger, schwarzer Igel, ist nun umgeben von einem rasch sich vergrößernden rosigen Fleck, der Sonne. Eben noch war alles grau und still wie die Nacht - und nun ist es hell, und in den fernen Hügeln lärmen die Vögel unablässig.

Das Licht legt bronzefarbene Streifen auf das Wasser, fegt den Nebel von den grünen Hügeln fort und gibt den Schiffen ihre schwarze, rote und weiße Farbe zurück. Die letzten Spinnwebwolken lösen sich auf. Wagen hupen, Boote tuten, Fähren rauschen, Straßenbahnen klingeln hektisch, Elstern rufen sich ungeduldige Schimpfworte zu, die Zikaden stimmen ihre Musik an - es ist wieder heiß und alles wieder sehr mühsam. Der Tag ist da.

In meinem Klinikzimmer ist es sehr warm, denn die Heizungsröhren laufen unter meinem Fußboden hindurch. Die Asseln vermehren sich gewaltig, bekriegen einander in großen Schlachten und lassen zuckende, halb aufgefressene Gerippe zwischen meinen Kleidern. DDT und Gammexane scheinen ihnen so prächtig zu bekommen, daß ich mich schließlich besiegt gebe. Mein letzter freier Nachmittag war vor einer Woche, und Mark ruft morgens an, gerade bevor wir zu operieren anfangen.

»Es ist vielleicht das Wetter, aber ich wüßte gern, ob Sie mich wiedersehen wollen.« — »Also darf ich kommen und Sie irgendwohin bringen? Es ist doch Ihr freier Nachmittag, Mittwoch.«

Wir haben bereits Markierungszeichen auf dem Wege aufgerichtet, der uns zueinander führen wird. Ich antworte: »Möchten Sie denn das?«

Ich spüre, wie er am anderen Ende des Drahtes wartet. Wartet, bis er erwidert: »Ja, ich möchte.«

Sollte das etwas zu bedeuten haben? Nein, bestimmt nicht. Trotzdem bin ich plötzlich sehr vergnügt. Ganz intensiv fühle ich mit einem Male, wie der Hörer in meiner Hand liegt, spüre den ausgetretenen Boden des Gemeinschaftsraumes unter meinen Füßen. Etwas berauscht sage ich rasch: »Ein paar chinesische Freunde aus Shanghai haben meine Tochter und mich zum Essen eingeladen. Wollen Sie uns an die Fähre bringen? Sie wohnen in Kaulun auf der anderen Hafenseite.«

Ich hätte es wissen müssen. Aber mein Herz hielt sich Augen und Ohren zu. Ich will es nicht wissen, ich bin tot und erloschen. Mir kann nichts geschehen. Dies ist der erste Mann, mit dem ich reden möchte. Und deshalb möchte ich ihn wiedersehen.

Er stand am Fuße der Haupttreppe, und hinter ihm lag das Nachmittagsmeer. Ein Meer wie ein hell gesungenes Lied, das mit seinem Jubel das Herz anrührt. So blau wie seine Augen ist auch das Meer. Ein paar ruhelose Wellen glitzern über die Oberfläche hin in Richtung auf Dumbbell Island. Der Kies der Auffahrt ist goldgesprenkelt.

»Was ist eine Gebärmutterexstirpation?« fragt Mark. »Ich habe das Operationsprogramm gelesen.«

Wir kletterten in den geliehenen Morris, und ich stellte meine Tochter Mei vor, die miteingeladen war. Wir fuhren wieder die Pokfulum Road entlang und dann nach links durch den fröhlichen Lärm der chinesischen Läden im Saiyingpun, an der Oper vorbei, durch das Elendsviertel hinaus auf die Praya. Zu dieser Tageszeit war die Praya gestopft voll. Dschunken auf dem Wasser, Lastwagen, Handwagen und Autos auf dem Kai, darüber heiseres kantonesisches Geschrei, schlurfende Tritte und das Hupen wartender Wagen. Marks Gesicht war glücklich. »Wie lebendig es hier ist«, sagte er. Wir fuhren langsamer, um zuzuschauen, wie man Lattenkisten mit Enteneiern und runde geflochtene Körbe voll »Laichee« zu den eckstirnigen Dschunken trug. Schrille Rufe, das rasche Traben zweier Träger, und an einem Bambusstock zwischen ihnen ein großer Eimer voll schnellender Fische. Auf einem wartenden Lastwagen wie Teller gestapelt zylinderförmige Hüte, mit gelbem Lack überzogen gegen Regen. Mehlsäcke, einer pro Mann, die aus einer Prau mit aufgemalten blauen Augen ausgeladen werden. Die mehlbestäubten Träger reichten dem auf dem Kai sitzenden Kerbholzmann ihre Nummernstäbchen. Holzkisten voller Dosen mit Campbells Hühnerbrühe, Kästen voller Sunkist-Orangen, Kisten mit vielerlei Aufschriften: Made in England, Made in USA, Made in Norway, Made in China. Und zwischendurch schwarzgekleidete flinke kantonesische Männer und Frauen, die auf Schiffe klettern, Kisten schieben, Wagen anlassen und sich mit lautem Geschrei den Weg bahnen. Und unter ihnen würdevoll dahintrollende Kinder mit Reisschale und Stäbchen, wie durch ein Wunder unverletzt bleibend und völlig unberührt von dem Höllenlärm. Die Schnelligkeit trotz des Durcheinanders, das leise Klatschen des Wassers am Kai, das an den Flanken der Dschunken schmatzt, leckt und saugt wie ein feuchtes Kindermäulchen.

»Entzückend, phantastisch und so lebendig«, wiederholte Mark.

Wir kamen nur langsam vorwärts, wir waren eingekeilt in eine lange Prozession von Verkehrsmitteln, als mit der hierorts üblichen Nonchalance der Wagen vor uns plötzlich ohne Warnung nach rechts ausbog und ebenso schnell ein kleines braunes Hündchen von einer weiter links liegenden Dschunke her uns vor den Wagen lief. Mark bremste scharf - eine Kette polternder, krachender Geräusche, Rufe und der kreischende Ton angezogener Bremsen daraufhin hinter uns. Das erste dieser Geräusche war ein Knall, und mit ihm rutschte unser eigener Wagen noch ein Stück vorwärts, das letzte der ganzen Serie klang wie ferner Donner. »Oh«, sagte Mark, »ich glaube, es ist etwas passiert.«

Ein magerer Engländer in Khaki mit Ledergürtel und schwarzen Schulterstücken sprang aufgeregt zu uns vor, gestikulierte und redete auf uns ein. Er hatte augenscheinlich Freude an sich selbst und an dem Vorfall. Er begann in etwas eitlem, aber gutem Kantonesisch herumzubrüllen. »O Gott«, wiederholte Mark mit einem leisen Anzeichen von Nervosität. »Das ist schrecklich. Es tut mir leid, daß Ihnen das mit mir passiert ist. Wie bedauerlich. Wie scheußlich.«

Ich sagte: »Machen Sie sich keinen Kummer. Es ist doch sehr lustig.« Wenn man in China von mordlustigen Chauffeuren gefahren worden ist und in London im Diplomatenwagen gelegentlich das rote Licht durchfahren und ungestraft Kurven geschnitten hat, besitzt man kein Fahrgewissen mehr.

Eine große Menge von Frauen, Kindern unterschiedlichsten Alters und noch mehr Männer hatte sich im Nu in dem Zwischenraum zwischen den Wagen und dem Meer angestaut, so daß die rosigen Flekken des Sonnenuntergangs auf den Kaulun-Hügeln nicht mehr zu sehen waren.

Der junge Mensch rannte hin und her und kam dann wieder zurück, um Mark lange Erklärungen ins Ohr zu schreien. Mei und ich ließen uns davon nicht beeindrucken, sondern betrachteten fröhlichen Sinnes die Zuschauer, die uns in derselben unbeteiligten und gleichmütigen Weise musterten. Mark stieg aus und folgte dem jungen Mann, um den Schaden zu besichtigen.

Er kam zurück, auf bescheidene Art beunruhigt. »Ach - hinter uns sind ungefähr sechs Wagen ineinandergefahren. Dieser junge Polizeimensch gehört zu einem Lastwagen, dem dritten in der Reihe, und er sagt, ich müßte jetzt mit ihm zum Revier. Es wird Stunden dauern. Es tut mir schrecklich leid. Eine dumme Geschichte!« — »Aber«, sagte ich, ohne seine europäischen Begriffe von Verkehr zu verstehen, »wieso eine dumme Geschichte? Niemand ist umgekommen, nicht einmal das Hündchen.«

Mark sah mich an, blickte dann weg und sagte tonlos: »Es ist schön, wenn jemand so ruhig bleibt wie Sie. Das besänftigt sehr.«

Mei zupfte mich am Arm und fragte laut und erwartungsvoll: »Muß er jetzt ins Gefängnis?« wobei sie Mark interessiert anstarrte.

»Vielleicht«, sagte ich, um ihr eine Freude zu machen. Wir konnten nur unter Schwierigkeiten aussteigen, denn die Menge war inzwischen so angewachsen, wie es einem regelrechten Verkehrsunfall zukommt, und preßte sich zum Teil gegen die Wagentüren.

»Einen Augenblick«, rief Mark. Er stieg ebenfalls aus, zog eine Pfeife aus der Tasche und stopfte sie sich aus einem gelben Ölhautbeutel. Um uns herum wogte und drängte die Menge, während er still dastand, den Himmel und dann mich ansah und sagte: »Erinnern Sie sich noch – das letzte Mal sprachen wir vom Schicksal. Glauben Sie, daß Sie und ich am Ende irgendwie ein gemeinsames Schicksal haben?«

Ich war begeistert. So etwas Nettes, völlig Abwegiges zu sagen, inmitten dieses ganzen aufgeregten Wirrwarrs, auf der Praya, während hinter uns die Wagen aneinanderhingen wie eine kaputte Ziehharmonika - am Ende der langen Reihe ein Lastwagen voller Flaschen mit »Watsons Orangenlimonade«.

Ich hob mein lachendes Gesicht zu ihm auf, ich fühlte fast so etwas wie Zärtlichkeit. Es war alles so komisch, wie er da im Scherz von Vorbedeutungen und Schicksalszeichen sprach. Ich erwiderte nur: »Ach nein, ich bin ganz, ganz sicher, daß wir kein gemeinsames Schicksal haben. Ganz bestimmt nicht.«

SHANGHAILAND

Juli

Am Bahnhof von Kaulun vorbei, am Christlichen Verein Junger Männer. Vorbei am Peninsula-Hotel mit seiner staubigen Springbrunnenanlage und seinen Geranien. Während wir - Mei und ich - der Wohnung meiner Freundin entgegengehen, übermalt ein blaues Zwielicht die Straßen - Vorläufer der Nacht, die alles mit einer lehmigen Farbe auslöschen wird. In diesem Augenblick sind die Dinge noch scharf und klar umrissen, der nächste schon neigt sich der Dämmerung zu. Die Farbe verschwindet, mit ihr alle Größen und Dimensionen. Die Dinge treten zurück. Die Entfernungen verändern sich. Wenn die Straßenlaternen aufleuchten, tauchen sie die Welt jenseits ihrer blanken Lichtkreise in um so tieferes Dunkel. Aus den öden Häusern springen plötzlich glitzernde Fensterlichter. Ich liebe diese gleitenden Augenblicke, diesen fließenden Übergang in eine andere Welt, denn mit ihm kommt eine Erleichterung des Herzens, eine Entspannung des Körpers. Die warme Nacht verbreitet Sicherheit, als schliefe in den tiefen Samtfalten der Dunkelheit die Furcht ein. Wie Nachtblumen öffnen und entfalten sich jetzt die Gesichter, und der menschliche Geist, bisher geschützt im abwehrend gespannten Körper, lugt nun hinaus in die bergende Finsternis: ein mißtrauischer Einsiedlerkrebs, der vorsichtig eine Schere aus seiner Muschel streckt.

Gleich allen Wohnungen meiner Shanghaier Freunde glänzt auch die Robert und Nora Hungs von Neonlicht und modernen polierten Möbeln. Selbstverständlich haben sie eine Klimaanlage, zwei Radios und einen Kühlschrank. Einige der von Shanghai herübergekommenen Leute sind reich. Einige von ihnen sind es sogar sehr. Und da Shanghai gefallen ist, leben all diese Reichen nun hier.

An den Wänden hängen alte Bilder von Freunden. Pekingteppiche liegen auf dem Boden. Robert ist sehr froh, daß er einiges aus seinem Shanghaier Hause hat retten können. »Die Leute verkaufen ihre Stickereien für nichts«, erzählt er, »wertvolle alte Bücher gehen nach Gewicht, keiner will sie.«

»Wenn ich an mein schönes Haus denke«, sagt er, »bin ich sehr traurig, nicht des Verlustes wegen, sondern weil wir so glückliche Zeiten dort verbracht haben. All unsere Freunde liebten das Haus.«

»Und wer sorgt jetzt dafür?«

»Unsere Dienstboten! Wir hatten sie schon seit Jahren. Sie sind geblieben, um sich um unsere Sachen zu kümmern. Später wird man ja sehen.« Nora erscheint in blaßblauer französischer Seide. Sie ist so wunderhübsch, daß ich es ihr jedesmal sagen muß. Das schönste sind ihre Hände, von einer fast nicht mehr menschlichen Schönheit. Man denkt an Orchideen, Magnolien, Weiden. Ihre Finger sind biegsam wie die einer siamesischen Tänzerin, sie bewegt oft die Hand beim Sprechen, und dann neigen sie sich vor- und rückwärts. Sie hypnotisieren mich geradezu, und ich sitze oft ein bis zwei Stunden herum und rede Belanglosigkeiten, nur um sie betrachten zu können. Obwohl sie selbst sehr schön ist, sind es doch ihre Hände noch mehr, und ich glaube, daß sie nur dazu da ist, um dieses zarte Wunder von Händen an ihren elfenbeinfarbenen Armen zu tragen.

»Wie geht es dir, Nora?« frage ich, »was macht dein Nesselfieber?« Denn wir sind Chinesen, und wir nehmen die unvermeidlichen Fehler in unserer Konstitution zur Kenntnis, die uns menschlich sein und bleiben lassen. Anstatt hinter unserem Rücken über unsere körperlichen und geistigen Schwächen herziehen zu lassen, besprechen wir sie rückhaltlos mit unseren Freunden. Nora hat die Modekrankheit: Allergie.

»Es geht mir sehr viel besser«, sagt Nora. »Ich habe einen neuen Arzt. Mein alter ist in der vorigen Woche gestorben. Ich war in schrecklicher Verlegenheit. Vor ungefähr zehn Tagen, bei der Cocktailparty von den Palmer-Jones, aß ich ein ganz kleines bißchen Krabben - sie waren im Salat versteckt, ich wußte es gar nicht. Ich bin so angeschwollen, daß ich dachte, ich sterbe. Ich habe den Arzt angerufen, und die Amah sagte, er sei krank und könne niemanden besuchen. ›Was, nicht einmal mich? Ich bin doch auch sehr krank‹, sagte ich. Glücklicherweise fand ich einen anderen Arzt, einen Spezialisten aus Boston, denn mein alter starb am nächsten Tag. Stell dir bloß mal vor, ich hätte niemanden gehabt, der mich behandelt. Mein neuer Arzt gibt mir irgendwelche Wunderspritzen. Sie haben mir sehr geholfen. Ich habe nur noch ein paar Stellen unter den Ohren.«

»Du hast Glück gehabt, Nora«, sage ich.

»Er ist furchtbar teuer«, klagt sie. »Aber dafür ist er Spezialist.«

Wir machen die Runde um die Bridge- und Mahjongtische, die im Salon und im Speisezimmer aufgestellt sind. Reizende, gutangezogene Leute spielen dort, rauchen, sprechen, lachen und fächeln sich. Wie bequem, wie wenig anstrengend doch das Leben ist! Wir sind alle miteinander Flüchtlinge. Einige haben ihr Heim verloren, andere werden nie wieder zurückkehren. Aber niemand empfindet das als Tragödie, denn gute wie schlechte Zeiten kommen in Zyklen. Gegenwärtig ist Hongkong kein schlechter Platz. Wenn man Kapital hat, kann man es hier innerhalb von drei Monaten verdoppeln oder verdreifachen.

Eine kleine Gruppe in einer Ecke hört einem sanften, träumerisch dreinblickenden Manne mit feinem kleinem Bärtchen zu, der berichtet, wie seine Frau letztes Jahr ertrank, als Piraten das nach Macao gehende Boot angriffen. Sie hatten sieben Kinder, das Jüngste ist vier. Er erzählt von den Vorahnungen, die seine Mutter gehabt habe, und wie die Kinderfrau des Jüngsten in der vorhergehenden Nacht im Schlafe aufschrie, weil zwei grünäugige Teufel sie erwürgen wollten. Er berichtet von dem gurgelnden Wassergeräusch, das ihm an jenem bösen Schicksalstage in den Ohren klang, als er aufwachte.

Eine andere Gruppe diskutiert über die Preise für Pässe und Visa. Man kann Pässe kaufen in Hongkong und Macao, obgleich die Kuomintang-Regierung diejenigen mit schweren Strafen bedroht, die weggehen. Der Süden wird nicht halten. Die Kommunisten haben den Yangtse überschritten, womit niemand gerechnet hatte, weil sie keine Boote besaßen. Ihr Einfallsreichtum ist zu bewundern — sie haben doch tatsächlich Flöße aus zusammengebundenem Reisstroh benutzt, drei Bündel pro Mann, mit denen sie einzeln hinübertrieben.

»Südamerika ist auch gut. Und sicher. Legen Sie Ihr Geld in Südamerika an.«

»Ich gehe in ein paar Monaten nach New York.«

Hongkong ist zur Zeit ein guter Platz für Leute mit Geld. Die Geschäfte gehen gut, und Geschäft ist alles in Hongkong. Die vernünftigen, erfahreneren Kaufleute hier, Engländer und Chinesen, sind nicht beunruhigt. Sie harren aus, warten, bis die Dinge sich zurechtgerückt haben, warten, daß der Staub sich legt, warten darauf, ihre Handelsbeziehungen wieder aufzunehmen. Denn wer kümmert sich um die Politik eines Landes, wenn man mit ihm Handel treiben kann? »Wir haben noch mit jedem Handel getrieben«, ist der stets gleichbleibende Kommentar des Hongkonger Geschäftsmannes.

»Und wohin willst du gehen, Nora, wenn Hongkong fällt?«

»Ich bin des Umziehens so müde«, sagt sie. »Vor dem letzten Krieg Nanking, dann Hankau, dann Tschung-king, dann wieder zurück nach Nanking, dann Shanghai und jetzt Hongkong.«

»Die Regierung ist jetzt in Kanton. Ich nehme an, daß sie eines Tages nach Tschung-king zurückkehrt«, sagt Robert. »Die arme Regierung.«

»Das arme Tschung-king«, gebe ich zurück. Und wir lachen alle.

Robert sieht Nora an. Sie sind seit zwanzig Jahren verheiratet. Hinter seiner dickgeränderten Hornbrille sieht man noch immer, wie sehr er sie liebt.

»Was wir vom Leben erwarteten«, sagt er, »war ein hübsches Heim und Frieden. Und nun haben wir zwölf Heime gehabt und keinen Frieden. Ich wäre so gern Arzt geworden wie du, aber ich mußte meine jüngeren Brüder versorgen, und so bin ich statt dessen Geschäftsmann geworden. Nun ist mein Leben soweit vorbei, und ich weiß, daß ich niemals Arzt sein werde.« Für einen Augenblick sieht er aus wie ein trauriger Spatz, aber schon kehrt sein Lächeln zurück.

»Du wärst auch ein schlechter Arzt geworden«, sagt Nora. »Du machst viel zuviel Aufhebens von deiner eigenen Gesundheit.«

Wir müssen lachen. Ich sage: »Ich wollte auch immer Ärztin werden, und nun bin ich es, und ich gehe Ende des Jahres nach China zurück, wenn meine Arbeit hier getan ist.«

Keiner hatte etwas dazu zu sagen. Für einen Arzt liegen die Dinge ganz anders. Die Kommunisten sind gut zu den Ärzten, ja sie behandeln sie sogar bevorzugt. Geschäftsleute haben es nicht so gut, im Juli 1949.

»Robert«, sage ich, aus dem Wunsch heraus, ernsthaft mit ihm zu reden, »viele von euch aus Shanghai legen doch ihr Kapital in Hongkong an.«

»Robert will nicht ernsthaft reden. Schau doch, wieviel gebaut wird«, sagt er. »Man kann sich ein Grundstück kaufen, darauf für zwei Lakh bauen und das Ganze dann zwei Monate später für vier Lakh wieder verkaufen – Fabriken auch. Hier kann man viel Geld verdienen. Gute Investitionsmöglichkeiten – schneller Gewinn! Man kann sein Kapital in drei Monaten verdoppeln.«

»Hältst du Hongkong für sicher? Die Engländer fangen an, nervös zu werden.«

»Die sind immer nervös! Das müssen sie sein, um ihr Gesicht zu wahren. Ich persönlich halte Hongkong nicht für sicher«, sagt Robert, »weil man's nicht verteidigen kann.«

»Die Engländer glauben es aber. Sie legen Truppen hierher und bauen Panzerstraßen. Denk an die neuen Polizeistationen, die sie planen! Das wird eine Menge Geld kosten!«

»Natürlich«, sagt er, »aber ich weiß nicht recht – ich will nichts gesagt haben. Ich glaube nicht, daß das mit den Kommunisten lange dauert – verstehst du? Sie sind nicht chinesisch genug. Und selbst wenn sie siegen, werden sie Hongkong nicht überfallen. Wozu auch – für sie ist es wertlos. Wenn sie es wirklich brauchen, fällt es von innen her, und dann ist die ganze Verteidigung nicht viel wert. Aber«, setzt er hinzu, »natürlich ist das eine Prestigefrage. Wenn die Kommunisten angreifen, werden die Engländer vielleicht um Hongkong kämpfen.«

»Aber ja«, behauptet der junge Mr. Luk, der nur die letzten Worte gehört hat, »England wird uns verteidigen.«

Wir beide sehen ihn an, als habe er etwas ganz Besonderes gesagt. Er ist Chinese aus Hongkong.

»Jedenfalls«, meint Robert, um von diesem ernsten Thema abzulenken, »es ist jetzt Hochkonjunktur. Wir aus Shanghai werden Hongkong verändern, werden es etwas verschönern.«

Ich erkenne meine Freundin Maya Wong und winke ihr zu. Wir waren vor zwanzig Jahren zusammen in der chinesischen Schule in Peking. Sie hat drei Kinder bei ihrer Schwiegermutter in Shanghai. Ihr Mann ist im vorigen Jahr an Tuberkulose gestorben. Sie ist nach Hongkong gekommen, um etwas Geld für den Unterhalt ihrer Kinder dazuzuverdienen. Sie arbeitet als Sekretärin in einer Privatfirma.

»Wann fährst du nach China?« fragt sie.

»Ende des Jahres.«

»Fahr lieber nicht hin. Sie werden dich umschulen wollen.«

»Ich bin schon medizinisch umgeschult, und Politik interessiert mich nicht. Ich hoffe, daß die Kommunisten das Volk anständig behandeln.«

»Und was wird aus deiner Tochter? Soll sie als Kommunistin aufwachsen?«

»Ich möchte nicht, daß sie als weiße Chinesin ohne ihr Land aufwächst«, sage ich. »In Hongkong hält mich nichts. Alles zieht mich nach China, sogar meine Tochter.«

Wir gehen durch die Nacht zurück. Der Himmel ist dicht besät mit Sternen. Von dem Fährboot aus, das den Hafen überquert, beobachte ich den schweren, schiefhängenden Mond, wie er sich über die nachtwirren Hügel dahinschleppt. Ein Flittern von Lichtern hängt über der

Insel vor uns, dann löst das Wasser neben dem Kai die Spiegelbilder der Reklamen auf der Praya in ein glitzerndes Rot und Gold auf.

Mei rüttelt mich. »Glaubst du, daß Mr. Elliott im Gefängnis ist?« Nichts gefiele ihr besser.

»Sicherlich«, sage ich. Wir nehmen ein Taxi zum Krankenhaus, und mein letzter Gedanke vor dem Einschlafen ist Mark. Ich denke, ohne zu wissen, warum: Was dieser Mann braucht, ist eine Freundin.

ENTFESSELTE SCHWIERIGKEITEN

Juli

Die meisten Menschen denken ungern an Zeiten des Leidens zurück. Ich trachte danach, sie nicht zu vergessen. Es ist keine Gnade, zu vergessen und die lebendige Wunde der Erinnerung zu blutlosem Narbengewebe verwachsen zu lassen. Ich wünsche mir ein ungemindertes Schmerzempfinden, den frischen Ansporn des Leids. Aber ach – ich wünsche es vergebens. Auch ich werde den allgemeinen Heilungsprozeß über mich ergehen lassen. Ich muß mich eilen, bevor erklärende Worte an die Stelle des glühenden, nun für immer versunkenen Augenblicks treten.

Ich weiß noch so gut, wie Mark einen Wagen zu fahren verstand. Seine Hände, die später mein ganzes Leben halten sollten, gingen zart mit allem um, mit den Menschen und mit den Gegenständen; und alles, was er anrührte, wurde mit stillem Leben erfüllt. Es war zwei Uhr früh und das sechste Mal, daß wir uns sahen. Seit jenem Vorfall auf der Praya war er zweimal ins Krankenhaus gekommen, um mich zu sprechen. Wir hatten uns in der Halle als Zielscheibe aller Blicke gegenübergestanden – ich fühlte mich recht linkisch mit den Händen in den Taschen meines weißen Mantels, wie ich so mit gerunzelter Stirn den polierten Fußboden anblickte. Er sah still und entspannt auf mich herunter. Wir sprachen nicht viel, wenn wir uns trafen, sondern waren immer etwas atemlos. Statt dessen schrieben wir uns komische, kleine Briefe.

»Ich schreibe so geläufig wie seinerzeit als Schuljunge«, schrieb Mark. »Sie haben etwas an sich, was meine Zeitung durchaus nicht hat. Ich möchte Ihnen immerzu schreiben, auch wenn ich gar nichts zu sagen habe.«

»Das kommt wohl von den Sonnenflecken«, schrieb ich zurück, weil ich gerade »All Trivia« gelesen hatte. Seine Briefe klangen mir durchs Herz, den ganzen Tag lang, und der Gedanke an ihn stimmte mich vom Erwachen an so freudig, daß ich seine physische Gegenwart nicht vermißte.

Und da wir uns nicht wehe taten und einander nicht vermißten, wußten wir das alles nicht. Sofern wir Heuchler waren, waren wir es aus Überzeugung.

Einmal, als es sehr heiß war, schlug Mark ein Bad um Mitternacht vor; weil ich aber um Mitternacht noch zu tun hatte, kam er erst um zwei Uhr, und wir fuhren zur Deep Water Bay, zwanzig Minuten vom Krankenhaus entfernt.

Der Mond, ein schartiger Opal, zog seine Stanniolspur über die Bucht. Einige müde Sterne hingen weit voneinander entfernt am Himmel. Auf dem Meer lag ein leichter Dunst. Das Wasser war schwer wie Öl, salzig und lauwarm.

Mark sagte: »Nachdem wir uns nun schon über einen Monat kennen, könnten wir uns eigentlich bei unseren Namen nennen und das Doktor und das Mister weglassen – meinen Sie nicht auch?«

»Gut, dann nenne ich Sie Elliott und Sie mich Han.«

»Nein, ich meine, bei den Vornamen.«

»Auch gut.«

Nach unserem kurzen Bad gingen wir zum Wagen zurück. Es war jetzt kühl. Mein Haar war klebrig und feucht, weil ich beim Schwimmen nie eine Kappe trage. Zwischen uns war eine Spannung, eine ungewohnte Beklommenheit hatte sich zwischen uns gedrängt. Er drehte den Zündschlüssel nicht. Wir saßen weit voneinander entfernt, wie immer.

»Geben Sie mir bitte eine Zigarette«, sagte ich.

Es war leicht, unschuldig zu tun. Ich hatte ein schlechtes Gewissen, denn meine Bitte hatte die Situation verschärft. Was ich wußte und mir nicht eingestand, weil ich nicht ehrlich genug dazu war, lag zu tief im Unbewußten. Was für vielschichtige Wesen sind wir doch!

Mark gab mir Feuer, und als er wieder im Dunkeln saß, nahm er meine rechte Hand und hielt sie einen Atemzug lang fest. Ich zog sie nicht zurück, und da beugte er sich vor und küßte mich auf die Wange, drehte dann mein Gesicht mit einem Finger zu sich hin und küßte mich auf den geschlossenen Mund. Er ließ mich wieder frei, und wir saßen ganz still. Dann startete er und fuhr los.

Als der Motor gleichmäßig brummte, sagte ich: »Es gibt ein Sprichwort: Man soll einen schlafenden Tiger nicht wecken.«

Er fuhr schweigend vierhundert Meter weiter und bremste dann. »Noch als ich dich küßte«, sagte er mit einer gelassenen, klaren Stimme, »wußte ich nicht, daß ich das vorhatte. Plötzlich mußte ich es einfach tun. Aber erst hatte ich deine Hand genommen. Hättest du sie zurückgezogen, hätte ich dich auch nicht geküßt.«

»Aber es wäre doch unhöflich gewesen, die Hand wegzuziehen«, war alles, was ich herausbrachte. Da mußten wir beide lachen, bis uns die Tränen in die Augen traten, und dann lag ich in seinen Armen, sein Mund war sanft und sehr sicher, und mein Herz hämmerte so laut, daß ich es hören konnte. »Oh«, flüsterte ich wie ein dummes kleines Mädchen, »was soll ich nur machen?«

»Du schmeckst nach Seewasser«, sagte er.

Mit einem Schlage haßte ich ihn, mit einer Wildheit, die bislang geschlafen hatte und nun mit einem Sprung zum wachen Wunsch der Zerstörung wurde. Die Kehle war mir trocken, die Kiefer schmerzten mich, und ich hatte über den ganzen Körper eine Gänsehaut. Ich sagte: »Sie sollen verdammt sein und zehntausend Jahre in der Hölle braten für das, was Sie mir da angetan haben.« Aber ich lag noch immer in seinen Armen, nah an seinem Munde, steif wie eine Tote.

Er zog langsam und behutsam den Arm zurück und startete den Wagen. Nach einer Weile hielt er an, ruhig wie immer, und meinte nachdenklich: »Als wir noch vor einer Weile am Strand saßen, da dachte ich, so wird es nun ein Leben lang weitergehen. Sie wird immer ein Stück weit weg von dir sein, denn es ist an sie nicht heranzukommen. Und dann küßte ich dich, ohne es vorher beabsichtigt zu haben. Du hast mich schon so glücklich gemacht, nur dadurch, daß ich dich kenne. Was sollte ich mehr wünschen?«

Mir war es gleichgültig, was er zu sagen versuchte. Wichtig war nur, was mir da geschah. Und das war etwas Furchtbares.

»Hören Sie zu! Sie kennen mich nicht. Sie denken, alles ist in Ordnung. Sie küssen ein Mädchen, und das bedeutet Ihnen nichts. Nur ein Kuß! Mit mir ist es anders. Mir ist schlecht – mir ist physisch übel. Ich kann Ihnen nicht sagen, warum, ich weiß es einfach nicht. Ich komme mir vor wie in einem kenternden Boot. Denn das hier bedeutet doch etwas. Selbst in Ihrer Welt fangen so Liebschaften an.«

Mark wurde nicht böse. Er fuhr weiter, und dann sagte er: »Als wir uns zum ersten Male trafen, fragtest du mich, ob ich die Wahrheit sage. Ich sage die Wahrheit. Ich denke immerzu an dich. Ich komme von dem Gedanken an dich nicht los. Ich bin völlig besessen. Ich wollte, du wärst Psychiaterin – dann könntest du mir vielleicht sagen, wie ich damit fertig werden soll.«

»Aber ich denke auch ständig an Sie, genauso.«

Und Mark war sehr in sich gekehrt, und als wir vor dem Krankenhaus hielten, sagte er, gelassen, gleichmäßig, ohne die Hände vom Steuerrad zu nehmen: »Mir scheint, ich habe mich in dich verliebt.«

Ich erwiderte: »Nein, das glaube ich nicht. Das ist nur eine Täuschung. Eine Insel ist wie ein Schiff, wissen Sie.« Wo hatte ich das schon einmal gehört? »Und auf einem Schiff geschehen die Dinge rasch. Hongkong ist solch eine wunderschöne Insel. Was Sie brauchen, ist ein Abenteuer.«

»O nein«, sagte er abwesend. »Deine Diagnose ist falsch. Ich brauche kein Abenteuer, ich habe eben erst eins hinter mir. Ich kam schon nach Hongkong mit dem Verlangen nach einer Frau, wie so viele Männer. Und ich habe sie auch gefunden.«

»Oh«, fragte ich, plötzlich neugierig, »welcher Nationalität denn?«

»Engländerin«, antwortete er kurz. Er unterdrückte ein »natürlich«.

»Ich glaube aber immer noch, daß für Sie ein Abenteuer gut wäre«, sagte ich und umklammerte meine Knie. Ich fühlte mich mit einem Male völlig als Ärztin und unpersönlich. »Es ist irgend etwas Unausgelöstes in Ihnen, obwohl Sie so sicher und freundlich gelassen wirken. Aber vielleicht geht es Ihnen wie so vielen Leuten in Hongkong – Sie sind auf einem toten Punkt angelangt. Vielleicht stehen Sie am Anfang von etwas Neuem. Ich spüre innerlich, daß Sie vor irgend etwas weglaufen – bei aller Tapferkeit.« Plötzlich wurde ich mir meiner selbst wieder bewußt und war nun wieder an mir stärker interessiert als an ihm. »Und was ist jetzt geschehen? Mich haben Sie in Aufruhr versetzt. Ich mag Aufruhr nicht. Ich will nie wieder einen Mann lieben. Es ist zu kompliziert, ich habe Angst davor. Und nun lasse ich mich von Ihnen küssen, obwohl mir davon schlecht wird. Verdammt«, brach ich aus, da meine Gedanken bis zur letzten unbarmherzigen Konsequenz vorschnellten, »und was hätte ich von der ganzen Geschichte? Ich würde zu einer minderen Hongkong-Eurasierin absinken mit ein bis zwei Bastarden.«

Nun wurde er wirklich böse. »Das ist nicht wahr«, rief er, »nimm das zurück.«

»Es ist wahr, und ich nehme es nicht zurück. Man fängt solche Sachen an und macht sich vor, es sei weiter nichts dabei. Später macht man sich vor, es sei die Liebe, die einen mitgerissen hat. Liebe«, sagte ich und spuckte das Wort spöttisch aus, »und im Namen der Liebe richtet man dann ein heilloses Durcheinander an. Ich will nicht! Niemand soll mir mein Leben durcheinanderbringen.« Und ich wiederholte eigensinnig: »Was ich gesagt habe, ist wahr, und ich nehme nichts davon zurück.«

Da wir vor dem Klinikeingang standen, hätte ich jetzt aussteigen und gehen sollen. Ich hätte ihn nie wiedergesehen, und nichts weiter wäre geschehen. Aber natürlich — das konnte ich nicht. Ich saß da, schaudernd, fast erstickend, wütend, völlig benommen, und mir war schlecht. Mark sagte nur sehr ruhig: »Du bist sehr aufrichtig.«

Das war so falsch, daß ich ihn das nicht sagen lassen durfte. »Ich bin es nicht. Wenn ich's wäre, würde ich jetzt aufstehen und aussteigen. Aber ich kann nicht. Ich möchte, daß Sie mich noch einmal küssen, obwohl mir davon übel wird. So etwas ist mir seit Jahren nicht passiert.«

»Ich bin auch sehr durcheinander«, erwiderte er gleichmütig. »Sag mal — du warst doch neulich so sicher, daß wir kein gemeinsames Schicksal hätten. Woher weißt du das so bestimmt?«

Woher? Mir war das klarer, als ich es hätte aussprechen können. »Weil ich Chinesin bin und Sie Engländer, Sie sind verheiratet, und ich bin Witwe, Sie sind Journalist, Zuschauer aus der ersten Reihe, den die Revolution in Asien nichts angeht; und ich bin Ärztin, unweigerlich mithineingezogen durch die Pflicht gegenüber meinem Volk. Sie reisen im nächsten Jahr nach Rom, obwohl Sie nicht die geringste Lust dazu haben, und ich nach China, denn dafür habe ich gearbeitet, wir sind beide an Konventionen gebundene Menschen, wir wollen nicht nur irgendein Verhältnis miteinander, und wir haben beide Kinder. Ach nein, nein«, rief ich, »für uns gibt es keinen Raum, weder diesseits noch jenseits, nirgends, nirgends — wir sind verdammt, noch bevor wir miteinander angefangen haben. Wir wollen uns doch nicht selber täuschen!«

Aber Mark wollte nicht glauben, daß man das Schicksal nicht an den Haaren herbeizerren darf, daß zufällige Begegnungen nichts bedeuten. »Wir wollen doch bitte nicht die leichten Dinge schwierig und die schwierigen leicht machen«, sagte er. »Wir wollen sehen, was werden wird. Vielleicht gibt's noch einen Platz für uns beide zusammen in der Welt.«

»Ich weiß genau, was werden wird, wenn wir uns weiterhin sehen. Ich werde Ihre Geliebte. Und ich werde Sie hassen und mich dazu.«

»Warum?« Seine schönen wohlgebildeten Hände lagen regungslos auf dem Steuerrad. Ich hatte mich immer vor Händen gefürchtet, besonders vor männlichen. Aber vor den seinen nie. Niemals!

»Weil ich darin nicht normal bin. Ich habe lange Zeit keinen Mann mehr sehen mögen, und schon der Gedanke daran war erschreckend und völlig unmöglich.«

»Das verstehe ich nicht«, sagte Mark.

»In mir ist innerlich alles verkehrt. Ich bin unmenschlich, gefühllos, zwischen mir und den anderen Leuten ist eine Wand. Ich bin nicht so geboren worden, aber jetzt bin ich nun einmal so. Sie sind der erste Mann, den ich seit langer Zeit begehre. Ich begehre Sie, und natürlich hasse ich Sie dafür so, daß ich in Ohnmacht fallen könnte.«

Er schwieg. Und in dieses Schweigen hinein erzählte ich ihm, was mir geschehen und wie es mir ergangen war.

Er sagte noch immer nichts. Kein Laut des Bedauerns oder des Mitfühlens. Sein Gesicht schien in der Dunkelheit unbeweglich. Die Hände, die ich beobachtete, lagen entspannt und ruhig. Hätten sie eine kleinste Regung des Mitlieds oder der Überraschung gezeigt, hätten sie das Steuerrad fester umklammert — so hätte ich ihn verachtet. Aber sie blieben regungslos. Als ich alles erzählt hatte, sagte er, unbewegt durch die Scheibe nach vorn blickend:

»Liebes, wie lange ist es denn schon her, daß du so bist.«

»Fünf Jahre oder mehr. Eine lange Zeit. Meine ganze Familie glaubt, ich sei ein Muster an Tugend. Sie denken, ich bleibe wegen unserer altmodischen Sitten so ganz für mich — eine Witwe darf sich nicht wieder verheiraten. Aber ich bin nicht von Natur aus so. Es handelt sich gar nicht um Tugend — es ist purer Widerwille. Ich hätte ein unkompliziertes Leben haben können, keine Aufregungen, nur Arbeit und nochmals Arbeit. Arbeiten ist so leicht, wenn man innerlich abgestorben ist. Ich habe gar nicht mehr gewußt, warum die Leute so viel Aufhebens von der Liebe machen. Verstehen Sie?«

»Ja.«

»Ich konnte nicht mehr anders als — neutral sein. Das Wort ›Geschlecht‹ war so ohne Sinn, als hätte es nie für mich existiert. Die Welt der Liebe verschloß sich für mich. Nicht mehr berührt werden, nicht mehr verletzt werden, die anderen erschrecken, damit man selber nicht mehr erschreckt werden kann. Niemals mehr lieben. Richtig tot sein. Keine Gefühle, außer Ärger und Ehrgeiz mehr empfinden. Bis jetzt. Und nun haben Sie mich geküßt, und anstatt weit zurückzuweichen, wie ich es eben noch getan hätte, kann ich nicht von Ihnen fortgehen. Was wird aus mir? Was soll ich tun?«

Nichts war von meiner privatesten Sphäre übriggeblieben. Sie gehörte nun ganz diesem Manne. Und ich hatte sie ihm selbst ausgeliefert. Morgen würde ich mich verfluchen. So sagte ich bitter:

»Nehmen Sie mich lieber nicht, verstehen Sie mich. Gehen Sie von mir weg, solange Sie's noch können. Ich bin nicht der Mensch, den Sie brauchen, und von allem abgelöst. Nehmen Sie sich in acht.«

Er erwog dies still für sich, etwa zwanzig Minuten lang. Aus dem dritten Stock des Krankenhauses hörte ich einen Säugling schreien, ein klägliches, tierhaftes Schmerzgewinsel. Mark drehte sich zu mir um und sah mich lange Zeit an. Dann sagte er sehr ruhig:

»Ich werde darüber nachdenken. Ich werde die Entscheidung auch für dich treffen.«

Das kam unerwartet, und es war doch das, worauf ich schon immer gewartet hatte. Schon immer. Ein Mann, der die Kraft haben würde und den Mut, mir das zu sagen. So erwiderte ich – zum ersten Male, seit ich ihn kannte, demütig:

»Ja, du bist stärker als ich. So entscheide auch für mich.«

Es war vier Uhr früh. Der Mond war verschwunden und der Himmel dicht bewölkt. Marks Flugzeug sollte um sechs Uhr starten. Er wollte für zehn Tage nach Formosa fliegen. Wir schieden, ohne einander Lebewohl zu sagen.

DER GOLDFISCH

Juli

Ich hatte über Ernest Watts schon viel gehört, bevor ich ihn kennenlernte. Auf einer Gesellschaft in Universitätskreisen wurde mir sein Name zum ersten Male genannt. Es war eine gewissermaßen ernsthaft lustige Gesellschaft von Professoren, Dozenten, Assistenten und deren Ehefrauen, die ihre Kameradschaftlichkeit alle herzlich offen zur Schau stellten. Ich war auf Grund meiner bunten Vergangenheit und meiner vielseitigen Ausbildung in diesen privaten Kreis hineingeraten, wie ich noch in viele Cliquen und Zirkel hineingeraten sollte, die sonst gegeneinander hermetisch verschlossen waren. Hier galt ich ganz als »Intellektuelle«, und eine der Frauen beglückwünschte mich zu meiner Übersetzung eines Bandes chinesischer Kurzgeschichten. »Ich habe sie zwar nicht gelesen, aber sie sind bestimmt sehr schön.« Einer der bedeutenderen Pädagogen zog mich in eine Ecke und sprach mir von Ernest Watts, wobei er immer wieder entrüstet seinen runden Kopf schüttelte. Zwischen seinen Cocktailschlucken grollte er: »Eine Schande für die Kolonie! Gar nicht der Typ, um eine so verantwortungsvolle Stellung zu bekleiden! Schade, daß sie ihn nirgends behalten wollten. Ich rate Ihnen um Ihrer selbst willen – gehen Sie ihm aus dem Wege. Er ist ein Idealist!« Damals verwechselte ich noch Schroffheit mit Ehrlichkeit, und ich mochte jeden in Hongkong gern. Ich hatte so viele nette Ausländer noch nirgends getroffen.

Von meinem Freund und Kollegen John Tam bekam ich einen anderen Watts präsentiert. John Tam pries ihn in seinem abgehackten malaiischen Englisch ganz begeistert: »Das ist ein feiner Kerl! Idioten kann er zwar nicht ausstehen, aber dich wird er mögen. Du, der wird böse, wenn er jemanden nicht leiden kann!« Tam steckte voller Geschichten über Ernest Watts – ein Zug übrigens, der sowohl den Freunden wie den Feinden dieses Mannes gemeinsam war. Wenigen Menschen blieb er gleichgültig, nicht einmal den Chinesen. Man liebte oder haßte ihn. Tams Erzählungen waren nicht eben milde, sie zeichneten einen bissigen Spötter, der voller Donquichotterie die übliche Heuchelei angriff – das aber mit einer tiefen Ehrlichkeit. Ich war irgendwie berührt und interessiert – ich wollte Ernest Watts unbedingt kennenlernen.

In diesem ereignisreichen Monat Juli bat die Gesundheitsbehörde, die gerade durch Krankheit und Urlaub einen Mangel an Narkosepersonal hatte, John Tam und mich um Aushilfe. Tam wollte sich auf Pathologie spezialisieren, und ich wollte zur Chirurgie. Wir hatten viel mehr Angst vor dieser Aushilfstätigkeit als unsere Patienten, die sich bei unserer Behandlung mit Äther und Kurare recht wohl zu fühlen schienen. »Ich bekomme noch eine Angstneurose«, meinte Tam, und während wir so zu Häupten unserer Patienten saßen, halbbenommen von den betäubenden Dämpfen aus unseren Apparaten, raunte er mir Gespenstergeschichten zu, die er aus chinesischen und malaiischen Gruseleien mischte. Er bildete sich ein, an Fuchsdämonen zu glauben, und schleppte mich manchmal auf seinen nächtlichen Streifzügen auf den Friedhof am Bergeshang gegenüber dem Krankenhaus mit, in der vergeblichen Hoffnung, einem dieser boshaften und schönen Geschöpfe zu begegnen. Sofern es sich aber um menschliche Wesen handelte, war er ein ausgemachter Pessimist. »Ich habe nie eine so schöne Stadt gesehen wie Hongkong«, stellte er fest, »aber auch nie so viele mordlustige Leute.« Ich mochte Tam sehr gern. Er war aufrichtig, begeisterungsfähig und klug. In seinem Zimmer in der Klinik hielt er sich, um sich zu trösten, Fische. Er hatte sechzehn Aquarien voller Kampffische und Engelfische und auch einige wertvolle löwenköpfige Goldfische. Der Zimmerkuli beklagte sich schließlich bei der Stationsschwester, er könne den Fußboden in Dr. Tams Zimmer überhaupt nicht sauber machen, weil kein Fußboden mehr übrig sei. So mußte Tam denn die Zahl seiner Aquarien auf acht herabsetzen und wurde dadurch nur noch pessimistischer.

Als wir eines Abends zwei Kampffische voneinander trennten, um sie wieder kämpfen zu lassen, sobald sie in dasselbe Wasser kamen, sagte Tam: »Watts ist wieder da. Möchtest du mit ihm essen? Ich kann dich einladen.«

»O ja, gern. Ich habe so viel Schlimmes über ihn gehört, er muß sehr interessant sein.« Ich wußte bereits, daß in Hongkong Gerüchte mehr zählten als Tatsachen. Niemand machte sich die Mühe, herauszufinden, wie die Menschen wirklich waren, das Gerücht genügte, und Hongkong war immer voller Gerüchte. Die Fama gedieh hier, denn hier war es leichter, etwas zu scheinen, als etwas zu sein. Dienstboten waren reichlich vorhanden und billig zu haben, und die Frauen hatten wenig zu tun. Bosheit war ihre liebste Beschäftigung.

Watts war — aus welchem zwischenzeitlichen Versteck auch immer — in die Kolonie zurückgekehrt. Einige Leute schien das aufzuregen, andere zu freuen. »Er muß sehr anregend sein«, sagte ich zu Diana Kilton, die seit sechs Jahren meine Freundin war. Diana war Engländerin und außerordentlich wichtig für mich. Sie hielt mich über die jeweilige öffentliche Meinung der Engländer auf dem laufenden. Sie verbarg einen scharfen Verstand hinter ihrem typisch englischen Auftreten, hinter einem immerwährend unberührt erscheinenden Gesicht, gutem Tennisspiel, den richtigen Kleidern und konformistischen Gemeinplätzen, sofern sie in der Öffentlichkeit den Mund auftat. »Anregend?« rief Diana aus. »Eine launische Diva. Niemand will mit ihm verkehren.«

»Aber du hast ihn doch nie gesehen, Diana.«

»Aber man hat es mir erzählt. Ich möchte ihn gar nicht kennenlernen.«

Ich ließ Tam eine halbe Stunde warten, weil ein Fall von akuter Blinddarmentzündung eingeliefert worden war. Tam war blaß vor Angst. »Du, wir kommen ja zu spät. Frauen haben gar keinen Zeitsinn! Watts haßt Leute, die unpünktlich sind. Er hat keine Geduld. Wir müssen uns beeilen.«

Ich war selber gereizt. So in den Wagen gepackt, ohne mir auch nur die Nase pudern zu können, fühlte ich mich unbedeutend, ja ängstlich. Mir war geradezu elend, als wir bei unheilschwangerer Dunkelheit am Fuße der Treppen anlangten, die in den Abhang gehauen waren. Wir kletterten im Laufschritt hinauf. Watts haßte ja das Warten. Endlich erreichten wir ein im viktorianischen Stil errichtetes Gebäude, dessen Mauern und Säulen mit leprösen Flecken von

Schwamm und Feuchtigkeit behaftet waren. Ich wurde hastig in ein kleines Zimmer mit schmalen Tischen, gradlinigen Stühlen und Bücherwänden geschoben. An dem runden Tisch saßen Watts, eine kleine, üppige Frau und ein junger Mann, ihr Neffe. Wir tranken Sherry aus kleinen Gläsern, deren Rand einem an die Nase stieß. Watts hatte blaue Augen und war blond, mit einem Stich ins Rötliche. Er sah aus, als besäße er ein Atelier und trüge niemals einen Hut. Später bekam ich heraus, daß er auf seinen Streifzügen einen abgetragenen Panama trug und niemals ein Atelier gehabt hätte.

Die kleine Frau hatte erschreckend schwarze Augenbrauen, ein entschlossenes Kinn und die geistige Beweglichkeit aller Untersetzten. Über den Neffen ist nichts zu berichten.

Wir aßen chinesisch. Der Neffe zog mich in eine Unterhaltung, während zwei Augenpaare mich in aller Ruhe beobachteten. Ich war müde, gereizt und fühlte mich unbehaglich. Das Gespräch wandte sich dem üblichen Klatsch Hongkongs zu. Der Neffe schien sich eine Menge sicherer Vorurteile angeeignet zu haben. Er sprach von den Palmer-Jones. Ich wußte bereits von meinen Shanghaier Freunden Nora und Robert Hung, daß die Jones eine geschäftliche Macht darstellten. Sie waren, wie man so sagt, »große Tiere«. Der Neffe wußte einfach alles über sie. »Palmer-Jones ist so ölig, daß er geradezu glitscht. Er dienert, schlägt die Hacken zusammen und läuft fünfzig Schritte im Trab, um den Sohn eines chinesischen Ministers zu begrüßen oder die Konkubine eines reichen malaiischen Händlers. Wenn er mal weiß, daß man weder wichtig ist noch sonst gute Beziehungen hat, überlegt er nur, wie er einen trotzdem noch ausnutzen kann.«

»Das ist sehr chinesisch«, sagte ich lachend. »Ich werde die Palmer-Jones demnächst kennenlernen. Er ist ziemlich bekannt in Hongkong, und viele Leute mögen ihn gern.«

»Oh, der hat überall seine Finger drin. Aber seine Frau ist noch schlimmer. Sie können sich darauf verlassen, daß Mrs. Palmer-Jones in jedem Komitee und in jedem Ausschuß ist, der hier irgend etwas zu beschließen hat. Ohne sie geschieht nichts. Sie sitzt über allem und jedem zu Gericht. Sie kann eben nicht vergessen, daß sie mal Missionarin gewesen ist. Das sind so richtige Säulen der Gesellschaft hier, diese beiden!«

Watts sagte gar nichts. Er saß nur da, und man spürte ständig seine Gegenwart. Im Geiste beschnüffelte ich ihn wie ein neugieriger junger Hund. Er gefiel mir. Aber ich war wütend auf den Neffen. Das Gespräch kam jetzt auf Lucy Koo. Es stellte sich heraus, daß die üppige Dame und ihr Neffe Lucy Koo nicht mochten.

Ich fing jetzt an, die Geduld zu verlieren, denn ihr Urteil war vernichtend, und schließlich war Lucy so hilfreich und nett zu mir gewesen wie kein Mensch sonst in Hongkong. Ich fühlte mich ihr gegenüber verpflichtet und sagte daher unhöflich: »Sie wissen ja gar nicht, was Sie reden. Ohne sie steckte ich tief in Schulden.« Ich ging dazu über, vom Missionshaus und den Missionaren zu erzählen.

»Oh, sie ist sicher nur nett zu Ihnen gewesen, weil sie irgend etwas von Ihnen will«, meinte die Tante des Neffen.

»So etwas Dummes!« entgegnete ich grob. »Ich war vorher nie in meinem Leben in Hongkong. Ich hatte weder Beziehungen noch Geld, noch Protektion. Ich stehe ganz am Rande von alledem und gehöre nirgendwohin. Wie kann sie da etwas von mir erwarten?«

Watts lehnte sich plötzlich vor. Seine Stimme war leise, und nun wußte ich, warum er mir gefiel. Er erinnerte mich an Mark Elliott. »Konnten Sie während Ihres Aufenthaltes im Missionshaus in Erfahrung bringen, was diese Missionare abends im Bett eigentlich lesen?«

Ich lachte. Das war amüsanter als dieses Geschwätz über andere Leute. »Die lesen nichts als Kriminalromane«, sagte ich. »Ich bin erst zu ihnen gestoßen, als sie aus China herausgeworfen worden waren — Schiffbrüchige, die das Meer auf diesen grünen Felsen gespült hat, dieses unser Exil, Hongkong.«

»Sie kommen gerade recht zum letzten Akt einer sterbenden Welt«, sagte er. »Es ist reizend, zu wissen, daß die Toten und die Sterbenden im Bett gelegen und Mordgeschichten gelesen haben, um endlich ihren Schlaf zu finden.«

Ja, Watts gefiel mir. Aber mit den anderen hatte ich es verdorben, und nach einigen gequälten Höflichkeiten verabschiedeten wir uns linkisch.

»Watts hat mir gefallen«, sage ich zu Tam, als wir einige Tage später seine Aquarien reinigten. »Aber ich war schlechter Laune, und ich glaube, die mögen mich nicht.«

Tam macht mir gegenüber keine Ausflüchte. Auch er hat ein hitziges Temperament. »Mit seinen Bekannten hast du es nicht verstanden. Ihr seid beide ungestüme Frauenzimmer. Sie sagt von dir, du seiest zu offenherzig. Menschenkind, du kannst nie ein guter Diplomat gewesen sein.«

Wir putzten schweigend weiter. Ich schüttete den Sand und den Kies zurück. Wir untersuchten die Wasserpflanzen, dann füllten wir die Aquarien halb voll mit dem alten Wasser und setzten frisches Regenwasser zu, das wir in einer Nullah am Berge gesammelt hatten.

Wir tropften etwas Sepsotinktur hinein, um die Parasiten zu töten. Dann tauchte John Tam vorsichtig die Glasschale mit seiner letzten Neuerwerbung, zwei kohlschwarzen Zierfischen, in den Behälter. Zuerst verließen die Fische ihre Schale nicht. Dann versuchten sie das Wasser – es schmeckte ihnen, und sie schnellten sich mit einem Schwanzschlag heraus. Wir schrien vor Vergnügen, als sie so durch das Aquarium auf die kleine elektrische Birne am anderen Ende zuschossen und plötzlich ihre spinnwebzarten Schwänze ausbreiteten, breite, schöne Schwänze, fünfmal so lang wie sie selbst und so dünnhäutig, daß man durch sie hindurchsehen konnte. Der kleine, feste, widerstandsfähige Körper, zwischen dessen schwarzen Schuppen manchmal ein leichter Glanz von Gold aufleuchtete, schien nur ein Anhängsel des enormen Blütenschweifs zu sein. Dieser Körper trug vorn Augen, die wie kleine Pflanzen aussahen, symmetrische Gewächse, die auf ihren gebrechlichen Stielen sanft zu beiden Seiten des gedrungenen Kopfes schwankten. »Einhundertsechzig Dollars das Paar«, sagte Tam, »du, ein schöneres findest du nirgends.«

Ich war fassungslos von der Schönheit dieser Fische und konnte gar nichts sagen. Wir saßen nur da und freuten uns miteinander, ohne in unserem Betrachten müde zu werden.

»Ich sehe die Menschen immer als Fische an«, sagte Tam, halb zu sich selbst. »Fische werden wunderlich, weißt du, wenn sie so in ihren Aquarien, von der übrigen Welt abgeschnitten, dahinschwimmen. Es gibt viele Arten, gesellige, die in Scharen beieinanderleben, wie beispielsweise die Engelsfische oder die Kampffische, grimmig wie die Tiger und ebenso dumm, und dann ganz wenige, so wie diese hier, selten und schön, mit riesigen Chrysanthemenaugen und einem Schweif wie ein Nebelstreifen. Ein paar Menschen sind so wie diese Goldfische. Sie isolieren sich und werden allmählich unzugänglich für die Legion der Mittelmäßigen und die Horden der Dummen. Ungehemmt von Neugier und Böswilligkeit entwickeln sie in ihrer Einsamkeit ihre eigenen Auswüchse. Seltsame Blüten sprießen aus ihnen hervor, und allmählich verlieren sie die Fähigkeit, mit ihren nur nützlichen Artgenossen zusammenzuleben. Ernest Watts ist für mich so ein Goldfisch, von dieser schönen, seltenen Sorte. Er ist nicht wie die anderen.«

Ich nickte. Ich konnte nur eines denken: wenn Mark von Formosa zurückkommt, muß ich ihm diese Goldfische zeigen. Sie sind schön, und ich möchte, daß seine Augen alles Schöne sehen, das es auf dieser Welt gibt.

SUZANNE

Juli

Es war Mittwoch und also mein freier Nachmittag. Ich bummelte durch die Gloucester Arkaden, den von Läden flankierten Durchgang zwischen dem Gloucester-Hotel und dem Hongkong-Hotel. Vor einer Konditorei wandte sich eine Frau mit gelben Haaren, in rotem, weißgetupftem Kleid nach mir um. Von hinten schien sie eine Europäerin zu sein, aber in ihrem Gesicht lag unter der fremdländischen Art, sich zu schminken und Augen und Mund zu bewegen, etwas Chinesisches. Sie kam auf mich zu.

»Entschuldigen Sie! Sind Sie nicht Suyin?«

Ich sah sie an. Aus den gepuderten, unbekannten Zügen tauchte allmählich wie ein Fisch, der aus den Tiefen des Wassers heraufsteigt, ein anderes Gesicht auf, ein Gesicht, das ich vor langer Zeit einmal gekannt hatte. »Ich kenne dich. Wir waren zusammen in der Klosterschule. Du bist doch Suzanne . . .«

Sie lächelte erfreut. Ihre glänzenden dunklen Augen paßten nicht zu dem allzu goldnen Haar. »Du läßt dir jetzt die Haare färben?«

»Ja. Jetzt merke ich, daß du dich meiner erinnerst. Nach all den Jahren! Ich glaube, es sind zwanzig. Wir waren damals zwei Jahre zusammen in der Klosterschule.« Sie freute sich überströmend und schüttelte mir beide Hände. Einen Augenblick standen wir und sahen einander an, dann zogen wir uns in die Halle des Hongkong-Hotels zurück, und es gelang uns, einen freien Tisch zu finden.

Die Halle war wie gewöhnlich von zahlreichen Gruppen überschwenglich sich gebärdender Chinesen überfüllt. Immer saßen sie in Familien beisammen, nie einzeln: Frauen in glatten Kleidern, mit Ohrringen, nach der neuesten Mode mit hohem Busen und runden Hüften, Männer in Sharkskin-Anzügen, laut schreiend im Gespräch über irgendwelche Geschäfte. Alle aßen Kuchen und tranken Orangeade. Es waren keine Engländer zu sehen. Die hemmungslosere, zahlreichere Rasse hatte sie hinausgedrängt. Sie hatten sich mit ruhiger Würde in den ersten Stock hinauf zurückgezogen und die Halle mit einer so geschickten Geste der Gleichgültigkeit aufgegeben, daß ihr Rückzug einen taktischen Sieg darstellte.

Suzanne fragte: »Wie ist es dir in den letzten zwanzig Jahren ergangen?«

»Ich bin auf einer chinesischen Universität gewesen und habe Europa bereist. Dann bin ich nach China zurückgekommen. Während des Krieges war ich in Tschung-king. Mein Mann und ich gingen dann nach England. Er wurde von den Kommunisten getötet, als er nach China zurückkehrte, um im Bürgerkrieg zu kämpfen. Ich habe mein Medizinstudium in England beendet. Ich habe ein Kind.«

Mein Leben war aus vielen Bruchstücken zusammengesetzt. Jedes einzelne hatte seine besondere, private innere Einheit, vielfach verwandelt, aber immer war sie auch meine eigene.

»Aber ich bin nicht interessant – erzähl von dir!«

Ich war begierig auf ihre Geschichte, denn sie war Eurasierin wie ich und mit mir in einer kostspieligen Klosterschule gewesen. Dort hatte ich meiner Mutter zuliebe zwei Jahre zugebracht, um Französisch, sinnlose Manieren und den Haß auf die Europäer zu erlernen. Eine eigene Welt, die ich bereits vollständig aufgegeben hatte, als ich noch sehr jung war. Sie hingegen war noch immer mit ihr verbunden, und sie bewahrte ihr, alles in allem, eine angenehme Erinnerung. Wegen dieser Klostertage hatten sich nun unsere Wege gekreuzt und würden einander auf irgendeine Weise beeinflussen. »Erzähl«, wiederholte ich. »Wir haben zusammen die erste Kommunion genommen. Es war kalt an dem Tag, irgend jemand wurde ohnmächtig . . .«

»Ja! Ja! Bettina! Ihre Mutter war Japanerin, ihr Vater Engländer. Sie fraß, hinter dem Pultdeckel versteckt, Löschpapier. Die fette Mutter Angela, die an einem Schlaganfall starb – du erinnerst dich –, hat sie immer wieder geschüttelt, damit sie es wieder ausbrach. Bettina ist damals während der Elevation der Hostie ohnmächtig geworden und hat sich die Stirn auf dem Fußboden aufgeschlagen. Sie haben ihr Wasser und Essig gegeben, um sie wieder zu sich zu bringen. Sie konnte nicht mit uns kommunizieren und mußte es am folgenden Sonntag allein nachholen. Schließlich hat sie einen Deutschen geheiratet und ist im Kindbett gestorben.« Suzanne hatte sich zu oft eines Besseren besonnen, um zu heiraten. Ihre Hände hoben und senkten sich beim Sprechen, die Finger bogen sich nach außen, und ihr lachender Mund versuchte, die Wandelbarkeit ihrer Neigungen zu rechtfertigen. »Mein Leben scheint eine Folge von Liebschaften gewesen zu sein.« Und wieder stieg ein Lachen in ihr auf.

Ich war hingerissen und etwas neidisch. Weil sie beim Erzählen lachte, erschien das Ganze als eine recht unwesentliche Begebenheit, als einfach unwichtig und wie ein angenehmer Zeitvertreib. Warum war es bei mir nicht auch so? Warum war ich so, wie ich war?

»Sag mir«, bat ich, »wie viele es waren.«

Sie bedeckte in gespieltem Entsetzen die Augen mit den Händen. »Ich habe sie neulich abends zu zählen versucht.« Wieder dieses Lachen, das wie Champagner perlte. »Ich bekam – ja, ich bekam ungefähr zehn zusammen, oder so ungefähr. Ist das viel?«

Ich schluckte. »Ich weiß nicht.«

Suzannes bewegliches Gesicht wurde ernst. »Aber ich habe nie die Messe versäumt. Nicht ein einziges Mal. Und ich bete auch immer noch jeden Abend, wie man es uns im Konvent gelehrt hat.«

Ich starrte sie an wie das Kaninchen eine überlebensgroße Kobra. Suzannes Vater war Engländer, das machte sie zur Engländerin, aber ihrer Erziehung nach war sie Französin. »Engländer sind so sentimental«, sagte sie. »In der Liebe haben sie keine Phantasie. Sie nehmen sie so ernst, daß sie entweder hoffnungslos verliebt und leidenschaftlich sind, oder aber sie lassen einen die ganze Zeit fühlen, daß man ihnen vollständig gleichgültig ist.« Franzosen waren eher Männer nach Suzannes Herzen – und zwar sicher verheiratete, die eine gefühlvolle Episode in ihrem sonst zufriedenstellend unsentimentalen Leben suchten. »Viele Männer werden erst sentimental, wenn sie verheiratet sind«, verkündete Suzanne.

»Hast du es nie – eh –, hast du es nie mit einem Chinesen versucht?«

»Nein«, erwiderte Suzanne rasch. »Ich mag sie nicht.«

Wie merkwürdig, dachte ich, daß es auch solches Rassengefühl gibt. Ich hätte mich nie von einem Ausländer anrühren lassen. Bis jetzt, bis Mark kam. Aber Suzanne eröffnete mir neue Ausblicke.

»Einmal hätte ich fast geheiratet«, erzählte sie. »Einen Engländer, auf einem Schiff. Du weißt ja, wie rasch sich die Dinge auf einem Schiff entwickeln. Nach drei Tagen schon waren wir wahnsinnig verliebt ineinander. Er wollte sich scheiden lassen und mich heiraten. Aber das wollte ich nicht. Ich möchte richtig anständig heiraten, in der Kirche. Er wollte mit mir ein Verhältnis anfangen bis zur Scheidung. Ich fragte ihn aber: Und was wird aus meinem Ruf?«

Nun kam Suzanne auf den springenden Punkt. »Ich habe so viele Ehen gerade daran kaputtgehen sehen, weißt du. Wenn es mit ihren Frauen nicht mehr klappt, suchen die Männer etwas, was besser zu ihnen paßt. Darum muß ich ja immer erst herauskriegen, wie sie wirklich sind. Und das kann man nur auf eine Weise. Ich merke, daß du nicht viel davon verstehst. Ich nehme an, du warst sehr lange verheiratet. Warst du schon mal richtig verliebt?«

Ich fühlte, wie ich ganz Abwehr wurde. »Ja, natürlich«, sagte ich unpassenderweise, »in meinen Mann.«

»Ich sehe schon, du hast sehr behütet gelebt. Je länger man verheiratet ist, desto weniger versteht man davon. Mit der Zeit muß es recht langweilig werden. Es ist ja erstaunlich, worauf ein Mann alles kommt – man muß das eben schon herausfinden, bevor man sich bindet und dann merkt, daß man ihn nicht mag. So einer kann monatelang von sich selbst erzählt haben und jeden Abend mir dir ausgegangen sein, und du weißt trotzdem noch nichts von ihm. Bis zu dem Punkt. Hinter einigen war ich furchtbar her, und danach – waren sie erledigt! ›Ah, mein Lieber‹, habe ich denen gesagt, ›wenn du so einer bist, dann versuche ich's besser mit einem anderen‹.« Ein eiserner Ring schnürte mir fast die Kehle zu. Ich würgte mit fremder, belegter Stimme heraus: »Ist das denn nicht Sünde?« Ich war selbst erstaunt, daß ich das gesagt hatte.

Einen Augenblick lang war Suzanne traurig, sie seufzte mit komischem Bedauern, während schon wieder Lachtränen in ihren Augen glitzerten. »Ich weiß! Aber so bin ich eben! Die ersten Tage über fühle ich mich auch nicht sehr sündig, da schwebe ich zwischen Himmel und Erde, von der Liebe getragen. Aber danach fall' ich mit einem Bums herunter und weiß, daß ich gesündigt habe. Am deutlichsten weiß ich es am Sonntagvormittag.«

Ihr ovales Gesicht war faltenlos, und sie leuchtete vor Glück. »Und du«, fragte sie, »du bist keine Katholikin mehr? Hast du die Religion aufgegeben, nachdem du die Ehrwürdige Mutter Oberin gegen das Schienbein getreten hast? Aber deine Mutter war doch so fromm?«

»Ja.«

Ich sagte ihr nicht, warum ich davongegangen war. Die Mutter Oberin hatte nichts damit zu tun. Ich hatte ganz und gar Chinesin sein wollen und nicht eine gefälschte Halb-Europäerin, von jener munteren, großherzigen Art, wie sie am Rande der kleinen europäischen Zirkel in Shanghai oder Peking leben – in jener merkwürdigen Halbwelt der Konzessionen und Vorurteile, einer Welt, die jetzt im Schwinden begriffen war, wie die Missionen, die Überlegenheit der weißen Rasse und manches andere mehr.

»Ich habe die Religion aus vielen Gründen aufgegeben, aber die Gründe gelten längst nicht mehr. Ich bin ganz einfach ich selber und brauche keine Religion.«

»Vielleicht bist du eine geborene Puritanerin. Du hast die Dinge nie so hingenommen, wie sie nun einmal waren. Für puritanische Menschen ist das Leben noch schwieriger. Sie leben nicht ihrer Natur nach. Ich habe einen gekannt – der hat sich selber das Leben zur Hölle gemacht. Religion ist für menschliche Wesen eine Notwendigkeit, menschliche Wesen sind nun einmal unvollkommen, und das müssen sie ohne viel Zittern und Zagen hinnehmen. Du wirst sicherlich doch noch zum Glauben zurückkehren. Wenn du einmal wieder verliebt bist, wirst du auch wieder in die Kirche gehen.«

»Nein!« sagte ich. »Niemals! Ich bin keine Christin geworden. Ich bin viel zu gefühlskalt und viel zu neugierig, um irgend etwas anzubeten. Ich will auch nicht zurück. Ich werde nicht wieder lieben — niemals.«

»Du sprichst das Wort ›lieben‹ aus, als sei es wunder was«, sagte Suzanne. »So großartig ist Liebe nun auch wieder nicht. Schon irgendeine Kleinigkeit kann sie auslöschen. Du kannst schlafen gehen erfüllt von Liebe, und morgens wachst du auf — und sie ist verflogen. Ich denke da an einen Mann, in den ich mich verliebt hatte. Wir verabredeten uns in seinem Hotel. Als ich zu ihm ins Zimmer trat, saß er bereits erwartungsvoll da und hatte schon den Rock ausgezogen. Das war taktlos, findest du nicht auch? Also wirklich, hab' ich ihm gesagt, du scheinst es ja sehr eilig zu haben. Du hättest damit auch noch warten können. Und danach hat er mir gar nichts mehr bedeutet.«

Wir hatten unsere Orangeade ausgetrunken. »Wo arbeitest du«, fragte ich Suzanne.

»Ich arbeite für Humphrey Palmer-Jones«, sagte sie. »Ich bin seine Sekretärin.« Ich war sehr froh darüber. »Ich habe so viel über ihn gehört, von so vielen Leuten. Vielleicht lerne ich ihn bald kennen. Ein paar englische Freunde haben mir einen Einführungsbrief an ihn gegeben.« — »Er ist sehr nett«, sagte Suzanne. »Aber — sei vorsichtig! Seine Frau . . .« Sie runzelte die Stirn. »Sie ist . . . also, vor der kann man Angst bekommen.«

Suzanne mochte Mrs. Palmer-Jones nicht. Aber für Humphrey war sie des Lobes voll. »Wenn man den kennt, kommt man vom Fleck. Er ist sehr einflußreich, und er vermittelt viel und gut. Und außerdem ist er wirklich nett.«

Wir standen auf und tauschten unsere Telefonnummern aus. Schwerelos, ein wenig auf ihren hohen Absätzen trippelnd, verschwand sie durch die Arkaden, gekrönt von ihrer Jugend und ihrem goldgefärbten Haar. Als sie ging, fühlte ich mich leer, einsam und liebebedürftig. Ich ging in die Klinik zurück und streckte mich auf meinem Bett aus. Ein Name hämmerte bei jedem Herzschlag. Ich zog mich aus und betrachtete mich lange im Spiegel. Fast eine Stunde lang war ich unglücklich.

SCHATZSUCHE

Juli

Endlich sollte ich die Palmer-Jones kennenlernen.

»Zu Cocktail und Dinner«, stand auf der Einladung, die sie mir schickten. Sie wohnten droben auf den Hügeln von Hongkong.

Fünf Minuten, bevor ich die Klinik verließ, klingelte das Telefon. Es war Mark, der aus Formosa zurück war. Ich versuchte den Krach des allgemeinen Aufenthaltsraumes zu überschreien: »Ich gehe gerade aus. Komm um elf.«

Und dann ging ich, geblendet von dem Gedanken an Marks Rückkehr, zu den Palmer-Jones.

Ich hatte so viel über sie gehört. Suzanne war Humphreys Sekretärin. Robert und Nora Hung kannten sie gesellschaftlich, Robert hatte geschäftlich mit ihm zu tun gehabt. Humphreys finanzielle Geschicklichkeit war bekannt und hochgeschätzt. Die allgemeine Meinung fand ihn reizend und gestand ihm sowohl Einfluß wie auch Beziehungen zu allem und jedem zu.

Adeline Palmer-Jones segelte wohlwollend majestätisch auf mich zu, als ich ihren stopfvollen Salon betrat. Die Leute sind wirklich albern — dachte ich, als sie mich durch die dichtgedrängten Gruppen führte. Sie hat gar nichts Erschreckendes. Sie ist königlich, ja, und etwas salbungsvoll ist sie auch, aber schließlich ist sie ja dick! Sie hat auch eine starke Nase, und die Augen sind etwas klein und die Lippen dünn. Aber sie kann ja nichts dafür, daß sie so aussieht.

Ich wurde eingekeilt zwischen zwei Engländerinnen und eine Wand unter einem Ölbild von Adeline, auf dem sie einen blauen Hut trug. Ein kleiner Mann mit offensichtlich schlechter Verdauung tauchte dicht neben mir auf und vertraute mir düster an, daß die Cocktails reichlich schwach seien. Die Frauen warfen sich über meinen Kopf hinweg Stücke einer säuerlichen Unterhaltung zu. »So ein Biest, was?« rief eine Hagere mit Sommersprossen. »Genau das!« erwiderte eine Blonde mit starkem Flaum auf der Oberlippe. Sie fuhren in ihrem Gespräch munter fort, und ich drehte meinen Kopf nach rechts und links, ohne von ihnen beachtet zu werden. Unsere Gastgeberin kam auf uns zu, und die Sommersprossige begrüßte sie mit Enthusiasmus. »Ich sagte gerade zu Mary, was für wundervolle Gesellschaften Sie geben, liebste Adeline. Ich habe hier alle getroffen, die ich überhaupt kenne.«

Adeline lächelte zu mir herab. »Mir ist, als kenne ich Sie schon lange, Dr. Han. Lady Brimbles hat mir alles über Sie geschrieben.

Sie liebt die Kunst sehr, nicht? Sie versteht die Völker des Ostens so gut und die Kultur des Orients und ihre fünftausend Jahre alte Zivilisation ...« Sie sah mich, die Repräsentantin dieser fünftausend Jahre, wohlwollend an. Unsere Unterhaltung wandte sich dann aber der Jetztzeit zu, und ihre weiteren Ausführungen waren mit Namen bedeutender und einflußreicher Leute durchsetzt. Ich kannte keinen einzigen davon. Ihre Freundin schien ziemlich unsachlich von mir berichtet zu haben. Ich mußte einige Namen braver, alter Anhänger der Nationalregierung ausgraben, und nun wurde ihr Lächeln freundlicher. Ich war auf dem richtigen Wege. »Humphrey und ich kennen alle netten Leute in China«, sagte sie. »Wir hatten dort so viele Freunde. Was für hübsche Dinge sie uns geschenkt haben, Stickereien, Teppiche, Vasen, Bilder... Diese rührenden alten Generale haben mir dauernd Geschenke geschickt. Humphrey hatte mit so vielen Leuten zu tun, wissen Sie. Wir lieben die Chinesen. Es ist ein schrecklicher Gedanke, daß das jetzt alles vorüber sein soll.« Sie seufzte.

»Ich bin so froh, daß Ihnen Hongkong gefällt. Wenn man einen Wagen hat, geht es ja. Fahren Sie selbst, oder haben Sie einen Chauffeur?«

»Ich habe keinen Wagen, ich kann mir keinen leisten.«

Ein Schatten fiel über das mir zugewandte Lächeln. Als ich erklärte, daß ich für mich selber sorgen müßte und tatsächlich zur Zeit schwer zu kämpfen hätte, vertiefte sich der Schatten.

»Nun ja«, meinte Adeline. »In jedem Leben gibt es ein Auf und Ab. Sie werden natürlich hierbleiben. Eine Privatpraxis wäre für die Gemeinde so wichtig. Ungeheuer wichtig!«

»Ich habe vor, nach China zurückzukehren.«

Der Schatten war jetzt ausgesprochen finster. »Aber alle wirklich netten Leute verlassen China«, sagte sie steif. »Die Jugend läßt sich so von Idealen mitreißen. Sympathisieren Sie etwa mit den Roten?«

»Ich interessiere mich überhaupt nicht für Politik. Aber es ist meine Heimat, und sie braucht alle ihre Ärzte ...«

»Natürlich«, sagte Adeline und hing ihren Gedanken nach. »Mein Mann hatte viel mit ihnen zu tun, wissen Sie. Es ist eine große Verantwortung, aber der Handel muß ja auch weitergehen. Wir müssen durchhalten. Manchmal denke ich trotz alledem: Vor fünfundzwanzig Jahren hätten wir so etwas ganz anders angefaßt, einige Kanonenboote den Fluß hinaufgeschickt – Ruhe und Ordnung wären wiederhergestellt gewesen. Wir haben den Handel noch immer und überall zu schützen gewußt.«

Eine kleine heiße Welle stieg mir unter meinem chinesischen Kragen den Hals hinauf. Vielen Chinesen wird etwas heiß, wenn Europäer so zungenfertig davon sprechen, daß man Kanonenboote chinesische Flüsse hinaufschicken sollte. Ich wurde jedoch einer Erwiderung enthoben, weil Adeline uns überraschend schnell verließ. Ein großer, schöner Mann mit zerfurchtem Gesicht und ergrauendem Haar war eingetreten. Sofort war er von einer Schar von Damen umgeben, die die Köpfe zusammensteckten und die Ohren aufsperrten, um seinen Bemerkungen zu lauschen. Heiteres Gelächter kam von dieser Gruppe her. »Das ist Humphrey«, sagte James Manton, der eben auftauchte und mir die Hand schüttelte. »Wie geht's? Wir haben in letzter Zeit nicht viel von Ihnen gesehen. Fiona wird bald zurück sein, und Sie müssen uns noch ein bißchen besuchen, bevor Sie nach Peking gehen. Tattybogle hat Fiona ein Geburtstagstelegramm geschickt. Er ist schließlich ihr Hund, nicht meiner.«

Evelyn Walsingham plauderte mit einem großen, gutaussehenden Jesuiten, der sein Glas Orangeade in beiden Händen hielt. James und ich gesellten uns zu ihnen. Pater Low sprach fließend acht europäische Sprachen und zwei chinesische Dialekte. »Das ist einmal eine gutbesuchte Gesellschaft«, sagte er liebenswürdig. »Ich weiß gar nicht, warum ich eigentlich hier bin. Ich habe fast den Verdacht – nur um die weltliche Macht der Kirche zu vertreten.«

»Ich finde Mrs. Palmer-Jones außergewöhnlich, so energisch, so freundlich und so begabt für Repräsentation«, sagte Evelyn.

»Glasiert mit Freundlichkeit, wie in Sülze«, murmelte der kleine, magenkranke Mann, der mir überallhin zu folgen schien. Keiner wußte, wer er war und wie er hergekommen war. »Aber man darf das wohl nicht aussprechen – nach zwei wäßrigen Cocktails«, setzte er trübselig hinzu.

Pater Low und ich entdeckten unsere Seelenverwandtschaft in einer gemeinsamen Liebe zur chinesischen Lyrik und zitierten einander gerade einige Liedverse von Nah Lan, als Humphrey zu uns trat. Er war reizend. Er beugte sich etwas nieder, um mir die Hand zu reichen, und sofort fühlte ich mich klein und zart. »Ich habe schon viel von Ihnen gehört«, sagte er, und ich fühlte mich intelligent und wohlgelitten. Er wandte sich zu James. »Tut mir leid, daß ich mich verspätet habe. Wurde durch eine Besprechung aufgehalten – handelte sich um Lizenzen für Straßenverkäufer. Bin absolut dagegen. Die Leute dürfen nicht die Straßen verstopfen. Zuviel Unordnung.« Als er gegangen war, erklärte mir James, daß Humphrey nebenbei und unter vielem anderen auch an der Fischindustrie interessiert sei. Er war in irgendeinem Direktorium und hatte festgelegte Ansichten über diesen Punkt. Fisch und Reis sind fast die einzige Nahrung der einheimischen Bevölkerung, weil die Kolonie ihren gesamten Fleischbedarf einführen muß. Vor dem Kriege pflegten die etwa sechzigtausend Fischer ihren Fang den reichen Geldverleihern abzuliefern, die ihnen Darlehen zu sehr hohem Zinssatz gewährt hatten und denen sie seit Generationen verschuldet waren. Die Regierung der Kolonie hatte die Macht der Geldverleiher gebrochen, sie hatte Märkte eingerichtet, auf denen die Fischer nun ihren Fang zu einem anständigen Preis verkaufen konnten. Sie lieh Geld zu niedrigem Zinssatz aus, richtete Genossenschaften ein und traf eine ganze Anzahl sozialer Maßnahmen. Auf der anderen Seite hatten sich aber Ringe von Zwischenhändlern gebildet, die die Fische aufkauften und die Preise bedeutend höher trieben, als sie den Fischern je gezahlt worden waren. Die Kolonie hatte keine Gefrieranlagen. Deshalb konnte man leicht eine Verknappung künstlich hervorrufen. Dann litten die Verbraucher Mangel, und die Armen konnten sich erst recht keinen frischen Fisch mehr leisten. Jahraus, jahrein aßen sie Reis und gesalzenes Gemüse und das eingesalzene Schnitzelfleisch einer einheimischen Sardine. Dabei hätte man die Preise senken können, wenn man zum Beispiel den Straßenhändlern neue Lizenzen gewährte, anstatt den Verkauf auf Standbesitzer zu beschränken, die alle organisiert waren und mit den Zwischenhändlern zusammensteckten. Die ehemaligen Geldverleiher legten ihr Geld im Zwischenhändlerring an. Ihnen ging es so gut wie eh und je.

»Aber Humphrey sagt, es käme nichts Gutes dabei heraus, wenn man die bestehende Ordnung ändert. Er ist sehr loyal, wissen Sie – er hat nämlich Freunde unter den Zwischenhändlern. Er hält zu ihnen.«

»Aber das bedeutet, daß viele Arme außer Reis nichts zu essen bekommen«, protestierte ich energisch. »Das ruft Krankheiten hervor und Unterernährung, dieses Weltübel ...«

»Ja, ja, das ist alles sehr schwierig!« nickte James, vernünftig wie immer. »Die Regierung hat für die Fischerleute viel getan. Aber es sind so viele Interessen mit dem Fischgeschäft verflochten – wir dürfen nichts überstürzen.«

Evelyn Walsingham sprach offen über chinesische Studenten und ihr Land. Evelyns Herz war noch immer in ihrem kleinen Haus in Kent, wo ihr ordentlicher Sinn sich inmitten einiger erlesener Gegenstände mit Wohlgefallen und Würde bewegte. »Ich finde an der chinesischen Philosophie nichts Bewundernswertes. Meiner Meinung nach ist ihre Haltung dem Leben gegenüber recht grausam. Die Studenten scheinen nicht viel Dankbarkeit für das zu empfinden, was für sie getan worden ist. Sehen Sie sich die Denunziationen und Geständnisse in den kommunistischen Zeitungen an — alles das sind frühere Inhaber britischer und amerikanischer Stipendien! Und so viele Chinesen, die aus Sicherheitsgründen nach Hongkong gekommen sind, wollen keinerlei Arbeit in der sozialen Fürsorge leisten. Sie haben kein Interesse daran, irgend etwas zur Wohlfahrt Hongkongs beizutragen — nur aus seiner Krisenfestigkeit wollen sie Nutzen ziehen.«

»Sie haben die Kolonie ruiniert«, rief ein steifer, militärisch aussehender Mann mit Bürstenschnurrbart und einem rosa leuchtenden Schädel. »Die reichen Leute aus China haben uns ruiniert.«

»Ich würde eher sagen«, murmelte der kleine magenkranke Mann, der mir anscheinend lebenslänglich nicht mehr von der Seite weichen wollte, »daß die Kolonie den Rahm von ihren Ersparnissen geschöpft und dann sie ruiniert hat.«

»Dies also ist Mrs. Palmer-Jones' große Cocktailparty in jedem Jahr!« sagte James zu mir. »Wollen Sie jetzt mit uns kommen und bei uns etwas essen, oder gehören Sie zu den Auserwählten, die hier zum Dinner bleiben?«

Ich gestand, daß ich zu diesen Auserwählten gehörte. Die Erwähnung des Essens ließ mich nach einer Uhr Umschau halten. An der Wand gegenüber dem Porträt von Mrs. Palmer-Jones hing eine Schweizer Kuckucksuhr, und ich erschrak. Es war fast zehn. Zehn! In einer Stunde würde Mark vor der Klinik auf mich warten. Ich würde mich verspäten, und vielleicht ginge er weg, und ich sähe ihn nie im Leben wieder. Jemand berührte meinen Arm. Es war Helen Parrish aus dem Gästehaus der Mission mir ihrem Gatten Alf.

»Sie böses Mädchen — seit Sie in der Klinik wohnen, haben Sie uns noch kein einziges Mal besucht.«

»Ich hatte keine Zeit. Mrs. Parrish. Wie geht's Ihnen denn?«

»Nicht schlecht — eigentlich sogar recht gut. Wir haben Glück gehabt. Alf ist jetzt Abteilungsleiter in der Firma von Palmer-Jones.« Sie senkte die Stimme. »Humphrey und Adeline sind ganz entzückend. Sie waren ja vor langer Zeit auch einmal Missionare wie wir, aber sie haben es inzwischen weit gebracht. Wir sind ihnen ganz schrecklich dankbar.«

Mrs. Parrish gefiel es sehr gut auf einer so großen Cocktailparty. »Unsere Mission hat gerade einige neue Missionare aus den Staaten hergeschickt, die nach China sollen. Sie haben schon um das Einreisevisum nachgesucht. Sie sind im Missionshaus und warten darauf, nach

China abzureisen. Ist das nicht komisch? Sie kommen natürlich gar nicht mehr hin.«

Jener brüske Mann, der mit so großer Entrüstung von Ernest Watts gesprochen hatte, gesellte sich jetzt zu unserer Gruppe. Sein Name war, wie ich hörte, William Monk. »Sie haben meinen Namen vergessen, na, so etwas«, zog er mich auf und stellte seine Reize auf volle Lautstärke. Seine dünne, durchdringend blickende Frau warf Evelyn und mir einen Blick zu, ergriff ihn mit dürren Worten und dirigierte ihn durch eine Gasse von Menschen wieder von uns fort.

Evelyn seufzte. »Der gute Mr. Monk! Auf seine Art ist er goldig, finden Sie nicht auch? Martha ist etwas schwierig, sie glaubt, daß jede Frau hinter ihrem Mann her ist. Wenn sie allzu schwierig wird, bekommt er regelmäßig Magenkoliken.«

»Ich finde es so mutig von Adeline«, sagte jemand, »alljährlich so durcheinandergemischte Gesellschaften zu geben. Ich hätte furchtbare Angst. Man weiß ja nie, welcher Fauxpas da passieren kann. Ich bin noch nie Chinesen begegnet – außer gelegentlich natürlich«, setzte sie hastig hinzu. »Ich finde es so tapfer von Adeline.«

Es war tatsächlich tapfer von Adeline. Meine Sympathie für sie wuchs. Sie hatte Mut. Während der sechs Monate in Hongkong, als ich so von Zirkel zu Zirkel wanderte, von Rasse zu Rasse, hatte ich mich oft gefragt, warum die Leute sich nicht stärker untereinander mischten. Alle Zutaten waren da, fertig zum Mischen. Schmelztiegel des Orients – so nannten sie Hongkong. Ganz falsch! In Wahrheit war es ein Ort, wo jeder jedem begegnete und doch alle getrennt blieben, getrennt durch zahllose Vorurteile und Mißverständnisse. Wie man auch die Mischung schüttelte – sie zerfiel sofort wieder in unvereinbare Schichten.

Ein schwaches Gedränge machte sich bemerkbar. Offensichtlich war die Cocktailparty zu Ende. Die Nicht-Auserwählten, ein gehorsamer Trupp, trollten sich hinaus. Ich sah traurig hinter ihnen her und wünschte, ich wäre auch dabei. Dann blickte ich mich um. Das Zimmer war leer bis auf die Auserwählten. Die Einrichtung des Zimmers konnte mir vielleicht Adeline Palmer-Jones' Wesen erklären. Auf den lackierten Regalen standen silberne mandschurische Karren und türkisbesetzte Schalen aus Tibet in enger Nachbarschaft mit Schäferinnen aus Meißner Porzellan. Große japanische Vasen waren flankiert von Ming-Vasen. Zwei chinesische Gemälde, Pflaumenblüten darstellend und wundervoll ausgeführt, umrahmten eine Schweizer Uhr. Eine Reproduktion von Van Goghs »Sonnenblumen« leistete Mrs. Palmer-Jones' Porträt Gesellschaft. Die Stuhllehnen wiesen geschnitzte

Traubendolden auf. Zwei chinesische Altartischchen aus Rosenholz trugen Bücher und Zeitschriften. Die Sofas waren schwer und mit hellgemustertem Stoff bezogen. Dicke Tientsin-Teppiche, schön gemustert, lagen auf dem Boden. Überall standen kleine Tischchen. Ich hatte nun ein Gesamtbild von Adeline und war beeindruckt von der großen Zahl silberner Zechinen, mit denen ihr blaßblaues Gewand bestickt war.

Erst um elf Uhr saßen wir an der reichen, von Royal-Worcester-Geschirr und Silber glänzenden Tafel. Lautlos respektvolle Boys in langen weißen Gewändern bedienten uns. Eine sehr dünne Dame mit glanzlosem Haar verbreitete sich begeistert über Hongkong, während sie ihre Tomatensuppe löffelte. Dies war ihr erster Orientaufenthalt. »Ich finde es geradezu wunderbar, so viele Dienstboten zu haben und Muße, soviel man nur will. Man kann seine Zeit schöpferischen Dingen widmen und braucht sich nicht so mit der Hausarbeit zu quälen wie in England.«

»Aber man hat trotzdem keine Zeit«, protestierte die Sommersprossige, die auch unter den Auserwählten war. »Im eigenen Bekanntenkreis ist so viel los, wissen Sie. Es ist mörderisch. Ich bin manchmal vollständig erledigt. Vorige Woche habe ich einen ganzen Tag im Bett bleiben müssen.«

Der Militär mit der rosigen Glatze sprach über einige neue Panzerstraßen, die entlang der chinesischen Grenze gebaut worden waren, um die Kolonie vor einer etwaigen Invasion zu schützen.

»Hongkong ist uneinnehmbar, völlig uneinnehmbar. Unsere Panzer können überall hin, wo man sie braucht. Ich möchte den sehen, der uns überfällt.«

»Man sollte die Polizei verstärken«, meinte William Monk. »Wir brauchen ein Netz von Polizeistationen über die ganze Kolonie. Wir sind von innen unterhöhlt. Die Eingeborenen sind bereits gegen uns organisiert. Überall zeigen sich umstürzlerische Tendenzen. Selbst in unseren akademischen Institutionen.«

»Ja.« Die Sommersprossige schauderte. »Hongkong ist furchtbar ermüdend. Das Klima und dann solch gräßliche Leute die ganze Zeit um einen herum, man kann kaum noch der Menge entgehen – selbst auf dem Peak.« Für einen Augenblick schlossen sich ihre Augen, wie um diese Menge auszuschließen. »Hongkong wäre herrlich, wenn es nicht so viele Chinesen hier gäbe«, stimmte Martha Monk bei und nahm noch etwas Fisch. In das nachfolgende Schweigen stürzte sich Adeline mit einem taktvollen Blick auf mich, der mich wissen ließ, daß ich immerhin optisch noch vorhanden war. »Das einzige Mittel«, sagte sie, »wäre Geburtenregelung. Es werden viel zu viele Kinder geboren. Es sind viel zu viele Menschen auf der Welt. In fünfzig Jahren werden wir alle verhungern. Das ist eine Sache, die man aufgreifen müßte, finde ich. Eine richtige Großkampagne in der Kolonie – unter der chinesischen Bevölkerung . . .«

»Adeline, Sie sind ein so begabter Kopf, und Ihre herrliche Energie – also, ich wäre längst tot . . .«

Die dünne Dame aus England war noch immer ganz lyrisch gestimmt wegen der Dienstboten. »Es ist erstaunlich, daß es einen Fleck auf Erden gibt, wo man noch ein so angenehmes Leben führen kann.«

»Und dabei müssen Sie bedenken«, sagte der Militär, »Hongkong ist nicht mehr, was es gewesen ist. Na – in früheren Zeiten . . .«

Nun stürzten sich alle außer mir in einen Strom goldener Erinnerungen. Erfahrungen aus den japanischen Lagern – eine Schriftstellerin hier hat ein Buch darüber geschrieben – und die gute alte Zeit sind die stets wiederkehrenden Themen englischer Tischgespräche in der Kolonie.

»Ich war in der Kakoo-Öl, es ist fünfundzwanzig Jahre her. Wir bekamen eine ganz ansehnliche Weihnachtsgratifikation aus den Munitionsverkäufen an alle Bandengeneräle in China.«

»Wir hätten sie mit der Kavallerie erledigen können, wenn diese Kulis zu streiken gewagt hätten.«

Halb zwölf! Heimtückische Wildheit blühte auf allen Gesichtern. Die Sommersprossige war längst keine Frau mehr, sondern ein seltsam geflecktes, fleischfressendes Tier, und der faltige Hals von Mrs. Monk eine vertrackte Foltermaschine. Der Militär hatte für mich etwas Furchtlähmendes, als er beim Lachen einige faule Zähne und seinen rosa Gaumen sehen ließ. Ich hatte vorher nicht bemerkt, wie brutal Mr. Monks Hände waren. Von Minute zu Minute erfüllte mich größerer Abscheu, ich wurde von einem Entsetzen geschüttelt, das allein nur Mark noch bannen konnte. Verloren zwischen ihren mahlenden Kiefern, ihren geschwätzigen Worten, rief ich seinen Namen an – als einen Talisman, der mich trösten sollte. Aber die Angst wich nicht. Und dann war plötzlich alles vorüber. Um mich saßen Leute wie ich selbst, dumme Leute, die lediglich triviale, grausame und verständnislose Reden anläßlich eines Dinners führten. Überfüttertes Volk, das nur von seiner Art zu leben sprach, in einer Welt, in der der Hunger regierte. Es war sehr spät, und ich wollte nichts anderes als weg von hier. Adeline und Martha Monk unterhielten sich sehr ernsthaft. »Ja, ich mußte sie einladen. Man hat schließlich Verantwortungen. Aber wie sollte ich sie davon abhalten, mitzureden? Sie ist auch eine Sozialistin – ich habe Gesellschaftsspiele organisiert. Es war nur sehr schwierig während des Dinners, weil man beim Essen ja praktisch keine Spiele spielen kann ...«

Martha mochte die Labourregierung nicht. »Sie verspielt das Empire – sehen Sie sich doch Indien an – die Eingeborenen haben sich nie selbst regieren können ...«

Humphrey sprach über den Handel mit China.

»Leben und leben lassen! Solange sie sich anständig benehmen, werden wir mit ihnen Handel treiben. Wir haben noch mit jedem Handel getrieben.«

»Kennaway ist noch in Shanghai. Er hält durch bis zum bitteren Ende ...« sagte William Monk.

»Was wäre Shanghai ohne Kennaway! Natürlich werden wir sie anerkennen müssen. Jedes Land sollte die Regierung haben, die es haben will. Solange wir Handel mit ihnen treiben können ...«

Mitternacht! Wir zogen uns zurück, um uns die Nasen zu pudern, und ließen die Männer bei ihrem Portwein. Wir kamen zurück und saßen im Salon. Wir schlürften Kaffee, und man bot Liköre an. Meine Augen hingen an der Uhr. Mrs. Palmer-Jones sprach mich auf einmal an. Ob ich wirklich ein Kind hätte? Wie nett für mich – ein kleiner Kamerad. Unsere Unterhaltung erstarb aber damit auch schon wieder. Nun redeten sie und Martha Monk und die Sommersprossige und die neuangekommene dünne Dame miteinander. Adeline predigte. Worte über Komitees, Bälle, Wohltätigkeitskonzerte, Partys rollten ihr glatt von der Zunge, ohne daß sie sich anzustrengen brauchte. »Ich dachte, sie hätte nicht die rechte Einstellung. Ich freue mich, daß sie nun doch Mitglied geworden ist.«

Die Männer gesellten sich wieder zu uns. Fast ein Uhr! Wie sehr ich auch starrte – ich wußte, was nun kam. Und es kam auch. Das Türchen im Giebel der Kuckucksuhr sprang auf. Der kleine rotweiße Vogel schnappte heraus und wieder hinein. Ein Uhr! Die Damen sprachen in leicht gedämpftem Ton über andere. William Monk war mitten in einer Geschichte. »Mädel kommt hierher, sucht Stellung. Mit den jungen Dingern aus der Heimat muß man vorsichtig sein. Folge der Labourregierung. ›Wie sind Ihre politischen Ansichten?‹ frage ich sie. ›Ich lese den *Economist*‹, sagt sie zu mir. ›Na‹, sage ich, ›das lassen Sie mal sein. Hier in Hongkong haben wir keine Politik und keine Wahlen – statt dessen Golf und Schwimmen.‹«

Es war nach eins. Die Monks gingen. Mr. Monk bot mir einen

Platz in ihrem Wagen an. Ich nahm an, obgleich sich Mrs. Monks Gesicht etwas verzog. Ich schüttelte Mrs. Palmer-Jones die Hand, voll von Bedauern darüber, von nun an nicht mehr zu den Auserwählten zu gehören. Vielleicht nicht einmal mehr zu denen dieser alljährlichen Cocktailparty. Trotzdem mochte ich sie gern.

Ich saß im Fond, denn Mrs. Monk erzählte mir, wie schlecht ihr immer würde, wenn sie nicht vorn neben ihrem Manne saß. Mir wurde nicht schlecht, obgleich Mr. Monk so langsam fuhr. Ich kam zweieinhalb Stunden zu spät. Nun würde kein grüner Morris mehr vor der Klinik stehen und dort mit abgeblendeten Lichtern warten. Den Tränen nahe und völlig verzweifelt, betete ich: Bitte, lieber Himmel, wenn es dich gibt, laß ihn mir nicht böse sein. Laß ihn nicht weggefahren sein, ehe ich ihn gesehen habe, denn ich möchte ihn so gern wiedersehen. Bitte, bitte ... Mein Gebet zum Himmel, die kindischen Worte, die im stillen durcheinanderpurzelten — der Himmel muß sie gehört haben. Wir bogen um die Ecke, und ich erkannte in der Dunkelheit den Schatten seines Wagens. Dunkel und ohne Licht. Aber ich wußte, daß er es war.

Ich sprang hinaus, dankte den Monks fröhlich, stürzte in die Halle — und als das rote Schlußlicht in der Ferne verschwunden war, war ich auch schon wieder draußen.

Er saß schweigend in der Dunkelheit und wandte den Kopf nur ein ganz klein wenig. Es war, als ob sich die Dunkelheit selbst bewegte, als ich die Tür öffnete und mich zu ihm setzte.

»Es tut mir so leid! Die Gesellschaft ging und ging nicht zu Ende...«

»Das macht nichts!« Seine Stimme war leise und so ruhig, als habe er überhaupt nicht gewartet. Und plötzlich war es, als sei die Zeit verschwunden, ausgelöscht durch seine geflüsterten Worte. Mit einem Male war die Nichtigkeit, die Kleinlichkeit, der bedeutungslose Ärger des Abends nicht mehr da. »Wie schön«, flüsterte ich, »jemanden zu kennen, der sein Leben nicht von der Armbanduhr regieren läßt, der die Zeit nicht nach Minuten und nach Stunden mißt. Das gefällt mir.«

»Ich wußte, daß du kommen würdest, und deshalb saß ich und merkte nicht, daß ich wartete.«

Wir sahen uns nicht an, rückten nicht näher zusammen, berührten uns nicht. Ach, nur so dazusitzen und nichts zu wollen. Dazusitzen, etwas müde, verwirrt von Schläfrigkeit, glücklich darüber, daß er lebte und ich auch, am gleichen Fleck auf Erden, zur gleichen Zeit. Wir kannten einander gut — Fremde, von weither gekommen, um sich hier zu treffen. Eine Kleinigkeit, ein Zufall hatte uns zusammengeführt. Wir saßen nur still da, dankbar und noch etwas bange.

Noch etwas bange, weil wir einander so leicht hätten verfehlen können, dankbar und nicht mehr verlangend als dies, was wir bereits hatten, weil das, was wir hatten, uns bereits unermeßlich viel erschien.

Und während wir so saßen, eingehüllt in eine sanfte, ruhige Dunkelheit, und das Schweigen uns sicher geborgen hielt, floß durch den ganzen Körper her und hin eine süße; heiße Seligkeit.

Nach einer Weile – denn die Zeit hatte aufgehört zu existieren – meinte Mark: »Du mußt jetzt ausruhen, es ist spät. Gute Nacht, Liebste.«

Ich öffnete die Wagentür und ging. Er blieb allein.

Nun habe ich diese Worte niedergeschrieben, von ihm entfernt durch Raum und Zeit, und bin wieder von der Dunkelheit und dem Schweigen in seinem Wagen umgeben, und Marks sanfte Art erfüllt mich wieder. Ich frage nach nichts sonst. Es gibt auch sonst nichts. Und es wird auch nie etwas anderes geben.

SCHICKSALSNETZE

Juli

Bis zu dem Schwimmausflug an einem Sonntag in der Repulse Bay wußte ich nicht, daß Mark auch schön war. Robert und Nora Hung, meine Freunde aus Shanghai, hatten sich für den Sommer dort ein Haus gemietet. Meine Tochter Mei sowie Maya Wong und ihre Kinder, die zu den Ferien aus Shanghai gekommen waren, wohnten bei ihnen. Robert und Nora kannten Mark Elliott auch von Shanghai her und hatten ihn und noch einige Europäer zum Schwimmen eingeladen. Die Hungs waren sehr kosmopolitisch.

Robert hörte Radio Hongkong, als ich, aus der Klinik kommend, bei ihnen anlangte. In der vorigen Nacht hatte die »Amethyst« noch in den chinesischen Gewässern ihre Ankerkette gekappt und war im Schutze der Dunkelheit den Jangtsefluß hinunter entwichen. Sie war beschossen worden, hatte Verluste gehabt und dampfte nun nach Hongkong zurück. »Man hat die ›Belfast‹ gechartert, damit die Korrespondenten ihr entgegenfahren können«, berichtete Robert. »Ich glaube nicht, daß Elliott heute kommt.«

Zehn Minuten später schlenderte er herein, gelassen, ruhig und nett wie immer. Er trug einen weißen Drillichanzug mit seiner Shan-

Tasche über der linken Schulter, die ein Pfauenmuster auf rotem Grund zeigte. Ich sah ihn an, mußte schlucken und wurde schwach in den Knien. Ich wandte mich ab und betrachtete den dunstigen Horizont, den heißen, undeutlichen Zusammenklang von Meer und Himmel zwischen den Kiefern am Ende des weiten Rasenplatzes.

»Ich fand es nicht sehr klug, mich mit einer Menge Kollegen einsperren zu lassen und dabei zwei Tage lang keinerlei Verbindung mit der Außenwelt zu haben«, sagte Mark gerade zu Robert und Nora. »Außerdem ist es ein so wunderschöner Tag, und ich schwimme so schrecklich gern«, meinte er leichthin. Nora lächelte ihn an, sie war sehr froh darüber, daß er gekommen war, denn sie haßte Änderungen in letzter Minute. Maya stellte sich neckend vor mich hin. »Er ist nett«, flüsterte sie. Meine Wangen brannten, und ich warf ihr einen zornigen Blick zu. »Laß mich doch«, sagte ich.

Als Mark in seiner kurzen roten Badehose aus dem Badezimmer trat, liefen meine Augen schnell über ihn hin, und ich mußte wieder wegblicken. Es regt mich physisch auf, etwas Schönes zu sehen. Er war schmalhüftig und schlank in der Taille, der Körper eines jungen Mannes, sehr ebenmäßig – nur wenig blonder Flaum in den Achselhöhlen, glatthäutig wie ein Chinese. Ich sah die feingliedrigen Füße, die braunen Beine, die kleinen Ohren, die schöne Kopfform. Mir war, als erhielte ich einen Schlag vor den Magen – ein Gefühl, das ich einige Jahre zuvor kennengelernt hatte, als die Geheimpolizei der Kuomintang mich für jemand anderen hielt. Während ich ihn betrachtete, wurde mir plötzlich klar, was unsere Dichter und die Bibel meinen, wenn sie das Bild vom schmelzenden Fleisch im Leibe gebrauchen. Eine leichte heiße Flamme im Innern, warm und pulsierend, süße, aufflackernde Stiche im Rücken, die nach den Lenden ausstrahlen und von unterhalb des Nabels wieder aufwärtsschlagen und die Beine und Arme entlangrinnen. Und dazu ein sofort einsetzendes wortloses Bewußtsein von der Beschaffenheit der Dinge, eine genaue Kenntnis des Meeres, der Felsen, der Rinde der Kiefern, die den Rasen begrenzen, des Grases unter meinen bloßen Füßen, des Kiesels zwischen meinen Zehen. Alles, was ich sah, hörte und berührte, war Mark.

»Aha«, sagte ich beherzt, »du bist braun. Du bist in der Sonne gewesen.«

»Ja. Ich habe auf Formosa viel Tennis gespielt, und hier schwimme ich jeden Tag.«

Robert und Nora boten Getränke an, und ich goß einen Brandy herunter, aber auch das half nicht. Ich ging leise ins Badezimmer, schloß hinter mir ab, mir war übel zum Erbrechen. Ich saß auf den roten Ziegeln des Fußbodens und versuchte, klar zu denken.

Lüge dir doch nichts vor. Du willst ihn haben. Du willst, daß er dich liebt. Aber du weißt nicht, ob du es hinterher nicht scheußlich findest. Aber jetzt bist du wie eine liebestolle Katze, es ist eine Schande. Er ist Ausländer, und du gehst nach China zurück. Es wird eine Katastrophe. Er ist verheiratet. Verliere bloß den Kopf nicht. Du kannst es dir nicht leisten. Das ist doch keine Liebe. Es ist nichts als Gier. Warum bloß regt dich dieser Mann so auf? Andere haben es doch bei dir auch versucht, und da warst du völlig verschreckt. Alles ist gegen dich. Denke doch daran, daß er Ausländer ist und daß du nach China zurückfährst.

Ich konnte keine Antwort finden. Ich machte mich wieder zurecht und ging wieder hinaus. Sie waren alle schon an den Strand hinuntergegangen mit Ausnahme von Mark, der mit gekreuzten Beinen auf dem Rasen saß und auf mich wartete. Er erhob sich und lächelte, und wir sahen einander an. »Geh bitte vor«, sagte ich rauh, als wir auf die in den Fels gehauenen Stufen zugingen, die zum Strand hinunterführten. Ich konnte es nicht ertragen, seinen Blick auf mir zu fühlen.

Mei und Mayas drei Kinder rannten glückselig herum, braunhäutige Chinesenkinder, die keinen Sonnenschutz brauchen. Mei kam und betrachtete Mark aufmerksam. »Sie sind nicht so braun wie ich«, rief sie triumphierend und tollte wieder davon. Robert hatte aus einem alten Hemd ein Netz gemacht und versuchte kleine Fische für die Kinder zu fangen. Wir saßen zwei Meter voneinander entfernt, die Rücken gegeneinander gekehrt. Er blickte auf das Meer hinaus, ich auf das Haus, damit wir uns nicht mit den Augen begegneten. So sind wir immer gesessen, wenn wir quälende Dinge zu besprechen hatten. So lange, bis es nichts Quälendes mehr zwischen uns gab.

»Ich weiß ja auch nicht, was Gott mit uns vorhat«, sagte Mark. »Aber ich möchte keineswegs ein bloßes Liebesverhältnis. Du bestehst darauf, daß es eine Täuschung ist, wenn ich mich Tag und Nacht an dich gefesselt fühle, ja?«

»Ihr Engländer nennt alles gleich Liebe«, erwiderte ich. »Ihr sagt so leichthin: Ich habe mich verliebt. Wir in China sagen: Ich liebe mit jemandem, ich liebe auf jemanden zu, oder ich liebe zu jemandem empor. Was ich für dich empfinde, bezeichne ich nicht mit Liebe. Liebe ist — etwas Unendliches.«

»Auf dich zu und zu dir empor«, sagte Mark nachdenklich, »das umreißt eigentlich die Richtung meiner Gefühle für dich. Ich wollte dich etwas fragen. Hältst du mich für oberflächlich?«

»Nein — warum?«

»Man hat mich oft für oberflächlich, für hohl, genaugenommen für unternormal in Gefühlsdingen gehalten. Ich scheine in die allgemeinen Vorstellungen von Emotionen nicht hineinzupassen, in die konventionellen Zuneigungen der anderen. Zuerst hat es mich gestört, dann habe ich es hingenommen, kalt und, was das Gefühl angeht, neutral zu sein, wie du körperlich neutral warst, unfähig, tiefer zu empfinden. Also habe ich mich auf anderen Gebieten auszuleben versucht. Und daher . . .«

»Und daher«, fuhr ich für ihn fort, »warst du so fieberhaft tätig, mußtest Kriegsberichte verfassen, auf Berge steigen und dich in Gefahr begeben.«

Er antwortete nicht, aber machte Anstalten aufzustehen, als wollte er weggehen.

»Lauf jetzt nicht fort«, sagte ich, »wir wollen noch von mir sprechen. Ich war immer herb und verschlossen. ›Sie ist herzlos‹, sagte meine Mutter von mir, ›Suyin weint niemals, außer im Zorn.‹«

Er lächelte. »Du, meine Liebe, hast eine Kraft zur Leidenschaft, die viele Leute erschreckt. Bei dir heißt es: alles oder nichts. Du bist so lebendig, daß es dich fast sprengt. Und wenn ich dich sehe, werde auch ich lebendig, und deswegen kann ich dich nicht wieder verlieren.«

»Du kaust an deinen Nägeln«, bemerkte ich.

»Ja, das tu ich.« Es war keine Verteidigung. Er kaute wirklich an seinen Nägeln.

»Eines Tages wirst du damit aufhören.«

Er lächelte unbefangen, ja naiv. »Dann werde ich wissen, daß du mich tatsächlich beherrschst wie niemand zuvor.«

»Ich will dich gar nicht beherrschen. Ich will keine belastenden Gefühle zwischen uns. Liebe ist nicht Gefühl und Empfindung. Liebe ist Kampfbereitschaft, eine Leere, die nichts zurückläßt – so wie der Tod. Wenn ich es je lernen sollte, dich zu lieben – was der Himmel verhüten möge –, werden wir beide nach den gewöhnlichen Maßstäben hart und gefühllos sein. Liebe ist nämlich weder schmutzige Sentimentalität noch kindische Gier, nicht der leere Hohn des Besitzens und nicht Erpressung durch Tränen. Die meisten Menschen wissen überhaupt nicht, was Liebe ist. Und ich wußte es bis jetzt eben auch nicht. Ich sage es auch nur deinetwegen. Liebe heißt aneinander wachsen.«

Mark sagte: »Ich möchte immer bei dir sein. Ich verbringe jetzt meine ganze Zeit damit, darauf zu warten, daß ich dich wiedersehe.«

»Ich kann auch den Gedanken an dich nicht loswerden. Ich hungere und durste nach dir und bin dem Schicksal deswegen böse, daß es mich so sehr nach dir verlangt. Aber das nenne ich nicht Liebe. Noch nicht!«

»Es ist noch etwas anderes«, sagte Mark. »Du brauchst mich körperlich, den Mann in mir brauchst du. Bevor du aber zu meiner Geliebten wirst — um es einmal technisch auszudrücken —, kannst du ruhig wissen, daß du meine Gedanken und Handlungen bereits unumschränkt beherrschst. Es ist mir nicht das Wichtigste, daß wir uns körperlich gehören.«

»Sprich mir nicht von Seelenverwandtschaft«, entgegnete ich. »Das ist auch nur eine Art von Erpressung.«

»Ich wollte sagen, daß ich an Acedia leide, an einer inneren Dürre, einer seelischen Starrheit. Ich habe Zeiten äußersten Überdrusses, in denen mir das Leben nichts bedeutet und alles grau wird. Ich will nicht nur von einer Laune zur anderen treiben. Ich will es nicht, aber ich war gerade wieder dabei, es doch zu tun. Was ich will«, sagte er sehr leise, »ist eine einzige große Leidenschaft . . .«

»Du bist«, sagte ich, »ein Mönch ohne Gott. Hast du einmal daran gedacht, Priester zu werden?«

Wir standen beide auf, denn ich hatte zuviel gesagt, und Mark verschloß sich nun gänzlich. Aber es war mir gleich, und ich feuerte meinen letzten Schuß ab, während wir ins Wasser gingen. »Der Tag wird kommen, an dem du dich der Leere in dir wirst stellen müssen — wie ich auch, wie wir alle. Denn darin sind wir alle gleich. Alle laufen wir davon, in die Unruhe der Arbeit oder des Vergnügens. Du bist schon klüger als andere, denn es ist dir bewußt geworden. Eines Tages wirst du das Billett nach Sinkiang oder Timbuktu nicht mehr lösen können noch wollen. Du wirst nicht mehr davonlaufen in die Tapferkeit und in die Heldentaten und in den Krieg. Und ich werde auch nicht mehr weglaufen.«

Natürlich antwortete Mark daraufhin nichts, sondern sprach von Muscheln. Er lehnte es ab, daß jemand sich an sein inneres Selbst heranmachte, und er hatte sogar recht damit, denn niemand sollte auf diese Weise ein anderes Wesen zu vergewaltigen versuchen. Dem Ansturm des Besitzergreifens setzte er seine unerbittliche Liebenswürdigkeit entgegen, einen Wall von Wohlerzogenheit, der ihn unüberwindlich machte. Er sprang aus dem Zauberkreis des Gefühls, indem er komische Gedichte zitierte. Er entwich in das Gelächter und in die Fröhlichkeit. »Amüsant« war sein Lieblingswort und »langweilig« sein schwerster Tadel. Er war darin durchaus männlich, denn alle Männer können so entwischen, und als Mann von sechsunddreißig Jahren war er doch noch ein Junge, mit seiner Geschicklichkeit, allen Gefühlsverwirrungen zu entfliehen. Und so sollte es auch sein.

Wir schwammen eine Weile in dem ruhigen Wasser nebeneinander und sprachen von Muscheln, dann steigerte ich das Tempo und ließ ihn zurück. Ich schwamm bis zur Middle Bay und zurück, zweimal über einen Kilometer. Das kühle Meerwasser hatte mich von allem Verlangen reingewaschen. Ich schwamm ohne Empfindungen und mit ganz klaren Gedanken. Als ich wieder an Land stieg, wußte ich, daß ich ihn auf mich nehmen würde, auch wenn es mein Unglück war. Ich wollte nicht verweigern, was mir aufgegeben war.

Ein Vers von Marks Lieblingsdichter, A. E. Housman, fiel mir ein:

»Der König marschiert mit dem östlichen Heer
aus den Ländern des Morgens.
Seine Krieger, sie trinken die Flüsse auf,
ihre Pfeile verdunkeln die Sonne,
und er, der da steht, er stirbt für ein Nichts,
und nach der Heimat kehrt keiner.
Doch die Spartaner auf meerfeuchtem Fels
saßen nieder und kämmten ihr Haar.«

Mark fuhr mich am Abend heim. Mei blieb bei den Hungs in der Repulse Bay. Sterne waren in reicher Fülle über den Himmel ausgestreut. Der Mond war nicht zu sehen. Wir fuhren auf dem Wege zur Klinik an der Deep Water Bay vorüber, und dort hielt er an.

Jenseits des dunklen Wassers sah man deutlich die Lichter der Fischerflotte. Fischen bei Fackelbeleuchtung. Zwei Dschunken, zwischen sich das gespannte Netz, segelten, langsam auseinanderstrebend, dahin und beschrieben einen weiten Bogen, um das hängende Netz zu spannen. Aus der entgegengesetzten Richtung fuhr ein Sampan mit hellen Petroleumlampen und Fackeln auf die Öffnung zwischen den Dschunken zu. Er stieß in den Zwischenraum vor und bis über das unter Wasser ruhende Netz. Vom Licht angelockt, folgten die Fische dem Sampan und schwammen genau in das gespannte Netz hinein. Sie konnten nicht entkommen, wenn sie die Maschen erreicht hatten, denn das Boot mit seinen Lichtern war noch immer vor ihnen, und ihm strebten sie nach. Dann hob man auf den Dschunken die Netze mitsamt dem Fang.

Mark legte mir die Hand leicht auf die Schulter. »Ich möchte dir dein Leben nicht erschweren. Ich nehme an, ich müßte zunächst an meine Familie denken. Ich denke auch durchaus an sie, eigentlich immerzu, und doch kann ich dich nicht mehr von mir fortlassen.«

Wir waren verurteilt, bevor wir miteinander anfingen, denn alles war gegen uns. Die Spartaner auf dem meerfeuchten Fels... »Wir wollen unser Schicksal erfüllen«, sagte ich, »zum Guten oder zum Bösen. Ihm wollen wir uns in jeder Hinsicht stellen. Aber entscheiden mußt du, denn du bist der Stärkere.« — »Ich glaube eher, daß du stärker bist.«

»Nein, denn ich bin immer in der Verteidigung. Du aber bist innerlich gelassen, du trägst keinen Panzer wie ich. Nichts auf der Welt ist stärker als innere Gelassenheit. Ich will dir auf all deinen Wegen folgen.« Und obwohl es noch drei Wochen dauerte, stand doch das Ende fest, und wir taten, was wir tun mußten. Das Schicksal hatte seine Fackeln entzündet. Das Netz war ausgespannt, und wir trieben hinein, mit weit geöffneten Augen, wie die Fische in der Deep Water Bay.

DIE ENTSCHEIDUNG

August

Ich wartete vor der Klinik auf Mark und preßte mich gegen die niedrige Mauer. Unter mir lag die Autostraße nach Pokfulum, wo gelegentlich ein roter Autobus oder ein Wagen entlangfuhr. Das Meer lag ruhig vor mir, silberglänzend nach der Hitze des Tages. Die Fischerflotte war schon ausgefahren, die Dschunken sahen aus wie hingestreute Silberflecken am glatten Horizont. Die Inseln, aus dem Meere emporgetaucht, ruhten auf seinem Rande unter einem aprikosenfarbenen Himmel. Cheungchau und die Dumbbell-Inseln mit ihrem Zwillingshöcker, Lantao mit seinen wolkenverhüllten Gipfeln, die graulila Schatten warfen, Lamma, der blaue Reiter auf blauem Pferd. In den Kamelfuß-Bäumen, die den Fahrweg zur Klinik säumten, schwatzten die Elstern, und die schwarzgeschopften Bulbuls schüttelten die Zweige bei ihrem ungeschickten Umherturnen. Ein goldener Regen von Libellen zog über mich hinweg. Ich sah den Wagen die Kurve nehmen. Er hielt neben mir, ich stieg ein, und wir fuhren davon.

»Ich habe ein paar Brote und eine kleine Flasche Brandy mitgebracht. Ich dachte, wir bekommen vielleicht einmal zwischendurch

Hunger.« Wir fuhren an der Deep Water Bay und der Repulse Bay mit ihrem turmbewehrten Lido vorüber, am Hause von Nora und Robert Hung vorbei, wo Mei, meine Tochter, sicher gerade ihr Abendbrot aß. Ganz unvermittelt brach die Nacht an, als wir gerade unter einigen Bäumen am Wege parkten. Einige heimliche Sterne betupften den Himmel über dem Hügel, dem ein winziges Stück Mondscheibe über die Schulter sah. »Wir müssen einige Stufen hinuntergehen zum Meer«, sagte er. »Willst du dich hier umziehen? Ich tue es hier.«

»Ich ziehe mich am Strand um«, erwiderte ich.

Er trug meinen Hongkong-Korb mit meinem Badeanzug und dem Handtuch und hing sich seine Shan-Tasche über die nackte Schulter. Er ging vor mir her, und ich folgte ihm den Pfad hinunter zu den Steinstufen, die vom Weg zum Strand hinunterführten. Die Steine waren uneben und leuchteten schwach, wie gebleichte Knochen. Ich setzte meine Füße dort, wohin die seinen getreten hatten. Die Stufen krümmten und wanden sich, während wir hinabstiegen, durch verkümmerten unbeschnittenen Bambus, wilde Bananenbäume, Orangen- und Persimonenbäume zu der kleinen halbmondförmigen Bucht, die beiderseits von bröckligen Felsen eingeschlossen war. »Jetzt sind wir da«, sagte er.

Es war Ebbe. Der Saum des Wassers rieb sich am Sande wie eine Hand, die Körner durch die Finger rieseln läßt. Eine kleine schwarze Dschunke lag links vor Anker, und die Wellen klatschten ununterbrochen gegen ihre Planken. Mark zog eine blauweißgestreifte Decke aus seiner Tasche und breitete sie aus. »Das ist meine Glücksdecke. Sie begleitet mich überallhin. Wenn ich mich in sie einwickle, glaube ich unverletzlich zu sein. Legen wir uns drauf!«

Wir setzten uns zusammen auf die Decke. »Wir wollen ein Schinkenbrötchen essen und einen Brandy trinken, gleich so aus der Flasche. Ich habe nämlich keine Gläser mitgenommen.«

Der Brandy war rauh und brannte stark. Mark hustete und spuckte. »Oh, der ist nicht gut. Er ist wie das Zeug, das sie in Indonesien brauen, eine Art einheimischer Whisky. Ich fürchte, sie haben den Courvoisier weggelassen und durch ihr einheimisches Hongkong-Gebräu ersetzt.«

Ich lächelte ihm zu. In diesem Augenblick fühlte ich keinerlei Verlangen nach ihm, nur die Bereitschaft, mein Leben in seine Hände zu legen, auf daß er es beherrsche. So lehnte ich wortlos meine Stirn an seine Schulter. Er würde mich auch ohne Worte verstehen.

»Zieh dich aus, derweil ich weggehe«, sagte er. Er berührte mich nicht, sondern stand auf und ging fort. Alles war, wie es sein mußte.

So zog ich mich aus, und als ich eben die Träger meines Badeanzugs heraufzog, kam er zurück, lautlosen Schrittes über den Sand. Es war nun völlig dunkel, und ich sah ihn erst, als er neben mir saß — er legte seine Hand auf meinen noch erhobenen Arm, mit einer ruhigen, unbetonten Bewegung. Ich sah ihn an und hatte keine Angst. All seine Gesten waren gelassen und mühelos, sie entsprangen einer unbewußten Sicherheit. Alles, was er tat, floß ohne Eigenwillen ineinander über. Was wir zu tun hatten, mußte geschehen, nicht, weil wir es so wollten — denn nun hatten wir in dieser Sache nichts mehr zu sagen —, sondern weil es, tief und dunkel in unserem Innern, jenseits von Hunger und Wissen, Wollen oder Belieben, längst vollzogen war. Und so drehte er mich seitlich zu sich um, einen Finger auf meiner Schulter. »Liebste«, sagte er, »verzeih, wenn ich etwas falsch mache — ich bin darin nicht sehr erfahren.«

»Ich auch nicht, entschuldige, wir müssen uns ja doch erst kennenlernen.«

Und so nahm er mich denn, und weil ich so vieles verlernt hatte im Lauf der Jahre, gehorchte ich ihm, verzichtete auf meinen eigenen Willen, hingegeben und bereit und froh, nichts anderes zu sein.

Mich hatte so lange kein Mann berührt, daß es etwas weh tat, aber es war nicht seine Schuld. Denn er wußte besser als ich, wie ich zu regieren war. Er war ganz der Führende und Leitende, und ich folgte ihm in allem. Denn ich war seiner überlegenen Stärke sicher und folgte ihm deshalb gern.

Wir ließen schweigend wieder voneinander, und er störte mich nicht mit Worten oder Gefühlsäußerungen, sondern breitete die Decke über mich. Ich drehte mich aufs Gesicht und schlief sofort ein.

Als ich erwachte, saß er ein Stück entfernt und blickte auf das dunkle Meer hinaus, als habe er sich nie vom Platz gerührt. Eine verirrte, niedrige Wolke stand zögernd über uns, und ein paar große Regentropfen fielen klatschend in den Sand wie Münzen.

Wir rafften uns auf und suchten an den Felsen Schutz.

»Wäre es nicht komisch«, fragte ich, »wenn Gott, als alter Mann mit weißem Bart, plötzlich hinter dem Felsen hervorträte?«

»Wir würden höflich ›Guten Tag‹ sagen«, erwiderte er, »und ihm einen Schluck von unserem abscheulichen Brandy anbieten.«

Nachdem wir einige Minuten so gestanden hatten, blickten wir auf — da war noch der Himmel über uns, und der Regen rauschte ungehindert auf uns herab. Wir lachten wie die Kinder und gingen Hand in Hand zu unserer Decke zurück. Ich watete ins Wasser, es schimmerte, wenn ich mich bewegte, und zerriß in tausend Lichtsplitter wie ein Diamant, wenn ich meine Hand darin schüttelte.

»Oh, schau, schau«, rief ich aus, »wie wunderhübsch! Ich möchte schwimmen.« Ich schwamm hinaus, weit, und wieder zurück. Dann saß ich neben ihm und trocknete mich ab.

Wir gingen die Stufen hinauf zum Wagen, und ich schüttelte den nassen Sand aus meinem Haar, löste es, so daß es mir um die Schultern hing, und kämmte es durch.

»Ich habe gar nicht gewußt, wie lang dein Haar ist«, sagte er, »wie lieb du bist, voll von Überraschungen!«

Wir sahen uns an und blickten dann in die Weite, bewegt von einem neuen Bewußtsein unseres Selbst und auch von einer neuen, tiefen Traurigkeit. Denn wir hatten etwas begonnen, dessen Ende wir nicht wissen konnten. Wir wußten, daß wir vielleicht etwas Freude ernten würden und sicherlich viele Sorgen, aber es lag uns fern, Gottes Willen ermessen zu wollen. Mark sah nicht gern etwas Ungutes voraus, er war der Ansicht, daß es dann um so bestimmter eintrete. So fuhren wir wortlos den Weg zurück zwischen den geduckten Hügeln, die wie schlafende Hunde um uns lagen. Als wir zur Klinik kamen, schaltete Mark die Lichter des Wagens ein, damit ich beim Hineingehen nicht über die Tausendschönchen stolperte, die in Blumentöpfen am Eingang aufgereiht standen.

WOCHENENDE IN MACAO

August

Maya Wong, Diana Kilton und ich fuhren an einem Sonnabendnachmittag nach Macao. Maya wollte einen Verwandten aus Shanghai, der jetzt dort lebte, besuchen. Diana hatte dort englische Freunde, und ich wollte Mark wiedersehen. Diana hatte an Maya großes Gefallen gefunden – sie konnte fast ihre Taille mit ihren ziemlich großen englischen Händen umspannen. Maya war gutmütig, schön und sanft und so schlank, daß niemand glaubte, daß sie schon drei Kinder geboren hatte. Sie besaß eine Haut wie rosiges Elfenbein, große dunkle Augen und die zierlichste Nase, die man sich vorstellen kann. »Sicher bist du eine Lady aus Yangchow«, neckte ich sie. Die Menschen aus Yangchow sind alle hübsch und haben schlanke Knochen, feine Züge, große langbewimperte Augen und hohe Nasen. Vor vielen hundert Jahren war Marco Polo Magistrat von Yangchow gewesen, und wenn jemand eine Adlernase hat, necken wir ihn mit der Frage, ob er aus Yangchow sei. Es war heißer Spätnachmittag, als wir nach einer dreistündigen Überfahrt von Hongkong in Macao ankamen. Mayas Verwandter stürzte schon am Kai auf sie zu, und sie winkte uns zum Abschied. Diana Kilton und ich wanderten ein Stück am Ufer entlang. Diana hatte Hitzeausschlag um die Taille und fluchte in Fachausdrücken. »Ich nehme mir jetzt ein Taxi und lasse dich allein«, sagte sie. »Du wirst doch heute abend auf dem Schiff in deiner Kabine sein?« — »Ich weiß es noch nicht«, sagte ich ehrlich, denn vor Diana oder Maya hatte ich keine Geheimnisse. »Ich will erst hören, was Mark sagt.« — »Auch gut«, sagte Diana. Sie winkte ein Taxi herbei und fuhr davon. Ich war allein.

Ich bummelte in der rasch einfallenden Dämmerung die enge, gepflasterte Straße entlang und versuchte den Augenblick hinauszuschieben, an dem ich Mark wiedersehen würde. Ich fürchtete mich etwas. Da ging ich nun und holte meinen Liebhaber im Hotel ab — genau wie Suzanne, dachte ich. Müßig schlenderte ich die eine Straße hinauf, eine andere hinunter und betrachtete die Auslagen der Geschäfte, Gipsheilige, Kirchen. Ich blieb stehen und starrte zur Fassade der St.-Pauls-Kirche empor, die, nur noch ein Ruinenrest wie eine verlassene Theaterkulisse, hoch auf dem Berge in ihren Fenster- und Türöffnungen Teile des Abendhimmels einrahmte.

Als ich mich umwandte, stieß ich fast mit zwei Männern zusammen. Wir sahen einander an. Sie kamen mir bekannt vor. »Ah«, sagten sie, »Sie sind ...« und nannten den Namen meines Mannes. Zwei Kuomintang-Beamte, die ich vor langer Zeit, vor vielen Jahren in Tschung-king kennengelernt hatte, als ich selbst noch die Braut eines vielversprechenden jungen Kuomintang-Offiziers gewesen war. Damals hatte die Welt sehr einfach geschienen. Wir glaubten noch an das, wofür wir kämpften. Und nun waren wir hier, alle drei, aus der Vergangenheit aufgetaucht. Wir lachten uns an.

»In Hongkong oder in Macao trifft man einfach alle Welt«, sagte ich. »Ich habe erstaunlich viele alte Bekannte getroffen.«

»Wir auch«, erwiderten sie. »Der alte Mann verläßt die Bühne, die Kulissen brechen um uns herum zusammen, und wir sind stellungslose Schauspieler, die sich nach einer neuen Rolle umsehen.«

»Sind Sie auch hier, um sich einen Paß zu besorgen?« fragte der andere.

»Nein«, sagte ich, »warum?«

»Weil die Pässe hier billiger sind als in Hongkong, Bangkok, Manila oder sonstwo.«

»Sie müßten es aber doch versuchen«, meinte der andere, »falls mit Hongkong etwas passiert.«

»Aber ich will ja nach China zurück«, sagte ich. »Ich bin jetzt Ärztin, müssen Sie wissen.«

»Natürlich, wenn Sie Ärztin sind, müssen Sie zurück. Die Menschen brauchen Sie, und die Politik hat dann nichts zu bedeuten.«

»Wir gehen vielleicht auch zurück«, sagte der andere. »Schließlich sind wir Chinesen – und es gibt keine Welt ohne China. Wir warten nur, bis sich der Staub gelegt hat. Die neuen Führer werden uns vielleicht auch noch brauchen.«

»Ja«, sagte der andere. »Und China ist China. Wer kümmert sich um Politik, solange das Volk eine Regierung hat, die sich seiner annimmt?«

»Nur für den Fall, daß sich die Dinge schlecht anlassen«, meinte der erste wieder, »wollen wir doch lieber Pässe kaufen. Ich rate Ihnen das auch.«

»Ich werde es mir überlegen«, entgegnete ich höflich. Wir sprachen dann von gemeinsamen Freunden – einige waren bei der Regierung in Peking, andere in Formosa, wieder andere in Amerika. Jeder gehorchte seinem Schicksal.

Es war Abend, und Mark wartete auf mich. Ich ging zum Havanna-Hotel, einem imposanten Gebäude an der Hauptverkehrsstraße. Als ich nach seiner Zimmernummer fragte, musterten mich gleich zwei Empfangsdamen. Eine Portugiesin mit einer prachtvollen Büste in einer Spitzenbluse, die andere eine Chinesin mit einer Haut wie heller Honig. Sie lachten leise, und ich hörte die eine auf kantonesisch sagen: »Ah, zu dem schönen Engländer.« Mir war, als hätte man mich mitten in der Hotelhalle nackt ausgezogen. Aber sie verurteilten mich nicht, als sie mir den Zimmerschlüssel reichten, denn Macao ist sehr menschlich.

Mark lag neben dem weitgeöffneten Fenster auf der Couch. Draußen glitzerte Macao ähnlich wie Hongkong, und die Lichter der Fischerflotte spiegelten sich im Hafenwasser. Mark fächelte sich mit seinem schwarzen Fächer, aß eine Wassermelone und spuckte die Kerne in den Messingnapf, wie er in jedem Zimmer stand. Er erhob sich sofort, als ich eintrat, und lächelte sein bezauberndes Lächeln. »Komm, iß ein Stück Melone«, sagte er. »Ich habe sie eben erst gekauft, sie ist sehr gut.«

Ich sah ihn an: das dichte dunkelblonde Haar, die tiefblauen Augen – meinen schönen Engländer, und fühlte wieder jene sonderbare Übelkeit in mir aufsteigen. Mark merkte es sofort, denn ich mußte ihn irgendwie angestarrt haben. Er nahm meine Hand und führte mich aus dem Zimmer mit den Worten: »Wir wollen Fantan spielen gehen — vielleicht gewinnen wir eine Masse Geld.« So befreite er mich von mir selbst. Wir fuhren in den obersten Stock des Hotels hinauf, wo die Fantan-Spielsäle lagen.

Eine außergewöhnliche Ansammlung von Menschen drängte sich um die Fantan-Tische von Macao: Bauernmädchen, Amahs, in weißen Blusen und glatten schwarzen Hosen, denen die langen Haarschwänze wie schlaffe Schlangen den Rücken herunter baumeln, Kulis mit seltsamen, weichen Hüten auf dem Kopf und Pantoffeln an den bloßen Füßen, reiche junge Leute mit grellbunten Krawatten und blitzenden dickrandigen Brillen, schimmernden Haaren und schimmernden Zähnen, Büroangestellte und Diebe, Bankiers und Zuhälter, Konkubinen und Dienstboten, Beamte und Spitzel, Piraten und Polizisten auf Urlaub. Wir waren fröhlich, von unwiderstehlicher Heiterkeit gepackt, wie immer, wenn wir zusammen waren.

Der Manager des Hotels trat auf Mark zu, strahlte und schüttelte ihm die Hand. Er war Halbportugiese und rauchte eine dicke Zigarre. In seinem Schlips, in einem Muster weitgeöffneter Dotterblumen, steckte eine große goldene Nadel. Als er hörte, daß ich Ärztin sei, schüttelte er mir nochmals die Hand.

»Wie geht's Geschäft?« fragte er mich.

»Oh, ich habe keine Privatpraxis.«

»Schlimm, schlimm! Man muß verdienen! Frauenärztin — im Umsehen reich! Männer wollen ihre Frauen nicht zu Ärzten schicken. Kommen Sie nach Macao. Ich leihe Ihnen Kapital. Wieviel Tausend brauchen Sie? Vierzig? Fünfzig?«

Ich wollte etwas sagen, aber er fuhr fort:

»Macao ist voller reicher Leute, alle Leute mit Geld sind hier — hier ist es sicher und friedlich. Alle reichen Leute bekommen massenhaft Kinder. Sogar arme, so wie ich. Nehmen Sie zum Beispiel nur meine Frau.« Der Manager wurde von einem heftigen Gelächter geschüttelt.

Dann entdeckten wir seine kleine, hochschwangere Frau, die ihren Leib dauernd auf den Rand des Fantan-Tisches stützte, um sich auszuruhen. Sie lächelte mir zu. »Es stößt jetzt schon so herum, daß ich es manchmal klapsen muß, damit es ruhig ist«, vertraute sie uns in ihrer volltönenden portugiesischen Stimme an. Der Manager hatte an Mark großen Gefallen gefunden. Mark hatte etwas so Angenehmes im Wesen, daß jeder ihn vom ersten Augenblick an gern mochte.

Wir entkamen nur unter Schwierigkeiten und aßen im chinesischen

Restaurant, das im Parterre des Hotels lag, zu Abend. Ich sah meine zwei Kuomintang-Beamten an einem der Tische sitzen, aber sie erkannten mich diesmal nicht – es wäre unhöflich gewesen. Mark erspähte einige Bekannte, Ausländer, die chinesisch zu essen als einen Teil ihrer Touristenpflichten ansahen, und hätte sie beinahe begrüßt. »Ich möchte so gern mit dir gesehen werden«, sagte er. »Ich möchte, daß alle meine Freunde fragen: Wer zum Kuckuck ist diese bildschöne Chinesin, mit der Mark Elliott ausgeht?«

»Eurasierin«, korrigierte ich.

»Für mich siehst du ganz und gar chinesisch aus. Ich war immerhin fünfzehn Jahre im Lande. Ich hätte nie geglaubt, daß du Eurasierin bist, wenn du es mir nicht selbst gesagt hättest.«

»Sogar du«, sagte ich bitter, »hast ein Vorurteil gegen Mischblut.«

»Liebes, das stimmt nicht«, erwiderte er mit Wärme. »Geh nicht gleich in die Defensive wie so viele Eurasierinnen. Du willst Chinesin sein. Du hast dich darin geübt, Ost und West in dir zu vereinen. Du besitzt eine zweifache Seele, und ich beneide dich um die Art, in der du so verschiedene Welten zusammenfaßt, so verschiedene Wesenheiten. Dein Leben ist viel reicher, als du es weißt, meine Liebe, viel reicher als das so armer, einseitiger Leute, wie wir es sind.«

»Aber es ist schrecklich, zu zwei oder mehreren Völkern zu gehören. Es ist wie eine Bewußtseinsspaltung«, klagte ich.

»Ich wollte, ich wäre wie du«, sagte er. »Und alle Männer tun mir leid, die dich nicht kennen und dich nicht lieben.«

Ich konnte weder seinen Wunsch, ich zu sein, verstehen noch seinen Eifer, mit mir gesehen zu werden. Aber ich fragte nicht weiter, denn dieser Eifer hatte seine Wurzeln in jenem Teil von ihm, den ich niemals analysieren durfte. Lieber gab ich vor, diesen Teil gar nicht zu kennen.

Nach dem Abendessen gingen wir durch das Gedränge vergnügter Leute in den Straßen spazieren. Wir saßen am Springbrunnen auf der Prava Grande. Mark war lustig und gesprächig. Er redete reizenden Unsinn, hielt meine Hand und fächelte uns beide mit seinem schwarzen chinesischen Fächer.

Plötzlich stand er auf und sagte: »Komm, Liebling, gehen wir – car tu me fais drôle.«

»Tu me fais drôle aussi«, erwiderte ich.

Wir wanderten Hand in Hand und lasen die Ladenschilder, die in großen schwarzen Buchstaben in chinesischen Schriftzeichen über die Front und die Pfeiler der Eingänge gemalt waren. »Quinquilharia«, sagte Mark, »wie verlockend, Eigentümer einer Quinquilharia zu sein — und wieviel interessanter das klingt als bloß ›Kramladen‹.« Wir kauften Zigaretten bei einer alten, zahnlosen Kantonesin. Ihr Gesicht war von tausend Runzeln gezeichnet, ihre Augen jedoch hatten den hellen Vogelblick von Greisen, die schlecht schlafen.

Es war jetzt etwas kühler, und der Himmel war mit Sternen gepudert wie mit feinem Staub. Verschlafen krähten die Hähne, weckten sich gegenseitig und schliefen dann wieder ein. Wir fuhren mit dem Lift in Marks Zimmer hinauf. »Bade du zuerst«, sagte ich. »Ich bade danach.«

Als er schon eine geraume Weile hinter der offenen Badezimmertür verschwunden war und ich noch immer kein Wasser laufen hörte, rief ich: »Was machst du denn?« — »Komm und schau«, antwortete er, und seine Stimme klang von weither. Er stand mit einem Lufah-Schwamm in der Hand neben der Badewanne. »In der Wanne sind Ameisen«, sagte Mark, »und da ich sie nicht ertränken mag, fange ich sie mit dem Schwamm und setze sie auf den Boden. Es ist sehr schwierig, eine Ameise mit den Fingern aufzuheben, ohne sie zu zerquetschen.«

Wir beugten uns beide über die Wanne, fingen Ameisen und retteten so vielen das Leben, als wir nur konnten.

In Sarongs gehüllt, die er mitgebracht hatte, lagen wir auf dem Bett. Mein Sarong hatte ein Schmetterlingsmuster, ich sah mich im Spiegel und sagte zu ihm: »Ich sehe in einem Sarong ganz hübsch aus.« Er löste mein glattes, langes Haar, wog es in der Hand und ließ seine Finger hindurchgleiten. »Ich habe immer von einer Frau mit langem schwarzem Haar geträumt«, flüsterte er. Ich versuchte, die Arme um seinen Hals zu legen, aber mich ergriff dieselbe Furcht, dasselbe Entsetzen, das mich so lange ohne absichtliche Zurückhaltung unberührbar gemacht hatte. Natürlich merkte er es sofort, obgleich ich Heiterkeit vortäuschte. Denn Mark kannte mich besser als ich mich selbst, körperlich wie seelisch, und es hat zwischen uns nie ein Mißverständnis gegeben. Und so hielt er mich behutsam in den Armen und zitierte Passagen aus Boswells »Johnson«. Er stand auf, holte seinen Housman und las mir seine Lieblingsstellen vor. Dann erzählte er mir komische Journalisten-Anekdoten, so daß ich vor Lachen fast erstickte und mein Gesicht an seiner Schulter verbarg. Dann schlief ich plötzlich wie ein Kind ein.

Als ich erwachte, sah ich zartes Morgenlicht sich frisch, klar und rosig vom Hafen emporschwingen und über den Himmel auf uns zukommen. Eine Sekunde später öffnete Mark die Augen, und wir sahen einander an.

»Liebes«, sagte er, »wie oft habe ich davon geträumt, daß dein Kopf neben dem meinen liegt, auf demselben Kissen.«

»Das hast du aus einem chinesischen Gedicht gemaust«, lachte ich, »denn ich benutze nie ein Kissen!«

Meine Furcht war vergangen, nachdem ich in seinen Armen geschlafen hatte. Jetzt begehrte ich ihn sehr und sagte: »Willst du mich jetzt vielleicht lieben – vorausgesetzt, daß du es möchtest. Ich möchte es gern.«

»Bist du auch ganz sicher?« fragte er zurück. »Du sollst nie irgend etwas nur mir zu Gefallen tun!«

»Oh, ich bin ganz sicher«, sagte ich. »Ich sehne mich so sehr nach dir.«

Und so griffen seine Hände schmeichelnd nach mir, sein Mund lag auf dem meinen, erst zart, dann überlegen und unnachgiebig, bis ich vor Begierde aufstöhnte. Er öffnete meinen Sarong, und wir waren beieinander, und diesmal war es das höchste Entzücken und etwas, das ich nie vorher gekannt. Niemals.

Den ganzen Weg über zur Feuerwerksfabrik mit Diana Kilton und Maya, in der Grotte von Camoens, rund um den Hafen und auf der Hauptstraße, wo wir Aquavit und Bols einkauften, und später auf der Rückfahrt nach Hongkong — immer war ich im Geiste noch in Marks Armen, hingerissen und wie im Traum. Jede Zelle meines Körpers bebte vor entzückender Erinnerung. Von diesem Tage an muß ich jenes abwesende und unirdische Aussehen zur Schau getragen haben, mit halbgeöffneten Lippen, Augen, die sich nicht scharf auf etwas einstellen konnten, das man als dumm oder als beseligt oder als beides zugleich bezeichnet.

Während Macao über dem Kielwasser unseres Schiffes in der Ferne zurückblieb, sah ich mich immer noch neben Mark ausgestreckt, erschlafft in glücklicher Erschöpfung. Als ich aufgewacht war, hatte ich bemerkt, wie er mich im Morgenlicht betrachtete und von meinem unbewachten Gesicht abzulesen versuchte, bis wohin er mich hatte bringen können.

»Oh«, hatte ich gesagt, »ich kann mich glücklich schätzen. Du bist ein großartiger Liebhaber.«

Er hatte leise gelacht, und es war schön gewesen, den frohen Ton in seiner Stimme zu hören: »Liebling, ich glaube nicht, daß du das wirklich beurteilen kannst.«

Ich hatte mit einer gewissen Würde geantwortet, denn ich mochte nicht unerfahren erscheinen – aus Angst, ihm zu mißfallen: »Ein

Mensch mit einer gewissen Lebenserfahrung kann viele Zustände kennen, ohne sich ihnen selbst unterziehen zu müssen. Nicht aus dem Hause gehen, heißt die Welt der Männer kennen. Ich weiß, daß du großartig bist.«

»Du Taoistin«, hatte Mark gelacht und war mir mit dem Finger über die Nase gefahren. »Wieviel Sprüche du doch weißt! Ich habe dir so vieles zu sagen«, hatte er hinzugesetzt, »so viele Gedanken, so viele Pläne – sie gehen mir ständig im Kopf herum . . .«

»Ich will sie gar nicht hören.« Brüsk hatte ich den Kopf weggedreht, plötzlich fern von ihm. Denn ich wußte, was er sagen wollte, aber es war zu früh für mich, um es zu hören.

Auf dem Schiff sah mich Maya an und legte mir die Arme um die Schultern, während wir Macao in der Ferne kleiner werden sahen. »Du bist verliebt«, sagte sie mit Bestimmtheit. Und überließ mich mir selbst.

Ich suchte Diana – sie las gerade den »Home Companion«. Sie war Engländerin. Sie würde wissen, wie ein Engländer dachte, und mir sagen können, ob ich richtig oder falsch vermutete.

»Diana«, sagte ich, »ich glaube, Mark möchte mich fragen, ob ich ihn heiraten will.«

»Das bezweifle ich«, sagte sie. »Hat er es dir gesagt?«

»Nein, aber ich habe so das Gefühl.«

»Gefühle täuschen«, erwiderte sie, weiter in ihr Heft blickend.

»Er macht so ein närrisch rätselhaftes Gesicht wie ein kleiner Junge, den ein großes Geheimnis bewegt. Hast du es heute morgen nicht bemerkt, als er uns zum Schiff brachte?«

»Ich habe nur gesehen, daß ihr euch gegenseitig mit den Augen verschlungen habt. Ich glaube auch nicht, daß du während der Nacht in deiner Kabine warst – obwohl du mich so früh geweckt hast, um die Feuerwerksfabrik zu besichtigen. Und im übrigen kann Mark dich ja gar nicht heiraten, er ist doch schon verheiratet . . .«

»Ich weiß es, aber wir wollen beide kein Verhältnis miteinander, verstehst du – das ist es nicht, was wir brauchen. Und jetzt – was sollen wir jetzt tun? Was wird nun mit uns geschehen?«

DER ANTRAG

September

»Wie wär's«, meinte Mark, mit übereinandergeschlagenen Beinen auf meinem Feldbett im Klinikzimmer sitzend, »wenn ich wegfahre, meine Sachen in Ordnung bringe, zurückkomme und dich heirate?«

Es war drei Tage nach meinem Besuch in Macao.

»Wie kann ich dich heiraten und gleichzeitig nach China gehen?« erwiderte ich.

»Aber ich will ja auch nach China gehen. Und zwar, sobald die Nationalregierung endgültig zusammengebrochen ist. Andere Korrespondenten scheinen zu glauben, daß die Nationalisten den Süden halten können – ich fürchte aber, sie werden gar nichts halten. Danach werden wir Beziehungen zur neuen Regierung aufnehmen. Der Handel kann nicht für immer einfach daniederliegen. Jeder aus der hiesigen Geschäftswelt ist für neue Handelsbeziehungen. Dann gehe ich für meine Zeitung nach Peking. Ich möchte eigentlich nirgendwo anders hin.«

Ich war erschüttert, wie einfach es klang.

»Zu Anfang wird's einige Schwierigkeiten geben – das ist immer so, wenn man andere Leute dazu bringen muß, sich mit einer Situation abzufinden. Aber man war nie sehr mit mir zufrieden, und so glaube ich nicht, daß es allzu schwer sein wird.«

»Es ist für mich schrecklich«, sagte ich, »daß du zu solchen Entscheidungen gezwungen wirst, bloß weil du mich kennengelernt hast.«

»So ist es wieder auch nicht. Du hast als Katalysator gewirkt, vielleicht, und hast meine gestaltlose Unrast in ein wirkliches Bedürfnis umgewandelt. Das ist alles. Ich war lange Zeit wie ausgehöhlt, und nun bist du ›die Person in meinem Innern‹.«

Er gebrauchte diesen japanischen Ausdruck, der zugleich auch chinesisch ist. Ich sah ihn lange an. »Ich muß darüber nachdenken. Es geht vielleicht doch nicht. Es klingt zu leicht. Irgendwie glaube ich nicht, daß ich dich heiraten und trotzdem in China arbeiten kann. Und dann mußt du bedenken, daß ich keine Engländerin bin. Ich werde nie europäisch empfinden. Und dadurch werde ich dich vielleicht unbefriedigt lassen. Es könnte auch deiner Karriere schaden, wenn du mich heiratest.«

»Nein, das glaube ich nicht. Ich werde sehr stolz darauf sein, wenn alle meine Freunde dich kennenlernen. Ich werde dich immer vorzeigen wollen. Und ich möchte nicht, daß du jemals etwas anderes bist als du selbst.«

Ich war ärgerlich. »Du meinst, du kannst mich deinen Freunden als deine neueste Sensation aus China vorführen, wie?«

Mark verzog das Gesicht. »Ich weiß, in deinen Augen, Liebes, bin ich nur ein Ausländer, ein Reporter. Was ihr doch für Überlegenheitsgefühle habt, ihr Chinesen! Schlimmer als wir. Ja, ich möchte dich gern meinen Freunden vorführen.«

Was konnte ich anderes antworten als: »Schön, ich kann nichts versprechen. Wenn du meinst, daß wir zusammen in China leben und arbeiten können, dann will ich dich heiraten.«

»Also, dann mache ich erst einmal weiter«, sagte er. »Du brauchst mir gar nichts zu versprechen.«

»Und du auch nicht. Zwischen uns — keine Versprechungen! Auch du kannst deine Meinung ändern und es dir anders überlegen, und es wäre mir furchtbar, wenn du dich dann durch irgendein Versprechen gebunden fühltest.«

»Schon möglich«, meinte Mark und wollte damit sagen, daß er jetzt auf keinen Fall mehr seine Meinung darüber ändern könne.

»Du darfst nie etwas tun, um mich zu schonen. Ich hasse Entgegenkommen. Entgegenkommen strengt furchtbar an. Ebenso wie Selbstaufopferung. Es schafft so viele Verpflichtungen. Sei bloß nicht freundlich zu mir!«

»Ich werde es nie sein. Sag mal«, fragte er, und in seiner Stimme schwang eine Spur von Prahlerei, »hast du, bevor ich zu reden anfing, schon gewußt, was ich dich fragen würde? Ich habe schon lange daran gedacht. Eigentlich seit dem Tage, wo das Hündchen uns auf der Praya vor den Wagen lief und du so ruhig bliebst.«

So mürrisch wie möglich, um die in mir aufwallende, mich fast erstickende Zärtlichkeit zu verbergen, gab ich zur Antwort: »Natürlich habe ich es gewußt. Engländer sind leicht zu durchschauen.«

»Um die Wahrheit zu sagen — ich bin zum Teil Schotte«, erwiderte er, stupfte seinen Finger auf meine Nase und war fort.

DAS HAUS DER WEISHEIT

September

»Was ist nur mit mir los?« fragte Mark. »Ich zittere so leicht. Ich gerate in Schwingungen wie an Bord eines fahrenden Schiffes. Alles ist so intensiv, so lebhaft geworden. Eine Melodie, eine Verszeile,

Stimmen, die Farbe der Blumen, die unendliche Vielfalt des Meeres. Ich lache und weine zugleich. Ich las das Sonett ›Sie haben die Kraft zu verletzen und tun es dennoch nicht‹ im Autobus auf der Fahrt zu dir, und die Tränen traten mir in die Augen. Eine chinesische Dame, die mir gegenübersaß, streichelte mir freundlich die Hand. Wenn ich bei dir war, bin ich gesättigt mit Zufriedenheit, angefüllt mit Glück. Alles ist einfacher, und doch habe ich so viel mehr zu sagen. Ich weiß noch, wie ich aus Indochina zurückkam – es war einigermaßen schrecklich gewesen – und von den kommunalen Unruhen in Indien, die auch entsetzlich waren, und dann gefragt wurde, was eigentlich los gewesen sei. Ach, nichts Besonderes, habe ich geantwortet. Die Leute waren daraufhin sehr böse auf mich, aber ich hatte wirklich sonst nichts zu sagen. Und jetzt verbringe ich ein paar Stunden von dir getrennt, und ich habe dir so viel zu erzählen, daß ich dir eine Stunde vor unserem Wiedersehen einen Brief schreiben und ihn mitbringen muß. Ich habe nicht gewußt, daß man so sein kann – so aufgeschlossen.«

»Was ist nur mit mir los?« fragte ich. »Ich bin wie ein keimendes Saatkorn. Ich bin gespalten, und mir wachsen Wurzeln, und ein Trieb sprießt empor, der sich gierig an das Leben klammert – an dieses Leben, das so herrlich ist, daß mir ständig alles weh tut. Ich lese meine taoistischen Bücher und die Gedichte von Li Po, und mich überläuft am ganzen Körper eine Gänsehaut bei diesen Worten, bei diesen magischen Sätzen. Ich sehe eine Bachstelze, und die Art, wie sie wippend hin und her hüpft, tut mir in der Brust weh. Ich höre und rieche die Sonne, und was den Mond angeht, für dessen Einfluß ich immer sehr empfindlich war, so löst er in mir eine Freude bis zur Unerträglichkeit aus. Ich habe nicht gewußt, daß das Leben so sehr schmerzen kann.«

Wir saßen auf einem breiten, flachen Stein am Weg oberhalb der Leichenhalle. Es war dies der einzige Platz in Hongkong, wo wir uns treffen konnten, um einander in Ruhe kennenzulernen, um zu lernen, was lieben ist, und um einander lieben zu lernen. Denn Liebe ist keineswegs an dem Tage, an dem sie entsteht, vollendet, Liebe ist ein langsam wachsender Baum, ein lebendiges Wesen, und wie bei allem Lebendigen gibt es da keinen Stillstand. Und so ließen wir sie getrost zu einem stark verwurzelten Baume aufwachsen. Mit jedem Tag lernten wir uns noch etwas besser lieben.

Der weiße Stein am Wege oberhalb der Leichenhalle sollte das einzige Zuhause sein, das wir jemals hatten.

In jenen ersten Tagen, als Anfänger in Dingen der Liebe, an das

Glück noch glaubend und töricht genug, von der Zukunft zu sprechen, waren wir gelegentlich trübe gestimmt und schwermütig. Ich konnte das Vorgefühl eines uns bevorstehenden Unheils nicht ganz überwinden. Ich war zwar davon überzeugt, daß ein schweres Schicksal vor uns lag; da ich aber nicht ahnte, welche Formen es annehmen würde, und von meiner Leidenschaft geblendet war, zweifelte ich oft an meinem eigenen Mißtrauen. Mark war aus viel weniger verschwommenen Gründen entmutigt.

»Es gibt für unsere Liebe so viele Schwierigkeiten alltäglich realer Art — ganz abgesehen von dem vielen, was gegen meine Pläne für unser gemeinsames Leben steht —, daß unsere Beziehung zueinander eigentlich etwas überwältigend Komisches hat. Es ist uns sogar versagt, täglich einige Minuten gemeinsam zu verbringen. Ich mag nicht auf dein Zimmer kommen, weil es dich in ein falsches Licht setzt. Du kannst diese gefängnisähnliche Klinik, in der du lebst und arbeitest, nicht verlassen. Alle vierzehn Tage, an deinem freien Sonntag und an deinen Mittwochnachmittagen, sehe ich dich nur im Kreise deiner vielen Freunde, oft mit deiner Tochter. Und obgleich ich froh bin, dich überhaupt sehen zu können, möchte ich doch wenigstens deinen kleinen Finger berühren dürfen und mit dir sprechen können. Wie recht hattest du doch, als du sagtest, daß für uns hier in Hongkong kein Platz vorhanden ist.«

Wir hatten vor dem Klinikeingang gestanden, als er nach einem seiner vergeblichen Besuche bei mir sich in dieser Weist Luft machte. Er hatte eine Stunde lang im allgemeinen Aufenthaltsraum gesessen und im Kreise der hier stationierten Ärzte auf mich gewartet.

»Ich weiß«, sagte er, »daß es für deinen Beruf nicht gut ist, wenn ich, ein Ausländer, mit dir, einer Chinesin, ausgehe. Wir sind eigentlich immer das einzige gemischtrassige Paar und noch dazu beide in Hongkong ziemlich bekannt. Außerdem starrt dich jeder an, weil du so schön bist.«

»Aber du bist es doch, den alle anstarren! Wegen meines Berufs habe ich keine Angst. Ich bin so stolz auf dich, daß ich mich am liebsten aufs Dach der Hongkong- und Shanghai-Bank stellen und ausrufen möchte: Seht mich alle an. Ich bin die Frau, die Mark Elliott zu lieben behauptet!« Wir lachten beide hellauf, im Überschwang des Beieinanderseins.

Ein Wagen, ein riesiges, glänzendes, hochmodernes Monstrum, sauste an uns vorbei, und ich erkannte die adlerhaften Züge von Mrs. Palmer-Jones. Sie hatte uns, ohne zu lächeln, einen forschenden Blick zugeworfen. Auf den Stühlen der Veranden saßen die Patienten wie die Schwalben auf einem Telefonkabel. Sie stützten die Ellbogen auf die Balustrade, sonnten sich und spuckten hinunter. Einige Schwestern schlenderten neugierig vorbei: alles blickte uns an, selbst die Inseln im Meer. Wir vermochten uns nicht voneinander loszureißen. Daraufhin hatte ich eine Idee: »Wir könnten uns an der Leichenhalle treffen. Es ist der einzig mögliche Ort.«

Die Leichenhalle, ein kleines Betongebäude, lag im Schatten eines Bambushains und war gegen die tieferliegende Pokfulum Road durch eine Hibiskushecke abgeschirmt. Die Entfernung von der Klinik betrug etwa zweihundert Schritt. Da sie etwas niedriger am Hang lag, führten fünfzehn Zementstufen bis zu ihrer Tür, weitere zwanzig senkten sich von dort bis zur Straße. Auf diesen Stufen saßen immer die Angehörigen der Toten in der Sonne und warteten auf die Leiche, nachdem mein Freund John Tam, der nun ganz zur Pathologie hinübergewechselt war, hinter verschlossenen Türen sich mit ihr beschäftigt hatte. Die Verwandten verbrannten Weihrauchstäbchen und Papier und wehklagten gebührend, während Mönche in bronzefarbenen Gewändern Zimbeln schlugen oder Flöten bliesen. Endlich öffneten sich dann die Türen, und der Tote, wieder schön bekleidet, wurde ihnen im offenen Sarge überantwortet. Oberhalb der Leichenhalle führte ein Pfad weiter zu einem mit großen Steinen gepflasterten Heckenweg. Er hieß das »Liebesgäßchen«. Ich weiß nicht, woher dieser Name kam, denn abgesehen von den Vögeln und Schmetterlingen, die ihn emsig heimsuchten, waren wir das einzige menschliche Liebespaar dort. Das »Liebesgäßchen« klettert noch höher hinauf, ungefähr zwei Meilen weit, bis es oben in den Hügeln am Ende der Conduit Road das Wasserreservoir unmittelbar oberhalb der Universität erreicht. Am Anfang dieses Gäßchens über der Leichenhalle hatten wir jenen Stein entdeckt.

Nun stieg Mark des Nachts die Stufen von der Pokfulum Road hinauf, und ich lief die Stufen von der Klinik hinunter. Wir gingen dann zusammen bis zu unserem Stein. Ich hörte die Ambulanzwagen den Berg heraufdröhnen und wieder hinunterrasen. Es war für Mark sehr unbequem, weil er seinen »Morris« nicht mehr länger ausleihen konnte und sehr weit bis in sein Hotel zurücklaufen mußte, denn er ließ mich nie ein Taxi für ihn bestellen. Aber das Wetter war schön, und wir konnten uns wenigstens für diese kurzen Minuten sehen, die wir dem Schlaf und der Nacht abstahlen. Meist geschah das zwischen Mitternacht und drei Uhr morgens. Wir konnten uns sprechen, uns bei der Hand halten, die Schar der Fischerflottillen auf dem Meer betrachten und den Himmelsfluß, dessen unzählige Segel über unseren Köpfen dahinzogen. Auch der Mond als verständnisinniger Gefährte leuchtete uns oft, er warf seinen blauen Schein auf unsere Gesichter und auf die Steine des chinesischen Friedhofs gegenüber der Klinik. Wenigstens einige Minuten konnten wir uns so fast allnächtlich sehen, unsere Gier in leidenschaftlicher Zurückhaltung stillen, mit leiser Stimme sprechen, zumeist aber schweigen. Mark hielt dann den kleinen Finger meiner Rechten in seiner Hand. Wir lernten aneinander, erfuhren einander die ganze Zeit. Die Leichenhalle war ein guter Treffpunkt.

Das »Haus der Weisheit« nannten wir sie, wie unser extravertierter Freund John Tam. Mark und John Tam hatten sich über den Goldfischen kennengelernt. Mark hatte sie pflichtschuldigst betrachtet und sein bezauberndes Lächeln gezeigt, während er beobachtete, wie sie gleich zerbrechlichen und kostbar lebendigen Blumen im Wasser zwischen den Pflanzen schwebten. In einer einzigen Sekunde war zwischen Mark und John Tam jenes zarte und sichere Gefühl entstanden, das ich als Frau so gern bei Männern finde. Obgleich John noch jung war, hatte er doch einen Instinkt für Menschen und schenkte seine Freundschaft keineswegs jedem. Er kam in den folgenden Tagen mehrmals durch eine der ewig offenstehenden Balkontüren zu mir herein. Diese Türen führten von unseren Zimmern auf die gemeinsame Veranda hinaus, so daß wir nie für uns sein konnten.

»Feiner Kerl, der Elliott«, sagte er. »Das ist ein wirklicher Mann, weißt du, und gar nicht hochnäsig, obgleich er in Singapore lebt.« Tam, aus Malaya kommend, mochte die Weißen nicht, denen er dort auf einer sehr ungleichen Basis begegnet war, und hielt die Engländer der Kolonie im allgemeinen für unangenehm. »Der ist anders, er ist gebildet. Natürlich, er muß in Singapore leben, wegen seines Berufes. Armer Kerl! Dauernd rast er durch ganz Asien. Es heißt ja auch, die Leute in England sind besser erzogen als die, die sie in die Kolonien schicken. Den Elliott finde ich okay. Vor dem kann man Respekt haben. Meinst du, daß er Lust hat, meine Präparate anzusehen?«

»John nennt es das ›Haus der Weisheit‹«, sagte ich zu Mark, »weil der Tod nicht lügt. Da drunten wird der Stolz gebeugt, die Demut siegt, das Dunkle wird ans Licht gebracht, die Wahrheit wird einfach, und unsere arrogantesten Diagnostiker schlagen sich an die Brust und werfen sich auf den Zementboden nieder.«

»Wie grauenvoll das alles klingt«, erwiderte Mark.

Niemand störte uns je. Die Chinesen, deren Wohnungen in der Nähe der Leichenhalle lagen, mieden sie, und ihre Dienstboten hatten Angst vor Gespenstern. Die Europäerwohnungen lagen weiter entfernt. Gelegentlich konnten wir nachts von unserem Stein aus die Ankunft eines neuen Toten beobachten, der aus der Klinik weggebracht wurde. Auf einer Bahre, mit einem weißen Tuch zugedeckt, von drei Kulis getragen, begleitet von einer kleinen Schwester in weißer Haube, die wie eine Taube mit ausgebreiteten Flügeln hinterhereilte, kam der Tote rasch auf uns zu, denn die Träger liefen nachts im Trab. Vielleicht fürchteten sie sich wirklich, vielleicht redeten sie es sich auch nur ein, denn alle Menschen genießen den Stich einer kleinen Furcht auf der Haut ganz gern. Wir hörten sie die Stufen hinunterkeuchen, das Rasseln des Schlüssels im Schloß, den dumpfen Ton der Kühlraumtüren, die auf ihren Schienen zur Seite rollten, den schwachen Aufprall, wenn der starre Körper sich zu seinen eiskalten Gefährten gesellte, die erleichterten Ausrufe, das Heimwärtsstapfen. Dann erstarben alle Geräusche, außer dem sanften Surren der Kühlanlage, dem Quaken der Frösche und dem Zirpen der Grillen. Kein menschliches Wesen störte uns.

So nah bei den Toten im »Hause der Weisheit«, die sich keine Sorgen um die Geschäfte des Lebens mehr zu machen brauchten, entdeckten Mark und ich uns selbst und wurden lebendig. Auf diesem Stein verließen mich die Schatten, vor denen ich mich gefürchtet hatte, für immer. Ich saß bei ihm, durchströmt von Zärtlichkeit. Mein Inneres schmolz, ich spürte seine Leidenschaft und wie er sie beherrschte, ich unterwarf mich ihr – meine Ängste machten sich davon, lösten sich im Mondlicht, schwanden in die Nacht. Ich blühte auf zu neuer Lust wie die kleinen Papierkügelchen, die die Kinder in eine Schüssel mit Wasser warfen, die sich öffnen und sich entfalten zu vielfarbigen Blumen. Mark erweckte mich zu neuem Leben.

Er sagte: »Wer einmal erfahren hat, was es heißt, lebendig zu sein, mag nicht zu den Toten zurück. Wer ist nicht für immer verzaubert, wenn er das Leben einmal in seiner Fülle gelebt hat?«

Ich küßte seine Hand, endlich demütig, endlich besänftigt, weil ich mein eigenes Ich gefunden hatte. Zeit und Raum hatten aufgehört. Nur noch der Himmel war über uns, der leichte Lufthauch, das Mondlicht und dieser Stein auf unserer Erde. Wir brauchten nichts weiter. Wir waren überreich. Wir schliefen weder noch wachten wir. Wir lebten.

ZWEITER TEIL

FORTSCHRITT

RÜCKKEHR NACH TSCHUNG-KING

September

Unsere Gefühle werden von ganz gewöhnlichen Ideenverbindungen beherrscht und oft von einer Art schneller Logik beeinflußt, die langes Nachdenken überflüssig macht.

Seit vielen Monaten, eigentlich seit meiner Ankunft in Hongkong hatte meine Schwester Suchen mir verworrene, unzusammenhängende Briefe über ihr krankes Kind, das Vorrücken der Kommunisten und ihre Angst geschrieben. Dann berichtete sie über die vielen Unfreundlichkeiten von seiten unserer chinesischen Familie. Ich bekam plötzlich einen verzweifelten Zettel von ihr, sie käme nach Hongkong, ich müßte sie aufnehmen und ihr eine Stellung verschaffen. Sie fügte Beschuldigungen gegen die Familie hinzu, die mich sehr ärgerten. Ich konnte nicht verstehen, daß Menschen, die ich liebte und die gegen mich immer freundlich und großzügig gewesen waren, zu ihr sich anders verhalten sollten. Ich hielt das für Übertreibungen eines überempfindlichen neurotischen Temperaments — wahrscheinlich legte sie die Beweggründe falsch aus. So antwortete ich ihr in einem kurzen Brief und schrieb ihr, sie solle bleiben, wo sie sei. »Du bist bestimmt sicherer in Tschung-king mit Drittem Onkel und der Familie als stellungslos hier in Hongkong. Ich kann weder dich noch dein Kind miternähren. Hongkong ist überfüllt. Dritter Onkel und Dritte Tante sind lieb und gut. Dritter Onkel ist deines Vaters Bruder. Ich glaube nicht, daß er getan hat, wessen du ihn beschuldigst.«

Kaum war der Brief aufgegeben, als ich spürte, daß etwas nicht stimmte. Ich wurde unruhig. Irgend etwas war ganz verkehrt. Nicht das, was die Schwester in ihren Briefen geschrieben hatte, machte mich unruhig. Mir fiel ein, daß mein Onkel in seinen langen, wunderschön geschriebenen Briefen an mich weder sie noch das Kind jemals erwähnt hatte. Ich kannte meine chinesische Familie aus dem Instinkt heraus, und das war verläßlicher als alle Überlegungen. Ich hätte meinen Ärger weniger schnell vergessen sollen.

Je länger ich darüber nachdachte, desto klarer wurde mir, daß ich irgend etwas in dieser Angelegenheit tun mußte. Und dann war da noch eine andere Frage, die ich ebenfalls zu lösen hatte: die Frage meines Verhältnisses zu Mark.

So beschloß ich, nach China zurückzukehren, um selbst zu sehen, was ich von Hongkong aus nicht beurteilen konnte – um dann entsprechend zu handeln. Ich ging zur Hauptverwaltung und nahm Urlaub. Ich borgte mir Geld von Nora und Robert Hung, um meine Flugpassage nach Tschung-king und zurück zu bezahlen. Ich gab zwei Telegramme auf, eines an Suchen, eines an Dritten Onkel, um mein Kommen anzukündigen.

Es war noch dunkel, als ich zum Start nach Tschung-king den Flughafen Kaitak erreichte. Das Meer und die Berge waren erstickt im dichten und zähen Rußschwarz der Nacht. Mein allwissender Taxichauffeur schien nach dem Geruch zu fahren, denn seine Scheinwerfer funktionierten nicht. Sein Hinterkopf war noch das einzige, dem ich in dieser Schwärze vertrauen zu können glaubte. Plötzlich strahlte Neonlicht auf, gnadenlos in seiner Zudringlichkeit, der Geruch nach Metall und Benzin ließ die Nähe von Maschinen ahnen, die reglos in ihren Hangars warteten. Der Übergang von diesen gefühlsmäßigen Wahrnehmungen zum visuellen Eindruck, als ich den Warteraum betrat, erfüllte mich mit Erstaunen. Nicht, weil er so viel mehr enthüllte, sondern weil er sofort die eigene Sinnenwahrnehmung auf so viele geringere Ausschnitte begrenzte. In der Dunkelheit durfte ich mich lebendig fühlen. Eine Feenwolke hüllte mich ein, ich löste mich auf und formte mich neu. Ich spürte eine schwarze See um mich jagen, was angenehm und schrecklich zugleich war. Dann stieß ich mit der Nase meiner Phantasie plötzlich gegen steil vor mir aufsteigende Hügel – und dann, im Licht, sah ich eine Theke voller Coca-Cola- und Orangeade-Flaschen, gesichert hinter schimmerndem Glas, Tischplatten voller feuchter Ringe auf der glatten Fläche, Gruppen von Piloten in Blaugrau, deren Beine seltsam um die Tischbeine verschränkt waren, und das Ganze umhüllt von weißen Papierwänden und zu Boden gedrückt durch eine tote, weiße Decke. Und Mark sah ich – er saß allein an einem Seitentisch, den Kopf über ein Buch gebeugt. Er war gekommen, um mir Lebewohl zu sagen.

»Ich habe immer Angst vor dem Fliegen«, sagte er, »deswegen muß ich mir unbedingt die Maschine ansehen, die dich entführt.«

»Bis zuletzt lockerst du den Griff um dein Opfer nicht«, erwiderte ich.

»In deiner Provinz Sze-tschwan«, sagte Mark, »wird das Chinesische in dir die Oberhand gewinnen und alles andere ausschließen. Du wirst mich dann ganz mit chinesischen Augen sehen und dir überlegen, ob du überhaupt noch zu mir halten sollst.«

»Ja, das werde ich tun, ich will dich von dort aus sehen. Sehen, wie du wirklich bist. Denn wir müssen ja zusammen leben, mein chinesisches Ich und dein englisches Du.«

Flugreisen verändern mehr als jedes andere von Menschen benutzte Transportmittel die Beziehung zwischen Raum und Zeit. Sie fordern zur Persönlichkeitsspaltung heraus. An einem anderen Ost ist man selber anders, und diese Umwandlung geschieht beim Flugzeug am schnellsten. Ich verließ Hongkong und meinen englischen Liebhaber an jenem Morgen in den letzten Septembertagen um acht Uhr. Schon waren die ersten Anzeichen des Herbstes da: die erste Ahnung von Kühle, eine gedankenvolle Stille der Luft, ein leichtes Nachlassen der morgendlichen Hitze. Der Himmel putzte sich sauber und blau, die Motoren des Flugzeuges husteten, heulten auf, spuckten und blieben wieder stehen, wie alte Männer sich morgens räuspern. Mark und ich frühstückten reichlich: jeder drei Eier mit Toast und Kaffee. »Wir haben gestern abend gar nichts gegessen«, sagte er, selbst erstaunt über seinen Appetit. Wir sahen den Tag heraufziehen. Die großen Maschinen rollten auf das saubere Flugfeld hinaus. Eine nach der anderen erhob sich glatt und mühelos in den blauen Himmel hinein, bis die Reihe an meine Maschine kam und ich Mark verließ. Er stand in der Sonne. Sie malte goldene Streifen in sein Haar. An einem schönen Septembermorgen um acht Uhr verließ ich Hongkong und meinen englischen Liebsten, um drei Stunden später in Pei Shih Yi, dem Flughafen von Tschung-king, im Herzen der Ebene von Sze-tschwan zu landen. Das Flugzeug schwankte wie betrunken über das aufgepflügte Rollfeld, taumelte von Stein zu Stein, von Erdhaufen zu Erdspalte über diesen zerrissenen, ausgedörrten, lehmigen Erdflecken, es ließ einen Kometenschweif von gelbem Staub hinter sich. Man stieg aus der Maschine unter einem gebleichten Himmel, und da man an die Feuchtigkeit Hongkongs gewöhnt war, spürte man, wie die Trockenheit des hiesigen Klimas sofort Nase und Kehle ausdörrte. Man schleppte sich müde durch die Hitze und sah in dumpfer Verwunderung, daß die Flughafenkulis hier schmutzige Lumpen trugen statt sauberer, schwarzer Seide. Man sah Gesichter von Armut verknittert wie ein benutztes Bett, hörte die brutalen Stimmen von Beamten statt des leutseligen Tons der wohlgenährten Regierungsangestellten Hongkongs, nahm den offenkundigen Schmuggel in der mit grobem Geflecht gedeckten Baracke wahr, wo nur mehr zum Schein eine Zollkontrolle ausgeübt wurde – um das saubere Hongkong im Geiste danebenzuhalten, das Hongkong der Reichen, die es sich leisten können, im Flugzeug zu reisen. Das Herz zog sich mir zusammen angesichts all dieser Überalterung und dieser Unfähigkeit.

Wie können sie nur so weitermachen? dachte ich. Kein Wunder, daß die Kommunisten siegen, ohne einen Tropfen Blut zu vergießen!

Ich hörte die Stimmen Sze-tschwans, den Akzent Sze-tschwans. Der Tee, den wir an den groben Holztischen in der mattengedeckten Baracke tranken, war ein zitronengelber chinesischer Tee, kein brauner indischer. Am Boden jeder Tasse lag Staub, wie überall in Tschungking. Auch das Wasser schmeckte anders.

Und dann geschah die Umwandlung: mein Hongkong-Ich war verschwunden, aufgelöst wie eine Wolke, und ich hatte diesen Ort nie verlassen. Ich kannte diesen Flugplatz besser als mein Zimmer in der Klinik. Meine Zunge begann die Silben zu rollen, meine Stimme war verändert, als ich nach der Rechnung fragte. Ich hatte meine angenommene kantonesische Sprechweise vergessen. Diese Hügel waren die einzigen, die ich je gesehen, mit einem Pelz von Bäumen wie mit zierlichen Kräutern bewachsen, nicht kahl wie die Hügel von Kaulun, die ich heute morgen verlassen hatte. Das tiefe Schmutzgeleise, das sich Weg nannte und zwischen den Hängen in stetem Auf und Nieder zur fünfundzwanzig Kilometer entfernten Stadt führte, war der einzige Weg, den ich mir überhaupt vorstellen konnte.

Auf dem Flugplatz Kaitak dauerte es zwanzig Minuten, um den Zoll zu passieren, die Papiere prüfen zu lassen, in den Bus zu steigen und bis ins Peninsular-Hotel zu fahren. Sieben Stunden brauchten wir, um vom Flugplatz zum Fluglinienbüro in Tschung-king zu gelangen: genügend Zeit, um nach Hongkong und wieder zurück zu fliegen und sogar noch eine Stunde für den Lunch übrigzubehalten. Dieser Gedanke belustigte mich sehr. Wir hatten auch nicht etwa Pannen oder einen Unfall unterwegs, obgleich die Konstruktion, die uns die fünfundzwanzig Kilometer zur Stadt beförderte, erschreckend unzuverlässig aussah. Der Bus war seit Kriegsende noch nicht wieder gestrichen worden. Nicht nur die Farbe, sondern ganze Teile seiner hölzernen Karosserie splitterten ab. Er hatte sich längst von seinen Fensterscheiben, Türen und Sitzen, ja selbst vom halben Steuerrad trennen müssen. Auch Kühlerhaube, Scheinwerfer und Kotflügel fehlten. Wir sahen uns alle nach etwas anderem um, denn keiner glaubte, daß dieses Wrack uns fahren könnte. Aber es war das einzig vorhandene Transportmittel. Wir wurden von einem fetten Beamten hineingeschnauzt, so wie widerstrebende Gefangene zur Hinrichtung. Und wir hoben und drückten uns gegenseitig hinein, denn es gab keine Trittbretter, saßen auf unserem Gepäck, das auf dem morschen Boden aufgetürmt war und die Löcher in den Brettern nur ungenügend verdeckte. Als wir alle eingestiegen waren, zu einem wirren

Konglomerat zusammengepreßt, wurden einige Holzstangen vor die breite Einstiegöffnung gelegt und mit Stricken festgebunden. Dies besorgten zwei Soldaten mit aufgeschwemmten Gesichtern, Opfer der Hakenwurmkrankheit. Dann saßen wir halb erstickt zunächst eine weitere Stunde, während die Soldaten uns mit ihren melodramatischen Gewehren bewachten. Die Beeinflußbarkeit des menschlichen Geistes ist so stark und das menschliche Gewissen so formbar, daß wir unsicher wurden – uns überkam eine Art flüchtigen Schuldbewußtseins. Meine Mitreisenden wagten nur im Flüsterton über diese Enge, die Verspätung, die Hitze und die Fliegen zu klagen. Wir waren alle etwas verschreckt, weil wir jetzt hinter Gittern saßen, als hätten wir etwas Böses getan, ohne uns doch erinnern zu können, worin wir etwa gefehlt hatten. Erst nach Stunden erreichten wir die Endstation, ein Zementgebäude neben dem breiten Platz, von wo aus die Wege das über die Hügel sich hinziehende Tschung-king erklettern. Unterhalb, etwa zweihundert Meter tiefer, liegt der Fluß. Die Hälfte von uns war ganz krank von den Erschütterungen der Fahrt, und allen tat das Sitzfleisch weh.

Als wir mit knirschenden Bremsen hielten, erschien plötzlich im fehlenden Fenster unseres Vehikels das wohlbekannte Gesicht von Fünftem Bruder, unverändert bis auf die nun stärker hervortretende Nase.

»Dritte Schwester!« rief er.

»Oh, Fünfter Bruder«, sagte ich erfreut, »du hast dich gar nicht verändert, und dabei ist es acht Jahre her –«

»Ja, man kann sich nicht vorstellen, daß es schon acht Jahre sind. Du bist in England gewesen und bist nun Ärztin, und ich bin durch Burma gewandert« (so bezeichnete er die vier Jahre, die er bei der Armee in Burma gekämpft hatte) »und nun treffen wir uns hier in der alten Heimat.«

Ich antwortete mit einem Zitat aus einem chinesischen Gedicht:

»Wie oft hob ich den Kopf und sah in den Mond,
wie oft senkte ich den Blick und gedachte der Heimat!«

Fünfter Bruder lächelte und zeigte seine makellosen Zähne, eine Familieneigenschaft, auf die wir immer besonders stolz waren. »Du hast dich auch nicht verändert«, sagte er.

»Nein«, sagte ich sehr zufrieden. »England hat mich nicht verändert.«

England, das Medizinstudium, mein Beruf und die vielen Entscheidungen, die mich scheinbar von mir entfernten – nichts von alledem hatte mich verändert. Die ganze unmittelbare Gegenwart, die ich erst heute morgen als »Jetzt« begriffen hatte, schien nun einer weiter zurückliegenden Vergangenheit anzugehören als die Zeit vor acht Jahren in Tschung-king. Ich starrte auf den Fluß, diese unberührte, geruhsame Größe, die China in Nord und Süd teilt. Hatte ich ihn je verlassen? Er wand, bog und krümmte sich wie das menschliche Leben, und ich zitierte die Zeilen von Li Ho Chu:

> Frage den Herrn, wieviel Leid kann eine Seele fassen?
> Soviel, wie der Strom während der Frühjahrs-
> überschwemmung, der Fluß, der nach Osten fließt.

»Denn«, sagte ich zu Fünftem Bruder, »in Europa fließt jeder Fluß zum Meer, in China aber fließen die Flüsse nach Osten. Vielleicht bedeutet das etwas, vielleicht nicht. Jedenfalls – ich bin wieder hier!«

Fünfter Bruder und ich saßen in einem Laden, der unserer Familie gehörte. Der Ladeninhaber brachte schwarze Lackschemel herbei und gab uns rauchigen Tsing-Cheng-Tee, der so aromatisch ist, daß er den Durst löscht, ehe man noch davon getrunken hat. Ich war wieder hier. Ich hatte nicht gewußt, daß man so vollständig heimkehren kann. Die Dinge haben sich verändert, aber ich bin wieder da, so fest verwurzelt, so tief eingepflanzt wie immer. Hier bewegt sich mein Leben harmonisch, angeschirrt an die gleiche unendliche Geduld, mit der der langsame Fluß dahinzieht. Ich bin daheim.

Vor dem Laden führte der Hauptweg vorbei, und zur nächsten, tiefergelegenen Straße kletterten Steinstufen hinunter. Diese Stufen kamen die Leute herauf, die ich schon immer gekannt hatte. Nicht die kleinen Kantonesen mit leichtem Knochenbau und sauberem Gesicht, sondern untersetzte, häßliche Menschen mit flachen Gesichtern und schweren Bauernbeinen, die von Krampfadern mit dicken Knoten umringelt waren. Männer und Frauen, alle waren häßlich und arm. Fast jeder hatte irgendeinen körperlichen Defekt: eine Hasenscharte, einen fehlenden Finger, einen deformierten Brustkorb, und auf den nackten Kulischultern waren die runden, oft zu Geschwüren vereiterten Beulen zu sehen, wie sie durch den Druck der Bambusstange entstehen. Ich sah, was ich vor Jahren auch schon gesehen hatte, die Strohsandalen an ihren bloßen Füßen, die durch die Anstrengung hervortretenden Bauchmuskeln, die sich behende hebende und senkende Brust, die Lasten. Eine Last Feuerholz, eine Last Holzkohlen, dann ein Mann mit zwei Eimern voller menschlicher Exkremente, dann ein Mann mit zwei Körben fliegenbedeckter

Birnen, dann ein Mann mit einer Ladung Salz, dann einer mit roten Wassermelonen, ordentlich in rote und grüne, safttriefende Kegel zerschnitten. Dann wieder eine Last Exkremente. Dann ein Mann mit zwei Eimern Wasser, das auf die Stufen planschte – auf und nieder stiegen sie, einer nach dem anderen, in unaufhörlicher Prozession, die erst wieder mit der Dunkelheit enden würde. Fünfter Bruder und ich saßen, fächelten uns und sprachen vom Wetter in Hongkong und vom noch heißeren Wetter in Tschung-king, darüber, was in Tschung-king verbessert worden war, seit ich es vor acht Jahren verlassen hatte, und über den großen Brand, der das Geschäftsviertel der Stadt zerstörte und viele Tage gedauert hatte und noch immer schwelte. Fünfter Bruder erzählte das alles lachend, in jener Art, in der man über ein Unglück lachte. Jenes verächtliche, ironische Lachen, das dann erst kommt, wenn man alle Tränen geweint hat, die man weinen konnte. Das Lachen, das alle Chinesen überkommt, wenn eine Tragödie komisch und lächerlich geworden ist, wie das so oft bei Bränden, Hochwasser, Unfällen, Todesfällen und Revolutionen geschieht. Es ist wahr, daß der unmittelbare Zusammenprall mit einem persönlichen Unglück uns betrübt wie jedes Leid. Eine Zeitlang tragen auch wir die Trauerinsignien, weinen ehrlich, wie es sich gehört, und trauern inbrünstig. Aber es ist ebenso wahr, daß wir über dieselbe Tatsache etwas später lachen können und dann auch über uns, die wir so getrauert haben. Wir verfügen nicht über das konventionelle Schweigen der Europäer. Wir sitzen nicht in einem Winkel und lassen den Kopf hängen. Die Freunde schonen uns auch nicht, denn wir müssen in das Schema des Lebens hineinbekommen, was wir nur können. Alles wird durch dieses Lachen zusammengefaßt, denn Lachen allein zeigt uns das ungeheure Ausmaß unseres Leides. Wir behandeln die leidbringenden und die freudebereitenden Erfahrungen ganz gleich, denn eines Tages werden wir über beide lachen und sie für lohnend halten und für gleich unter dem gleichmachenden Himmel. Wir werden an sie denken als an Teile unseres Lebensschatzes, als vom Schicksal zugeteilt. Alle Menschen lernen das, aber im großen und ganzen lernen wir es etwas besser als andere Völker.

Auch ich lache über Dinge, die mich erschrecken sollten, sogar über Unfälle. Wenn die lächelnden Ambulanzwagenfahrer nach einem hektischen Tag noch einen Überfahrenen bringen, überkommt mich ein nervöses Kichern, das man als Härte, ja als Grausamkeit auslegen könnte. Aber das ist es nicht. Es ist eine glückliche Gabe, um mich zu schützen. Sie hält mich im Gleichgewicht. Später lehrte ich

Mark, über viele Dinge zu lachen, die uns eigentlich hätten verletzen sollen. Das hinderte uns lange Zeit, verletzt, erschreckt oder verbittert zu werden.

So hörte ich mit zuckendem Munde und krampfhaftem Vergnügen zu, obgleich wir bei dem Brand so viel verloren hatten und viele Menschen umgekommen waren. Fünfter Bruder erzählte, daß sechshundert Ballen Baumwolle, unser Familienbesitz, in zehn Minuten weggewesen und viele Tausende obdachlos geworden seien. »Der Feuerschein war so hell«, berichtete er, »daß ich ein Motorboot über den Fluß hinüberlenkte und die First Range hinaufkletterte, um alles zu beobachten. Es gab kein Wasser, und wir konnten ohnehin nicht helfen. Es war ein faszinierender Anblick. Das Feuer kroch die Hänge hinunter zum Fluß. Die Menschen an der Spitze der Halbinsel waren eingeschlossen, hinter ihnen kam das Feuer näher, und vor ihnen war der Fluß. Viele verbrannten, andere ertranken, einige sprangen in die Boote, die an der zerbröckelnden Lehmmauer vertäut waren, und dann fielen Funken auf die Boote, und sie verbrannten auch. Der Brand erlosch genau zwei Häuser von unserer Bank entfernt. Der Himmel ist freundlich gewesen.«

»Dank der aufgehäuften Tugenden Ihrer erhabenen Familie«, sagte der Ladeninhaber, der bei uns saß. Im China profitiert man von den guten Taten seiner Vorfahren.

Wir wandten uns nun feierlich dem Gespräch über die Familie zu, einem unerschöpflichen Thema, denn unsere Sippe zählte dreihundert Münder. Großonkel war voriges Jahr gestorben, und infolge dieses Unglücks war die Nachkommenschaft unter seinen etwa zwanzig Namenserben beträchtlich geschrumpft. Sie waren der altmodischste Zweig der Familie und hätten es wenig passend gefunden, sich während der Trauerzeit zu vermehren. Dafür blühten andere Zweige, und zahlreiche neue Kinder waren geboren worden. Vierte Schwester erwartete das zweite, Fünfter Bruder war auch verheiratet, aber seine Frau hatte eine Fehlgeburt gehabt und durfte einen Monat lang das Haus nicht verlassen; die alte Dienerin Liu Sao, die schon als Kind zur Familie gekommen war und nun zweiundsechzig Jahre zählte, weigerte sich, in den folgenden dreißig Tagen das Zimmer zu betreten, aus Angst, unrein zu werden, und so machte Fünfter Bruder dort selbst sauber. Er liebte seine Frau und wollte nicht, daß sie sich anstrengte. Während er erzählte, rückte die Welt mehr und mehr an ihren alten Platz. Ich kannte das alles. Ich hatte darin gelebt. Irgendwie geriet mir der älteste Aberglaube auf die gleiche Stufe mit den neuesten Erkenntnissen der Medizin. Und in Wahrheit waren sie unter dem Himmel gleich, weil von ihm aus alle Dinge den gleichen Wert und die gleiche Bedeutung haben.

Ein seltsames Wort kam mir auf die Zunge. »Mark.« Ich sagte es noch einmal vor mich hin. »Mark Elliot.« Das Wort lag wie ein Kieselstein in meinem Munde, ein loses Bruchstück, das nirgends hinpaßte. Würde es jemals irgendwo hinpassen? Es war so eigenartig. Er war so weit fort. Gab es ihn wirklich? Ich war nicht sicher, ob es nicht doch ein Traum gewesen war. Was war Traum, was war Wiklichkeit? Ich mußte es herausbekommen.

MEINE SCHWESTER SUCHEN

September

Nach etwa zwei Stunden Wartezeit, als es bereits stockdunkel geworden war, kam der Wagen. Der Fahrer erklärte, daß er einen Defekt gehabt habe, und außerdem habe er noch einen Reifen wechseln müssen. Es war ein stark mitgenommener Ford, aber für Tschung-king konnte er in einem Augenblick, da die Kommunisten es übernehmen würden, die Höhe kapitalistischer Pracht bedeuten. Außer Diplomaten und wichtigen Regierungsbeamten besaßen sehr wenige Leute ein Auto. Der Fahrer war, im Unterschied zu dem alten Wagen, neu, es war ein Mann aus Tientsin im Norden, der seinen nördlichen Akzent arrogant zerdrehte und sich kaum entschlossen zeigte, sich zu uns unzivilisierten Provinzlern herabzulassen. Als ich meinen Peking-Akzent hören ließ, war er glücklich und wurde sehr höflich. Der Fluß war wie stumpfes Blei zu unserer Rechten. Nichts hatte sich verändert, außer daß die Kommunisten in der Nähe waren. Hier und dort an den Wegen standen noch die Ansammlungen von Bretterbuden mit verfallenden, ungleichen Wänden, wie ich sie hier schon vor acht Jahren gesehen. Der rote Schein ihrer Öllampen zauberte Gesichter aus der Dunkelheit — man aß, sprach und starrte uns nach, flache, zweidimensionale Gesichter, so passiv wie Porträts.

Wir fuhren den alten, gewundenen Weg hinauf, zu der gepflasterten Gasse, wo unser Haus stand. Der Wagen stampfte und schüttelte über die länglich schiefen Steine der Gasse wie ein Schiff auf stürmischer See. Einige geheimnisvolle, halb unterirdische Röhrensysteme, die der Fahrer als Kanalisationsanlagen bezeichnete, hatten dem Weg ein aufgeregtes Aussehen gegeben. Wir fuhren schlingernd weiter, bis uns die Bremsen mit einem letzten Kreischen aus der Bewegung heraus in den Stillstand schleuderten. Wir waren da — zu Hause. Die nägelverzierte Tür mit ihrem altmodischen hölzernen Innenriegel war seit Jahren nicht gestrichen. Wie alles übrige in Tschung-king war sie baufällig, abgeblättert und staubig. Sie öffnete sich mit dem langen melodischen Quietschen, das die chinesischen Türangeln an sich haben. Hinter ihr lag der Hof, der auf drei Seiten von der Veranda des Hauses umrahmt war. Einige verstreute Lampen leuchteten matt wie Glühwürmchen, sie unterbrachen die Dunkelheit um uns her, ohne sie eigentlich zu erhellen — und ich hörte die wohlbekannte Stimme des Dritten Onkels: »Da bist du!« sagte er.

»Dritter Onkel, Dritte Tante!«

Zwei undeutliche Umrisse tauchten aus der Nacht auf, vor denen ich mich verbeugte. Wir waren bewegt, und dies einfache Gefühl machte uns fassungslos. Ganz still und schweigend standen wir da, unsere Gesichter bildeten weiße, in der Luft schwebende Flecken, und unsere Kleider verschwammen in der undurchsichtigen Dunkelheit.

»So komm denn herein«, sagte Dritter Onkel. »Zündet die Lichter an«, rief er, und die gehorsame Stimme des Dieners wiederholte seine Worte, ehe alle Lichter angedreht wurden. Wir gingen ins Haus.

Tee wurde gebracht. Wir saßen auf Stühlen, die der Hitze wegen mit feinen Bambusmatten bedeckt waren, und schlürften den Tee. Onkel und Tante sahen unverändert aus.

»Die Jahre sind glatt dahingerollt«, sagte ich. »Ihr seid die gleichen geblieben.«

Onkel erwiderte: »Dein Gesicht ist voller und ruhiger. Einige von der Familie glaubten, daß du stark ausländisch geworden sein könntest nach so vielen Jahren in England. Aber ich sagte, das würdest du nicht sein. Du bist unverändert.«

Dritte Tante saß, wie sie es immer getan hatte, sehr steil aufgerichtet auf ihrem Stuhl. Ihre Beine waren so kurz, daß ihre Füße, die winzigen verkrüppelten Füße, den Boden nicht berührten. Da ich an ihrer leicht gerunzelten Stirn bemerkte, daß sie wieder Kopfschmerzen hatte, setzte ich mich neben sie und fächelte sie. Das hatte ich immer getan, wenn wir an den schwülen Nachmittagen in das Dorf unserer Vorfahren gingen, um die Gräber der Ahnen reinzufegen und den Zins bei den Bauern zu kassieren. Das war vor zehn Jahren gewesen. Stundenlang hatte ich sie gefächelt, mit einer leichten, entspannten Bewegung, einer mühelosen Drehung des Handgelenks. Und heute noch, wie vor zehn Jahren, stand die Stille draußen vor der Tür, das Schrillen der Zikaden und neben uns der leise, kurze Singsang eines kreisenden Moskitos, der die gegen Ungeziefer brennenden Weihrauchkerzen zu meiden trachtete. Aber das war alles ein Lebensalter her. Damals war ich jung gewesen, unverständig, leicht zu verletzen und glaubte noch an so abstrakte Begriffe wie Glücklich- und Unglücklichsein.

Dritte Tante erinnerte sich ebenfalls an all das, denn sie streckte ihre weiche, weiße Hand aus und tätschelte meinen Arm. Und vor lauter Liebe konnten wir nicht sprechen.

Onkel und ich stellten einander keine Fragen. Fragen würden nur die Beschreibung von Geschehnissen hervorlocken, und Geschehnisse gäben uns keinen Schlüssel zur Einstellung des anderen. So ertasteten wir einander mit dem Instinkt und erforschten uns, indem wir wie zum Versuch Belanglosigkeiten erzählten. Wir sprachen nicht von den Kommunisten, die jeden Tag hier sein konnten — nächste Woche vielleicht oder nächsten Monat. Was für einen Sinn hat es, das Augenfällige zu sagen? In unserer Familie von Bankbesitzern und Landeigentümern, in unserer feudalen Familie hoffte man natürlich nicht gerade, daß sie kommen und alles wegnehmen würden, was wir besaßen, aber wir wußten, daß man keine Wendung des Schicksals erwarten durfte. Wir durften auch nicht erwarten, daß die Nationalisten gewinnen würden. Viele in Tschung-king warteten wie wir, daß das unbeirrbare Schicksal seinen Lauf nehme, man tat nichts und ließ die Dinge, wie sie waren. So sprachen wir denn also nicht von dem, was nahe lag und was für unser Leben entscheidend sein würde. Alles das war längst entschieden. Darüber zu reden blieb müßig. Wir sprachen von der Familie, den heranwachsenden Kindern, den Ernten, dem Hochwasser des letzten Jahres und dem Brand. Wir sprachen nicht von meiner Schwester.

Dann aßen wir zu Abend. An der Tafel saßen Dritter Onkel und Tante, Zweiter Bruder, Fünfter Bruder und seine Frau, Erste und Vierte Schwester mit ihren Männern, außerdem zwei oder drei Mädchen im Schulalter, entfernte Verwandte, die für die Dauer von einigen Monaten oder einigen Jahren in unserem Hause hier lebten, weil es nichts ausmachte, und einige der neuen Kinder. Die Diener waren alle dieselben, ein oder zwei neue darunter, um die zu ersetzen, die an Altersschwäche gestorben oder ins Dorf ihrer Ahnen zurückgekehrt waren, um die Gräber reinzufegen. Man hatte sich die Gerichte gemerkt, die ich besonders gern mochte. So war alles mit scharfen, roten Pfefferschoten gewürzt, die Zunge und Kehle beizen, daß man sie mit braunem Zucker beruhigen muß. Gerade so mochte ich es. Wir waren alle sehr glücklich miteinander, einmal, weil es sich so gehörte, und dann, weil wir wirklich glücklich waren.

Als wir am Schluß der Mahlzeit die Suppe tranken, warf Dritter Onkel allen Takt über Bord, indem er ausrief: »Wie schade, daß deine Schwester, unsere Siebente Tochter, den roten Pfeffer nicht so gern ißt wie wir.«

Ich wußte, der Kampf hatte begonnen. Ich zeigte mildes Interesse: »Tatsächlich«, sagte ich, »nun, sie hat immer eine empfindliche Verdauung gehabt.«

Dritter Onkel und ich genießen solche raschen Ausfälle und Paraden. »Ich bin kein westlicher Doktor«, sagte Dritter Onkel mit etwas übertriebener Würde, »aber ihr Körper ist groß und stark, größer als der deine, und ich glaube nicht, daß sie zarter ist, als eine Frau sein darf.«

Zweiter Bruder sagte: »Sie hat nichts von unserer Art, sie ist ausländisch.« Er war immer ein voreiliger Mensch. Als mein älterer Vetter war er der einzige, dem es gestattet war, eine Meinung über Jüngere als mich zu äußern.

»Ich glaube, ihr Baby ist sehr krank gewesen«, erwiderte ich.

»Das kleine Mädchen ist von Geburt an schwach«, sagte Dritter Onkel. Liu Sao, die alte Dienerin, schenkte mir neuen Tee in die Schale, und dann unterhielten wir uns über die verschiedenen Teesorten, was dem Zweiten Bruder, der wußte, daß er mich verletzt hatte, Gelegenheit gab, meinen Geschmack für Tee als ausgezeichnet zu preisen. Es war eine Lüge, und ich nahm sie entgegen, um zu zeigen, daß ich verletzt war. Dann meinte Dritter Onkel, als die Tücher zum Gesichtabwischen herumgereicht waren, daß es spät sei, schon nahe an Mitternacht, und daß ich müde sein müsse. Aber ich sagte recht fest: »Ich bin nicht sehr müde, und ich werde jetzt gehen und meine Schwester besuchen.«

Dritter Onkel ging sofort darauf ein. »Klein-Liu wird dir auf dem Wege leuchten«, sagte er.

Klein-Liu war der Sohn von Lao Liu, dem alten Liu, dem Gatten von Liu Sao. Lao Liu war des Dritten Onkels persönlicher Laufbursche gewesen und spuckte jetzt seine letzten Tage und Lungenreste in Frieden in der Sonne seines Heimatdorfes aus. Als ich Klein-Liu zuletzt gesehen, war er ein räudiger, triefnasiger Junge gewesen. Nun war ein schmächtiger, wendiger junger Mann mit muskulösen Beinen, einem intelligenten glatten Gesicht und wunderschön geglättetem Haar. Das Veilchenparfum seiner Brillantine stach einem auf fünf Schritte Entfernung in die Nase. Er trug khakifarbene Shorts, ein blaues Hemd, und an seiner Taille baumelte ein ungeheurer Apparat, das neueste Modell einer elektrischen Taschenlampe. Er sah aus wie so viele der jüngeren Generation, tüchtig, als könne er mit Maschinen umgehen, schwimmen und Basketball spielen, aber auch so, als könne er einen anständigen Brief abfassen, seine Meinung für sich behalten und in Gegenwart der törichten älteren Generation schweigen. Er leuchtete mir bis zu dem großen Komplex von Geschäftsgebäuden weiter oben an der Straße, über eine Gasse hinweg und zu dem ausländischen Konzern, wo meine Schwester Suchen arbeitete und wohnte.

Der Türhüter saß davor und genoß die Nachtkühle. Er rauchte seine ellenlange Bambuspfeife mit dem Seifensteinmundstück und dem kupfernen Tabakbehälter am anderen Ende. Der Eingang war ordentlich und frisch gestrichen, und auf der einen Seite wies eine Kupferplatte den Namen der Firma aus.

»Mrs. Chang ist zu Hause«, sagte der Torwächter auf Klein-Lius Frage.

»Wir kommen vom Palast der Han. Drittälteste Junge Dame ist gekommen und wünscht, ihre Schwester, Mrs. Chang, zu besuchen«, sagte Klein-Liu zeremoniell. Der Portier war intelligent und nicht so mürrisch und übellaunig seinen Landsleuten gegenüber, wie es Angestellte von Ausländern leicht sein können. Er stand auf und verbeugte sich respektvoll. »Ich gehe«, sagte er. »Belieben, hereinzukommen. Dies ist ein Geschäftsgebäude, und das Besuchszimmer — ach, es ist verschlossen. Doch der Garten ist angenehm kühl.« — »Viele Male Verzeihung«, erwiderte ich, »es wird ein Vergnügen sein, im Garten zu warten. Viele Male Dank.«

Ich sah noch seinen wissenden Rücken, ehe die dunkle Nacht ihn rasch verschluckte. Natürlich wußte er alles. Alle Dienstboten schwatzen. Meine Schwester hatte das Gesicht ihrer Familie dadurch verloren, daß sie fortzog und allein in einem ausländischen Hause wohnte, während doch ihre eigene Familie nur fünfundzwanzig Schritte straßaufwärts wohnte. Ich mußte schlucken. Es war ein großer Verlust an Gesicht. Ich fühlte ihr Vergehen wie ein eigenes und war ärgerlich. Ich verhärtete mein Herz gegen sie. Im Augenblick war ich ganz Chinesin, völlig altmodisch und konventionell bis in die Knochen.

Es ist fürchterlich, so viele Wesensarten in sich zu vereinen, mit so vielen einander unähnlichen, aber dennoch beherrschenden Gefühlen, Neigungen, Ideen, Trieben und Ängsten — mit so vielen

Unterschieden in der Zurückhaltung, in der Wahl der Worte bei der Benennung derselben Stimmung in drei verschiedenen Sprachen umgehen zu müssen und so viele Schattierungen einer Ansicht zu kennen! Manchmal wird das Leben unerträglich. Andere Leute müssen höchstens zwischen zwei Handlungsweisen wählen. Ich werde gewöhnlich zwischen zwei Welten hin und her gerissen, die völlig verschiedene Arten der Existenz umfassen. Tiresias, Tiresias bis zum Kern – wenn bei einem Wesen, das Peer Gynts Zwiebel gleicht, noch von einem Kern die Rede sein kann. Als ich da im Garten stand und die volle, weiche Nachtluft atmete, hörte ich wieder Marks Stimme, klar, zärtlich und hell: »Du vielfaches Du – ich weiß nie, welches Du es beim nächsten Wiedersehen sein wird. Laß es weiterhin undurchschaubar sein. Ich werde dafür bei meiner Durchschaubarkeit bleiben.«

Heitere spöttische Worte – und so wahr. Würde mich jemals wieder jemand so schnell erkennen und so völlig mit mir einverstanden sein? Zum Dank würde ich ihm alle meine Welten eröffnen, tausend Arten, die Dinge zu betrachten, die Strahlenbrechungen des Regenbogens, die in jedes Stückchen Leben Glanz hineinzaubern. Und wenn dann eine unserer Welten durch das Mittelmäßige überschwemmt würde, wie es stets im Namen der Realität auftritt, um zu zerstören und zu entstellen, so würden wir in die nächste Welt entfliehen und so stets wir selber bleiben – nie dazu verurteilt, wie die anderen, unsere Seelen zu knechten und mit dem heulenden Haufen zu ziehen.

So stand ich, voller Zärtlichkeit und Frieden, und träumte davon, Mark zum Dritten Onkel zu bringen, und lächelte bei dem Gedanken, wie sie sich feierlich verbeugen und einander beipflichten würden oder was Dritter Onkel sonst vielleicht sagen würde; ich träumte davon, mit Mark den Mount Omei zu besteigen und alle Restaurants zu besuchen, die ich kannte. Indessen wurde ich dadurch in die Wirklichkeit zurückgezerrt, daß der Portier, seine lange Pfeife durch das Gras schleifend, zurückkam und verkündete: »Die Schwester der Dame schläft. Sie kann Sie erst am nächsten Morgen empfangen.«

Das war eine Zurückweisung. Es war Mitternacht, für westliche Begriffe zu spät für einen Besuch. Aber Suchen wußte von meinem Kommen. Nach unseren Maßstäben hatte sie mich, da jünger als ich, zu jeder Tageszeit zu empfangen. In China gibt es keine wirklichen Besuchsstunden. Wie oft war ich selbst aus dem Bett gesprungen, um spät angekommene Freunde zu empfangen! Ich überlegte einen

Augenblick. Sollte ich meine leicht lädierte Würde durch eine nonchalante Geste wiederherstellen, wie man eine Falte im Vorhang glattstreicht, und einfach gehen? Das wäre wohl das Richtige. Oder sollte ich dringlicher werden? Klein-Liu und der Portier warteten und beobachteten mich.

Da wir alle, jeder einzelne von uns, ungleich sind und also eine für jeden gleiche Situation gar nicht existiert, habe ich nie verstanden, warum man nicht kurz und klar beschließt, das Schlechtere zu tun. Ich hege einen tiefen Verdacht gegen Philanthropen und Wohltäter aus Passion. Ich glaube eher an die Relationen zwischen den Menschen, wie Hingabe an Freunde, Einhaltung von Prinzipien und daran, das Absolute in sich selbst anzustreben und nicht etwa anderen eine Perfektion aufzudrängen. Ich gehöre dem Feudalstande an und bin Taoistin — ich übe einen Despotismus mit Weisheit, denn ich bin ja Ärztin. Man muß dem Kranken den eigenen Willen aufzwingen, alles andere ist Verlogenheit und Unsinn. Ärzte gebrauchen diese Macht und ziehen eine Art Wollust daraus. Sie stolzieren in ihren weißen Kitteln wie prophetische Könige, ihre Stethoskope sind Abzeichen ihres zauberischen Wissens. Sie begutachten die Leiber ihrer Patienten, die hilflos in ordentlichen Reihen auf den Betten liegen. Sie legen heilende Hände auf und retten Leben. Dies ist schändliche, orgiastische Macht. Nichts korrumpiert die Seele mehr, als Gutes zu tun. Es ist so leicht, zu glauben, man sei gut. Und da ich wußte, daß ich unrecht täte, einem anderen Menschen ohne Entschuldigung Zwang anzutun, sagte ich: »Richten Sie Mrs. Chang aus, daß ich sie heute nacht noch sehen will!«

Der Bungalow, in dem Suchen wohnte, lag am Ende des Gartens. Ich fühlte und roch, daß dieser Rasen wie ein englischer Lawn gemäht war. Vor der Tür stand ein Boskett duftender weißer Blüten, die in Dolden von Zweigen niederhingen. Der Portier öffnete die Tür weit. Auf dem Tisch stand eine altmodische Öllampe, deren Docht ganz niedrig geschraubt war. Aus der gegenüberliegenden Tür trat meine Schwester in einem Schlafrock, das Haar in zwei Zöpfen aufgesteckt. Ihre Stimme war leise und kalt. Sie haßte mich. Sie hatte viel gelitten, hatte ganz bewußt jeden Schmerz zum vorigen hinzugerechnet und nun die Summe gezogen.

»Wäre es morgen nicht noch früh genug gewesen?«

»Nein«, sagte ich. Ich fühlte ihre Verachtung. Vielleicht hatte ich sie verdient. »Ich mußte dich heute noch sehen. Mein Flugzeug kam spät, der Wagen kam spät, und wir haben spät gegessen.«

»Und nun weckst du mich und mein Baby — auch spät.«

»Ja. Ich wollte dich lieber heute sehen und alles zwischen uns klären.«

»Du hast alle durcheinandergebracht, wie immer. Deinetwegen werde ich jetzt von den Kommunisten umgebracht werden. Das Baby und ich.«

»Das ist nicht wahr. Es sind fünfzehn Jahre, daß wir einander nicht gesehen haben. Ich weiß nichts von dir. Ich ahne nicht, was dir geschehen ist, außer ganz unbestimmten Dingen. Ich kenne dich nicht. Ich kenne nur ein paar Tatsachen, aber nicht ihre Bedeutung.«

»Ich habe dir ja geschrieben.«

»Nur Tatsachen. Daß die Familie dich mißhandelt, dich und das Kind, und daß das Baby im Sterben lag. Irgend etwas Böses ist geschehen, aber ich habe es nicht verstanden, ehe ich dich sah. Bitte, erzähle mir alles.«

»Deinetwegen«, sagte sie, »kann ich nicht nach Hongkong. Ich habe keine Aufenthaltserlaubnis für Tschung-king. Dritter Onkel will sie mir auch ohne deine Zustimmung nicht geben, und ohne sie kann ich keinen Flugschein lösen, um wegzureisen. Ich habe Tschung-king satt – ich will nicht mehr in China leben, in diesem Schmutz, und ich hasse die Familie. Außerdem kommen die Kommunisten. Viele Leute gehen nach Amerika. Ich bin sicher, daß die Familie alles vorbereitet, um fortzugehen, und mich und das Kind hier verlassen will. Sie haben ohnehin schon versucht, es umzubringen, weil es nur ein Mädchen ist. Und jetzt habe ich bei einer europäischen Firma gearbeitet, dafür werden mich die Kommunisten als Verräterin in ein Konzentrationslager stecken oder erschießen.«

»Aber das ist ja lächerlich«, erwiderte ich. Aber irgendwie hatte ich das alles nicht bedacht. Es stimmte, daß viele Leute davonliefen. Hongkong war voll von Flüchtlingen mit der Angst im Herzen. Amerika war das Ziel all derer, die Geld genug hatten, um weiter als nur bis nach Hongkong zu fliehen. Aber bei meiner eigenen Schwester hatte ich an all das nicht gedacht. Wie sonderbar!

»Die Familie geht nicht fort«, sagte ich. »Ich selber will nach China zurückkehren. Politik ist wie die Wolken – sie gehen vorüber. Was zählt, ist die Arbeit, die man hat.«

»Du bist wahrscheinlich selber Kommunistin«, gab sie zurück. »Du warst immer anders als andere Leute. Ich aber will hier heraus, ich will leben, ich will nach Amerika!«

Während sie sprach, hatte ich ein merkwürdiges Gefühl – als ob ich kleiner und jünger würde. Ich schraubte den Docht der Lampe in die Höhe. Jetzt konnte ich ihr Gesicht deutlich sehen: ihre hübsche

Stirn, breit und glatt, der Haaransatz zeichnete sich schwarz ab wie Rabenfedern. Ihre langen Brauen waren sehr dunkel und liefen in Spitzen aus. Ihre großen, sanften Augen, in denen das Licht sich zwiefach spiegelte, zeigten um die Iris das Weiß kostbaren Porzellans. Die gerade Nase war wohlgeformt und ohne den grausamen Schwung der Nüstern, die Dritter Onkel und ich von einem Ahn geerbt hatten, der bestimmt ein Bösewicht gewesen. Ihre Nase war freundlich, ihr Mund weit und großzügig, er lag weich um ihre tadellosen Zähne. Ihre Lippen kniffen sich nicht, um Vorsatz und Eifer auszudrücken, wie bei Viertem und Fünftem Bruder. Ich wußte, sie war freundlich, gut und anschmiegsam, für ein normales Leben voller Liebe zu einem guten Mann und vielen Kindern wie geschaffen. Nicht wie ich, die ich herb, unsentimental und voll wilden Lebens war, seit Mark mich aufgeweckt hatte – sie war eine Frau, für die man sorgen mußte. Kcin Wunder, daß Dritter Onkel sie nicht mochte und sie ihn dafür haßte.

Während ich sie so ansah, verschwanden langsam die Leidensfalten zwischen ihren Brauen, die hohlen Schatten in ihren schönen Wangen füllten sich auf, die resigniert nach unten verzogenen Mundwinkel hoben sich, sie war wieder das liebenswürdige Kind, das ich eines Nachts vor fünfundzwanzig Jahren in Peking, das Herz voller Zärtlichkeit, schlafend unter der Steppdecke des Nachbarbettes betrachtet hatte. Aber das wußte sie nicht, denn schon als Kind trug ich nur eine störrische und empfindungslose Art zur Schau.

Nach und nach schmolz meine Härte ihr gegenüber dahin. Im selben Maß gewann sie die Sicherheit wieder, mit der sie mich in unseren gemeinsamen Jahren behandelt hatte. Es war eine Art amüsierter Herablassung dem verdrehten, wilden Ding gegenüber, das ich gewesen. Und wieder wie als Kind kämpfte ich verzweifelt gegen ihre Überheblichkeit, gegen diese Art, mich zu sehen, die die Voraussetzung für eine ganz ungerechtfertigte Überlegenheit war.

»Du bist häßlich«, hatte man zu mir als Kind gesagt, und mit diesen drei simplen Worten hatten meine Mutter und Suchen mich aus ihrer weiblichen Welt ausgestoßen. Verzweifelt hatte ich meine Entwicklungsjahre durchlaufen, hatte mir viele Welten selber auftun müssen, nachdem die einzige, die in ihren Augen zählte, die der körperlichen Schönheit, mir verschlossen war.

Nun hatte mich zum ersten Male in meinem Leben ein Mann schön gefunden. Er hatte es mir gesagt und darauf bestanden, daß ich es wußte, jetzt, da mir so wenig Schönheit übriggeblieben war, um sie ihm zu schenken. Im Gedanken an Marks Liebkosungen durchfuhr plötzlich ein freudiges Erinnern meinen Körper. Ich sagte mir: Sie können dir nichts tun. Du bist jetzt schön. Laß dich nie wieder unterkriegen. Denke daran, was geschehen ist und wie wenige es überlebt hätten. Du hast deine Schwäche in Stärke verwandelt.

Suchen sagte mit unbewußter Arroganz: »Also, nun sieh zu, wie du die Geschichte wieder einrenkst, die du da angerichtet hast, und wie du mich hier herausbekommst. Ich gehe jetzt schlafen. Ich sehe dich ja morgen.«

Ich ging zurück zu der Familie. Ich stieg die Verandastufen hinauf. Alle waren aufgeblieben, Dritter Onkel, Dritte Tante und meine zahlreichen Vettern. Dritte Tante schenkte einen ganz besonderen Tee ein. Dritter Onkel nahm eigenhändig eine Uhr aus dem Schrank, wo sie jahrelang gelegen, zog sie extra für mich auf, ging ins Schlafzimmer und stellte sie mir auf den Nachttisch. Ich war sofort eingehüllt in Zuneigung, die niemals zuviel wurde, niemals demonstrativ wirkte und immer zurückhaltend und höflich ohne große Gesten blieb. Sie liebten mich, sie trösteten mich. Sie erzählten mir komische Geschichten, ebenso wie Mark damals in Macao, als er mich so zart in den Armen gehalten. Damals hatte ich sogar vergessen, daß wir im selben Bett lagen. Die Geschichte, über die ich am meisten lachte, war die über Onkel Germans Hund. Er sollte das Haus bewachen, aber eines Tages kamen Diebe, um die Wintersteppdecken zu stehlen. Der Hund fand die Diebe so nett, daß er, ohne Laut zu geben, mit ihnen ging und verschwand. Und obgleich sie alle etwas Angst vor mir hatten, vor dem Urteil, das ich in den Angelegenheiten meiner Schwester sprechen würde, hatte ich sie doch wieder lieb. Ich schlief lachend ein, lachend, weil ich nicht vor Müdigkeit und Liebe weinen wollte.

ACEDIA

September

Es war Onkels Gewohnheit, sehr früh aufzuwachen und einen langen Spaziergang um die Stadt zu machen, ehe das Menschengewirr sie belebte. Ich habe nie erfahren, ob das seiner chinesischen Liebe zur Leere entsprang oder ein Teil seiner körperlichen Disziplin war. Ich ging gern mit ihm, beobachtete, wie das kühle Halblicht auf die Stadt niedersickerte, wie die Morgenbrise das graue Silber des Flusses kräuselte, zarter als eine Vogelschwinge. Bald würde der heiße Tag da sein und wie ein Rammbock auf die schmutzige Stadt niederstoßen. In der Dämmerung zwischen dem Entschweben der Nacht und dem Strahlen der Sonne wanderten Onkel und ich durch die verschlafenen, grauleuchtenden Straßen. Sein maulwurffarben seidenes Gewand schwang hinter ihm drein, und seine weichen Tuchschuhe verstreuten bei jedem Schritt feinen Staub von ihren Rändern. Ich erinnere mich noch daran, wie das Licht sich zwischen der Bergkuppe und den dicken Haufenwolken hindurchstahl wie eine Messerschneide, die sich durch einen Spalt hindurcharbeitet. Onkel und ich wanderten so oft zwei, drei Stunden hintereinander, er voraus und ich fünf Schritte hinter ihm. Manchmal unterhielten wir uns, manchmal sprachen wir kein Wort.

Auch am Tage nach meiner Rückkehr erhoben Onkel und ich uns vor der Dämmerung und nahmen wortlos unsere Gewohnheit von vor acht Jahren wieder auf. Wir wanderten hinunter zum Flußufer, bis wir das Murmeln des Wassers an den vertäuten Booten hören konnten, dann um die Stadtmauer, die zwischen Wohnhausresten in willkürlichen Winkelungen dahinführte. Verfolgt vom letzten ersterbenden Flüstern des Morgenwindes wanderten wir über die größeren Straßen. Einige staubige Spatzen schilpten verschlafen. Hie und da gähnten die Häuser, wenn ihre Holzläden zurückgestoßen wurden. In ihrem Hintergrund zeigten sich schlampige, ungepflegte Frauen, die breit dahockten und mit einem Palmenblatt die dürren Zweige im dunklen Ofen anfachten. Fünkchen stoben auf, wurden blau und verschwanden, und endlich brach die Flamme aus. Dann wurde durch sorgfältiges Fächern die Flamme bis ins Herz des Holzstoßes gelenkt. Draußen auf den Gehsteigen standen hie und da fahrbare Küchen. Sie verbreiteten einen Duft nach Congee und Bratfett, von dem einem angenehm warm wurde. Gegenüber dem Bankgebäude, in der Hauptgeschäftsstraße, waren schon fünf oder sechs Rikschakulis versammelt. Sie spuckten, redeten, knufften ihre harten Kissen zurecht. Plötzlich waren dann die lärmenden Geräusche des Morgens da, und wir verlangsamten unsere Schritte. Onkel wandte sich um und sagte: »Wir wollen jetzt durch das niedergebrannte Viertel zum Frühstück ins Stadtrestaurant gehen.«

Den Tou Yo-Kai entlang, an den verlassenen Gebäuden der Salt- und der Meifeng-Bank vorüber, gingen wir auf die dreieckige Spitze der felsigen Halbinsel zu, wo es eine ganze Woche lang so munter gebrannt hatte. Onkel machte mich darauf aufmerksam, daß die Luft über der zerstörten Gegend noch immer Rauchgeruch trug. Stellenweise schwelte es noch unter den Steinen, und sie fühlten sich heiß an. Onkel erklärte mir mit einer weitausgreifenden Bewegung seines Seidenärmels, wie der Wind das Feuer erst entlang der einen Seite des Dreiecks und dann hinüber zur anderen getrieben habe. Er deutete auf das leere Innere zwischen zerfallenden Mauern, auf die ragenden Skelette einstiger Warenlager, in denen sich vordem Baumwollstoffe hoch getürmt hatten und die jetzt nur noch bröckelnde Steinhaufen waren. Dies war das Geschäftsviertel der Stadt gewesen, voller Reichtümer, lärmend und heiter.

Schon hauste heimatloses Bettelvolk in den Ruinen, sie hatten sich aus dem Schutt und einigen Matten Unterstände gebaut und frühstückten nun aus runden Eisenpfannen auf ein paar Steinen. »Wie nach den Bomben, erinnerst du dich?« fragte Onkel.

Maße, geschätzte Verlustziffern, in Tonnen, Pfund und US-Dollars (in Tschung-king war zur Zeit jedermann auf amerikanisches Geld versessen) rollten in seiner angenehm starken Stimme nur so dahin. Seine Augen leuchteten. Wie in den alten Zeiten war ich die Zuhörerin eines seiner Monologe. Ich wollte, ich könnte aus dem Gedächtnis wenigstens manche seiner Belehrungen wiedergeben. Mindestens zwanzig von ihnen über die verschiedensten Themen hatte ich angehört. Das erste, was er zu meinem Besten vortrug, betraf die Liebe – die verheiratete Liebe natürlich, denn nur sie war möglich – und über die Notwendigkeit von Konkubinen. Dann erinnere ich mich an eine »Wie verdient man Geld« und eine über die Freundschaft. Das Essen, die Bank, die Familie, die Fehler anderer Nationen und die Überlegenheit unserer Provinz über jede andere in China gehörten ebenfalls zu den vom Onkel aufgegriffenen und durch Monologe besiegten Themen auf unseren Spaziergängen.

Wir gingen zur Bank zurück. Die messingbeschlagenen Türen waren verrostet, die Wände geborsten. Was an Fensterscheiben noch übrig war, war dick mit Schmutz überzogen. Ich hatte alles noch glänzend rein in Erinnerung: Die große Eingangshalle voller Menschen, schrille Klingeln, eilige Laufjungen, die Kaufleute und Bankiers von Tschung-king in langen Seidengewändern gesetzt über den schimmernden Marmorboden zwischen einem Doppelspalier von Respekt dahinwandelnd. Ich erinnerte mich, wie die Rikschakulis, während der Inflation, an den Schaltern standen und Geldscheine in den verkrampften Fäusten hielten.

Jetzt war die Bank ein Wrack, wie alles übrige. Der Aufzug funktionierte nicht mehr, der Boden war nicht gesäubert worden. Wir stiegen über die von Ruß und Schmutz glitschigen Treppen hinauf. »Vom Dach aus haben wir einen guten Rundblick auf die

Brandschäden«, sagte Onkel. So kletterten wir bis zum sechsten Stock hinauf und aufs Dach und blickten über die leeren Straßen, die verkohlten Schuppen und auf die ganze weitzerstreute, staubige, unsaubere Stadt, die sich unter uns breitete.

Während wir so standen, sprachen wir nicht von der Zukunft. Wir wußten tief innerlich, warum nichts mehr ausgebessert worden war und warum nichts mehr funktionierte. Es war nicht notwendig, darüber zu sprechen. Tschung-king wartete, wartete darauf, befreit zu werden oder zu fallen – je nachdem, welches der beiden Worte man dafür wählen wollte. Es hatte aufgegeben, noch ehe es angegriffen war. Es wartete, faul, korrumpiert, verdorben. Der ganze Ort hatte keinen Mut mehr. Acedia, die Sünde der Seele, die geistige Lähmung, die Mark so fürchtete – hier war sie. Nicht nur einige menschliche Wesen waren davon ergriffen, sondern gleich eine ganze Stadt. Die Bevölkerung hatte den Glauben an eine glaubenslose Regierung verloren, die nun ihre neueste Parole bekanntgab: Kampf bis zum letzten! Denn ihre wirkliche Anstrengung – nicht die mit dem Munde – konzentrierte sich allein auf die Vorbereitung zur Flucht in die Sicherheit. Überall gab es Bedrängnisse, Erpressungen, Hinrichtungen, Exekutionen wirklicher Kommunisten und derer, die mit ihnen sympathisierten, aber auch solcher, die »verdächtig« waren: jedes Menschen, der der Regierung nicht genehm war.

Sze-tschwan ist eine sehr konservative Provinz, sie ist die feudalstgesinnte eines feudalen Landes. Die Menschen hier sprachen von den Räubergenerälen, von denen sie unterdrückt worden waren, wie von Sagengestalten, etwa den Helden der Drei Reiche, die außerhalb des geltenden Gesetzes standen. Sie waren von einer Unterdrückung in die andere geraten, zäh, geduldig, gelegentlich in Grausamkeiten und Gewalttaten ausbrechend, denn die Waffe der Schwachen ist immer die Gewalttätigkeit. Nie hatten sie sich die Kuomintang-Regierung zurückgewünscht, und nun war sie zu einem gewissen Teil wieder da und brachte ihre böse Last mit sich. Die Menschen hier hatten den Mut verloren, und nun warteten sie darauf, daß die Kommunisten kamen. »Schließlich sind es ja auch Chinesen«, sagten sie, »und sie bringen vielleicht eine bessere Regierung mit. Wir wollen ja doch nichts anderes als in Frieden gelassen werden.« Und die schlauen Kriegsgewinnler unter den Bandengenerälen dachten ebenfalls: »Es sind ja Chinesen, wie wir, wir werden mit ihnen ein Abkommen treffen. Wir haben ja noch immer Abkommen getroffen. Wir werden miteinander feilschen. Es ist eben wieder einmal eine Revolution. Jeder hat seinen Preis.«

Sie warteten den Zeitpunkt ab, an dem es angängig und vorteilhaft sein könnte, sich für schon immer mit Demokratie und Kommunismus sympathisierend zu erklären. Einstweilen schacherten sie, stellten Bedingungen für die Übergabe und feilschten um den Preis für ihre Truppen. Und wir, wir hatten keine Macht, denn wir waren keine Bandengeneräle, wir vermochten nichts gegen die Trägheit des Volkes und gegen die Korruption unter den Anführern. Das Volk wollte etwas anderes, etwas Neues, denn alles schien besser als das Bisherige, und sehr wenige machten sich klar, daß es diesmal, nach dieser Revolution, nicht wieder werden würde wie einst. Aber wir konnten die Zukunft nicht mit der Vergangenheit bekämpfen. Und so mußten wir hinnehmen, was kommen würde, und es durchstehen, denn welche Mittel hätten wir gehabt, um die Trägheit des Volkes zu bekämpfen?

Plötzlich ein Aufruhr auf der Straße unter uns. Wir sahen einen Menschenstrudel sich kreisförmig zusammenschließen und dann in eine Richtung drängen, wo ein kleiner Zug von Soldaten im Stahlhelm, in Khaki gekleidet, dahermarschierte.

»Ha, ha«, sagte Onkel, »schon wieder eine Hinrichtung!«

»Wieso?«

»Kommunisten, die die Stadt angesteckt haben. Wir haben schon vier oder fünf Gruppenhinrichtungen gehabt.«

Vierte Schwester, Sechster Bruder und einige Diener erschienen, rot vor Aufregung. Sie wollten bei der Hinrichtung zusehen und kamen dazu aufs Dach. Wir lehnten uns über das Geländer und sahen hinunter. Die Erschießungen sollten links von der Bank auf einem von Trümmern befreiten kleinen Platz stattfinden.

Wir konnten noch einen raschen Blick auf die vor einem Dachsparren aufgereihten Verurteilten werfen und auf die sie umdrängende Menge und hörten plötzlich ein heftiges Geräusch, einen Knall, und dann noch einen und noch einen, und das gedämpfte Gewoge der Menge. Dann wurden Matten über die hingestreckten Körper geworfen. Sie wurden rasch an Bambusstangen gebunden und wie Pakete weggetragen. Vierte Schwester wischte sich den Schweiß von der Stirn. »Wir haben sie gesehen, wie sie vorbeigeführt wurden. Einer von ihnen war noch fast ein Kind, er kann nicht älter sein als zwölf. Ich kann kaum glauben, daß er irgend etwas anzündet...«, meinte sie.

Doch Sechster Bruder erwiderte: »Die Kommunisten putschen sie künstlich auf, damit sie's tun.«

Wie oft sollte ich das nicht noch hören! Die Japaner waren künstlich aufgeputscht worden. Als die chinesischen Truppen in Korea gewannen, schrieben unsere Zeitungen: »Man hat sie künstlich aufgeputscht – deswegen kämpfen sie ...« Und in den wild kommunistenfreundlichen Blättern Hongkongs wiederum hieß es: »Die Amerikaner sind alles nur künstlich aufgeputschte Teufel.«

Die Hinrichtungen waren ein Teil der allgemeinen Unglückszeichen in diesen letzten, hemmungslos grausamen Tagen vor der Eroberung. Als Volksbelustigung veranstaltete ein sterbender Despotismus Gewalttaten. Aber das Volk ließ sich davon nicht mehr sonderlich beeindrucken. Es hatte den Mut verloren.

Nach der Hinrichtung nahmen wir im Stadtrestaurant unsere Morgenmahlzeit. Es war schmutzig dort, die Tische hatten Risse von der Hitze, weil sie aus feuchtem Holz gefertigt worden waren. Eine unglaubliche Zahl von Spucknäpfen aus rosa Emaille mit roten Päonien auf dem bauchigen Mittelteil war überall im Raum verteilt. Ich sah eine dicke Tschung-king-Ratte mit langem, sich schuppendem haarigem Schwanz unter einem Stuhl hervorkriechen und in gierigen Zügen aus einem der Spucknäpfe schlürfen. Niemand scheuchte sie weg. Niemand kümmerte sich darum. An der Wand hing eine schöne Wiedergabe von Yueh Feis Gedenkschrift für den Kaiser. Sie war neunhundert Jahre alt und feierte seinen Entschluß, dem Befehl zum Rückzug nicht zu gehorchen, sondern weiterzukämpfen. Onkel und ich gaben uns ganz der rhythmischen Großartigkeit der Worte und der wunderbaren Schönschrift hin. Darüber vergaßen wir die Ratte und den Schmutz.

Am Nachmittag besuchte ich wieder meine Schwester. Ich hatte Klein-Liu mit der Nachricht zu ihr geschickt, daß ich um drei Uhr käme, und als ich im Tor des Geschäftshauses stand, sah ich sie durch den Garten gehen. Das Haar hing ihr über die Schultern bis zur Taille. Es war ungelockt, mit rötlichen Lichtern darin. Sie ging sehr gerade und erschien überaus schlank mit ihren schmalen Wangen, ihren feingezeichneten Zügen und ihren langen Beinen. Sie trug ein europäisches Kleid, rot mit weitem Ausschnitt, und es fiel mir wieder auf, wie schön sie war und wie fehl am Platz auf dem englisch geschorenen Rasen, während der gewaltige chinesische Fluß zweihundert Schritte entfernt dahinströmte und die massigen Hügel und den trüben Himmel auf seinen Schultern trug. Sie gehörte nicht hierher. Sie war eine zerbrechliche Natur trotz ihrer Größe. Ich verstand im Bruchteil eines Augenblicks, wie fremd sie hier bleiben mußte, obgleich sie hier geboren und meine Schwester war. Sie konnte nichts dafür. Sie war nicht hart genug.

Für sie war das starke, erschreckend lebensstarke China unwirklich und weit weg, eine langweilige, langatmige Geschichte in schmutzigem Einband. Wo ich mit leidenschaftlichem Herzen die Gewalt des monotonen Flusses wahrnahm, sah sie nur trübes und unbequem breites Wasser. Wo ich im mürrischen Warten der Menschen, in ihrem Umherlungern an den Straßenecken ihre wortlose Hingabe an das Schicksal sah, bemerkte sie nur Schmutz und Gefahr. Während die Familie für mich Zuneigung, Respekt und gegenseitige Hilfe bedeutete, sah sie nur feindliche Absicht, Übelwollen und Zurechtweisung.

Sie hörte die erhabenen Sprüche, die, gemessen angewandt, das moralische Gleichgewicht und den gerechten Ausgleich im allgemeinen Gespräch bildeten, und fand, daß sie für sie nicht gälten. Sie nahm Hinweise und feine Andeutungen nicht für wahr und vergaß, daß der Mensch ein vielschichtiges Wesen ist, das sich aus der Sphäre der großen Worte zu den alltäglichen Gebärden niederbeugt. In China ist ebenso wie in England der Klang wesentlicher als der Inhalt, die Aufrichtigkeit ist auf den jeweiligen Fall bezogen, und die Selbsttäuschung herrscht vor. Sie behauptete, daß die Worte und die Handlungen unserer Familie sich nicht decken – gerade wie ich gefunden hatte, daß bei meinen westlichen Freunden die Worte nicht immer das bedeuteten, was sie mir zu bedeuten schienen. Sie entfremdete sich selber der Familie, denn sie hielt ihre eigenen Auffassungen für die einzigen und leugnete das Vorhandensein anderer.

Nach meiner Ansicht macht es nichts, daß die Menschen maßgebliche Prinzipien aufstellen, nach denen sie sich dann doch nicht richten. Was macht es schon, wenn unser schwaches Fleisch versagt und nicht einmal der Versuch unternommen wird, nach solchem Bekenntnis zu handeln – solange man nur weiß, daß es diese Prinzipien gibt und daß vielleicht eines Tages ein Mann oder gar eine Frau um ihretwillen aufsteht und die Welt erschüttert! Das würde schon genügen.

Meine Schwester wußte nur, daß es bloß eine Badewanne im Hause der Familie gab, daß die Betten aus harten Brettern bestanden, die mit Matten belegt waren, und daß niemand einen Begriff von Pünktlichkeit besaß. Es war nur natürlich, daß sie das alles haßte und sich für gerechtfertigt hielt. Nicht nur die materiellen Verhältnisse, sondern vor allem die geistige Knebelung, der sie nicht entrinnen konnte – das war es, was sie bedrückte. Jeder von uns ist seiner eigenen psychologischen Landschaft und seinem eigenen geistigen Klima verhaftet und unfähig, sich vom gefühlsmäßigen Inhalt der Worte zu lösen, die er gebraucht. Sie sind uns wichtiger als ihr

Sinn; wir verwechseln Gefühl und Denken in diesem in so hohem Maße gefühlsbetonten und gefährlich ungebildeten 20. Jahrhundert.

Ich gehörte hierher. Meine Wurzeln lagen hier. Wenn ich meine persönliche Rettung wählen würde, meine individuelle Freiheit, indem ich in eine sichere und sanftere Welt floh, würde ich langsam welken und absterben, denn meine Wurzeln lagen hier. Gleichgültig, wie weit ich mich verlief – ich würde zurückkehren. Ich würde immer zurückkehren, ich könnte nicht anders. Aber so war meine Schwester nicht geschaffen. Sie war nicht ein derbes, starkes Kraut von Menschenart, aus dem gelben Wasser Chinas genährt. Sie war eine Orchidee, mit Luftwurzeln, eine zarte, schöne Blume, eine Freude des Gewächshauses. Sie gehörte in eine geordnete Zivilisation mit säuberlichen Häuserreihen, mildem Klima und geschorenem Rasen. Sie war verletzlich auf eine gleichzeitig unchinesische und uneuropäische Weise, zu zart und zu verbindlich für eine Europäerin, zu gutmütig und zu großzügig für eine Chinesin. Sie hatte nichts Hartes, nichts Kräftiges, sie besaß keine Ellbogen. Sie mußte fort, nach Amerika, in einen geordneten pünktlichen Tageslauf, in ein vorgenormtes Leben. Sie war Realistin, wo nur ein Mensch mit starken Träumen am Leben bleiben konnte.

Wir hatten nicht nur in China, sondern in ganz Asien Revolution. Denn dies war eine asiatische Revolution. Die alten Ismen würden fallen und neue an ihre Stelle treten. Wolken von Politik würden die Köpfe der Menschen vernebeln, bis sie freiwillig für etwas starben, das sie nicht kannten. Die Nationen Asiens würden einen Ausweg aus all dem finden, einige im Frieden, einige im Kriege, in Blut und Elend, Haß und Zerstörung, Terror und Brutalität und einem Wahnsinn, der alles niedertrampelte. Vielleicht, daß eine neue Welt daraus entstünde, vielleicht auch nicht. Aber es war nutzlos, sich nach rückwärts zu wenden, unsinnig, die Flut nicht wahrhaben zu wollen, denn sie war bereits da. Viele von uns würden nicht nur ihren gesamten Besitz einbüßen, sondern auch ihre gewohnten Tugenden, ihre Lieblingsfehler, ihre Prinzipien und ihre praktischen Vorurteile verlieren. Selbst unsere Art, zu denken und zu lieben, würde vergewaltigt und entstellt werden. Wir würden verbrennen müssen, was wir zu lieben glaubten, und anbeten, was wir bisher gehaßt. Nur die Träume würden übrigbleiben, sofern wir stark genug waren, weiterzuträumen. Und die Träume würden am Ende siegen. Sie siegten immer. Aber bis dahin mußten die, die sich ihre Welt nicht erträumen konnten, das nackte Leben zu retten versuchen. Und es war richtig so.

Bis jetzt hatte ich das alles nicht verstanden. Aber dort im Garten, während ich in der Sonne das lange schwarze Haar meiner Schwester aufschimmern sah, verstand ich es. Doch leider verstehen wir immer nur für kurze, helle Augenblicke und vergessen dann wieder sofort. Nur eins blieb mir klar im Gedächtnis: meine Schwester mußte weg von hier. Sie durfte nicht träumen und sich so eine neue Welt selber schaffen. Sie mußte weg von hier.

»Was stehst du und träumst«, sagte sie zu mir. »Komm doch herein. Komm herein, du mußt meinen Chef kennenlernen. Er heißt Franklin.«

Ich durchquerte das Vorzimmer, wo ein hochmütiger Chinese aufblickte und sich gerade anschicken wollte, in englischer Sprache unhöflich zu werden, weil ich wie eine »Eingeborene« gekleidet war. Ich sprach zu ihm mit der Stimme meines Onkels, und er schrumpfte zusammen, stand auf und ging, um mich bei Mr. Franklin anzumelden.

NEUER OSTEN, ALTER WESTEN

September

Mr. Franklin war nicht nur groß und stattlich. Er hatte das mürrische aggressive Gesicht des weißen Mannes, der mit minderen Rassen zu tun hat. Er zeigte das Benehmen des alten China-Experten, der zu lange im Orient gelebt und es immer für unter seiner Würde gehalten hat, etwas von den Einheimischen zu lernen. Seine Kenntnis des Fernen Ostens geht kaum weiter als bis zu seinem ersten Laufboy, und er schmeichelt sich, alle Situationen fest in der Hand zu haben. Kurz – ein wundervoll erhaltenes Exemplar einer aussterbenden Gattung.

Er empfing mich ausgesprochen frostig. Und das mit gutem Grund, denn von seinem Standpunkt aus war ich böse und grausam und hatte meine Familie schlecht behandelt – er wußte ja nicht, was das Wort »Familie« in China bedeutet. Er war des Glaubens, es umfasse nur meine Schwester.

Nachdem wir uns etwa zwanzig Minuten lang maßvoll beleidigend die Meinung gesagt hatten, war es deutlich, daß wir nicht dieselbe Sprache redeten. Was er widerlich fand, nannte ich natürlich, was er für richtig hielt, fand ich unstatthaft. Er warf meiner chinesischen Familie vor, meine Schwester zu mißhandeln. Sie lebe in einem dunklen Zimmer. Es gebe kein laufendes Wasser. Die Mahlzeiten seien unregelmäßig.

»Aber so leben wir hier alle«, erwiderte ich. »Sie ist nicht anders behandelt worden als die anderen auch.«

»Ich konnte das nicht hingehen lassen, sie war sehr unglücklich«, sagte er darauf, »ich habe ihr dann den Bungalow angewiesen und eine Stellung gegeben. Ich habe sie und ihr Kind geradezu gerettet.«

»Aber damit haben beide die Familienehre verloren. Wir leben ja nur ein paar Häuser weiter. Was glauben Sie, wie die Leute reden?«

»Zum Teufel mit Ihrer Familie«, sagte er. »Ihre Familie ist auch Ihre Schwester. Ihr Leben und das ihres Kindes hing davon ab, daß sie da herauskam.«

»Sie haben sicherlich recht«, erwiderte ich. »Ich erkläre Ihnen ja nur, was Sie der Familie angetan haben und warum sie so aufgebracht ist.«

»Ihr Onkel wollte das Kind beiseite schaffen. Er hat es zu vergiften versucht.«

»In China ist das Leben eines weiblichen Säuglings nicht so wertvoll. Er konnte nicht einsehen, warum es nicht sterben sollte, da es schwächlich war und ohnehin nicht durchkommen würde. Es sterben so viele Säuglinge.«

»Was sind Sie grausam!« rief er aus. »Und dabei sind Sie doch Ärztin und haben in England studiert!«

Suchen, die bislang nichts gesagt hatte, erklärte uns jetzt, daß sie eines Tages einen fremden Mann über das Kind gebeugt gefunden habe. Er hatte selbstfabrizierte Pillen bei sich gehabt und versucht, dem Kind eine davon zu verabreichen. Mein Onkel hat mir später erzählt, daß es ein befreundeter chinesischer Arzt gewesen sei, den die Familie gebeten hatte, nach dem Kinde zu sehen, und er habe nur seine Zunge anschauen wollen. Wem sollte ich glauben? Erklärungen haben keinen Sinn, wenn beide Parteien entschlossen sind, alles falsch auszulegen. Die normalste Handlung wird dann zu Drohung und Gewalttat. Ein Satz, mit leicht erhobener Stimme gesprochen — und die meisten Menschen erheben die Stimme, wenn sie glauben, nicht verstanden zu werden; das ist unlogisch, aber natürlich —, wird dann zu einer Beleidigung.

Mark konnte so etwas nicht geschehen, denn er befand sich nie in einer Defensive. Er würde nie versuchen, andere absichtlich mißzuverstehen, denn er besaß jenen Mut, den Nachsicht und Geduld gewähren. Ich spürte eine Welle von Stolz, Freude und Liebe zu ihm in mir aufsteigen, weil ich sah, wie wertvoll er in einer von Haß verblendeten Welt war. Er war ein Mensch guten Willens, und guter Wille, Toleranz, Selbstlosigkeit und Einsicht waren notwendiger denn je zuvor; nicht aber Gewalt, Arroganz und Dummheit. Damals sah ich ein, daß es nicht etwa die Rasse ist, die die Menschen voneinander unterscheidet, sondern ihre innere Qualität. Mr. Franklin erinnerte mich an einen schnauzenden, kleinlichen chinesischen Beamten.

»Kennen Sie überhaupt einen Chinesen?« fragte ich ihn. Und er erwiderte: »Nein, Gott sei Dank, ich habe nie versucht, einen kennenzulernen, ich will mich nicht verrückt machen lassen!«

Ich saß in dem niedrigen Sessel neben seinem Schreibtisch und stützte den Kopf in beide Hände.. Ich lachte, voller Verzweiflung über meine Unzulänglichkeit und aus Liebe zu Mark. Suchen, krank und aufgeregt, glaubte, daß die Familie, zu der sie vor den Kommunisten aus dem Norden geflohen war, üble Absichten gegen sie hege. Und nun, kaum sechs Monate später, waren die Kommunisten auch hier. Ihr Mann war wegen Kollaboration mit den Japanern erschossen worden. Das Alleinsein, der abstoßende Schmutz hatten ihre Kraft überstiegen. Und dann war dieser Ausländer aufgetaucht. Hier hatte er Gelegenheit, sich als edel und selbstlos zu zeigen – und ich wußte, daß er es nach seinen Begriffen sogar gewesen war. Er besaß die Mittel, um hilfreich zu sein. Er hatte ihrem Kinde das Leben und ihr die Gesundheit erhalten. Er war freundlich und gut zu ihnen gewesen und ihr Retter. In seinen Augen war der kluge und milde Onkel ein finsterer, langröckiger Asiate, und das bißchen Opiumrauchen, das er schon vor dreißig Jahren aufgegeben hatte, mochte dem Bilde, das Mr. Franklin sich von ihm machte, noch ein schreckenerregendes Glanzlicht aufgesetzt haben. Und um diese rührende Geschichte von Schönheit, Grausamkeit und Errettung abzurunden, war da noch eine nicht ganz einwandfreie finanzielle Angelegenheit: augenscheinlich war meine Schwester mit US-Dollars versehen gewesen, als sie hier ankam. Mein Onkel hatte sie ihr aber zu einem so schlechten Kurse eingewechselt, daß nichts mehr davon übrigblieb. Die ganze Episode war lächerlich, tragikomisch und melodramatisch. Jedoch – sie war geradezubiegen. Dazu war ich ja da. Aber Mr. Franklin redete noch immer. »Sie sind hartherzig und gefühllos, daß Sie über all diese Grausamkeiten und das Elend lachen können«, sagte er. »Ihre Schwester ist in großer Gefahr, und Sie lachen.«

»Ich lache immer, wenn es traurig oder erschütternd wird«, entgegnete ich, »das tun wir alle, müssen Sie wissen.«

»Ihr Chinesen seid eine kannibalische Rasse«, rief Mr. Franklin und wurde in seiner Empörung geradezu witzig. »Sie scheinen eine recht kümmerliche Meinung von uns Ausländern zu besitzen. Warum stellen Sie sich denn auf die Seite der Chinesen, wo Ihre eigene Mutter doch Europäerin ist?« und er neigte mir seinen fast kahlen Kopf mit den schwachen Augen entgegen.

»Ich habe mich leider mit der chinesischen Seite identifiziert. Ich stelle Ausländer keineswegs hoch über alle anderen menschlichen Wesen. Vielleicht habe ich wirklich eine schlechte Meinung von ihnen, ich weiß es nicht.«

»Ihre schlechte Meinung gründet sich zweifellos auf Ihre persönlichen Erfahrungen, wie?« meinte er sarkastisch.

Eine entzückende Schwalbe schoß über unseren Köpfen hinein und hinaus. Ich sehnte mich fort, ich hatte anderes zu tun. Warum wurde ich eigentlich hier in einem solchen Gespräch festgehalten? Ich trank meinen Tee aus, um anzudeuten, daß ich aufbrechen wollte.

»Sie dürfen nicht so selbstsüchtig sein«, sagte Mr. Franklin und nahm einen versöhnlicheren Ton an. »Sie haben ein freundliches Leben gehabt. Wir wissen doch alle, wieviel Erfolg Sie hatten und was Sie alles erreichten. Sie sind jung und schön. Ich sehe deutlich, daß Sie es immer leicht gehabt haben, daß Sie immer Glück und keine Sorgen gehabt haben. Das hat Sie selbstsüchtig, hart und mitleidlos gemacht. Ihre Schwester braucht Hilfe, und nur Sie können ihr helfen. Tun Sie's nun auch!« Und er wollte, daß ich eine Menge Papiere unterschreibe, die er vorbereitet hatte. Denn die Europäer trauen keinem Wort, das nicht niedergeschrieben ist. Das ist kindisch. Denn wenn man es darauf anlegt, sein Wort zu brechen, ist es ja doch gleichgültig, ob es schriftlich oder nur mündlich festgelegt wurde.

Ich war gelangweilt. Es war alles so zweitrangig und sentimental. »Ich unterschreibe keine Versprechungen«, sagte ich. »Ich bin ja gekommen, um Ihnen zu sagen, daß ich ihr helfen werde. Ich weiß, daß Suchen nicht als Chinesin empfindet und für das Leben hier ungeeignet ist. Das Leben in China ist ziemlich schrecklich, und es wird noch viel schlimmer werden.«

»Gott sei Dank«, sagte er. »Endlich sehen Sie es ein.«

Er würde nie erfahren, daß mein Entschluß schon gefaßt gewesen war, als ich Suchen im Garten beobachtete. Sein Leben lang würde er stolz darauf sein, mich umgestimmt zu haben. Gut, auch das war in Ordnung. Nun trat eine gewisse Entspannung ein, und wir wandten uns den Umständen angemessenen, sentimentalen Themen zu. Ich brach auf. Der Garten, die Hügel, der Fluß, der Himmel und mein Kleid waren goldbestäubt von der Sonne im Westen. Oh, Mark, sprach ich bei mir selbst und lächelte. Ich hatte viel dazugelernt, so viel, daß ich nicht umsonst nach Tschung-king gefahren war, um ihn von dorther zu betrachten. Ich ging, todmüde von den tausend Verwicklungen in meinem Kopf, voller Gedanken über die tausend Arten, dieselbe Sache zu erklären, über den Schaden, den Worte und ihre vielzüngige Auslegung anrichten können, zu Bett und schlief bis zum anderen Tag.

Zu Drittem Onkel sagte ich: »Alles ist gut. Siebente Schwester – so hieß Suchen in der Familie – wird morgen zum Festessen kommen, und alles wird sich ausgleichen. Der Onkel muß ihr eine Aufenthaltserlaubnis beschaffen, damit sie eine Flugpassage nach Hongkong bekommt. Ich werde ihr das Geld hierlassen.« Er stellte keine Fragen. Wir sprachen nicht weiter darüber. Es war alles ausgeglichen und gut. Dritter Onkel verteidigte sich nicht, denn wir kannten einander gut und konnten auf Worte verzichten.

EPISODE IN TSCHUNG-KING

September, Oktober

Meine Freundin Ying kam am nächsten Tag frühmorgens, um mir einen Besuch zu machen. Sie war die erste Konkubine eines der wichtigsten Männer Tschung-kings. Seine Frau war vor achtzehn Jahren gestorben. Er hatte nicht wieder geheiratet, aber zwei Konkubinen genommen. Ying war eine davon. Ying hatte stets einen guten Kopf und ein wildes Verlangen nach Wissen gehabt. Sie selbst war eine Macht in unserer Gesellschaftsschicht und noch immer ihres Mannes Favoritin.

Ying war gut zu mir gewesen, als ich vor zwölf Jahren, als verschreckte junge Braut, falsche Dinge gesagt und getan hatte. Sie und ich machten uns Kleider nach demselben Schnitt und aus dem gleichen Material. Chinesinnen tun das oft und finden es nicht schlimm, wenn sie das gleiche Kleid tragen wie eine andere Frau. Ying ist klein und fein, ich bin groß und grobknochig. Wir verstanden uns sehr gut. Ying nahm mich überallhin mit. Ich verbrachte viele Stunden mit ihr, in Opernaufführungen, beim Einkauf von Seiden und Schmuck, in ihrem Schlafzimmer, wo ihr Friseur uns die Haare richtete. Ich lehrte sie etwas Englisch, wir stickten kleine Schmetterlinge und Fledermäuschen auf unsere Unterröcke und Pantoffeln, wir gingen zusammen zur Wahrsagerin und zum Gesichtsdeuter, um uns Angenehmes sagen zu lassen, wir kauften Geschenke für unsere Freundinnen und kleine silberne Anhänger für ihre neugeborenen Babys.

Ying saß im Eßzimmer und wartete auf mich, so ruhig, als habe sie mich erst gestern gesehen. Sie sagte: »Du hast dich nicht verändert.« — »Auch du bist unverändert. Die Blumen des letzten Sommers waren schön, die heurigen sind schöner, die des nächsten Jahres werden es noch mehr sein . . .«

»Ach, und mit wem werde ich sie besehen!« sagte Ying, und wir lachten mit tränenfeuchten Augen über das Zitat.

Dritter Onkel ehrte uns durch seine Gesellschaft und durch einen langen Vortrag über den Wert des amerikanischen Geldes. Dollars schienen ihn an diesem Morgen am allermeisten zu beschäftigen. »Willst du Geld einwechseln?« fragte mich Ying. »Ja, ich möchte einige amerikanische Dollars tauschen«, sagte ich, »weil ich ein bißchen Geld für die Flugkarte nach Hongkong, für Siebente Schwester, hierlassen will.« Auch ich hatte auf dem freien Markt in Hongkong amerikanisches Geld gekauft, um es nach Tschung-king mitzunehmen. Dritter Onkel nickte freundlich. »Tante Sheng (das war Ying) wird den besten Kurs in ganz Tschung-king bekommen«, sagte er, »einen weit besseren als ich.«

»Aber nicht doch, nicht doch«, widersprach Ying.

»Sie wird zum besten Kurs tauschen«, sagte Onkel. Und er setzte beiläufig hinzu: »Neulich wollte deine Schwester etwas Geld eingetauscht haben, leider bekam ich keinen guten Kurs für sie.«

Auf diese Weise erfuhr ich, daß er wahrscheinlich keinen Versuch gemacht hatte, den Schwarzmarktkurs für sie zu bekommen, sondern den offiziellen. Jedermann tauschte zum Schwarzmarktkurs, sowohl in Tschung-king wie in Hongkong.

Ying lächelte mir zu. »Ich werde es dir wechseln.« So gab ich ihr das Geld, das ich besaß. Sie versprach, mir auch die Karte für den Rückflug zu besorgen. Das war in letzter Zeit in Tschung-king eine knifflige Sache. Angesichts der »Ungeklärten Lage« wurde von den gewöhnlichen Bürgern durch Bestechungen versucht, die Erlaubnis für eine Flugreise zu erlangen. Einige wichtige Männer flogen allwöchentlich ab. Nun würde ich einen Vorrang haben, weil Ying meine Freundin war. Sie hatte praktisch die Leitung des hiesigen Flugbüros, Bis dahin würde mir Yings Wagen zur Verfügung stehen, sofern ich ihn brauchte.

Zur obersten Klasse zu gehören, ist selbst dann noch schön, wenn man genau weiß, daß in wenigen Wochen nichts mehr davon übrig sein wird. Es ist so bequem, einen Wagen zu haben und Flugbillette zu bekommen. Es ist Vorzugswirtschaft, Korruption und Schiebung, aber ich genoß es, weil es bald zu Ende sein würde. Ich hatte auch Anteil an dieser Korruption, die meine kostspielige Erziehung ermöglicht und dadurch wiederum es möglich gemacht hat, daß ich Mark getroffen, daß wir einander verstanden und liebten.

In einigen Wochen würde alles anders sein. Yings kleine Päckchen mit Nylonstrümpfen, Goldfiligrantäschchen und US-Dollars würden nicht länger mehr von gefälligen Freunden in die Flugmaschinen nach Hongkong geschmuggelt werden können. Mein Onkel, der so sorgenfrei und wohlwollend dasaß, sagte zwischen zwei Schlucken Tee beim Frühstück ganz beiläufig: »Sinkiang verhandelt – es wird in einigen Tagen zur anderen Seite gehören.« Das bedeutete, daß die Provinzialregierung von Sinkiang, der Nachbarprovinz von Sze-tschwan, heimliche Verhandlungen mit den Kommunisten aufgenommen hatte. Sinkiang wurde etwa drei Wochen später offiziell »befreit«. Wir hatten vor einigen Jahren unser Land abgegeben, waren also keine Großgrundbesitzer mehr. Wir konnten jetzt beruhigter warten. Wir lebten spannungslos, tranken Tee, luden Freunde ein, fuhren spazieren, obwohl die Reifen immer schlechter wurden, und hatten Mühe, unsere endlosen Mußestunden irgendwie einzuteilen, was man als Merkmal unserer Gesellschaftsschicht ansehen mag.

An jenem Abend spielten wir auf sze-tschwanische Art Mahjong mit Ying, vielen Freunden und Verwandten. Es wurde sehr schnell gespielt, denn die ältere Generation besaß eine solche Übung, daß sie die geschnitzten Elfenbeinwürfel gar nicht mehr ansah, sondern mit der Kuppe des dritten Fingers beim Aufheben nur fühlte, ehe sie die Nichtgewünschten wegschob. Dadurch lief das Spiel so rasch, daß ich nicht folgen konnte. Ying und ich saßen zusammen und lächelten uns schweigend an, glücklich, beieinander zu sein. Ying sagte zu Drittem Onkel:

»Sie sind ein glücklicher Mensch: So viele Kinder in der Familie und alle so voll hoher Tugend. Sehen Sie sich Dritte Tochter an« (das war ich) – »sie ist jahrelang verwitwet, und doch denkt sie nicht an Wiederverheiratung. Eine tugendsame und keusche Witwe – etwas Herrliches in dieser haltlosen Zeit.«

Onkel warf mir einen scharfen Blick zu. Er erwiderte: »Bockig und übellaunig ist sie. Aber sie kennt ihre Grenzen.«

Ying wandte sich an mich. »Du bist ein Beispiel für uns alle. Du warst eine ideale Gattin, nun bist du eine vorbildliche Witwe. Du bringst der Familie große Ehren.«

O Mark, Mark, dachte ich und seufzte innerlich belustigt, während ich nach außen bescheiden und geziemend errötete.

Onkel begann nun einen seiner Monologe, dem wir, wie es sich gehörte, respektvoll lauschten. Was bei den jungen Leuten heute verkehrt sei, sagte er, sei hauptsächlich ihr Mangel an Tugend. Daran seien ihre Eltern schuld, die ihnen Grundsätze hinwürfen wie Handgranaten und sich dann über das schockierte Schweigen freuten, mit dem sie entgegengenommen würden. In den modernen Familien seien die Kinder kaum geboren – da würden sie schon einer Amme übergeben, einer ungebildeten, groben Bauersfrau, meist sogar halb verblödet. Die Mütter selbst vertrödelten bis zur nächsten Entbindung ihre Zeit, schwatzten und spielten mit Nachbarinnen und Konkubinen. Und mit der gesunden Milch der Amme nehme das Kind auch deren Charakter und geistiges Niveau in sich auf. Im Alter von drei Jahren, wenn es entwöhnt werden sollte, mochte es wohl körperlich gesund sein, doch sein Herz sei ungeformt und unerzogen, sein Geist leide unter der Ernährung, es bestehe hauptsächlich aus bloßen Knochen und ermangle der feineren Teile, die man durch Erziehung formen könne. Noch später komme das Kind dann in die Hände der Dienerschaft, die es verwöhne und ihm jeden Willen lasse. Kein Wunder, daß es, erwachsen, dann unlenkbar, eigensinnig, unkonzentriert und von der Neugier eines Bauernlümmels erfüllt sei. Auf solchem Boden könne dann der geile Same korrupter und unmoralischer Ideen aufgehen. Frauen würden unkeusch. Männer verließen ihre Familie um anderer Frauen willen, für die Eltern werde nicht gesorgt, und die großen Häuser verfielen. Nach seiner Ansprache aßen wir alle eine tüchtige, schweißtreibende Mahlzeit mit Mengen von rotem Pfeffer zu allen Speisen. Dies gab Onkel wieder Gelegenheit, darauf hinzuweisen, wie anders meine Schwester sei. Sie liebe roten Pfeffer nicht wie wir und alle anderen. Ich begann zu verstehen, wie sehr Suchen mich gehaßt haben mochte. Dauernd hatte man zu ihr gesagt: Dritte Tochter liebt dies, Dritte Tochter sagt das, Dritte Tochter macht alles so wie wir. Warte nur, wenn Dritte Tochter zurückkommt. Nein, sie waren offensichtlich nicht sehr freundlich zu ihr gewesen.

»Auf keinen Fall«, meinte Suchen nach dem Festessen zu mir – sie war zu spät gekommen, zu spät für den Monolog und für die

Bemerkungen über den roten Pfeffer — »glaube ich, daß es sehr gesund ist, all dieses Zeug zu essen. Außerdem wirst du zu fett. Du bist doch Ärztin, du solltest es doch besser wissen.«

In den nächsten Tagen machten Ying und ich Besuche bei Verwandten und Freunden. Wir brachten und bekamen Geschenke, gingen in die chinesische Oper, zu Banketten und Festen. Ich schlief sehr wenig in diesen ausgefüllten Tagen. Jedermann war glücklich, und ich war die Allerglücklichste. Dritter Onkel hielt noch viele Monologe. In einem davon verbreitete er sich über das europäische Essen. Es sei schlecht für die Zähne, die Haare und für die Muskeln. Alle Europäer stänken deshalb auch so. Ich hörte Drittem Onkel, fasziniert vom sonoren Klang seiner rollenden Sentenzen, zu und fand ihn ebenso erfüllt von ehrlichen, tiefempfundenen Vorurteilen in diesem wie in manchem anderen Punkt, wie Addisons Sir Roger von jenen, an denen das Herz der Engländer schlägt. Ich nickte und pflichtete Drittem Onkel in allem bei, so daß er gegen Ende meines Aufenthaltes tief zufrieden war, mehr über den Westen gewußt zu haben als jeder andere in der Provinz Sze-tschwan. Ying lächelte ihr lieblichstes Lächeln, ließ mich ihre neuen Kleider bewundern und ihren Peggy-Sage-Nagellack. Wir fuhren in kleinen Wagen hinauf zu ihrem Sommersitz nach Second Range, wir gingen ins Theater, ins Kino, um amerikanische Filme zu sehen, und eines Tages zeigte sie mir, wie man Conga und Samba tanzt, was ich noch nicht konnte. Sie war eine gutunterrichtete Frau, die sich über die neuesten Entwicklungen der Welt auf dem laufenden hielt.

Überall in Tschung-king bemerkte ich Vernachlässigung, Armut, Elend und Verfall. Was vor Jahren nicht zerbombt worden war, stand noch am gleichen Platz, und das war ein Fehler. Seit Kriegsende war nichts angerührt, abgestaubt oder gewaschen worden. Über allem lag eine Schmutzschicht. Das einzig Neue, woran ich mich erinnere, waren zwei Messingspucknäpfe in Yings Schlafzimmer. Einige Leute sprachen von einem neuen Stadion, einem neuen Basar und neuen Häusern, als seien es unwirkliche Gebilde, die nichts mit uns zu tun hätten. Natürlich sprach man nur sehr selten und bloß in ganz beiläufigen Bemerkungen über das, was nun kommen würde. Keiner aus der Schicht, der ich angehörte, bekannte sich in meiner Gegenwart zu der Überzeugung, daß die Nationalregierung dem Kommenden standhalten wollte. Einige Geschäftsleute hatten ihre geschäftlichen Interessen zum Teil nach Hongkong verlagert, einige auch nach Formosa, aber die Mehrzahl hatte keine Geschäfte außerhalb Chinas, und so blieben sie. Ein junger Kaufmann, ein entfernter Verwandter von uns, der einen Großhandel mit Schweinsborsten unterhielt, hatte alle seine Aktiva in US-Dollars umgewechselt. Onkel hielt das für sehr töricht. »Es wird ihm alles beschlagnahmt werden«, prophezeite er. Und diese Voraussage erwies sich später als richtig.

Onkel faßte die Lage in wenigen Worten zusammen: »Keine Regierung«, sagte er, »kann weiterregieren, wenn sie keine Tugend mehr hat. Diese Kuomintang-Regierung hat ihre Tugend verloren, also muß sie abtreten.« Für ihn war das der einzige Grund. Obgleich er keineswegs vollkommen war, wußte er doch, daß die Welt nicht von Geld, von Waffen, von Zahlen, sondern von Tugenden regiert wird.

Die Zeit meiner Abreise kam heran, und ich wollte mit meinem Onkel über Mark sprechen, denn ich wünschte, daß meine Leute ihn annähmen, wie er war, ohne Vorbehalte.

Zwei Tage, bevor ich abfuhr, saßen Onkel und ich abends nach dem Essen wie gewöhnlich auf der Veranda. Wir streckten uns auf Bambusstühlen aus und fächelten uns. Die Nacht lag schwer auf unseren Gesichtern. Über allem lastete der Rauch eines Kohlenfeuers aus dem Nachbarhaus, wo eine Frau an Malaria erkrankt war. Aus dem Hof erhob sich gelegentlich die Stanze einer Zikade. Der Fluß bewegte sich schwach in der Dunkelheit. Man konnte ihn ahnen, aber weder hören noch sehen. Onkel wußte, daß ich reden wollte. Er fragte mich nach Hongkong und gab mir damit das Stichwort. Ich erzählte von meiner Arbeit, den Aussichten einer Ärztin und meinem dringenden Wunsch, nach China zurückzukehren. Und dann sprach ich es abrupt aus: »Ich möchte mich wieder verheiraten. Er ist ein Ausländer.«

Onkels Fächer zeigte keine Erregung und fuhr fort, die duftige Nachtluft zu durchwedeln. Onkel sagte gleichmütig: »Erzähle von ihm.« Ich hielt es für das beste, wenn ich mit dem Allerschlimmsten anfing. Ich sagte: »Er ist Engländer und verheiratet. Er will sich von seiner Frau scheiden lassen und mich heiraten und glaubt, daß das gehen wird.«

»Du wirst keine Konkubine sein?«

»Nein.«

»Schickt er seine ausländische Frau weg, weil er dich heiraten will?«

»Er sagt so. Ausländer halten sehr viel vom sogenannten Glück. Und sie halten Liebe für sehr wichtig.«

»Achtest du ihn so sehr, wie du ihn liebst?«

»Ja. Er ist stärker als ich. Er ist ruhig und sanft. Ich möchte ihm gehorchen und ihm überallhin folgen. Du weißt, daß mich Gefühle allein nicht beeinflussen können.«

»Ich weiß, du hattest immer ein gutes Auge, um Menschen zu wählen.«

»Er kennt unser Land gut, und er will hier arbeiten. Wir wollen beide in China arbeiten.«

Onkel saß eine Weile und sagte nichts. In seinem Schweigen lag eine Müdigkeit. Ich hoffte, wider alle Vernunft – aber ich wußte, was er nicht aussprach. Doch in diesem Augenblick in Tschung-king machte ich mich blind, schloß die Augen und wollte Onkels Schweigen nicht verstehen. O nein, o nein, sagte mein Herz – es ist nicht wahr, so ist es nicht... Ich wollte es nicht wahrhaben. Noch nicht. Noch nicht. Ich wollte es nicht wissen. Ich beugte mich vor und erschlug eine Mücke, die an meinem Bein saß. Die Nacht auf der Veranda war so schwarz, daß man erstaunt war, den Himmel dicht besät mit Sternen zu finden, wenn man einmal aufsah.

Onkel stand auf, und ich wußte, daß er sich entschlossen hatte, nichts zu sagen, nachdem ich es ablehnte, nachzudenken. Vielleicht sah er auch nicht völlig klar. »Die Zeit fließt, die Sitten ändern sich, die Dinge bleiben die gleichen, die Menschen, die sie benutzten, sind schon dahingegangen. Wir haben deines Mannes Kleider jahrelang aufgehoben, als er nicht mehr lebte. Wer weiß, was das nächste Jahr bringen wird – denn nun ändert sich die Welt schneller als wir. Du darfst dich wieder verheiraten.«

Ich sagte schüchtern, denn ich war tief bewegt: »Ich wollte gern, daß er eines Tages hierherkäme und bei uns lebte. Er ist sehr englisch, und doch wird er dich dadurch nicht kränken. Er ist anders. Er ist nicht ungestüm, und er kennt keine Angst, daher ist er nicht arrogant. Er ist immer leise und höflich. Er hat hohe Tugenden, und das einzige, worunter ich leide, ist, daß er leiden muß, um mich heiraten zu können, und daß er andere Leute deshalb leiden machen muß. Doch so ist die Welt. Wenn wir vor fünfzig Jahren lebten und er Chinese wäre, würde ich gern seine Konkubine sein und ihm und seiner Frau dienen, denn es wäre eine Ehre, einem solchen Mann zu dienen – sei es auch als Sklavin.«

Mein Onkel sagte: »Ja, alle diese westlichen Einrichtungen sind sehr unpraktisch, aber da es seine Welt ist, muß es so sein.«

Am nächsten Tage wußte es die ganze Familie. Es war die gleiche Zuneigung, die gleiche Liebe. Aber sie wußten es. Jedoch – die Kommunisten kamen, sie waren schon nahe, alles veränderte sich, und dies war ein Zeichen der Zeit. Sie würden jetzt meiner Witwentugend kein Denkmal setzen, aber wer wußte denn, ob jetzt die Ahnengräber überhaupt noch gepflegt werden würden?

Und so gaben sie mir bei meiner Abreise nebst vielen anderen Geschenken auch die Seidensteppdecken mit, die man einer Braut für das Hochzeitsbett schenkt. Eine war kaiserliches Purpur mit zwei Reihen grüner und silberner Schmetterlinge und Päonien, und eine war rot und gold mit Drachen und Phönixen darauf und eine dunkelblau mit Fichtenzweigen und Pflaumenblüten und Bambus. Dazu gaben sie mir achtundzwanzig Ellen schwerer Seide für männliche Unterwäsche, einen Männerfächer, zwei Schachteln Sze-tschwan-Zigarren und ein schweres Jade-Siegel für einen Mann und Tee und Bambusrollen. Und sie sagten kein Wort, um mich umzustimmen.

Der Autobus vom Büro der Luftfahrtgesellschaft zum Flugplatz ging um acht Uhr früh. Onkel, Tante und ich mit meinem Gepäck verließen das Haus in einem Extrawagen, den uns einer meiner zahlreichen Vettern geliehen hatte, die dem Auswärtigen Amte angehörten; in unserer Festwoche war sowohl Yings Wagen wie der unsere an Überbeanspruchung entzweigegangen. Um sechs Uhr war Onkel in einem Laden gewesen, der für seine Mondkuchen berühmt war. In zehn Tagen war das Mondfest. Er wußte, daß ich die geschwollenen falstaffischen, kantonesischen Mondkuchen mit ihren dicken Rändern und ungeheuerlichen Füllungen aus Enteneiern, Schinken, kandierten Früchten und Nüssen nicht mochte. Ich liebte mehr die flockigen, kleinen Mondkuchen des Nordens, die aus dünnem Waffelteig mit leichter Füllung aus zerstoßenen Mandeln, Nüssen und Datteln bestanden. Onkel hatte sie am vorhergehenden Abend bestellt und ging sie noch selber holen, aus Furcht, die Dienstboten könnten etwas verwechseln. Von Schweiß und Triumph glänzend, saß er neben mir im Wagen und hielt die Pappschachtel mit den Mondkuchen. Dritte Tante hielt meine Hand in der ihren. Ich war mit zwei Koffern, mit Geschenken vollgestopft, aus Hongkong gekommen. Mit ebenso vollgestopften Koffern reiste ich wieder ab. Darin waren Geschenke für meine Freundinnen, für Mark und mich, und dazu hatten sie mir einen Korb gepackt mit Essiggemüsen, Schinken, Bohnenquark und zwei Steinflaschen Maotai-Wein, einem Wein, für den Dritter Onkel, mein Vater und ich unsere Seele verkaufen würden. »Dein Vater«, sagte Dritter Onkel, »pflegte diesen Wein aus einer Reisschale zu trinken. Dann nahm er den Pinsel und schrieb Gedichte.« Die Hügel jenseits des Flusses waren blau vernebelt, und zwischen ihnen und uns, tief unter unseren Füßen, breitete der Fluß die weiten, trägen Wellen seines seidigen Körpers. Die Morgenbrise hatte sich bereits gelegt, schon drückte die Hitze hernieder, doch noch war der Staub goldendurchwirkt, und ein wenig Morgenzärtlichkeit lag noch auf den Gesichtern der Passanten.

Wir kamen beim Luftfahrtbüro an und warteten auf den Autobus, der uns weiter zum Flugplatz bringen sollte. Ich rieb mir bei der Erinnerung an ihn den Rücken, und Dritte Tante lachte. Onkel trug ein langes Gewand aus feiner, schwarzer Wolle, Tante war in schwarze Seide gekleidet, ihr Haar lag so glatt wie Rabenfedern. Beide standen vor der Steinwand, die den Weg einfaßte. Hinter ihnen fiel der Fels in steilen Terrassen zum Wasser ab. Hütten und Mattenschuppen klebten verwegen und lebensgefährlich auf überragenden Felsstücken am ganzen Rand des Flusses entlang – wie die Arme-Leute-Hütten am Abhang der Hügel von Hongkong.

Ich werde es nie vergessen, wie Onkel und Tante dastanden, wehmütig lächelnd, gestenlos, und mich mit leiser Trauer in den Augen ansahen. Wir wußten nicht, ob wir uns je wiedersehen würden. Ein großer Wandel würde kommen. Die Familie wollte nicht fortgehen. Sie blieb. Für sie gab es keinen Zufluchtsort, kein Amerika. Was für ein Sturm auch immer kommen mochte – sie blieb. Eine Welt außer China gab es für sie nicht, China war ihre Welt. Für sie gab es weder den Mut zur Flucht noch das Gold des Westens oder das Problem der persönlichen Freiheit, solange hier Menschen Hungers starben. Sie nahmen hin, glaubten an die Erde und ihr Volk und die Standhaftigkeit, über die in den Zeitungen nichts geschrieben wird. Sie wußten nicht, was Demokratie bedeutet, wohl aber, daß dies ihr Land und daß es ihre Aufgabe war, dort zu bleiben. Sie waren hier tiefverwurzelt wie Bäume, die, wenn auch einige Zweige brechen, doch nicht wanken. Reichtum und Glück lagen in der Hand des Schicksals, und des Menschen Aufgabe war es, nicht davonzulaufen, sondern hinzunehmen, was das Schicksal bescherte.

Der Autobus heulte, spuckte, stotterte, zischte und blieb dann beim Heulen. »Dritter Onkel, Dritte Tante«, sagte ich und verbeugte mich im Autobus in ihrer Richtung. Onkel und Tante winkten mir mit einer kleinen Bewegung ihrer Fächer zum Abschied zu. Ich war so gerührt, daß es mir brennend in die Augen stieg, und als der Autobus vorwärts schlingerte, öffnete ich die Schachtel auf meinen Knien und aß tränenblind einen Mondkuchen, wie ein Kind, das sich trösten will.

SKIZZEN AUS HONGKONG

Oktober

I

»In Hongkong gibt es siebenundzwanzig Arten von Landschlangen«, las Mark, »von denen nur sieben giftig sind. Das scheint mir aber ein freundlicher Optimismus zu sein, Suyin.«

»Oh, Mark, ein Schmetterling sitzt dir auf der Schulter, türkisgrün und tiefschwarz. Was für ein gutes Omen für uns! Bitte, rühr dich nicht!«

»Ist er noch da?« fragte Mark sehr zufrieden und hielt den Kopf ganz still. »Hoffentlich kommt er auch zu dir.«

Der Schmetterling flatterte in großen Kreisen fort und zog in trägen Gleitflügen über den weiten Rasen. Er ließ uns mit Gefühlen zurück, die so leicht waren wie seine Berührung.

»Meine Liebe – wenn es denn Liebe ist, was ich für dich empfinde – soll dich nie schwerer belasten als dieser Schmetterling.«

»Liebling – in eurer neuen Demokratie wird niemand mehr etwas so Reizendes sagen«, meinte Mark. »Alle werden von Arbeit, Selbstkritik und Dialektik ausgefüllt sein.«

»Die Politik kann die Liebe nicht ausschalten. Er wird dann eben zu ihr sagen: Du bist so schön wie unser neues Wasserkraftwerk! Und sie wird erwidern: O Genosse, wie fortschrittlich du bist!«

Es war heiß am Bergesabhang. Der Sonnenschein kroch in jede Pore unserer Körper, er war wie eine behende, zärtliche Hand. Der Sonnenschein glich so sehr einer Liebkosung, daß ich es fast nicht ertragen konnte – ich war ohnehin schon ganz mit der Erde, mit dem Duft grünen Tees, der vom Grasboden heraufstieg, und mit dem Tabaksduft von Marks Pfeife verschmolzen. Seine Augen waren nah und weit geöffnet. »Du und die Sonne«, sagte ich. »Ich habe gar nicht gewußt, daß blaue Augen so hübsch sein können.«

»Sieh mal hier«, rief Mark, der heute ganz intellektuell zu sein vor hatte und zu seiner Unterstützung Magazine, Zeitungen und das Kreuzworträtsel der »Times« sich mitgebracht hatte: »Paragraph sieben aus der Verfassung der neuen Regierung Chinas: Witwen dürfen jetzt wieder heiraten. Ist das nicht fein? Dann verliert deine Familie doch nicht deinetwegen mehr ihr Gesicht vor den Nachbarn.«

»Witwen haben sich auch schon früher wieder verheiratet, allerdings dann die ›untugendhaften‹. Wir haben auch seit Jahren Scheidungen auf Grund gegenseitigen Einverständnisses. Aber wir sind, wie ihr auch, viel stärker durch Sitten als durch Gesetze gebunden, und alte Sitten sterben langsam. China ist so ein Gemisch aus Altem und Neuem. Wenn einer heutzutage ein Buch über die Chinesen schreiben wollte, müßte er sich dauernd selbst widersprechen.«

Mark meinte: »Wir Westeuropäer sind, was China anbelangt, immer noch von Wunschträumen befangen. Für uns ist es noch immer ein Wunderland, voll von verborgenem Reichtum und feiner Weisheit. Wir fürchten zwar, daß das nicht ganz stimmt, hoffen es aber weiterhin, denn wir sind sentimental. Unsere Touristenmentalität ist darauf bedacht, alte Sitten in anderen Ländern und die exotischen Gebräuche der Eingeborenen zu erhalten. Wir träumen gern von den östlichen Nationen in dekorativen Prunkdarstellungen, Goldbrokat, prachtvolle Stickereien oder malerische Lumpen steigen in der Phantasie auf, ein ewiges Volksfest mit alten Tänzen bei Mondschein oder Fackelbeleuchtung, außerdem besonders gut zu fotografieren. Ohne daran zu denken, daß es sich um menschliche Wesen handelt, bedauern wir: Wie schade, daß sie diese lieben, alten Bräuche aufgeben, dieses großartige Sippensystem, das wir so sehr bewundern – da wir unter seinem Joch ja nicht leben müssen! Wir wollen gar nicht die Menschen selbst, sondern ihre Traditionen, ihre Kultur, ihre herkömmlichen Sitten. Wir sind Andenkenjäger, Sammler einer Vergangenheit unter Glas mit der Aufschrift ›Bitte nicht berühren‹. Nur einige von uns verstehen, glaube ich, auch die Gegenwart.«

Ich erwiderte: »Ihr versteht die Gegenwart nur, wenn sie vorüber ist, oder um eure eigenen Formulierungen zu benutzen: ihr beginnt mit Neuorientierungen, wenn es schon fast zu spät ist. Ihr begeistert euch für Hilfeleistungen, wenn die Hungersnot schon eingetreten ist. Ausländer haben sehr strenge Vorstellungen davon, wie Chinesen sich zu benehmen haben, zu sprechen haben, zu philosophieren haben, jederzeit Fatalismus, Heiterkeit wie Unergründlichkeit zu zeigen haben – drei Erfindungen westlicher Einbildungskraft, die meiner sehr erdhaften, extrovertierten Rasse völlig zu Unrecht unterstellt werden. Ausländer verkennen die Wirklichkeit Chinas und machen sich einen Mythos zurecht, der alt genug ist, um sie zu begeistern. Sie wollen keine unbequemen Wahrheiten über China, sie wollen nichts wissen von den ungeheuren Hungersnöten seines Volkes, seiner himmelschreienden Armut, seiner Heftigkeit, seinem Drang, sich zu behaupten, und der Unvermeidbarkeit einer Revolution. Die alte Kultur, die sie so sehr bewundern – wer anders als sie hat sie zerstört? Wer anders als sie hat die Dämme unserer traditionellen Einrichtungen zerbrochen, die unsere üppig wuchernde, vitale Art zusammenhielten?«

Mark schlug vor: »Du solltest etwas über die gequälte Seele des heutigen China schreiben, weil du eine von den wenigen bist, die noch Verbindung mit der Vergangenheit besitzen, und dabei doch den Wunsch hast, in das noch unbekannte Schema des sich neu formenden Landes sich einzufügen. Du wirst es nicht leicht haben, Liebes.«

»Wenn ich überhaupt etwas schreibe, werden die Kritiker behaupten, daß das nicht chinesisch sei. Es wird keine Unergründlichkeit, keine Heiterkeit, keinen Fatalismus und herzlich wenig Philosophie enthalten. Was ich da schreiben würde, käme ihnen ungehemmt, gewalttätig, pervers und dekadent zugleich vor. Einige Leute werden politische Ambitionen in meine unpolitischen Feststellungen hineinlesen und meine Worte mißdeuten, weil jede Formulierung mißdeutbar ist. Heutzutage sucht man in Büchern nur nach dem politischen Bekenntnis des Verfassers, und viele sind voreingenommen, weil Worte gebraucht werden, die sie aus den Zeitungen gewöhnt sind und doch gar nicht verstehen. Wenn die Leute schon immer eine Antwort wollen, bevor sie überhaupt eine Frage formuliert haben, bekommen sie nur Ansichten für oder gegen eine Situation serviert. Eine unabhängige Meinung ist etwas Gefährliches, denn sie gehört keiner Partei an und ist deshalb gleich allen verdächtig. Nein, ich gehe nach China und halte mich an die Medizin. Wie alle Chinesen bin ich an mein eigenes Land gebunden.«

Mark entgegnete: »In zwei Monaten ist dein Jahr hier in Hongkong zu Ende, und du wirst gehen. Ich will versuchen, dir zu folgen, denn auch ich kann, wie so viele Ausländer, von China nicht loskommen. Auch ich bin fasziniert und für immer verzaubert. Wie du besitze auch ich den festen Glauben an die Vernunft des Volkes. Aber ich fürchte, es wird sehr schwer sein, sich in die neue Form hineinzufügen. Ich sehe viele von jenen oberen Zehntausend, deren Kraftlosigkeit du so verachtest, ihre Wurzeln herausreißen und von dannen gehen. Ich bin zwar noch immer der Meinung, daß du zurückkehren mußt, aber ich habe Angst, daß du schon zu reif bist, um an dem krankhaft übersteigerten Heranwachsen deines Landes teilzunehmen, ohne große Teile deines Wesens abzutrennen. Du bist zu distanziert und zu unverblendet, trotz deiner Liebe zu deinem Lande, um noch von diesen flammenden Glaubenssentenzen, diesem fanatischen Drang besessen zu sein – du bist zu ausgewogen. Die vielen unterschiedlichen Persönlichkeiten in dir halten sich bereits harmonisch die Waage, um noch einmal Gefallen an jener abrupten parteiischen Gesinnung zu finden, an jenem hungrigen Idealismus, für den ein so vereinfachender Mystizismus noch eine Anziehungskraft besitzt. Du müßtest wirklich erst noch einmal geboren werden. Der Westen ist alt, der Osten neu. Unsere Rollen sind vertauscht. Es liegt ganz klar auf der Hand, daß China jung ist, auf eine tumultuöse, qualvolle Weise jung, mit seinem Verlangen nach menschlicher Vollkommenheit und sozialer Brüderlichkeit, mit seinem Glauben an Maschinen und Fortschritt, mit seiner Intoleranz, die zu unserer sonstigen Lässigkeit in so großem Widerspruch steht, mit seiner Teilung der Welt in schwarz und weiß und mit seinen Wahlsprüchen!«

»Bei dir klingt das zu einfach«, sagte ich. »Es gibt so verschiedene Menschen in China, alle sind recht kompliziert geartet, weil sie, wie du und ich, lebendige Menschen sind. Da gibt es den kraftvollen chinesischen Typ, der die Spitzfindigkeiten des Christentums mit einem gewissen Menschenverstand in sich aufnimmt; den schizophrenen, unglücklichen, jungen Chinesen, der ebenso an schwarze Magie wie an die Quantentheorie glaubt und die Jahrhunderte durcheinandermischt wie ein Kartenspieler; die frühchristlichen Chinesen mit ihren Beichten, ihrer Reue, ihrer Gewissenserforschung; den patriotischen Chinesen, der den harten innersten Kern des asiatischen Kommunismus, nämlich das Nationalistische in sich personifiziert. Im Guten wie im Bösen ist das mein eigenes Volk: Es gibt den historisch gesinnten Chinesen, in dem die Vergangenheit und die Erinnerung an die große Ungerechtigkeit der Weißen spukt; den chinesischen Emigranten, der fortgeht in der Hoffnung, eines Tages wieder zurückzukehren; weiter diejenigen, die hier sitzen und nur darauf warten, daß der Staub sich legt, die sich dann erst ansehen wollen, was geschieht, bevor sie sich für etwas entscheiden; und schließlich die vielen Zaungäste, die sich auf die Seite des Siegers schlagen werden. Wer will sie tadeln? Wenige Menschen verfügen über die nötigen Kräfte, um wirklich das zu wählen, was man Freiheit nennt, ein Wort übrigens, das man in Asien, wo der Hunger absolut, die Freiheit aber immer recht relativ ist, nur schwer versteht.«

Mark fragte etwas traurig: »Werden wir denn überhaupt noch wählen können?«

»Ich weiß es nicht«, erwiderte ich. »Wir sind im Augenblick, wie so viele, Spielball des Schicksals. Wir wollen nach Peking, du zu deiner Zeitung, ich, um Kranke zu heilen. Es hängt nicht von uns ab, ob wir zusammen gehen können. Es kommt darauf an, ob deine Regierung die neue Regierung in Peking anerkennt, ob deine Welt unsere unvermeidliche Revolution und ihr mögliches Ergebnis akzeptiert, ob es Krieg gibt oder nicht. Es hängt von der Politik, von der Wirtschaft und von den Marktverhältnissen ab, von mancherlei Umständen, von denen ich nichts verstehe.«

»Glaubst du, daß euer neues Regime Zeitungsleuten wie mir die Einreiseerlaubnis geben wird?« fragte Mark.

»O doch«, antwortete ich, »warte nur, bis der Staub sich gelegt hat. Du bist so nett, Mark, jeder wird dich mögen. Aber ich wette, daß die Leute in den Clubs in London, sobald du etwas Günstiges über das neue China schreibst, die Stirne runzeln und sich fragen werden: Hat der Bursche irgend etwas mit den Roten? Und einige werden flüstern: Es ist seine Frau, wissen Sie, die beeinflußt ihn ... Und wenn ich etwas Gutes über England sage – denn dort habe ich die Redefreiheit kennengelernt –, dann werden sie sagen: Sie ist in ihrer Denkweise durch diesen imperialistisch verseuchten britischen Zeitungsmenschen korrumpiert.«

Mark schwieg eine Weile, dann wandte er sich mir zu. Wir lachten, freuten uns über die Sonne, freuten uns aneinander und vermeinten in unserer Freude, eine Hoffnung in diesem Leben zu haben, die Hoffnung, miteinander leben zu dürfen.

Um uns lag Hongkong wohlig in der Sonne, winziger Teil des riesigen chinesischen Mutterlandes, Fels des Exils für so viele – erwartungsvoll der Zukunft entgegenharrend, so wie wir.

II

Die Männer, die in parlamentarischer Verhandlung um den langen polierten Tisch gesessen hatten, lehnten sich nun entspannt zurück. Die Chinesen öffneten ihre Zigarettendosen, nahmen eine Zigarette heraus und boten sie auf chinesische Art den Amerikanern und Engländern an, die zwischen ihnen saßen. Es waren »Lucky Strikes«. Die Chinesen trugen Sharkskin-Anzüge und hatten Parker-Füllhalter in den Taschen stecken. »Mein Himmel«, dachte Suzanne, die seit über einer Stunde das Stenogramm aufnahm, »sie sehen ja alle gleich aus.«

Humphrey Palmer-Jones war voller Freundlichkeit. Er rieb sich verständnisvoll die Hände und trat von einem Fuß auf den anderen. Es gelang ihm trotz seiner gutmütigen Ungeschicklichkeit, den Eindruck zu vermitteln, als besitze er noch Kraftreserven. »Ich denke, wir werden Ihnen alles Nötige liefern können«, wiederholte er, zu jenem bebrillten Chinesen gewandt, der besonders gebieterisch aussah. »Es ist gut, daß Sie sich in dieser Angelegenheit zunächst an uns gewandt haben. Unsere Firma ist zwar klein, aber wendig, sehr wendig.«

Mr. Parrish unterhielt sich mit dem zweiten, der das lange Gesicht eines Idealisten zur Schau trug. »Wir müssen uns natürlich decken – das Risiko einer etwaigen Blockade ... unsere Schiffe kommen dann leer aus Tientsin zurück.«

»Wir zahlen bar«, antwortete der Idealist in munterem Geschäftston, »wir zahlen in amerikanischen Dollars.«

Humphrey nickte, offensichtlich befriedigt. »Mr. Parrish wird die Sache erledigen. Ich hoffe, meine Herren«, setzte er etwas lauter und feierlicher hinzu, »daß dies der Anfang einer langen und fruchtbaren Ära freundschaftlicher Handelsbeziehungen zwischen dem Neuen China und uns sein möge.«

Mr. Parrish und der kleinste der drei Chinesen schüttelten sich mit allen Beweisen gegenseitiger Freundlichkeit die Hände. Dann wandten sie den übrigen ihre strahlenden Gesichter zu. Der Kleinere erklärte: »Mr. Parrish ist mein Lehrer gewesen. Ich hatte die Ehre, in seiner Schule in Hankau erzogen zu werden. Drei Jahre lang lebte ich unter Ihrer Obhut«, setzte er hinzu und verbeugte sich steif vor Mr. Parrish, mit allen Anzeichen des Respektes, wie er in China einem Lehrer stets von seinem Schüler gezollt wird.

Als sie gegangen waren, schlug Suzanne ihren Stenoblock zu und wandte sich zu Humphrey. »Mr. Palmer-Jones«, lachte sie, »ich konnte es fast nicht glauben. Die sind ja wie alle anderen Geschäftsleute. Ich dachte, Kommunisten sähen ganz anders aus.«

Humphrey ließ gelangweilt das Rouleau herunter und zog es wieder auf. Das tat er immer nach einem guten Abschluß. Er sagte: »Oh – man kann nach dem Aussehen der Leute nicht urteilen, Miss Howard. Es besteht schon ein Unterschied. Diese hier haben nicht von Kommissionen gesprochen, sie wußten, was sie wollten, sie zahlen bar, und alles ist völlig gesetzlich. Nach all den Jahren, die ich mit chinesischen Regierungen verhandle, kann ich kaum glauben, daß wir es nun mit einer honetten zu tun haben, besonders nicht nach den Erfahrungen mit der letzten ... Aber vielleicht ist es noch zu früh«, meinte er, »wir wollen abwarten. Dies ist ja erst der Anfang.«

III

Wenn er's wieder tut, dachte Oh-no, werde ich mich rächen.

Oh-no war klein, untersetzt, eine gekaufte Dienerin. Wer ihre Eltern gewesen waren, hatte sie nie erfahren. Sie war während einer

Hungersnot, noch sehr jung, an die Familie Hsu verkauft worden. Wie alt sie war, wußte sie nicht, wahrscheinlich zwischen zwölf und vierzehn. Niemand kümmerte sich darum, wie alt eine Dienerin ist. Oh-no wußte nur, daß sie noch keine Frau war.

Vor sechs Monaten hatten der Alte Gebieter, die Alte Herrin, die vier Taitais und alle jungen Gebieter mit ihren Frauen ihren Palast in Sze-tschwan verlassen und waren nach Hongkong geflohen. Oh-no gehörte der Taitai Nummer Drei. »Aber wie kann ich ihr denn ein Billett kaufen – sie ist doch keine Person, sie ist eine Dienerin«, schrie Nummer Drei den Beamten auf dem Flugplatz in Tschungking an. Oh-no war infolgedessen als Gepäckstück gereist. Im Flugzeug hatte sie keine Zeit, Angst zu bekommen, denn Nummer Drei ging es sehr schlecht. Oh-no hatte Tigerbalsam auf Schläfen und Stirn ihrer Herrin gerieben und ihr Scheibchen frischen Ingwers und saure Oliven in den Mund gesteckt. Sie hatte ihr den hohen Kragen gelokkert und die Haut gekniffen und geknetet, bis drei dunkle Purpurmale an ihrem Hals erschienen – das half schließlich gegen die Übelkeit.

Nun waren sie da. Der Alte Gebieter besaß ein großes, neues Haus in westlichem Stil auf dem Gipfel eines Hügels. Jede Taitai hatte ihr eigenes Zimmer, die Alte Herrin hatte ihr Opium. Sie hatte gefürchtet, Opium werde unter den Ausländern in Hongkong schwer zu bekommen sein, und in jedem der sechs geräucherten Jünnan-Schinken in ihrem Gepäck einige Gramm herübergeschmuggelt. Aber Opium war leicht zu kriegen und eine regelmäßige Bezugsquelle dafür war rasch aufgetan. Nur zwei Beamte mußten »Hilfe« erhalten, damit sie die Augen gen Himmel richteten. Die Alte Herrin war glücklich. Nummer Zwei und Nummer Vier waren glücklich. Sie spielten den ganzen Tag mit ihren Freundinnen Mahjong. Nur Nummer Drei war unglücklich. Sie war Schauspielerin gewesen, bevor sie den Alten Gebieter geheiratet hatte. In Hongkong ging sie in amerikanische Filme und chinesische Opern. Sie rauchte Zigaretten, die der Kehle nicht schadeten. Sie nahm Singstunden. Sie kaufte viele neue Kleider und Lippenstifte, Nylons, Schuhe aus Goldleder, Perlentäschchen und Büstenhalter. Sie quengelte, der Alte Gebieter solle sie seinen Freunden vorstellen, die eine Filmkönigin aus ihr machen könnten. Sie hatte oft schlechte Laune. Dann schlug sie Oh-no. Nummer Drei machte den Alten Gebieter ärgerlich und nervös, und er war schon ohnehin ärgerlich und nervös wegen der Kommunisten und der Zukunft.

Die Kommunisten rückten so schnell vor. Der Süden hatte überhaupt nicht gehalten. Nun waren sie auf dem Marsch nach Kanton.

Nach Kanton, der letzten großen Stadt. Nur hundertdreißig Kilometer von der Grenze der Kolonie entfernt. Der Alte Gebieter fragte sich oft, ob Hongkong auch sicher genug sei. Einige seiner Freunde waren nach Formosa gegangen. Sie hielten Formosa für sicherer. »Amerika wird sie Formosa nicht nehmen lassen – es ist in die Verteidigungsstrategie einkalkuliert«, sagten sie, nickten weise mit den Köpfen und verbreiteten Gerüchte. Doch nun hieß es, daß die Kommunisten ihre Truppen im Schwimmen unterrichteten und daß selbst in der Festung Formosa einige hochgestellte Kuomintang-Generäle sich fragten, ob man »in Rechtschaffenheit aufsteigen« solle oder nicht. Der Alte Gebieter hielt Hongkong für sicherer. In den Hügeln von Kaulun, in den neuen Gebieten, die für weitere fünfundvierzig Jahre den Engländern verpachtet worden waren, lagen Tausende von englischen Soldaten, und es sollten noch mehr kommen. Man konnte die Soldaten beim Exerzieren beobachten. Der Alte Gebieter blieb auf der Straße stehen, um ihnen zuzusehen. Die Sonnenhitze machte sie rot wie gekochte Garnelen. Der Schweiß strömte ihnen nur so herunter. Der säuerlich ranzige Geruch drang bis auf die Straße hinaus. Die Passanten lachten und krausten die Nase. Sie freuten sich darüber, daß die ausländischen Teufel gezwiebelt wurden und schwitzen mußten. »Aber die Engländer werden für uns kämpfen«, sagten die, die etwas zu verlieren hatten, und fühlten sich getröstet. Selbst dem Alten Gebieter wurde besser, wenn er die Engländer in der Sonne schmoren sah. Die Geschäfte gingen gut in Hongkong. Es war Hochkonjunktur. Es wurde viel gebaut. Viele Fabriken waren nach Hongkong verlagert worden, neue wurden errichtet. Die Läden waren voller amerikanischer Waren. Es gab schnellen Profit. Der Handel mit Goldbarren von Macao war ausgezeichnet. Aber wie stand es mit der Zukunft? Eine Voraussage, was nächstes Jahr sein würde, war nicht möglich. Angenommen, die Kommunisten hielten nicht an der Grenze an? Es war alles möglich. Das einzige, was man tun konnte, war, ein gutes Geschäft zu machen und wegzugehen. Aber wohin? Macao, Manila, Südamerika? Wo wäre man in Zukunft sicher?

Und mitten in den Sorgen des Alten Gebieters steckte seine Nummer Drei, die ein Filmstar werden wollte!

Kein Wunder, daß er eines Nachts, als er zurückgewiesen aus dem Zimmer von Nummer Drei kam – der Alte Gebieter hatte Angst vor Nummer Drei mit ihrer raschen, lauten Stimme – über Oh-no gestolpert war, die unter der Treppe kauerte, wo sie vor dem Zimmer von Nummer Drei schlief. Er fluchte: »Frauen und Dienerinnen überall in meinem Hause!« Dann erkannte er Oh-no. »Mach mir eine Pfeife, schnell«, befahl er. Oh-no bereitete Opium gut, sie hatte geschickte Finger, sie drehte das runde Kügelchen schnell auf seinem silbernen Dorn, bis es eben recht für die Pfeife war. Sie hockte am Boden im Zimmer des Alten Gebieters, während er auf der Couch lag und rauchte. Und dann war es geschehen. Zuerst hatte sie sich gewehrt, hatte um sich geschlagen und gewimmert. »Sei still«, hatte der Alte Gebieter gedrängt, »willst du, daß die dritte Taitai kommt und dich prügelt?« So hatte sie still gelegen und in ihre beiden Hände gebissen. Als es vorüber war, wühlte er in seiner Westentasche, drückte ihr eine Dollarnote in die Hand und drehte sich zum Schlaf um. Oh-no kehrte an ihren Platz unter der Treppe zurück.

Zwei Tage lang sagte Oh-no nichts. Am dritten Tage blutete sie noch immer und hatte keine alten Lumpen mehr. Sie mußte es der alten Ching sagen, der ältesten Dienerin in der Familie, die mit dem schweren Gepäck per Bahn nachgekommen war. Die Ching kümmerte sich stets um Oh-no.

»Alte Mutter, Mutter Ching – in meinen Hosen ist Blut.«

Die alte Ching sah auf. Sie war sehr schwerhörig. Oh-no mußte fast schreien. »Blut.« Die alte Ching entblößte ihre zahnlosen Kiefer zu einem Lächeln. »Du bist jetzt eine Frau, es ist ganz natürlich.«

»Mutter Ching, das ist es nicht.«

Etwas in Oh-nos blassem, froschähnlichem Gesicht ließ Mutter Ching aufmerksam werden. »Wir wollen spazierengehen«, sagte sie.

Auf ihren gebundenen Füßen – Ching war sehr alt, sie stammte aus dem alten, feudalen Sze-tschwan, wo man noch immer bandagierte Füße sehen konnte – hoppelte sie die fünfundvierzig Stufen von der Terrasse des Hauses zum Weg hinunter, gefolgt von Oh-no. Um sie nur die schweigenden Hügel, in einem Einschnitt dazwischen das Meer, das Oh-no noch nie gesehen hatte, bevor sie nach Hongkong gekommen war.

»Nun also«, fragte Mutter Ching, »wer war's?«

»Der Alte Gebieter.«

»Wann?«

»Vor drei Tagen.«

Alte Mutter Ching schlug Oh-no mitten ins Gesicht. »Du Ei einer Schildkröte«, schrie sie, »so jung und läufst schon den Männern nach.«

»Ich wollte es nicht.«

»Das ist keine Entschuldigung. Hast du keine Scham, keine Tugend, zu kommen und von deiner Hurerei zu erzählen. Ich sollte dich verrecken lassen wie einen Hund.«

Etwas, was Oh-no nicht kannte, wurde in ihr lebendig. Etwas Wildes und Hemmungsloses, das nie wieder erlöschen würde. Oh-no war eine Bäuerin, und bei einer Bäuerin kann man zu weit gehen. Selbst bei einer Bäuerin aus Sze-tschwan.

Aber Mutter Ching war alt. Sie merkte es nicht. Sie fuhr fort, Oh-no zu beschimpfen. Oh-no stand ganz still und starrte auf das Meer zwischen den Hügeln.

Als sie ins Haus zurückkamen, gab Mutter Ching Oh-no ein gehacktes Tabakblatt und eine braune Salbe auf einem Papier. »Tu das drauf, dann hört das Bluten auf. Lege dich auf mein Bett. Du darfst dich ein, zwei Tage nicht bewegen.«

Das Bluten hörte auf. Oh-no kehrte unter die Treppe zurück. Aber in dem überfüllten Dienstbotenzimmer hatte man Oh-no auf dem Bett liegen sehen und alles erraten.

Einige der Diener wären nun gern zu Oh-no unter die Treppe geschlichen, aber sie hatten Angst, weil der Alte Gebieter sie vielleicht wieder benutzen würde.

Aber sie machten Witze über Oh-no, sie erzählten sich Geschichten von ihr und verhöhnten sie, und Oh-no meinte, vor Scham sterben zu müssen — sie dachte auch daran, sich umzubringen, aber sie tat es nicht. Die Wildheit in ihr wuchs und wuchs. Sie wartete — sie wußte selbst nicht, worauf. Ich werde mich rächen, dachte sie nur. Und ihr schien, als wüchse sie schließlich ganz in dieses Wort hinein, in dieses Verlangen nach Rache.

IV

Lily Wu lebte im Chinesen-Viertel Wantsai, aber ihr Bezirk lag, wie bei so vielen ihres Berufs, im Geschäftsviertel von Hongkong mit seinen achtunggebietenden Gebäuden im viktorianischen Stil, mit der breiten Hauptstraße um das Gloucester- und Hongkong-Hotel, mit Hauptpost, Telefon- und Telegraphenamt. Er reichte von der imposanten Hongkong- und Shanghai-Bank bis zu Whiteaways auf der einen Seite und dem Chinesischen Warenhaus bis zur Mercantile Bank auf der anderen.

Auch Lily war Flüchtling. Sie hatte die letzten sechs Jahre in einem zweitrangigen Hause im Westteil von Peking gearbeitet. Dann waren die Kommunisten gekommen.

Das Geschäft war unterbunden, die Häuser geschlossen worden.

»Ihr seid nicht länger die Sklavinnen der Männer. Ihr seid das Volk«, hatten die Kommunisten verkündet. Die Mädchen waren untersucht worden, Ärzte hatten Blutproben entnommen, um die »Krankheit der Blumen und Weiden« festzustellen, die Kranken waren ins Krankenhaus eingeliefert worden. Die anderen hatte man in ein Frauenlager gesteckt, um sie wieder zu Ehren zu bringen. Kein Parfüm, kein Lippenstift, keine Dauerwellen, keine Maniküre, kein Festessen und keine Männer mehr. Lily fand es entsetzlich. Lily lebte drei Monate mit anderen Prostituierten aus ganz Peking in einer ehemaligen Schule. Sie schliefen in Sälen, in zwei Reihen von Feldbetten. Sie trugen eine häßliche Kleidung, Hosen und Oberteile. Sie schnitten sich das Haar und trugen Käppis wie die Soldaten der Volksarmee. Sie verloren durch das grobe Essen ihre schlanke Figur. Sie standen um sechs Uhr auf und machten Freiübungen bis sieben. Sie erhielten Unterricht: Lesen und Schreiben für die Analphabeten, politische Erziehung, Geschichte und Bürgerkunde. Sie wischten den Boden auf, machten ihre Betten, wuschen ihre Kleider. Nachmittags hatten sie Nähstunde. Sie sangen patriotische Lieder, während sie Gemüse pflanzten. Sie spielten Ball.

Junge Männer und Frauen, Studenten in unvorteilhaften Uniformen kamen und sprachen mit ihnen. Die Mädchen entdeckten, daß ihr bisheriges Leben schrecklich gewesen war. Bei den wöchentlichen Zusammenkünften erzählten sie nun, tränenüberströmt, von ihrer Vergangenheit, wie man sie verkauft hatte, wie grausam ihre »Mutter« gewesen, so hart man auch immer nachts gearbeitet, man hatte stets Schulden -- sie erzählten von den Schlägen, die sie erduldet, und den Perversionen, die sie ausgeübt hatten, um ihre Pflicht zu erfüllen. Sie erzählten, wie sie langsam die Stufenleiter hinunterrutschten, aus der ersten Klasse in die gefürchtete vierte, wo man in den Sackgassen und Toreinfahrten auf Matten lag und die Rikschakulis an sich zog, zwanzig, dreißig, fünfzig Männer in der Nacht. Einige der Dreißigjährigen waren gebrochene Weiber, haarlos.

Nach drei Monaten sprachen viele von der Zukunft. Nun waren sie ebensoviel wert wie alle anderen. Sie würden helfen, die große Demokratie aufzubauen. Lily fühlte Eifersucht, wenn sie sie so verändert sah, wie sie, von innerem Eifer durchglüht, geschlechtslos und in Hosen dahinstapften. Einige wurden Fabrikarbeiterinnen, zwei wollten sich zu Landwirtschaftssachverständigen und eine zur Ärztin ausbilden lassen. Einige blieben, wie Lily, ein unformbarer Restbestand. Sie begannen einen neuen Dreimonatskurs. »Bei einigen dauert die Erneuerung eben länger«, hatte der Instrukteur gesagt.

Lily war eine geborene Sklavenseele. Sie mochte die Aufregung gern, die sie immer überfallen hatte, wenn sie die Dienerin rufen hörte »Ein Gast ist gekommen!« und den fremden Mann eintreten sah, der das Unbekannte mit sich brachte. Sie vermißte die gelegentlichen Bankette der Reichen, auch wenn sie dazwischen fast verhungert war. »Du hast keinen Charakter, Lily«, sagten ihre Freundinnen. »Du hast nie Charakter gehabt. Warum willst du nicht eine ehrenwerte Frau mit Selbstachtung sein? Das Land braucht uns für den Wiederaufbau. Das Leben wird vielleicht hart werden, aber wir sind keine Sklaven mehr. Wir sind frei. China steht jetzt unabhängig da, niemand wird uns je wieder ausbeuten.«

Lily wußte, daß sie keinen Charakter hatte. Das war ihr Schicksal. Sie wollte gar keinen haben, sie wünschte ihre alten Gewohnheiten zurück. Im Bett liegenbleiben bis mittags, die Pantoffeln anbehalten, bis die Dienerin ihr das Haar gekämmt hatte, sich anziehen und auf die Gäste warten. Der irregeleitete Geschmack mancher Männer, ihre oft seltsamen und schmerzhaften Wünsche machten ihr nichts aus. Sie war gesund und nicht zu erschüttern.

In diesen sechs Monaten lernte sie überhaupt nichts. Die ganze Rehabilitierung ging durch sie hindurch wie Sand durch einen Hühnermagen. Sie nahm nichts davon auf.

Der Instrukteur seufzte, als Lily wieder vor ihm stand. »Genossin Wu«, sagte er, »ich bitte Sie dringend, noch weitere drei Monate zu bleiben, sich umerziehen zu lassen. Sie haben keine großen Fortschritte gemacht.«

Lily sah zu Boden. »Ich möchte gern zu meinen Freunden nach Shanghai«, sagte sie. »Sie werden mir Arbeit verschaffen.«

Der Instrukteur kannte diesen Typ. Manche waren nicht zu retten. Es war hart, das zugeben zu müssen, denn der Instrukteur war gläubig und geduldig. Aber so war es nun einmal. Er gab es auf. »Vielleicht ist es besser für Sie, wenn Sie zu Ihren Freunden nach Shanghai gehen. Wenn Sie sie in Shanghai nicht finden, werden sie sicherlich in Hongkong sein. Hongkong ist eine sehr bunte Stadt, alle möglichen Leute sind jetzt dort. Sie werden, glaube ich, Ihre Freunde in Hongkong finden«, sagte er. Er wußte, daß sie gar keine hatte.

Lily kam nach Hongkong. Ihr Bezirk war der beste der ganzen Stadt, und wenn sie nicht gerade auf und ab ging, saß sie in der Halle eines vornehmen Hotels.

V

Das Haus an der Conduit Road war erfüllt vom Duft der Nelken, die in zahlreichen Töpfen und der Gartenmauer blühten. Durch die Fenster sah man den bunten Hafen ganz nah. »Wie schön ist Hongkong doch«, meinte Fiona Manton, die vor einigen Tagen aus Europa zurückgekehrt war. »Jedes Mal, wenn ich wieder hierherkomme, denke ich, wie glücklich wir doch sind, daß wir hier so viele Jahre mit genügendem Geld so gut gelebt haben.«

Es war sehr friedlich im Salon bei Fionas gelöster, anspruchsloser Freundlichkeit. Man brauchte weder eine Rolle zu spielen noch eine Maske zu tragen. Ah Sun, die alte Dienerin, schenkte zeremoniell den Tee ein und reichte Sandwiches und Zimtkuchen. Evelyn Walsingham kam mit Tattybogle frisch von einem langen Spaziergang heim. Tatty bellte fröhlich, kam auf mich, die ich im gestreiften Sessel saß, zu und kratzte mit seiner rechten Vorderpfote an meinem nackten Bein, was ziemlich weh tat. »Da sehen Sie es«, rief James, »er mag Sie leiden. Tatty macht so was nur bei Leuten, die er wirklich gern hat.«

Mark, hinreißend schön, braungebrannt, mit leuchtend blauen Augen, hielt seine Pfeife leicht zwischen zwei Fingern. Neben ihm saß Evelyn in grünem Leinenkleid, heiter und adrett. Ich konnte mir vorstellen, was Mark denken mochte: Von allen reiferen Frauen ist mir Evelyn die liebste, ich habe sie sehr gern, ich möchte ihr alles über Suyin und mich erzählen, wir verdanken unsere Bekanntschaft überhaupt erst ihrem guten Einfall, uns zusammen einzuladen, und nächst Gott muß ich Evelyn am dankbarsten sein; ob es Suyin recht wäre, wenn ich ihr alles erzähle?

Hier war es, hier hat es angefangen, hier im Hause, in diesem Sessel. Damals war er ein Ausländer, mit dem ich Konversation machte. Und heute werde ich schwach und vergehe fast, wenn er mich ansieht. Wenn Evelyn uns nicht gleichzeitig zum Dinner eingeladen hätte, hätte ich ihn vielleicht verpaßt, ich wäre ihm nie im Leben begegnet — und wie entsetzlich: ich hätte es nicht einmal gemerkt!

Ich fand Fiona so nett mit ihren großen braunen Augen und dem humorvollen Mund. Sie drängt einem ihre Freundschaft nicht gleich auf, das ist das Gute an ihr, dachte ich. Sie hatte eine freundliche Stimme, mit etwas Weichem, Irischem darin, ihre Worte hatten nicht den säuerlichen Stich ins Herablassende und Neugierige, wie das bei so vielen Engländerinnen in Hongkong der Fall war. Diese Damen schienen seltsam begierig, immer den besten Umgang in der ganzen Kolonie zu haben. Die Häufigkeit, mit der sie die Dinners in einem bestimmten Hause erwähnten, und die Cocktails, die sie mit dem und jenem General getrunken hatten, waren allzu beiläufig. Sie verfolgten die Vornehmen mit allen Mitteln und waren mit gewissen Neigungen zu vorsichtig.

»Wie kommt es«, fragte Suyin in einem ihrer gelegentlichen Ausbrüche von erschreckender Aufrichtigkeit, die ihr viele unnötige Feinde und manchen guten Freund eingebracht hatten, »wie kommt es, Mrs. Manton, daß Sie nach so vielen hier verbrachten Jahren noch so wenig vom Geist der Kolonie erfaßt sind? Sie scheinen der Klatschsucht und der hiesigen Denkungsart bisher erfolgreich widerstanden zu haben.«

Fiona erwiderte unerschütterlich: »— aber nicht der Hongkonger Art, zu leben. Ich bin völlig verdorben durch die guten Dienstboten und den Komfort. Aber ich schätze meine Mitmenschen noch immer als das, was sie sind.«

»Ich weiß genau, was du meinst«, sagte Evelyn. »Das englische Hongkong ist ein Nest — ein Klatschnest. Viele Neuankömmlinge sehen sich hier plötzlich in einen Lebensstandard versetzt, der unvergleichlich viel höher liegt als der, den sie in England einhalten müssen. Ein Haus, Dienerschaft, ein Wagen, immer freie Zeit, wie sie sie niemals vorher hatten und mit der sie nichts Rechtes anzufangen wissen — kann man es ihnen übelnehmen, wenn sie sich verloren und unsicher vorkommen? Sie glauben, auf der gesellschaftlichen Leiter eine Stufe höhergerückt zu sein, und wollen nun auch dort ihren Mann stellen. Sie fürchten, in dem engen Kreis, in den sie durch ihren Interessenstandard gesperrt sind, ihre Kaste zu verlieren. Sie fürchten auch, um eines originellen Gedankens willen aus der Herde gestoßen zu werden oder in dem Kampf um die Gleichstellung, der sich auf den schöngegliederten Stufen der Inselhierarchie abspielt, zu verlieren. Ihr Ziel ist es, einer sagenhaften oberen Sphäre anzugehören, die Geburtsrecht und finanzielle Sicherheit adelt — etwas also, was überhaupt nur in der Vorstellung des englischen Mittelstandes existiert, was aber hier in der Kolonie immer noch sein zweifelhaftes Symbol in dem besitzt, was wir den ›Gipfel‹ nennen.«

»Auch Ihr Volk ist exklusiv«, wandte sich Fiona an mich, »weil es unser Hiersein übelnimmt und doch zugeben muß, daß Hongkong ihm besonders im gegenwärtigen Zeitpunkt sehr nützlich ist. Es gibt natürlich Ausnahmen — aber die sind durch die Person bedingt. Die Barriere ist da — jede Rasse hat ihre eigene soziale Struktur, ihre Hierarchien, ihre Bräuche und Vorurteile. Es ist völlig ausgeschlossen, daß jemand beiden Welten zugleich angehört.«

»Ich kenne zwar jemanden, der das tut«, sagte Mark, »aber es ist, wie Sie ganz richtig sagen, eine Ausnahme.«

»Was geht in China eigentlich vor?« fragte Evelyn. »Ich habe in einer der Zeitungen über eine Gruppe chinesischer Studenten gelesen, die aus Amerika nach Shanghai zurückgekehrt sind. Sie haben als erstes flammende Zeitungsartikel gegen den Imperialismus des Landes losgelassen, in dem sie studiert hatten. Sie behaupteten, von korrupten, perversen, reaktionären Ideen verführt worden zu sein. Es war schrecklich zu lesen.«

»Oh, das ist nur eine Phase«, antwortete ich. »Diese Angriffe sind nur Propaganda, ein Teil jener Bestrebungen, die den amerikanischen Einfluß auf unser Erziehungssystem brechen möchten. Alle unsere Revolutionen haben sich stets durch Fremdenhaß, der in China immer latent vorhanden ist, ausgezeichnet. Wir erinnern uns dauernd an die Zeiten der Unterdrückung und Erniedrigung – wie die Iren haben auch wir in dieser Hinsicht einige geschichtliche Erinnerungen. Ich glaube, alle Missionare werden fort müssen, heutzutage ist China ganz auf sich selbst ausgerichtet und wird seine weitere Bildung nie wieder von Ausländern entgegennehmen. Das wäre ja, als ob Oxford und Cambridge von chinesischen Magistern und buddhistischen Mönchen geleitet würden.«

»Aber das wäre doch höchst undankbar«, meinte Evelyn, »besonders uns Amerikanern gegenüber. Wir haben so viel für China getan. So viele Ihrer Universitäten arbeiten mit amerikanischem Geld. Ich denke manchmal daran«, sagte sie lächelnd, »ob auch Sie, Suyin, wenn Sie eines Tages nach China zurückkehren wollen, sich über das Böse beklagen müßten, das Sie von uns zu erdulden hatten – ob auch Sie eines Tages etwas schmähen müßten, was Sie geliebt haben.«

Suyin blickte in die Runde: »Ich weiß es nicht.«

VI

»Wir Chinesen«, behauptete Mr. Kam, »brauchen nur zwei Mahlzeiten am Tage.« Der neue Regierungsangestellte blickte Mr. Kam durch das doppelte Inkognito seiner dicken Brillengläser an, die ihn vor dem Blick des Unbekannten schützten und seine eigenen Reaktionen verbargen.

Mrs. Palmer-Jones lächelte Mr. Kam an, als könnte sie schnurren. Um sie herum waren die Trophäen der Kams ausgebreitet. Ein Granitkamin aus einem schottischen Schloß glühte am einen Ende. Zu beiden Seiten thronten lebensgroß die Wachsfiguren Roosevelts und

Dr. Sun Yat-sen in priesterlicher Würde auf geschnitzten Eichentaburetts. Auf einem Tisch mit höchst bizarren Beinen stand eine griechische Urne, darauf ein Zug unentwegt Trauernder dahinschritt – in nächster Nähe eines elfenbeinernen Zentauren. Ein Eiffelturm aus blankem Stahl wies in nimmermüder Anklage mit seinem Stahlfinger zu einem beständig leicht zitternden Kristallüster empor. An den panellierten Wänden, denen in Perlmutter Abbildungen der Planeten eingelegt waren, standen Marmorkopien von Statuen, wie sie die Kams auf ihren Reisen unvermeidlich im Louvre, im Britischen Museum, im Vatikan oder an anderen Orten hatten entdecken müssen. Die Venus von Milo und die Königin Viktoria in vollem Staat präsidierten dieser Ansammlung versteinerter Nuditäten. Die bunten Verworfenheiten an der Decke, vom Anblick der Sixtinischen Kapelle inspiriert und von einem amerikanischen Malweib zu neuem Leben erweckt, entzückten Mr. Kam und verschlugen selbst den höchsten britischen Regierungsbeamten die Sprache.

Mr. Kam hatte die brillenbewehrten Augen des neuen, noch jungen Regierungsangestellten, die in seinem Hause herumwanderten, von dem Augenblick an bemerkt, da er diesen Mann und Mrs. Palmer-Jones in der Halle begrüßt hatte. Diese wohlbeschützten Augen hatten regungslos auf dem vier Fuß hohen Messingadler über dem in Marmor ausgeführten Wappen Mr. Kams geruht. Lotosblumen waren darauf zu sehen, ein steigender Phönix und ein Komet. Die weiße Sonne der Kuomintang war nun durch fünf friedliche Sterne ersetzt, denn es gab schon die neue chinesische Flagge, und Mr. Kam war schließlich Chinese. Er zweifelte nicht daran, daß dieser junge Mann alles schweigend bewunderte, wie die Engländer das ebenfalls so gern taten.

»Chinesen«, wiederholte Mr. Kam, »essen niemals mehr als zwei Mahlzeiten am Tage. Sie brauchen nicht mehr zu essen.« Seine Hand berührte seine Lieblingslampe auf einem Lacktisch nahe den zweihundert Jahre alten, geblümten Teetassen aus durchsichtigem Porzellan. Diese Lampe war ein getrockneter Kamelmagen, aufgeblasen und so geformt, daß er in sich stehen konnte – er hatte sie von einem Colonel a. D. der Indienarmee erworben.

Man hat mir einmal gesagt, dachte der junge Mann, daß die Chinesen einen guten Geschmack hätten, daß sie in schönen Höfen mit Lotosteichen wohnten und sich mit alten, auserlesenen Kostbarkeiten umgäben. Mr. und Mrs. Kam waren mit Recht stolz auf ihr Heim. Sie hatten sich dafür mühevollen Schiffsreisen unterzogen, in ebenso großartigen wie ungemütlichen europäischen und amerikanischen Hotels gewohnt und für teures Geld erworben, was westlicher Schönheitssinn zu bieten hatte. Reiseführer und gute Freunde hatten ihnen den Buckingham Palast, Hollywood, Washingtons Wohnhaus, Oberammergau und St. Peter gezeigt. Sie waren durch unzählige Museen und zu allen berühmten Sehenswürdigkeiten geschleppt worden, und Mr. Kam hatte immerzu mit dem Kopf genickt. Wenn sein Innerstes gelegentlich auch entsetzt rebellierte, so zeigte doch sein beherrschtes rundes Gesicht keine Spur des inneren Traumas. Dies war das beste – das stellte er zunächst einmal bei sich fest. Die westliche Literatur und die Gebildeten des Westens bewunderten es einmütig. Und diese Statuen waren als Vorbild für die Jugend auf öffentlichen Plätzen aufgestellt.

Mr. Kam wollte auch nur das Beste. Es war ein fairer Tausch. Viele ausländischen Freunde Mr. Kams, die etwas »typisch Chinesisches« hatten haben wollen, erhielten Jadefiguren, Schriftrollen und Porzellan, und es war nur gerecht, daß er dafür in seinem Hause diese anerkannt kostbaren Manifestationen europäischen Kunstsinnes sammelte.

Mr. Kam hatte seinen Reichtum im Verlauf von dreißig friedlichen Jahren hier im britischen Hongkong angehäuft, unberührt von den Umwälzungen auf dem Festland. Dafür war er dankbar. Mildtätige Zwecke und karitative Einrichtungen, wichtige Merkmale des Gesellschaftslebens von Hongkong, fanden seine bereite Unterstützung. Die Zeitungen erwähnten stets seine Beiträge, die inzwischen eine solche Höhe erreicht hatten, daß ihm ein Recht auf Ehrung zustand.

Der Regierungsangestellte erinnerte sich plötzlich dessen, was sein unangenehm zynischer Vorgänger gesagt hatte. Es war eine zum Abschied hingeworfene Boshaftigkeit gewesen, die ihn erschreckt und der er sich mit dem anmaßenden Idealismus des frisch aus England Gekommenen widersetzt hatte, zumal er Hongkongs Art noch keineswegs genügend kannte. »Freiwillige Beiträge – auf britische Art – na, da gibt's ein paar Verläßliche, aber die anderen, die treiben Wohltätigkeit mit vorgehaltener Schwertspitze im Tausch gegen Orden und Ehrenzeichen.« Wohlfahrt, dachte der Regierungsangestellte, ein Wort, das von habgieriger Nächstenliebe entstellt wird. »Sehen Sie sich Adeline Palmer-Jones an: Da sitzt sie nun, durchtränkt von mütterlichem Wohlwollen, königlicher als die Königin Viktoria, unbeschwert von Taktgefühl, und strömt savoir-faire aus, eine Pokerspielerin mit sämtlichen Assen in ihrer Handtasche. Es gelingt ihr sogar, sich mit einer gewissen Großartigkeit in Szene zu setzen, eine füllige Britannia, die nicht als Bittstellerin kommt, sondern um Mr.

Kam die Ehre zuteil werden zu lassen, sich von einer weiteren Million zugunsten einer Spalte in der Hongkong-Post trennen zu dürfen. Das muß man ihr lassen, im Ausnehmen ist sie vorzüglich.«

»Ich finde«, meinte Mr. Kam ernst, »daß es schlecht für die chinesische Jugend ist, dreimal am Tag zu essen. Sie brauchen gar nicht so viel Nahrung. Sie sind es auch gar nicht gewöhnt, die Armen. Es wird nur Krankheiten unter ihnen hervorrufen.«

Mrs. Palmer-Jones pflichtete ihm bei, sie war überhaupt in allem gleicher Meinung mit Mr. Kam. Die Chinesen waren eine außergewöhnliche Rasse. Sie konnten länger arbeiten und brauchten dabei weniger zu schlafen und vor allem viel weniger zu essen als die Engländer. Sie, Adeline, war nun schon so viele Jahre in China. Sie liebte die Chinesen. Vor allem diese lieben kleinen Kinderchen ...

»Mr. Kam«, sagte der Regierungsangestellte, »das Essen für diese hundertvierzig Waisenkinder kommt auf hundertfünfzig Dollars pro Tag, einschließlich der Gehälter für die Angestellten. Ich glaube wirklich nicht, daß man daran noch einsparen kann.«

Mr. Kam schüttelte betrübt den Kopf. »Ich bin nicht mehr so reich wie früher«, verkündete er und suchte den jungen Mann ernstlich für sein Mißgeschick zu interessieren. »Mein Vater ist schon alt, sehr alt. Ich werde viel Geld für seine Beerdigung brauchen. Sehr teuer sind sie, solche Begräbnisse! Mein Vater findet, seine Grabstätte müßte erweitert werden, und natürlich muß ich ihm diesen Gefallen tun. Sie wissen ja, wie wir Chinesen sind« — er strahlte zur Abwechslung und spielte den Ausländern ›Altes China‹ vor —, »Sohnespflicht, Sohnesrespekt! Konfuzius!«

Mr. Kam wußte genau, daß alle Engländer viel von Konfuzius halten. Mrs. Palmer-Jones nahm jetzt ihrerseits die Sache in die Hand. Sie sprach von einem herrlichen neuen Projekt: ein großes Hotel, um die überfüllte Kolonie zu entlasten, möglichst mit Klimaanlage, elektrischer Küche und Waschküche. Sir Madison Tam habe bereits das Grundstück und eine große Summe für den Bau gestiftet. Das beweise doch viel Vertrauen in die Zukunft Hongkongs. Es zeige aber auch den prachtvollen Geist der wichtigsten Männer Hongkongs. »Jemand« würde sich gewiß sehr freuen, wenn ein so gemeinsinniger Mensch wie Mr. Kam mit einer Spende für die Möbel und die Inneneinrichtung und den Garten hervortreten würde. Die Möbel sollten von einem weltberühmten Architekten Amerikas entworfen werden, und der Garten — nun, man müsse einen Spezialisten aus Amerika für den Garten kommen lassen!

Mr. Kam spitzte die Ohren. Das klang gut, ein helles, großes

Gebäude, das meilenweit zu sehen wäre und nichts mit den uninteressanten Mietskasernen und Elendsquartieren drunten zu tun hätte. In Mrs. Palmer-Jones honigsüßem Ton las er ein Versprechen – und doch zögerte er. Es war bekannt, daß auch die Palmer-Jones Jagd auf eine Auszeichnung machten. Wenn es Mrs. Palmer-Jones nicht gelang, einen Titel für ihren Mann oder sich selbst zu erringen – wie konnte sie es dann für ihn erreichen? Und da die Kommunisten so nahe waren – war es da klug, so deutlich mit den Engländern zusammenzuarbeiten? Das war alles sehr verwirrend. Er beschloß zu warten, bis ihm ein definitives Angebot unterbreitet werde.

»Die Zeiten sind nicht gut«, nahm er den Faden wieder auf. »Sehen Sie sich Hongkong an. Es sieht reich und glücklich aus. Aber es gibt viele Flüchtlinge und auch schon viele Kommunisten. Morgen bereits kann die Invasion da sein.«

»Hongkong ist uneinnehmbar«, behauptete Mrs. Palmer-Jones. »Uneinnehmbar! Unsere Soldaten sind die besten der Welt, Mr. Kam.«

»Sicherlich, sicherlich«, bestätigte Mr. Kam. »Aber wir, wir Armen, wir verstehen nicht zu kämpfen. Was sollen wir tun? Wir werden kein Geld haben. Schon ist das Geschäft schlecht. Morgen kann ich ein Bettler sein«, und Mr. Kam legte sein Gesicht kummervoll in Falten. Es war offensichtlich, daß nichts zu machen war. Das sah dem guten, schlauen Mr. Kam wieder einmal ähnlich, daß er den jungen Mann und Mrs. Palmer-Jones mit ihren so verschiedenartigen Anliegen gleichzeitig zu sich gebeten hatte.

Mr. Kam hatte sie zum Essen eingeladen. Sie mußten bleiben und im kleinen Kreis eine Mahlzeit einnehmen. Sie hatten nicht gut absagen können.

In der großen Eßhalle, die vom heiligen Abendmahl und der mit einer roten Lampe bewaffneten Freiheitsstatue beherrscht wurde, saßen nun die Gäste an Rosenholztischen. Achtzehn Personen verzehrten Delikatessen im Werte von zweitausend Dollars. Mrs. Kam, die die Vorurteile der Ausländer in Fragen der Hygiene kannte, ließ vor ihren Augen Teller, Schüsseln und Tassen in kochendem Wasser spülen, das mit Dettol desinfiziert worden war. Nach dem Essen wurde für einige hundert Dollars Feuerwerk über dem nahe gelegenen Schwimmbassin abgebrannt. Mrs. Kam zeigte den weiblichen Gästen ihre neuen Diamanteneinkäufe aus Südamerika. Dreihundertsechzigtausend Dollars!

»Sie sind so leicht im Flugzeug mitzunehmen«, sagte Mrs. Kam. Ihr ältester Sohn liebte Hunde und besaß zwei Dalmatiner und zwei

Chows. »Mein Sohn gibt täglich fünfunddreißig Dollars für das Futter aus«, berichtete seine Mutter. Diesem Sohn gehörte einer der größten Wagen von Hongkong, dieser Stadt der ohnehin enormen Wagen. Er dachte daran, sich noch einen weiteren zu kaufen.

Unter Mr. Kams Bett stand ein Sarg, aus feinstem Lammu-Holz gefertigt, und wartete auf ihn.

Ich verstehe das nicht, dachte der gerade aus England gekommene Regierungsangestellte. Godiva in der Halle, der Sarg unter dem Bett? Die Diamanten? Und dabei will er den Waisen nur zweimal am Tage zu essen geben. Fünfunddreißig Dollars für vier Hunde und hundertfünfzig Dollars für hundertvierzig Menschenkinder? Ich glaube, ich träume das alles nur. Aber so kann es nicht weitergehen, denn sonst glaube ich nicht, daß ich es in Hongkong sehr lange aushalte.

DAS MONDFEST

Oktober

Mark und ich hatten viele Freunde, einer davon war der Mond. Oft blickten wir zu ihm auf und empfanden plötzlich Betrübnis darüber, daß seine gedankenvolle Erdensehnsucht ewig unerfüllt bleiben mußte. Nachts, wenn wir auf unserem Stein saßen oder lagen, sahen wir uns von seinem kalten Licht durchschaut und erkannten die Regungen unseres allerhöchsten Wunsches und die sardonische Ironie seiner Entstehung angesichts unserer ewigen menschlichen Einsamkeit. »Die Mondanbeter« nannten wir uns, liebenswert Verrückte, Mondsüchtige, hingegebene Mondjünger, folgsame, ungefesselte Gefangene, die ihre Unterwerfung unter seinen Zauber nicht länger bestritten. In Europa bezeichneten sich die Heiligen als Narren Gottes und trugen das Kleid solcher triumphalen Ekstase, in China sind die Dichter die Liebhaber der Mondgöttin, und einer von ihnen verlor sein irdisches Leben bei dem Versuch, sie in ihrem Spiegelbild im See zu umarmen. Für uns war es eine wunderlich empfindliche Bedrängnis, in einem Hause zu sitzen, dessen sorgfältig zugezogene Vorhänge die mondbewohnte Nacht aussperrten.

»Einmal in Sumatra«, erzählte Mark, »reiste ich allein mit einem Führer und zwei Elefanten. Während der Tageshitze schliefen wir, und nachts waren wir unterwegs. Der Mond war immer da, erst als elegant geschwungene Klinge, die fröhlich durch den Sternenschleier pfiff, dann, als er zunahm, als tadellose Hälfte, und schließlich rund und voller kalter Mondvögel und Mondblumen. Ich sehe ihn noch hängen in der Nacht, allein am Himmel, ein Opal von herrlichem Feuer, und das Schweigen auf der Erde beherrschen. Die Flanken des vorderen Elefanten waren silbergebadet, silberinkrustiert, seine Beine steckten in mannshohem, vom Mondlicht bläulich überschimmertem Gras, und wir bewegten uns durch die phosphoreszierende flache Ebene in gleichmäßig wiegenden Bewegungen vorwärts. Außer dem Rascheln das Grases im Kielwasser des Elefanten störte nichts die Reinheit des Mondlichts und des Schweigens. Und plötzlich erhob sich ein durchdringendes Geräusch, halb Bellen, halb Kreischen – es war mein Führer, dem das Schlingern seines Tieres zu viel geworden war. Wie weise ist Gott, daß er uns stets den kleinen Fehler sehen läßt, die leichte Störung einer Vollkommenheit, die uns unvollkommene Menschen sonst ersticken würde und unerträglich wäre.«

Mich begeisterte der Herbstmond. Mark behauptete, der Frühlingsmond sei schöner, und er führte manchen chinesischen Dichter an, um seine Meinung zu stützen: »Der hohlwangige junge Frühlingsmond, geschmeidig und ein wenig müde zu Beginn der warmen Nacht; die gefiederten Wolken, die ihn krönen, und der Gipfel des Hügels, glatt wie Jade.« – »Das volle, helle Segel des Sommermonds, schräg geneigt über dem meerestiefen Himmelsfrieden.«

Aber ich fand den Frühlingsmond flüchtig und schweifend wie eine jugendliche Liebesgeschichte, sein Licht zu durchsichtig und nicht dicht genug. Es fehlte ihm das volle Aroma. Der Sommermond war mir nicht besinnlich genug, zu emsig und zu hastig, wie tüchtige Frauen, die ihre Unsicherheit hinter einem Sperrfeuer von Sex-Appeal verbergen. Nur der Herbstmond, behauptete ich, sei wirklich der Mond der Liebe. »Auch in England gibt es einen Mond. Ich erinnere mich an die Oktobernacht in London während des Krieges. Die Verdunklungsvorhänge waren dicht zugezogen, und ich lag im Bett und las. Mein Mann kam spät heim. ›Komm, steh auf, wir wollen ausgehen‹, rief er, ›es ist ein schöner Mond am Himmel, den dürfen wir nicht versäumen.‹ So gingen wir hinaus auf die Straße und wanderten den Strand hinunter und zur Waterloo Bridge, wo wir stehenblieben, Hand in Hand, und ihn betrachteten, grell leuchtend, hell und rund. Die Themse war pures Silber. Aber in London ist der Mond viel kleiner als in Hongkong. In Peking ist er am größten.«

Mark protestierte, seine blauen Augen leuchteten erstaunt. »Aber, aber, wie unwissenschaftlich! Der Mond ist natürlich überall gleich groß!« — »Nein, das ist er nicht. Der frühe, champagnerfarbene Mond, der sich von der Erde löst, ist riesig, und er verliert, sich selbst reinigend, an Farbe und Substanz, wenn er am Himmel emporsteigt. An einigen Orten ist der Mond größer als an anderen.« Und was Mark auch über genaue Messungen, Umfang und Bahn vorbrachte — ich war nicht zu überzeugen. »Du hattest ganz recht«, schrieb Mark im Frühling darauf aus Singapore. »Der Mond ist hier tatsächlich kleiner als in Hongkong. Jetzt glaube ich dir auch, daß er in Peking größer ist als in Paris oder London.« Und aus Taejon in Korea, viel später, schrieb er: »Heute abend habe ich den Mond mit seinem Wolkengefolge gesehen, er war größer und strahlender, als ich ihn jemals sah.«

Wir stiegen auf den Peak, um den Abendmond zu sehen, wie er schwer, orangefarben und stumpf aufging. Wir beobachteten unter verschiedenen Bäumen, wie sein später Schein sich mit dem schwarzen Spitzenmuster des Laubes verwob. Wir stellten eine Anthologie über den Mond zusammen, und so viele Worte auch über ihn gebraucht worden waren — er erneuerte sich in jedem abgenutzten Ausdruck, in jeder der vielfachen Anrufungen, ja selbst in der Wiederholung seines Namens. Wenn es regnete und er hinter Wolken versteckt war, vermißten wir ihn. Wir sprachen mit unseren Freunden von ihm und beurteilten sie, je nachdem unsere Gedanken über den Mond sie freuten oder langweilten. Mark wandte sich manchmal an mich: »Wie schade, dieser Bursche hat gar kein Gefühl für den Mond.« Und wir bedauerten das um seinetwillen. Was aber unsere Freunde über unseren Mondrausch dachten, erfuhren wir nie.

Nun war das Mondfest herangekommen, am fünfzehnten Tage des Achten Monats — das Erntefest, es war nach dem chinesischen Kalender gleichzeitig mein Geburtstag. »Wir wollen dich und den Mond feiern«, sagte Mark. »Wir wollen den Maotai-Wein aus Steinflaschen trinken, den du aus China mitgebracht hast, und ich werde dich ansehen und, wie immer, denkunfähig und angenehm berauscht sein.«

So gingen wir denn mit Freunden, um den Mond auf dem Wasser zu betrachten, in der Nähe des Fischerdorfes, das die Engländer so prosaisch »Aberdeen« genannt hatten. Dort liegt, an einem Seearm, der sich zwischen der Insel Hongkong und einem Inselchen entlangzieht, das Aplichau, »Entenzungen«, heißt, längs der die Insel umkreisenden Autostraße hingestreckt, ein schnellwachsendes Fischerstädtchen. Am Ufer der Insel entlang und auf dem Festland gegenüber, in den Neuen Territorien und Kaulun liegen die Dörfer, Tempel und Boote verstreut. Von den landgebundenen Ackerbauern sind sie durch ihre eigenen Traditionen und Riten streng getrennt. Von den Hügeln her ist die tiefblaue, enge Bucht von Aberdeen mit ihren dort dicht gedrängt ruhenden Dschunken ein wundervoller Anblick. Die Bootsweiber sind stark und furchtlos, und die Mehrzahl jener Kinder, die in ihrer Unachtsamkeit von den Hongkonger Chauffeuren überfahren werden, sind Fischerkinder aus Aberdeen. Sie spielen, an die Gefahren des Festlandes nicht gewöhnt, im ununterbrochenen Strom der Fahrzeuge auf den Autostraßen wie zu Hause auf den sicheren Planken ihrer Familienboote.

In der Mitte der schmalen Bucht sind in einer Reihe die Hausboot-Restaurants vertäut. Sie sind teuer und beliebt. Die Touristen und die Reichen geben dort für eine einzige Mahlzeit mehr aus, als die Ernährung einer vielköpfigen Bootsfamilie in einem ganzen Monat kostet.

Durch John Tam hatte ich Ernest Watts einladen lassen. Ich wollte ihn und Mark gern einmal zusammenbringen. Ernest Watts erwies nur wenigen die Gunst seiner Gegenwart, aber John Tam gehörte zu ihnen. Pater Low, der lange Jesuit, der so gut chinesisch sprach, kam auch und brachte einen Freund mit, einen brillenbewehrten chinesischen Psychologen namens Dr. Goh. Dieser hatte wiederum seine beiden Kinder bei sich und begründete das damit, daß seine Frau und die anderen fünf Kinder einer anderen Einladung gefolgt seien. Maya Wong, meine schwesterliche Freundin, kam mit ihrer jüngsten Tochter – die anderen beiden Töchter waren nach Shanghai in die Schule zurückgekehrt. Maya Wong brachte noch eine Freundin mit, Eileen Cheng, eine eben erst aus China eingereiste Studentin. Ich habe es immer für eine nette Sitte meines Landes gehalten, daß ein Freund selbstverständlich uneingeladene Gäste mitbringen darf, besonders aber seine Kinder. Was kann es überhaupt für ein größeres Vergnügen geben, als seinen Freunden eine Freude zu machen? Und wie kann man ein Fest genießen ohne die Freude von Kindern? Mark brachte François Perrin mit, einen jungen, schmächtigen Franzosen, den Besitzer eines übergroßen Cadillac. Ich brachte meine Tochter Mei und diese wiederum ihre Freundin Ginger mit, die nur ein Jahr älter war als sie. So bildeten wir eine stattliche Gesellschaft und brachen früh am Abend nach Aberdeen auf.

Der Cadillac faßte sechs von uns, dazu kamen vier Kinder, die, so gut es ging, zwischen unseren Knien verteilt wurden. Wir fuhren durch die rasch einfallende Dämmerung. Mark, John Tam, Ernest Watts und Ginger folgten in Watts' Wagen. Die Schiffe auf dem

Wasser trugen vereinzelte Lichter, als wir losfuhren. Der halbklare Himmel schien leer zu sein. François sagte: »Der Himmel wartet auf den Mond, ebenso wie wir.« Wir fuhren an den durcheinandergewürfelten Gebäuden der Universität auf dem Hügelhang vorüber, die Pokfulum Road hinauf, vorüber am erschreckenden Mount Davis, dessen Flanken von den halbrunden Gräbern des chinesischen Kirchhofs gesprenkelt waren, an der tiefen Mulde vorüber, in der das Coffin Hospital und die Leprastation lagen, vorüber an dem Vorgebirge, das Hunderte von stampfenden Frauen in eine ebene Fläche verwandelt hatten, vorüber am Hause der Weisheit und der Klinik mit ihren erleuchteten Balkonreihen, vorüber an den Elendslagern, die sich zwischen dem Hügel und den Viehhürden hinzogen, vorüber an den neuen Hütten, in denen die Flüchtlinge mit ihren Hühnern hausten. Als wir um eine Kurve bogen, tauchte der Mond hinter einem Hügel auf, umkränzt von einer goldgefransten Wolke. François und Mei, die auf seinem Schoß saß, jauchzten beide vor Freude. »Sieh doch, sieh«, rief Mei und streckte die Hand nach dem Mond aus, so wie sie eines Tages, als sie vier Jahre gewesen, nach der Sonne gegriffen hatte, weil sie so rosafarben war wie ihr Teller. Und jetzt, mit neun Jahren, machte sie dieselbe Bewegung. Schwer und arrogant saß der einsame bernsteinfarbene Despot auf seinem dunklen Hügel, und dann deckte ihn die Wolke zu. »Er kommt gleich wieder vor« — Pater Lows prophetische Stimme drang aus der dunklen Tiefe des Rücksitzes.

Wir erreichten Aberdeen und parkten auf einem für Privatwagen verbotenen Parkplatz. »Mais ça ne fait rien«, sagte François in einem talentvollen Sprachgemisch aus Englisch, Französisch und chinesischen Brocken, »c'est fête aujourd'hui.« Eine wogende Menge von Bootsweibern, in schwarzen Hosen und schwarzen Schürzen, runde Strohhüte auf dem Kopf, drängte sich um uns, stieß und schob und versuchte uns an unseren Kleidern in ihre Sampans zu zerren, um uns die hundert Meter über das Wasser zu den Restaurantbooten zu rudern. Wir sahen, Mark und die übrigen gingen auf sie zu; bei jedem Schritt hatten wir alle Mühe, die sich an uns drängenden fremden Körper abzuwehren. Eine gewichtige, rotbäckige Bootsfrau hielt, breitbeinig, alle anderen in Schach. Wir folgten ihr über die steinernen Stufen des Landungsstegs in ihren Sampan und setzten uns auf die Rotangstühle. Unter dem runden Dach aus geflochtener Matte hingen bunte Papierhasen- und Lotoslaternen zur Feier des Festtages. Ein kleines Mädchen von zwölf Jahren, kleiner als Mei und ebenso blaß wie die Mutter rotbackig, half das Boot vorwärts wriggen. Es war interessant zu beobachten, wie die Frau das Ruder in der Hand drehte, während sie auf Fußsohle und Ferse vor- und rückwärts schaukelte. Es sah so mühelos aus und war doch so schwierig. Über die ebenholzschwarze, polierte Wasserfläche leuchteten die grellbunten Neonlichter der Restaurantboote, fußlange, breite chinesische Schriftzeichen in Rot, Blau und Grün, die ihre dem Lande zugewandte Seite markierten. Aus den Restaurants klang Stimmengewirr und das beharrliche Klicken endloser Mahjongspiele, wie dies bei allen großen Festen und Feiern, auch bei Begräbnissen üblich ist. In Hongkong hört man Tag und Nacht überall Mahjong spielen, und aus den Quartieren der Kulis in der Klinik ertönt das Klicken der Würfel auch noch dann, wenn schon jedes andere Geräusch erstorben ist.

»Aber im jetzigen China«, sagte Eileen Cheng, die erst zwei Tage in Hongkong war, »ist es ein Verbrechen, Mahjong zu spielen. Es wird als Zeichen der Völlerei und Trägheit angesehen. Einige meiner Freunde haben es doch gespielt und mußten eine Woche lang zur Strafe die Straße kehren. Es sei ein kapitalistisches Laster. Ich finde es ganz richtig, daß man es bestraft«, setzte sie in überheblich moralisierendem Ton hinzu, »denn schon das Spielen ist bei uns ein gefährlicher Exzeß, so wie bei den Ausländern das Trinken.«

Ein glatter, pomadisierter junger Mann, der Manager des Restaurants, dem wir zustrebten, stand am Fuße der Treppe, die an der Seite des Hausbootes emporführte, und grüßte uns mit einem Lächeln, das ebenso glänzte wie seine Haare. François, John und ich begaben uns zu der schwimmenden Küche, die auf der Seeseite des Schiffes vertäut lag, während die anderen einen Tisch aussuchten, von dem aus man den Mond würde betrachten können. Vier weite, hölzerne Fischkästen waren in der Höhe der Wasserfläche an der Schiffswand befestigt, die Wände hatten Löcher, damit frisches Seewasser einströmen konnte. Drinnen schwammen die ausgewählten Fische. In rechtem Winkel zum Schiff lag die Küche, eine schwimmende Plattform, von Sturmlaternen beleuchtet und bevölkert mit einer Reihe von Köchen vor den Kohlenfeuern kleiner und großer Herde. Runde Körbe hingen von allen Seiten ins Wasser. Sie enthielten Krabben, Garnelen, Hummern und Tintenfische. Ein riesiger Kerl, mit seiner vom Feuer bronzegetönten Haut anzusehen wie ein fetter Meergott, ruderte in einer Nußschale von Boot und lauerte mit einem kurzen Netz über den Fischbehältern. Er fing die Fische, die wir auswählten – rotgetupfte, kecke Garoupas, schillernde, blaugestreifte Lentjans, zwei silbrige Pomfrets und einen grasgrünen

Lippfisch. Er schleuderte sie einzeln in Richtung auf die Küchenplattform, wo ein kleiner Junge mit einer Hasenscharte sie geschickt in einem anderen Netz auffing und sie dem ersten Koch der Reihe zuwarf. Dieser erste Koch legte den Fisch auf eine große, flache, aus einem Kampferbaum herausgeschnittene Scheibe und betäubte ihn durch einen Schlag mit der breiten Seite seines Hackmessers. Er gab ihn dann weiter an den zweiten Koch, der ihn mit einem scharfen Hieb aufschnitt. Das Innere quoll heraus, und der Fisch wurde an einen dritten weitergereicht. Und so passierte er die lange Reihe der Köche bis ans Ende, wo er auf einer geblümten Porzellanschüssel mit Ingwer, Gewürz und Sauce wieder auftauchte, schmackhaft zubereitet, köstlich und noch immer mit dem beredten Ausdruck sprachlosen, rundäugigen Staunens, den ein Fisch bis zu seinem Bestimmungsort, der chinesischen Tafel, beibehält.

Der Hasenschartige stieß einen Ruf aus, und wir blickten auf. Er hielt uns einen riesigen Hummer zur Ansicht hin, der uns seinen cremefarbenen Bauch zuwandte — seine symmetrisch vorspringenden Glieder glichen einem vielarmigen Kandelaber. Ein Krampf durchlief ihn, und seine Beine falteten sich zu vielfachem Flehen. Rasch wurde auch er für gut befunden, weggebracht, zerhackt in rotem Pfeffer und süßer Sauce gekocht. Wir prüften blaugolden getupfte Taschenkrebse, perlgraue, durchsichtige Garnelen, wir nickten, und auch sie wurden hingerichtet. Dann kehrten wir, zufrieden, unser Essen bestellt zu haben, zu den anderen zurück, die an einem runden Tisch, Kinder und Erwachsene durcheinander, saßen, plauderten, sich fächelten, Melonenkerne knackten und grünen Tee tranken.

Der Himmel läßt Freundschaften selbst unter Barbaren entstehen, aber eine gemeinsame, sanfte Besessenheit, ein feinerer andauernder Kontakt bildet sich nur in einer gleichgestimmten Gesellschaft. Das ist dann wirkliche Freundschaft. Ich hielt das für eine ausschließlich chinesische Art der Freundschaft, bis Mark mir versicherte, daß auch die Griechen sie kultiviert hätten.

An diesem unserem Freund dem Mond gewidmeten Abend waren wir alle, noch bevor der Maotai-Wein die Runde machte, besonders heiter gestimmt. Wir hielten uns für witziger als gewöhnlich, für geistreicher und beredter, gebrauchten Worte und dachten uns Dinge aus, die wir sonst nicht gebraucht und gedacht hätten. Ich merkte sofort, daß Ernest Watts und Mark nur füreinander redeten — ihre Gedanken liefen flink und fröhlich miteinander davon wie zwei gut zusammengespannte Pferde, während John Tam in doppelter Bewunderung aufmerksam zuhörte.

Wie schön er spricht, dachte ich, als ich Ernest Watts zuhörte, wie er seine brillanten Anekdoten ausbreitet wie ein geschickter Jadeverkäufer! Wie er die gemmengleichen Worte hin und her wendet mit seiner leisen, hellen Stimme, die Marks Stimme so ähnlich ist, und wie sie bei ihm leuchten! Und John Tam, der wie ich in alles Schöne verliebt war, aber keine Worte dafür fand, schlug mir brüderlich auf die Schulter. »Du, du wirst ja dicker!« rief er und betonte wie alle malaiischen Chinesen die Worte auf der zweiten Silbe, »du mußt Badminton spielen, damit du das Fett wegbringst.« Und dann setzte er leise hinzu: »Du hast recht gehabt, die beiden zusammen einzuladen. Sie amüsieren sich gut. Ich versteh' nicht, wovon sie reden, aber eines Tages lese ich all diese Bücher auch, denn es begeistert mich, wenn ich zuhöre.«

»Ja«, flüsterte ich zurück und fügte Ernest Watts endgültig der vielfacettierten, schimmernden Welt ein, die um Mark kreiste – mein Suchen nach allem Schönen für ihn blieb hell wach, jedoch so, daß er selbst es niemals merken würde. John Tam und seine Goldfische, Ernest Watts und seine geistreichen Gespräche, Mayas zerbrechliche Schönheit, der Maotai-Wein, der Mond – alle Herrlichkeit auf Erden war für Mark bestimmt. Und um es vollkommen zu machen: wer saß am Nachbartisch, wer stand auf und kam mit ausgestreckten Händen auf uns zu und lachte mit dem Glockenton einer Klosterglocke – wer anders als der dicke, reizende portugiesische Manager aus unserem Hotel in Macao? Er zog sich einen Stuhl heran, setzte sich links neben Mark und strahlte ihn durch seine glänzend polierte Brille an – er war so glücklich, als habe er den Mond, das Hausboot und unser Treffen persönlich arrangiert. Er kam sofort auf das Thema Angst zu sprechen.

»Angst«, sagte er, »Angst ist eine komische Sache. Nehmen Sie zum Beispiel mich, einen richtigen Draufgänger, hundertachtzig Pfund nackt. Ich amüsiere mich gern, und ich habe vor nichts Angst, außer davor, daß ich in die Hölle komme, was nur natürlich ist – aber das liegt in Gottes Hand. Auch nicht vor den Roten, obgleich sie Kanton schon genommen haben und ihnen ganz China praktisch schon gehört und sie jeden Tag an der Grenze stehen können. Und doch habe auch ich einmal gewußt, was Entsetzen ist, und das ist gerade heute sieben Jahre her.

Während des letzten Krieges war ich bei den Freiwilligen in Hongkong. Die Japsen schickten mich in die Kohlenbergwerke in Hokkaido. Ich war vier Jahre dort. Wir aßen dasselbe wie sie, Reiskugeln und ein bißchen Salzfisch und Gemüse. Kräftige Kerle waren das, die Japsen. Sie nahmen den Gesteinsbohrer mit einer Hand und schwangen ihn sich über die Schulter. All die Zeit war ich nicht ein einziges Mal erschrocken. Ein paar Burschen bekamen Neurosen und täuschten Unfälle vor, um von der Arbeit loszukommen. Einer oder zwei stießen sich den Gesteinsbohrer durch den Fuß, damit sie nicht mehr unter Tage zu arbeiten brauchten. Sie stießen fest zu, drückten auf den Knopf, und knirschend ging der Fuß auseinander, durcheinandergerührt zu einem roten Blumenkohl, und die Knochen sah man zwischendrin in weißen Stückchen. Der Kerl schaute seinen Fuß lange an, als könne er es nicht verstehen. Eines Tages hab' ich den Bohrer ein bißchen auf meinen Fuß fallen lassen. Nur fallen lassen und nicht draufgedrückt und gleich wieder hochgehoben. Ich habe gar nichts gespürt. Abends habe ich mich geduscht, und als ich den Schuh auszog, war oben drin ein Loch. Als wir uns zum Essen setzten, mit gekreuzten Beinen auf dem Fußboden, sah ich, daß das Loch durch den ganzen Fuß ging. Ich sah es an der Fußsohle – ein kleines, schwarzes Loch. Kein Blut. Ich bin prompt ohnmächtig geworden. Danach hab ich nicht mehr unter Tag arbeiten können, ich hatte eine schreckliche Angst vor dem Bohrer. Mein Herz schlägt heute noch schneller, wenn ich daran denke«, erzählte der Manager, drückte die Hand auf seine linke Seite und sah Mark flehend an. Er war ein bißchen angetrunken.

Mark tröstete auf liebenswürdigste Weise: »Aber auch ich habe manchmal Angst – im Flugzeug. Ich muß vorher immer leicht beschwipst sein, ehe ich in ein Flugzeug steigen kann. Und ich steige so oft in welche.«

John starrte ihn respektvoll an. »Sag, Mark, haben sie dich mal abgeschossen im Krieg oder so?«

Mark wurde es sofort unbehaglich. Endlich antwortete er: »Es hat mal gekracht.«

»Angst ist etwas Seltsames«, sagte Maya auf chinesisch zu mir. »Es fängt damit an, daß man sich vor etwas ganz Bestimmtem fürchtet, vor Fledermäusen, vor Einäugigen, vor der Nacht, dem Aussatz, dem Geschlagenwerden. Dann wird's zur Gewohnheit, und man taumelt von einer Angst in die andere, das ganze Dasein wird nach den Pausen dazwischen gemessen. Angst ist wie ein Ausschlag, einige Leute brauchen sogar die Angst als Stimulans.«

Eileen Cheng dagegen betonte mit strahlendem Lächeln, ebenfalls auf chinesisch, damit die anderen es nicht verstehen sollten: »Ich habe überhaupt keine Angst mehr. Ich fürchte die Kommunisten nicht mehr, seit sie mich aus meiner Elendslage befreit haben. Mein Gatte war reich und alt. Man hatte mich gezwungen, ihn zu nehmen. Meine Familie wollte – aus Furcht, ihr Gesicht zu verlieren – eine Scheidung nicht zulassen. Fünf Jahre lang habe ich das ertragen, in ständiger Angst. Ich wurde schreckhaft und fürchtete mich vor allem, fürchtete mich, Freunde zu besuchen, Briefe zu öffnen – wenn man mir zulächelte, glaubte ich, daß man mein Verderben plane. Ich habe nie etwas unternehmen können, weil ich immer an meinen eigenen Beweggründen und an den Absichten der anderen Leute zweifelte. Dann kamen die Kommunisten, und ich ließ mich scheiden. Wir gaben das in der Zeitung bekannt, und es war vorüber. Jetzt bin ich wieder Studentin. Ich gehe nach Amerika und studiere englische Literatur. Ich kenne keine Angst mehr.«

»Angst ist unser natürlicher Zustand«, sagte Watts lässig zu Mark. »Wäre doch das Zeitalter der Pest für den weißen Mann noch nicht vorüber! Er liest beim Frühstück in der Morgenzeitung von Erdbeben und Überschwemmungen, und zu Mittag hat er vergessen, wie viele Tausende umgekommen sind. Er hat seine Kollektiverinnerung an den Hunger verloren, obgleich er manchmal als Individuum verhungern mag, er kennt nicht mehr den Kannibalismus der asiatischen Hungersnot. Der Stadtmensch macht andauernd Licht, um seine Angst vor der Dunkelheit zu bekämpfen, und den Donner hört er nicht mehr über dem Straßenlärm. Die Katastrophen in der Natur gehen ihn nichts mehr an, und er muß sich seine Katastrophen als Auswege seiner Angst selber fabrizieren.«

»Wenn ein chinesischer Bauer einen Sohn bekommt«, sagte ich und wandte mich an Dr. Goh, obwohl ich nur für Mark sprach, »zieht er ihm Mädchenkleider an und gibt ihm einen Mädchennamen, weil er Angst hat, daß die neidischen Götter ihn wegnehmen könnten. Wenn die Ernte gut steht auf seinen Feldern, dann steht er im Graben, schüttelt den Kopf und ruft laut: Schlechter Reis! Schlechter Reis! Das tut er, um die Götter zu beschwichtigen und irrezuführen. Und ich scheine diese Erinnerung noch in mir zu tragen, denn auch ich habe Angst vor den übernatürlichen Mächten und wage nie, an mein Glück zu glauben.«

Dr. Goh nickte. »Das ist genauso wie bei einem Großteil der Geisteskranken und Irren von Hongkong«, meinte er freundlich, »deren Wurzeln im Nachbarland liegen. Denn nur sechs Prozent der chinesischen Bevölkerung der Insel will in Hongkong geboren sein. Ihre Art ist die Art des Bauernvolkes, ihr Denken beruht nicht auf abstrakten Begriffen. Ursache und Wirkung werden nicht miteinander in Beziehung gebracht, und ihr Glaube an Zwang und äußere

Einflüsse ist schizophrenen Wahnvorstellungen so ähnlich, daß man sie manchmal schwer auseinanderhalten kann.«

»Und unter den sogenannten westlich erzogenen asiatischen jungen Männern und Frauen«, ergänzte Pater Low, »findet man oft gespaltene Persönlichkeiten, die einem viel Kopfzerbrechen machen. So ein junger Asiate beträgt und unterhält sich oft so wie wir auch, und schon im nächsten Augenblick kann er mit einer solchen Plötzlichkeit in ein anderes Benehmen, eine andere Denkart verfallen, daß man kaum glauben kann, es sei derselbe Mensch.«

»Ja«, bestätigte Dr. Goh, »und in Zeiten der Not kehren die Leute zu ihrer alten Lebensweise wieder zurück. Ich habe einen alten Mann gekannt, der, als er sein Geld verlor, plötzlich unbegreifliche Gesten vollführte. Sein Sohn, der in modernen chinesischen Schulen erzogen worden war und also die alten Riten nicht mehr kannte, brachte seinen Vater in eine Nervenklinik, weil er glaubte, er sei verrückt geworden.«

François hatte eine Menge Wein getrunken, und das machte ihn beredt. »Nicht nur Individuen kehren unter dem Druck der Angst zur primitiveren Art zurück, sondern auch ganze Völker. Ein nackter Reflex. Und wem –« fragte er, zu Mark gewandt, »wem haben wir dafür zu danken, daß diese fatale Faszination immer auf vollen Touren läuft, wem anders, mon cher, als Ihren geschätzten Berufsgenossen! Angst – l'autre volupté, die wollüstige Angst der masochistischen Massen, die heute zwei Wirtschaftssysteme sich bekämpfen läßt. Wie fein versteht es euer Handwerk, diese fast geschlechtliche Erregung der gegenseitigen Beunruhigung zu schüren! Wie geschickt wird ein Artikel für die Titelseite gewählt, der mit Sicherheit die Kolik des Schreckens, die Diarrhöe der Panik auslöst! Wie unbestreitbar richtig ist das Wissen um den morbiden Geschmack der Menge, die Leidenschaft für starke Emotionen, die im Kollektiv ausgebeutet werden muß, weil es in Anbetracht der westlichen Sitten nicht mehr möglich ist, sie in privater Gewalttat abzureagieren. Wir bekommen den Tod billig und aus zweiter Hand als einen Gelegenheitskauf, in unseren Kriminalromanen und Filmen; und manchmal scheint es, als steigerten wir uns zu solchen Höhepunkten der Erwartung, daß wir nicht ruhen werden, bis der Terror uns alle miteinander wie mit dem Gestank einer unendlichen Kloake überzogen hat.«

Die Garnelen waren gebraten, der Hummer köstlich in seiner roten Gewürzsauce mit braunem Zucker und roten Pfefferschoten, die Taschenkrebse waren mit Pilzen und Hühnerfleisch gedünstet – und die Worte fehlen mir, um die kulinarische Köstlichkeit der anderen Gerichte zu schildern. Wir tranken erst meinen ausgezeichneten Maotai-Wein, dann heißen, gelben. Die Kinder waren sehr vergnügt, sie liefen auf dem Hausboot herum, und die Gäste an den anderen Tischen waren – wie Chinesen meist – davon entzückt. Sie ließen sie sich zu ihnen setzen und sprachen mit ihnen.

»Wie nett, ein chinesisches Kind zu sein«, meinte Pater Low. »Die Chinesen haben immer und überall ihre Kinder bei sich. Darum sind sie wahrscheinlich auch so unbefangen und haben so wenig Komplexe. Sie machen aus ihnen nicht eine fremde Rasse und schützen sie nicht in unsinniger Weise vor dem Leben – dadurch bleibt ihnen später der schreckliche Kampf erspart, wenn sie die Welt der Kinderstube mit der Welt der Realität vertauschen. Wir erziehen Versager, sie erziehen Männer und Frauen für eine erwachsene Welt. Die Kinder mischen sich auch nicht in die Gespräche und die Handlungen der Großen, denn ihnen ist nicht vieles verborgen, und sie glauben nicht, daß die Großen mehr wissen als sie.«

Inzwischen war es fast zehn Uhr geworden, die günstigste Stunde, um den Mond zu sehen. Er war noch immer hinter einer Wolke und hinter dem Dach des nächsten Hausbootes verborgen. Wir saßen und aßen, sprachen von Li Po, Shen Fu und anderen Mondliebhabern und beneideten sie.

»Ach«, seufzte Pater Low, »wie schade, daß die Reinheit und Einfalt dieser Leidenschaft für den Mond sich nicht auf etwas Höheres richtet.«

»Ich bin ganz und gar nicht Ihrer Meinung«, sagte François. »Gibt es einen schöneren Tod als den mit dem Liebsten im Arm? So ist Li Po ertrunken, den schönen Mond an seinem Herzen haltend – so möchte ich auch einmal enden, in die Illusion einer herrlichen Liebe eingehüllt.«

Und da auch Pater Low die Seele eines Dichters hatte und nie längere Zeit Moral predigen konnte, waren wir bald dabei, chinesische Verse zum Lob von Wein und Mond zu zitieren.

Inzwischen begann das Wolkennetz, in dem der Mond noch hing, die Fischersleute von Aberdeen zu beunruhigen. Ich sah nach Mark, der mit seinem schwarzen Fächer sich leicht an seinen rechten Schenkel klopfte und träumerisch lächelte. Meine Leidenschaft nahm auch diese Nacht als ein für uns bedeutungsvolles Zeichen, selbst der Mond mußte sie mir bestätigen, indem er zur rechten Zeit erschien. Die Fischersleute und ich waren beunruhigt, denn nun näherte sich eine andere Gestalt dem Mond, eine Wolke, die wie ein drohender Drachen mit gestreckten Klauen aussah. Nun krachten von allen Dschunken zugleich die Feuerwerkskörper. Es waren die Fischer, die die Luft- und Wolkenteufel vom Mond wegtreiben wollten, um ihn zu befreien. Gongs ertönten, erst nur wenige, dann mehr und mehr, und von den Fischersfrauen in den vielen Dschunken um uns her ertönten Klagelaute und ein höhnisches Schimpfen gegen die Teufelswolke. Beschwörungen fluteten über das Wasser und erhoben sich gen Himmel. Das Wasser kräuselte sich in dicken, glatten Schuppen, gepunktet und gestreift von den Spiegelbildern der Laternen und Neonlichter. François und John wurden von der Ängstlichkeit des Fischervolkes angesteckt. Sie nahmen beide meine Hand, und wir stellten uns alle drei an den Schiffsbug. Ich wandte Mark den Rücken zu, ich wollte ihn nicht sehen, nicht spüren, damit die bösen Götter, die eifersüchtigen, nicht errieten, daß er mir von allen der teuerste sei. Sie sollten ihren Zorn gegen einen anderen kehren und ihn vergessen. Ich tat nicht nur so, ich empfand es zutiefst, denn in diesem Augenblick war ich die chinesische Bäuerin, die die Dämonen und Götter, Beschwörungen und Opfer kannte und voller Angst die Drohung abwenden mußte, die gegen Mark gerichtet war. François rief den Fischern auf französisch Ermutigendes zu, und John Tam übersetzte es in den Hokkien-Dialekt. Bald gesellten sich Gruppen von den anderen Tischen zu uns. Die Fischersleute wurden ganz aufgeregt, weil so viele Reiche sich ihren Bräuchen anschlossen. Sie ließen immer noch weitere Knallfrösche los und schlugen immer lauter auf ihre Gongs, und die Frauen wehklagten lauter, und es wurde immer heftiger. Und plötzlich schrien wir alle, wir jauchzten, denn der Mond war da, aus der Wolke herausgetreten, und sein stolzes, glattes Gesicht glitzerte grausam. Er stand ganz allein, katzenhaft funkelnd, und flüssiges Licht strömte von ihm herab. Wie schön war er doch, der Herbstmond – wir waren völlig gefangen von seiner Schönheit. Die Fischersleute jubelten, die Frauen lachten, die Kinder klatschten in die Hände, während die Wolke erstaunt ihre letzten Fetzen wegzog, verfolgt von einer letzten, höhnischen Detonation von Knallfröschen. Wir riefen nach einer weiteren Cattie heißen gelben Weins, um auf den Mond zu trinken.

Lacht nicht, wenn ich, der alte Mann, nun Blumen trage.
Die sechssaitige Harfe tönt, der Becher kreist.
Wo ist im Leben eines Mannes solch ein Augenblick,
der diesem vor dem vollen Becher gleicht?

»Denn gelehrte und weiße Männer sind jahrhundertelang verstummt, und ihre Namen sind vergessen, aber die Trinker hinterlassen ein klingendes Echo, wenn sie nicht mehr sind.«

Endlich konnten wir einander ansehen, Mark und ich, er wandte sich mir unmerklich zu, und über den Tisch hinweg suchten sich unsere Augen. Unsere Verwirrung flutete stark durch uns hin. »Ich hoffe«, sagte Dr. Goh, »daß die Leute auf dem Mond ein Erdenfest feiern und auch etwas haben, was dem Maotai-Wein vergleichbar ist, den wir ihm zu Ehren getrunken haben.«

»Ich hoffe, sie blicken auf das Gesicht der Erde und sehen in den Erdteilen eine Fee, die um die Füße eines kleinen Mädchens und eines kleinen Knaben einen roten Faden knüpft, damit sie später heiraten«, sagte Maya.

»Und einen Hasen, der mit einem Stößel in einem Jademörser das Zaubermittel zerstößt, aus dem man die Pillen der Unsterblichkeit macht«, sagte Mei, die an diesem Morgen eine Hasenlaterne gekauft hatte.

Pater Low sprach vom »Lied des nimmerendenden Leides«, jenem Gedicht, das die Liebe zwischen dem Kaiser T'ang und der schönen Yang Kuei Fei verherrlicht. Kuei Fei war so schön, daß man nur in Metaphern von ihr sprechen konnte, von Frühlingsnächten und Feenpalästen, von Städten, die sich entleerten, um einen Blick auf ihre Schönheit werfen zu können, von Kurieren, die ihre Pferde zuschanden ritten, um ihr Blumen aus dem fernen Jünnan zu bringen. Aber all ihre Schönheit nutzte ihr nichts, als die Rebellion kam und die Soldaten des Kaisers keinen Schritt marschieren wollten, ehe Kuei Fei nicht tot sei. Und so wurde sie auf dem Berghang von Mawei vor den Augen der Armeen und ihrer Pferde umgebracht; der Kaiser konnte sie nicht retten, er konnte nur sein Gesicht verhüllen. Danach sah er sie überall, im Schwung eines Blattes erkannte er ihre Brauen, in den Blütenblättern ihr Antlitz, denn sie war die Schönheit selbst gewesen. Eileen Cheng liebte dieses Gedicht, denn sie hielt die Liebe zwischen den Geschlechtern für eine verfeinerte, dichterische Regung und jeder anderen Leidenschaft überlegen.

»Den Tod zu pathetisieren und den Gefühlswert der Liebe zu übertreiben, ist anscheinend ein Fehler, der sich nicht nur auf die westliche literarische Tradition beschränkt«, lachte Ernest Watts, »aber Sie werden ja nach Amerika gehen und das alles studieren.«

»Ja«, strahlte Eileen, »ich werde lesen und meine Seele finden.«

Ich konnte mich nicht enthalten, zu lächeln, und dachte an das folgende Gedicht:

»Die zarten Finger in dein Haar verflochten,
das wie eine schwarze Zauberwolke um dein Gesicht hängt,
sitzt du da und spottest über den Müßiggang.

Du denkst tausend gelähmte Gedanken, die den Schlag
deines Herzens verlangsamen. O Wunder, auch du wirst gehen
und die Gräber erspähen, in denen Liebe und Feindschaft
zur Ruhe gelegt sind, indes die Spatzen die
grünblütigen Bäume
belästigen, und wie ein kluges Kind, ob seiner
neuesten Entdeckung
traurig, sagen: Ich bin wurzellos.

Wenn der zähe Wurm sich an dem zarten Fleisch fettfrißt,
das einst so lieb zu streicheln war –
wirst du am Ende zugleich seufzen und lächeln
und dich weiterhin
in ein ernsthaft gewichtiges Buch vergraben, das zu viel sagt?«

Daran dachte ich. Denn ich kannte sie besser als sie sich selbst.

Wir fuhren im gleichen Sampan zurück. Die Bootsleute warteten darauf, ihre Kunden wieder zurückzurudern. Das kleine Mädchen aß die Reste unserer Gerichte, denn es war üblich auf den Restaurantschiffen, das Übriggebliebene an die Sampans zu verteilen. Wir landeten und sahen uns Auge in Auge mit der Wirklichkeit in der Person der Palmer-Jones', die eine große Gesellschaft auf einem anderen Restaurantschiff durch ihre Gegenwart geehrt hatte und nun auf ihren Wagen wartete. Adeline trennte sofort die Böcke von den Schafen, indem sie Ernest Watts, John Tam, Maya und mich völlig übersah und ihr Erkennen auf Mark und François beschränkte.

»Die Roten sind in Kanton, Mr. Elliott«, verkündete sie. »Die Nationalarmee soll jedoch einen großen Sieg errungen haben.«

Mark sah sie mit den übergroßen tiefblauen Augen an, die er auf diejenigen richtete, die ihn verblüfften. Er vergaß zu antworten. François kam ihm zu Hilfe.

»Toujours la même histoire«, sagte er. »Sie verkünden immer einen Sieg, wenn sie eine Stadt haben aufgeben müssen. Ich wollte, sie täten es nicht jedesmal«, setzte er bedauernd hinzu. »Es ist so langweilig!«

»Oh«, erwiderte Adeline mit jenem wollüstigen Schauder, den sie bei Tragödien empfand, die sich in größerer Entfernung abspielten, »wie scheußlich. Das arme, arme China. Wir müssen natürlich den Kopf oben behalten«, fuhr sie dann in normalem, nüchternem Ton fort.

»Das wird Ihnen sicher gelingen«, sagte François. »Ne vous en faites pas, Madame. Mr. Palmer-Jones wird weitermachen wie bisher, j'en suis certain.«

»Ein wunderbares Volk, diese Engländer«, sagte er später zu Watts. »Sie bestehen nie darauf, daß zwei und zwei vier ist, denn im wirklichen Leben ist zwei und zwei jede beliebige Zahl, vorausgesetzt, daß man das stark genug wünscht. Ils s'élèvent à la logique de l'absurde, und damit haben sie so oft recht.«

Mark und ich wanderten zu unserem Stein und saßen still im Mondlicht. Wir waren etwas traurig, denn die Freude des Festes war vorüber. Wir waren traurig, weil wir einander bereits in allem und jedem sahen und unserem eigenen Mittelpunkt zu nahe waren, um fröhlich zu sein.

»Wir haben gegessen und getrunken und den Mond gefeiert, wir haben mit Freunden Gespräche geführt und die Kinder spielen sehen, und nun wollen wir uns lieben. Ist dies nicht das Leben und das Glück?« fragte Mark. »Gott meint es sehr gut mit uns.«

Wir blickten zum Mond auf und waren aufs neue bezaubert.

MARK

Oktober

Als ich die Fehlgeburt versorgt hatte, stand Mark in meinem Zimmer. Vier Tage hatte die Frau zu Hause geblutet, bevor ihr Mann sie ins Krankenhaus brachte. Ausgeblutet, mit verdrehten Augen, lag sie bewußtlos auf dem Operationstisch. Wir machten eine Bluttransfusion und arbeiteten rasch. Als wir fertig waren, ging es ihr schon wieder gut genug, um ein, zwei Worte flüstern zu können. Mit dem Wohlgefühl, das man sich als Arzt manchmal zu leicht erwirbt, öffnete ich die Tür und fand Mark, der auf mich wartete.

»Mark!« Er war nicht mehr in meinem Zimmer gewesen seit jenem Tage, da er mir von Heirat gesprochen hatte. Er war heute anders, gar nicht sein heiteres, höfliches Selbst. »Mark«, fragte ich etwas erschrocken, »was ist los?«

»Ich muß zurück. Nach Singapore.«

Wir setzten uns auf mein Bett, jeder auf eine Seite, und blickten in verschiedene Richtungen. Einander anzusehen, hätte uns überwältigt, und dann wären wir unfähig gewesen, noch zu denken oder zu reden.

»Hat jemand über uns geklatscht?«

»Ich weiß es nicht. Ich hätte später meiner Tätigkeit wegen ohnehin zurück gemußt. Das ist keine Sache, die man brieflich erledigen kann. Nun muß ich schon jetzt zurück.«

»Natürlich! Hast du zu Abend gegessen?«

Er hatte es nicht. Er zwang sich dazu, einige Bissen von dem zu essen, was ich aus der Stationsküche holte, und trank Kaffee, während ich ihm von der Fehlgeburt erzählte. Ich empfand gar nichts, war gelöst, sanft und ruhig, während Mark nur mühsam seine Fassung bewahrte. Du bist ja schizophren, sagte ich mir. Dies ist wahrscheinlich wirklich tragisch, und es geht dich sehr an. Und dabei findest du es schwer, nicht zu lächeln. Wahrscheinlich lächelst du tatsächlich.

Dann sah ich seine Augen, die mich anblickten, und in mir wurde es finster. Er war nicht aufgeregt, er war unglücklich. Er war verletzt. Jemand hatte ihn verletzt, und Dunkelheit begann sich in mir auszubreiten. Ich würde immer finster und mitleidlos werden, wenn er unglücklich war. So sind alle Frauen – niemand darf den Mann ihres Herzens verletzen, außer sie selbst.

»Liebster«, sagte ich, »bitte mach dir keinen Kummer. Es mußte so kommen. Wir hatten uns diese Zeit gewissermaßen nur geborgt. Es ist besser, daß das jetzt als später passiert.«

»Wenn ich frei wäre«, sagte Mark, »würden wir morgen heiraten. Aber so ...«

Ich wußte Bescheid. »Und jetzt fühlst du dich wie ein Schuft«, sagte ich tröstend. »Jetzt bist du plötzlich nicht mehr sicher unsertwegen, weil du niemanden verletzen wolltest und es doch tust. Natürlich tust du das.«

Es war plötzlich wie in einem Theaterstück, wir waren auf staubiger Bühne zwischen Pappkisten zwei Schauspieler, denen man Rollen aufgezwungen hatte und die ihren Text sprachen und dabei gestikulierten. Es kam auf die Worte und Gesten an. Die Handlung hatte gewisse Absichten, aber die Zuschauer kannten unsere Absichten nicht, sie waren ihnen auch gleichgültig. Absichten waren für das Stück belanglos. Es zählte nur, wie die Zuschauer unsere Handlungsweise auslegten. Nicht das, was wir meinten, sondern was sie als unsere Meinung sich dachten.

Da waren wir also, Mark und ich, und waren so blind und taub, daß alles Nebensächliche um uns lebendig wurde. Unser Schmerz griff an Körper und Seele und schüttelte uns mit einer Leidenschaft, wie sie vielleicht ein Spruch ausdrückt, den mir ein chinesischer Freund einmal gesagt hatte: Ihr seht euch an, und zu jeder Stunde spaltet sich der Himmel, und die Erde zerbricht in Stücke zwischen euch. Unsere bisherige Liebe war mild, kindisch, ein formelles Gefühl gewesen, verglichen mit der wortlosen Ohnmacht, die uns überwältigt hatte und von der ich noch heute nicht richtig sprechen kann. Was ich vorbringe, ist nur eine Erklärung, denn beschreiben läßt sich so etwas nicht.

Was für uns »das Reich und die Kraft und die Herrlichkeit« war, konnte sehr wohl für andere Leute etwas ganz anderes sein. Für die Frommen und Engstirnigen war es eine Schande, die man züchtig verbergen mußte, andererseits eine unmoralische Liebesgeschichte, die mit wortreicher Entrüstung aus ihrer Welt ausgemerzt werden mußte. Für die vielen, die sich in gelangweilten Trüppchen zu viert um die Bridgetische setzten, für die das Leben anderer nichts als einen angenehmen Zeitvertreib bedeutet, hatte hier eine Eurasierin sich einen verheirateten Engländer aufgegabelt und zerstörte nun sein Leben. Einige meiner chinesischen Freunde wiederum fanden es schade, daß ich meiner Betörtheit durch einen Ausländer so sehr nachgab, denn dies würde mich nur von meinen Pflichten abhalten. Für Suzanne war es nichts anderes als ein charmanter Spaß. Und über das, was Marks Freunde sagen mochten, gab ich mich keinen Illusionen hin. Man konte schlecht achselzuckend darüber hinweggehen und sagen: »Klatsch ist mir gleichgültig. Geklatscht wird immer.« Wenn wir erst wieder respektable Leute waren, würden unsere bösesten Kritiker sicherlich die ersten sein, die uns gratulierten. Die Menge zieht gern im Triumph hinter dem Sieger einher. Aber im Augenblick waren wir verletzlich. Was für mich alle Herrlichkeit auf Erden bedeutete, würde auf Clubzusammenkünften, wo ohnehin der Klatsch blühte, mit Giftpfeilen beschossen, von den Rechtschaffenen und Selbstzufriedenen beschmutzt, durch Andeutungen infiziert und von eitel moralisierenden Redensarten getrübt werden — so lange, bis wir selber wankend würden und uns schuldig, unterlegen und albern vorkämen. Wir würden an unserer leidenschaftlichen Zielsetzung des einen im anderen, die kostbarer war als bloßes körperliches Vereintsein, irre werden. Das rasche Frohlocken im Gedanken an den anderen, der plötzliche Freudenrausch in seiner Gegenwart würde verblassen. Wir würden geniert sein und Heimlichkeiten suchen. Vorsichtig, um Diskretion besorgt, würden wir uns im Kirchhofsgeruch des Versteckenmüssens bewegen und uns mit der Heimlichkeit im Verborgenen gestohlener Stunden begnügen. Den Scheinheiligen zuliebe würden wir geziemenden Respekt für das, was schicklich ist, zur Schau tragen, so lange, bis auch wir eines Tages gestehen müßten: »Ja, es war ein Irrtum. Nun ist er vorüber, und wir sind wieder sauber. Er hat nie existiert.« Wir würden auf unsere Vision, auf unseren Traum, auf das, was alle Herrlichkeit auf Erden für uns war, verzichten.

Ich konnte uns nicht mit irgendwelchen Beweggründen rechtfertigen. Beweggründe interessierten niemanden. Ich führte Mark nicht wie auf einer Theaterprobe die hohen Gründe für unsere Liebe vor. Wann hätte es je einen Grund für Gefühle gegeben?

Was ich tun konnte? Ich konnte nur die im Augenblick richtig erscheinenden, passenden Gesten in diesem Stück, das Mark und ich bis zum Schluß durchzuspielen hatten, vollführen.

Ich spürte keine Erregung und wollte auch keine verbreiten. Erregung war nutzlos und irreführend. Ich wollte gut und in Ehren spielen. Ehrenhaftes Spiel macht ein Stück besser. Ich wollte all dies nach Art der klassischen chinesischen Stücke behandeln, formelle, zusammenhanglos hieratische Gebärden vollführen, die alle symbolisch wären, also eine Bedeutung hätten, die über ihre Ausführung weit hinausreichten, aber doch nur Gesten blieben. Die Formeln hatte ich sofort parat. Ich kehrte zu den alten Büchern zurück, zu den Klassikern, aus denen ich sie so oft hergeleitet hatte:

»Der Meister sprach: Yu, soll ich dich lehren, was Wissen ist? Wenn du etwas weißt, erkennen, daß du es weißt; wenn du es nicht weißt, erkennen, daß du es nicht weißt. Das ist Wissen.«

Weit, weit zurück suchte ich im Buch der Riten und Zeremonien:

»Mann und Frau sitzen nicht im gleichen Raum, sie hängen ihre Kleider nicht an denselben Haken, sie reichen sich keinen Gegenstand von Hand zu Hand.«

Die alten Bücher schrieben das tägliche Leben des Menschen genau und streng für alle Phasen des Lebens vor, für jede Tagesstunde vom Augenblick des Erwachens an, ja selbst während des Schlafs. Das ganze Leben war Ritual, die Existenz ein Zeremoniell. »Denn Tiere sind die Sklaven ihrer Impulse, der Mensch aber kennt die Gebräuche, um sich zu beherrschen.« Ich überlegte, was wohl Konfuzius geantwortet hätte, wenn ich mich ihm respektvoll genähert und um seinen Rat gebeten hätte. Was hätte der Meister wohl erwidert? Ich wagte es nicht zu denken. »Trink deinen Kaffee, Liebling«, sagte ich, besorgt und leichthin. Leichtigkeit war die Eigenschaft, die meine furchtlosen Lieblingshelden zur Schau trugen, wenn Tragödien und Gefahren drohten, und schon in früheren Zeiten war ich Grausamkeiten und Schmerzen heiter entgegengetreten. »Trink deinen Kaffee. Du kannst mich aufgeben, wenn du willst. Ich kann mich im Augenblick nicht darüber aufregen, ob du es tust oder nicht. Aber ich werde sehr traurig sein, wenn du hungrig fortgehst.«

Er lächelte, schon etwas ruhiger. »Ich war ziemlich verstört«, sagte er einfach. »Jetzt ist mir besser.« Mark stellte sich immer vor, daß ich Leiden·verwandeln, anpacken und beherrschen und daß ich sie von ihrer Gefühlsfracht befreien und sie so für uns beide wertvoll machen könnte. Das war eine seiner Illusionen über mich, die ich nie bei ihm zerstörte. »Rauch eine Zigarre«, erwiderte ich, bewegte mich ruhig, zündete die Zigarre für ihn an und saß zu seinen Füßen am Boden, den Kopf gegen seine Knie gelegt. Seine Finger strichen über mein Haar. Zuerst waren sie zerstreut, dann spürte ich, daß er mich wieder wahrnahm und an mich dachte. Die Zigarren hatte ich für ihn aus Sze-tschwan mitgebracht, schwarze Stumpen und sehr stark. Auf der Bauchbinde stand nicht Corona de Luxe, wie sonst bei Mark, sondern Corona de Extra. Er lachte wieder, als er es las. »Würde es dir wirklich nichts ausmachen, wenn ich meine jetzigen Bindungen beibehielte und dich aufgäbe? Du behauptest ja immer, ich sei nur verblendet, und du wüßtest gar nicht, was Liebe ist.«

Ich parierte lächelnd: »In deinem Alter sollte man sich darüber klar sein, daß kein Beweggrund rein ist, kein Gefühl ungemischt, kein Gedanke unbefleckt. Aus der Masse der Widersprüche, die unser lebendiges Selbst ist, formen wir vereinfachte Bildnisse für die Allgemeinheit und für unsere Freunde. Wir benennen diese Travestien mit Alltagsnamen, die nichts bedeuten, weil sie alles bedeuten können. Deshalb kann ich nicht sagen, ob es mir etwas ausmacht oder nicht. Ich nehme an, meine Eitelkeit wäre verletzt. Ich würde mein Gesicht verlieren.«

»Wir haben nie gefragt«, sagte Mark, die Finger noch immer in meinem Haar, »wir haben nie gefragt: Liebst du mich? Es ist eine so dumme Frage. Denn was ist das – Liebe? Daß ich dich liebe, bedeutet für mich Glück und daß ich mein ganzes Leben mit dir verbringen will. Aber ich weiß zu gut, daß es bei dir ›alles oder nichts‹ heißt – ich kann aufsteigen, aber ich kann auch kläglich scheitern.

Manchmal bekomme ich Angst. Ich möchte dann zu meiner einstigen Neutralität zurückflüchten, zu meinem bisherigen konventionellen Leben, das so wenig bedeutet und so viel sicherer erscheint.«

Ich antwortete: »Ich weiß nicht, ob ich dich liebe. Ich weiß nicht, was Liebe bedeutet – es ist ein großes Wort. Wärest du jetzt frei und wolltest mich heiraten, so würde ich zögern. Ich sehne mich danach, dich zu sehen, dich zu hören, alles, was ich berühre, bist du, und doch hat mein Gefühl für dich ein anderes Ziel als nur das, eine Mrs. Elliott zu werden. Ich möchte für dich sorgen, dein Frühstück kochen, deine Schuhe putzen, deine Kinder zur Welt bringen. Aber es ist noch etwas anderes in mir, das etwas will. Ich weiß nicht, was. Ich kann es nicht erklären.«

»Wenn ich annehmen müßte, daß ich dir schade«, sagte Mark, »würde ich dich sofort verlassen – oder wenn ich denken müßte, daß ich dich daran hindere, dich in irgendeiner Weise selbst zu erfüllen.«

»Aber wie willst du mit deinem Fortgehen wiedergutmachen, was bereits mit mir geschehen ist? Denn du wirkst fast noch stärker in deiner Abwesenheit als in deiner Anwesenheit.«

Wir sahen einander an und fingen in unwiderstehlicher Heiterkeit an zu lachen, weil wir so feierlich geworden waren.

»Wie schwer das Leben auch sein mag«, sagte Mark und wischte sich die Augen, »wenn wir zusammen sind, kann ich nicht lange traurig bleiben. Es wird bald alles wieder gut werden. Als Gott mich erschuf, muß er einiges vergessen haben, denn weder Ungerechtigkeit noch Trauer halten lange bei mir vor.« Mit diesem Lachen trennten wir uns. »Vergiß nicht, daß wir morgen dein Siegel abholen müssen«, sagte ich. »Wann fährst du?«

»Nächste Woche. Wie ruhig du bist«, setzte er hinzu, »wie überlegen und ruhig. Das mag ich so gern an dir.«

Als er gegangen war, zündete ich mir eine Zigarette an. Ruhig? Ich? So ruhig wie ein schwarzer Panther, der vorsichtig, leise und erbarmungslos dahinschleicht. Ich rauchte und dachte nach. Ich schlief tief und gut. Ich wußte, daß ich zu tun hatte.

Und obgleich beim Erwachen der Schmerz, den ich am Abend zuvor verdrängt hatte, grell in seiner ganzen Größe wieder da war, und obgleich ich endlich erfuhr, was Mark durchgemacht hatte, tat ich doch alles, wozu ich entschlossen war.

»Was du auch beschließt – ich bin es zufrieden, weil nichts mir so wichtig ist wie die Bestätigung deiner selbst. Deine Entscheidung, dein

Wille. Keine Äußerlichkeiten. Du kannst mir nur dadurch weh tun, daß du dir selber untreu wirst.«

Das waren nobelklingende, würdige Worte; Konfuzius in unklassischem Rahmen; glatte, in sich ruhende Bewegungen; ein Zeremoniell aus dem Buch der Riten; ein kultiviertes, chinesisches Theaterstück. Schweigen. Ich senkte den Kopf, als er überlegte, ob er mich verlassen sollte, denn auch er, auf seine Art, spielte ehrenhaft. Er wußte, was er zu verlieren hatte. Ich zeigte keine respektlose Bekümmertheit – ich senkte den Kopf. Er sah mein Haar, so schwarz, so lang, und all meine Unterwerfung unter seinen Willen. Wer konnte gegen so viel Demut die Oberhand gewinnen?

Fünf Tage während dieser Woche war ich gleichbleibend ruhig, wie dunkles Wasser, das nachts leise dahinzieht. Nur Zärtlichkeit, nur Passivität – ich hatte nie etwas von Selbstbehauptung gehört, ich machte keine Rechte geltend. Ich war eine Stimme, die Gedichte aufsagte und ihn zum Lachen brachte, eine Hand, die nicht widerstrebte, wenn er sie mit sich zog, um die verliebten Schmetterlinge im Liebesgäßchen anzusehen. Ich erzählte alte Legenden, von Liebe, süßem Kummer und Verzweiflung im Klang der Todestrommeln. Ich war die Gefährtin, die die chinesischen Zeitungen übersetzte und die Bedeutung dessen auslegte, was da in zurechtgefeilte, propagandistische Phrasen eingewickelt war. Ich entlarvte jeden Pomp, von wo er auch kommen mochte. Ich war der Nachtwandler an seiner Seite, der mit der gleichen Vorsicht wie er um die auf den Matten der überdachten Gehsteige Hongkongs schlafenden muskulösen Körper herumging. Schwerelos, gern lachend, fröhlich mit Freunden und ihrem Gelächter.

»Ich glaube, du wärest überall glücklich. Du bist so fröhlich.«

Und wenn er davon sprach, was vor uns lag, und zu begründen versuchte, warum er mich nicht aufgeben könne, sprach ich gegen mich selbst. »Aber ich habe ja nichts, um dich zu halten, nicht das geringste. Ist Liebe Grund genug, um sich Schmerz und Leid zuzufügen?« Ich behauptete, Hongkong sei schuld, seine Schönheit, seine gefällige Gelegenheit, die Umstände. »Wären wir uns vor ein paar Jahren in London begegnet, hätten wir uns nicht ineinander verliebt – in Tschung-king hätten wir vielleicht nie den Mut gefunden, miteinander auszugehen.« Jedes Wort richtete sich gegen unsere Verliebtheit. Jede Geste war zarte Unterwerfung unter seinen Willen. Ich sagte ihm voraus, was einige Leute gegen mich vorbringen würden. »Ich bin Eurasierin. Es bedeutet zwar nur, daß meine Mutter Europäerin war und mein Vater Chinese, und in China empfindet mich jeder als Chinesin – aber bei den Kolonial-Engländern ist das nicht dasselbe. Für sie ist es eine Schande und etwas Minderwertiges, Eurasierin zu sein. Vielleicht, weil es so viele davon in Indien gibt. Sie gehen hoch bei dem bloßen Wort und würden mich nie für vollwertig ansehen. Es würde deiner Karriere schaden.«

»Aber die Engländer sind doch selber das größte Mischvolk der Welt«, sagte Mark. »Nur die Dummen unter ihnen denken so, Suyin.«

Ich wies auf alle Gründe hin, die gegen uns waren, weil ich wußte, daß er gern Widerstände überwand. »Du versuchst nicht mich zu beeinflussen«, sagte er. »Du sprichst nie für dich. Du verlangst kein Versprechen.«

So spielte ich meine Rolle und packte ihn bei seiner Ehre. Und so wußte er – noch bevor ich selber es wußte –, daß ich ihn liebte, obwohl ich mir dieses Wort versagte. Wenngleich es ein Spiel war und ich jeden Zug bewußt tat, rücksichtslos gegen jede Wendung, setzte ich mich dennoch jedesmal ganz ein. So wurde er sicher und der Festigkeit seines Willens sich bewußt. Er lernte den Schmerz, der unsere Freuden vom ersten Tage an bis zum Ende begleiten sollte, begreifen und unaufhörlich im Sinn behalten, wie er auch die Freude an mir ständig im Sinn behielt. In der fünften Nacht, beim Haus der Weisheit, verließ ich ihn.

»Also, lebe nun wohl. Ich werde dich nicht wiedersehen, bis du zurückkommst. Sofern du wirklich wieder nach Hongkong kommen solltest.«

»Warum?«

»Weil es nicht fair ist, dich bis zur letzten Minute zu haben, es würde dich beeinflussen. Du mußt allein sein.«

Und ich ging davon und opferte zwei Tage unserer Zeit, wohl wissend, daß er mir nicht folgen und keinen Einspruch erheben würde.

Am Abend, bevor er abreiste, rief er an und wollte mich sehen. »Ich habe dir doch vor zwei Tagen schon auf Wiedersehen gesagt.«

»Ich möchte dich sehen.«

»Wozu?« Meine Brutalität tat mir selber weh, und ich schwankte etwas am Telefon.

»Weil ich es will.« Er sagte es ganz ruhig, und ich wußte, daß der Moment gekommen war, um nachzugeben.

»Aber ich gehe aus«, log ich. »Ich gehe ins Missionshaus, um Lucy Koo zu besuchen.«

»Ich bin in zehn Minuten bei dir. Ich bringe dich im Taxi hin.«

Mir blieben zehn Minuten, um mich umzuziehen und mich zu schminken. Es war heiß und stickig, draußen goß es.

Ich stieg in ein Taxi und gab die Adresse »Missionshaus« an.

Mark sagte: »Es tut mir leid, dich gezwungen zu haben. Aber ich wollte dich noch einmal sehen.« — Wozu nur, wozu?«

»Nur so. Ich fragte mich, ob von morgen an mein Leben so sein würde wie in dem ›Lied vom nimmerendenden Leid‹. Irgendwie sehe auch ich deine Augenbrauen in der Beugung eines Blattes und höre deine Stimme in mir, ich fühle dich im Wind und im Mondlicht, die Nacht ist dein Haar und der Tag dein Lachen.«

»Und ich. Kein Augenblick des Tages, an dem du nicht bei mir bist, beim Aufwachen, beim Essen, beim Spazierengehen, beim Arbeiten, ja selbst wenn wir operieren. Selbst dann. Immer, die ganze Zeit. Manchmal sterbe ich fast vor Sehnsucht nach dir. Ich bin immer zwischen deinen Händen.«

»Ich habe viel gelernt von dir, mancherlei Dinge. Ich habe leben gelernt – und ich habe auch nicht gewußt, daß Liebe so sein kann.«

»Du allein weißt, was du mir angetan hast. Du hast mich völlig verwandelt, ich bin so verletzlich jetzt. Wenn du eines Tages mit mir fertig bist, werde ich zu nichts mehr taugen – so weich bin ich geworden.«

Wir sprachen, in die Dunkelheit des fahrenden Taxis eingehüllt, und unsere Stimmen klangen dünn und eindringlich.

»Aus welchem Grunde wolltest du mich an diesen letzten beiden Abenden nicht sehen, wo wir doch ohnehin so wenig Zeit füreinander haben?«

»Ich wollte mich daran gewöhnen, von dir getrennt zu sein. Du bist gekommen, weil du stärker bist als ich.«

Das Taxi hielt. Mark stieg aus, öffnete seinen chinesischen Ölpapierschirm und hielt ihn über meinen Kopf. »Es ist möglich, daß ich nicht zu dir zurückkomme. Hast du daran auch schon gedacht?«

»Ja, auch daran habe ich gedacht.«

»Also, leb wohl«, rief er, und ich stieg die Stufen hinauf bis zur verriegelten Tür des Missionshauses. Ich wandte mich nicht um. Aber ich hörte das Taxi davonfahren. Ich hatte nicht gewußt, daß das Geräusch eines anfahrenden Wagens so weh tun kann.

Tage ohne Mark. Eine schmerzende Stelle im wohlgeordneten Oktober, der still neben mir litt; ein eingebranntes Loch im vielgeliebten Mantel des Herbstes.

Ich hatte es gern, wenn der Mond auf mich niedersah. Ich liebte das grelle Sonnenlicht auf den Schiffen, das silberne Gleiten der Regentropfen über die Blätter, aber ich kann mich nicht erinnern, all dies an jenen Tagen ohne Mark überhaupt wahrgenommen zu haben. Diese Zeit war nur ein blinder Fleck, nur ein Riß im enggesponnenen, leuchtenden Netz meines Wissens um Mark. Die Zeit gehörte gar nicht mir. Was ich davon noch weiß, sind vage Umrisse, eine wüste Strecke von Worten und Attitüden, eine Dumpfheit des Herzens ohne das Ja und das Nein des Pulsschlags.

Tage ohne Dröhnen des Meeres, ohne das Sirren eines Libellenflügels, ohne die fragwürdige Pracht von Sonnenuntergang und Mondaufgang. Tage, um sie in den Ablauf des lebendigen Herbstes zu kerben, den ich dem Tode abgewonnen.

Ungezählte, ungekannte Tage ohne Mark.

Wir lagen im heißen Gras vor der Klinik, Maya Wong und ich. Hinter uns eine Palme in ihrer Postkartenschönheit. Maya war erkältet und hustete. »Du mußt mehr auf dich achten, Maya, du wirst immer dünner.«

»Wann kommt er wieder?« fragte Maya. Sie haßte es, wenn ich ihre Erkältungen bemerkte. Unter ihren Augen waren dunkle Schatten.

»Ich weiß es nicht.«

»Er wird aber wiederkommen.«

»Ich erwarte nichts. Ich warte ab, was geschieht, und denke nicht sehr viel nach. Ich staune manchmal selber darüber, daß ich an einen Mann, der so anders ist als ich, so sehr gebunden bin. Warum eigentlich nicht an jemanden, der mir näherläge? Einen harmlosen Junggesellen zum Beispiel, einen Engländer, den noch die Art seiner respektablen Insel umgibt, der gleichmäßig und langweilig ist und einen Wagen besitzt wie Dianas Freund? Warum nicht an einen Chinesen, einen stämmigen Burschen aus dem Norden, dessen Bauch voller Gelächter steckt, der in den Jahren der Armut und des Mitleidens unter den Garben der Heiterkeit Nachlese gehalten hat? Warum darf nur dieser eine mich berühren und kein anderer?«

»Vielleicht, weil er von Geburt her ein freier Mensch ist und selbst du ihn nicht zähmen kannst. Er ist einfach, und doch kann ihn niemand täuschen, auch du nicht. Obwohl du geschickt und klug ein Netz zusammenknüpfst, wird er dich am Ende doch überwinden. Wenige sind so geboren — er weiß es wahrscheinlich selber nicht, daß er so ist. Er kennt sich nicht sehr gut, glaube ich.«

»Nein, er kennt sich nicht. Aber er lernt es, er findet es heraus.

Vielleicht ist das noch wichtiger als Liebe. Ich weiß nicht.« — »Auch du wirst das noch entdecken, du kannst es nicht aufhalten. Du mußt nur weiterhin mutig bleiben.«

»Wie gescheit du bist. Maya«, sagte ich und barg mein Gesicht im Gras. Plötzlich roch ich die herbstreife Erde und spürte, wie Maya und ich gleich sonnenwarmen Erdklümpchen vom Willen des blauen Himmels ins Gras gepreßt wurden. Wie recht hat das Buch der Riten, wenn es sagt: Wenn ein Mensch trauert, so wird sein Körper auf die Erde niedergepreßt.

»Ich finde den Himmel ungerecht, er bereitet für Mark und mich jetzt, wo ich endlich stark genug bin, großen Kummer vor.«

»Du bist kindisch! Es gibt weder Gerechtigkeit noch Ungerechtigkeit unter dem Himmel«, sagte Maya. »Das Leben ist immer traurig, wenn du anfängst, darüber nachzudenken. Unsere alten Dichter waren in den bitter-süßen Schmerz verliebt, weil das Andauern der Schönheit, die wir lieben, in der Vergänglichkeit seiner Geschöpfe liegt. Du kannst nur warten, ohne nach der Zukunft zu greifen, die Gegenwart mit leichter Hand halten und ohne Habgier nach dem Glück auf die Erfüllung verzichten, um desto sicherer Erfüllung zu erreichen. Er wird entscheiden, du wirst dich fügen. Es wird alles recht werden. Fürchte dich nicht. Liebe kann nichts Unrichtiges tun.«

»Suzanne, hast du jemanden wirklich einmal geliebt? Ich meine, wirklich?«

Suzanne sah mich an, ihr Mund war gerade hinter einem Stück Kuchen versteckt. An ihrer listigen Aufrichtigkeit erkannte ich, daß sie alles wußte. Sekretärinnen wissen immer alles, vor allem Sekretärinnen und Büroangestellte, die Kantonesisch und Englisch sprechen, die Handschriften auf den Briefumschlägen erkennen, sich an Telefonstimmen erinnern und die Wahrheit aus halben Worten, Andeutungen und vergessenen Schnitzeln aus dem Papierkorb zusammenstückeln.

»Oh, furchtbar oft«, sagte sie, »aber noch nie so wie gerade jetzt. Und du?«

»Sehr, sehr selten, und niemals so wie gerade jetzt. Ich verstehe es einfach nicht.«

»Ich denke immer, diesmal ist es mehr als das letzte Mal, und diesmal ist es überhaupt das allerletzte Mal«, lachte Suzanne.

»Für mich wird es nie jemand anders geben«, erwiderte ich, voll tiefster Überzeugung.

Da die Liebe Suzannes Lieblingsthema war, sprach sie weiter. »Ich bin immer gerade entweder verliebt oder entliebt. Hongkong kam mir zuerst wie eine langweilige Provinzstadt vor nach dem amüsanten Shanghai. Überall wird hier so früh zugemacht. Nicht bei den Chinesen natürlich, die schlafen ja niemals. Aber bei den Engländern. Nach zwei Monaten jedoch hatte ich einen Freund, und jetzt finde ich Hongkong nett. Mein jetziger Freund ist einfach ein Glanzstück!«

»Wirst du ihn heiraten?«

»Aber nein.« Suzanne schüttete Gelächter über das weiße Tischtuch. »Er ist verheiratet und ein großes Tier, weißt du. Wir müssen sehr vorsichtig sein. Du kennst ja die Engländer. Solange es im verborgenen geschieht, ist es egal, was man tut. Solange es nicht zu offenkundig wird. Ich könnte dir Sachen erzählen, über die anständigen Frauen hier – du wärst entsetzt, mein Kind!« sagte sie mütterlich. »Aber du bist noch so naiv, ich könnte weinen, wenn ich dich ansehe. Es ist schlimm, weißt du. Du mußt erwachsen werden, oder man wird dir einmal schrecklich weh tun. Du kannst nicht immer so weiter die Liebe idealisieren.«

»Suzanne, das tue ich ja gar nicht! Aber ich hasse Heuchelei. Du nicht?«

»Nein.« Suzanne wurde nachdenklich. »Die Dinge sind nun einmal so, weißt du. Sieh mal die Blondine da drüben, die mit den beiden Männern am Tisch sitzt! Der eine ist ihr Mann, der andere ihr Freund. Dienstags und donnerstags kommt er zu ihr. Alles ist sehr comme il faut. Niemand ist gekränkt. Du kannst eine Menge ungestraft tun, wenn du respektabel aussiehst und dich nicht dabei erwischen läßt. Es wäre nicht gut für meinen Freund, wenn die Leute es erführen. Aber er sagt, ich hätte ihn für jede andere Frau verdorben, und er wird niemals mehr jemand anders lieben als mich.«

Meine Finger krampften sich um das Coca-Cola-Glas. Diese Worte kannte ich. Sie hatten bis vor einem Augenblick noch mir allein gehört und waren noch nie zu einer anderen Frau gesprochen worden. Ob das diskrete Große Tier auch im Dunkeln Suzannens Hand hielt? Ob es auch Pfeife rauchte und sie so zart zwischen zwei Fingern balancierte wie Mark? Sprach es auch mit leiser, gleichmäßiger Stimme, einem Gemisch von Zärtlichkeit und Spott?

Suzanne zupfte noch einmal an dem Mantel der Exklusivität, den ich mir angemaßt hatte. »Er ist sehr hübsch. Ein bißchen sentimental. Er sagt, es wird ihm immer ganz komisch, wenn er mich ansieht. Er war immer brav – bis zu dem Moment, wo er mich traf«, schloß sie triumphierend.

Das Coca-Cola schmeckte auf einmal nach Lysol, dem billigsten und weitestverbreiteten Gift, das in Hongkong zu vielen Selbstmordversuchen benutzt wird. Ich war plötzlich sehr müde.

»Nun ja«, sagte ich schwach, »ich nehme an, Liebe ist überall das gleiche. Ich weiß sicher nicht genug darüber.«

Suzanne nickte. »Man weiß es immer erst hinterher, man merkt es daran, wie weh es tut, wenn es vorbei ist. Nicht daran, was sie vorher zu einem gesagt haben. Die Worte sind immer die gleichen.«

Ich ging zum Tee zu Diana. Sie lebte in Anne Richards Wohnung in der Nähe der Klinik. Anne war nach Indochina gereist, um sich mit dem Buddhismus zu beschäftigen. »Sie wird sicher selbst zum Buddhismus übertreten«, sagte Diana. Wir saßen auf der kleinen Veranda. Diana hatte ein schmales Tuch um die Brust geknotet und trug knappe, weiße Shorts. Sie wollte dunkelbraun werden. »Also, Mark ist fort?« fragte sie.

»Er will herausbekommen, ob wir eines Tages heiraten können.«

Diana lachte stoßweise. »Mein Gott, da wird er nicht viel ausrichten, da ist nichts zu hoffen.«

»Glaubst du nicht? Wir wollen zusammen nach China gehen und dort arbeiten.«

»Ich würde mir an deiner Stelle keine unnötigen Hoffnungen machen«, sagte sie. »Er wird sich's wahrscheinlich sowieso anders überlegen.«

»O Diana, wenn du Mark wärst – würdest du dann so vieles aufgeben, um mich heiraten zu können?«

»Nein, das würde ich nicht, ich fände es sogar dumm von ihm«, sagte Diana. »Aber, mein Häschen, mach dir keinen Kummer, du kriegst ihn doch nicht, weißt du.«

Diana behauptet, ich runzelte meine Nase beim Lachen wie ein Hase.

»Ich habe nur Angst, daß er zurückkommt und sagt, er könnte doch«, erwiderte ich.

»Warum?«

»Wenn er nicht kann, wird er sich unfrei fühlen, und seine Vorstellung wird sich immerzu mit mir beschäftigen. Wenn er kann, muß ich ihn seiner Welt zurückgeben, sonst verläßt er mich eines Tages. Nicht körperlich, aber seelisch. Das ist das wichtigste. Nach einer Weile ist jede Frau so ziemlich wie die andere.«

»Was redest du eigentlich zusammen?« sagte Diana. »In einem Moment bist du völlig zynisch, im nächsten wie ein kleines Kind.

Du hast zuviel Phantasie, das ist es. Alles geht dir verkehrt ein. Viel zuviel Phantasie.«

»Nicht was Mark angeht – da habe ich's nicht. Ich weiß schon, ich sehe viele Leute nicht, wie sie sind, sondern sehe sie in mein glänzendes Traumkleid gehüllt. Ich gestehe ihnen auch ein klügeres Herz zu, als sie besitzen, und erkenne dann mit Schmerzen, wieviel billiger sie sich selber geben. Aber das trifft alles nicht auf Mark zu.«

»Du bist hoffnungslos, du warst es auch schon immer. Nächstens wirst du behaupten, ihr müßtet einander aufgeben, weil ihr euch zu sehr geliebt!«

»Vielleicht. Aber jetzt noch nicht – jetzt könnte ich es noch nicht ertragen. Verstehst du das?« fragte ich und starrte in die Sonne, bis es mir völlig schwarz vor den Augen wurde. »Weder Mark noch ich können unserem Anstand zuwiderhandeln. So ist das. Darauf läuft's hinaus. Verstehst du das?«

»Nein, überhaupt nicht«, sagte Diana und wischte sich entschlossen den Schweiß von der Brust. »Ich finde euch beide völlig durchgedreht. Bin froh, daß ich kein Temperament habe. Meine Beziehungen zu Menschen sind nicht so kompliziert. Zum Beispiel Alfred und ich – siehst du, das ist ganz einfach, wir machen uns da nicht gegenseitig so verrückt wie ihr. Außerdem hat er einen Wagen, was dein Mark nicht hat. Jetzt hör um Himmels willen auf, in deine Teetasse zu weinen, mein Häschen, und nimm ein Stück Kuchen!«

Auf goldgemustertes, rotes Papier, auf »Glückspapier«, schrieb ich mit einem Pinsel und chinesischer Tusche einen Zauberspruch, um Mark Elliott an mich zu binden.

Ich ging im Abenddämmerlicht in den Tempel in der Hollywood Street und verbrannte Weihrauchstäbchen in den zinnernen Weihrauchbehältern vor den vergoldeten Figuren, die friedlich unter ihren purpurnen Seidenbaldachinen auf dem Altar thronten. Ich warf die Halbmondklappern erst dreimal und dann fünfmal zu Boden. Ich schüttelte die parfümierten Räucherstengel des Joß in ihren Zylindern, und die, die herausfielen, waren mir günstig.

Ich wartete auf Mark.

Mark hatte nichts darüber gesagt, ob er nach Hongkong zurückkehren würde. Aber er würde es gewiß, denn Hongkong war ein guter Platz für Journalisten. Eines Tages rief ich die Fluggesellschaft an, und unter den Passagieren der heute ankommenden Maschine war sein Name gebucht. Ich tauschte zwei Mittwochnachmittage dafür ein, um schon heute frei zu bekommen, und fuhr in meinem blaugetupften chinesischen Gewand, das er so gern mochte, zum Flughafen Kaitak.

Die Sonne galoppierte über den weit geöffneten Himmel. Der Wind jagte die Wolken wie ungezähmte weiße Pferde über den Hafen dahin. Selbst die Hügel schüttelten sich in gesitteter Heiterkeit. Überall war Lachen, in den Hangars leuchteten die Maschinen, im Warteraum des Flughafens tranken die Piloten in lärmenden Gruppen ihr eisgekühltes Bier. Alles war ein Spaß: der Krieg und die Reden über die wachsende internationale Spannung, das Radio, das trübselig verkündete, daß ein neuer Atomversuch unternommen worden sei und daß die Russen die Atombombe ebenfalls besäßen, und die übliche eifrige Beunruhigung an den Plakatsäulen, die Eile überall und die Zollbeamten, die mechanisch Stichproben in den Bergen von Koffern vornahmen.

Dann war seine Maschine am Himmel, ein länglicher, silberner Meteor, über dem rosafarbenen Rauch, der von jenseits der Hügel aufstieg. Ich sah nichts und konnte nicht den geringsten Gedanken fassen, bis er in seinem weißen Hemd und in Shorts die Laufplanke herunterkam, die Pfauentasche über der linken Schulter. Sein Haar wehte leicht im Wind. Er fuhr sich mit der Hand hindurch und warf es zurück, ganz unbewußt. Er wußte nicht, daß er beobachtet wurde. Ich wandte mich ab, es war nicht fair, ihn anzusehen, solange er ahnungslos und ungeschützt war.

Ich blieb im Warteraum und stand aufrecht an der Wand, damit mein Kleid nicht zerdrückte. Er konnte mich dort nicht sehen und ich ihn auch nicht, ehe er nicht den Zoll hinter sich hatte. Ein Pilot mit einer Himmelfahrtsnase trat auf mich zu. »Sie fragten vorhin nach dieser Maschine. Jetzt ist sie da.« — »Danke schön, ja, ich weiß«, sagte ich. Sein Blick zeigte, wie erstaunt er war, daß ich nicht mit den anderen zu der hölzernen Schranke am Eingang der Zollhalle hinauslief, um ihn langsam auf mich zukommen zu sehen und ihm zuzuwinken, zuzulächeln, während er versuchen würde, mit seinem Gepäck Schritt zu halten. Aber das hätte ich nicht gekonnt. Niemals!

Vorsichtig, an die Tür zur Damentoilette gepreßt, beobachtete ich, wie er, von einer gutaussehenden Stewardeß begrüßt, die Zollhalle durchquerte. Dann stand er draußen vor der Halle im Sonnenschein und wartete auf ein Taxi. Ich verließ den Warteraum und stand fünf Schritt hinter ihm. Er ging ein Stück hin und her. Er erwartete niemanden. Er konnte mich nicht sehen. Plötzlich wandte er sich um und blickte mich an. Da wußte ich es. Er lächelte nicht, als er höflich fragte: »Liebe Suyin, wann bist du denn angekommen?«

Ich erwiderte ebenso höflich: »Ich habe dich eine ganze Weile beschlichen – wie eine Jägerin ihre Beute!«

Es dauerte sechs Tage, ehe Mark es fertigbrachte, mir das zu sagen, was wir beide bereits wußten. Heute scheint es seltsam, daß wir uns so betrugen. Aber ich will es der Reihe nach erzählen. An jenem Tage auf dem Flugfeld, nachdem wir uns begrüßt hatten, kletterten wir in ein Taxi, überquerten den Hafen mit der Fähre, nahmen ein zweites Taxi zum Bay Hotel, wo Mark ein Zimmer genommen hatte. Wir unterhielten uns höflich und gemessen. Wir sprachen von den Dimensionen des Mondes, von Su Tung-Pos Bemerkungen über feine und unfeine Herren und von Baudelaire. Bald waren wir dem Leben um uns her entrückt und wanderten in einer innigen und zeitlosen Kameradschaft durch die lebendigen Bücher früherer, von uns geliebter Schriftsteller. Wir bemerkten den beginnenden Herbst entlang des Weges während unserer Taxifahrt, genossen den honigfarbenen Sherry, den wir an den Rotang-Tischen auf der Veranda des Hotels tranken, und wandten uns einander zu, um den Sonnenuntergang gemeinsam zu erleben.

Nach einem Sherry verließ ich ihn. In der Nacht rief er an. »Ich erwarte dich beim Hause der Weisheit«, sagte er.

Ich lief die Stufen hinunter und den Weg zum Leichenhaus entlang – so, wie ich war, in meinem weißen Mantel, das Stethoskop schlug mir gegen die Hüfte. Ich traf ihn, als er eben die Stufen heraufkam. Seine Traurigkeit war mir wie ein Schlag, als ich mich in seine Arme warf, inbrünstig, ungestüm, innerlich kalt und mitleidlos, weil man ihn verletzt hatte. Er war allzu ruhig, allzu starr. »Liebster«, flüsterte ich und hielt ihn an mich. Ich küßte das weiße Hemd über der Schulter, berauscht, ihn zu fühlen und zu atmen, und zog ihn zu unserem Stein herunter, ich versuchte, seine Traurigkeit zu beheben, und verhinderte jedes Gespräch so lange, bis er schlaff, entspannt und hilflos dalag, von Bitterkeit entlastet und nur noch traurig. Und selbst darüber war ich ungeduldig, fast böse. Es war so nichtig. Ich wußte es. Ich zeigte ihm ein glückliches Gesicht, zerdrückte ein Lorbeerblatt und ließ ihn den pfefferigen Duft riechen. Wir wanderten zusammen zurück, und er sagte:

»Ich müßte etwas mit dir besprechen.«

»Es eilt doch nicht. Ich habe dich nichts gefragt.«

»Ich wünschte, ich wäre Chinese und Mechaniker. Dann könnten wir nach China gehen und immer zusammenbleiben.«

»Wenn du Chinese wärst, könnte ich deine Konkubine sein. Aber dann müßten wir in Hongkong bleiben, weil Konkubinen nur in euren britischen Kolonien, in Hongkong und Singapore erlaubt sind, aber nicht mehr in China.«

»So, so«, sagte er, schon amüsiert. Er würde jetzt schlafen können. Der Körper kennt keine Gnade, und der Geist ist ihm so oft erbarmungslos ausgeliefert. Wir verändern uns in der Weise, in der sich unser Körper verändert. Unsere Gedanken und Gefühle werden von Hunger, Kälte und Schlaflosigkeit geformt. Marks Körper würde schlafen. Das war alles, was ich für heute nacht zu wünschen hatte.

Am nächsten Abend kam er mit Diana Kilton auf mein Zimmer. Wir tranken alle von dem Rum, den Diana mitgebracht hatte, und kamen in jenen Zustand, den Mark »ein bißchen beschwipst« nannte. Er fuhr mit der Hand über den Boden, die Wände und die geflochtenen Strohmatten. »Oberflächen und ihre Beschaffenheit kommen mir immer besonders stark zu Bewußtsein. Ich verstehe jetzt die Chinesen, die ein Stück Jade in der Hand halten – nur aus der sinnlichen Freude heraus, es zu fühlen. Ich habe die Liebe so sehr entbehrt, und so vieles andere entbehrt man überhaupt immer.« Und am nächsten Abend, am übernächsten, am überübernächsten kam und ging er, immer mit Diana Kilton, bis sie, ganz ungeduldig über ihre Rolle als Anstandsdame, zu mir sagte, als er weggegangen: »Worauf wartest du eigentlich? Warum fragst du ihn nicht, wie die Antwort lautet?«

»O nein«, sagte ich zurückhaltend. »Das wäre nicht recht.« Schnell setzte ich hinzu: »Ich meine, das wäre nicht die richtige Taktik.«

Diana musterte mich spöttisch von Kopf bis Fuß und stolzierte hinaus.

Es wurde Sonnabend nachmittag. Wir gingen in den Hügeln spazieren, wir lagen in der Sonne, wir lasen humoristische Gedichte und Ou Yang Hsius Lied des Herbstes. Am Abend wanderten wir zurück und sahen den lieblichen, purpurnen Sonnenuntergang am westlichen Himmel verblassen. Wir sahen zwei frühe Mondmotten, die sich in der dichten Düsternis einer Gordonia verfangen hatten. Ihre blaßgrünen Flügel leuchteten zwischen den dunkelglänzenden Blättern. Der Himmel grub sich durch einige Wolkenlöcher, über die ein gelber Mond glitt, so daß das Wasser der Bucht abwechselnd aufglänzte und wieder erlosch. Drinnen im Hotel sah man im großen Speisesaal viele Paare tanzen. Wir hörten auf das Wasser, das an den Sand spülte, auf das Hupen der vorüberfahrenden Wagen und die barschen Stimmen der Krötenmännchen. Das Orchester sandte stoßweise konventionelle Klangtöne in die Nacht hinaus

Mark reihte drei Gläser Weinbrand vor sich auf, trank sie rasch hintereinander aus und bekannte dann, daß er nicht freigegeben werde. Niemals. Er saß da und umklammerte seinen schwarzen chinesischen Fächer, mit gesenktem Kopf, aufs neue von Traurigkeit übermannt und zum ersten Male dem Tragischen so nahe wie bisher nie. Ich sagte: »Ich verstehe nicht, daß du etwas anderes erwartet hattest.«

»So, du verstehst es nicht?«

»Nein. Ich hätte wahrscheinlich dasselbe getan. Ich hätte es auch abgelehnt, deiner Bitte nachzukommen und dich freizugeben. Es ist logisch, vernünftig und völlig richtig. Tatsächlich das einzig Richtige. Wir dürfen nicht alle romantisch sein. Du könntest ja wegen irgendeines minderen Frauenzimmers den Kopf verloren haben. Ich bin Eurasierin, und schon dieses Wort erweckt in einigen Köpfen die Vorstellung moralischer Laxheit. Die Leute denken meist über Worte gar nicht nach, sie fühlen sie nur. Ich bin Chinesin, und als Angehöriger des Mittelstandes heiratet man kein chinesisches Mädchen. In China heiraten die Mädchen auch keinen Ausländer. Nur die ganz Großen können es sich gelegentlich leisten, über die Hemmungen üblicher Vorurteile hinwegzuspringen.« Ich hielt an, zählte im stillen bis fünfzehn und fuhr fort:

»Du kennst mich erst seit vier Monaten. Ob wir uns lieben oder nicht, zählt bei anderen Leuten nicht. Was mit uns geschehen ist, bedeutet für sie nichts. Wir wollen es doch einmal vom Standpunkt deiner Welt aus betrachten, so wie andere Leute unsere Beweggründe deuten. Sie deuten sie immer zum Schlechtesten, nie zum Besten. Sie sind stets überzeugt, daß sie die anderen besser kennen als diese sich selbst. Es ist ja möglich, daß du vor einem Unglück bewahrt geblieben und daß du eines Tages dafür dankbar bist, wider deinen Willen gerettet worden zu sein. Ich sollte vielleicht das alles nicht sagen. Ich sollte traurig sein. Aber ich bin nicht für Sentimentalitäten, Tränen und Tragödien gemacht. So denke ich eben.«

Mark hatte mir sechs Tage Zeit gelassen, dies auszudenken.

Er blickte lange starr auf seinen Fächer. Dann sagte er so verhalten wie immer: »Es ist sehr außergewöhnlich. Ich dachte, alles würde sehr tragisch werden. Ich habe mich all die Tage davor gefürchtet, es dir zu sagen. Ich hasse solche Szenen so sehr. Ich fühlte, daß ich dir ein großes Unrecht angetan hatte, ich hatte dich glauben gemacht, es sei ganz einfach für mich, frei zu werden. Ich dachte, wir würden große Entscheidungen zu treffen haben und uns vielleicht nie wiedersehen dürfen. Und nun hat sich alles so gelöst. Ich empfinde gar nichts mehr deswegen. Es ist sogar alles etwas alltäglich, gar nicht tragisch.«

»Ganz recht, fast etwas langweilig. Aber ich finde die gefühlsmäßig überladenen Aufregungen schließlich immer langweilig — du nicht auch?« Wir waren darüber hinweg und sprachen von Flaubert.

Nach einer kleinen Weile sagte Mark: »Nachdem also kein Drama daraus geworden ist — willst du nicht noch einen Augenblick auf mein Zimmer mitkommen?« — »Schön«, sagte ich. Wir gingen zusammen ins Hotel, vorüber an den sich langsam drehenden Paaren, an einigen Engländern vorbei, die uns neugierig anstarrten. Und obwohl wir zur Abwehr bereit waren, machte es uns nichts aus. Nun konnte keiner von uns mehr zurück. Jetzt würde ich mich noch weniger darum kümmern, was die Leute redeten. Ich machte mir vor, es sei mir gleich, ganz gleich, ob sie jetzt einander zuflüsterten: das ist das chinesische Mädchen, das der Elliott sich in Hongkong aufgegabelt hat. Es war mir alles ganz gleich.

EIN SCHÖNER TAG

Mein ganzes Ordinationszimmer in der Klinik war voll, voll besetzt durch die Drei Bären. Großer Bär schrieb an einer Geschichte Hongkongs, mit »menschlichem Einschlag«, und verbrachte den Tag auf der Unfallstation, um einige Stories aus erster Hand zu erwischen. Die Mittelbärin hatte an der Londoner Universität in Volkswirtschaft promoviert, und eine Nummer des »News Statesman« steckte meist, zu einem weichen Stock zusammengerollt, unter ihrem Arm. Kleiner Bär, ein dünner Idealist, der sich über die Leiden der Menschheit bis zur Wut und zu masochistischem Mitleid entrüstete, wollte hier an sich selbst Untersuchungen über absolute Schmerzempfindlichkeit anstellen.

Der Aussätzige vor ihnen schwankte leicht. Er war am Verhungern. Man würde ihn jetzt zum dritten Male deportieren. In diesem Winter wurden die Aussätzigen hin und zurück über die chinesische Grenze geschoben. Die Chinesen schoben sie nach Hongkong ab, dort wurden sie aufgelesen, in die Krankenhäuser gebracht, als Aussätzige bescheinigt und wieder über die Grenze abgeschoben.

Zwei hart arbeitende Missionare hatten ein zeitweiliges Aussätzigenasyl in einigen Schuppen eingerichtet — es war ständig überfüllt. Eines Tages würde man ein Grundstück auf abgelegenem Land finden, ehe ein schnellverdienender Spekulant es kaufte und den Preis in die Höhe trieb. Von irgendeinem generösen Spender würden Gelder gestiftet werden, und andere würden um der dabei abfallenden Ehrungen willen folgen. Irgendwer würde feierlich den Grundstein legen, und so würde man die Aussätzigenkolonie einrichten. Aber bis dahin hatten die Aussätzigen noch schlechte Zeiten.

Mr. Mok, der sehr tüchtige Assistent der Unfallstation, half dem Aussätzigen, die fadenscheinige blaue Jacke wieder anzuziehen. Aus sicherer Entfernung beobachtete die übliche lärmende kantonesische Menge Mr. Mok gebannt. Der Aussatz erschreckt die Menschen, und wenn sie erschreckt sind, tun sie schlimme Dinge. Sie bewerfen die Aussätzigen mit Steinen und schütten Essen auf den Boden, nur weil sie erschreckt sind. Aber wenn einer, der weder Furcht noch Ekel kannte, die Aussätzigen wie menschliche Wesen behandelte, so verloren sie ihre Angst. Mr. Mok hielt sich die ganze Zeit sehr tapfer und wußte es nicht einmal.

»Aussatz ist heilbar«, sagte er laut zur Menge, »erschreckt nicht, sondern kommt ins Krankenhaus, sobald ihr ihn bemerkt. Ihr könnt heutzutage von allem geheilt werden, wenn ihr nur rechtzeitig kommt. Und besonders die Kinder. Bringt die Kinder möglichst früh.« Mr. Mok liebte Kinder.

Kleiner Bär sagte: »Wie empörend! Kann die Regierung von Hongkong nicht etwas für diese armen Menschen tun?«

Er würde zu essen bekommen und dann deportiert werden. Hongkong war überfüllt von Leuten, die vom Festland kamen. Alles war knapp — Wohnungen, Wasser, Lebensmittel und Krankenhäuser. Die Kolonie hatte gut durchgehalten. Sie hatte dem Schock dieser plötzlichen Verdoppelung ihrer Einwohnerzahl standgehalten, es hatte keine Epidemien gegeben, Hunderte von Bedürftigen wurden gespeist — es blieb natürlich eine herzzerreißende Ansammlung von Vergeudung, Unfähigkeit, Dummheit und Pfuscherei übrig, doch war das System nicht zusammengebrochen, es versuchte der Lage Herr zu bleiben. Wie merkwürdig, dachte ich, da bin ich nun als Asiatin dazu erzogen, das Kolonialsystem zu verabscheuen, und muß doch zugeben, wie gut es funktioniert. Ich hoffte, daß keiner der Chinesen mich für einen »laufenden Hund« hielte, einen Lakaien des britischen Imperialismus. Aber Kleiner Bär, der Engländer war, fand viel an seiner Regierung auszusetzen. »Wir müßten viel mehr tun, viel mehr!«

»Doktorin, wieder ein Sprengstoffall«, rief Mr. Mok strahlend und aufgeregt. Die Männer von der Ambulanz brachten ihn auf einer Bahre. Es war ein Fischer von einer der Dschunken, der eine selbstgemachte Dynamitladung in der Hand gehalten hatte, um sie ins Wasser zu werfen und die Fische hochzujagen. Dabei war die Ladung zu früh explodiert. Eine Hand baumelte noch an einem verdrehten weißen Stück Sehne. Der andere Unterarm war bis zum halben Ellbogen weg. Ein Gesicht gab es nicht mehr. Er lebte noch und stöhnte. Mr. Mok gab eine Morphiumspritze. Die Operation konnte beginnen.

Kleiner Bär verschwand. Mr. Mok, dessen fettes Doppelkinn vor Lachen zitterte, bot der Mittelbärin einen Kognak an. Die Mittelbärin war sehr schockiert darüber, daß Mr. Mok lachte. Ich erklärte ihr, Mr. Mok sei sehr erschüttert von diesem Sprengstoffunfall, er habe ein weiches Herz, und daher müsse er lachen, um nicht zu weinen. »Ich bin auch so, viele Chinesen sind so.« Die Mittelbärin mißbilligte das — die Wahrheit überzeugte sie keineswegs.

Eine Dysenterie, ein Schädelbruch, ein verbranntes Kind . . . Dann kam ein Mann herein, ein wandelndes Skelett, den Arm um ein schwangeres Kind gelegt — seine Frau. Ein Blick genügte.

»Tuberkulose, die Pest von Hongkong. Sechsundsiebzig von zweiundneunzig Todesfällen in der letzten Woche waren auf Tuberkulose zurückzuführen. Letzte Woche wurden einhundertvierundfünfzig neue Erkrankungen gemeldet.«

»Ich habe die Elendsviertel gesehen«, sagte die Mittelbärin, »und die Mietskasernen. In meinem ganzen Leben habe ich nichts Schlimmeres gesehen, und ich bin doch in manchem Elendsviertel der Welt gewesen. Mein Gott!«

Es war nicht genügend Geld da, um abzureißen und neu zu bauen. Es gab keine billigen Grundstücke. Diese Mietskasernen hätten vor zwanzig Jahren abgerissen werden müssen. Dann kam der Krieg. Jetzt war Hongkong überfüllt. Und vielleicht war bald wieder Krieg. Armut, Schmutz und Krankheit sind die einzig wirkliche Internationale.

Es gab nicht genug Betten, nicht genug Sanatorien. Hunderte von Neuerkrankungen kamen in die Kliniken, wurden untersucht, diagnostiziert, durchleuchtet. Man sagte ihnen, sie sollten nach Hause gehen und ausruhen. Wie konnten sie ausruhen? Wenn sie aufhörten zu arbeiten, verhungerten sie. So machten sie den weiter, bis sie starben.

»Ich könnte meinen Sohn verkaufen«, sagte das Mädchen. Hinter ihr stand ein kleiner Junge mit hängendem Kopf, am Daumen lutschend. Er war sehr schüchtern. »Wir stammen aus einer angesehenen

Familie«, sagte das Mädchen. »Mein Kleiner ist intelligent und gut gebaut. Wenn ich ihn verkaufe, bekomme ich dann genügend Geld, damit mein Mann geheilt werden kann?«

Sie waren Flüchtlinge, der Mann Offizier aus einer der geschlagenen Armeegruppen, die nach Hongkong hereingeschwemmt worden waren. Die Regierung erhielt sie in Auffanglagern am Leben. Formosa wollte sie nicht. China wollte sie nicht. Hongkong fütterte sie. So lagen sie und verfaulten langsam in ihren Lagern. Aber woanders wären sie gestorben.

Wir legten dem Mann in der Klinik für Unheilbare einen Strohsack auf den Boden. Die Klinik war überfüllt, es lagen je zwei Patienten in einem Bett und viele auf dem Boden. Aber es war besser, dort als in einem Schuppen oder auf der Straße zu sterben.

»Der Zollbeamte!« Mr. Mok steckte den Kopf wieder in mein Ordinationszimmer. »Achtundzwanzig Verdächtige, Doktorin.« »Goldbarren«, erklärte ich den Drei Bären.

Auf dem Steinboden des Hauptraumes der Unfallabteilung hockten sechzehn Männer und zwölf Frauen von einem Schiff aus Macao, die verdächtig waren, Goldbarren in ihrem Körper versteckt zu haben. Diese Art des Handels blühte. So manche verdienten sich in regelmäßigem Passagierdienst ihren Lebensunterhalt auf diese Weise, und viele andere, die ihre gesamten Ersparnisse in einen Goldbarren verwandelt hatten, hofften, sich damit nach Hongkong durchzuschlagen. In Macao führte ein Spezialist die Goldbarren, in feines Seidenpapier und eine Gummihülse verpackt, in diese menschlichen Behälter ein. Der gleiche Spezialist warnte dann auch die hiesige Polizei. Er bekam seinen Anteil von zwei Seiten. Die Verdächtigen wurden durchleuchtet. Sieben hatten Gold in sich. Der Fahndungsbeamte war hoch erfreut über seinen Fang. Mr. Mok und ich zogen die Goldbarren heraus.

Lily Wu wanderte fröhlich herein und lächelte Mr. Mok strahlend an, der es jedoch nie bemerkte. Mr. Moks ganzes Leben bestand darin, Injektionen zu geben, Aussätzige zu trösten, erfolglose Selbstmörder auszuschelten, Kinder flink zu behandeln und die Säuglinge so zart anzufassen, wie es kaum die Mütter vermochten. Mr. Mok verstand mehr von menschlicher Heilkunst als mancher Arzt und war ein besserer Lehrer als jeder Professor. Er erkannte bei jedem Patienten die menschlichen Hintergründe. Er verlor nie die Geduld. Ich fragte ihn immer um Rat, und wir waren gute Freunde.

Nach ihrer Penicillinspritze blieb Lily noch bei uns, um, wie gewöhnlich, bei einer Zigarette noch ein bißchen zu schwatzen. »Miss Wu aus Peking«, stellte ich sie den Drei Bären vor, die höflich »Guten Tag« und »Sehr erfreut« sagten. Die Macht der Gewohnheit ließ Lilys große dunkle Augen drahtlose Botschaften an den Großen Bär morsen, dann erinnerte sie sich daran, daß sie ja hier bei mir als ein Mädchen aus guter Familie zu gelten habe, und ihre charmanten Blicke kehrten zu mir zurück.

Lily war eines Abends bei mir eingeliefert worden. Nach dem Genuß von zwei Aspirintabletten und einigem Brandy war sie zum ersten Male in ihrem Leben betrunken. »Sie hat mich gebissen«, wiederholte der Mann, der bei ihr war, beständig und hielt mir sein Handgelenk entgegen, in das Lily ihre gesunden Zähne eingegraben hatte. Der Polizist, der sie gebracht hatte, hielt sie väterlich auf Armeslänge voneinander ab. Lily verbrachte die Nacht in unserer Arrestzelle. Am nächsten Morgen ermahnte ich sie: »Du darfst die Leute nicht beißen. Ich mußte dem Mann eine Spritze geben, und es war recht schmerzhaft für ihn.«

Lily kicherte unaufhörlich, ohne die mindesten Gewissensbisse, und verbarg ihr Gesicht hinter ihrer Decke. Sie gefiel mir. Wieder auf freien Fuß gesetzt, gab sie eine formelle Gesellschaft für mich in ihrer Wohnung. Viele ihrer »Schwestern« waren von Peking heruntergekommen. Zusammen mit den Reichen, den Armen, den Intellektuellen, den Ärzten sickerten sie von China herein, getrieben durch den ständig wachsenden Druck von oben. Bei der ersten Treppenwendung dort in ihrem Hause befand sich an der Wand – am Tage von der Dunkelheit des Korridors verborgen, bei Nacht durch eine darüberhängende elektrische Birne beleuchtet – ein Fresko. Ein schwerer, runder Adler mit einer Banderole in den Fängen. Auf ihr stand das Wort »Willkommen«. Zuerst waren die Mädchen sehr schüchtern, als wir im »Salon« zwischen kleinen Tischchen mit zahlreichen Aschenbechern auf den mit verblichenem Kretonne bezogenen Polsterstühlen saßen. Sie stellten medizinische Fragen. Ich hoffte ihnen zu gefallen. Ich lernte eine Menge trockener Zahlen kennen. Die Mädchen lebten von Statistiken. Wieviel und was der Anteil des Schleppers war, der ihnen die Kunden brachte, und wie hoch die kleinen Aufmerksamkeitsgeschenke zu Weihnachten und zum Chinesischen Neujahr bemessen waren, die dem Hause Frieden und Protektion sicherten, und warum die Amerikaner am besten waren. »Es hat nichts mit Rassevorurteilen zu tun, wir haben keine«, sagten die Mädchen. »Aber die Engländer um die Murray Baracks herum können es sich nicht leisten. Ein Amerikaner ist so viel wie zweieinhalb

Engländer. Wir müssen an uns selber denken. Wir dürfen ja nicht zu viel arbeiten und dann müde aussehen.«

Und außerdem kamen natürlich die Chinesen nicht mehr zu einem Mädchen, das mit Ausländern zu tun gehabt hatte.

Mr. Mok wurde jetzt von einer schwarzgekleideten Menschenmenge umdrängt. Es war eine vollzählige entsetzte Familie, die eine junge Mutter begleitete. Diese hielt mir ein Bündel unter die Nase. Es war ein Kind, das dick in Windeln eingepackt war. Wir wickelten das Paket auseinander, und zum Vorschein kam ein Bauch. Es war praktisch nichts anderes vorhanden als dieser glänzende, ungeheuerlich aufgeblähte, halb durchsichtige Bauch, zusammengehalten durch ein Netzwerk von Adern. Man erwartete jeden Augenblick, ihn wie einen zu stark aufgeblasenen Ballon platzen zu sehen. Um den Nabel herum lag ein Dutzend jener runden braunen Male wie Eulenaugen, die die chinesischen Arzneikräuterkundigen mit einem wächsernen Docht durch eine Scheibe Ingwerwurzeln einbrennen, um die Krankheit herauszuziehen. Oberhalb dieser gräßlichen Halbkugel saß der kurze Rumpf, ein kleiner Vogelkäfig, und darüber das Gesicht eines winzigen, schlechtgelaunten Äffchens, die blinden großen Augen schon öde und abgestorben. »Wie lange ist es schon krank?« Und die stets gleichbleibende Antwort: »Oh, schon lange, lange...« — »Warum seid Ihr denn nicht früher gekommen?« Und immer die gleiche Antwort: »M'chee, wir wußten nicht ...«

Mr. Mok, unermüdlich belehrend, wo Belehrung notwendig war, nämlich nicht in großartigen Hörsälen vor gelangweilten Studenten, sondern hier unten, sagte: »Kommt rechtzeitig, kommt rechtzeitig — Ihr seid zu spät gekommen.«

Das Kind starb im Lift auf dem Weg in die Kinderstation.

»Nun, das war alles wirklich sehr interessant«, nickte Großer Bär und sah auf die Uhr. »Ich danke Ihnen sehr, sehr, Doktorin, es war wirklich sehr interessant.« Ich durfte hoffen, daß er für heute genügend Stories aus erster Hand hatte.

Die Mittelbärin blieb, und wir waren noch stundenlang zusammen. Noch mehr Tuberkulose, noch mehr Kinder, noch mehr Kriminalfälle. Wir sprachen von den Armutslagern, von den Flüchtlingen, von denen, die auf der Straße schliefen, von der Unterernährung, vom Hunger, von den Besitzlosen und Entrechteten, von acht Zehnteln der Menschheit.

Eine Wohlfahrtspflegerin kam herein mit einem Kind an der Hand. Das Gesicht des Kindes war flach und froschähnlich. Es war keine Kantonesin.

»Notzucht«, verkündete die Wohlfahrtspflegerin munter. »Wollen Sie sie bitte untersuchen, um den Tatbestand der Vergewaltigung festzustellen.«

»Mein Himmel«, rief ich. »Sie ist ja noch kleiner als meine Tochter Mei.«

»Sie weiß nicht, wie alt sie ist«, antwortete die Wohlfahrtspflegerin. »Es ist eine gekaufte Dienerin, die einer sze-tschwanischen Flüchtlingsfamilie in Hongkong gehört. Der Durchleuchtung nach dürfte sie ungefähr zwölf sein.«

Bis dahin hatte mich dieser Fall nicht sonderlich berührt. Warum auch? Ich hatte jeden Tag mit menschlichem Elend zu tun. Aber weil dieses Kind noch kleiner war als meine Tochter Mei, war ich erschüttert.

»Sie ist selbst zur Polizei gegangen«, berichtete die Wohlfahrtspflegerin. »Ihr Gebieter hat sie wieder vergewaltigen wollen, und da hat sie ihn geschlagen und ist zur Polizeistation gelaufen und hat ihn angezeigt. Das ist ganz ungewöhnlich.«

»Himmel!« rief ich wieder, staunend. »Was für ein Mut!«

Mr. Mok, die Wohlfahrtspflegerin und ich betrachteten Oh-no mit herzklopfender Bewunderung.

Als die Polizei gekommen war, um den Alten Gebieter Hsu abzuholen, hatten alle Taitais gekreischt und waren in Ohnmacht gefallen. Die Dienerschaft hatte sich entsetzt in ihren Wohnquartieren versteckt und alle Türen von innen verschlossen. Die Alte Gebieterin hätte fast eine Unze Opium geschluckt, um sich umzubringen, aber dann hatte sie es sich doch überlegt und es statt dessen geraucht.

Der Alte Gebieter Hsu hatte noch lauter gekreischt und war in noch tiefere Ohnmachten gefallen und hatte seine Kleider noch gründlicher als irgendeine seiner Taitais zerrissen. Seiner Meinung nach war dies ein Anschlag der hiesigen Polizei gewesen, um Lösegeld zu erpressen. Er hatte jedem Geld angeboten und war entsetzt gewesen, als es abgelehnt wurde. »Wie ist das möglich!« hatte er immer wieder wie irr gerufen. »Das ist noch nie dagewesen, daß eine Dienerin ihrem Herrn ein solches Unrecht antut. Es ist eine Ungerechtigkeit. Es gibt keine Gerechtigkeit und keine Freiheit in Hongkong«, hatte er mit roten Augen gekreischt. »Wir werden hier unterdrückt.«

»Sagen Sie bitte«, fragte die Mittelbärin, »warum sind Sie alle so erschüttert wegen des kleinen Mädchens, und worüber freuen Sie sich?«

»Worüber? Aber sehen Sie denn das nicht? In China hätte Oh-no nie Hilfe gefunden. Jedenfalls nicht im alten China. Sie wäre auch nicht zur Polizei gelaufen. Wenn sie gekommen wäre, hätte die Polizei sie überhaupt nicht beachtet. Niemand hätte auf die Anklage einer Dienerin gegen ihren Herrn gehört. Nicht im alten China! Deswegen sind wir so aufgeregt. Wir finden, Oh-no hat sich sehr, sehr mutig gezeigt.«

»Ein schöner Tag, Doktorin – war allerhand los«, sagte Mr. Mok zu mir, als ich wegging. Mit aufgekrempelten Ärmeln stand er noch und gab einer langen Schlange von Wartenden Typhusinjektionen. Er unterhielt sich mit jedem und bekam jedesmal eine »Geschichte aus dem Leben« zu hören. »Schrecklich!« meinte die Mittelbärin. »Man weiß natürlich von all diesen Dingen, aber sie zu sehen ist doch etwas anderes. Was für eine Menge Elend und Schmerz gibt's doch auf der Welt!«

»Und sie sind so viel wichtiger als alle Politik. Politik ist etwas Vorübergehendes, aber Schmerzen, Hunger und Armut sind, dem Sprichwort nach, wie der Bach ohne Ende.«

AMOUR PROFANE

Nichts freut einen Liebenden so sehr wie das Vergnügen dessen, den er liebt. Für Mark hätte ich gern alle Schönheit der Welt geplündert. Da ich ihm keine Freude durch eine besondere Pflege meiner Person machen konnte, so suchte ich die Schönheit, die in Worten, im Umgang mit Freunden, in angenehmen Anblicken, in den Werken des Himmels und der Menschen liegt, mit ihm zu teilen.

»Sieh«, sagten meine Augen, »sieh, ist dieser Mann nicht schön? Ich sitze unter dem Baum der Liebe, den wir gemeinsam gepflanzt, und betrachte ihn, wie man einen Vogel auf einem hohen Zweig oder einen dahinflatternden Schmetterling betrachtet. Ich bin zufrieden, ihn zu sehen oder zu hören, sein Dasein auf Erden wahrzunehmen. Laßt mich nicht mehr wünschen – mehr wäre schon Mord.« Eines nur bekümmerte mich: die Angst, daß er sich um meinetwillen einen Zwang antun könnte. Ich wollte nicht, daß er sich in irgendeiner Weise eingeengt fühle.

»Eine europäische Frau fände es schwer verständlich, daß du mich drängst, dir untreu zu werden, eben weil du mich liebst, Suyin.«

»Aber es ist so unfair, das übergroße Du zu begrenzen und dich auf meine Grenzen zu beschränken. Dein Vergnügen ist meine Freude, und es würde mich betrüben, wenn du etwas versäumen oder vermissen müßtest.«

»Elle ne fait rien pour exciter mon amour«, sagte Mark, »car elle a l'insouciance des grands enchantements.«

»Das ist Ming-Dynastie – nicht Flaubert. Hast du ein Buch gelesen, das ›Fließendes Leben‹ heißt? Es ist die Geschichte von Shenfu und seiner Gattin Yun – sie waren hochkultiviert und schönheitsdurstig. Sie liebten sich mit zarter und rührender Zärtlichkeit. Yun versuchte, ihrem Gatten ein Mädchen als Konkubine zu kaufen. ›Aber unsere Liebe ist doch ganz vollkommen‹, sprach Shenfu zu ihr, ›warum sollten wir ihr noch etwas hinzufügen?‹ Yun antwortete ihm: ›Sie ist schön und liebenswert. Laß mich das Nötige tun.‹ So wie wir betrachteten auch Shenfu und Yun den Mond, sammelten Bücher, zitierten und schrieben Gedichte, ordneten Blumen, tranken Wein und hatten viele Freunde. So wie wir suchten auch sie den Himmel durch Opfer günstig zu stimmen, rangen um gute Vorzeichen und fürchteten den Zorn der Götter, denn großes Glück mißfällt ihnen. Und ihres war von kurzer Dauer – denn ach, sie erlebten nur dreiundzwanzig Jahre ehelichen Glücks.«

»Nur dreiundzwanzig Jahre«, sagte Mark.

»Sie erschienen ihnen so kurz. Shenfu sagt von seiner Gattin: ›Ich möchte glauben, daß Yuns empfindliches Wesen sich nie von dem Kummer erholt hat, den sie empfand, als man das Mädchen einem bäuerlichen Händler verkaufte, anstatt es in unseren Haushalt aufzunehmen – und dies war der Grund für ihr frühes Ende.‹ Shenfu und Yun lebten vor fast fünfhundert Jahren in China.«

»Ich möchte wissen, was deine Lieblinge, die Missionare, vor allem Pater Low, sagen würden, wenn sie dich hörten?« fragte Mark nachdenklich.

»Sie würden Moral predigen. Pater Low zehn Minuten lang, die Missionare auch noch länger. Moralisten gehören nicht in eine Kunstsammlung. Außerdem waren Shenfu und Yun sehr moralisch für ihre Zeit. Yuns Selbstlosigkeit und ihre Großzügigkeit als Gattin wären von der Familie und den Freunden ihres Gatten hoch gepriesen worden. Eine wahrhaft liebende und eifersuchtslose Gattin hätten sie sie genannt. Liebe und Eifersucht wohnen dicht beieinander. Wie kann man eifersüchtig sein, wenn man liebt?«

»Ich möchte wie Shenfu auch nichts anderes – es hieße der Schlange Füße waschen lassen«, zitierte Mark ein chinesisches Sprichwort. »Unsere Liebe füllt mich völlig aus, und bedenke bitte«, sagte er mit jener leichten Feierlichkeit, mit der er mich oft neckte, »daß ich das Wort nicht nur in seinem engen Sinn gebrauche, zu dem es in unserem groben, barbarischen Zeitalter herabgemindert worden ist, sondern damit jene Mischung von Elementen meine, die sich auf ein einziges Ziel richten, le transport total de mon âme envers vous.«

Aber ich fürchtete noch immer, daß er sich auf eine Häuslichkeit im geistigen Sinne beschränken und die Flügel seiner Vorstellungskraft nach meinen Grenzen beschneiden könnte. Ich hatte Angst davor, ihn durch einen auch nur stillen Vertrag irgendwie einzuengen, genauso, wie so viele das Drum und Dran des Besitzens und der Gewohnheit fürchten, das sich zwischen bürgerlich verbundenen Paaren bildet. Er war frei geboren, und so wollte ich ihn belassen. Und damit band ich ihn an mich mit zehnfachen Ketten.

»Eine meiner ersten Erinnerungen«, erzählte Mark, »ist die an meine Amah in Peking. Ihr langer Zopf hing ihr als eine dicke, kraftvolle Flechte vom glänzenden Scheitel bis in die Kniekehlen, am Ende mit einer schwarzen Schnur zusammengebunden. Ich wunderte mich nicht darüber, daß manche Leute glauben, die Seele säße im Haar, und durch Abschneiden brächte man seine Existenz in Gefahr. Es war ein bebend lebendiges starkes Tau, das ich mit meinen sechsjährigen Händen griff und einmal um meine Handgelenke wand, um daran zu ziehen. Ich spüre noch die Strähnen dieses schweren Seils zwischen meinen Handflächen und glaube manchmal, daß meine Vorliebe für die viktorianische Zeit ihre Wurzeln in diesem ersten sinnlichen Erlebnis hat. Ohne es mir einzugestehen, habe ich mir schon immer eine Frau mit langem, dichtem, schwarzem Haar gewünscht.«

»Du setzt für mich damit die Tradition fort, in der ich auch in meiner Ehe lebte«, bekannte ich, »vielleicht kommt es daher, daß du in Peking geboren bist, obgleich du sonst so englisch bist. Mein Mann, der Chinese war, liebte langes Haar. Ich durfte es niemals abschneiden, zu Locken brennen oder frei zeigen. Ich trug es in einem engen Knoten, so wie jetzt. Er hielt es für geschmacklos, wenn eine Frau mit ihren körperlichen Vorzügen prunkt und dadurch die feine Spitze ihrer Schönheit selbst abstumpft.«

»Ich wußte gar nicht, daß dein Haar so lang ist – bis zu jenem Abend, an dem du es auskämmtest, weißt du noch?« fragte Mark.

»Du solltest meine Schwester Suchen sehen«, antwortete ich rasch, denn mir wurde heiß von der Gewalt der damit beschworenen Erinnerung, »sie trägt es ausgebreitet wie einen Zaubermantel um ihre Schultern. Es wird dir Freude machen.«

Suchen war vor zwei Wochen in Hongkong angekommen und lebte auf der Seite von Kaulun in einem möblierten Zimmer bei einer portugiesischen Familie. Dort wartete sie auf ihr Visum nach USA. Ich saß im Pariser Grill und wartete auf sie und auf Mark, und endlich sah ich Suchen die Glastür aufstoßen. Sie trug ein rosa Leinenkleid, und ihr Gesicht war runder und glücklicher als damals in Tschungking.

Dann trat Mark herein, etwas gedankenverloren, und ging in die falsche Richtung. »Das ist Mark«, sagte ich zu Suchen, und mein Inneres schmolz zu Wasser. Suchen prüfte ihn rasch und gründlich. Sie begann mit seinem Rücken, und als er sich umwandte und in seiner gelassenen Art auf uns zukam, musterte sie ihn von seinem dichten Haar über seinen alten zwanglosen Anzug bis zu den Schuhen und wieder zurück. »Aha, natürlich, du suchst dir bei deinen Verehrern immer den gleichen Typ aus, nicht?«

Ich protestierte entrüstet: »Aber er ist Engländer!«

Suchen schüttelte den Kopf. »Immer schon, seit deiner Universitätszeit, waren alle, die mit dir ausgingen, der gleiche Typ. Auch dein Mann gehörte dazu.«

Mark stand jetzt vor uns und wartete darauf, vorgestellt zu werden. Ich blickte ihn an, als hätte ich ihn nie gesehen. Er schenkte uns beiden sein entwaffnendes Lächeln, seine freundlichen Augen ruhten auf dem Gesicht meiner Schwester, das von einem kurzen Lockengewirr umrahmt war.

Tief unglücklich blickte auch ich auf Suchens geschorenes Haupt. Sie bemerkte es und lächelte, indem sie wieder die von uns allen ererbten Perlenzähne zeigte:

»Ja, ich bin froh, daß ich jetzt wieder ordentlich aussehe. All das gräßliche Haar! Ich konnte den Augenblick schon kaum mehr erwarten, um es abschneiden zu lassen.«

Wir pflegten früh aufzubrechen, wenn die Dämmerung noch in Perlmuttfarben prangte und dann langsam vom lichtgrau schimmernden Meer zum zartrosa Himmel aufstieg. In dieser schillernden Welt, still wie das Innere einer Muschel, schritten wir nebeneinander und sahen den Nebel bis zur Mitte der Hügel herabsinken und dort hängenbleiben, flach und weiß lag er zwischen Himmel und Erde, wie auf einem japanischen Holzschnitt. Wir wanderten den Fußweg den Hügel hinauf, und der Nebel schmiegte sich weich an unsere Gesichter. Wir streiften durch das dichte Farnkraut, und unter unseren Füßen rollten die Lavabrocken, die wir losgetreten hatten.

Mittags saßen wir auf den warmen, sonnenglatten Felsbrocken mit ihren moosbewachsenen Flanken oder lagen im hohen, blauschimmernden Gras neben einem halbausgetrockneten Bach, dessen Geröll eine Schramme in den Hügelhang gezeichnet hatte. Eine kleine Brise spielte müßig um uns und wehte ein paar rote Blätter raschelnd den Weg entlang. Ich ging immer hinter Mark, seine Augen verwirrten mich zu sehr. Ich sah die Welt und ihn, den Mann, im Mittelpunkt, wie er in seiner leichten Gangart so schlank und voller Grazie dahinschritt — verletzlich wie alle schönen Dinge. Sobald er meinen Blick spürte, streckte er die Hand nach mir zurück, manchmal blieb er auch stehen und wandte sich um. Da stand ich dann, biß mir auf die Lippen, und in meinen Ohren brauste es wie bei einem kleinen Mädchen, das zum erstenmal verliebt ist. Wir trafen auf unseren Streifzügen nie eine Menschenseele.

Da wir den Tag nicht andauern lassen konnten, stiegen wir am Abend von den Hügeln herab, um die andere Welt wieder zu betreten — immer mit einem stillen Bedauern. In den nächtlichen Straßen drängten sich die großen Wagen, deren Scheinwerfer durch die Dunkelheit hin und her wanderten, uns aufspürten und anstrahlten wie verdächtige Übeltäter. Ich hatte Blumen im Haar und zerkratzte Beine, als wir die Stufen zum Bay Hotel hinaufstiegen. Wir brachten von unseren Streifzügen Zweige mit roten und braunen Blättern, dazwischen schwarze, rote und goldene Beeren hingen, und behaupteten ernsthaft zu unseren Freunden, daß der Herbst über die Hügel wandere. Keiner außer Pater Low verstand die Anspielung.

Jene netten und ordentlichen Leute, die ihr Herz fest in der Hand halten, saßen artig an sauberen Rotang-Tischen zwischen Topfpalmen und eifrigen Kellnern und betrachteten uns mißbilligend. Wir mochten ihnen recht verrückt vorkommen.

»Du machst keineswegs den Eindruck eines tüchtigen Reporters«, sagte ich zu Mark. »Deine Kollegen tragen ständig ein gehetztes und sorgenvolles Wesen zur Schau. Die Weltkrise lastet auf ihren Schultern, und auf ihren gerunzelten Stirnen kann man lesen, daß sie nachts nicht schlafen.« — »Du siehst auch nicht aus wie eine zweiunddreißigjährige tüchtige Ärztin«, gab Mark zurück. »Am liebsten würde ich allen, die uns so anstarren, sagen: Verzeiht uns bitte, wir lieben uns. Du hast jetzt gerade das Gesicht einer Sechzehnjährigen, das Gesicht, das du immer hast, wenn wir zusammen waren.«

Ich entfloh, um mir das Gesicht zu waschen, und Mark bestellte inzwischen das Essen.

Wir kehrten zu den Anfängen zurück. In uns erwachten dic ältesten, primitivsten Instinkte unseres Wesens. Unser bewußtes, zivilisiertes Ich war oft geradezu betroffen von der Ausschließlichkeit der Gefühle, die uns erfüllten, doch es traten noch andere Elemente hinzu. Alles, was in unserer sinnlich wahrnehmbaren Welt geschah, bezog uns in das Geheimnis mit ein. Ohne daß wir es wußten oder wollten, der Umriß eines Hügels, die Richtung, die eine Wolke nahm, der Fall eines Blattes, der plötzliche Ruf einer Goldamsel – alles beeinflußte das Schicksal, das wir nicht selbst formen konnten, alles war voller Vorbedeutung. Denn es war alles lebendig, selbst die Steine unter unseren Füßen.

Omen, Zeichen, Symbole, wohlwollende und übelwollende Geister – wir wußten um sie und glaubten halb und halb daran. Wir riefen die uns umschwebenden übernatürlichen Geister an, um sie versöhnlich zu stimmen, überall, am Meeresstrand, zwischen den Gräbern, in den Wäldern, die Wassergeister am halbausgetrockneten Sturzbach im Schatten der dürftigen Kasuarinen – die Erdgeister, Blattgeister, Baumgeister, Blumengeister, Wurzelgeister. Wir erwiesen ihrer unsichtbaren Gegenwart unsere Reverenz und gerieten unwillkürlich in einen rührenden, fast ernsthaften Kult hinein. Wir begruben Blumen. Wir lasen Käfer aus Nullahs heraus, in denen sie sonst ertrunken wären. Eines Tages retteten wir eine Eidechse. Wir beobachteten hingerissen das phantastische Eigenleben ihres abgebrochenen Schwanzes und waren davon überzeugt, daß auch er seine Bedeutung habe. Ich erinnere mich noch an einen Abend, da plötzlich ein kalter Wind über den Hang herabblies. Wir standen voller Bedauern auf, und ich suchte nach den zwei roten Kämmen, die mein Haar gehalten hatten. »Hier ist der eine, aber er ist zerbrochen«, sagte Mark. »Der Hügelgeist hat ihn geholt.« Er grub ein Loch in den Boden für die Überreste und fand danach den anderen. »Wenigstens einen haben wir dem Hügeldämon noch entrissen«, scherzte er. Aber ich zerbrach auch ihn und begrub ihn mit dem ersten. Wie durften wir es wagen, der gesegneten Erde, auf der wir gelegen, einen Gegenstand zu entreißen!

Manchmal gingen wir nachts in den chinesischen Stadtteil Wantsai. Dort wogten im grellen Schein der Petroleumlampen auf einem freien Platz Astrologen, Zukunftsdeuter, Akrobaten, Muttermal-Schneider, Zauberer, fliegende Restaurants, Zuhälter, Räuber, Huren, Schulkinder, reiche und arme Flüchtlinge zwischen gebrechlichen Tischgestellen durcheinander, auf denen Sternkarten, Kalender für Glücks- und Unglückstage und große, in Schwarz und Rosa auf Leintücher gemalte

Abbilder von Händen und Gesichtern lagen. Wir schoben uns mit der Menge von einem Scharlatan zum anderen, ließen uns für kleine Münze die Zukunft voraussagen und bekamen Lügen aufgetischt.

CHINESEN, ALLE MITEINANDER...

November

»Jetzt sind wir wirklich Emigranten«, sagte Robert. »Wie die französischen Aristokraten nach der Revolution.«

»Oder wie die Weißrussen«, sagte ich, »die, die noch entkommen sind.«

In Robert und Nora Hungs Haus an der Repulse Bay herrschte unvergleichliche Unordnung. Vierzehn Freunde und fünf Verwandte hatten seit dem Fall von Kanton im Oktober darin gewohnt. Einen Monat lang hatte Nora keine gut arrangierte Party geben können. Die Zahl der Dienstboten war auf sechs angestiegen. Heiter im Durcheinander des Salons, der jetzt teilweise Schlafzimmer geworden war, hantierend, setzte Nora gerade Saisai, ihr viertes Kind, auf den Topf. Robert und ich saßen in einer Ecke zusammen unter einem chinesischen Gemälde, und er berichtete mir von der letzten Besuchsinvasion.

»Wir hatten die Kinder mitgenommen, um ›Pinocchio‹ zu sehen. Als wir heimkamen, saß da der Minister mit neun Familienmitgliedern auf unserer Türschwelle. Sie hatten es schwer gehabt, über Indochina herauszukommen. Unsere neue, sehr törichte Amah ist Kantonesin, sie verstand den nördlichen Dialekt des Ministers nicht, hatte das Tor zugeschlossen und sich geweigert, ihn hereinzulassen. Sie war ganz entsetzt, als der Minister anfing zu lachen. Er hat so ein gewaltiges Lachen.«

»Das erinnert mich an alte Zeiten während des Japanischen Krieges«, sagte Nora. »Wir gingen den ganzen Tag zu Fuß, schliefen in Bauernhöfen auf dem nackten Boden, und die Ratten liefen uns übers Gesicht. Es war ungemütlich, und doch denke ich mit großem Vergnügen an diese Zeit zurück.«

»Ich entdecke immer wieder, daß meine Frau ein Heldenherz hat«, sagte Robert. Für ihn bestätigt jedes Ereignis seine Liebe zu Nora.

»Und nun«, fuhr er fort, »wohnt noch immer unser Vetter Sen

hier, der mit dir im selben Jahr die Universität besucht hat. Er erinnert sich an dich genau. Er ist Wissenschaftler und kauft hier wissenschaftliche Instrumente. Noras angeheiratete Tante, Mrs. Cheng, wohnt mit ihrer Tochter Eileen und ihrer Nichte Rose in unserem Schlafzimmer. Mrs. Cheng kommt aus Formosa, ihr Mann wird dort wahrscheinlich General. Es gibt jetzt eine Menge freier Generalsstellen. Eileen geht nach Amerika, um sich von ihrer Scheidung zu erholen und Literaturkritik zu studieren. Rose ist Kommunistin und hat sich die Haare kurz geschnitten. Sie spricht nicht mit ihrer Tante. Daher ist es jetzt bei Tisch etwas still bei uns, aber es geht. Schließlich haben wir ja alle Freunde und Verwandte auf beiden Seiten — wir sind ja alle miteinander Chinesen.«

»Wir sind zwar alle Chinesen«, meinte Nora, »aber ich glaube nicht, daß wir jetzt wieder zurück nach Shanghai ziehen könnten.«

»Oh, jetzt sind wir Emigranten«, sagte Robert lebhaft. »Jede Revolution hat ihre Emigranten. Wir wollen warten, bis der Staub sich legt und bis man die Zukunft klarer sehen kann — es ist alles nicht so schlimm. Wir wollen sehen, was geschieht.«

»Die Weißrussen«, gab ich zu bedenken, »sind niemals mehr zurückgekehrt. Diejenigen unter uns, die jetzt weggegangen sind, sind die Weißchinesen, Robert. Sie werden nie zurückkehren.«

Robert hörte das nicht gern. Für einen Chinesen ist der Gedanke, niemals mehr nach China zurückzukehren, widersinnig. Wenn er nicht lebendig heimkehren sollte, so würden seine Gebeine heimkehren. Der Ziegelbau der Leichenhalle in Hongkong — komfortabel, geräumig und regensicher, was man von den benachbarten zusammengedrängten Schuppen, die zur Zeit einhundertachtzig Aussätzige beherbergten, keineswegs behaupten konnte — war ebenfalls überbelegt, überbelegt mit sorgfältig verpackten, genau etikettierten Kisten. In ihnen waren die Gebeine von manchem Chinesen aus Übersee enthalten, der fern der Heimat gestorben war und nun darauf wartete, nach Wiederherstellung geordneter Verhältnisse in sein kleines Dorf irgendwo in der endlosen Ebene zurückkehren zu können, wo seine toten Ahnen auf ihn warteten.

Robert wechselte geschickt das heikle Thema: »Gestern abend war ich im Kamling Restaurant. Da, wo all die großen Abschlüsse getätigt werden. Die neuchinesischen Handelsagenten gaben dort gerade ein Dinner. Es war wie in alten Zeiten — die haben eifrige und tüchtige Geschäftsleute, das ist sicher.« Robert war stolz auf seine Landsleute. »Zu Ehren von Mr. Parrish ist auch ein Essen gegeben worden, von einem Mitglied der Handelsdelegation, der einmal vor

Jahren in der Missionsschule sein Schüler war. Mr. Parrish freute sich sehr, besonders, als sich sein ehemaliger Schüler unmittelbar vor der Haifischflossensuppe an ihn wandte und sagte: ›Nun, Reverend Mr. Parrish, würden Sie bitte das Gebet sprechen, ehe wir beginnen?‹ Im Wagen, als wir heimfuhren, beschäftigte Mr. Parrish immer wieder der Gedanke, daß unsere christlichen Lehren schließlich doch wohl nicht umsonst gewesen waren.«

»Wie geht das Geschäft?« fragte ich, um Robert von weiteren Anekdoten abzuhalten. »Wie steht es mit der Hochkonjunktur hier? Ist jetzt nicht gerade eine kleine Depression? Die Warenlager sind voll, aber die Ausfuhr stockt. Man kann auch nirgends ausladen, weil die chinesischen Häfen blockiert sind.«

»Ich würde es nicht gerade eine Depression nennen«, meinte Robert. »Das ist kein gutes Wort dafür, kein gutes Wort. Wir sind festgefahren. Ja, festgefahren«, wiederholte er — der Klang des Wortes gefiel ihm.

»Suyin ist dadurch über das Geschäftliche völlig orientiert, daß sie die Halle eines einzigen Hotels beobachtet«, sagte Nora lächelnd.

Ich gestand ein, daß dies mein Wirtschaftsbarometer sei. In der Halle eines großen, im Geschäftsviertel gelegenen Hotels, mit roten Sesseln, rehfarbenen Tischen und staubigen Topfpalmen, ließ die Anzahl der Shanghaier Familien, die um die Teezeit aus den Kinos strömten, nach. Vielleicht beobachtete ich richtig, daß die Geschäftsleute trotz ihrer lärmenden Gespräche über ihrem frischen Orangensaft etwas Gedämpftes hatten? Hatten die Reichsten unter ihnen eine Zuflucht in einem anderen Teil der Welt gefunden? Hatten einige von ihnen kein Glück entwickelt, waren sie am Ende ihrer Ersparnisse angelangt? Noch immer bewohnten die Engländer den besseren Teil des ersten Stockwerks. Nach halb sieben, wenn die anständigen Leute nach Hause gegangen waren, wurde die Halle zum streng abgeschlossenen Bezirk für Lily Wu aus Peking, für ihre Berufskolleginnen von überallher und für die amerikanischen Seeleute. Zwei grimmig blickende, unbeteiligte Militärpolizisten standen Wache, während sich die Nationen über Eiskaffee, Whisky und frische Milch hinweg kennenlernten.

»Guten Abend, Han«, sagte eine Stimme, »ich höre, Sie wollen wieder nach Peking zurückgehen.«

Es war Sen, ein stiller, gutaussehender junger Mann. Er nannte mich bei meinem Familiennamen, wir waren im gleichen Jahr auf die Universität gegangen. Ich kannte seine Schwestern und seine weiteren Angehörigen. Wir gehörten alle zueinander. Wir trugen die gleichen Schulfarben. Jetzt war er ein Wissenschaftler der Neuen Demokratie.

»Ja, ich denke, ich werde im Januar fahren.«

»Nach Rotchina?« fragte Mrs. Cheng, die plötzlich auftauchte, gefolgt von Eileen, mit einem »Leben Shelleys« in der Hand. »Man wird Sie erschießen, Dr. Han.« Mrs. Cheng trug eine Menge steifer Löckchen um ihren wohlgeformten Kopf, und ihre kleinen Füße vermochten die klappernden kleinen, schwarzen, amerikanischen Pumps kaum zu halten. Eileen lächelte ätherisch. Sie war auf unserem Mondfest mein Gast gewesen.

»Warum sollte man mich erschießen?«

»Sie fragen, warum? Sie sind doch die Witwe eines Kuomintang-Generals, nicht? Ihr Mann ist außerdem im Kampf gegen die Kommunisten gefallen, nicht wahr? Sie waren im Ausland, Sie sind fast eine Intellektuelle. Glauben Sie, Sie werden damit durchkommen? Sie sind verdächtig, sobald Sie wieder dort sind. Man wird Sie umerziehen und nochmals umerziehen. aber trauen wird man Ihnen nie, niemals. Und schließlich wird man Sie doch erschießen.«

Ich entgegnete höflich: »Ich bin keine Intellektuelle, ich bin dasselbe wie ein Techniker. Es handelt sich auch nicht um das, was ich zu befürchten hätte. Ich will nichts anderes, als für mein Volk arbeiten.«

»Ich würde nicht daran denken, für Leute zu arbeiten, die meinen Gatten umgebracht haben«, erregte sich Mrs. Cheng. »Ich könnte nie Kommunistin werden.«

»Das wird Han ja auch gar nicht«, sagte Sen in seiner ruhigen Art. »Sie wäre ein schlechtes Parteimitglied«, lächelte er, »aber wir sind schließlich alle miteinander Chinesen. Han ist Ärztin, und ihre Pflicht zieht sie zu ihrem Volk, das Ärzte braucht, zum chinesischen Volk.«

Ich war Sen dankbar. Schließlich war ich in England ausgebildet worden, um in China Arzt sein zu können. Viele Leute hatten plötzlich damit angefangen, anderen Menschen aggressive politische Etiketten aufzukleben. Es gab unter den Ausländern hier in Hongkong viele, die, wenn man von Peking sprach, automatisch mit dem Gedanken »rot« reagierten, während sie früher an kaiserliche Paläste und stille Innenhöfe gedacht hatten. Viele von ihnen erblickten, von Angst verfolgt, überall Kommunisten. In China würde es ebenso viele geben, die an allen Ecken und Enden Reaktionäre und Spione denunzierten. Es gab keinen Eisernen Vorhang, der Grausamkeit,

Engstirnigkeit und Angst sicher einschloß. Diese Eigenschaften tollten sich frei in der ganzen Welt aus.

Mrs. Chengs Gedanken verweilten gern beim Finsteren und Gefühlvollen. Während die neue, törichte Amah gleich einem unregelmäßig wiederkehrenden Kometen in gewissen Abständen aus den äußeren Küchenräumen in das Planetensystem unseres Abendbrottisches hereinschoß, um unsere Reisschalen immer wieder neu zu füllen, redete Mrs. Cheng unentwegt weiter. Ihre Erzählungen waren voll von Folterungen, Vergewaltigungen, Brunnenvergiftungen, von schönen Spioninnen und Massengreueln. Eileen kehrte zur Lebensgeschichte Shelleys zurück, Rose, die kurzhaarige kommunistische Nichte, zog den Atem grimmig durch geblähte Nüstern ein, und Sen aß, ohne den Blick zu heben. Mrs. Cheng sprach zu mir und meinte doch ihn.

»Und so«, schloß Mrs. Cheng, »werden die Roten erst zufrieden sein, wenn sie hundertachtzig Millionen Menschen in China umgebracht haben. Das weiß jeder!«

»Liebe Tante«, sagte Nora, »nimm noch etwas Suppe. Du darfst dich nicht so aufregen, das bekommt dir nicht. Wir sind hier alle miteinander Chinesen, wir haben alle Brüder, Vettern und Freunde auf der einen oder auf der andern Seite. Es ist traurig. Wir wollen ja alle schließlich nur das Beste für unser Land – und für uns eine Möglichkeit, zu leben.«

»Was tun Sie in Hongkong?« fragte ich Sen.

»Ich bin hier, um Forschungsgeräte zu kaufen und auszuprobieren«, antwortete er. »Man muß sie aus USA kommen lassen.«

»Diese Amerikaner!« seufzte Mrs. Cheng bitter, ihren Tee schlürfend. »Warum verkaufen sie überhaupt an uns? Sie geben uns Geld, aber sie haben keinerlei Achtung vor uns. Wir haben so sehr unser Gesicht verloren. Ich wollte, wir könnten das Geld zurückgeben und dafür unser Gesicht wiederbekommen.«

»Handel ist ein Instrument des Friedens«, sagte Sen. »Wir wollen mit der ganzen Welt Geschäftsbeziehungen unterhalten. Glaubst du, daß Rußland und Amerika nicht miteinander Handel treiben?«

Mrs. Cheng war sehr bitter. »Nur ein großer Krieg«, behauptete sie, »wird der Welt wieder Sicherheit geben.«

»In Formosa leiden unendlich viele Leute an Neurosen«, sagte Sen zu mir, als Mrs. Cheng uns verlassen hatte. »Das ist verständlich. Sie haben so sehr ihr Gesicht verloren. Wir in China«, fuhr er etwas arrogant fort, »haben keine Zeit für Neurosen. Wir sind alle viel zu sehr damit beschäftigt, unser Land neu zu ordnen.«

»Sen«, sagte ich, »ich freue mich, Sie wiedergesehen zu haben.

Wir waren auf der gleichen Universität. Wir haben viele gemeinsame Freunde. Ich freue mich, daß Sie sich den neuen Verhältnissen so gut angepaßt haben. Das beabsichtige ich nämlich auch. Ich möchte, daß Sie einmal kommen und mit mir und einem englischen Freunde von mir essen — Mark Elliott.«

Eine Verwandlung geschah mit Sen, eine Veränderung, die von innen her sein Äußeres überzog, ohne daß sich auch nur ein Muskel bewegte. Seine Finger, die die Pfeife so selbstverständlich hielten wie Mark — Sen hatte zwei Studienjahre in England verbracht und von dort die Gewohnheit des Pfeifenrauchens mitgebracht — griffen nicht etwa fester zu. Und doch war er verwandelt. Ich erkannte ihn nicht wieder. In vollständig normalem Tonfall, wie man nüchtern eine Tatsache feststellt, sagte er: »Mark Elliott — ah ja, der Journalist. Ein Konterrevolutionär, ein imperialistischer Agent.«

Da endlich verstand ich.

DER EICHHÖRNCHENKÄFIG

Dezember

»Liebste«, sagte Mark, »wie gut du riechst! Bist du es, oder ist es eine Kombination von dir und Chanel?«

»Mark, was hast du 1937 in China gemacht?«

»Ich weiß es nicht mehr. Komm, wir wollen zu unserem Stein gehen — wollen sehen, ob alle Schmetterlinge schon schlafen.«

»Mark, als du bei der Finanzabteilung in Shanghai warst, standest du da in Diensten der Abwehr?«

»Liebes, was willst du damit sagen?«

»Mark, warst du einmal im Spionagedienst?«

Fremde! Fremde, deren Wege sich in Hongkong gekreuzt hatten, die sich, durch Welten voneinander getrennt, in einem geborgten grünen Morris eines Nachts vor dem Klinikeingang in den Armen lagen.

Wir kamen von einer englischen Gesellschaft, einer netten Gesellschaft. Meine flüchtige Bekanntschaft mit den Damen der Verwundetenfürsorge, mit diesen aufdringlichen Erzieherinnen, die nichts als trübe Gespräche über Dienstjahre und Pensionsanspruch, über Urlaub und die guten alten Zeiten führten, war schon in der ersten Runde abgebrochen worden. Weiter hatte ich Beamte getroffen, die kenntnisreich über Reis, Fisch und China sprachen, Handelsleute, die über

Finanzen, alte Bücher und auch über China Bescheid wußten, und amüsante Missionare, die sich keineswegs für Produkte einer unbefleckten Empfängnis hielten. Einige waren einflußreich, manche sprachen Chinesisch, hie und da hatten sie sogar chinesische Freunde. Während es in den unteren Gesellschaftsschichten nicht üblich war, Chinesen oder Eurasier zu kennen, geschah das weiter oben oft ganz spontan.

Mark und ich waren zusammen weggegangen. Was ich bis jetzt für mich behalten hatte, mußte nun ausgesprochen werden, denn in drei Tagen mußte er Hongkong verlassen. In Indonesien hatten sie eine neue Republik, in Indochina waren Unruhen. Der Dschungelkrieg, den man reizenderweise als »Zwischenfall in Malaya« bezeichnete, ging nun bald ins dritte Jahr. Alles Länder, in denen Männer in luxuriösen Nachtbars herumsaßen, den Kopf nach dem Eingang gerichtet, weil in irgendeiner dieser Nächte vermutlich eine Handgranate hereingeworfen werden würde. Länder, in denen die Dörfer bei Tage der alten Ordnung, nachts aber einem neuen Orden angehörten, wo reiche Männer für ihren Gummi mit dem Gewehr in der Hand starben, wo der Terror im Namen der Freiheit aus dem Dschungel hervorkroch – wo es dem weißen Mann wohl nicht so sehr an Mut mangelte, aber doch eine gehörige Portion Dummheit verbreitet war. Und überall regierte die Furcht.

Mark saß locker, täuschend arglos, da. Er war unbewaffnet und trug keinen Panzer. Er war nie in Verteidigungsbereitschaft, denn er hatte nichts zu verteidigen. Ich lag in der Beuge seines Armes, und er wartete darauf, daß ich sprach.

»Mark, ich glaube nicht, daß wir jemals zusammen nach Peking gehen.«

»Mein Liebes, wolltest du wirklich etwas über meine Vergangenheit wissen? Du hast mir nie Fragen gestellt — immer nur ich dir.«

»Du mußtest mich gut kennen – ich aber gehöre dir.«

»Du brauchst gar keine Auskünfte über mich. Für dich habe ich erst mit jenem Tage angefangen zu leben, an dem ich dich traf.«

»Ja, das ist richtig!«

»Wenn du also etwas wissen willst – weswegen, will ich nicht fragen –, dann werde ich es dir auch sagen.«

»Sage nichts«, bat ich mit kleiner Stimme. »Ich will nichts wissen. Ob wahr oder nicht – wir werden so nicht zusammen nach China gehen können. Du arbeitest für eine imperialistische Zeitung in einer bürgerlichen Demokratie, du bist womöglich ein Reaktionär oder sogar ein Spion. Du kommst vielleicht nach Peking hinein, wenn deine Regierung das Neue China anerkennt und auch von ihm anerkannt wird. Wie alle Menschen, die besonnen sind und genügend Vorstellungskraft besitzen, drängst auch du auf diese Anerkennung. Aber du bist Journalist, also immer verdächtig, immer unter Beobachtung. Wenn ich etwas mit dir zu tun habe, werden wir beide verdächtig sein. Es wird schlecht für deine Arbeit sein. Auch ich bin falsch geboren, möglicherweise ein Reaktionär, möglicherweise ein Saboteur des Neuen China. Ich gehöre auch zu der Klasse der Bourgeois, die in der Diktatur der Volksdemokratie umerzogen werden müssen. Als Nichtproletarierin habe ich nur zwei Eigenschaften, die Gnade finden könnten: Meine Armut und meine medizinischen Kenntnisse. Aber mein Denken muß geändert, mein Herz gereinigt und meine Seele erneuert werden. Es ist so, wie du gesagt hast. Ich werde mich von großen Teilen meines Ichs trennen müssen. Ich werde dich aufgeben müssen.«

Mrs. Cheng hatte sich auf das Finstere und Rührselige beschränkt. Ich hoffte, daß meine Worte ein dürres Mindestmaß aussagten, eine Art summarischer Wettervorhersage. Mark, sehr kühl, trat unserer privaten Katastrophe mit einem Schild aus Sanftmut entgegen und dehnte die Worte: »Hmmm, ja, ich verstehe. Schade.«

Vor lauter Qual hatten wir beide Halsschmerzen. Mark sah plötzlich sehr jung aus, er, der ohnehin schon viel jünger wirkte, als seinen Jahren entsprach, hatte jetzt das Gesicht eines kleinen Jungen.

Ich sagte: »Viele Leute werden es uns niemals glauben, daß wir uns einfach liebhaben. Sie werden uns tausend andere Gründe unterschieben.«

»Ich stelle fest, daß deine Chancen für einen gewaltsamen Tod enorm gestiegen sind.«

»Mark, sie können es nicht darauf ankommen lassen. Wir dürfen uns nicht darüber entrüsten. Es ist schließlich eine Revolution, kein Gesellschaftsspiel. Saboteure, mögliche Spione und Verräter müssen also um der Zukunft des Landes willen — wie sie auch aussehen mag — beseitigt werden.«

»Ich weiß, daß sie nichts riskieren werden, wenn der Tag der großen Reinigung kommt.«

»Ich hätte mich dem neuen Schema eingefügt, und man hätte mir meine Vergangenheit verziehen, weil ich nie in die Politik hineingepfuscht habe. Wie alle Liberalen, die auf den Mittelweg schwören, war ich gegen die Kuomintang. Meinen Kuomintang-Gatten hätte man mir noch vergeben. Aber jetzt habe ich etwas Falsches getan, ich bin auf einen Imperialisten, einen Journalisten hereingefallen. Und nun müßte ich, um mich zu retten, allerlei anstellen: Ich müßte gestehen, bereuen, ableugnen, was ich geliebt habe, unser Verhältnis zueinander beschmutzen – verstehst du, Mark? Und auch du wärst in Gefahr.«

»Liebling, du hast dich da in eine vertrackte Situation gebracht, wie? Hier droht Adeline Palmer-Jones als moralischer Kommissar – drüben der politische Kommissar. Ich habe dir dein Leben arg durcheinandergebracht.«

»Ich habe deines genauso verpfuscht.«

»Hast du das?« Er lachte kurz, stieg aus, ging um den Wagen herum und öffnete mir die Tür. »Steig aus.«

Ich kletterte heraus, und er nahm meine Hand.

»Wohin gehen wir, Mark?«

»Zu unserem Stein. Dem einzigen Zuhause, das wir vielleicht jemals haben werden.«

Wir standen auf unserem Stein. Mit Verzweiflung im Herzen betrachtete jeder den blassen, verwischten Schatten des anderen in der Nacht. »Ein verlorenes Paradies, Liebste«, sagte Mark leichthin. »Natürlich durfte es gar nicht sein. Ich wäre viel zu stolz und zu glücklich mit dir gewesen mein Leben lang. Solche Dinge geschehen hier auf Erden nicht.«

»Wir müssen stark genug sein, um weiterzuträumen«, fing ich an, aber er unterbrach mich.

»Ich bin froh, daß du dich ausgesprochen hast. Wie lange hast du das irgendwo in dir herumgetragen?«

»Ungefähr drei Wochen.«

»Die ganze Zeit, auf dem Hügelhang, in diesem verzauberten Herbst, hast du mich also geschont. Das war sehr unrecht.«

»Ich habe mich selber geschont. Ich habe es verdrängt, solange ich bei dir war. Ich habe es wieder hervorgeholt, wenn du nicht da warst. Ich wollte sichergehen.«

»Ja, schließ die Tür in die eine Welt und öffne die in die nächste. Ich tue das gleiche.«

»Wir dürfen den Kopf nicht verlieren«, sagte ich, unbewußt Adeline Palmer-Jones nachahmend. »Wir müssen ehrlich sein und dürfen uns nichts vormachen. Wir müssen auch praktisch denken. Es ist besser, wenn man die Wahrheit weiß – meinst du nicht auch?«

»Lieber Konfuzius«, antwortete Mark, »die Wahrheit ist, daß ich dich heiraten muß. Etwas anderes kommt nicht in Frage. Ich möchte es so dringend, ich brauche es so nötig. Vor sechs Wochen war ich innerlich sehr unruhig und eine kurze Zeit lang auch nicht ganz sicher. Es schienen so viele äußerliche Schwierigkeiten im Wege zu stehen. Jetzt ist nichts davon übriggeblieben als die moralische Gewißheit: Ich muß dich heiraten.«

»O Gott«, rief ich erschüttert, »müssen wir denn wieder von vorn anfangen? Ich kann es nicht ertragen, ich kann es nicht! Mir wird schwarz vor den Augen.«

»Selbst wenn du noch heute unter einen Autobus gerietest, würde ich nicht mehr in ein Leben zurückkehren, das jeden Sinn verloren hat.«

Himmel, dachte ich, ist das schrecklich! Ich werde in meiner eigenen Falle gefangen.

»Mit dir wäre mir alles gleichgültig. Ich könnte überall glücklich sein, wo meine Zeitung mich auch hinschickte. Ohne dich hätte ich keinen Ehrgeiz, viel zuwege zu bringen. Durch dich bin ich frei geworden. Du bist so lebendig, daß du auch mich lebendig gemacht hast.«

»Hör auf, Mark. Ich bin schlimmer als alle anderen. Ich binde dich durch Freiheit. Ich spiele ehrlich, weil ich der Anständigkeit nicht widerstehen kann. Es ist nur ein Trick, die Illusion eines freien Willens.« Ich war sehr erregt.

»Für eine intelligente Frau bist du gelegentlich recht naiv. Du hast mir eine Angelschnur zugeworfen – eine wunderschöne Angelschnur. Du hast es gut gemacht, und es könnte mir nichts gleichgültiger sein. Siehst du denn nicht, daß ich gar nicht anders hätte handeln können? Man hat uns beiden eine bestimmte Art des Benehmens eingepaukt. Wir sind beide geradezu unanständig anständig. Du bist viel zu eingebildet, um dir das Haar zu raufen, Szenen zu machen, mich durch Gefühle zu erpressen. Schande hin und Schande her, mit oder ohne Liebe – ich will dich haben, ich brauche dich.«

»Mark – in China . . .«

»Selbst in China können wir zusammen leben. Natürlich wird es dort auch schlechte Zeiten geben, aber doch nicht ständig. Wenn wir erst verheiratet sind, tut dir keiner etwas zuleide, weder in deinem eigenen Land noch in einem andern. Ich werde schon auf dich aufpassen. Ich will für dich sorgen, verstehst du?« Er war durch unterdrückte Wut verdüstert. Ich war müde, verwirrt und glücklich, ich wollte gern alles glauben. Ich hielt es für herrlich, in China zu leben und mit Mark verheiratet zu sein. Freilich war da noch etwas, zutiefst auf dem Grund, aber ich kam nicht darauf, was es sein könnte.

Auf unserem Stein sagte Mark:
»Ich möchte dich nicht durch irgendeine Lässigkeit verlieren.«

Immer im Kreise gehen die Eichhörnchen auf dem chinesischen Tiermarkt. Sie treten das schmale endlose Rad in ihren kleinen Käfigen mit einem verbissen leeren Blick. Es ist eine Spindel aus glänzendem Draht. Unter der andauernden Bewegung ihrer Pfötchen verschwindet die Spindel, man sieht nur ein Schwirren heller Luft, über dem das Eichhörnchen unaufhörlich läuft.

Immer im Kreise gingen wir in unseren Gedanken. Als der erste Überschwang abgeklungen war, lebten wir drei Tage lang in einer Welt bedrängender Schwierigkeiten, wir zogen alles, was irgendwie eine Sackgasse sein konnte, schonungslos in Betracht.

»Wir könnten nach Indien gehen. Du könntest meine Geliebte sein in Indien. Ich finde den Gedanken allerdings abscheulich.«

»Ich kann nirgend anderswo hingehen als nach China. Ich habe keinen Paß.«

»Keinen Paß?« fragte Mark, beunruhigt und ungläubig.

»Chinesen brauchen keinen Paß von Hongkong nach China. Mein bisheriger Paß ist abgelaufen, als ich im Februar aus England kam. Ich kann jetzt keinen neuen bekommen – es sei denn illegal, natürlich. Aber das ist sehr teuer.«

»Pas de papiers«, sagte Mark.

»Martha Monk würde sagen, daß ich's darauf anlege, dich wegen deiner Papiere zu heiraten, Mark. Es gibt in diesen schwierigen Zeiten Chinesinnen, die das tun.«

Wir lachten.

»Ich könnte dich natürlich auch aufgeben.«

»Ja, natürlich.«

Dabei beließen wir es.

»Ich kann nicht einfach davongehen. Es wäre feige. Ich muß die andere Partei überzeugen.«

»Natürlich kannst du nicht davonlaufen. Aber wenn du einmal nicht ganz sicher sein solltest, bitte schone mich nicht.«

»Du auch nicht, bitte. Das würde ich dir nie verzeihen.«

Endlos traten wir das unsichtbare Rad auf der Stelle.

»Ich werde nicht schreiben, bevor ich nicht etwas Endgültiges weiß. Es ist allzu leicht, in den Traum auszuweichen.«

»Ich schreibe auch nicht.«

Er kaute heftig an seinen Nägeln in jenen Tagen. Mein Inneres funktionierte nicht, ein ständiges Würgen quälte mich. Wir sahen einander an, und ich dachte: Wenn er verrückt wäre oder aussätzig — es machte nichts.

Immer im Kreis, rundherum, traten wir im Rad unserer Gedanken.

»Was soll ich mit deinen Briefen machen? Es ist eine große Versuchung für mich, sie immer wieder zu lesen. Es wäre zu leicht, ich muß sie ins Meer werfen.«

»Wenn — dann vergiß nicht, einen Stein dranzubinden, Mark. Sonst schwimmen sie.«

»Schwimmen sie wirklich?«

Rundherum, immer im Kreise.

»Die Kinder. An sie habe ich immer zuerst gedacht. Aber sie haben ohnehin nicht viel von mir. Ich weiß nicht, ob die Kinder bei einer ordentlichen Scheidung nicht besser dran sind als in einer unglücklichen Ehe — was meinst du?«

»Scheidung ist zunächst immer unglücklich. Es sind zu viele Gefühle gekränkt worden.«

Rundherum.

»Ich möchte nicht wieder von einer zufälligen Paarung zur nächsten treiben. An so etwas möchte ich gar nicht mehr denken. Ich war gerade dabei, mich so richtig treiben zu lassen, bevor ich dich traf.«

»Du wirst dich nicht mehr treiben lassen. Ich wußte ja auch nicht, daß Liebe so ist, ehe ich dich traf.«

»Wir könnten vielleicht warten. Die Kinder werden ja eines Tages erwachsen sein.«

»Das könnten wir. Ich könnte gern zehn Jahre auf dich warten.«

»Ich auch. Aber ich will vorher die Entscheidung. Ich muß sicher sein dürfen, daß ich dich dann in zehn Jahren auch bekomme.«

Rundherum, immer weiter im Kreise, verbissen bis zur Gefühllosigkeit, Eichhörnchen in ihrem Käfig.

»Fährst du nächsten Monat nach China?«

»Ich bin so durcheinander — ich weiß es nicht.«

»Könntest du nicht damit warten? Bis ich zurück bin? Ich bin nicht lange fort, vielleicht drei Monate oder so — aber du mußt natürlich fahren, wenn du es willst.«

»Ich werde warten. Ich suche mir eine andere Stellung. Ich habe ja Freunde. Ich werde schon weiterkommen. Ich bin ganz geschickt darin.«

»Ich weiß, daß du ganz geschickt bist.«

Dann ging Mark, und das nächste Mal fingen wir wieder von vorn an. Obwohl ich ihm heitere Gedichte vorlas, wurde ich im

Gedanken an seinen Kummer ganz krank. Und obwohl er so gut arbeitete wie sonst auch, waren doch seine Gedanken stets bei mir.

So ging es weiter. Innerhalb der nächsten sechs Monate sollte ich nach China zurückkehren, zu den Missionaren, zu so vielen Leuten. Ich suchte einen Weg, der mich leiten könnte. Beide strebten wir blindlings vorwärts, voller Herzeleid, während unsere Wirklichkeitswelten täglich weiter auseinanderrückten, und gaben uns einer lindernden Beruhigung hin. Wir liefen nicht davon. Das wäre zu leicht gewesen.

Rundherum, immer im Kreise.

AUSGANGSPUNKTE

Suchen

In wenigen Augenblicken würde man die Laufplanke einziehen – Suchen und ich mußten uns trennen. Schon stimmten die Posaunen und Klarinetten unzusammenhängende Stücke aus dem schottischen »Auld Lang Syne« an, die glücklichen tränenreichen Stimmen abschiednehmender Freunde klangen in behendem Auf und Ab wirr durcheinander, die schrillen Töne der Pfeifen peitschten über die Decks, die Sampans drängten sich unter lautem Rasseln und Poltern nach rückwärts vom Schiff fort. Suchen sagte für sich eine Seekrankheit voraus, für die Dauer der ganzen Reise. Ihr Baby, eine kleine Suchen mit schwarzblauen Augenbrauen und rosa Grübchen, lag selig und aufmerksam in den Armen einer freundlichen kantonesischen Amah. Die Amah trug ihre besten, schwarzseidenen Hosen und eine weiße Jacke und zeigte ein breites Lächeln. Es lag etwas Beruhigendes in diesem Lächeln, den starken weißen Zähnen, die so aufs Geratewohl aus dem vorstehenden Oberkiefer herauswuchsen. Amah war glücklich. Sie fuhr nach Amerika. Suchen war geschickt im Organisieren – gerade ihre Hilflosigkeit bewirkte, daß alle Leute ihr mit Vergnügen halfen. Freunde ihres Mannes hatten ihr hintenherum einen Paß, die nötigen Visen und diese Amah beschafft. Ihre Finanzen waren geordnet. Vor seinem Tode unter den Händen der letzten Regierung – wegen Kollaboration – hatte Suchens Mann für sie und das Baby im Ausland ein Vermögen hinterlegt. Es bestand aus Goldbarren und japanischen Waren; aber verdankten nicht auch in Hongkong einige große und hochangesehene Vermögen ihren Ruf von Solidität dem Schwarzhandel mit Nahrungsmitteln für die Insassen der japanischen Gefangenenlager?

»Was wirst du in Amerika tun, Suchen?«

»Glücklich sein.«

»Wirst du nie mehr zurückkommen?«

»Niemals. Ich habe es satt, all den Terror, die Krankheiten, den Hunger und das Elend und immerzu arme Leute um mich zu sehen. Immerzu diese Massen und ihre Armut. Viele unserer Freunde und viele Leute, mit denen wir aufgewachsen sind, verlassen China jetzt, um nie mehr zurückzukehren. Du, Suyin, denkst anders – du lebst ja doch in den Sternen. Ich will nicht wieder unsicher und voller Angst sein.«

Jedermann verlangte nach Sicherheit. Sicherheit war kein Wort mehr – es war eine Gottheit, eine lebenfordernde Gottheit. Ich konnte sie weder anbeten noch ihr mein Leben weihen. Ich konnte nur unsicher zwischen Mark und China hin und her schwanken.

Mark – seine Abwesenheit zerrte ihn mir in jedem Augenblick ins Bewußtsein! Hatten er und ich uns nicht für die Trennung geübt? »Ich vermisse dich gar nicht, wenn du fort bist, du bist ja immer bei mir«, sagten wir uns lächelnden Mundes. Und dunkel wurde es in uns bei diesem Lächeln. Wie wir logen!

»Ich möchte es bequem haben, und für das Baby will ich das Beste, was es auf der Welt gibt. Amerika ist wundervoll, Suyin. Du solltest mit nach Amerika kommen, Hongkong ist nicht sicher. Es ist wie ein Fels, der über einem Abgrund hängt. Hat man dir nicht vor kurzer Zeit ein Stipendium an einer New Yorker Klinik angeboten? Du warst verrückt, es abzulehnen. Denk doch an deine Tochter Mei. An ihre Zukunft, an ihre Sicherheit und auch an die deine!«

Sicherheit! Andere Leute brachten sich in Sicherheit, denn ihr Leben hatte sich grundlegend gewandelt, war eine Kette von Schrecken geworden. Etwas Wesentliches fehlte mir ebenso wie Mark: Ich konnte nicht weglaufen. Wenn ich es auch versuchte, würde ich doch zurückkommen.

Ich hörte wieder Marks Stimme: »Wie kann ich mir wünschen, in Sicherheit zu sein, wenn ich mir nicht einmal vorstellen kann, alt zu werden? Ich möchte immer alles abwerfen, mich von allem entblößen, was ich besitze. Ich möchte mit leichtem Gepäck reisen . . .«

Es war richtig, vor der Gefahr davonzulaufen. Der Instinkt, sich zu retten, war richtig. Sicherheit war richtig. Manchmal hatte auch ich im innersten Herzen Angst. Es war mein eigener Fehler, daß die

Leute mir kleiner und niedriger vorkamen, wie geschrumpft in der gierigen Suche nach Sicherheit. Tief in diesem Wort verborgen lag die Mentalität des säumigen Dieners, den die Abenteuer auf dem Meer des Lebens nicht reizten. Auf diese seltsame Zeitspanne hin vor dem Ende planten die Menschen mit aufrichtigem Eifer ihre Pensionen und Ruhegehälter. Sie träumten mit zwanzig Jahren von der Zeit, in der sie fünfundsechzig sein würden, und strebten schon in der Jugend nach einem gesicherten Greisenalter. Um der Sicherheit des Todes willen entsagten sie dem Leben. Dieses Verlangen nach Sicherheit ließ wieder und wieder die Nationen aufrüsten, obschon sie unter der Last der Waffen seufzten – dennoch dachten sie immer neue Mittel aus, sich gegenseitig umzubringen.

Natürlich könnten auch wir, Mei und ich, nach Amerika gehen. Freunde würden uns Geld leihen. Pässe gab es zu kaufen. Auswege konnte man finden. Amerika war ein wundervolles Land. Ich liebte meine amerikanischen Freunde, um ihrer Großzügigkeit und Herzlichkeit willen. Aber ich konnte nicht fort. Ich konnte nicht daran denken, dieses Land zu verlassen, in das Meis Vater, Mei und ich so tief verwurzelt waren. Ich konnte mir Mei nicht als »Weißchinesin« vorstellen, als eine Ausländerin in fremdem Land. Wir würden nicht fortgehen – es sei denn, daß man uns ganz und gar hinausjagte.

Ich schüttelte benommen den Kopf und antwortete Suchen, was ich immer antworte, wenn ich nicht die Absicht habe, irgend etwas zu unternehmen: »Vielleicht hast du recht, Suchen. Ich werde es mir überlegen.«

Oh-no

Sie war jetzt eine Insassin des Po leung Kuk, einer Einrichtung zum Schutze der Tugend. Es gewährte verlorenen Kindern, mißhandelten Dienerinnen und Mädchen, die aus unmoralischen Gründen entführt worden waren, einen Schutz. Der Sekretär für Chinesische Angelegenheiten der Kolonie kümmerte sich um das Institut. Die Mädchen lernten Nähen, Handarbeiten und etwas Lesen und Schreiben.

»Sie ist sehr intelligent«, urteilte die Heimleiterin. »Sie lernt sehr eifrig. Sie sollten ihr ein paar Bücher mitbringen, wenn Sie sie das nächste Mal besuchen kommen.«

Oh-no stickte ihre Kreuzstiche mit der gleichen unbeeindruckten Passivität auf ihrem Froschgesicht, die sie seinerzeit schon bei der Untersuchung auf meiner Station bezeigt hatte. Die Macht ihres Schweigens war überwältigend. Ich klammerte mich innerlich an sie, als könnte sie mich vor meinem eigenen inneren Unheil retten, sie, eine Dienerin, die in den Augen ihrer Rasse ihr einziges Gut verloren hatte: ihre Jungfräulichkeit. Denn selbst jetzt und heute noch machen die Chinesen einen Fetisch aus der Jungfräulichkeit wie aus der Keuschheit der Witwen. Noch immer wird manches junge Mädchen vor der Heirat zu mir gebracht, damit ich sie untersuche. Und mehrmals wöchentlich schreibe ich die gewünschte Bescheinigung aus. Wenige Chinesen wollen ein Mädchen heiraten, das ein anderer Mann schon berührt hat. Und das in Hongkong im Jahre 1950!

»Oh-no!«

»Doktorin!« Oh-no antwortete in der vorgeschriebenen Höflichkeitsform, indem sie aufstand und sich vor mir verbeugte.

»Wer hat dir diesen Namen gegeben? ›Oh-no‹, das ist doch kein Name.«

Das war ein Jahr, bevor Oh-no lernte, zu lächeln. Sie antwortete in jener sachlichen Art, die so erschreckend war: »Als man mich in die Familie Hsu brachte, war ich ein kleines Kind und weinte die ganze Zeit. Ich weinte immer: Oh no, bitte nicht, Oh no, bitte nicht – nichts anderes. Die alte Mutter Ching sagte mir, daß es davon kam, weil mich der Händler so mißhandelt hat, der mich an die Familie verkaufte. Und sie nannte mich dann Oh-no.«

»Warum bist du aber zur Polizei gegangen? Wer hat dir von der Polizei in Hongkong erzählt? In China hat doch jeder Angst vor der Polizei.«

Mit einer Gelassenheit, als sei ihre Antwort das allereinfachste auf der Welt, erwiderte Oh-no: »Es kam davon, daß ich auf das Meer hinaussah. Ich bin gar nicht zur Polizei gegangen. Ich bin zum Meer hinuntergelaufen. Jeden Tag habe ich auf das Meer hinuntergeblickt, wie es zwischen den Hügeln liegt und mit sich selber spricht, so wie ich mit mir selber spreche. Ich bin zum Meer hinuntergelaufen, als ›Alter Gebieter‹ es wieder versuchte. Ein Polizist auf der Straße hat mich angehalten und mich zur Polizei mitgenommen. Ein ausländischer Teufel war da und hat gefragt, warum ich so gelaufen bin. So ist es gewesen.«

In den folgenden Monaten habe ich oft ihre Stimme wieder vernommen, die nicht hell und hoch war wie die von Mei, sondern dunkel und etwas rauh. »Es kam davon, daß ich auf das Meer hinaussah.«

Adeline Palmer-Jones hatte ihre Sykophanten. Ernest Watts hatte seine Schüler. Blauäugig, in einem taubengrauen, chinesischen Gewand, hob er langsam den Finger zum Himmel, als ich seine Wohnung betrat. Ein weißes Stück Papier war an die Tür geheftet, mit den Worten: »Um allein zu leben, muß der Mensch entweder ein Tier oder ein Gott sein.«

Von der Decke herab hing, an einer feinen, roten Schnur sich langsam um sich selbst drehend, ein Samuraischwert in seiner Scheide.

Der Besuchersessel war weit und niedrig, wie es den Forderungen der angewandten Psychologie entsprach. Er bewirkte die notwendige Erniedrigung in Gegenwart eines höheren Wesens.

Ich bedurfte eines Heiligen, eines Weisen oder eines Gottes. Ich war verwirrt und suchte ein Orakel. Ich mußte unglücklich gewesen sein, ohne es zu wissen.

Ernest Watts war lange Zeit im Osten gewesen. Er war sehr belesen. Die Philosophie war seine Dienstmagd. Frohlockte er nicht gern über großartige Worte?

War er nicht bei den Schwindlern und Idioten, den Gedankenlosen und Schwätzern unbeliebt, wie es für den Weisen die Regel ist?

Eines Tages hatte ich ihn getroffen, wie er durch die zugigen Klinikkorridore streifte, während ein Sturm die Fensterscheiben fast eindrückte und trostlos um die grauen Mauern heulte. Er hatte mich angesprochen. Ob ich Sartre gelesen hätte? Ich gestand, daß mir der Existentialismus nur dem Namen nach bekannt sei. Ob ich dann wenigstens . . . Ich schüttelte den Kopf und wich furchtsam zurück. Ach, meine gedruckten Lieblinge – es waren so wenige, und sie wurden immer wieder gelesen. Ich war in bezug auf die Moderne nicht auf dem laufenden, ich hatte in den letzten zehn Jahren keinen Roman mehr aufgeschlagen.

Ernest Watts hatte seine Schüler. Außer seinem ewigen Peter Pan, John Tam, hatte ich noch andere junge Männer getroffen, die auf sein Wissen und seinen herben Witz versessen waren. Was machte es, daß einige darunter mir etwas unausgeglichen vorkamen? Sie waren jung, ich dagegen war zweiunddreißig. Sie wichen der Berührung mit dem Groben und Blöden aus – und ich, die ich in der Menschheit untertauchte, wo sie am lautesten blökte, am meisten litt und am schlimmsten stank, fühlte mich ihnen weit unterlegen, wenn ich ihnen gegenüberstand. Ernest Watts besaß Wissen und Weisheit. Mark mochte ihn gern. »Ich liebe diese Art der anspruchsvollen Unterhaltung. Ich liebe Menschen, die das, was sie tun, auch gut machen, Watts – und dich.«

Ich trug meine Frage vor das Forum von Ernest Watts. Ich saß vor ihm, durchdrungen von dem Entschluß, der brutalen Wahrheit nicht auszuweichen. »Mr. Watts, es tut mir leid, Sie belästigen zu müssen. Ich brauche jemanden, der mir die Wahrheit sagt. Ich bin ganz durcheinander.«

Sein halbes Lächeln machte mir Mut.

»Mr. Watts, ich bin verliebt.«

Der unerschütterliche, undurchschaubare, reservierte Orientale ist auch nur eine Redensart. Kein Volk ist weniger verschwiegen, ist begieriger, über seine physischen Leiden und seine seelischen Zustände mit jemanden zu sprechen als die Chinesen. In China weiß man immer alles über alle anderen, und wo von einem gewissen Punkt ab der Europäer die Tatsachen zum Teil verschweigt und einen sittsamen Schleier über die weiteren Geschehnisse breitet, unterhält sich der Chinese, ohne zu schwanken und ohne Bestürzung, weiter. Es gibt nichts Unaussprechliches in China.

So bekannte ich denn: »Ich liebe Mark Elliott.«

Denn Mark und ich wußten beide, daß es viel wunderbarer ist, zu lieben, als nur geliebt zu werden.

»Und wohin, bitte«, fragte Ernest Watts, »glauben Sie, daß diese unerwiderte Neigung zu Mark Elliott Sie führen wird?«

Ohne das Adjektiv sonderlich zu beachten, den Blick auf meine Hände gesenkt, antwortete ich:

»Sie ist nicht unerwidert. Ich glaube, er will mich heiraten. Und sehen Sie – das alles ist sehr quälend.«

Ich sprach nicht weiter. Sein Körper hatte sich versteift, sein Blick wurde starr. Er horchte, aber er hörte mir nicht zu. Er horchte auf etwas anderes, auf etwas in sich selbst.

»Halten Sie sich für weniger selbstsüchtig als andere?«

»Ich halte mich für normal selbstsüchtig, wie alle anderen.«

»Ja«, nickte Watts und entließ mich mit einer Handbewegung. »Dafür halte ich Sie auch.«

Ich stand auf und ging. Orakel sind wie Kätzchen. Man nimmt sie mit heim in einem Deckelkorb und hält den Deckel fest verschlossen, damit sie nicht davonlaufen können.

Ich hatte nicht gesagt, was ich eigentlich sagen wollte. Es war da noch etwas auf dem Grunde von mir. Dafür besaß ich aber keine Worte. Wortlose Worte gingen klanglos durch mich hindurch wie Flächenblitze, verursachten mir eine Gänsehaut und waren unkontrollierbar wie elektrische Wirbelfelder. Ich schüttelte den Kopf wie ein Hund, der aus dem Meer watet und sich das Wasser aus den Ohren schüttelt, und ich schrieb ein Briefchen an Ernest Watts: »Vielen Dank. Sie haben meine Berge in Maulwurfshügel verwandelt.«

Ich war natürlich nur höflich, auf chinesische Weise höflich. Zwei Tage später wußte ich plötzlich, was verkehrt gewesen war. Ich hatte Watts wie einen Chinesen behandelt, er war aber Ausländer. Er besaß Wissen und vielleicht sogar Weisheit, aber nur eine solche des Kopfes, nicht eine solche des Herzens. Er hatte das »verständnisvolle Herz« nicht, er konnte das Schweigen nicht vernehmen.

Ich hatte über China sprechen wollen und statt dessen über die Liebe gesprochen.

»Also, jetzt ist Schluß mit dem Goldfisch«, dachte ich.

Aber Ernest Watts war noch nicht mit mir fertig.

Mr. Franklin

Warum nur hatte ich in Tschung-king Mr. Franklin so gar nicht leiden können? In Hongkong war er wie alle Engländer, wohlhabend, gutgenährt, wohlwollend mit dem Hintergrund einer unerschütterlichen viktorianischen Mentalität. Ein Mann, der sich mit einem halb sorgenvoll, halb vergnüglichen Lächeln das Gesicht wischte und in einem Pidgin-Englisch etwas zu trinken bestellte: »Boy, können machen ein Cocktail?« Im Lift hatte er mit lobenswertem gutem Willen gefragt: »Boy, können brauchen noch ein Mann, wie?« Der alte Liftführer hatte ihn mit leerem, unpersönlichem Blick gemustert.

Mr. Franklin hatte Tschung-king nach der Befreiung verlassen. Er war glücklich, aus China heraus zu sein, und voller Trauer, daß er in die Heimat zurück mußte. Er sehnte sich nach seiner Katze. Er hielt die roten Soldaten für sehr leistungsfähig und tüchtig. Sie führten sich sehr anständig auf. Sie bezahlten alles. Es gab viel zu viele Paraden und Umzüge und zu viele Versammlungen. Er glaubte, daß China bald wieder so sein würde wie früher. »So eine Geschichte dauert nicht lange. Ich habe noch keinen Chinesen gesehen, der nicht so herum oder anders herum krumme Sachen gemacht hätte. Sie werden bald wieder ihre alten Tricks anwenden, und das Leben wird wieder ganz nett sein.«

Wie viele alte China-Experten meinte auch Mr. Franklin, daß nur die Menschen des Westens mit Maschinen umgehen könnten. »Shanghai ist in einem schrecklichen Zustand. Die Chinesen haben noch nie selber etwas betreiben können und werden es auch nie lernen.«

Weder Sen noch ich widersprachen. Ich hatte Sen zum Tee zu Mr. Franklin mitgenommen, um den Kontrast zwischen ihnen beiden zu genießen. Sen hatte ausgezeichnete englische Manieren. Er besah sich Mr. Franklin, vorsichtig amüsiert, mit leicht gelangweilten Blicken. Hier in Hongkong, wo die ungeklärte Atmosphäre mancher Zusammenkünfte unter Chinesen durch die halb unbewußte Ablehnung der Weißen als Gattung getönt ist, erwartete ich, daß Mr. Franklin sich zu diesem Thema äußern würde. Mr. Franklin war ein Teil der »Alten Ordnung« — für sich allein bedeutete er gar nichts.

Mr. Franklin hatte hier die Universität absolviert und noch alte Freunde dort. Er war um die Gebäude herumgewandert, die noch vom letzten Kriege her baufällig waren. »Die Studenten hier sind ruhig, keine Roten und Rowdys wie in China. In Tschung-king weigern sie sich, ihre Examina zu machen, um an den Paraden zur Rettung des Landes teilnehmen zu können. Diesen hier scheint es finanziell gut zu gehen. Viele von ihnen haben ihren eigenen Wagen.«

»Ja«, bestätigte Sen. »Viele Söhne und Töchter aus wohlhabenden chinesischen Familien aus Malaya und Indochina und Südostasien und Hongkong besuchen die hiesige Universität Hongkong.«

Mr. Franklin war in seiner Meinung über den Wert einer höheren westlichen Bildung für Asiaten schwankend. »Ihr wart früher viel glücklicher, als ihr eure eigene Kultur hattet. Wir haben euch mit den westlichen Ideen, mit denen ihr nicht umgehen könnt, nur verdorben. Hat nicht auch Sun Yat-sen, der das chinesische Kaiserreich abschaffte und vor vierzig Jahren Revolution machte, an der Universität Hongkong studiert? Da haben Sie es — das kommt davon, wenn man euch die Demokratie beibringt. Das züchtet nur Revolutionen.«

Sen beruhigte ihn. »Die Universität Hongkong macht gar keinen Versuch, Demokratie zu lehren. Sie lehrt Medizin, Nationalökonomie, Literatur, aber nicht Demokratie, hält aber, wie jede andere Kolonialinstitution, einen doppelten Maßstab aufrecht. Es mag schon sein, daß sie eine Revolution herangezüchtet hat, dann aber als Folge einer Erbitterung. Sie erzieht Demokraten nicht durch Beispiele.«

»Na, ich hoffe, Sie haben recht.«

»Hongkong, Mr. Franklin, ist eine Insel des Privatbesitzes. Die Universität ist hauptsächlich dazu da, Mitglieder reicher Familien aufzunehmen, die dann später gute Stellungen in Banken, Anwaltbüros und einträglichen privaten medizinischen Unternehmungen antreten. Diese Leute sind nicht hungrig — weder nach Reis noch nach Idealen. Sie wollen Sicherheit, und die bekommen sie auch. Es gibt keinen Kommunismus auf der Universität.«

»Der Schriftsteller von heute steckt in einem Sumpf!« sagte Anne und warf Palette und Pinsel hin. »Der Maler lebt noch immer in einer bevorzugten Welt, er baut sich seine eigenen Visionen, ohne sich um Zustimmung zu bemühen. Der Schriftsteller lebt in jedermanns Welt, und jetzt liest jeder, und fast jeder schreibt. Ich bin meiner Natur nach Malerin, ich verstehe nur die Dinge und die Menschen, und nun soll ich Urteile aussprechen und Ideen diskutieren.«

Anne war aus Südostasien zurück. Sie war unglücklich darüber wie so viele Amerikaner. Unglücklich über das ausgeprägte Kolonialsystem dort, denn die Amerikaner lieben die Idee der Freiheit und Gleichheit für alle Völker. Daß dieses zweierlei Maß, diese beständige Quelle der Mißstimmung zwischen den Rassen so unverfroren aufrechterhalten wurde, bestürzte und empörte die Amerikaner.

Annes Betrübnis drückte sich in Strömen von Farbe aus. Sie versuchte immer wieder, den grellbunten Sonnenuntergang auf die Leinwand zu bekommen, und es gelang ihr nur zu gut.

»Ich möchte immer nur nach Peking zurück. Und jetzt ist China so sehr gegen uns. Das tut weh, Suyin. Wir haben zu helfen versucht, wir haben es ernstlich versucht, und jetzt ist alles ganz anders gelaufen. Die Kinder knirschen jetzt mit den Zähnen!«

»Du wirst von dem Gedanken an China niemals loskommen, Anne. Dort ist deine eigentliche Heimat. Du bist ihr verfallen — ebenso wie Mark.«

Mark hatte einmal gesagt: »Mein Leben lang möchte ich hierbleiben, niemals fortgehen. Immer hierbleiben.«

Anne und ich waren deprimiert. Die Nachrichten lauteten so düster. Wiederaufrüstung — der Krieg vor der Tür. Die Senatoren tanzten durcheinander. Mein eigenes Land verkündete siegestrunken, Amerika sei nur ein »Pappdeckeltiger«. Noch wirksamere Bomben wurden erfunden, Spionageringe ausgehoben. Japan verkaufte fleißig an die nordchinesischen Häfen. Hongkongs Lage war unsicher, Streiks waren an vielen Stellen entbrannt, und die Fabriken schlossen ihre Pforten. Alle Friedenstauben trugen Girlanden von Bajonetten und hielten Zünder von Atombomben zwischen ihren Krallen.

»Ich frage mich manchmal«, sagte Anne, »was das alles in diesem Augenblick für dich bedeuten mag, Suyin. Du gehörst zwei Welten an und kannst auf beide Arten lesen, schreiben, sprechen und denken. Du kannst die Bedeutung hinter den gesprochenen Worten erklären.

Du mußt doch völlig in zwei Teile gerissen werden. Und daß du Mark liebst, macht es auch nicht besser?«

»Ich bin immer zerrissen. Und die Liebe zu Mark macht es besonders schlimm.«

»Ich hoffe«, sagte Anne, »daß niemals der Tag kommt, an dem dein Land und mein Land miteinander Krieg führen, Suyin, und wir dein Volk Gelbbäuche und Untermenschen nennen und unsere früheren Feinde feine Kerle und Demokraten heißen. Ich habe schon daran gedacht, ob du mich wohl eines Tages als reißendes Tier, als Natter und Spionin bezeichnen wirst, Suyin.«

»Es hat schon angefangen«, lächelte ich schmerzlich, »daß man sich gegenseitig Schimpfnamen gibt. Es hat schon angefangen, Anne – weißt du das?«

»Wir Amerikaner haben immer eine besondere Liebe für China gehabt«, sagte Anne. »Hoffentlich macht das unseren Haß nicht noch schlimmer. Ich glaube, wir werden immer zwischen deinem Volk und seiner Regierung unterscheiden.«

»Ach, Anne, das wird dasselbe sein. Das Volk ist es ja immer, das darunter zu leiden hat und die Opfer bringt.«

»Du wirst mir immer schreiben, ja? Du wirst mich nicht vergessen? Wir sind doch Freunde, gute Freunde, Suyin. Es wird sich doch nichts ändern – oder?«

Ich blickte Anne starr an. Ob wohl der Tag kommen würde, an dem ich nicht mehr ihre Freundin war? Und Mark – würde ich ihn hassen, weil er das eine Ich und ich das andere Ich darstellte? Konnte das geschehen?

»Ich glaube, daß ich immer deine Freundin bleiben werde, Anne«, sagte ich.

»Ich könnte es einfach nicht ertragen, wenn auch du uns hassen lerntest«, bekannte Anne.

Suzanne

Suzanne sah gequält aus, rutschte auf ihrem Stuhl herum, rang die Hände und war das einzig Unruhige in ihrer entzückenden Wohnung.

»Was ist denn los, Suzanne?«

»Ma chère, es ist wegen meines Freundes. Er will mich heiraten.« Heiterkeit, Bestürzung und Besorgnis lagen in ihrer Stimme.

»Oh, wie nett, Suzanne!«

»Es ist nicht nett, es ist sehr ärgerlich. Jetzt hat er auch noch Verdauungsbeschwerden. Ich fürchte, es ist die Leber.«

»Aber das wird doch wieder gut, Suzanne.«

»Das wird es nicht! Du kennst die Frauen nicht. Sie stemmen sich immer dagegen, wenn ihr Besitz in Gefahr ist. Ich hoffe, seine Frau bekommt nicht heraus, daß ich chinesisches Blut habe. Dann wird's für ihn noch viel schlimmer.«

»Suzanne, wie töricht du bist!«

»Bin ich nicht! Du bist es, die das alles nicht versteht, Suyin. Es gibt noch so viele Vorurteile überall. Für dich mag das in Ordnung sein. Du siehst chinesisch aus und willst es auch sein. Aber ich gelte als Weiße. Wenn seine Frau das herauskriegt, bekommt sie damit eine Waffe in die Hand – verstehst du das nicht?«

»Nein, das verstehe ich nicht. Du bist töricht und zwanzig Jahre hinter der Zeit zurück. Ich habe in ganz Asien Leute getroffen, Doktoren, Professoren, Schriftsteller, die darauf, daß sie einen Tropfen chinesisches Blut hatten, stolzer waren als auf alles andere. Warum versuchst du, dich mit dem kleinlichen und falschen Maßstab der Weißen zu messen? Dies hier ist unsere Welt, Suzanne!«

»Nicht in Hongkong, Suyin! Auch in Singapore nicht!«

»Selbst in Hongkong! Der Fehler liegt bei uns. Wir fühlen uns ständig in die Verteidigung gedrängt, vergeuden Zeit damit, übelzunehmen, und erwarten, daß man auf uns herabsieht. Wir entschuldigen unseren Mißerfolg damit. ›Es kommt alles davon, daß ich Eurasierin bin – das ist der Grund‹, sagen wir. Wir machen uns zu Überbleibseln der Konzessionszeit, der guten alten Zeit der weißen Herrschaft also, wir äffen einem minderwertigen Pack von Weißen und seinen schlechten Manieren nach. Es ist unser Fehler, Suzanne.«

»Du hast gut reden«, sagte Suzanne. »Aber ich lebe auf dieser Welt, nicht in den Sternen. Ich weiß, was Eurasier sich alles gefallen lassen müssen, und du weißt es genauso gut, obwohl du die Nase hoch trägst und so tust, als seiest du besser als die anderen um dich herum. Ich sehe weiß aus, und bis jetzt bin ich damit immer durchgekommen. Es hat mir das Leben leichter gemacht, ich beziehe ein größeres Gehalt, und meine Wohnung wird mir bezahlt. Diese Vorteile hätte ich nicht, wenn ich Eurasierin oder Chinesin wäre. Du weißt das ganz ganau, Suyin.«

Ich legte alle Arroganz und den Stolz Chinas in meine Stimme, als ich antwortete: »Eine Eurasierin zu sein, bedeutet nicht, aus einer Vermischung von Ost und West geboren zu sein. Es ist eine geistige Haltung. Eine geistige Haltung, die aus falschen Wertungen und Vorurteilen, aus Unwissenheit und aus den Sünden der Kolonialzeit entstanden ist. Davon müssen wir uns frei machen. Wir müssen mit völliger Sicherheit auftreten und sagen: Seht uns an, uns Eurasier! Seht nur, wie schön wir sind, viel schöner als eine Rasse allein. Klüger auch und widerstandsfähiger. Dieser Zusammenklang zweier Kulturen kann zu einer Weltzivilisation werden. Seht uns an und beneidet uns, ihr armseligen Leute aus einer einzigen Welt, die ihr in euren Beschränkungen gefangen seid. Wir sind die Zukunft der Welt, seht uns an.«

»Du meine Güte!« rief Suzanne. »Du meine Güte, Suyin, wie du reden kannst! Ist das wahr, was du sagst?«

»Es ist wahr, und wenn wir es nur stark genug wollen, wird es wahr werden. Wir könnten die Welt retten, Suzanne, wenn wir uns nicht dauernd fürchteten. Wenn wir nur wir selbst wären und die Leute dazu brächten, uns anzuerkennen.«

Suzanne entgegnete nichts, und wir sprachen von anderen Dingen.

William Monk und vielleicht auch Martha

»Darf ich Sie ein Stück mitnehmen«, fragte William Monk.

Ich ging zu Fuß von Meis Schule nach Hause und wollte nicht mitgenommen werden. Aber William Monk war schon aus dem Wagen gestiegen und schob mich scherzend hinein. »Da — nett und gemütlich, was?«

Wir fuhren los.

»Mr. Monk, ich will in die Klinik.«

»Hat ja keine Eile. Es ist so ein schöner Abend. Frische Luft wird Ihnen guttun. Wollen einen kleinen Bummel machen.«

»Aber ich habe genügend frische Luft in der Klinik. Dort oben ist die Luft sehr gesund.«

»Nicht doch, nicht doch, Mädchen«, sagte er schelmisch. »Das ist so anziehend an euch Chinesinnen — diese Mischung von Zurückhaltung und Verführung! Chinesinnen«, begann er lang und breit und wurde dabei ganz lyrisch, »sind die schönsten Frauen der Welt. Entzückende, geschmeidige Frauen, zierliche Hände und Füße und eine Haut . . . kein Wunder, daß man für jede andere Frau verdorben ist, wenn man einmal eine Chinesin gehabt hat. Unsere Frauen können denen gar nicht das Wasser reichen . . .«

»Mr. Monk«, sagte ich, »ich bin Eurasierin.«

»Ach, tatsächlich. Das hätte ich nicht gedacht. Aber das ist ja noch interessanter. Eurasierinnen sind — eh, leidenschaftlicher.« Er kicherte auf eine Art, daß man wütend werden konnte. »Ich sehe deutlich, Sie besitzen alles, um einen Mann verrückt zu machen — ein Gesicht wie ein wandelndes Geheimnis — ein Profil . . .«

»Mr. Monk«, fragte ich, »wo ist eigentlich Ihre Frau?«

»Sie ist für eine Woche nach Macao gereist. Also, wie ich schon sagte . . .«

»Mr. Monk, passen Sie auf den Verkehr auf!«

Plötzlich schoß seine Hand vor und kniff mich mit einem — wie ich annehme — leidenschaftlichen Griff. Es tat weh. »Sie sind schön, wissen Sie das?«

»Aufpassen!« rief ich scharf. »Mein Gott, Sie Narr, das wäre um ein Haar schiefgegangen!« Wir hatten beinahe einen der zahllosen Verkehrssünder überfahren. William Monk fuhr schlecht. Entweder schoß er in Stößen vorwärts, oder er schlich im Schneckentempo. Die Unterbrechung verdarb ihm die Laune. Wir rasten vorwärts und kamen bei der Klinik an, ohne von etwas anderem gesprochen zu haben als vom Golf, vom Schwimmen und von den Rennen am Sonntag. Die ganze Fahrt über hatte ich ihn bei diesen Themen halten können.

Diana Kilton

Diana gehört zum Pflegerinnenpersonal.

James Manton sagte einmal: »Schwestern heiraten hier so oft Polizeioffiziere. Ich bin nur froh, daß immer wieder nette junge Männer kommen, damit diese hübschen Mädels jemanden heiraten können.«

»Wie geht's Alfred?« Ich war in Dianas Büro gelaufen und bemerkte den Brief in ihrer Hand. Es war gute Sitte, mich nach ihrem Freund zu erkundigen. Diana runzelte die Stirn. »Wann wirst du endlich lernen, diskreter zu sein? Es könnte dich doch jemand hören?« Sie blickte sich in dem sonst leeren Büroraum um.

»Entschuldige, Diana.«

Wir kennen uns schon lange. Wir waren uns in England begegnet. Die schönen nordischen Augen — das Grüngrau der kalten Nordsee — und ihre großartige rücksichtslose Offenheit haben mich immer wieder angezogen.

»Es gibt Dinge, die du nicht verstehst — und wenn du tausend Jahre alt wirst. Du bist deinem Mark so verfallen, daß du gar nichts von dem merkst, was um dich herum vorgeht.«

»O doch, doch. Ich höre alles, was über jeden gesagt wird und auch über mich. Es amüsiert mich.«

»Nun, ich wünsche jedenfalls nicht, daß die Leute kommen und ihre Nasen in meine Privatangelegenheiten stecken. Ich werde mir nicht die Chancen verderben, etwas Besseres zu erwischen, wenn ich kann.«

»Ich dachte, du bist in ihn verliebt.«

»Er liebt mich, ja, gewiß. Er tanzt gut und hat einen Wagen, einen MG., den hätte er sich in der Heimat gar nicht leisten können. Ich habe ihn wirklich gern.«

»Oh, Diana, wie lieb habe ich dich! Du bist so schön vernünftig!«

»Ich setze nur nicht alles auf eine Karte wie du. Und deine ist nicht einmal ein Trumpf. Noch immer kein Brief von ihm?«

»Nein. Er hat ja gesagt, daß er nicht schreiben würde. Aber — man erstickt daran.«

In ihren klaren Augen erschienen helle, grausame Flecken.

»Was hast du denn erwartet? Er ist doch heimgefahren?«

»Oh, so ist es nicht, Diana.«

»Meine Liebe, sei doch vernünftig. Wenn du glaubst, daß dein kleiner Volksschüler dir treu bleiben wird ... Schließlich ist es recht schwierig für ihn, und daß du Chinesin bist, macht die Sache nicht gerade leichter.«

In dieser Nacht schluchzte ich so bitterlich, daß ich nicht schlafen konnte.

Eileen Cheng

»Sie reden zuviel«, sagte Lucy Koo kummervoll. »Sie sagen viel zuviel. Chinesen in Hongkong sprechen nicht.«

Lucy Koo und ich standen vor dem Eingang des King-Theaters und sahen zu, wie Wagen und Taxis auf chinesische Manier unglaubliche Mengen von Erwachsenen und Kindern ausspien. Wir warteten auf Mrs. Cheng und Eileen. Oh, meine Wintertage, die sich wie bucklige Flüchtlinge im Regen unter ihrer Last gebückt an einem Grenzposten vorüberschleppen! Noch immer kein Wort von Mark.

»Da sind sie ja«, rief Lucy. »Sie sind in einem Taxi gekommen.«

In glänzende Regenhäute gehüllt, liefen Mrs. Cheng und Eileen über das nasse Pflaster auf uns zu, erstere eifrig rufend und winkend, letztere mit der Miene einer in den Regen geratenen Mona Lisa. Wir hatten alle unsere Plätze im ersten Rang.

»Wie ich schon sagte«, nahm Lucy Koo den Faden wieder auf, als wir bequem saßen. »Sie müssen viel vorsichtiger sein. Zumal, da Sie Chinesin sind. Sie werden noch Ihre Stellung verlieren.«

»Ich verliere ohnehin in acht Tagen meine Stellung. Sie reden Unsinn, Lucy!« Ich hatte diese kleinmütige Haltung, diese aufgebauschte Angst unter den Chinesen Hongkongs schon oft angetroffen. »Wir dürfen nicht reden«, sagten sie, fast frohlockend über die Tatsache, daß sie unfrei waren.

»Hören Sie«, sagte ich zu Lucy. »Sie verstehen die Engländer nicht. Was sie schätzen, ist Mut. Sie sind fast immer fair, wenn auch vielleicht in den Kolonien nicht so sehr wie in ihrer Heimat. Die Engländer glauben an die Freiheit. Das Übel bei uns ist, daß wir nicht offen genug sprechen. Wenn wir aufstünden und sagten, was wir denken, wenn wir sie in ihren guten Plänen unterstützen und ihre Fehler offen kritisierten, wenn wir Vertretungen und Stimmrecht verlangten, würden wir bekommen, was wir wollen. Langsam zwar und widerstrebend, aber wir würden es bekommen. Das Schlimme ist: wir lassen uns allzusehr einschüchtern. Wir spielen gern die armen Opfer, die dauernd und nicht nur manchmal unterdrückt werden.«

Lucy war nicht im mindesten überzeugt. »Sie sprechen von den Engländern in England. Dort sind sie anders, das weiß jeder. In England mag es eine Freiheit geben, aber hier sind wir in der Kolonie. Hier ist man nicht gleichberechtigt, sondern Chinese. Es gibt in allen Dingen zweierlei Maß: ob es um Häuser, Gehälter, Vorrechte und Freiheiten für die Weißen — und für die anderen geht.«

»Auch das ist unser Fehler«, beharrte ich eigensinnig. »Wir sind faul. Wir überlassen es den Weißen, uns zu regieren. Wir lehnen uns bequem zurück und kritisieren sie – das ist alles. Ich werde offen sprechen, und mir wird nichts geschehen. Nur die Zweitrangigen und die Dummen werden das mißbilligen. Die, auf die es ankommt, werden es begreifen. Sie werden schon sehen.«

Als wir später im Taxi durch den Regen nach Hause fuhren, sagte Mrs. Cheng zu mir: »Ich bin natürlich froh, daß Eileen in die Staaten fährt. Sie ist Künstlerin und muß sich ausleben. Aber ich bin doch etwas besorgt. Sie könnte sich in einen Ausländer verlieben und ihn heiraten. Es wäre eine Schande für die Familie.«

»O nein«, sagte ich, »nicht mehr in unserer Zeit, Mrs. Cheng. Nicht, wenn sie einen netten Menschen heiratet, einen gebildeten Ausländer.«

Mrs. Cheng seufzte und fuhr fort, ohne auf Eileen, die vorn neben dem Chauffeur saß, Rücksicht zu nehmen: »Natürlich ist Eileen jetzt eine geschiedene Frau, das macht es für sie schwieriger, einen Chinesen aus guter Familie zu heiraten – es wird vielleicht schließlich doch ein Ausländer sein müssen. Aber ihr Vater und ich sind altmodisch, wissen Sie, und wir werden es doch als eine gewisse Schande für die Familie empfinden.«

Da hatten wir sie, die beiden Seiten! Mein Volk empfand genauso wie die Engländer. Beide errichteten die gleichen törichten und nutzlosen Barrieren. Es mußte etwas geschehen, was diese idiotischen Vorurteile wegfegte, so daß die Menschen sich als Menschen sahen und sich gegenseitig zu einem besseren Leben verhalfen. Vielleicht war das Neue China schon auf dem Wege dahin. Ich mußte das herausbekommen.

Maya Wong

»Maya!« Ich hatte Maya seit über sechs Wochen nicht gesehen. Der sonnige November, der schönste Monat des Jahres in Hongkong, war nur für Mark bestimmt gewesen. Wir hatten vier Sonntage für uns gehabt, einen ganzen zusammengedrängten Herbst. Vier Tage voller Liebe und Sonnenlicht, um davon ein Leben lang zu zehren.

»Maya!«

Sie war immer schlank gewesen, jetzt war sie hager. Ihre Wangen waren gerötet. Die Haut spannte sich über ihren zarten Knochen. Ihre Augen leuchteten, und ihre roten Lippen waren fein gekräuselt wie dünnes Seidenpapier. An ihrem Hals oberhalb des hohen chinesischen Kragens schlug ihr Puls rasch, ungleichmäßig und stürmisch. Obgleich ich ihre Krankheit kannte, verringerte ihre Schönheit — wie sie so dasaß, die Hände zusammengelegt, und schreckens- und mitleidvoll an mir vorübersah – das Entsetzen, das ich sonst empfunden hätte. Dann aber wurde ich vom Schmerz überwältigt und weinte vor ihren Augen, denn ich wußte, daß sie sterben würde. Maya sah mir mit erschrockener Teilnahme zu, ein feines Lächeln auf den ausgetrockneten Lippen, ein Lächeln jenseits des Lachens, das sich selbst unaufhörlich verspottet. Ihre Handflächen, die sie jetzt nach oben wendete, um mich in meinem Gram zu trösten, waren etwas feucht.

»Wie lange weißt du es schon, Maya?«

»Ich habe vor zwei Wochen Blut gespuckt.«

»Ich hätte es erkennen müssen. Diese ewigen Erkältungen . . .«

Ich hätte es wissen müssen. Wären nicht die Augen und Ohren meines Herzens von gieriger Leidenschaft für einen einzigen verstopft gewesen, dann hätte ich es bemerkt. Einen Augenblick lang haßte ich Mark und diese verzehrende Ausschließlichkeit, die mich für jeden anderen blind und taub machte. Ich hatte nicht gesehen, daß meine beste Freundin neben mir starb. Mehr als blind war ich gewesen — und das wegen Mark. Vor zwei Monaten, als wir zusammen im Gras gelegen und von Mark gesprochen, hatte sie so mager ausgesehen und den ganzen Tag dunkle Schatten unter den Wangenknochen und unter den Augen gehabt. Wie verschattet sie gewesen war in all der hellen Sonne! Ich hatte es nicht bemerkt. Alles in meinem Innern war nur Mark zugewandt gewesen. Blind war ich, blind und dumm.

»Mein Mann ist an Tuberkulose gestorben«, erzählte Maya. »Es ist Schicksal. Trauere nicht, meine Freundin.«

Aufgeregt und gleichzeitig voller Verachtung für meinen eigenen Eifer ging ich vor. Maya war keine Regierungsangestellte, hatte keine Vorzugsberechtigung für ein Bett, und die Wartelisten für die viel zu wenigen Sanatorien erstreckten sich über Jahre. Zweihundert neue Fälle von Tuberkulose wurden bei einer Bevölkerungsziffer von zwei Millionen in jeder Woche gemeldet. Die Todesfälle blieben konstant auf siebzig pro Woche stehen. Maya hatte drei Kinder.

»Wenn ich nicht arbeite, verhungere ich ganz und die Kinder halb«, sagte sie und lachte mit einem leichten Erstaunen darüber, daß es so weit gekommen war.

Ich hatte die Welt zu jeder Stunde zwischen meinen Händen zerbröckeln lassen. Sechs unwiederbringlich verlorene Wochen lang. Nun hatte Maya hohes Fieber, beide Lungen waren erkrankt. Ich lief im Kreis herum, gänzlich hilflos, und suchte Beistand. Ein beengendes Gefühl von trockener Bitterkeit quälte mich. Mark hatte mich ganz und gar ausgefüllt, dieser volle, süße Schmerz, der Gedanke an ihn — für andere war nichts übriggeblieben als ein Skelett von Bitterkeit und Reue.

Nora und Robert Hung würden die Kinder zu sich nehmen. Meine Tochter Mei war schon bei ihnen und sehr glücklich; viel glücklicher als bei mir in meinem Zimmer in der Klinik. Nora und Robert trösteten Maya: »Wir sind doch alle eine Familie, wir sind doch alle miteinander Chinesen. Ihre drei Kinder, unsere vier und Suyins Kleine — wir sind alle eine Familie. Wir freuen uns so sehr . . .«, und sie sahen ganz entzückt aus. Aber Nora und Robert hatten für eine sehr große Familie zu sorgen. Verwandte und Freunde, Freunde von Freunden waren es, die noch aus China kamen; widerstrebend herausgedrängt, heraussickernd wie Mehl zwischen Mühlsteinen, kamen sie in recht verwirrtem Zustand in Hongkong an: »Es ist nichts zu machen. Wir haben es versucht, wir haben es nicht aushalten können . . .« Und man mußte sie füttern, man mußte für sie Stellungen finden, sie wollten versuchen, sich Pässe zu besorgen, oder sie sogar auf legalem Wege beantragen. Sie würden weiterreisen: Nach den Philippinen, nach Australien, nach Südamerika, nach Indonesien, nach New York, nach San Franzisko. Weitergereicht von Haus zu Haus, von Freund zu Freund. So war es denn Anne Richards, die für Maya bezahlte. Anne saß an ihrer Schreibmaschine und hämmerte Ideen und Meinungen herunter und sagte dem Publikum, was es hören wollte. So etwas war zu verkaufen. Manchmal las sie mir abends, zwischen

Lachen und Weinen, das vor, was sie ihren »chauvinistischen Journalismus« nannte. Die Einnahmen deckten die hohen Kosten eines Privatsanatoriums für Maya.

Maya hatte Glück. Sie glaubte, daß das durch meine Beziehungen erreicht worden sei. Sie hatte die Wahrheit nie erfahren. Sie dachte, das Hospital sei umsonst. Anne wollte nicht, daß sie es erfuhr. »Ihr Chinesen seid jetzt etwas empfindlich in bezug auf amerikanische Gelder. Das ist ganz verständlich. Es ist so viel Geld für falsche Zwecke ausgegeben worden. Es ist viel besser, wenn Maya es nicht weiß.«

Adeline Palmer-Jones

Zum zweiten Male in ihrem Leben stieß Adeline Palmer-Jones auf mich nieder. Mir wurde plötzlich klar, warum Mark sie nicht mochte. »Diese dünnen Lippen, die in den Linien der Autorität erstarrt sind, diese kleinlich harte Seele, die in gewaltige, trügerisch weiche Fleischwälle eingebettet liegt«, hatte er von ihr gesagt.

»Ich sah Ihren Antrag auf Aufnahme in unseren Verein«, begann Adeline ohne Einleitung. »Ich glaubte, Sie seien nicht ernstlich daran interessiert, und sagte, er solle nicht bearbeitet werden. Sie gehen doch nach Peking, nicht wahr?«

Ich schluckte. Es war mein Stolz, den ich hinunterschluckte. »Ich habe mich entschlossen, noch in Hongkong abzuwarten, Mrs. Palmer-Jones.«

»Tatsächlich?« Ihre kleinen Augen musterten mich. »Nun, natürlich haben wir alles Interesse daran, die besten Leute in unseren Erziehungseinrichtungen zu behalten. Die übrigen können ja immer noch in den Staatsdienst treten.«

In Hongkong ist es in gewissen Kreisen Mode, auf den Staatsdienst herabzusehen.

»Wie ich höre, hat Mr. Elliott Hongkong verlassen«, fuhr sie in munterem Plauderton fort. »Zu schade! Ich hatte ihn und Miss Kilton zu uns zum Dinner eingeladen. Er ist nicht gekommen, und Miss Kilton sagte mir, er sei schon abgereist.«

Es hatte schon angefangen. Eines Abends bei einer Tanzveranstaltung waren die Monks auf Mark zugetreten und hatten ihn und Diana, die bei uns saß, zum Dinner eingeladen. Auch andere. Sie achteten peinlich darauf, daß ich es auch erfuhr. Mich ließen sie aus. Das war Hongkong.

Ich wußte Adeline nichts zu erwidern. Ich war so müde. Ich blickte auf meine Schuhe und fühlte mich minderwertig und schuldig.

Mark war fort. Zurück in seine Welt, zurück in die Realität, die auch einen Teil von ihm darstellte. Eines Tages würde er von diesem festen Punkt aus erkennen, wie unmöglich unser Traum gewesen. Eines Tages würde er schreiben, wie leid es ihm tue und daß alles eben nur ein Traum gewesen sei. Hier, vor Adeline, beherrscht von ihrem Blick, in meiner schweigenden Hinnahme ihrer Mißbilligung, wußte ich, wie unmöglich alles war. Denn Adeline war die Realität. Und Adeline hatte immer recht. Die Realität siegt immer.

Ach, wie jammerschade war es doch um unseren närrischen seligen Traum!

Ernest Watts

Die Hibiskushecke schwenkte ihre gelbgespitzten Blüten. Tiefrosa gegen die hellgrünen Blätter säumten sie das seidige Meer, das sich straff in die Lücke der Hecke hineinspannte. Ich saß in der Sonne, blickte durch diese Lücke auf das Meer hinaus und hätschelte meinen nicht endenwollenden Schmerz. So auf der Erde zu sitzen und die Sonne mein Leid einwiegen zu lassen, wie eine Mutter ihr Kind einwiegt! Der dunkelrosa Hibiskus schwenkte seine goldenen Spitzen, den Pfad entlang, immer weiter in der Sonne, bis zum Haus der Weisheit.

Den Weg herauf kamen Ernest Watts und John Tam. John war voller Eifer, ganz enthusiastisch, die Worte stolperten vor Aufregung über seine Lippen. Ich stand schwerfällig auf, erfüllt von der Leere, die Marks Schweigen in mir hinterließ.

Und dann schlug Ernest Watts zu. Kaum einen halben Meter von mir entfernt – gewiß, daß ich jedes Wort hörte – drehte er sich zur Seite und sagte langsam und deutlich zu John Tam:

»Und vergessen Sie das Dinner heute abend nicht. Archie Cuff kommt auch. Er wird Ihnen gefallen. Er ist ein guter Freund von Mark Elliott. Er wird uns Neues von Mark sagen können. Er hat ihn erst vor zwei Tagen in Bangkok gesehen.«

Sen

Verwirrt vor Kummer, verloren in meine Konflikte und verfolgt vom Gedanken an Mark, ging ich zu Sen.

»Sen, wenn Sie das nächste Mal nach China fahren, fahre ich mit.«

»In einer Woche«, sagte Sen, »fahre ich zurück. Nehmen Sie Ihr Kind mit? Ist es endgültig?«

»Nein. Ich habe Mark Elliott versprochen, daß ich hier in Hongkong auf seine Rückkehr oder auf einen Brief von ihm warten werde.«

»Die ewige Dilettantin Han! Wann endlich werden Sie sich voll und ganz der herrlichsten Sache der Welt weihen?«

»Von Sachen verstehe ich nichts. Ich muß hierher zurück. Es gibt noch andere Fragen zu lösen, außer der nach meiner Pflicht.«

»Ist dieser Engländer denn all die Anstrengung und all diese Schmerzen wert, Han? Glauben Sie nicht, daß Sie Ihre schöne Tatkraft nur verschwenden? Er mag ja ein guter Mensch sein — aber politisch, Han . . .«

»Ich weiß es nicht! Ich weiß es nicht! Ich weiß nicht, was wichtig ist und was nicht. Ich muß herausfinden, ob ich nicht sein Untergang bin, ich muß es wissen — und zwar ganz sicher. Ich liebe ihn, Sen, und ich bin eine Frau. Ich verstehe von Pflicht nicht so viel wie Sie.«

»Die Pflicht«, sagte Sen, »ist etwas Absolutes!«

DRITTER TEIL

KRISE

LASSET DAS MEER BRAUSEN...

(98. Psalm)

Füße, Staub, Staub, Füße, Füße, Fahnen, Jubel und viele Banner.

Die Drachen, die Schwärmer, die Banner und Fahnen.
Und das Volk.
Das Volk und die Soldaten. So viele Leute.
Die Maschinengewehre und die Fahnen.
Der blaue Winterhimmel voller Sonne, über China.
Wir kennen uns selbst nicht mehr – das ist nicht mehr unser Volk, diese Verklärtheit.
Und um die Stadt die Felder. Jadegrün mit dem kleinen jungen Reis.

Dunkelblaue Hügel, und auf den Wegen strömen die Menschen und tragen ihre Kinder.
Himmel, Sonnenschein, braune Erde, braune Gesichter.
Strohsandalen im Staub.

Da kommen sie, da sind sie: die fünfgesternten Fahnen wehen im Sonnenschein.

Endlich! Endlich!
Die Soldaten. Und das Volk ohne Furcht.
Warum sollten wir uns fürchten? Dies ist die Armee des Volkes.
Dies ist unser Volk.
Die Ansprachen.
Der Jubel. Die Ekstase des Jubels.
Jubel, Jubel, Jubel. Zehntausende jubeln wie ein Einziger.
Immer wieder, immer wieder. Geschrei im Sonnenlicht.
Die Kinder marschieren.
Die Frauen marschieren.
Die Studenten, die Seeleute, die Soldaten,
die Kaufleute, die Handwerker, die Schneider –
alle mit Fahnen – jubelnd unter den Sternen.

Die Trommeln, die Trommeln, die Trommeln.
Bumm-bumm-bumm bum bum. Bumm-bumm-bumm bum bum,
Die Trommeln zum Tanz.
Zum Jangko. Jangko. Jangko.
Tanz der Vergangenheit, der Gegenwart, der Zukunft. Der Tanz zwischen den Soldaten und dem Volk, den Tänzern.
Rote und goldene Tänzer und die Trommeln.
Stampfende Männer, Rufe hellen Frohlockens. Der Tanz.
Frauen und Männer verzückt und ohne Furcht. Die Trommeln.
Kinder lachen in der Sonne.
Glaube. Tanz des Jangko.
Hoffnung. Tanz.
Auferstehung. Jauchzet, schlaget die Trommeln, tanze, o Volk, denn nun ist es gekommen, es ist da, nicht wahr?
Die Trommeln, die Trommeln, die Trommeln.
Bumm-bumm-bumm bum bum. Bumm-bumm-bumm bum bum,
Die Reden. Die Reden. Die Reden.
Worte. Worte. Worte. Worte. Worte.
Hall von Worten im Sonnenlicht.

Es gibt 475 000 000 Menschen in unserem Land.
Unser Land hat mehr Menschen als irgendein Land der Welt.
Unser Land wird das mächtigste Land der Welt.
Unser Land wird die Welt erretten.
Zittert! Dies ist die Zukunft. Marschierende Strohsandalen im Staub.

Bebet! Wir erschüttern die Erde mit unserem Marsch.
Unsere Soldaten, unser Volk. Die Banner und Fahnen.
Dies unser Volk. So viele Menschen.
Sie tragen ihre Kinder. So viele Kinder.
So viele.

Das erste und das letzte, was mir in den Ohren klang, waren die Trommeln. Ihre unermüdliche endlose Beharrlichkeit umkreiste die Stadt und die grünen, jungen Reisfelder zwischen den blauen Hügeln, dem goldenen Raps und der rosa Bohnenblüte. Nicht eigentlich ein Geräusch war es, sondern ein ständiges Flimmern, ein Zittern der Luft, Sonnenpfeile über dem Antlitz dei See, wie ewig niederbrennendes Sonnenlicht auf dem Wasser. Eine Harmonie, die man nicht hörte, sondern mit dem Körper wahrnahm, die in einem Traum wiegte, lebendiger als alles wache Dasein. Hin und her gingen meine halbgedachten Gedanken, vor- und rückwärts auf Flügeln des Tons. Ein Rhythmus war es, der aus dem eigenen Inneren aufstieg. Ein Wirbel von fünf Takten, ein quirlendes Vibrieren, das unaufhörlich gegen die Hügel brandete, gegen den alles überwölbenden Himmel, bis die Welt zitternd lebendig wurde, lebendig wie ein liebender Körper. Unsere Worte und Handlungen wurden zur sinnlichen Wahrnehmung, von diesem Trommelschlag regiert, und wir bewegten uns verzaubert in pulsender Lebendigkeit.

Bumm-bumm-bumm bum bum.

In der Dunkelheit erwachte ich, weil die Trommeln verstummt waren. Die Stille weckte mich und die anderen, die um mich lagen im Christlichen Verein Junger Frauen. Auf Eisenbetten ausgestreckt, Schläfer, zu plötzlich des Schlafs beraubt, lagen wir mit angehaltenem Atem, um die anderen nicht aufzuwecken, obwohl sie längst wach waren. Plötzlich wurden wir uns unserer Einsamkeit bewußt und erwachten völlig — waren verloren, verzweifelt und ausgestoßen.

Die Trommeln setzten wieder ein. Da wandten wir uns, beruhigt eingewiegt und verzaubert in die Gemeinschaft des nächtlich ruhenden, um uns sich breitenden weiten Landes, wieder zur Seite. Das Auf- und Abschwellen des Trommelschlags hüllte uns schützend gegen die kleine, eigene Einsamkeit ein, und so schliefen wir weiter.

Paraden und Umzüge, Versammlungen, Reden und Schlagworte. Paraden bei Fackelbeleuchtung und im Sonnenschein: Paraden von Hausfrauen mit Spruchbändern: Freiheit und Gleichberechtigung für uns Frauen. Paraden der Christlichen Vereine Junger Männer und Frauen: Wahre Religion ohne imperialistische Ausbeutung. Paraden der Jungkommunisten: Tod den Feinden der Neuen demokratischen Diktatur, Tod den Saboteuren, den Spionen, den »Laufenden Hunden«, dem Imperialismus, den Reaktionären. Paraden der Handwerker und Ingenieure, der Christlichen Gemeinschaften, Kaufleute, Bauern und Fabrikarbeiter. Paraden mit Bannern und Drachen und Feuerwerk und Flaggen und Reden und Schlagworten. Es war ein erweitertes Selbst, das den ganzen Tag lang das Herz bedrängte. Es steigerte sich bis zu einer enormen Ausdehnung des Selbst — zur Masse. Das Volk und ich, und ich und das Volk. Was war die Liebe eines einzigen Mannes, gemessen an dieser ungeheuren Verzückung, mit der man plötzlich zur Masse wurde.

Mein Name ist Legion.

Trance! Starre Verzauberung der vielen. Ein Leichtentuch des Glücks, das schwer vom Himmel auf uns herabsank. Marschieren, Jubel, Tanz, Reden. Schwingt die Fahnen! Und singt! Eine Nation, die singt. Mein Körper verließ mich. In plötzlich einsetzender Hypnose, ergriffen von einer alles verschlingenden Leidenschaft, wurde meine persönliche Liebe winzig klein, und alle Süßigkeit war aus dem geliebten Namen gewichen. Ein neues Entzücken, ein Rausch der Selbstaufgabe. Aufgabe des eigenen genauen Nachdenkens. Die protestierende Beherrschtheit, im eigenen Innern zur Bedeutungslosigkeit erstickt, war nur noch ein zänkischer Zwerg.

Trance! Der Tanz, der muskelspannende, wiegende Jangko. Ein Strom von Menschen geriet in rhythmische Bewegung, der die Erde unter den Willen des Menschen stampft und beharrlich ist wie das Fließen des Flusses. So hatte ich vor einigen Monaten den großen Strom gesehen, wie er seine Wassermassen durch Finsternis und Helle zwischen den dunkel hingebreiteten Hügeln Westchinas vorwärts trieb. So sah ich jetzt auch die Tänzer, in Rot und in Gold mit wehend blauen, scharlachfarbenen und grünen Schärpen, sich beharrlich durch das Volk dahindrängen und die Erde zum Klange der Trommeln stampfen. Die Trance des Stroms.

Drei Monate nach der Befreiung der Stadt erklangen die Trommeln immer noch. Manchmal aus der Richtung der Technischen Hochschule oder von der Missionsschule am Osttor her, oft aus dem Soldatenlager außerhalb der südlichen Stadtmauer. Als ich abreiste, trommelten sie. Sie trommeln heute noch, wenn durch die Hauptstraße langsam die offenen Lastwagen rollen, die die »Feinde des Volkes« zum schnellen Tode führen, während die Massen vor Haß und Beifall zischen und brüllen, die Anführer der Sprechchöre ihre hohen schrillen Stimmen für ein Schlagwort erheben und man Feuerwerk abbrennt wie zu einem Fest – und die Tänzer tanzen, tanzen, tanzen.

»Ich frage mich, Sen, ob Meister Konfuzius diesen fünftaktigen Wirbel gekannt und für ein gutes Mittel gehalten hat, um die Empfindungen der Menge zu regulieren. Ich frage mich, ob achthundert Jahre vor der Geburt des sanften Juden Christus unsere Ahnen ihre Frühlingsfeste und ihre Fruchtbarkeitsfeiern mit diesen Tänzen und zu diesem Wirbel abgehalten haben. Sie kommt tief aus dem Innern unseres Volkes, diese trommelnde Behexung. Ich fühle vom Leib her, wo alle wirklichen Gefühle liegen, es stark und zwingend wie die Liebe hochbranden, als ob das Mark meiner Knochen es schon millionenfach vor diesem heutigen Tage vernommen hätte.«

»Sie greifen immer auf feudalistische und bourgeoise Begriffe zurück, Han. Wann werden Sie endlich damit aufhören, die harte Wirklichkeit mit phantastischen Träumereien zu umsäumen? Dies alles ist der demokratische Ausdruck des Glücks unserer Nation, die von der imperialistischen Unterdrückung und den korrupten Beamten befreit worden ist. Das Lied der Großen Neuen Welt, der Demokratischen Volksdiktatur.«

Für mich war es ein Rhythmus so alt wie die Erde um uns. Wie kann ein System aus Worten das Wesentliche der menschlichen Natur verändern und sie ihrer unbewußten und unentrinnbaren Vergangenheit entkleiden? Was gewesen ist, ist Teil unseres Körpers geworden, zäh wie der Protozoenschleim unserer Zellen, und was wir sind – nämlich der Körper –, ist in seinen ungeschriebenen Gesetzen unerbittlich. Unsere arme, von der Selbsttäuschung des Materiellen angelockte Seele beansprucht in anmaßender Torheit den Vorrang über den holden und zugleich mitleidlosen Körper. Die Seele gehorcht nur widerwillig den ungeschriebenen Gesetzen und der unendlichen Anpassungsfähigkeit des in Krankheit und Gesundheit sich wandelnden Körpers, der sich auch im Hunger verändert, der jeden anderen Gedanken verschlingt – und der Angst, die zur Grausamkeit treibt. So vieles von unserem augenblicklichen Wohlwollen ist durch unsere letzte Mahlzeit bestimmt, und die Schönheit der Welt hängt von unserer Verdauung ab.

Demut also ist nötig, um mit seinem eigenen Körper zu leben, seine Zyklen von Grund auf zu kennen, seinen Verrat, seine Lust, seinen Verfall. Es ist schwer, die Bedeutungslosigkeit des Sterbens zu erkennen. Es scheint so notwendig, die Illusion als Teil der Wirklichkeit zu pflegen und zu bedenken, daß herrliche Träume ein Teil unseres Körpers sind und so real wie die eigene Hand.

Von daher glaube ich zu erkennen, daß vieles, was als neue Erkenntnis und welterrettende Wahrheit auftritt, nur aufpoliertes Formelhandwerk für dieselben Notwendigkeiten und Instinkte, Sehnsüchte und Atavismen ist, die uns in all ihrer Brutalität seit dem Beginn der Menschheitsgeschichte anhaften. Not, Angst, Hunger, Grausamkeit, Macht und jenes Sehnen nach etwas anderem, das mehr ist denn Brot allein, drängen den Menschen auf die Bahn zum Heiligen oder zur Bestie.

»Sen, betrügen Sie sich nicht mit Ihrer Vision eines wissenschaftlich konstruierten Himmelreichs hier auf Erden, das so makellos ist wie Ihre Laboratorien? Vollkommenheit ist ein gefährliches Ideal. Gewiß – wir haben seit fünfhundert Jahren zum ersten Male eine Regierung, die sich um das eigene Volk kümmern will. Wir sollen Ehrlichkeit, harte Arbeit und eine fähige, unbestechliche Verwaltung bekommen. Aber wir können darin auch zu weit gehen. Ich bin erschreckt von diesen sich austobenden Erregungen. Erregungen sind älter als die Worte, die sie auslösen, und völlig unkontrollierbar. Unsere Alleinige Wahrheit hat uns vielleicht zu fanatisch werden lassen. Ich habe einfach Angst!«

»Wie können Sie Angst vor so viel Gutem haben? Sehen Sie sich unser Volk an, wie es sich erhebt, Mann und Frau, in der Bestätigung seiner Menschenwürde. Dieses neue Volk, einst verwahrlost, gedemütigt, klaglos – geboren, um sich zu plagen, ohne aufzublicken. Sein Gesicht war einst so bedeutungslos wie Stein und Gras am Wege. Nun ist das Volk zum Leben aufgerufen. Nicht von Gott her, sondern vom Menschen selbst. Sehen Sie sich die Arbeit an, die wir schon geleistet haben. Sehen Sie, wie wir Schiebung, Korruption, Rechtlosigkeit abgeschafft haben, die neuen Straßen, die wir bauen, und die gerechte Verteilung des Landes. Und obwohl wir arm sind, haben wir doch genug zu essen, seit wir nicht länger mehr von ausländischem Geld abhängen. Nahrung ist billig und das Geld stabil. Neue Industrien schießen überall aus dem Boden. Sehen Sie sich nur an, was wir in dieser kurzen Zeit erreicht haben. Beweist das nicht, daß die Kommunisten in der ganzen Welt fähiger sind als die Bourgeoisie?«

»Ich weiß es nicht. Wenn ich eine von den vielen bin, die sich in dieser aufwallenden Redlichkeit des Enthusiasmus und des Glaubens abmühen, dann bin ich glücklich. Vielen von uns hat sich das Selbst erweitert, weil wir jetzt ein Ziel im Leben vor uns sehen. Jeder hat sich dem Wiederaufbau Chinas geweiht. Und dennoch habe ich manchmal Angst.«

Angst, Angst vor dieser beharrlichen und zerstörerischen Besessenheit des Opferrausches. Fleisch und Blut, Herzensfreude, jegliche Intimität wird der alles verzehrenden morallosen Flamme einer geistigen Tyrannis geopfert. Einmal war es eine ungeheuerliche Gottheit, die in den Donnerwolken lärmte, nun sind es die Staaten, die durch die Mikrophone kreischen. Doch immer bleibt der Drang, über sich hinauszuwachsen, sich der Gottheit zu widmen, ein wilder, gebieterischer Drang, der ewig unstillbar ist.

Religiöse Gefühle, Glauben an die Menschheit. Wie bei allen neuen Lehren ist dieser Glaube intolerant und fanatisch. Er kommt, mit seinen Zeloten, Heiligen und Soldaten, um die Armen zu kleiden, die Hungrigen zu speisen und den Unterdrückten Gerechtigkeit zu bringen. Er weckt die lieblichen Züge der menschlichen Seele: Begeisterung, Sehnsucht nach Reinheit, Aufrichtigkeit und Selbstverleugnung. Aber er geht zu weit. Er steigert sich in eine Raserei des Hasses gegen die, die sich nicht einfügen wollen. Er denunziert überall Ketzer und

Saboteure, verbreitet Terror im Namen der Gerechtigkeit – und vergißt das Mitleid. Weiter und weiter wird er durch seine nicht mehr kontrollierbaren Emotionen getrieben, zur Reinigung durch Tod, zu öffentlichen Hinrichtungen und bis in einen phantastischen »Heiligen Krieg«, zu allem, was nicht auch andere Revolutionen und andere Religionen in größerem oder kleinerem Maßstab getan haben.

Der Mensch wird immer danach streben, die Welt zu erobern und die Herrschaft des menschlichen Willens im Namen seines Gottes mit Fahnen, Jubel, Massenaufmärschen und Kreuzen, Adlern und Sonnen, mit Schlagworten und mit Blut aufzurichten. Die Füße im Staub, das Haupt in den Sternen.

Alte Götter, neu angestrichen, noch naß.

DIE KLEINE STADT

Bei dem Wandel von der früheren Verworrenheit zur neuen Ordnung wurde mir an vielen Dingen der alten Welt klar, daß dieses Neue unvermeidlich gewesen war.

Diese Antagonismen, in scheinbar unerschütterlicher Opposition einander gegenüberstehend, sind für mich heute nicht mehr Antithesen, sondern Ergänzungen füreinander, Zwillingsaspekte derselben Notwendigkeiten, Begierden, Grausamkeiten und Sehnsüchte der Menschheit, untrennbar wie Tag und Nacht. Sie beeinflußten einander ständig und stützten sich auf Schlagworte, die eines so absurd waren wie das andere und ihre Argumente aus Wirtschaftsmethoden zogen, die sich einerseits auf Verschwendung und Untüchtigkeit, andererseits auf den Glauben an einen unerfaßbaren Zeitraum gründeten, den man Zukunft nennt. Was täte der Kommunismus ohne einen Feind? Und was würde die Demokratien antreiben, in ihrem Hause Sauberkeit zu halten, wenn nicht die Gefahr, alles zu verlieren?

Hier reichte die vielfältige Vergangenheit bis in die Gegenwart hinein und korrumpierte sie. Die Laster, Vernachlässigungen, Unterlassungssünden und Ungerechtigkeiten der sogenannten freien Welt ernteten eine bittere Rache in einer Welt, in der dieses Wort etwas völlig anderes bedeutete.

Auf Schritt und Tritt wurde eine Schlechtigkeit der anderen Seite angeführt, um eine neue Gewalttat zu rechtfertigen, die jene von der

Erde tilgen sollte. Die Vergangenheit beschmutzte die Gegenwart – so wurde die Gegenwart der Zukunft geopfert, und diese Zukunft eben war eine ungeheuerliche Verblendung, die von der Vernunft des Menschen Besitz ergriffen hatte.

In dieser kleinen Stadt verstand ich vielleicht zum ersten Male die Bedeutung der Freiheit. Nun, da die neue Weltanschauung jeden unserer Gedanken formen sollte, entdeckten Männer und Frauen tief in sich eine zähe Kraft, Reserven von Verständnis, Nächstenliebe, Geduld und Mut, eine Klarheit und Stetigkeit, die die Freiheit des Menschen bewahrten. Erst in der Sklaverei lernt man Freiheit kennen.

Eines wußte ich. Ob wir es nun wollten oder nicht – wir konnten nicht mehr zurück. Dies war die Gegenwart, das Jetzt. Und die Zukunft blieb – trotz aller Voraussagen, aller Drohungen, aller Pläne – überall vollständig im dunklen.

»Sen, alles ist das gleiche und doch völlig verändert. Es ist, als ob man sich zum erstenmal ganz nah im Spiegel besieht, und rechts ist links und links ist rechts!«

»Sie müssen die Dinge anders ansehen lernen. Es ist ganz leicht, wenn Sie nur erst einmal richtig sehen. Sie sind noch gehemmt durch Ihre feudalistisch reaktionäre Deutung der Tatsachen. Diese Deutung stimmt nicht, Han.«

Das war wahr. Es gab so viele Arten, etwas anzusehen, einige nannten gut, was andere abstieß. Ich wußte es ja bereits von Mark. Aber Sen behauptete: »Es gibt nur einen richtigen Weg, und den müssen Sie kennenlernen.«

Wir bummelten über die Hauptstraße von der YWCA her. In der Spur des gestrigen Umzuges lag noch etwas Reif wie Puderzucker, der bald von der intensiven Sonnenbestrahlung aufgezehrt sein würde, die auf die grauen Dächer, die kahlen Weiden und die mannshohen Hügel aus dem Schlamm der Abzugskanäle niederbrannte. Der Duft von Pflaumen- und Magnolienblüten mischte sich mit Wolken würgenden Gestanks aus den geöffneten Abwässergräben.

Zum erstenmal, seit diese kleine Stadt überhaupt Abzugskanäle besaß, waren sie gereinigt worden. Nicht etwa von Kulis, sondern von Söhnen und Töchtern der Bürger, den Studenten der Technischen Hochschule, den Schülern der Ober- und Mittelschulen. Sie schufteten sechs Wochen lang, und dann waren die Abzugskanäle sauber.

Die Jungkommunisten liefen herum, ermutigten die Studenten und hielten sie zur Arbeit an: »Ihr dürft nicht nur in einer Welle plötzlicher Begeisterung arbeiten und nur ein paar Stunden oder ein paar

Tage lang. Dies ist nicht nur so zum Schein, wie unter der vorigen Regierung. Damals hat man herrliche Pläne für Projekte gezeichnet, die Millionen amerikanischer Dollars erfordern würden. Aber außer einer Menge Durchstechereien ist nichts weiter geschehen. Damals haben die Studenten dieser kleinen Stadt angefangen, eine Straße zu bauen. Aber sie haben es bald aufgegeben, und man hat dann Kulis gemietet, um die Arbeit zu beenden. Diesmal haben wir ein Programm. Und wir werden es auch durchführen. Wir meinen jedes Wort, das wir sagen, ernst.«

In Bataillonen marschierten die Studenten morgens mit geschulterter Hacke und Schaufel zu den Kanälen und sangen die neuen Marschlieder. Hie und da blickten ihnen einige Gruppen verwunderter und skeptischer Bürger nach, Frauen mit bloßer Brust, die ihre Kinder säugten, Ladeninhaber, die ihre lange Bambuspfeife am Eckstein ausklopften und die Augen mit schwarzen runden Kappen gegen die Morgensonne geschützt hatten. Manchmal kam ein Miao von den Hügeln herab, mit Silberperlen und kupfernen und Türkisschnallen, und manchmal ein Tibetaner in Gelb mit einem Schaffellmantel. Es gab noch immer Paraden und Umzüge und viele Versammlungen, aber die Trommeln riefen jetzt zur Arbeit, nicht mehr zum Spiel: »Wir haben unseren Feiertag und unsere Lustbarkeit gehabt. Jetzt arbeiten wir! Wir haben ein Programm!«

Der Fluß mußte ausgebaggert werden, die Felder waren zu drainieren, die Deiche zu reparieren. Auf die kahlen Hänge mußten Bäume gepflanzt werden. Es war der Fluß des Volkes, es waren seine Felder, seine Hügel. Aber in der kleinen Stadt gab es keinerlei Gemeinsinn. Jahrhundertelang hatte außerhalb der Sippe sich keiner angestrengt, jahrhundertelang hatte körperliche Arbeit als erniedrigend gegolten, jahrhundertelang hatte das Volk die Regierung als einen natürlichen Unterdrücker und alle ihre Aufgaben als Zwangsarbeit angesehen.

Die Arbeit der Jugendgruppen war erstaunlich. Stunde für Stunde, Tag um Tag, Woche für Woche liefen sie landauf und landab, erklärten, sprachen mit einer zähen Ausdauer in verschlossene, mürrische, grollende Gesichter hinein. Die Bauern waren entschlossen, so wenig wie möglich herzugeben, und mißtrauisch gegen alles ihnen bislang Unbekannte. Man hatte sie zu oft betrogen, als daß sie etwas noch hätten glauben können. Mit unnachgiebiger Beharrlichkeit lehrten und predigten die Jungkommunisten. Es war außerordentlich bewegend, zu beobachten, wie die Gesichter lebendig wurden, sich entfalteten, die Münder, die so eigensinnig geschwiegen, sich öffneten und zu sprechen begannen, wie der ganze Mensch aufblühte und sich seiner Menschenwürde auf dieser Erde bewußt wurde. Für dieses Wunder konnte schon gern ein Opfer gebracht werden. Es einmal geschehen zu sehen, genügte, um zu glauben.

In der Stadt gab es, nach dem ersten Sturm der Begeisterung, dasselbe argwöhnische Zurückweichen, dasselbe tiefbegründete Mißtrauen wie auf dem Lande. Es gab nur zwei Wege, die Leute zur Arbeit anzuhalten. Der eine: sie auf einen Siedepunkt der Begeisterung durch Paraden, Reden und Versammlungen zu steigern, wobei dort jedermann nicht nur sprechen durfte, sondern sogar dazu genötigt wurde. Der andere bestand darin, den wohlhabenden Familien so hohe Abgaben und Geldstrafen aufzuerlegen, bis sie und ihre zahllosen Angehörigen gezwungen waren, zu arbeiten.

Die Jugendgruppe war es auch, die die nächtlichen Fackelzüge organisierte. Dann flatterten prächtige besternte Fahnen golden und rot im Nachtwind, und das herzerhebend vielstimmige Brausen der Menge stieg über den braunen, vom Fackelschein verklärten, ekstatischen Gesichtern zum Himmel empor. Die Chinesen sind eine leicht erregbare Rasse. Die Lieder, die Ansprachen und das Trommeln riefen Ausbrüche hysterischer Ekstase hervor, lösten jähe Begierden aus, sich zu opfern oder sich für eine Aufgabe zu weihen. Und so trieb die Menge voran. Ihre Seelen waren dem Augenblick erobert. Sie meldeten sich freiwillig für das Ausbaggern des Flusses, für den Deichbau, für die Frühjahrsbestellung. Aber am nächsten Morgen, abgekühlt und ernüchtert, standen sie dann nicht mehr zu ihren Versprechen vom Vortage. Lebenslange Gewohnheiten sterben langsam.

Die Arbeitsbataillone schickten manchmal eins ihrer Mitglieder, einen Jungen oder ein Mädchen, in das Haus des Säumigen. Der Jungkommunist kam und saß dann dort, Stunde um Stunde, immer höflich, unerträglich beharrlich, unerschütterlich entschlossen, und redete mit allen Mitteln der Überredungskunst, predigte, lehrte, erörterte, diskutierte Motive und Absichten, appellierte an die Selbstlosigkeit, sprach von der Liebe zum Lande der Ahnen und von der Notwendigkeit des Opfers. Unähnlich anderen menschlichen Wesen, schien dieser Jungkommunist einen Tag, zwei, drei Tage lang weder Essen noch Trinken noch Schlaf zu benötigen. Vor diesen jungen Menschen aus Stahl und Feuer brach selbst der räuberischste und prahlerischste Kaufmann, der schlaueste und gerissenste Hamsterer weinend zusammen, schlug sich an die Brust, trat einer Arbeitsgruppe bei und zahlte. Nichts kann einer wirklich intensiven Überzeugung widerstehen — außer eine ebenso feste Überzeugung.

Für den Kommunisten bedeutete jeder Mensch eine Festung, die allein durch moralische Belagerung einzunehmen war. Daß dieser Kampf schlaflose Nächte und höchste physische Anstrengungen bedeutete, war ihnen ein Beweis mehr für ihre geistige Überlegenheit. Sie zogen aus, um Seelen zu erobern, die Leiber würden schon folgen.

Für die abwesenden Großgrundbesitzer, die müßigen Reichen, die pensionierten Generäle gab es Geldstrafen. Sie mußten Nationale Kriegsanleihe zeichnen und so viele Steuern zahlen, daß der Familie nicht einmal mehr so viel übrigblieb, um auf den Straßen hausieren zu gehen. Der grimmigste und reichste der ehemaligen Generäle zahlte die Kosten der neuen Straße zur Nachbarstadt. »Das ist Ihr Beitrag für das Land der Ahnen, Sie werden bezahlen.«

Die Mitglieder der Jugendgruppe, die während der letzten zwei Jahre in der kleinen Stadt als Untergrundbewegung gearbeitet hatten, traten jetzt an die Öffentlichkeit. Sie organisierten, planten, leiteten die Bürger an. Sie hatten gesehen, wie man manchen ihrer Kameraden ins Gefängnis gebracht, gefoltert und erschossen hatte, als die Kuomintang ihre nächtlichen Terroraktionen an allen Universitäten des Landes durchführte. Sie waren geschulte Kämpfer und lebten nur noch für die Partei und die Sache. Ohne alle menschliche Schwäche, vollständig rein, vollständig aufrichtig und manchmal sehr naiv, wurden sie von allen respektiert und steckten manch einen mit ihrer Leidenschaft für die Arbeit, ihrer Ehrlichkeit und ihrer Selbstlosigkeit an. Zwei dieser jungen Leute hatten eine bösartige Tuberkulose. Das hinderte sie nicht, sechzehn Stunden täglich zu arbeiten. Wenn sie sprachen, hielten sie die Hand vor den Mund, um nicht andere Leute anzustecken. Sie sind inzwischen gestorben. »Das Leben ist unwichtig. Wir sterben freudig, denn wir haben die Revolution siegen sehen. Es ist das Wunderbarste auf der Welt, für sein Land und die Sache zu sterben.«

Märtyrer und Heilige im Menschenreich. Sie waren belohnt.

Einer von ihnen, politischer Kommissar der kleinen Stadt, hielt eine Rede in der Gemeinschaftshalle der Technischen Hochschule. Mit ihren Holzbänken, ihrem Zementboden und der erhöhten Plattform an dem einen Ende, mit einem Stuhl, einem Tischchen und einem Glas wasserhellen Tees, hatte sie die gleiche Stimmung dumpfiger Harmlosigkeit und sanften Verfalls wie manche Aula in England.

Der Kommissar, der zehn Jahre Bürgerkrieg und zwei Folterungen hinter sich hatte, sprach vom Großen Bruder Jesus Christus:

»Jesus war ein guter Mann. Er liebte die Armen, speiste die Hungrigen und starb für seine Überzeugung. Wir müssen einander lieben, so wie Jesus geliebt hat. Er war ein guter Kommunist.«

Wenige Wochen später zerriß in der gleichen Halle ein früherer Christ, jetzt Kommunist, einer jener Opportunisten, denen jede Dialektik leichtfällt, ein Bild Christi in zwei Teile und kreischte, daß Religion ein Instrument der kulturellen Aggression und Opium für das Volk sei. Er wurde am nächsten Tage als Konterrevolutionär verhaftet.

Vom Christentum her, dieser religiösen Revolution, wirkt stets das Ferment des sozialen Gewissens, und ewig tönt der schreckliche Ruf: »Wehe den Reichen, wehe den Scheinheiligen!«

Eine andere Versammlung, an die ich mich erinnere und die für die Studenten der Technischen Hochschule abgehalten wurde, hatte die Neue Liebe zum Thema.

Unsere Gefühle müßten neu geordnet werden. Wir hätten richtig zu fühlen. Liebe sei das störende Element in einer Entwicklung, die leistungsfähige kämpferische Werkzeuge der Neuen Demokratie aus uns machen sollte. Liebe sei ein Problem, das erklärt und organisiert werden müsse wie jedes andere auch. Für die Mehrzahl der Parteimitglieder, so sagte die Rednerin, sei die Frage der Liebe schwierig. Einige sähen in ihr nur eine rein tierische Funktion, andere meinten, daß sie bei der Arbeit nur störe. Neue Liebe dürfe nicht Gegenstand niedriger Wollust sein, wie sie noch den vorrevolutionären Gefühlen anhaftete. Neue Liebe sei auf Respekt und gleichgerichtete politische Ideen gegründet. Für Angehörige einander widerstrebender Klassen sei es auch unmöglich, sich zu lieben, Leute mit feudalistischen Ideen könnten unmöglich in fortschrittlicher Weise lieben. Persönliche Gefühle seien eine Funktion des Klassenbewußtseins und der politischen Ideologie.

Es sei wohl überflüssig, zu erwähnen, fuhr die Sprecherin fort – es war eine muntere, rotbackige, rundliche Mutter von fünf Kindern, die im ganzen Lande Vorträge über die Neuen Gefühle hielt –, daß die Liebe die Arbeit nie beeinträchtigen dürfe.

Danach standen viele junge Männer und Frauen auf und gaben ihrer Ansicht Ausdruck, daß die Liebe sehr wohl ihre Arbeit beeinträchtige. »Wir haben keine Zeit, spazierenzugehen, den Sonnenuntergang zu genießen und romantischen Unsinn zu reden. Unsere Zeit ist kostbar. Wir müssen unser Land aufbauen. Diejenigen unter uns, die sich dieser Sache geweiht haben, müssen alle persönlichen Bindungen aufgeben, ebenso wie wir Vater und Mutter aufgeben müssen. Wir müssen für unser Land und die Sache alles aufgeben.«

Ich kam mir eigensüchtig und rückschrittlich vor. Ich überlegte, was wohl Marks politische Weltanschauung sein mochte. Ich wußte nicht, welches Etikett ich ihm um den Hals hängen sollte. Waren wir aus verschiedenen Lagern? In Hongkong würde manche Engländerin behaupten, daß meine Rasse mich ungeeignet dazu mache, Mark zu heiraten. In China? Ich wußte, als was man Mark im Neuen China bezeichnen würde. Daß wir einander liebten? Das war eine andere Welt.

Ich wurde hin und her gerissen, weltenweit von ihm entfernt, völlig verloren. Und dann bedachte ich, daß ja das Menschliche immer menschlich bliebe. In einigen Tagen, Monaten, Jahren würden auch diese jungen Leute wieder lieben. Der glühend Überzeugte würde die auch nur lauwarm Denkende dennoch lieben, der gute Arbeiter für die Saumselige eintreten und der vorbildliche politische Kommissar seiner unehrerbietigen und untüchtigen Liebsten einen Lippenstift kaufen. Unsere gesegnete menschliche Schwäche würde sich all dieser unmenschlichen Vollkommenheit schon annehmen.

Es wurden viele kindische und naive Dinge gesagt und getan, aber dies war zunächst ein neuer Himmel und eine neue Erde, und Weisheit und Reife brauchen Zeit, bis sie erreicht sind.

Worunter Sen und ich und manche anderen aus dem Westen heimgekehrten Chinesen und viele China-Missionare litten, war unser eigenes Gewissen. Viele von uns fühlten sich schuldig, bloß weil wir nicht verhungert waren. Wir hatten nicht gesehen, wie das Schwert des Hungers Fleisch vom Bein getrennt hatte und selbst noch die Knochen hatte verdorren lassen. Zwischen dem, was wir unter Nahrung verstanden, und dem, was sie den armen Bauern bedeutete, war ein entscheidender, ein animalischer Unterschied, der uns erschreckte, überwältigte und beschämte. Ich erinnerte mich aus halbbewußten Tiefen der Kindheit, wie ich einmal mit meinen Eltern und meiner Schwester im Speisewagen durch die nördlichen Ebenen von Peking nach Hankau gereist war. Wir saßen um den weißgedeckten Tisch und blickten durch das Fenster auf die vollständig überflutete Ebene: einen Ozean von braunem Wasser, aus dem nur hie und da ein Baumwipfel und vereinzelt ein Dach herausragte. Auf solchen Dächern hockten Menschen. Uns aber bedienten Kellner, und wir aßen eine reichliche Mahlzeit, die aus vielen Gängen bestand. Wir blickten weiter aus dem Fenster, während der Zug durch die Ebene raste und die Menschen auf den wasserumbrandeten Dächern sich zu sterben anschickten.

Diese Erinnerung verfolgte mich jahrelang. Jetzt wurde sie mir gegenwärtiger denn je. Da mich der ganze religiöse oder politische Fanatismus unberührt ließ und ich mich nicht aufgerufen fühlte, wurde mir die unmittelbare persönliche Not, das Bewußtsein von Hunger, Leiden und Schmerz, die ich sah, hörte und behandelte, zum Verhängnis. Jetzt löste diese Erinnerung ein schmerzhaftes Schuldgefühl aus.

Auch den Missionaren in der kleinen Stadt machte ihr Gewissen zu schaffen. Sie hatten nur kaum die Oberfläche aufgeschürft und sich niemals wirklich den Nöten dieses Landes angepaßt, das sie bekehren wollten. Auf ihren Seelen lastete Unbehagen. Jetzt lernten sie mit einem Male eine andere Auffassung von Pflichterfüllung begreifen. Ihre Redlichkeit war nicht länger redlich, auch das Unrecht war nicht völlig unrecht. Die Frage, was Gut und was Böse sei, verwirrte sie beträchtlich.

Die Lehrer der Baillie-Schule standen geschlossen hinter der neuen Ordnung. Ihre Arbeit fruchtete, und deshalb wurde keiner von ihnen in die Kampagne hineingezogen, die sich gegen die Missionare richtete. »Die Händler und die Missionare sind zusammen nach China gekommen! Imperialistische und kulturelle Ausbeutung, Predigt und Raub kamen Hand in Hand! Sie müssen auch zusammen wieder verschwinden!«

Diese Kampagne war eine widerwärtige Angelegenheit und wurde beständig schlimmer. Die Mischung von Wahrheit und Unwahrheit in diesen Angriffen war grotesk. Tatsachen, Phantasien und Antipathien waren unentwirrbar mit politischen Zielen vermischt. In einigen Fällen wurden grobe Verleumdungen mit einem starken Erinnerungsaroma an den Boxeraufstand parfümiert, nur um Haß zu erzeugen.

»Die Missionare töten unsere Kinder! Hunderte von Kinderleichen in einem einzigen Grab gefunden!«

»Wenn Sie den Zustand der aufgefundenen Babys gesehen hätten – wenn Sie Arzt wären, hätten Sie sofort gewußt, daß diese Kinder nicht zu retten waren. Warum klagen Sie denn nicht die Eltern an, die ihre Kinder auf die Straße geworfen haben, anstatt die anzuklagen, die sie aufsammelten!«

Unter den Missionaren der Stadt hatte einer, unter dem Vorwand der Forschung, Spionage getrieben. Das war tatsächlich geschehen, und keiner konnte es ableugnen. Um dieses einen Mannes willen aber wurden alle anderen verdächtigt.

Die Christlich-Chinesischen Gemeindeversammlungen waren eine Mischung von politischer Schulung, religiöser Erweckung und geistigem Purzelbaumschlagen:

»Das neue Christentum muß das Gemeinschaftsprogramm unterstützen. Wir sind alle miteinander Chinesen!«

Mit öffentlicher Beichte, Buße und später dann durch Denunziation von Verrätern und Konterrevolutionären befreiten sich die Neuen Christen von dem Vorwurf der Ketzerei und der kulturellen und religiösen Aggression. »Wenn die Kommunistische Partei uns nicht die Augen geöffnet hätte«, schrie ein verzückter Christ, »wären wir dazu verurteilt gewesen, Opfer einer imperialistischen Ausbeutung zu werden!«

Ich hätte gern gewußt, ob die Reformation in England auch einst solche Crescendos von übereifriger Begeisterung und patriotischer Intensität gekannt hat. In dieser Atmosphäre von Oxford-Bewegung und Inquisition, in der die Versammlungen mit Gebet begannen und schlossen, geschah es auch, daß ein hochgestellter Kirchenmann einen anderen in dieser kleinen Stadt antirevolutionärer Ideen anklagte. Er gewähre ausländischen Agenten und Spionen Unterschlupf und habe den Kirchenfonds bestohlen. Die ganze Versammlung vernahm empört die lange Liste der Verbrechen gegen das Volk, die dieser Mann seit 1931 begangen hatte. In gerechter Entrüstung wandte sich der Ankläger an die Zuhörer und rief: »Findet ihr nicht, daß ein solcher Verbrecher sterben muß?« Und wie aus einem Munde erwiderten diese guten Christen: »Er soll sterben! Tötet ihn, tötet ihn!«

Was sollte aus den chinesischen Katholiken werden? Es gab nur wenige in der kleinen Stadt. Sie legten die Bibel keineswegs lasch aus. Sie besaßen Disziplin und eine unnachgiebige Überzeugung. Sie verfügten über einen hohen Grad von Mut und Festigkeit, was besonders in China, wo der Glaube an die Tugend unerschütterlich ist, Respekt und Bewunderung erregt.

Von mir aus gesehen, verlangte der Katholizismus von seinen Anhängern, das persönliche Heil an die erste Stelle zu setzen, also die Rettung der Seele als Ende und Ziel des Lebens anzuerkennen. Der Kommunismus hingegen erwartete äußerste Verleugnung des eigenen Ichs, völligen Verzicht in Diensten eines großen Plans, dessen Vollendung das eigene Ich niemals erleben würde. Mit dem Protestantismus konnte ich mich nicht recht verstehen. Als ein Gemeindemitglied, das irgendwie Gefallen an mir gefunden hatte, zu mir kam, war ich ablehnend.

»Nun«, strahlte sie, »Sie sind nun bei uns gewesen und haben unseren Neuen Geist gesehen. Wollen Sie nicht zu uns kommen?«

Wenn ich ihr sagte, daß ich gar nichts sei und das auch gern bliebe, würde sie mich zu bekehren versucht haben. So erwiderte ich höflich: »Nein, ich bin schon katholisch!« Durch diese Lüge erkaufte ich mir meine Ruhe.

Auf einer unserer Zusammenkünfte diskutierten wir über die Frage: Was hat das Christentum in den letzten zweitausend Jahren in der chinesischen Gesellschaft bewirkt und was hat im Vergleich dazu die Chinesische Kommunistische Partei eben dort in dem kurzen Zeitraum von dreißig Jahren erreicht?

Es war klar, daß die Partei sich als das wirksamere Werkzeug für eine Veränderung der Welt ansah. Zweifel aber bestürmten mich, ob sie es auch wirklich sein könnte. In diesem Frühling gab es in unserer kleinen Stadt zum ersten Male Wahlen. Alle Kreise waren vertreten – die Frauen, die Schulen, die Christen, die Bauern und die Geschäftsleute. Viele der Abgeordneten waren noch nie auf einer Versammlung gewesen. Einige konnten kaum lesen oder schreiben, aber alle waren nach kurzer Zeit leidenschaftlich bestrebt, gute Arbeit zu leisten. »Das Volk muß lernen. sich für Dinge zu interessieren, die außerhalb der eigenen Familie liegen.«

Hier begann und endete die Freiheit. Viele, die kleinen Ladenbesitzer, die armen Bauern, hatten noch nie ihren Sorgen Ausdruck geben dürfen. Nun war plötzlich ihr Rat und ihre Kritik verlangt. Nun sollten sie als Gruppe eine gewisse Kontrolle über die Zukunft haben. Für sie war das Freiheit; wirkliche Freiheit, innerhalb der eigenen Gemeinschaft. Etwas Greifbares jedenfalls als jene nebelhafte Freiheit, sich eine Meinung über Fragen zu bilden, die sie nicht direkt angingen und die sie auch nicht völlig verstanden.

»Dies ist disziplinierte Freiheit! Dies ist neue Volksdemokratie!« Die Freiheit, nicht mitzumachen, war allerdings dahin. Sie war eingetauscht gegen die Freiheit, auf der Grundlage des Dogmas Kritik zu üben. Sobald es sich um Fragen der allgemeinen Politik handelte, durfte es nur eine Meinung geben. Wo es aber um lokale, näherliegende Fragen ging, wurde zu öffentlicher Diskussion beständig ermutigt.

Es war niemandem möglich, sich auszuschließen. Niemand konnte zu Hause bleiben und schweigen. Alle mußten zu den Paraden und Umzügen gehen. Alle mußten mitmachen.

Deswegen auch die Volksgerichtshöfe.

»Dies ist die Gerichtsbarkeit des Volkes. In der Vergangenheit wurde die Ungerechtigkeit hinter verschlossenen Türen verhandelt. Wir aber fürchten die Wahrheit nicht. Das Volk wird richten!«

In vielen Fällen wurde tatsächlich Gerechtigkeit geübt, fair und richtig. Aber in anderen Fällen wieder keineswegs. Da war der Fall eines Arztes, der durch eine Nachlässigkeit den Tod zweier Patienten verursacht hatte. Nun wurde er vor Gericht gestellt. Die Verhandlung wurde öffentlich geführt, andere Ärzte wurden als Zeugen hinzugezogen. Er wurde verurteilt und bestraft. Es war sehr eindrucksvoll. Da war der Fall eines Patienten, der infolge natürlicher Ursachen gestorben war. Aber er war in einem Missionshospital gestorben. Das Hospital wurde der Nachlässigkeit angeklagt.

»Das bedeutet uns alles nichts«, sagte der Volksgerichtshof, als die Fachärzte den Beweis erbrachten, daß der Patient an einer unheilbaren Krankheit gestorben war.

»Wir verstehen von diesen Dingen nichts. Er ist an Vernachlässigung gestorben.« Sie wiederholten das auch, als die Röntgenbilder bewiesen, daß alles menschenmögliche getan worden war. Das Hospital wurde zu einer Geldstrafe verurteilt.

Harte Justiz unter Berufung auf den Himmel. Oder war das nur eine andere Form der Ungerechtigkeit? Ich habe in meinem Leben manche öffentlichen Hinrichtungen gesehen, zumal in China fast alle Hinrichtungen öffentlich sind. Die erste fand in Peking statt, als ich sieben Jahre alt war – unsere Amah hatte meine Schwester und mich ohne Wissen unserer Eltern dazu mitgenommen. Wir zogen fröhlich los, als sie uns erzählte, daß wir eine Hinrichtung vor dem »Tor des Himmelsfriedens« ansehen dürften.

»Erzählt es aber nicht eurer Mutter!«

»Sind das schlimme Leute, Amah?«

»Sehr schlimm!« Amah schüttelte den Kopf und rollte die Augen. »Es sind böse Kommunisten. Man wird sie ganz langsam töten.«

Ja, man tötete sie langsam, denn sie wurden gefoltert, und ich erinnere mich noch immer an das Brüllen der Menge, an den Geruch nach Schweiß und an den sauren Geschmack meines Erbrochenen, als man den Verurteilten noch einmal hochhob, damit alle ihn auch sehen konnten, bevor man ihm den Kopf abschlug. Von Zeit zu Zeit sah ich dann weitere Hinrichtungen. Sie waren Erinnerungsmale in meinem Leben. Kommunisten, immer Kommunisten, rote Banditen, die in all diesen Jahren in Peking hingerichtet wurden. In Peking, in Nanking, in Tschung-king, überall. Und nun hatte das Rad sich einmal ganz um seine Achse gedreht.

»Blut muß mit Blut bezahlt werden.«

Harte Justiz unter Berufung auf den Himmel.

Doch jetzt waren wir nicht mehr bloße Zuschauer – wir wurden handelnde, mitsprechende Teilnehmer. Wir waren alle miteinbezogen. Solange die Gerichtsverhandlungen dem Volke unbekannt geblieben waren, hatte es den Kopf geschüttelt und gedacht: »Es war eben nicht genügend Geld da, um dieses Leben zu retten.« So tief eingewurzelt ist die Gewöhnung an Ungerechtigkeit. Doch nun rettete Geld kein Leben mehr, es brachte das Leben sogar in Gefahr. Geld würde kein Ersatzopfer mehr kaufen können, aber es war selbst verhängnisvoll für seinen Besitzer geworden. Drei Jahrzehnte Bürgerkrieg, viel vergossenes Blut, das wiederum mit Blut vergolten werden mußte. Die Parteijustiz hatte viele Ziele: Das Entsetzen in den Herzen der noch in Freiheit Lebenden zu schüren, die Unerwünschten zu beseitigen, aber auch die letzten Gegner der Neuen Ordnung in Reinigungsaktionen auszumerzen, unter dem Druck der Furcht alles zu einem ergebenen Einverständnis zu zwingen. Das rief eine Flut von Denunziationen hervor, bis schließlich jedwede Treue zweifelhaft wurde.

Nachdem die Hinrichtungen nun einen Symbolakt für den Reinigungswillen des Volkes darstellten, durfte niemand sich fernhalten. Alle mußten dabeisein. Alle mußten zustimmen. Die vielen Opportunisten, die im Kielwasser jeder Revolution schwimmen, richteten nicht nur in den Dörfern, wo die Regierung in Ermangelung von Arbeiterbataillonen schlecht trainierte Rekruten zur Reisernte einsetzen mußte, sondern auch in den Städten viel Schlimmes an. Da sie mit brutaler Gewalt auf rasche Erfolge aus waren, machten sie den guten Eindruck und den Einfluß der ausgebildeten, erfahrenen Gruppen anderswo wieder zunichte. Sie waren der Anlaß endloser Denunziationen, besonders, als die Jagden auf Agenten und Konterrevolutionäre einsetzten.

»Wir gehen sehr sorgfältig vor. Wir werden nur bestrafen, wo die Schuld erwiesen ist.« Aber in China ist es sehr schwierig, genaue Beweise zu sammeln und Wahres von Falschem zu unterscheiden. Denunziert zu werden, hieß verdächtig sein; verdächtig sein, hieß gefährlich sein. Es gab zu viele Impulse, die sich austoben wollten. Und obwohl nur diejenigen sterben sollten, die Blut vergossen hatten, waren das doch keineswegs die einzigen. Und die Menge brüllte nur allzugern: »Tötet ihn! Tötet ihn!«

Wie der Wintertag sich verkürzt, von unerbittlicher Nacht umsäumt, so verdichtete sich der Zwang und setzte die Bedrohung ein, und die Begeisterung wurde durch den Antrieb des Hasses gefestigt.

Einige Studenten, noch immer in ihren amerikanischen Hemden und flotten Schlipsen, kehrten mit ihrem Gepäck voll leuchtender Kofferzettel heim in die kleine Stadt. Sie trafen gerade während der Hetzkampagne ein und schrieben sogleich Artikel in der Zeitung, in denen sie die Verfolgung anprangerten, der sie in Amerika ausgesetzt gewesen seien.

»Und was ist mit Ihren Freunden drüben? Denen wird das nicht gefallen!«

»Ich habe gegen das System geschrieben, nicht gegen Menschen. Ich habe meine Freunde nicht verraten. Wir sind gegen den Imperialismus. Dies ist unser Land, und daher war das nötig.«

Ein Medizinstudent hatte die kleine Stadt verlassen und war jetzt zurückgekehrt.

»Warum sind Sie denn fortgegangen?«

»Weil ich eine politische Arbeit schreiben mußte, um meinen Doktor machen zu können. Niemand darf schweigen. So ging ich fort.«

»Sie sind aber zurückgekommen.«

»Ja, ich bin zurückgekommen. Die Welt draußen ist hart. In Hongkong gibt es Hunderte von arbeitslosen Ärzten, weil ihr Doktorgrad dort nicht anerkannt wird. Meine Familie ist hier. Hier ist meine Heimat. Man baut hier viele neue Krankenhäuser, das Medizinstudium wird abgekürzt, um mehr Ärzte ausbilden zu können. Ich bin Arzt, und nur das Volk ist mir wichtig. Politik kommt und geht, das Volk aber bleibt.« Er schrieb seine politische Arbeit, machte sein Examen und meldete sich freiwillig nach Korea.

Sen und ich wohnten der Militärparade bei. Die Volksbefreiungsarmeen waren sehr verschieden von denen der Kuomintang. Für die Bürger der kleinen Stadt und die Bauern war es noch immer eine Quelle freudigen Erstaunens, daß nicht geplündert, vergewaltigt, geprügelt und angezündet wurde. Das Volk umjubelte mit immer neuem Beifall die vorüberziehenden Truppen.

»Dies ist die Volksarmee! Dies ist unser Volk!«

Die militärische Laufbahn war sehr beliebt. Selbst die Intellektuellen meldeten sich jetzt freiwillig zum Heer.

»Es soll nur einer es wagen, uns anzugreifen – wir werden ihn schlagen!« So schritten sie dahin, mit lebensvollen, stolzen Gesichtern, von ihrer Vortrefflichkeit und ihrer Hingabe gezeichnet wie andere von ihren Verbrechen. »Wir wissen, wofür wir kämpfen! Für eine bessere Welt! Für unser Land, für unser Volk!«

Vielleicht ist es wirklich so, daß man den Menschen etwas geben muß, für das sie sterben möchten, damit sie das Gefühl bekommen, nicht umsonst gelebt zu haben.

Immer weiter. Sens Augen leuchteten vor Begeisterung. Es war ein erstaunlicher Anblick. »Wir haben so viele Menschen. Was macht es, daß es uns an Ausrüstung fehlt? Es zählt nur der persönliche Mut. Mannesmut gegen Maschinenkraft! Wir können ein Feuermeer mit einem Menschenmeer ersticken!«

Sen wußte, was er sagte.

Denn später in Korea kam es genauso. Überzeugt davon, daß China in Gefahr sei, und voller Ungeduld, einem vom weißen Imperialismus überfallenen asiatischen Brudervolk beizustehen, zog das Land der Ahnen in den Krieg – so wenigstens sahen wir es an. Und wenn auch nicht alle Soldaten Freiwillige waren, so waren es doch viele, sehr viele. Viele Leute aus der kleinen Stadt zogen mit. Der Krieg in Korea war sehr populär. Er festigte die Neue Ordnung. Für die Bürger der kleinen Stadt war das bereits ein Sieg.

»Das also kann die Entschlossenheit eines Volkes zustande bringen. Wir haben die größte Macht der Welt mattgesetzt. Wir, ein friedliches Volk, haben den kriegshetzerischen Imperialisten Einhalt geboten.« Wir sahen sie, Sen und ich, wie sie dahinzogen, und ich war traurig. Ich kann nicht verstehen, warum Menschen sich den Tod wünschen. Denn viele von ihnen würden sterben. Aber Sen war froh und stolz.

»Sie fahren zurück nach Hongkong?« fragte er dann.

»Ja.«

»Ich nehme an«, sagte Sen, »daß Sie da enden werden, wo so viele ›Laufende Hunde‹ des Imperialismus enden – in Amerika.«

»Das glaube ich nicht. Ich kann nicht weglaufen. Aber jetzt muß ich nach Hongkong zurück.«

»Wirklich, Han, Sie sind eigensüchtig und gefühlsduselig. Und alles das wegen einer romantischen Neigung zu einem einzigen Mann – der nicht einmal aus Ihrem Lande stammt, nicht zu Ihrem Volk gehört und nicht frei ist.«

Es war nicht ganz so, aber ich konnte es Sen nicht erklären. »Ich muß erst selber klarsehen. Ich bin schrecklich durcheinander. Aber weglaufen werde ich nicht. Eines Tages komme ich zurück, wenn ich mir über alles klargeworden bin.«

Sen versuchte mich zu überreden. Er sagte weise und vernünftige Dinge. Er erreichte, daß ich mir klein, beschämt und egoistisch vorkam. Denn alle Menschen wollen ja gern gut, edel und selbstlos sein. Und ich bin nicht gut und will nicht selbstlos, sondern nur ich selbst sein.

»Sie sind noch vollständig feudalistisch in Ihrer persönlichen, subjektiven Lebensauffassung befangen. Eine Reaktionärin, Han.«

»Aber Sen, in Hongkong nennen mich viele eine Kommunistin, weil ich mein Land liebe!«

Und so reiste ich ab.

Ich soll sprechen. Aber was soll ich sagen?

Lasset das Meer brausen! Heutzutage verkünden ganze Völker, die Massen selbst sich durch die Lautsprecher. Die Besitzer der Zukunft, erlöst von Hunger und Not, einst namenlos wie das Gras am Wege, sind nun anonym und unnachgiebig wie das Tosen des Meeres, wenn sie sich selbst und ihre Macht als Klasse bestätigen, um die bisherige Ordnung zu zerstören.

Lasset das Meer brausen! Warum sollte ich meine verzweifelte kleine Stimme erheben, die ich unsicher zwischen schwankendem Land und jäh anbrandenden Wasserfluten stehe? Meine Worte treibt der Seewind wieder zu mir zurück.

Asiaten, die wie ich zu einer kleinen Oberschicht gehören, sind, was das Geistige anbelangt, Eurasier. Wir sind alle zwischen zwei Welten erzogen.

Rassisches Eurasiertum ist nicht wert, besprochen oder beschrieben zu werden. Das dagegen sich richtende Vorurteil ist belanglos und hält sich nur noch auf den Außenposten des Empire, wo es einen Unterhaltungsstoff für die ungesunden Vermutungen und den bösen Klatsch bridgegelangweilter Damen abgibt – eine harmlose, wenn auch unangenehme Verrücktheit. Wenn einige Eurasier sich dadurch in die Defensive gedrängt fühlen, den Weißen grollen, über die Ungleichheit schelten, dann nur, weil sie die weiße Art, zu leben und ungerecht zu sein, nachäffen, anstatt über den ganzen komischen, pomphaften Humbug, den der weiße Mann ihnen im Osten vorlebt, zu lachen. Es gibt für Eurasier keine Probleme, wenn sie ihren asiatischen Teil akzeptieren.

Aber das Eurasiertum im geistigen Sinne ist etwas ganz anderes. Es quält manchen jungen Asiaten und hat mit einer rassischen Zugehörigkeit nichts zu tun.

Die jungen Asiaten werden auf die Missionsuniversitäten geschickt, dennoch bleiben sie gefühlsmäßig ihrem Lande durch Klang und Wärme der Kindheit, durch unaussprechbare sinnliche Erinnerungen, die den Hintergrund ihrer späteren Gefühle bilden, verbunden. Von den Universitäten gehen sie nach Cambridge oder nach Columbia, nach Paris oder nach Genf, um dort modernisiert und westlich erzogen zu werden. Wir kehren dann aus den schönen Gartenanlagen Westeuropas und Nordamerikas, aus dem wohlgeordneten, von der bei uns unumgänglichen Korruption nicht beeinträchtigten Leben, wo der Intellekt durch Diskussionen gereizt und durch Offenheit angespornt wird, wieder zurück, zurück in unsere Welt des Hungers, des unaussprechlichen Elends, der wuchernden Korruption und der schreienden Ungerechtigkeit, bettelnder Hände und abstoßender Wunden. Von den akademischen Abstraktionen des Westens kehren wir zurück zu der bitteren Not des Ostens. Im Ausland sind wir bevorzugte Studenten, mit Stipendien ausgestattet, eingehüllt in den falschen Glanz »alter Kulturen«. Wir kehrten heim und werden in den Kolonialländern »in unsere Schranken verwiesen«. Wir kehren zurück und versuchen — meist vergeblich — uns in einen niederen Lebensstandard zu schicken. Inzwischen sind wir unfähig geworden, Schmutz zu ertragen oder das Ausspucken zu dulden. Wir leiden unter dem Gestank. Wir bemerken die Fliegen — wir sind gewohnt, an der Kette einer Wasserspülung zu ziehen, während unser Bruder, der Bauer, knietief in menschlichem Kot watet: Kleinigkeiten, die einen tiefen Abgrund zwischen uns und unserem Volke aufreißen.

Wir werden gespalten, zweischichtig. Zuunterst die tiefen Gefühle, die unerklärlichen dunklen Tabus, die Zwangsvorstellungen und Abneigungen. Dann eine Überfülle von glatten Worten, von Theorien, deren Bedeutung angesichts der grenzenlosen gegenwärtigen Not rasch zurücktritt, von Ideen, die zwar verstandesmäßig anerkannt werden, aber eigentlich kraftlos sind, ein vernünftiges Benehmen, das sofort vergessen ist, wenn das Meer zu brausen beginnt.

Gespalten sind wir. In unserer Arbeit sind wir tüchtige Ebenbilder der Wissenschaftler und Gelehrten des Westens. Im Privatleben aber halten wir unsere Zuneigungen und Freundschaften sicher im dunklen verborgen, wir halten den Haß gedämpft und tief unten, wir bauen uns ein gesichertes, heimliches Haus für das unerwachsene Kind in uns, eine Zuflucht vor dem forschenden Verstand, den wir während unserer Aufenthalte im Westen erworben haben.

Und so kommt es, daß wir, verschiedenen Problemen gegenübergestellt, auch verschiedene Charaktereigenschaften zeigen. Wir sind zu plötzlichen Umschlägen fähig, zu schrillen Kontrasten in unseren Gedanken und Überlegungen, ohne uns einer Veränderung bewußt zu werden. Ein Großteil unseres Lebens spielt sich innerhalb dieser Zwiespältigkeit ab. Wir kennen plötzliche Umstellungen in der Bedeutung der Worte, die uns selber ein Rätsel sind. Wir finden oft in der einen Sprache keinen entsprechenden Begriff, um etwas auszudrücken, was uns in einer anderen klar ist. Wir erleiden Gefühlsveränderungen, die unseren begründeten Überzeugungen widersprechen. Wir unterlegen den gleichen Worten in verschiedenen Situationen verschiedene Wertungen. Mit einem verdoppelten Ich wie Schizophrene leiden wir selbst unter unserer Zerspaltenheit. Das kann zu offener Feindseligkeit aufflammen, ja zum Haß werden gegen das, was wir lieben, und hat uns für das Leben verdorben. Wir empfinden, als hätten die anderen uns angelogen, weil wir unser Leben lang uns selber belügen.

Wir sind beladen mit geschichtlichen Erinnerungen, die unser althergebrachter, anmaßender, arroganter Stolz – der unverminderte Stolz der chinesischen Gelehrtenkaste – in uns bohrend lebendig erhält. Und selbst die Dankbarkeit für die uns erwiesenen Wohltaten trägt den Keim zu Bitterkeit und Groll in sich.

In Asien erleben wir die Unvollkommenheit der westlichen Welt, dieser Welt, die wir um ihrer technischen Glückseligkeit willen so sehr bewundern und der wir gleichzeitig grollen, ohne zu wissen, warum. Hier in Asien haben wir sie sich selber verlieren gesehen. Wir erlebten ihre unerfüllten Versprechungen, ihre Großzügigkeit in vielen Spielarten, ihre bequemen, aber hochtönenden Ungereimtheiten, ihren Widerwillen, etwas aufzugeben, und ihre knausrige Philanthropie. Von allen Übeln der Vergangenheit ernten wir in Asien die Früchte – seien sie nun reif oder faulig.

Als die Neue Ordnung, mit ihrem Wohlwollen und prachtvollen Fahnen, kam, mit herzbewegenden Worten und Einigkeit, mit Zusammenhalt und Vaterlandsliebe, dem Leben einen neuen Sinn gebend, der den Tod belanglos machte und das Heute mit dem Lied vom ruhmreichen Morgen berauschte, mußten wir unsere Wahl treffen.

Es ist nicht leicht, Stücke aus sich selbst herauszureißen. Denn, was auch immer der Westen getan haben mochte – viele von uns hatten ihm um einer einzigen Sache willen angehangen. Es war dies eine zarte Realität, zerbrechlich und schwer zu fassen und gerade in ihrer Zartheit stark: die geistige Freiheit. Und wenn auch im Westen diese geistige Freiheit unter dem lastenden Druck der Furcht abwelkte, so war es doch dort gewesen, wo wir sie kennengelernt hatten. Es ist nicht leicht, zwischen zwei geistigen Welten zu wählen. Doch ach – die eine war für viele von uns schon etwas verblaßt. Der Wert der großmütigen Aussprüche war durch häßliche Taten zerstört worden und die abstrakten Begriffe »Freiheit« und »Demokratie« durch das seltsame System, das in ihrem Namen aufgerichtet, der Bedeutung fast beraubt. Mit diesen beiden Worten wurde zu oft herumgeworfen. Und so kam es, daß viele der besten und aufrichtigsten von den westlich erzogenen Intellektuellen Chinas ihre Wahl trafen. Sie gaben die persönliche Freiheit um eines weiteren Selbst willen auf, wiewohl es Überwachung und Unterordnung bedeutete. Sie wählten das, wovon sie fürchteten, daß es sie eines Tages überwältigen werde — nicht aus Feigheit oder Opportunismus, sondern um ihres sozialen Gewissens willen, weil sie ihr Volk liebten und sich danach sehnten, wieder ein Ganzes zu werden und im Dienst ihres Volkes zu stehen, das sie so nötig brauchte.

Sie wählten gegen sich selbst und verzichteten auf die geringe Freiheit des Individuums, die gegenüber dem geistigen Anspruch des Kommunismus in ihrem Lande, wo Freiheit vom Hunger unbekannt war, so unbedeutend schien. Sie gaben ein Anderssein, das sie ihrem eigenen Volk entfremdet hatte, auf, um sich einem Zwang zu unterwerfen, der neue Kräfte zum Wohle der Menschheit in ihnen frei machen sollte.

Die Einflüsse der christlichen Missionen, die im Leben vieler aus dem Ausland zurückgekehrter Intellektueller eine so große Rolle spielten, brachten es mit sich, daß sie diesen Verzicht mit einer gewissen Leichtigkeit auf sich nahmen.

War uns nicht gelehrt worden, daß Nächstenliebe das Ziel unseres Lebens sei? Wie konnten wir — durchtränkt mit sozialem Christentum, mit dem Ideal der sozialen Gerechtigkeit — denn das Bekenntnis zur persönlichen Freiheit noch aufrechterhalten, ein Bekenntnis, das nun zum lasterhaften, eigensüchtigen Irrtum geworden war, zu einer Flucht vor der Hingabe an den Nächsten? War nicht das Sichopfern eine christliche Tugend? Viele konnten sich dem Ruf nach einem solchen Heldentum nicht verschließen, dem tiefen und echten Drang, die Grenzen individuellen Lebens zu überschreiten, nicht widerstehen, um mit den Menschen für die Menschen an einer großen atemraubenden Unternehmung zu arbeiten: der Verwirklichung des Menschenreiches auf Erden.

Ein glühender Nationalismus, der Grundstein für die Neue Ordnung, angestachelt und aufgereizt durch die Berührung mit dem Westen, trieb vorwärts, und viele wählten nicht so sehr ein politisches Bekenntnis als vielmehr das Land: China.

Dies muß gesagt werden, obwohl das Meer braust und das Land auseinanderbirst. Diese nüchterne Wahrheit wird niemand gern hören, und jeder wird sie gleichermaßen verdammen. Aber sie muß ausgesprochen werden, denn es wird die Zeit kommen, da diejenigen, die gegen sich selbst gestimmt haben, unter ihrer Selbstverleugnung, ihrem Eifer, ihrer Bereitschaft zur Hingabe werden leiden müssen. Sie werden die schreckliche Ironie erleben, daß man ihre Worte verdreht, ihre Hingabe schief ansieht und ihre guten Absichten zu Zwecken mißbraucht, von denen sie nichts geahnt haben. Heute, da es für richtig gilt, diejenigen als Helden zu preisen, die der Verfolgung entfliehen, und für unrecht, ein Wort für diejenigen einzulegen, die nicht die Freiheit wählten, muß ich es tun.

Sie sind geblieben, um ihrem Volke zu dienen. Ihr Glaube reichte weiter als politische Bekenntnisse, weiter als Kriege und Kräfteverhältnisse. Sie stimmten nicht in den entrüsteten Chor derer ein, die das Wort »Freiheit« mißbrauchen, um eine längst überlebte Ordnung wiederherzustellen.

Sie wollten wieder eine Ganzheit sein und aus vollem Herzen unter ihrem eigenen Volke leben. Einige unter ihnen waren vom besten und aufrichtigsten Willen beseelt. Sie sind heute in China.

Diese Frage, die ich für meine höchstpersönliche Entscheidung gehalten, für eine Regelung meines eigenen Schicksals, war keineswegs allein die meine, sondern auch die Frage vieler anderer Chinesen, mancher anderer, westlich orientierter Asiaten, die gespalten und zweigesichtig zwischen zwei Welten aufgewachsen waren. Und diese Wahl, in ihrer quälenden Selbstzerstückelung, ihrer tragischen Unentschlossenheit, ihrem nagenden Leid, war die gleiche Hamlet-Situation für uns alle und nur mit einem schnellen Messerschnitt zu beenden.

In jener kleinen Stadt in China und später während des lieblich jungen Frühlings in Hongkong, in dem meine beiden Welten sich verzweiflungsvoll schnell und unwiderruflich zielstrebig voneinander entfernten, wußte ich, daß ich zwischen Mark und China zu wählen hatte. Mark würde nie im Neuen China leben und arbeiten können. Wenn man es ihm erlaubte – was zweifelhaft schien –, würde er es wohl versuchen. Man würde ihn jedoch verdächtigen, unter Beobachtung halten und seine Briefe zensieren, und dann würde er wieder fortmüssen. Wie so viele Europäer in Hongkong, die sich ein Leben ohne China nicht vorstellen konnten, würde auch er sich enttäuscht fühlen. Und nun hatte China sie alle weggejagt. Ohne Mark könnte ich mich vielleicht in die neue harte Schablone fügen, obwohl ich politische Leidenschaft und politischen Haß nie begriffe. Ich würde die Zähne zusammenbeißen, den Dingen, die ich geliebt, den Rücken wenden und zu den Gerüchen und Geräuschen meiner Kindheit und zu meinem Volk, zu meinen Freunden zurückkehren, die mich über den Verlust meines anderen Ichs trösten müßten.

Mit Mark würde ich fortziehen, lange, zähe Wurzeln ausreißen, ihm folgen und ihm dienen müssen. Wäre ich großzügig genug, mein eigenes Opfer zu bejahen? Würde ich nicht zutiefst doch ihm untreu sein? Ich konnte ihn gerade aus meiner Liebe heraus zerstören.

Ein Teil von mir würde nie zu Mark gehören, ein anderer nie mehr nach China zurückkehren können. Ich wußte, warum ich ständig zwischen Hongkong und China hin und her pendelte; zwischen Mark und China. Nun würde ich wieder nach Hongkong zurückkehren.

Hongkong war die kleine Lücke, die Bahn eines Kometen, der kleine Zwischenraum zwischen zwei Fixsternen, der Fels der Kommenden und Gehenden, wo ich noch einige Wochen verharren durfte – vielleicht lange genug, um einen Ausweg zu finden. Lange genug, um Mark vor Schaden zu bewahren. Denn wie immer ich mich entschied – ich konnte ihn damit zerstören. Hongkong war die Insel der großen und der kleinen Räuber, wo auch ich ein wenig Süßigkeit des Lebens stehlen würde, bevor uns alles überrollte. Ich war unendlich dankbar dafür.

Zwischen Meer und Land erhob sich meine schwache trotzige Stimme gegen das Brausen des Meeres, gegen den heulenden Landwind. Ich stand nicht allein. Viele standen um mich her. So viele, die bis auf das Schlagen ihrer Herzen ganz still waren.

Ich kehrte nach Hongkong zurück, und von Stunde zu Stunde im Zug wurde das Wissen um Mark immer stärker, bis es alles andere überflutete, bis ich wieder wie verzaubert einherging und jeder Blutstropfen von ihm erfüllt war. Hongkong war auch ohne Mark noch eine gänzlich von ihm erfüllte Welt.

Ich kehrte zurück zu meiner alten, immer neuen Leidenschaft, zu meinem täglichen Trott, zu meiner Verurteilung – und fand ein Telegramm von Mark vor.

Ein Telegramm. Ich hasse Telegramme. Ich mochte den Umschlag nicht öffnen. Ich drehte, wendete und befingerte es, zwei gräßliche, qualvolle Stunden lang, bevor ich es aufriß und las, was Mark mir mitteilte: »Ich habe aufgehört, Nägel zu kauen.«

EIN ZUSAMMENBRECHENDES REICH

Zurück über die Grenze: eine hölzerne Sperre, schwarzbehoste Frauen mit Eierkörben, Hühnern und Kohlköpfen, kleine überfüllte Eisenbahnzüge, Kulitrupps, die Lastwagen auf- und abluden, schwerbewaffnete Polizei, auf und ab patrouillierend, die grauen Soldaten, ihre Landsleute von jenseits der Grenze mit ihren alten Büchsen verschlossen gleichgültig musternd. Wieder die Grenze – und das Herz zog sich mir zusammen vor Entsetzen: so sehr hatte sich alles verändert. Noch mehr Drahtzäune, Stacheldrahtverhaue, Polizei und Detektive in losen Regenumhängen, die ihre Revolver kaum verbergen, zerfahrene, müde, Schlange stehende Menschenmengen, jene unterwürfige Nachahmung von Ordnung, wenn man die Leute stundenlang zusammenpfercht, Kontrollen, Leibesvisitationen, Paßformalitäten. Und fröhlich wuchernd die Korruption. Denn wenn die Kolonialregierung beschloß, es dürften nur kantonesisch sprechende Chinesen die Grenze überschreiten, verhieß eine wohlbedachte Verordnung, daß der Durchlaß nach dem »Ermessen der Polizei« gehandhabt werden sollte. Eine leutselige und weise Vorkehrung! Dieses Ermessen der Polizei war billig, fünfzig Hongkong-Dollars pro Leben — und es gab so viele dankbare Leben. Ein leichter, milder Hauch von Korruption belebt auch die schwerste Gesetzeslast.

Zurück nach Hongkong, mit seiner Schaufensterpracht und seiner Wirtschaftskrise, seinen schweren amerikanischen Wagen, seinen prangenden Hügelschlössern und seinen Elendslagern: eins allein beherbergt sechstausend registrierte und achttausend unregistrierte Flüchtlinge — zwanzig Kinder werden pro Woche geboren. Hongkong mit seinen großen Handelshäusern und seinen Monopolen, die zwei Drittel seines Gebiets und drei Fünftel seines Reichtums kontrollieren, mit seinen idealistischen sozialen Wohlfahrtsbewegungen, denen ständig die notwendigsten Mittel fehlen, seinen Armenspeisungen, mit langen Schlangen von Wartenden, seinen überbelegten Krankenhäusern, wo die Patienten sich um vier Uhr früh anstellen müssen, um irgendwann nachmittags untersucht zu werden, seinen Mietskasernen, wo Schmutz, Krankheit und Laster sich schneller entwickeln, als Wohlfahrt, Fürsorge oder Justiz sie abstellen können, mit überfüllten Gefängnissen, seinen grausamen Urteilen gegen die Armen und seinen blühenden Erpressercliquen, die so zahlreich waren, daß man unvermeidlich in sie hineingeriet.

Zurück nach Hongkong, gepanzert mit Unglauben, in allem erschüttert — außer in der Liebe, mit kaum einem Lachen und nicht dem geringsten Humor mehr.

Wieder in Hongkong, um mir eine Stellung zu suchen. Ich fand eine Stellung. Ich tippte Krankengeschichten. Eine Sekretärin hätte es besser gemacht, aber in dieser Universitätsabteilung sah das Budget eine Ärztin, nicht eine Sekretärin vor. Es mußte eine Ärztin sein, das sah auf der alljährlichen Gruppenaufnahme der Angestellten besser aus — außerdem war das Gehalt einer Ärztin nur wenig höher als das einer Sekretärin.

Da lagen die Krankengeschichten in kaum lesbarer Ärztehandschrift in staubigen Kästen und datierten zurück bis vor zwei Jahren. Sie mußten mit der Maschine geschrieben sein. Also tippte ich sie ab.

Ich brauchte diese Pause, diesen enggefaßten Zwischenraum eines körperlosen Lebens, diese mechanische Tätigkeit, die den Geist frei machte, um Berge und steile Felsen zu ersteigen, um den pressenden Ansturm von Worten zu erdulden, von Sätzen, die quer durchs Bewußtsein fuhren wie ein Felsbrocken, den eine Lawine durch den Raum schleudert – und bis zum grausamen Extrem völliger Unentschlossenheit getrieben zu werden und keiner der stückweisen Todesnöte zu entfliehen, die mir im Frühling zugemessen wurden.

Während meine Finger abschrieben, wandte ich mich in meinen Gedanken nach innen. Abends und nachts fand ich mich, der Zeit und meines Körpers unbewußt, meilenweit die Straßen durchwandernd, starren Blicks beobachtend, suchend, entdeckend, um das zu erfahren, was ich niemals wissen werde.

Ich wartete auf Mark – ich wußte, daß er zurückkommen würde, ich wußte, daß unsere Tage sorgfältig gezählt waren und daß unsere Liebe, vorsichtig zugemessen, wenn auch komprimiert, ein verhaltenes, süßes Feuer war, das plötzlich aufflackern und nicht leicht zu löschen sein würde.

Ich war dankbar für meine neue Stellung.

Wieder in Hongkong, um mir eine Wohnung zu suchen.

Mei, glücklich in ihrem kindlichen Frohsinn, lebte in Robert und Nora Hungs Haus und hatte mich während meiner Abwesenheit nicht vermißt, doch nun wollte sie gern wieder bei mir sein. Die Hungs hatten viele Freunde unterzubringen, ich konnte nicht auch noch bei ihnen wohnen. Das chinesische YWCA war überfüllt, und Kinder waren dort nicht zugelassen. Das Helena-May-Institut und das europäische YWCA nahmen nur Weiße auf. Alles andere war zu teuer: die Miete eines kleinen Zimmers betrug so viel wie mein ganzes Monatsgehalt.

»Aber«, meinte James Manton, den ich in seinem kleinen Rover vor den Bombex-Bäumen traf, die ihre frischen orangeroten Raketen den Universitätsweg hinaufschossen, »kommen Sie doch zu uns und wohnen Sie bei uns.«

»Oh, das könnte ich doch nicht!«

»Natürlich können Sie das. Wir haben ein Gästezimmer. Kommen Sie und bleiben Sie ein paar Wochen. Sie sehen schmal und müde aus.«

Bei James und Fiona lernte ich wieder an die Freiheit des Geistes glauben, an Verständnis und an Befreiung von innen her. Ich sah, daß eine Demokratie tatsächlich möglich war – wiewohl nicht jeder, der in einer Demokratie lebt, ein Demokrat ist.

Bei James und Fiona sammelte ich Kraft und neuen Mut für die kommende Ernte, und als die Zeit reif geworden, halfen sie mir die vollen Garben meiner Freude und meines Leides einbringen.

Mei und ich sollten einige Wochen bei ihnen bleiben. Wir blieben acht Monate.

Maya ging es nicht gut.

Die Krankheit, die in ihrem Körper voranschritt, erfüllte sie mit einem Sturm von Unruhe. Sie hatte still gelebt und das Leben von den zarten Händen des Wachtraums tragen lassen – und jetzt rebellierte sie gegen die Disziplin der Bettruhe. Zweimal lief sie aus dem Sanatorium auf und davon. Wir jagten ihr nach, Anne Richards und ich, in Fionas Wagen, und fanden sie, wie sie meilenweit entfernt am Ufer entlangwanderte. Sie, die sonst nie zum Vergnügen spazierengegangen war.

Weil das Leben ihr entrissen wurde, klammerte sie sich an alles, was Wurzeln besaß, an die Bewegung der Wolken und Gestirne, an die Feierlichkeit der Berge. Sie, die die raffinierte Vorliebe der Chinesen für das Detail, für die zierliche Übereinstimmung von Blatt und Blüte besaß, begann nun, da ihr Leben sich der Dunkelheit, dem Staub und dem Vergessen entgegenzuneigen begann, vage, weite Horizonte zu umkreisen. Mit leuchtend aufgerissenen Augen betrachtete sie den braunen Rand des Sonnenuntergangs, Entfernungen, die früher für sie nur eine Kilometerzahl gewesen waren. Ihre Lippen und Finger besaßen in ihrem ruhelosen Greifen nach dem Wesenlosen bereits die Ungeduld der Agonie.

Eines Tages fand ich sie an meinem Schreibtisch im Büro, sie war wieder ihrem Bett entflohen; und als sei es die natürlichste Sache von der Welt, fing sie an, mir von dem Baum zu erzählen.

»Auf dem Weg zu dir«, begann sie, »ist mir etwas begegnet, was ich noch nie erlebt habe. Halbwegs oben angelangt, setzte ich mich unter einen Baum, um auszuruhen. Es war ein Nußbaum. Und wie ich ihn so betrachtete, seinen geraden, silbrigen Stamm, geringelt und gefleckt mit der Heiterkeit seiner jungen Tage, seine scheckigen, weißgefleckten Blätter, die wie scheckig gefiederte Vögel auf einen Windstoß warten, um aufzufliegen, wie ich so in seinem kühlen, grünen Schatten saß, der über mich gebreitet war, und neben den schrägen Sonnenstrahlen auf meiner Hand – wurde ich dieser Baum.

Hinterrücks geschah mir dies, und die Wirklichkeit dieser Verwandlung ging mir bis ins Mark meiner Knochen. Als verzauberte Närrin saß ich da. Mein Herz war das Baumherz geworden, das süßen, grünen Saft absonderte – süßes Feuer glühte in meinen Adern. Ich kannte den geheimen Namen des Baumes, den Verlauf seiner Jahre, ich fühlte, wie sich meine starken empfindungslosen Wurzeln in die lebendige Erde krallten und durch Sand und Stein nach Wasser gruben. Ich nahm wahr, wie jedes Blatt gleich einem sich entfaltenden Wimpel herauswuchs, in heftigem Verlangen nach jenem anderen Regen, dem Licht. Ich breitete meine Zweige aus, mich ernsthaft spielerisch windend und mein blühendes Leben in die Leere hinausdrängend. Ich erfuhr das Vertieftsein des Baumes, den endlich errungenen Frieden, wußte, wie er den Tag ansah, und fühlte seine zufällige Verantwortlichkeit für den grünen Schatten, der sich um meinen Körper schmiegte. Ich saß da, regungslos, ein Baum in der Sonne, und erinnerte mich meines früheren Seins nur wie eines halbvergessenen Traumes.

Plötzlich gab es einen Ruck, ich hustete, und die Trennung zwischen mir und dem Baum war vollzogen. Ich war wieder ich, und der Nußbaum stand hoch über mir, grün und sonnengefleckt, fern, fremd. Dann bin ich hierhergekommen.«

»Maya«, sagte ich, »du und ich, wir waren immer Taoisten und ein bißchen verrückt, aber jetzt hast du mich geschlagen, denn du bist eine der Unsterblichen geworden.« Dann biß ich mich auf die Lippen, weil ich etwas gesagt hatte, was nur allzu bald wahr sein würde.

Maya lächelte. Es war bestürzend, die Seligkeit und das Frohlocken in ihrem Lächeln zu sehen. »Nenne es, wie du willst. Tod ist nur eine Nebensächlichkeit – worauf es ankommt, ist das Leben. Ich liebe das Leben so sehr, es berührt mich gar nicht, daß ich sterbe.«

Sie verließ mich, ein leichtfertiges Liedchen summend, das tausend Jahre alt war.

Die lieblosen Herzen sind munter und stark,
nur sie, die da liebt, hat zu klagen.
Der Kummer, der einst ein Fädchen nur war,
ist gewachsen um viel tausend Klafter.

Die tiefsten Tiefen der Erde drunt
und der Himmel so hoch und weit –
selbst der Raum ist begrenzt, und das Jahr, es wächst
und nur meine Liebe nicht.

Sie war nicht mehr ganz normal. Ein paar Wochen später war es vorüber. Maya setzte der Tuberkulose keine Widerstandskraft mehr entgegen. Sie wurde blind, einen ganzen Tag lang phantasierte sie leise vor sich hin und starb in der Nacht, als niemand in der Nähe war, mit enorm geweiteten Pupillen und den Wangenknochen wie Elfenbeingeäst. Sie war vollständig durchseucht, Lungen, Eingeweide und Gehirn, selbst in den Augen waren Knötchen.

DER FRÜHLING IST DA

Februar

Es war der dritte Tag des Chinesischen Neujahrsfestes, nach dem europäischen Kalender Ende Februar. Nach chinesischer Sitte war dies der Tag für Besuche bei Freunden. Mei und ich waren bei den Hungs, um ihnen ein glückliches neues Jahr zu wünschen.

Das Chinesische Neujahrsfest ist die allerlauteste und lärmendste der Volksbelustigungen in Hongkong. Schon Wochen vorher stecken die Läden, die bis Mitternacht und noch länger geöffnet sind, voller Leute, und eine Überfülle der herrlichsten Dinge wird angeboten: Orangen, Bananen, Laichee, Birnen, Äpfel und Quitten, Carambolas und Trauben, Tangerinen und Persimonen, Pummelos, Ananas und Mangofrüchte, buntgeschmückte Körbe mit Brandy, Whisky, Gin, Vermouth, Port, Sherry, Cointreau, Kümmel, Bols und Bénédictine, Weinen und Likören aus der ganzen Welt. Riesige schleifenverzierte Schokoladenpackungen aus der Schweiz, Blechdosen voller Biskuits und Keks aus England, Kartons voll Candy und Kraft's Käsestangen aus Amerika, dickbäuchige Krüge mit kandierten Orangeschalen, ganzen Cumquats, Ananasstücken, gewürfeltem Ingwer, Lotosknospen, Walnüssen, Mandeln und Kokosnußbällchen. Ganze kalifornische Hühner in Dosen und getrocknete chinesische Enten, flach wie Waffeln, deren geschnäbelte Köpfe aus den Weidenkörben hervorschauen, ganze Milchferkel, appetitlich braungebraten, Büschel weiß-rot getupfter Würstchen, die von der Decke der Läden herabhingen. Und dazu das Geschrei, das der normale Verkehrston der Kantonesen ist, das ständige Klappern und Schlurfen der Holzsandalen auf dem Steinpflaster, das Gebrüll der Radioapparate Tag und Nacht, die auf fünftausend Ladentischen dicht nebeneinander aufgestellt sind, und die ununterbrochen hupenden Wagen, die sich durch das Straßengewühl schieben. Die Häuser sind mit rotem Papier an Türen, Wänden und Fenstervorsprüngen geschmückt, Bündel von Weihrauchstäbchen qualmen an den Eckpfeilern und unter den Tischen für die Götter der Erde und des Herdfeuers. In leuchtend bunte Seidenstoffe gekleidet, laufen fröhliche Kinder umher. Der holde, süßduftende Enkianthus, die Glockenblume des neuen Jahres, schwankt in allen Vasen, und der Blumenmarkt von Wanchai strömt über von Pflaumenzweigen, frühen Kirschblüten und Narzissen.

Und dann das Feuerwerk! Eine Bedrohung für Gesundheit und Gehör, für Schlaf und Nervenruhe. Das Gesetz begrenzt die Knallerei auf achtundvierzig Stunden, während derer die Engländer sich Watte in die Ohren stecken, Schlaftabletten schlucken und die Straßen meiden. In gnadenlosem, seelenmörderischem, ohrenbetäubendem Krachen, weder in den Tagesstunden noch während der Dunkelheit nachlassend, knistern, brüllen, knallen, platzen, fauchen, dröhnen und schmatzen die Schwärmer, zischen von den Balkonen und Fenstern herab, explodieren hinter und unter den Wagen, schießen an den Straßenkreuzungen Salut, verpuffen unter leeren Konservendosen. Vom Dach eines berühmten dreistöckigen Restaurants hängen die Feuerwerkskörper hinunter bis auf die Erde und explodieren in Abständen von sechs Minuten eine halbe Stunde lang zum bescheidenen Preise von tausend Dollars. Die Straßen sind Ströme von rotem Papier und Asche, alles riecht nach Schweinebraten und Pulver. In irrsinniger Freude hören wir so viel Geld in Feuer und Lärm aufgehen — unsere sonst so nüchterne Rasse wird bei solchen Anlässen, wie Beerdigungen, der Geburt eines Sohnes oder Neujahr, zur hemmungslosen Verschwendung hingerissen.

Das Freudengeschrei von acht Kindern im Hause der Hungs am Meer war vergleichsweise köstliche Stille. Wir saßen um den elektrischen Kamin, aßen Neujahrskuchen aus klebrigem Reis und schwatzten.

»Apropos Wildgänse«, sagte Nora plötzlich, »heute früh ist ein Brief für dich gekommen.«

Augenblicklich blieb mir der Kuchen im Hals stecken. Ich konnte mich weder bewegen noch sprechen, während Nora mir den maschinengeschriebenen, mit indonesischen Marken reich verzierten Umschlag in den Schoß legte. »Reg dich nicht auf, Suyin. Weißt du noch, wie das Telegramm für dich kam? Zwei Stunden hast du flach auf dem Bauch gelegen und es nicht öffnen wollen. Und es waren doch auch gute Nachrichten, nicht?«

»Ja, Nora. Gute Nachrichten.«

Aber ich hielt Marks Brief fest in der Hand wie einen Talisman, wie einen Schicksalspaß, und öffnete ihn nicht, bis ich am Nachmittag wieder im Hause an der Conduit Road neben dem gestreiften Sessel saß – wie das allerletzte Mal. Und in dem leeren Raum, allein mit dem Trugbild, daß Mark mit blumenhaftem Lächeln auf mich zukäme, öffnete ich den Umschlag und las.

»Mein Liebes«, schrieb Mark, »ich wollte Dir nur sagen, daß ich Dich liebe.«

Der Rest war unwesentlich für mich: daß wir uns niemals heiraten könnten, weil er von einer anderen Frau festgehalten werde, weil er das Eigentum einer anderen sei und trotz der Leere kommender Jahre von ihr nicht freigelassen werden würde, daß er nicht nach China gehen könne, um dort zu arbeiten, weil er nicht die richtige politische Farbe besitze, daß uns nun einer von zwei Wegen aufgezwungen werde, entweder wegzulaufen und miteinander zu leben, die Entscheidung also mit einer herausfordernden Geste im Namen der Liebe zu erzwingen oder mit ebenso schauspielerhaften wie nichtigen Gesten im Namen der Verzweiflung einander aufzugeben – beide Wege seien eine Niederlage für uns.

»Ich will nicht mehr so dahintreiben. Ich möchte jemanden, dem ich treu sein kann. Ohne Dich, ohne Gedanken an Dich ist alles bedeutungslos. Ich bin immer weggelaufen, herumgejagt, ich war, wie Du einmal gesagt hast, damit beschäftigt, Billetts nach Kambodscha oder Timbuktu zu kaufen, um vor der Leere in meinem Innern wegzulaufen. Zu dieser Leere werde ich nie wieder zurückkehren.«

Durch die Verandatüren sah ich drei blinde Soldaten in schmutzigen grauen Uniformen durch das weit offene Tor in den Garten kommen. Sie tasteten mit ihren Stöcken vor sich her. Und ich dachte: Wie merkwürdig! Selbst der erste, der die anderen führt, ist blind.

»Und nun kenne ich keine Angst, keine Sorgen, kein Unglücklichsein mehr. Ich habe aufgehört, mich zu quälen. Ich habe aufgehört, Nägel zu kauen, ich habe keine Angst mehr vor dem Fliegen. Es widerspricht ja doch dem Gesetz der Wahrscheinlichkeit, daß ich noch einmal und diesmal endgültig abstürze. Ich bin erfüllt von Glück, ich habe keinen Raum mehr für etwas anderes als das Glück, Dich zu lieben. Ich bin durchdrungen von Dankbarkeit, die das Wissen um Deine allgegenwärtige Nähe ist. Gott ist gut zu mir, daß er mir erlaubt hat, Dich zu lieben. Es gibt sonst nichts mehr.«

Ich kann es nicht aushalten, dachte ich. Ich kann nicht. Es ist unerträglich, es erstickt mich. Laß diesen Kelch an mir vorübergehen.

»Du bist das Tor, der Weg zum Verständnis, das Licht in einem endlos dunklen Korridor, der stille Kern im Herzen des Zyklons.

Und ich bin so glücklich, obwohl wir wahrscheinlich nicht die geringste Hoffnung hegen dürfen. Ich kann nicht zurück. Aus dem Leben gibt es kein Zurück.«

Es durchfuhr mich wie mit Messern. Die Erde, die ich kannte, die Erde, dieses Prunkstück aus Entzücken und Elend, Triumph und Niederlage, Leid und Freude – sie zerbrach in Stücke, stürzte zusammen, wie Steine fallen. Daran sterbe ich, an diesen einfachen, alltäglichen Liebesworten.

»Erbarmen, Erbarmen, habt Mitlied mit uns!« Die blinden Soldaten standen im Garten, ihre grau wattierten Uniformen starrten von Schmutz. Ah Sun, der alte Diener, der schon seit zwanzig Jahren bei Fiona und James ist, scheuchte sie fort, wie ein Bauer das Geflügel scheucht. »Hinaus, hinaus – hier wohnen Weiße.«

»Erbarmen, Erbarmen, habt Mitleid mit uns, wir verhungern.«

Die blinden Soldaten waren Nordchinesen der besiegten Armee, die nun nach Süden trieb, nach Hongkong. Sie verstanden Ah Suns kantonesischen Dialekt nicht. Sie erhoben ihre blinden Gesichter zum weiten, kalten Himmel und sangen: »Erbarmen, habt Mitleid, habt Erbarmen!« So fuhren sie fort, und Ah Sun machte kraftlose Bewegungen, verteidigte den Besitz seiner Herrschaft durch Gebärden, und die Soldaten standen in ihrer Blindheit auf den Weg gepflanzt, streckten ihre Stöcke aus und sangen:

»Erbarmen, Erbarmen, habt Mitleid, wir verhungern.«

Ich wußte nicht mehr, was ich vorher gewußt, liebte nicht mehr, was ich vorher geliebt hatte. Ich war von Leere erfüllt und von einer Herrlichkeit jenseits aller Worte.

»Oh, Himmel«, flüsterte ich, »hab Erbarmen mit mir.«

Endlich wußte ich, was Liebe ist in ihrer Unendlichkeit: daß Gott uns durch diese todesgleiche Leidenschaft dazu ausersehen hat, uns gegenseitig das Leben zu bringen. Das Leben, das niemals endet. Ebensowenig endet wie die Märchen, wo sie noch immer fröhlich weiterleben, wenn sie noch nicht gestorben sind, denn das Normale war das Unwirkliche und Vergängliche; wenn wir über seine Grenzen hinaus vorstießen, konnten wir nicht mehr zurück. Aus dem Leben konnte man nicht zurück.

Ein kleines Weilchen weinte ich, voller Kummer, daß das Normale uns nicht bestimmt war, die Behaglichkeit des Mann-Frau-Daseins, die ständige Beruhigung menschlicher Wärme gegen die menschliche Einsamkeit. Es sollte nicht sein – wie schade! Ich weinte um mich und Mark.

Denn in diesem unerträglichen Augenblick, für den ich keine Worte weiß, hatte ich endlich erfahren, daß Mark nicht mich liebte, nicht das, was wirklich war.

Mark liebte die verzehrende Flamme, die aufrichtige Ekstase, das ewige Suchen. Sein Blick hing an den Gipfeln, und obgleich seine Worte an mich gerichtet waren, so galten sie doch einer Vision, die jenseits von mir lag. Denn so sind alle Männer beschaffen, einige mehr als andere. Ich hatte es in China gesehen, in jener kleinen Stadt: daß die Menschen zwar nach Brot schreien, aber für etwas ganz anderes sterben. Alle Welt hungert nach mehr als nach Brot allein. Ich hatte sie ihre eigenen Visionen verleugnen sehen, und am Ende kämpften sie wieder für unmögliche Träume.

Es war eine zu einfache Behauptung, daß der Mensch, wenn erst der Hunger des Bauches gestillt sei, zu reiner Menschlichkeit aufblühe. Es stimmte nicht, nicht einmal in China, wo der Hunger etwas Normales war. Revolutionen wurden nicht von den Mißhandelten und Unterdrückten gemacht, nein, ihre Begeisterung und ihre Wut, ihre Übertriebenheit und ihr Heldenmut wurden unter den Bevorrechteten geboren und genährt. Revolutionen begannen nicht in den Hirnen der Habenichtse, sondern entsprangen den Gewissensbissen der Besitzenden.

Das Ziel des Lebens und des Herzens Kern, Bildnis unsterblichen Einsseins, das die gesammelte Macht, Kraft und Überzeugung der Lebenden in eine flammende Gewißheit zusammenfaßte – diese Gewißheit des Lebens selbst ließ die Menschen bereitwillig sterben. So würde der Mensch immer über sich hinausstreben, obgleich er es leugnete, würde immer glauben wollen, daß seine Wahrheit, seine Freiheit die Einzige Wahrheit, die Einzige Freiheit seien, in dem tiefen Bedürfnis nach dem Absoluten, in dem Bedürfnis, glauben zu können, daß Gott bei all seinen Unternehmungen und Wagnissen zu ihm halte.

Und wenn es kein Jenseits gab, wenn Leben und Tod keine Bedeutung hatten, wenn die Liebe mit dem natürlichen Bedürfnis der sterblichen Kreatur anfing und endete, dann war das Leben tot, ohne Sinn, des Rausches beraubt, leer, öde, ohne alle Herrlichkeit.

So war es auch mit unserer Liebe. Für den Augenblick, einige Monate, einige Jahre, vielleicht für den Rest des Lebens verkörperte ich das, was Mark suchte: einen Traum und eine Illusion.

Im Dunkel sich bergend und vergehend ging das eigenwillige Selbst in mir unter, wandelte sich in eine wunsch- und wortlose Harmonie mit Himmel und Sternen.

So erfuhr ich endlich, daß ich Mark liebte. Und das war mir genug. Wir würden weiterleben. Zusammen oder getrennt – das war jetzt gleich. Unsere Verknüpfung lag nun in einem Wort, das in unsere Herzen gebrannt war – dem Worte Liebe. Dieses Wort würde ein Dach sein über unseren Köpfen, Wasser für unseren Durst, Nahrung für unseren Hunger, Wissen in unserem Blut, ein Teil aller unserer Gedanken und Taten, alles Elend und alle Schönheit berührend, alle Herrlichkeit auf Erden, unser ganzes Leben lang.

»Habt Mitleid, habt Mitleid. Erbarmen!«

Die blinden Soldaten waren noch immer im Garten, hielten ihre Gesichter zum weiten Himmel erhoben und die Stöcke vor sich ausgestreckt. Ah Sun, erschöpft von seinen Vorhaltungen, murmelte etwas vor sich hin und steckte ihnen Münzen in die Hände.

»Suyin«, rief Fiona, »ich habe nicht gewußt, daß Sie hier sind – was sitzen Sie denn da im Dunkeln? Warum machen Sie sich kein Licht? Haben Sie auch Tee bekommen?«

Fiona kam von einem Spaziergang in den Hügeln zurück, mit Tattybogle und Lolo, mit Niko, der sofort anfing, in den Buchara zu beißen und hinausgejagt werden mußte, und mit Dainty, der schönen Dalmatinerhündin, deren Erregbarkeit fast zu groß war für ihren zarten Körper – sie hatte James und Fiona ihre ganze Liebe geschenkt und nährte gegen Lolo eine verrückte Eifersucht.

»Kommen Sie ans Feuer«, sagte Fiona, »Sie sehen ganz erfroren aus in Ihrer Ecke. Hatten Sie einen schönen Tag?«

»Ja, Mei hat sich sehr gut amüsiert.«

»Fühlen Sie sich nicht gut, Suyin?«

»Ich habe einen Brief von Mark, Fiona.«

»Oh!« Fiona schluckte. »Wie geht es ihm?«

»Sehr gut.« Sein Brief in meiner Hand war ein Schatz von Schönheit, eine Kostbarkeit nach der langen, bitteren Reise, dem schweren Weg unter Durst und Hunger und den Verzweiflungen der Nacht; nun bedeutete mir das alles nichts mehr, mir, die diesen magischen Reichtum in ihrer Hand nicht verdiente. Ich fand eine Stelle, die ich Fiona mitteilen konnte. »Ich komme soeben von einer Audienz bei Bao Dei. Man hatte mich gebeten, keine Fragen über politische, militärische oder wirtschaftliche Probleme zu stellen, was das Feld etwas einengte. Wir verbrachten die erste halbe Stunde des Interviews damit, uns über die Jagd, speziell die Tigerjagd zu unterhalten, und die zweite halbe Stunde sprachen wir über das Segeln. Seine Majestät verfügt über beträchtlichen persönlichen Charme.«

»Wie amüsant«, sagte Fiona. »Es muß Spaß machen, Auslandskorrespondent zu sein. Und diese wundervollen Reisen. Aber ziemlich anstrengend, könnte ich mir denken.«

Fiona war die Diskretion selbst. Der Raum um uns hallte von ihrer unausgesprochenen Frage wider.

»Mark kommt nach Hongkong zurück, aber er schreibt nicht, wann«, fügte ich dann noch hinzu.

»Oh, wie schön«, rief Fiona und freute sich für mich. »Das wird reizend, Suyin. Bitten Sie ihn doch dann zu uns zum Essen. James und ich würden ihn so gern wiedersehen.«

»Das will ich tun, Fiona. Vielen Dank, Fiona.«

An einem eintönigen Nachmittag schrieb ich gerade besonders unverständliche Krankengeschichten ab, als das Telefon klingelte.

»Für Dr. Han.«

Am anderen Ende des Drahtes war Mark. »Suyin, wie geht es?«

»Danke, gut.«

»Die Hungs haben mir gesagt, wo du arbeitest. Kann ich sofort herüberkommen? Ich kann es kaum erwarten.«

»Jetzt nicht, bitte. Ich wohne bei Fiona und James Manton. Komm um sieben Uhr dorthin.«

Die Abteilungssekretärin, meine einzige Freundin hier, ein chinesisches Mädchen, das in ihrer verständnisvollen Art und ihrem Charme mich sehr an Maya erinnerte, fragte mich: »Warum nehmen Sie sich denn nicht den Nachmittag frei?«

»O nein. Nein!« sagte ich und tippte weiter. Ich konnte die Buchstaben überhaupt nicht erkennen.

Dann war es Abend, und ich war zu Hause. Ich hatte mein blauseidenes Kleid an und Mei eines aus blaßblauem Samt mit Perlknöpfen, das Anne Richards ihr geschenkt hatte. Ich bürstete ihr immer wieder das Haar und band ihr zwei Schleifen hinein.

»Ich zeige Mark meinen chinesischen Aufsatz, ich hab' eine Eins dafür bekommen«, sagte sie und holte ihr Schreibheft aus dem Schubfach.

Ich zog mir die Lippen nach, und Mei sah zu. »Du bist hübsch heute — weil du nämlich glücklich bist, ich weiß es«, sagte sie. »Ich kann es gar nicht leiden, wenn du müde und alt aussiehst. Ich möchte, daß du immer jung bleibst.«

Meine Tochter und ich sahen uns an — zwei Frauen, die sich gut verstanden.

Wir gingen hinunter in den Salon. Fiona und James waren da und hatten einige Freunde eingeladen. »Ah, wie hübsch du bist, Mei«, sagte Fiona zu meiner Tochter. Mei lächelte vergnügt und zeigte ihr

Grübchen in der rechten Wange. »Sie sehen auch nett aus«, meinte sie wohlwollend.

Wir saßen zwischen den Lampen und Blumen, den Teppichen und Hunden, der Kamin brannte, der ganze, prächtige Raum war angenehm durchwärmt und glühte friedlich und freundlich. Es klingelte an der Tür.

»Ich gehe schon«, sagte Fiona und ging. »Wie nett, daß Sie wieder in Hongkong sind«, hörte ich sie sagen, »treten Sie ein.«

Mark kam herein, noch schöner, als ich ihn in Erinnerung hatte, und strahlte wie immer Ruhe und Gelassenheit aus und stand und sprach mit Fiona und James.

Sie schienen darauf zu warten, daß ich etwas sagte. Ich sah ihn an und war wie verloren. Alles andere versank.

»Ein glückliches neues Jahr«, sagte ich.

»Ein glückliches neues Jahr, Suyin«, erwiderte Mark.

Dann ging er vorüber auf Mei zu, ohne mich anzusehen, und Mei zeigte ihm ihren Aufsatz. Auch sie hatte ihn lieb. Ich wandte ihm den Rücken, konnte kaum atmen, und James trat zu mir, faßte meinen Arm und sprach auf mich ein. James, rücksichtsvoll in seinem weitherzigen Verständnis für andere, nie an sich selber denkend, plauderte vom Wetter. »Es ist heute wärmer«, sagte er. »Der Frühling wird bald da sein. Nach dem chinesischen Kalender haben wir ihn schon, nicht?«

»Ja«, erwiderte ich. »Der Frühling ist gekommen.«

...SIND VIELE WOHNUNGEN

März

Wenn man wieder liebt, geht man auch wieder zur Kirche.

An dieses Wort Suzannes dachte ich, als ich zu Pater Low ging. In seinem Wartezimmer standen drei gewöhnliche Holzstühle. In der gelben Wand steckten verloren einige rostige Nägel. Auf dem leeren Tisch, erschütternd in seiner Kargheit, stand ein hölzernes Kruzifix. Vor dem Fenster durchschnitt der Tennisplatz einen Hügel und den rosenfarbenen Sonnenuntergang über dem Hafen.

»Ihr Besuch kann eine Offenbarung göttlicher Gnade sein«, sagte Pater Low, als er noch atemlos vom Tennis und der schnellen Dusche hereintrat. »Sie versuchen vielleicht, zum rechten Glauben zu gelangen.«

Ich schüttelte den Kopf. »Wir Chinesen beginnen unser Leben mit den moralischen Vorschriften des Konfuzius. Unsere wachsende Vorstellungskraft wandert mit dem Taoismus in das Reich, in dem nichts das ist, was es zu sein scheint, und manche heben ihr Leben noch dadurch empor, daß sie sich als Buddhisten Verdienst erwerben. Zwischendurch treten viele von uns einem der verschiedenen christlichen Bekenntnisse bei.«

Pater Low verzog das Gesicht. »Der Glaube verträgt sich sehr wohl mit einem chinesischen Hintergrund, die Ahnenverehrung stört uns nicht. Wir haben viele Konvertierte in China und in Hongkong.«

Die katholische Kirche besitzt tatsächlich einen machtvollen geistigen Einfluß im Osten und ist in Hongkong in allen Angelegenheiten der sozialen Fürsorge besonders aktiv. Tuberkuloseanstalten, Waisenheime, Wohnungsbau, Lager, Schulen, Armenhäuser — es gibt keinen Aufbauversuch für die Verbesserung der Lebensverhältnisse in einer Gemeinde, an dem die Kirche nicht Anteil hat. Es finden sich auch viele Konvertiten unter den Studenten. Von China abgeschnitten, mit der blassen Verworrenheit der vielen Sekten unzufrieden, enttäuscht von dem trockenen Zynismus des unter den Übersee-Chinesen vorherrschenden, allein dem Gelderwerb gewidmeten Lebens, erschrocken über den herannahenden Kommunismus, verlangen ihre jungen Seelen nach einem echten Glauben, der einer schwachen, materialistischen Realität Substanz geben soll.

Aber ich war nicht gekommen, um mit Pater Low über Religion zu diskutieren. »Ich möchte über etwas ganz anderes mit Ihnen sprechen.«

»Über die Liebe vielleicht?« fragte er lächelnd. Er besaß viel Menschenkenntnis.

»Ja, ich liebe jemanden«, erwiderte ich sofort.

»Mark Elliott«, sagte Pater Low und wußte also alles. »Er ist ein Christ und ein Gentleman. Er ist eine reizvolle Zusammensetzung aus Milde und Ehre, Mut und gutem Charakter, wie man sie in England züchtet. Ein kühler Fleck in der Wüste, eine leise, gleichmäßige Stimme, die Klarheit des Vogelliedes im Toben der Massen ... Ich habe es falsch zitiert«, sagte er wie zu sich selbst.

»Vielleicht liegt's an mir«, sagte ich. »Vielleicht habe ich mir alles nur ausgedacht.«

Und plötzlich — nichts. Der Wahnsinn, der Überschwang, die Bedeutung, alles war dahin, das Traumkleid war heruntergerissen, und nur die kleine Nacktheit blieb übrig. Ein schaler, saurer Geschmack lag mir auf der Zunge, im Kopf herrschte Verwirrung und ein Gefühl der Lächerlichkeit. Waren wir zwei Verliebte, die durch Schwierigkeiten und Beschränkungen zu Gefühlshöhepunkten getrieben worden waren, gefangen im Wirrwarr der Geschehnisse, gehemmt und begrenzt durch Zögern, Bedauern, zerbrochenes Sehnen, zerbrochene Loyalitäten? War alles übrige nur eine schlaue Falschmünzerei meines Gehirns? Nichts weiter?

Pater Low sagte: »So wenige Menschen lernen diese Besessenheit jenseits des Gefühls überhaupt kennen, diesen mühevollen Drang zur Absolutheit der Freude und des Leides, zur Integrität, die Gott selbst ist. Ich meine, Sie sind beide sehr glückliche Menschen. Sie sind der Gleichgültigkeit und der Mittelmäßigkeit entronnen.«

»Ach«, warf ich bitter ein, »was ist Glück?«

»Glück«, sagte Pater Low, »ist die bejahende Ergebung in den Willen Gottes.«

»Gott ist grausam«, erwiderte ich, plötzlich kalt, verschlossen und voller Haß. »Sehen Sie nicht, was er uns antut? Er schenkt uns einander in einem Sturm, und wir lernen die Macht und die Herrlichkeit der Liebe kennen. Und dann nimmt er alles wieder weg, prunkt mit der Flüchtigkeit jeden Besitzes und spottet unser. Jetzt kann ich nicht mehr aus vollem Herzen nach China gehen, denn ich kann nicht verleugnen, was ich weiß, kann nicht beschmutzen, was ich geliebt habe, kann nicht hassen, was mich zum Leben erweckt hat. Es wird immer Mark da sein, das kleine Lachen hinter dem Donner, das mich von den Herdengefühlen abhält, von der Stimme der Masse, von Haß und Gewinnsucht und von so vielen Dingen, die Übereinstimmung mit der Masse bedeuten. Und doch darf ich Mark nicht haben. Nicht auf jene Art, in der andere Leute etwas haben, behalten und besitzen, nicht mit der gleichen Vollständigkeit.«

»Jenseits des Rosengartens, jenseits des Honiglandes ... Ach, wie glücklich sind Sie doch«, seufzte Pater Low.

Es war die Stunde des schwebenden Zwielichts, in der sich die Herzen öffnen und das verwirrte Gemüt, seiner eigenen Irrwege müde, wie durch einen fremden Mund langsam Worte äußert, denen es selbst verwundert lauscht.

»Warum geschieht das gerade mir? Ich kann es nicht ertragen. Und doch ist es geschehen. Sie sprechen so leicht vom Willen Gottes. Haben Sie einmal versucht, das Unerträgliche, Unmenschliche und Unbekannte auf sich zu nehmen?«

»Was ist daran so schwer?« fragte Pater Low mit großer Offenheit und Einfachheit. »Nun ja, ich muß beten, ich muß zu verstehen suchen, mit Gottes Hilfe!«

Wir gingen langsam miteinander zum Gartentor, den Kiesweg zwischen zwei Hecken blühender Azaleen entlang und sprachen von der Sünde und den Heiligen und von China und wie Gott sich auf seltsame Weise in seinen Geschöpfen erfülle, weil Gut und Böse in seine Hand gegeben seien. Wir waren alle beide friedlich und furchtlos, denn in diesem Augenblick zwischen den Hecken gehörten wir zu dem Reich jenseits von Raum und Zeit.

Keine noch so große Summe des Bösen in der Welt konnte Pater Lows Glauben, seine Nächstenliebe und seine Demut erschüttern. Sein Glaube war für ihn lebendig und greifbar in allen Spielarten des Geistes und der Materie – der Baum des Lebens selbst.

Dicht neben meiner kampffrohen, erdhaften Verwurzelung eine andere Gewißheit, so alt wie die Menschheit, immer geleugnet und stets wiederkehrend: aus dieser sicheren Verankerung im Nichts würde ich die Kraft finden, allein zu gehen, außer Tritt mit der Herde, auf meine eigene Weise. Von nun an würden alle äußerlichen Fesseln, alle Formen der Sklaverei und Gleichmacherei nichts mehr bedeuten. Sie würden mich nie wieder fangen können.

Pater Lows letzte Worte waren: »Denken Sie an das Wort ›In meines Vaters Hause sind viele Wohnungen‹.« Er meinte wohl, daß ich eines Tages doch in seine Kirche einträte.

Aber ich wußte schon damals, daß das nicht geschehen würde.

»Seit unserer Befreiung«, schrieb mir Dritter Onkel, »haben Deine Tante und ich ruhig in unserem alten Haus gelebt. Bei den vielen Mündern einer Familie von dreihundert Köpfen sind wir nicht wohlhabend. Infolgedessen brauchen wir uns keine Sorgen zu machen. Dein Herz kann beruhigt um uns sein.

Ich habe alle meine Ersparnisse den Nationalen Fonds beigesteuert, und Deine Tante ist einem Frauenverein beigetreten, um fortschrittlicher zu werden. Ein regsamer Geist muß vielerlei erforschen, und so nehme ich zur Zeit an einem Kursus für fortschrittliches Denken und Selbstkritik teil. Es sind nur die Allerweisesten und die Dummen, die sich nicht umstellen können. Trotz der Dinge, die Himmel und Erde bewegen, ist unsere Gesundheit unverändert, und unsere Familie lebt weiterhin in Harmonie und Frieden miteinander. Dies haben wir den Tugenden unserer Ahnen zu verdanken, die sich in der Nachsicht wie in der Mäßigung in Sprache und Geste geübt haben. Leider ist das in anderen Familien nicht so. Sie sind jetzt durch eilfertige Unwissenheit und schlecht erwogenes Denken gegeneinander eingestellt. Was aber die Tugend der Höflichkeit verletzt, gehört nicht zu dieser neuen

Ära. Doch gibt es jetzt auch viele Opportunisten, die wie die Hunde vor dem neuen Herrn schweifwedeln.

Obwohl ich alt bin und mir viele Dinge fremd vorkommen, stört mich doch die Tatkraft der Jungen nicht. Deine Vettern arbeiten bei der Frühjahrsbestellung auf den Feldern, anstatt müßig herumzulungern, Zweiter Bruder und Fünfte Schwester sind nach dem Norden gegangen, um an den großen Universitäten zu studieren. Achter und Neunter Sohn sind in die Neue Armee eingetreten. Zehnte und Elfte Tochter lernen außer Englisch jetzt auch Russisch. Sie sagen, daß es viel schwerer ist. Ich bat sie, sich daran zu erinnern, daß jede fremde Sprache der anderen gleicht, so wie alle Ausländer für unser Auge einander ähnlich sehen. Wenn Rußland unserem Land aus dem Verfall, der Armut und Verwüstung heraushilft und uns in die Lage versetzt, etwas Wertvolles aufzubauen, dann will auch ich Russisch lernen. Es scheint seltsam, daß wir nach so vielen Jahren, in denen wir Ratschläge, Hilfe und Geld von anderen Ausländern angenommen haben, in einen solchen Wirrwarr geraten sind. Ich habe nie viel von Ausländern gehalten und verharre dabei, daß unsere Stärke in unserer Tugend liegt. Das gilt für den Menschen, aber auch für die Nation.

Nun gibt es Nahrung genug für alle, und die Kinder sind glücklich. Die Preise steigen nicht mehr weiter, wenn der Große Fluß sein Frühjahrshochwasser führt. Wir, die wir alt sind, haben das Glück, diese Veränderungen noch zu erleben.

Es gibt außer vielem Guten auch einiges, was kindisch und übertrieben erscheint und die Grenzen der Nachsicht überschreitet. Wir, die wir einst privilegiert waren, sehen uns ausgeplündert und verdächtigt.

Neue Dinge erfahren erst mit der Zeit Mäßigung. Der Stolz darf nicht zu groß, der Eigenwille nicht zu beherrschend, die Freude nicht zu überschwenglich sein, und der Begierde darf nicht zu sehr nachgegeben werden. Aber die Jungen kennen ihre Grenzen nicht, sie verwüsten die Erde in der Raserei eines fanatischen Geistes, der nach der Vollkommenheit aller Menschen und aller Dinge schreit. Jedoch bauen sie einen neuen Himmel und eine neue Erde – das ist etwas Großes. Ich bin alt, ich muß mich zufriedengeben.

Denn der Mensch wird durch das Zusammenwirken von Himmel und Erde geformt, aus Empfindung und Verstand. Alle Elemente, ihre guten und schlechten Eigenschaften, ihre Leidenschaft und Trägheit sind in ihm, um dort zur Harmonie zu gelangen. Darum kann man das Herz des Menschen nicht vollständig ergründen, denn für ihn ist es Himmel und Erde, Beginn und Ende aller Dinge während seines Lebens. Aus dem Zusammenspiel dieser Elemente entsteht ein Rhythmus, das Prinzip der Tugend, die ihn wie auch die Ordnung der Sonne und der Sterne regiert. Ohne diese Tugend wird er selbst von der Güte zu äußerster Gewalttat angetrieben, und alles bricht in Chaos und Wirrnis auseinander, bis ein anderes Gleichgewicht erreicht ist und der ewige Rhythmus sich wieder einstellt, eine neue Harmonie anstrebend.

In diesem Streben wird die alte Weisheit verworfen, und der Mensch muß von neuem lernen, daß die Grundlage des Rechtes die Gnade und der Beginn des Wissens die Ignoranz ist und daß die Weisheit der Autorität im Wohlwollen liegt. So ist der Kreislauf der Dinge, und so wächst unsere Welt der Zukunft entgegen. Sie tut es nicht geradenwegs und ungestört, sondern wie ein Baum wächst: im Zusammenwirken von Regen und Sturm, Hitze und Kälte, Licht und Dunkelheit. So müssen wir denn allen Dingen gegenüber Geduld und Zurückhaltung üben und die Vorstellung jener Harmonie in uns tragen, die die Gegensätze verschmelzen wird und das Entgegengesetzte als verschiedene Aspekte der gleichen Sache erkennen läßt. Wie bei einem Rade auch die leeren Zwischenräume und nicht nur die Speichen zur Eigenschaft des Rades gehören, so ist es mit allen Dingen unter dem Himmel, unter dem alle Dinge gleich sind. Daran denke.«

»Was für eine schöne Pinselführung dein Onkel hat«, sagte Mark. »Glaubst du, daß ich ihn eines Tages noch kennenlerne?«

»Du würdest ihm gefallen, Mark. Ihr habt etwas gemeinsam, eine wesentliche Tugend im Sinne der chinesischen Tugenden.«

»Dich, dich zu lieben, Suyin?«

»Unsinn! Ich meine etwas, was man Duldsamkeit nennt, eine Mäßigung, die das Extrem ablehnt. In den alten Büchern heißt es darüber: Laß deinem Feind immer einen letzten Ausweg übrig. Der kleine Fehler, der uns menschlich sein und bleiben läßt. Eine Gelassenheit, die die Gewalttat um ihren Triumph bringt.«

»Ich hatte gehofft, weißt du«, sagte Mark, »ihn eines Tages zu treffen. Aber unsere Welten scheinen sich voneinander zu entfernen. Ich fürchte, Liebste, ich werde nicht nach Peking gehen können, trotz aller Anerkennung, trotz allem Geschrei über einen Frieden. Mich überkommt, wenn ich morgens aufwache und an dich denke, oft die Angst, weil ich dich so nötig habe. Und dann öffne ich die Zeitung und stelle fest, daß über Nacht schon wieder weitere Fortschritte gemacht worden sind, um unsere Welt in zwei unvereinbare Teile auseinanderzureißen.«

Draußen, vor dem Fenster seines Hotelzimmers, hing über der

einen Seite des Meeres der Rand einer grauen, regenschweren Wolke. Mark hatte die Arme um mich gelegt. Ich hörte sein Herz in mir klopfen. Die Sterblichkeit dieses einen Mannes erfüllte mich ganz und gar; wer wünschte sich Unsterblichkeit, während das vergängliche, dahinschwindende Fleisch, so zärtlich lustvoll und launenhaft, solch goldene Schönheit, solch jauchzende überschwengliche Leidenschaft empfand? War nicht das rasche, kurz aufflammende Leuchten stark genug, um den weiten Abgrund schrecklicher Finsternis zu erhellen, war es nicht genug, um uns für verklärt und erfüllt zu halten?

»Oh«, sagte Mark, traurig und doch lächelnd, »was für ein Narr ist doch der Mensch, Suyin, daß er mit den Händen nach den Sternen greift und vergißt, daß ja die Erde selbst ein Stern ist.«

Oh, Blume der Liebe, in Freude und Leid verwurzelt, Vollkommenheit, einst gekannt und nie vergessen, Anfang und Ende, und danach – Einsamkeit.

DER MEERUMSPÜLTE FELSEN

April

I

Der Seeadler hängt schwebend im unendlichen Himmel. Er nennt ein herrliches Gebiet sein eigen – abgelöst und ruhevoll überwacht er den meerfeuchten Felsen.

In diesem Frühling lebten wir ein neues, vollständig klares und unverwischtes Traumbild. Die tausend Widersprüche von Liebe und Haß, Selbsttäuschung und Verrat, die das Paradoxon des menschlichen Gemüts ausmachen, bewegten uns nicht länger. Wir lachten, kannten nur die Freude, in deren Innerstem irgendwo das Leid seine Stunde erwarten mochte, und hinter dem Schäbigen und Schmutzigen, hinter der Flut von Kränkung, Furcht und Gier, die die wahren Gezeiten der Menschheit bilden, nahmen wir die leuchtende Pracht wahr, die nichts beschmutzen, schänden, entstellen oder besiegen kann.

Auf den Flügeln der Liebe erlebten wir den meerumspülten Felsen Hongkong. Dort gehen diejenigen eilig, die nirgendwohin gehen, Geschöpfe eines blinden Reiches, ergeben und hoffnungslos im wild-zärtlichen Frühling.

Lily Wu und ihre Schwestern, diese von Verwüstung gebrandmarkten Wahrzeichen trostloser nächtlicher Sünden, ziehen als Opfer ihres ehrlich erworbenen schlechten Rufes lächelnd durch die dunklen Straßen oder sitzen beleuchtet in der Auslage einer Hotelhalle. In ihren Gesichtern liegt Gottes Herrlichkeit genauso wie die Verworfenheit ihres Gewerbes.

Eine Schiffsladung voll Matrosen ergießt sich in die Straßen. »Also, bis nachher, Alter – sehen uns morgen.« Die dauergewellte, geschminkte Shanghai-Hure zieht den schlaksigen blonden Jungen, den kindlichen, sommersprossigen, stark angetrunkenen Seemann an der Hand von seinen Kameraden weg in ein Taxi und nennt ungeduldig ihre Adresse. Eine tüchtige Venus, die mit ihrer Beute enteilt, denn auf diesem meerfeuchten Felsen ist Zeit Geld.

Dort läuft auch Suzanne, fröhlich, ja lustig, die Halb-und-halb-Eurasierin; und alle, die ihr in Hongkong gleichen.

Suzanne hat sich nie von dem Gefühl lösen können, daß Weiße überlegen sind, denn sie besitzen Konzessionen, Exterritorialität und das Weltbild des Kolonialismus. Es gibt viele Eurasier in Hongkong, die absichtlich zu Chinesen werden und das Weiße ihrer Art in sich nicht wollen. Doch zu welcher Seite sie sich auch schlagen – nur wenige von ihnen teilen die Leidenschaften, den Fanatismus, die flammenden, sengenden Gefühle des Festlandes jenseits der Hügel. Noch wenigere haben eine Vorstellung davon, was europäische Tradition wirklich bedeutet. Sie können weder in China leben noch in Europa; und so bleiben sie denn hier, als wahre Bürger des meerumspülten Felsens.

Hier Humphrey Palmer-Jones, gutmütig und groß, der wiederholt Mr. Kam, Mrs. Kam, dem Sohne Kam und allen Töchtern Kam die Hand schüttelt. In diesem Frühling hat er sich ausgewachsen.

Humphrey ist das Geschäft, das Herz von Hongkongs Existenz. Zwar gehört ihm nicht, wie dem Königlichen Handelhaus, der Großteil von Hongkong und ein Teil von Shanghai und weiß der Himmel was sonst noch alles, aber auch er ist »gediegen«, das heißt solide, und das bedeutet, daß alles, was in China geschieht, ihn peinlich nahe angeht, wie auch alles in Hongkong.

Humphrey weiß, daß man eine Uhr nicht zurückstellen kann. In den letzten Monaten hat er aufgehört, sich die guten alten Zeiten zurückzuwünschen. Er muß sich entweder anpassen oder untergehen. Er wird sich anpassen.

Er hat Verluste gehabt. In China muß er hohe Steuern zahlen. Mr. Parrish hat die Firma verlassen und ist nach Japan gegangen, von wo aus man mit China viel besser Geschäfte machen kann als von Hongkong aus. Andererseits hat er angefangen, mit den Vertretern des Neuen China zu verhandeln, und ist von ihrer Tüchtigkeit recht beeindruckt. »Ich habe Vertrauen in die Zukunft«, sagt Humphrey. Er erklärt aber nicht, was er damit meint.

Der meerumspülte Felsen, das weiß er, lebt von geborgter Zeit, aber schließlich ist alle Zeit geborgt. In seinen vielerlei Welten, in seiner Verschiedenheit, seinen Widersprüchen, die einander aufheben — in allem, was geeignet ist, Hongkong auseinanderfallen zu lassen, sieht er hoffnungsvolle Zeichen für ein Überdauern und die nötigen Zurüstungen, um den kommenden Veränderungen zu begegnen.

So hält er sich fest, verliert den Kopf nicht, steckt Schläge ein und läßt sich von der Furcht keineswegs beeinflussen.

Vom Hotelgarten aus, wo wir mit Humphrey Zitronensaft trinken, sehen wir, wie das China Building emporwächst. Auf dem freien Bauplatz neben der Hongkong- und Shanghaibank arbeiten Hunderte von Arbeitern mit Kranen, Rammböcken und Lastwagen, um den ausgehobenen Erdboden aufzuladen. Auch zweihundert Frauen mit Körben arbeiten mit, sie konkurrieren mit den Maschinen und sind viel billiger.

Mark, bezaubert vom Gehämmer der Rammen und der Geschäftigkeit der Arbeiter, sieht mit großen, vergnügten, blauen Augen zu.

Humphrey sagt: »Sie werden es gerade noch fertig bekommen, bevor die Roten hier die Sache übernehmen.« Das ist sein Standardscherz.

Da die Regierungsangestellten — sie kommen von ihren Dienstwohnungen auf den Hügeln zu ihren Büros heruntergefahren. Bechränkt, aufgeklärt, väterlich und wirrköpfig zugleich ist diese Kolonialregierung, deren Meisterstrategie den Kompromiß kultiviert: langsam, nur immer langsam etwas nachgeben, wenn es auf die alte Art gar nicht mehr geht, Zoll um Zoll, Schritt um Schritt einen Kompromiß schließen und dann einen neuen Weg finden. Das ist englische Art.

Die Verwaltung ist der ewige Kopfschmerz, der mit den Aspirintabletten des Kompromisses und den Kompressen der Vorsicht gelindert werden soll. Sie übt ein ständiges Balancieren zwischen Vergangenheit und Zukunft und so vielen widerstreitenden Interessen, daß alle Lösungen nur provisorisch und auf Zeit sein können.

Tuberkulose? »Sehr schlimm — schlimmer denn je! Diese Woche dreihundertsiebenundachtzig neue Fälle, außerdem zweiundneunzig Todesfälle, und dabei müssen wir die Extraessenzuteilungen an die Patienten kürzen. Andere Dinge sind noch dringender!«

»Was für andere Dinge? Ist nicht ein Überschuß im Budget?«

»Gewiß, die Tuberkulose rafft Tausende hin, und Hongkong kann auch nicht länger als einige Tage verteidigt werden — und trotzdem geht die Verteidigung vor.«

Die Verwaltung tanzt auf dem Seil, immer schwankend, aber sie fällt nie herunter.

In einer chinesischen Schule tanzen die Schüler den Yangko. Die Schule wird wegen »unhygienischer Waschanlagen« geschlossen. Auch das ist ein Kompromiß.

Auf allen Straßen und in allen chinesischen Buchhandlungen breitet sich Neuchinesische Literatur in ihren zahllosen roten, gelben und blauen Schutzumschlägen, mit ihren Hämmern, Sicheln und Sternen aus. »Das Leben Stalins«, »Das Leben Mao Tse-tungs«, »Das Leben Lenins«, »Der Marxismus«, »Selbstkritik«. Überall werden kommunistische Zeitungen verkauft. »Dies ist die englische Verwaltung. Wir haben Pressefreiheit. Nur diejenigen, die zu laut sagen, was wir nicht mögen, werden stillschweigend deportiert.«

Fische? Die Verwaltung versucht, den verbrecherischen Zwischenhändlerring auszuschalten, der die Preise hochtreibt. Aber es sind auch viele andere Interessen dort im Spiel. Wieder Kopfschmerzen, Kompromiß und viele neue Kompressen.

»Wir können es uns nicht leisten, in Hongkong allzu gute Lebensbedingungen zu schaffen. Wir müssen sie einigermaßen schlecht belassen, sonst kommen wir mit dem restlichen Asien ganz aus dem Tritt. Wir würden ja sonst mit Menschen vom Festland überschwemmt.«

Fabrikanten aus Shanghai haben junge Mädchen nachts an den Webstühlen arbeiten lassen und dadurch ihren Profit verdoppelt. Die Regierung schließt diese Fabriken.

»Die Chinesen selbst sind am allerhärtesten gegen ihre Landsleute. Sie nützen ihre eigenen Untergebenen so aus, wie kein Engländer das im Jahre des Herrn 1950 wagen würde. Ihr einziger Gedanke: möglichst schnell reich zu werden. Nur die wenigsten haben überhaupt ein Interesse an Hongkong selbst.«

Die Kolonialverwaltung quält sich vorwärts und arbeitet weiter. »Wir wissen, daß nichts ewig dauert, aber wir hoffen, daß wir, wenn die Zeit der Übergabe gekommen ist, etwas von den Prinzipien hinterlassen, die wir ausprobiert haben: Gerechtigkeit, faire Behandlung und Toleranz. Wir haben es zumindest versucht.«

Und das ist wahr. In ihrer unvollkommen zögernden Art hat die Kolonialregierung Gerechtigkeit geübt und Hongkong faire Behandlung, Ausgleich und einen Sinn für Toleranz gebracht. Nicht immer ist das geschehen, nicht ständig, aber doch genügend oft, um etwas Bleibendes zurückzulassen, was zu kostbar ist, um aufgegeben zu werden. Es ist auch wahr, daß die Kolonialverwaltung oft zwischen Chinesen und Chinesen schlichtend hat eingreifen müssen.

Und da fährt auch Mr. Kam, in seinem großen Wagen, er fährt zu einer geschäftlichen Besprechung in einem der größten Restaurants.

Mr. Kam ist Chinese, und obwohl er es niemals ausspricht, schwillt doch seine Brust vor Stolz über die großartigen Dinge, die, wie er hört, auf dem Festland geschehen. Seine Agenten sind in Peking gewesen, und das Geschäft blüht, sowohl mit dem Festland wie mit Formosa. Doch trotz alledem sähe Mr. Kam es gerade jetzt sehr ungern, wenn Hongkong fiele. Noch nicht! Er fürchtet sich etwas davor, daß die Neue Regierung wirklich all das tun könnte, was sie angekündigt hat. Er wird zwischen seinem Nationalstolz und seiner persönlichen Besorgnis hin und her gerissen. Er hält es mit beiden Seiten und hofft auf einen Tag, da es keine Seiten mehr geben wird.

Da wandern auch die beiden Kommunisten Sen und Rose die Hollywood Street, die einst für die Bordelle berühmt war und nun voller Buchhandlungen ist, herauf. Mit ihnen kommt Mark.

Rose atmet heftig und stößt die entweihte Luft Hongkongs zornig aus der Nase: Hongkong sei ein Pfuhl des Frevels; alle Gauner, Gangster, Huren, »laufende Hunde«, speichelleckende Sklaven, die Ausbeuter des Volkes, die Spione und Reaktionäre und der Abschaum des tapferen neuen Chinas seien hier versammelt.

Das ist auch wahr. Viele Tausende von Flüchtlingen sind hier, die die Furcht hierher vertrieben hat, und darunter einige gute Leute.

»Die Engländer sind perfide«, verkündet Rose, »und die amerikanischen Imperialisten sind noch schlimmer. Wir müssen ihre angreiferische, erniedrigende Gesittung bekämpfen und die Kriegstreiber daran hindern, die Welt in einen neuen Krieg zu stürzen.« Sie tritt rasch in eine Buchhandlung und kommt mit einer Nummer der »New China Monthly Review« für Mark zurück.

»Die Leute machen so viel her von der Parteierziehung«, sagt Sen, »und dabei sind wir doch alle von irgendeiner Lehre bestimmt. Sie, Mr. Elliott, sind vollständig durch Ihre Public-School-Erziehung festgelegt. Ihr Benehmen und Ihre Reaktionen werden durch falsche feudalistische Begriffe bedingt, die man Ihnen in Ihrer Jugend eingetrichtert hat.«

»Hm«, macht Mark. »Ja – so hatte ich die Sache bisher nicht betrachtet.«

Hier in Hongkong können Sen und Mark sich ohne Haß und Kränkung unterhalten und über ihre einander entgegengesetzten Überzeugungen sprechen. Sie sind sich dessen nicht bewußt, daß hier Höflichkeit etwas ermöglicht, was sonst nirgendwo geht.

Für einen Augenblick sehen Mark und ich uns an und hoffen, daß die Welt vielleicht doch nicht unabänderlich in zwei widerstreitende Wirtschaftssysteme zerspalten ist. Sicherlich, sicherlich gibt es einen Mittelweg, der Toleranz und Ausgewogenheit möglich macht. Es muß ihn geben!

»Wir wollen den Frieden«, sagt Sen. »Die Amerikaner wollen den Krieg.«

»Könnte das nicht gegenseitiges Mißtrauen sein?« wagt Mark zu fragen. »Die Engländer denken wenigstens nach«, räumt Sen ein, »ich weiß, auch Sie waren für die Anerkennung des Neuen China, Mr. Elliott. Aber sie kam nur aus wirtschaftlichen Gründen zustande und außerdem drei Monate zu spät. Es war eine Beleidigung für uns.«

»Ich glaube, es war nicht ganz so«, meint Mark. »Wissen Sie, wir sind immer ein bißchen langsam, das liegt an unserem englischen Klima.« Beim Tempel für den Gott des Krieges und der Literatur bleiben sie stehen und blicken auf den luftigen, blauen Hafen mit seinen vielen Schiffen hinunter, auf die lauten, hin und her eilenden Menschenscharen und auf das graue Netz der Stadt mit ihrem dichten Wagenverkehr. Da stehen sie und sehen die Zukunft herannahen und die Gegenwart abtreten.

»Ja«, sagt Sen und nimmt mit behutsamer englischer Gebärde die Pfeife aus dem Mund, um mit ihr den Horizont entlangzufahren, »ich meine, daß wir das alles noch eine Weile so belassen, wie es ist. Es fällt uns ja später dann doch zu.« Er sagt das sehr gönnerhaft.

»Warum auch nicht«, antwortet Mark ruhig. Seine Augen sind so blau wie das Wasser des Hafens. »Eines Tages wird es zu Ihnen zurückkehren. Asien muß den asiatischen Völkern gehören.«

II

März und April. Sechs Wochen Frühling.

Unstillbare, überschwengliche Tollheit! Reiches, sattes Gelächter! Entzücken wie ein gefiedertes Blatt, schattengefesselt, blütenbesteckt, himmelumgeben, von Vögeln, kräuselnder Brise und unbekümmert tanzendem Sonnenlicht umspielt — und von so vielen jungen Begierden! Rauschender Flügelschlag! Knospenspringen und Kuckucksruf! Der Frühling ist da!

»Du brauchst mich gar nicht, Mark. Du brauchst niemanden, du hast ja dich selbst.«

Sein Lachen war frohlockend, fast anmaßend in seiner leuchtenden Erfülltheit, dem glatten inneren Glanz unter der Haut. Ein Mann im Vollgefühl seiner Kraft.

»Ich komme und hole dich! Selbst, wenn es zehn Jahre dauert!«

»Wo der Krieg in der Luft liegt, werden sie uns mit dem Knurren des Hasses auseinandertreiben – die anderen, die alle hassen.«

»Ich bin ja doch für immer an dich gebunden.«

Zärtlichkeit, sanfte, tiefe und starke Zärtlichkeit, die mich vor der stets wachen inneren Feigheit beschützte. Wenn die Schatten der ungebetenen Schrecken sich erhoben, dann war seine Zärtlichkeit gegenwärtig. Niemand hatte mich je so sanft behandelt.

»Wovor hast du Angst?«

»Vor schrecklichen Dingen – vor Schatten. Ich weiß es selbst nicht.«

»Vor dem Krieg? Daß der Krieg uns vernichten könnte?«

»Der Krieg vernichtet alles. Ja, vielleicht vor dem Krieg.«

Der April ist ein grausamer Monat.

Geißblatt, Frangipani, süße Cassia, über grauen, pelzigen, moosbedeckten Mauern, aus deren Ritzen das Farnkraut sprießt – und die weitverzweigten Wurzeln der Bäume, die sich ringelnd und sich schlängelnd die alten Steinmauern Hongkongs umwinden und zusammenhalten. Bastionen und Festungen des Besitzes, mit Baumwällen umgeben und von Moos eingefriedet. Geißblatt, Frangipani, süße Cassia – duftende Frühlingswege.

Und die Azaleen!

Überschwang der Erde, schamloser Prunk, flammende, purpurne und rosige nackte Lieblichkeit auf dem Hügel gegenüber dem affektierten Regierungsgebäude, zur Hälfte japanische Pagode, zur Hälfte mexikanischer Patio. Vor der Universität klettern die Azaleen über alle Hügel auf und nieder, stürzen die Hänge zum Meer hinab, und der meerumspülte Felsen wird von dem roten Irrsinn überflutet und fordert den Himmel heraus. »Wer wird unsterblich sein wollen, wenn Schönheit so vergänglich ist? Lieber möchte ich eine rote Blume in deinem Haar sein!«

Ein blanker Frühlingsmond, jung, mißtrauisch und hohlwangig, die Sterne vor sich hertreibend und von den Wolken wild und hungrig verfolgt, eilt über die langen Wege des Himmels.

Ein von Sternen besänftigtes Meer – unter Sternschnuppen und über Seesternen – liegt ruhig träumend in der sanften Einsamkeit der weichen Frühlingsnacht.

»Es ist sehr schwer, nicht haben und nicht halten zu wollen. Es ist hart, nicht zu besitzen!«

Hunger überall, so weit ausgebreitet wie die Azaleen über dem meerumspülten Felsen.

Wir fanden die ersten Frühlingsiris, zart und klein, versteckte blaue Iris, noch etwas feucht vom leisen Regen in den Hügeln, als wir, Fiona, James, Mark und ich mit den Hunden, am Morgen spazierengingen. Die Hügel waren durchtränkt vom Rot der Azaleen.

»Oh, seht doch, seht«, rief Fiona und kniete mit geöffneten Händen nieder. Alle Hunde blieben stehen, und ihre dunklen Schnauzen bebten.

Es regnete leicht, dann kam die Sonne. Wir kühlten das Bier in einem Wasserfall unter den Felsen, und alle Hunde tranken.

Mit Mei und Ginger und mehreren Schulfreundinnen Meis schlenderten wir die schmalen Bergpfade entlang und pflückten Farnkräuter. Tief unter uns kräuselte der Wind die Wasserfläche, und die Mädchen waren vergnügt.

Mark ging mit ganzen Scharen dieser Schulfreundinnen ins Kino und lud sie danach zu Tee, Schokoladeneis und Kuchen ein.

»Diese Ausflüge mit deiner Tochter und ihren Freundinnen sind gar nicht so billig! Sie verzehren enorme Quantitäten. Die Leute blieben in der Tür der Konditorei stehen, um zuzusehen, wie ein Engländer vier kleine, sehr chinesische Mädelchen ausführt.«

Eines Tages kam sogar Oh-no mit uns zum Schwimmen. Sie wollte nicht glauben, daß dies das Meer sei, und sie lachte nicht. Sie ging nur ein Stück mit hinein und besah sich ihre Hände unter Wasser, und sie sagte noch immer nichts.

Wir stiegen auf den Lantao, die kahle, wolkenverhüllte Insel mit ihren zwei Gipfeln. Es fiel dichter, kalter Regen. Wir waren mit sechs Freunden unterwegs. Auf der Fähre standen zwischen den fröhlich hausierenden, spuckenden, kauernden, rufenden Kantonesen große Körbe mit Kohl, weißen Rüben, Spinat, Knoblauch, Pfeffer, chinesischen Perlzwiebeln, bitteren Gurken und Tarofrüchten. Wir liefen fünf Stunden durch die weitgedehnten Reisfelder mit ihren erstaunt glotzenden, vorsichtig sich zurückziehenden Wasserbüffeln. Die dort pflügenden Weiber lachten vergnügt unter ihren breiten runden Strohhüten und begrüßten uns durch Zurufe. Dann am schaumbesäumten Strand entlang und durch Nebel und Regen den Berg hinauf, wir deklamierten Gedichte und sangen begeisternde chinesische

Wanderlieder. Schließlich langten wir bei dem buddhistischen Kloster dicht unter dem Gipfel an und tranken heißen, grünen Tee bei dem heiteren, gewandten kleinen Priester, der so verbindlich war wie der Manager eines guten Hotels.

Mark und ich traten wieder in den Garten hinaus und standen, mit schimmernden Regentropfen im Haar, zwischen den friedlichen Reihen der Bohnen, Zwiebeln und Kohlpflanzen. Wir hielten uns bei der Hand und sahen uns an. Wir gingen dann wieder zu den anderen hinein, und Mark löste Kreuzworträtsel unter der Sturmlaterne. Ich hing seine Socken zum Trocknen über der Lampe auf – denn es gab kein Feuer. Am nächsten Morgen war einer ganz und gar verkohlt.

Um vier Uhr früh schlug die große bronzene Klosterglocke. Sie wurde mit einem Sprung lebendig und bellte mit tiefem Bronzeton. Die Mönche und Novizen beteten kauernd noch vor der Dämmerung weihrauchumwölkt zu der großen goldenen Göttin des Mitgefühls und der Gnade, die geruhsam auf dem Lotus der Welt thront. Ein geflügelter Ton wurde aus der Glocke geschlagen, ohne Ende auf- und abschwellend, einzig unterbrochen von hölzernen Rasseln und dem klanglos nasalen Gesang, zu dem die säuberlich aufgereihten Priester, Novizen und Priestergehilfen mit Fingern und Stimmen den Takt hielten. Und er und ich – wir lebten und hörten zu.

Fühlen! Fühlen, wie sich Fels und Stein ähnlich wie Brot angreift und Wolle ähnlich wie Sand, und die gläserne Glätte des Oleanders und des Kamelienblattes, das Buschige des Bananenbaumes, die klebrige, seidige Weiche der Gardenienblüte, die runzlige Glätte des Wassers. Fühlen, wie das zitternde Sonnenlicht mit seinen schrägen kleinen Wellen über unsere Haut streichelt. Essen und Trinken, Regen und Nacht fühlen. Trunken sein, immerzu trunken sein.

Mark besaß wenigstens äußerlich genügend Selbstbeherrschung. Ich hatte sie nicht. Dieser unerträgliche Hunger ließ mich nie zur Ruhe kommen. Wenn die sittsam graue Nacht sich verzeihungheischend hinter unserem Rücken davonmachte, trennten wir uns widerstrebend, um uns einen Brief zu schreiben. Mittags lief ich von meinem Büro zu dem oberhalb der Universität gelegenen Club der Auslandskorrespondenten hinauf, zu dem Clubhaus mit den massigen Blumentöpfen auf der breiten Veranda. Wir hatten zehn Minuten, um uns zu sehen, dann rannte ich wieder hinunter.

»Meine Güte, wie prachtvoll ihr beide ausseht«, staunte Evelyn Walsingham, »ganz vergoldet.« Dann schwieg sie plötzlich, diesmal nicht statuengleich und ungerührt.

Leidenschaftliche Zärtlichkeit – man wird sie immer beschimpfen, weil sie die Menschen erschreckt. Man wird immer versuchen, sie zu dämmen, zu zähmen, einzufangen, und auf tausend und aber tausend Arten herabzumindern, zu töten, zu beschneiden, zu vergiften. Unerträglicher Lebenshunger. »Und nun züchtet ein Zoll Leidenschaft seinen eigenen Zoll Staub.«

»Wie klug von dem chinesischen Dichter, der es nie vergißt, an die andere Seite der goldenen, janusköpfigen Münze zu denken, die wir ausgeben!«

»Reisen ist besser als Ankommen. Warten ist lustvolle Spielerei.«

»Ich möchte für immer mit dir verbunden sein.«

»Aber das sind wir doch. Verbunden und doch frei. Nur freie Menschen können sich verschenken. Also gehöre ich dir!«

»Ich werde dich nie gegen deinen Willen halten, Suyin. Eines Tages wirst du mich verlassen.«

»Wie töricht! Ich? Niemals!«

»Doch, du. Nicht wegen eines Mannes – wegen des Unbekannten und seiner Herausforderung – oder Chinas wegen, Chinas wegen in dir. Und ich werde Gott danken für dich, närrisches, verrücktes Wesen, das nicht glauben will, daß ich es liebe.«

»Aber du bist es, der sich langweilen und fortgehen wird. Ich bin nur eine Illusion. Aber ich werde immer glücklich bleiben – weil es dich gegeben hat.«

»Vielleicht bin ich auch nur eine Illusion. Das wäre für dich ein Thema, um darüber zu schreiben.«

»Dummes, ich kann doch gar nicht schreiben.«

»Du mußt es aber. Ich fürchte, du wirst nur in meiner Welt schreiben können. In der anderen, der neuen harten Welt der Dienstbarkeit und der unpersönlichen Opfer wirst du doch nicht schreiben können. Darum lege ich den Arm um dich, damit du nicht verletzt wirst. Um dich blühen zu sehen wie den Frühling. Ich möchte gern, daß du ein Buch schreibst.«

»Ich will kein Buch, ich will dich.«

»Dann schreibe doch ein Buch über mich. Daß wir uns geliebt haben und daß du das Ziel meines langen Suchens gewesen bist.«

»Das wäre eine Lüge. Du weißt genau, daß es noch etwas anderes gibt.«

»Noch nicht! Noch nicht!«

Im hellen Sonnenschein empfanden wir plötzlich einen grenzenlosen Schrecken. Die Welt verdunkelte sich im Herannahen dieses Unbenennbaren. In Liebe und Entsetzen verbargen wir unser Gesicht und zitterten. »Noch nicht! Noch nicht!«

Am Abend, im Gold und Blutrot des Sonnenuntergangs, versammelten sich die langschnäuzigen, graurückigen, goldenbäuchigen Wolkenotter zu einer raschen Jagd, zu einem schrecklichen Tod hinter den mürrisch unversöhnlichen Hügeln. Wie grausam war Gott, der diese Kreaturen so schön erschaffen hatte, daß sie aufeinander Jagd machten. Gott schuf die Mantis, die schlanke, jadeglatte Mörderin mit den messerscharfen Zähnen, und die Amsel mit ihrer Stimme wie flüssiges Gold, die Zibetkatze und den Spatzenfalken, der so schnell zustößt, und die Bambusschlange und den Seeadler, der am Himmel hängt: Haare, Federn und Schuppen, Klauen, Krallen und Schnabel — jedes von ihnen ein Wunder, damit sie endeten wie der Sonnenuntergang heute abend, in Schrecken, zerfetztem Fleisch, vergossenem Blut und Todeskampf.

»Wir müssen es hinnehmen und erdulden, obwohl es unerträglich ist.« Und dann kam der Nachtwind und füllte die Welt und ihre Dunkelheit. Er und ich, wir waren allein.

... UND IN ALL DIESEM HASS

Mai, Juni

In jenem Frühling war die Lage gespannt. Viele der Kollegen Marks — alles Auslandskorrespondenten, zum Teil sogar bekannt, ja berühmt — hatten sich in Hongkong versammelt, das sie den »Kreuzweg nach Asien« oder das »Loch im Bambusvorhang« nannten. Ihre Gesichter waren hart, sie arbeiteten Tag und Nacht und diskutierten Nacht und Tag. Immer wieder hörte ich sie die Welt neu ordnen und umformen, hörte sie die mystische Berufung des Kommunismus bestreiten und zergliedern und verwerfen; immer wieder wurden der Eiserne wie der Bambusvorhang auf- und zugezogen. Es wurden Kriege geführt, gewonnen und verloren, in Vergangenheit, Gegenwart und Zukunft, alle im achten Stockwerk des Gloucester Hotels. Das Hohe, das Niedrige, das Triviale und das Welterschütternde kam und ging dort in aufregenden Anekdoten oder redseligen Erinnerungen bei Whisky, Tom Collins oder Gimlets.

In China nahm die Kampagne gegen Amerika an Umfang und Intensität zu; die Beschlagnahme der amerikanischen Kasernen in Peking rief bitteren Groll in Washington hervor – Formosa wiederum, unterstützt und ausgerüstet als Drohung für das Festland, beschützt von einer amerikanischen Flotte, war für Peking ein schlagender Beweis für die imperialistischen Kriegsabsichten. Überall Kränkungen und Verdächtigungen, Drohungen und Begriffsverfälschungen. Gewalttaten in Malaya und Indochina. Eine wilde, unhöflich harte Welt, der die Furcht Handschellen angelegt hatte.

Als Mark Hongkong wieder verließ, um eine Informationsreise anzutreten, blieb ich wie träumend zurück, versunken in seine Gegenwart, die gerade während seiner Abwesenheit mich tief erfüllte.

»Willst du ein Weilchen auf mich warten? Ich komme wieder.«

»Ich werde warten. Ich will versuchen, noch besser zu werden für dich!«

»Ich auch für dich. Wirst du inzwischen nach China gehen?«

»Ich weiß es noch nicht. Vielleicht, wenn sich die Dinge etwas beruhigt haben. Falls ich es tue, warte ich dort auf dich. Ich warte ja doch im Herzen immer auf dich.«

»Dann komme ich nach. Und sei es über den Himalaja. Ich habe ihn ohnehin immer besteigen wollen.«

Wir lachten. Närrisch, verrückt, unverwundbar in unserer Besessenheit – und ich hatte vergessen, was ich noch im vergangenen Winter gewußt hatte: daß niemand auf die Dauer immer sich wiederholender Suggestion widersteht, daß auch ich nicht anders und nicht stärker darin war als andere. Wenn ich nach China ging, würde ich Mark eines Tages als einen Spion, einen Reaktionär, als einen Lügner und Heuchler und seine Liebe als Beschmutzung und Irrtum, als einen Raub meiner Seele ansehen. Ich würde schmähen, ein Geständnis ablegen, mich an die Brust schlagen und die Liebe, die mich überhaupt erst wieder zum Leben erweckt hatte, für hassenswert erklären. Aber im Augenblick schien mir das reiner Unsinn. Meine Liebe zu Mark war das einzige, das mir nie genommen werden konnte. So sehr verliebt war ich.

Abgeschlossen wie Schlafwandler gegenüber allem außerhalb unseres Selbst lebten wir in diesem Mai und Juni in einer Erfülltheit, einer süßen Befriedigung, die alles andere zu Schemen und beweglichen Traumschatten werden ließ.

»Ich möchte nur wissen, wann Mark eigentlich Zeit findet, um etwas für seine Zeitung zu schreiben«, neckte mich James, »sehen Sie bloß, was Sie alles lesen sollen!« Er wies auf einen Stoß Luftpostbriefe, die auf dem Tisch in der Diele lagen.

Mein Chef, durch ein ungewöhnlich heftiges Maschinengeklapper in meinem Büro angezogen, neigte sich eines Tages über meine Schulter und verschwand sofort wieder, als ich beschämt einen Brief an Mark von der Walze zog. Ich ahnte, daß meine Tage als Abschreiberin von Krankengeschichten sich dem Ende entgegenneigten.

An einem sonnigen und außerordentlich heißen Sonntag fuhren François Perrin, Anne Richards, Mei und ich zur Repulse Bay, um zu schwimmen. Der ganze Strand war dicht mit Orangenschalen, Papiertüten, brüllenden Kindern und vielköpfigen Shanghaier Familien übersät. »Was sind sich die Strandmanieren der Chinesen und der Amerikaner doch so ähnlich!« stellte Anne fest.

Wir aßen im Bay-Hotel, auf der Veranda. Plötzlich beugte sich ein fetter, glatzköpfiger Mann vom Nebentisch vor und sagte zu Anne:

»Wissen Sie schon die neuesten Nachrichten, Anne?«

»Nein.«

»Korea«, sagte der Amerikaner. »Der Norden hat den Süden überfallen, sie haben heute nacht den achtunddreißigsten Breitengrad überschritten.«

»O mein Gott«, rief Anne, »das bedeutet Krieg!«

»Die Amerikaner greifen aber ein«, behauptete der fette Mann. »Gott sei Dank gibt Amerika diesmal nicht nach. Wir werden den verdammten Russen schon zeigen, wie weit sie gehen dürfen.«

Die nächsten Tage erlebte ich wie hinter einem Schleier. Von allen Seiten brachen Jubel, Bestürzung und Voraussagen auf mich herein. Bei manchen Leuten war ein Gefühl der Befreiung festzustellen, daß die Langeweile eines unbehaglichen und unsicheren Friedens vorüber sei, eine Erleichterung, daß nun die Fronten klar lagen. Bei anderen wieder gab es wirres Diskutieren, Zweifel und gerunzelte Brauen. Eine Zeit der Entscheidungen und Unentschiedenheiten, eine Zeit der Gerüchte und Orakel – aber auch eine Zeit des Auszuges aus Hongkong, denn da jetzt die amerikanische Siebente Flotte Formosa beschützte, reisten viele Leute nach dort ab. »Formosa ist sicherer als Hongkong, und die Amerikaner werden für uns kämpfen«, sagten die reichen Chinesen. Verwirrung, Wut und viele Worte. Die Gummipreise stiegen.

Mein einziger Gedanke war Mark.

»Bitte, Gott, bitte, laß Mark nicht nach Korea gehen!«

Aber natürlich war das unsinnig. Vier Tage später lag sein Telegramm für mich auf dem Rosenholztisch in der Diele:

»Suyin, bin nach Korea versetzt stop Komme mit der BOAC nächsten Sonntag Mark.«

So stand ich denn wieder auf dem Flughafen Kaitak mit zitternden Knien und wartete auf Mark. Das Leben bestand aus Wiederholungen.

Ich wußte, daß ein neues Kleid ihn verwirren würde, daher trug ich mein altes.

Ein gelbes Schulflugzeug kletterte in den Himmel. Eine Haufenwolke stützte ihre Ellbogen auf die kahlen Hügel und sah ihm zu, wie es kletterte. Dann kam die silberne Maschine, stieß herab auf die bewegte See, setzte auf und rollte aus. Ich blieb wieder im Wartesaal, weil mir zu schwach und zu übel war. Und wieder kam der Pilot und teilte mir mit, die Maschine sei jetzt da. Diesmal konnte ich ihm nicht einmal danken.

Aber diesmal wandte sich Mark auf dem Absatz in meine Richtung um, als wüßte er die Stelle, wo ich stand. Warum nur war er jedesmal hübscher, als ich ihn in Erinnerung hatte? Während der letzten drei Wochen hatte er gehofft, doch eines Tages für immer zu mir kommen zu können.

»Suyin, wie lieb von dir, daß du gekommen bist«, sagte er.

»Guten Abend«, erwiderte ich, zitternd und empört. »Du willst also gleich wieder nach Korea gehen? Hast du denn noch nicht genug? Du kannst anscheinend keinem Krieg widerstehen.«

»Wie geht's dir?« fragte Mark.

»Sehr gut.« Ich schwankte, meine Beine gaben unter mir nach, mir war schwindlig, und ich starrte auf meine Schuhe. Er hatte seine Shan-Tasche über die Schulter hängen.

»Wie schön du bist«, sagte er plötzlich so sanft, daß es der äußersten Gewalttat gleichkam. »Du bist kleiner, als ich dich in Erinnerung hatte. Setz dich doch.«

Wir setzten uns. Ich besah den Tisch mit der Glasplatte und tupfte eine Reihe Fingerabdrücke darauf, wie ein eigensinniges Kind, während er mich ansah, ohne den Blick zu wenden, in Gedanken vertieft und schonungslos.

So versäumten wir den blau-weißen BOAC-Autobus, Taxis gab es nicht, und schließlich standen wir auf und gingen durch die Sonne die Straße entlang. Nach einer halben Meile hielt ein Mann neben uns an, um uns ein Stück mitzunehmen. Es war ein Deutscher in blauen Hosen, blond, freundlich, mit etwas vorstehenden Zähnen. »Ich leite ein Luftfahrtunternehmen zwischen Hanoi und Hongkong«, erzählte er. »Ich war im Januar in Hanoi und Saigon«, sagte Mark. »Geschäftlich?« fragte der Deutsche. »Nein«, antwortete Mark, »ich bin bloß Reporter.« — »Oh«, machte der Deutsche,

»von Ihren Leuten sitzt eine Menge in der Rue Catinat in Saigon.«

Mark lächelte mir zu, die Fältchen um seine Augen vertieften sich, wie sie es immer taten, und er zitierte einige Zeilen aus einem französischen Sonett, das ich zum Scherz eines Tages für ihn über »Les journalistes« gemacht hatte:

... qui boivent un apéritif éternel
Rue Catinat sous la voûte du ciel
Indochinois ...

Der Deutsche betrachtete mich abschätzend und sagte dann mit der Offenheit eines Lobes von Mann zu Mann:

»Ihre kleine Freundin ist nett, sie hat eine hübsche Haut. Kann sie Englisch?«

»O nein«, sagte Mark zurückhaltend und mit Besitzerstolz, »sie kann's höchstens ein bißchen schreiben.«

Ich blieb ernst und schwieg. Später saß ich in der Hotelhalle, während Mark ein Zimmer nahm und zu mir zurückkam.

»Zimmer 509«, sagte er. »Komm in zehn Minuten.«

Zehn Minuten später war ich oben, er packte seinen kleinen Koffer aus. Auf dem Tisch lagen ein paar Bücher, ein paar Hemden und auf dem Bett seine blau-weiße Glücksdecke.

Ich trat ans Fenster und blickte hinaus. Im Bahnhof Kaulun, gerade gegenüber, stieß eine kleine Lokomotive ein wenig Dampf aus und schickte sich an, davonzufahren. Mark trat hinter mich und sah sie.

»Der Zug nach China«, sagte er. »Ich werde ihn nun nie mehr besteigen.«

Später lagen wir ruhig, in entspannter Zärtlichkeit, noch von leichten Schauern durchrieselt, und er zeigte mir die Bücher, die er nach Korea mitnehmen wollte.

Während er badete und sich anzog, telefonierte ich mit Fiona.

»Fiona, Mark ist gekommen. Er reist morgen wieder ab. Ich bleibe heute nacht bei ihm.«

Ich hörte am Telefon, wie Fiona schluckte, aber sie sagte nur: »Schön, Suyin. Grüßen Sie ihn tausendmal, auch von James ... Und viel Glück für ihn in Korea!«

Dann überquerten wir den Hafen auf der Fähre und nahmen ein Taxi. Mark wollte zu unserem Stein. Wir gingen am Hause der Weisheit vorüber, die Zementstufen hinauf und das Liebesgäßchen entlang. Dann stiegen wir wieder hinunter und fuhren auf den Peak, dort wanderten wir in der untergehenden Sonne auf den Wegen, die um den Peak herumführen. Es hatte geregnet, und dann spannten sich zwei Regenbogen über das Meer zwischen Hongkong und dem Festland.

»Ein Regenbogen bedeutet Unheil«, sagte Mark, »aber zwei sind bestimmt ein glückliches Vorzeichen.«

Wir standen und betrachteten die Regenbogen, zwischen ihnen flog ein Frankolin, und dann war es Zeit, ins Gloucester Hotel zu gehen.

Korrespondenten und Zeitungsleute sind gesellig und offenherzig, sie müssen sich immerzu treffen, miteinander trinken und reden, um kostbare »Informationen« auszutauschen. Meist spielte sich das im Gloucester Hotel in Hongkong ab. Alle gehen in einer Aura bescheidenen Glanzes einher, denn sie können schließlich von sich sagen: »MacArthur meinte zu mir ... und ich zu ihm ...« – »Als ich Mao Tse-tung in Yenan interviewte ...« – »Letzte Woche in Teheran ...« Sie deuten immer wieder an, daß ihnen, wenn auch nur für kurze Zeit, weite Strecken einer freien Welt gehören. Sie kennen die Hintergründe, sie besitzen die Schlüssel zu diesen Hintergründen und beherrschen die Kunst des Dahinterkommens. Mark stellte sich nicht stark heraus. Er sprach sehr selten, stritt nicht und theoretisierte nie. Auch wenn die Geschichten noch so lebhaft herumsprangen und die Aschenbecher unter den Bergen halbgerauchter Zigaretten verschwanden, lächelte er nur schwach und flüsterte mir zu: »Ich spitze nur meine großen langen Hasenohren!«

Wir trafen andere Korrespondenten. Viele von ihnen waren nach Korea unterwegs und wurden fröhlich begrüßt. Man schüttelte Mark die Hand. François Perrin und Anne waren auch da. Ich dachte wieder einmal daran, wieviel aufrichtiger Idealismus und geistige Unabhängigkeit denen eigen war, die diesen schweren, anstrengenden Beruf des Journalisten ausübten. Ich fand sie eigentlich ausgeglichener, weniger primadonnenhaft und neuen Ideen gegenüber aufgeschlossener als meine Berufskollegen. Gewiß – einige litten an einer »folie de grandeur«, aber ich hatte zuviel akuten Größenwahn unter meinen Kollegen angetroffen, um mich an milderen Symptomen dieser Krankheit noch zu stoßen. Es wurde viel geredet, erörtert und geraucht. Man sprach von Rußland, Amerika, Korea und China. Immer kehrte das Gespräch zu China zurück. Mark und ich saßen wieder dabei, er hüllte mich in einen langen Blick und flüsterte mir zu: »Ich spitze nur meine großen langen Hasenohren!«

»Was ich nicht begreife«, meinte jemand, »ist, weshalb die Nordkoreaner ausgerechnet diesen Augenblick gewählt haben, um anzugreifen. Strategisch gesehen ist es ein schlechter Moment. Die Reisfelder sind überflutet. Das erschwert das Vorrücken der Panzer. Augenscheinlich hat Rußland mit einem schnellen K.-o.-Sieg gerechnet. Und was ich auch nicht verstehe — warum hat sich die Regierung in Peking so überraschen lassen? Es hat drei Tage gedauert, ehe die chinesische Propagandamaschine anfing, Nachrichten über Korea zu drucken.«

So ging es weiter. Reden, viele Reden, Zorn und Streit auf Erden und Vermischung von Gefühlen mit moralischen Wertungen, mit Eigennutz und einem Abschätzen der Kräfte. Manchmal schien es, als sei überhaupt niemand wirklich an Korea interessiert. Was die Gedanken beherrschte, war der Konflickt zwischen zwei großen Wirtschaftspotenzen, der nun auf dem koreanischen Schlachtfeld ausgetragen werden mußte. Einige meinten, daß dies alles lange dauern könne, andere, daß es bald vorbei sei. Aber keiner wußte es. Keiner der Fachleute wußte etwas, keiner wußte, was geschehen wird.

Mark war ziemlich müde und gähnte. François begleitete uns zur Fähre und sprach während des ganzen Weges auf uns ein. Er redete von den Dingen, für die die Menschen leben, und von denen, für die sie sterben. »Wir wenden die Worte so schlecht an«, sagte er, »wir sagen, daß ein Mann für seinen Glauben gestorben ist, anstatt zu sagen, daß er für ihn gelebt hat und dann gestorben ist. Die ganze Stärke des Kommunismus scheint mir darin zu liegen, daß er seinen Leuten die Illusion gibt, ihr Leben habe einen Sinn. Deshalb sind sie dann auch willig und froh, für die Bestätigung dieses Sinnes zu sterben: Il faut avoir vécu pour savoir mourir. Il faut dire aux hommes pourquoi ils doivent se faire tuer.«

Wir kehrten ins Hotel zurück, in Marks Zimmer. Er schlief sofort ein. Mich erfüllte eine tiefe Freude, ihn in den Armen halten zu dürfen und seinen Kopf an meiner Schulter zu spüren. Für einige Stunden noch gehörte er mir. Dann schlief auch ich, bis ich spürte, daß er sich regte und sich mir zuwandte: »Wieviel Zeit man doch mit dem Schlafen verschwendet.«

Und dann dämmerte es. Es klopfte an die Tür, weil sein Flugzeug in zwei Stunden startete.

Wir traten ans Fenster. Draußen die Dämmerung mit ihrem gewohnten Rosa und Grau. Einige Lokomotiven tuteten verschlafen, und einem Frühzug wurden polternd Kohlen eingeladen.

»Wir waren noch nie einen ganzen Tag und eine Nacht zusammen — wir haben uns nie auf mehrere Stunden oder Tage oder auf die Zukunft freuen dürfen. Du oder ich – einer von uns hat immer rasch weggemußt. Ich möchte so gern bei dir bleiben.«

»Aber wir haben die Dämmerung gemeinsam erlebt. Oft. Das ist die beste Stunde.«

Ein Boy brachte heißen Tee mit Milch, und Mark packte seinen kleinen Koffer. Er hatte unsere Siegel eingepackt, die wir im Frühling uns aus einem gemeinsamen Stein hatten schneiden lassen.

»Ich habe dir nie etwas geschenkt«, sagte er. »Ich möchte gern berühmt werden, dann könnte ich dir das schenken. Glaubst du, daß ich eines Tages berühmt sein werde?«

»Berühmt – ich weiß es nicht. Aber wenn du mich heiratest, kannst du leicht berüchtigt werden, weißt du.«

Mark lachte und lachte. »Die rote Ärztin«, spottete er.

Dann war sein Koffer gepackt, und wir blickten uns an, ehe wir das Zimmer verließen. »Ich möchte frei sein und zu dir kommen«, sagte er. Eine Blindheit, die Hellsicht der Liebe, ließ mich angesichts des unerreichbaren Gipfels etwas Schwieriges und Schreckliches sagen – ich war selbst überrascht, als ich es mich aussprechen hörte, überraschter noch, als Mark es war:

»Aber du bist ja frei. Es ist doch gar nicht nötig ... eine Verzichtleistung zu erreichen.«

Er wandte nur den Kopf und sah aus dem Fenster. Das Licht der Dämmerung glitt leicht wie Rauch zwischen uns. Ich wußte, daß ich ihn noch etwas fester an mich gebunden hatte, und erkannte die Unwirksamkeit meiner Geste, die ihr eigenes Ziel verriet.

»Oh, weise Psyche«, sagte Mark leise, spöttisch und zärtlich, »du weißt genau, daß dein Liebster dich niemals verlassen wird, wenn du ihn nicht festhältst.«

Wir fuhren im Lift hinunter. Der Lift war voller Korrespondenten. Wir traten in die Halle, und überall eilten Korrespondenten auf und ab, tranken Tee, füllten Schecks aus, sammelten ihre Fluggepäckscheine. Wir tranken noch einmal Tee. Einige kamen und setzten sich zu uns.

»So, so, ausgerechnet Mark Elliott. Na, nun werden wir ja alle zusammen sein.«

Grüße, Heiterkeit und viel Geschäftigkeit. Es schien, als ob die Korrespondenten der ganzen Welt nach Korea reisten.

»Es ist die größte Sache der Welt, aber ich finde es gräßlich, daß ich hin muß«, sagte David und schlürfte seinen Tee. Er war einer von Marks wirklich guten Freunden.

Mark ging, um sein Gepäck wiegen zu lassen, und ich sagte zu

David: »David, ich mache mir Sorgen um diese koreanische Geschichte. Sie gefällt mir gar nicht. Passen Sie gut auf sich auf und achten Sie bitte auch ein bißchen auf Mark.«

»Tu ich bestimmt – tu ich bestimmt«, versicherte David.

Mark kam zurück. »Jetzt müssen wir gehen«, sagte er. Ich ging neben ihm zum Eingang des Flugbüros, und dann standen wir vier Schritt voneinander entfernt und sahen uns an.

»Leb wohl, Liebling«, sagte Mark. »Gib schön auf dich acht, bis ich wieder da bin.«

»Gib du selber auf dich acht«, sagte ich. »Denke immer daran – wenn dir etwas passiert, machen sie dich womöglich zum Helden!«

Er lachte. Und wie er lachte! Ich kann sein Gelächter noch heute hören, leise, erstickt – wie er dastand, in der Hand seine Schreibmaschine, die mit Pfauen bestickte Shan-Tasche über der Schulter.

»Mein Gott, ja«, sagte er. »Ich werde dafür sorgen, daß das nicht eintritt. Das wäre zu schrecklich. Aber dann entlarvst du mich, ja?«

»Ja«, erwiderte ich fröhlich, »dann entlarve ich dich.«

So ging er fort und stieg in den Autobus, den blau-weißen Autobus, und ich ging zur anderen Tür hinaus und stand auf dem Trottoir auf der anderen Seite der Straße und sah, wie der mit Korrespondenten und ihrem Gepäck beladene Bus schwer um die Ecke rollte, in Richtung auf den Flugplatz Kaitak, wo die Maschine nach Tokio wartete. Es war zu weit, um irgend jemanden im Bus zu erkennen. Ich stand nur da und sah, wie er immer kleiner wurde.

Dann ging ich in mein Büro zurück, um weiter Krankengeschichten zu tippen. Aus einer chinesischen Zeitung schnitt ich mir eine große Karte von Korea aus und klebte sie mit Klebstreifen über mein Pult, um danach den Kriegsverlauf zu verfolgen.

LAND DES MORGENFRIEDENS

13. Juli

Dies ist einer der unangenehmsten Posten, den ich je gehabt habe – schlimmer als Malaya, Neuguinea und Indonesien zusammengenommen. David ist es zuviel geworden, er hat uns heute früh verlassen. Ich sehe und empfinde all diese Unannehmlichkeiten auch, aber ein Teil meines Ichs kann sie vom Technischen her betrachten, und so suche ich die Pflicht des Berichterstatters so gut, so weitgehend wie möglich zu erfüllen. Ich fühle mich um acht Jahre zurückversetzt, in jene Tage, da ich in einer amerikanischen Einheit Kriegsberichter war. Die Verbindungsschwierigkeiten, die Gefühle, die gewisse Erlebnisse und Anblicke auslösen — Menschen in Furcht, leidende Menschen, Unschuldige, die in schreckliche und unbegreifliche Ereignisse hineingerissen werden; der Gegensatz zwischen der Schönheit der Natur und dem menschlichen Tun, das sich darin abspielt — die Vergangenheit, die so weit zurückliegt, und die Zukunft in womöglich noch größerer Ferne ... Ich habe das anscheinend alles schon einmal erlebt.

Und sie sind so nette Menschen, diese Koreaner. Es sind schon so viele von ihnen draufgegangen, und manchmal denke ich, es werden nicht viele übrigbleiben, wenn diese »Unannehmlichkeit« vorüber ist. Es werden sie nicht viele überleben.

14. Juli

David fliegt nach Tokio und hat versprochen, diesen Brief dort aufzugeben. Ich schlafe Nacht für Nacht auf dem Fußboden und beginne wohl oder übel Eure chinesische Gewohnheit anzunehmen: ohne Kissen auf einer harten Unterlage gut zu schlafen.

Und was sonst mit mir los ist? Ich weiß es nicht, ich werde es wohl erst viel später wissen. Ich habe grausame, grauenvolle Dinge gesehen, Dinge, wie ich sie schon früher erfahren und empfunden habe; aber anstatt mich dagegen abzuhärten, schmerzen sie mich immer tiefer, je älter ich werde.

Die Koreaner tun mir so unendlich leid. Die langen Flüchtlingskolonnen auf den Straßen. Verängstigte Menschen. Frauen mit kleinen Kindern, Mütter, die von ihren Kindern getrennt worden sind, Kinder, die noch kleinere auf ihrem Rücken schleppen. Bei den Frauen muß ich immer an Dich denken — vielleicht, weil ich es mir vorstellen kann, wie Du während des Krieges in China die gleichen langen Märsche zurücklegen mußtest. Und nun, eben weil ich Dich liebe, stehen mir die Koreaner näher als meine eigenen Rassegenossen, die jetzt in Wahrheit für mich »Ausländer« geworden sind.

Es ist demütigend, in eine Niederlage hineinzugeraten, und es ist demütigend, dabei Angst zu haben. Es verletzt den eigenen Stolz, einen Ort zu verlassen, wo Tausende von Männern auf Befehl bleiben, kämpfen und fallen müssen. Ich verließ Taejon gestern gerade noch rechtzeitig. Heute haben die Nordkoreaner es besetzt.

Auf amerikanischer Seite hat man den Gegner hoffnungslos unterschätzt. Alte, vertrottelte Generäle, von jener Sorte, wie die britische Armee sie innerhalb der ersten zwei Jahre eines Krieges erst loswerden muß, was jeweils Tausende von Menschen kostet; unerfahrene, mangelhaft ausgebildete Truppen, die noch nie im Feuer gestanden, geschweige denn einen Rückzug mitgemacht haben. Ein junger Rekrut, der beim Anblick des ersten Toten, der aus dem Feuer getragen wird, in Tränen ausbricht. Männer, die aus ihren Schützenlöchern kriechen und davonlaufen. Ein Regimentskommandeur, ein prächtiger Kerl übrigens, der zwei Meilen hinter der Front auf der Straße steht und die Trupps in die Feuerlinie zurückschickt, die so nervös sind, daß sie jeden Koreaner für einen Feind ansehen, auf Flüchtlinge schießen und manche töten. Und dann die ordentlichen Leute, ruhig, standhaft wie ein Fels. Man kann aus den G.I.s erstklassige Soldaten machen. Es ist das gleiche Menschenmaterial wie das jener Divisionen, die sich im letzten Kriege in Neuguinea so großartig schlugen.

15. Juli

Gestern habe ich Synghman Rhee interviewt, einen alten Mann von fünfundsiebzig Jahren, den Chef jener Emigrantenclique, die vor vier Jahren die südkoreanische Regierung gebildet hat. Sein Außenminister ist ebenfalls ein emigré, er war achtunddreißig Jahre von Korea fort und ist erst letztes Jahr zurückgekehrt. Die Leute, denen wir jetzt in Asien ausgeliefert sind: hier unten Rhee, auf den Philippinen Quirino, Tschiang Kai-shek und sein Klüngel, Bao Dai — eine nette Gesellschaft!

Im Norden herrscht der Terror: Volksgerichtshöfe. Wenn es auch schwierig hält, etwas nachzuprüfen, so glaube ich doch, daß viel Wahres an den Berichten über die Hinrichtungen im Norden ist.

Und wie die Südkoreaner ihre Gefangenen behandeln! Ganze Wagenladungen voll politischer Gefangener werden einen einsamen Weg entlanggefahren und erschossen. Kniend, in einen Lastwagen gepfercht, stöhnend, schreiend. Gestern nacht kam ich, lange nach der Ausgangssperre, zurück und begegnete einem Zug von zweitausend Menschen, die man ins Gefängnis brachte. In Viererreihen, die eine Hand an ein langes Seil gebunden, die andere ins Hemd des Vordermannes gekrallt. Es waren viele Frauen dabei, einige mit kleinen Kindern auf dem Rücken. Ein schrecklicher Anblick, Polizisten mit Bajonetten zu beiden Seiten in einem Abstand von je zehn Schritt.

Warum nur tun menschliche Wesen einander so etwas an?

Als wir hier eintrafen, zielte ein schießfreudiger, aufgeregter amerikanischer Posten, in der Meinung, Feinde vor sich zu haben, auf uns. Und daneben die Güte und die Großzügigkeit der Amerikaner.

Ob ich Dich wiedersehen werde? Ich fürchte, nein. Ich kann es nicht fassen, daß wir erst vor zwei Wochen zusammen waren, miteinander sprachen, lachten, uns liebten. Ich war sehr glücklich. Nun kann ich nur noch in metaphorischen Bildern an Dich denken: Du meine Tür zum Rosengarten, Du stiller Kern im Herzen des Zyklons. Ich möchte Dich so gern wiedersehen. Ich hoffe, daß wir uns wieder begegnen. Oft meine ich, daß wir uns nie wiedersehen werden.

17. Juli

Nicholas, mein anderer Freund, ist heute an die Front gegangen, um zu sehen, was dort los ist. Ich beschloß, zurückzubleiben und einen Artikel über die folgenden drei Fragen zu schreiben: Warum hat Nordkorea den Süden überfallen? Warum war die Abwehr der Alliierten so schlecht informiert? Welche Rolle spielen die Russen?

Was mich so sehr wundert, ist dies: Rußland will den Krieg mit Atomwaffen nicht. Es ist möglich, daß es den nordkoreanischen Angriff weder angestiftet noch befohlen hat. Ich glaube es zwar nicht, aber alle Leute, mit denen ich mich unterhalten habe, sind davon überzeugt. Aber es hätte den Krieg verhindern können, wenn es gewollt hätte. Warum hat es das nicht getan?

Diese Geschichte hat freilich auch gezeigt, wie unvorbereitet und schwach Amerika war, aber ich bin nicht sicher, ob es, vom Standpunkt der Amerikaner aus gesehen, nicht das Beste war, was ihnen passieren konnte. Jetzt werden sie wenigstens etwas unternehmen. Ich weiß noch meine Erfahrungen mit ihnen in Neuguinea. Zunächst boten sie ein klägliches Schauspiel, und die Australier mußten kommen und für sie kämpfen. Aber sie lernten ihre Lektion recht gut, etwa hundert Offiziere wurden sofort wieder nach Hause zurückgeschickt, und als die Truppen das nächste Mal in Aktion traten, bewährten sie sich.

Die Koreaner nennen ihr Land das »Land des Morgenfriedens«. Ein bezaubernder Name — und gegenwärtig so gar nicht passend.

20. Juli

In Europa führte der Vormarsch der Armeen durch Frankreich und Deutschland von Schloß zu Schloß. Hier in Korea führt der Rückzug in umgekehrter Richtung — von einer Volksschule zur anderen. Ich schreibe und tippe immerzu an winzigen Pulten, für Kinder bestimmt, die kleiner sind als Mei. Meine Sitzfläche ist von den holprigen Fahrten im Jeep schon bis auf die Knochen abgewetzt, und dieser elende Zustand wird dadurch nicht besser, daß ich mich in diese viel zu kleinen Pulte klemmen muß. Der Mangel an höherer Schulbildung in Korea ist mir klargeworden.

Ich habe noch immer keinen anderen Schlafplatz als die nackte Erde. Der Fußboden heute nacht war der bisher härteste; außerdem gab es das meiste Ungeziefer. Ich fühle mich ziemlich zerschlagen. Heute früh hatte ich zum ersten Male Durchfall, aber das kommt, glaube ich, nur von den ziemlich unreifen Äpfeln, die mir koreanische Soldaten schenkten und die ich nicht zurückweisen konnte, ohne sie zu kränken. Es ist nicht weiter schlimm.

Von der Front zurück fuhr ich in einem Eisenbahnabteil voll verwundeter Koreaner. Ein Zweiter-Klasse-Wagen, die Polsterungen waren von den Sitzen gerissen, die Tragbahren ziemlich provisorisch. Schwerverwundete brachte man auf Strohmatten und legte sie auf den Wagenboden. Zwei, drei ganz junge Hilfsärzte zur Betreuung. Die amerikanischen Verwundeten lagen im Erster-Klasse-Wagen gleich hinter dem unseren, bequemer gebettet und besser verpflegt. Dennoch glaube ich, daß diese Koreaner viel angenehmer daran waren als die chinesischen Verwundeten im letzten Krieg. Derbe Bauernkerle, zäh, ohne ein Wort der Klage — genauso wie die Chinesen und Japaner. Nach Dunkelwerden kein Licht. Es war eigenartig, mit soviel Leiden in der Dunkelheit zusammengesperrt zu sein.

23. Juli

Ich war in den letzten Tagen recht niedergeschlagen und unglücklich, aber zwei Dinge sind doch geschehen, die mir Freude gemacht haben. Zunächst kam ein Brief von Dir — Nr. 2. Dann ist heute morgen mein Freund Prasad angekommen. Er ist ein kleiner Malabari mit einem ausgezeichneten militärischen Führungszeugnis. Ich bewundere ihn sehr und habe ihn außerordentlich gern. Ich traf ihn zum erstenmal im Jahre 1941 und dann wieder 1944, 1945 und 1947. Ich lernte ihn wegen seines Mutes, seiner Intelligenz und Aufrichtigkeit und wegen der absoluten Unparteilichkeit, mit der er sich über Inder und Engländer äußerte, sehr schätzen. Er hat mir für manches die Augen geöffnet. Er weckte mein Verständnis für die indischen Sepoys in all ihrer Einfachheit und für die indischen Offiziere mit all ihren vereitelten Hoffnungen, ihrem Idealismus und ihren Widersprüchen. Es gibt viele Zugänge für mich: Prasad ist es für Indien, mein Freund An für Korea (ich habe ihn 1933 in Japan kennengelernt), Tomoji Murakata für Japan (er ist jetzt Arzt in Hokkaido, und ich würde ihn dort gern besuchen, bevor ich Japan verlasse), Du für China und für manches andere noch. Nur auf diesem Wege, glaube ich – nur durch die Liebe gelangt man zu einem echten Verständnis.

Weiß der Himmel, warum Prasad hierhergekommen ist! Seine Gründe – unter anderem der, daß der jetzige Vertreter einen schlimmen Fuß hat und nicht kommen kann — klangen nicht sehr überzeugend. Es war offensichtlich eine Schiebung. Er wußte, daß hier etwas los ist, und wollte dabeisein. Ich sehe, wie Du jetzt ärgerlich die Nase kraus ziehst, und höre dich schelten: »Genau wie du, Mark, auch du kannst ja keinem Krieg widerstehen.« Da dies hier Kriegsschauplatz ist, kam er mit allem militärischen Pomp geschmückt hier an: Ordensschnalle, kompletten roten Oberstenstreifen, Fallschirmabzeichen und braunem Beret.

Prasad erzählte, daß seine Frau alles wunderschön gepackt habe, ehe er fuhr. »Sie hat nichts vergessen. Sie hat sogar eine Ausgabe der Bhagavad-Gita dazugepackt.«

Welches Buch würdest Du mir in den Tornister stecken, bevor ich in den Krieg zöge?

24. Juli

Was soll ich Dir über diesen Krieg berichten, über diesen furchtbaren Krieg? Außer mir glauben alle, daß wir siegen werden. Oberst K. sagte mir heute nachmittag, daß in wenigen Wochen alles vorüber sein werde. Ein amerikanischer General in Fusan behauptete, in zwei Tagen schon werde sich das Blatt wieder wenden. Und so geht es immerzu. Ich scheine mit meinem Pessimismus allein dazustehen. Aber wer bin ich denn, um mein Urteil dem dieser ausgezeichneten Leute entgegenzusetzen? Ich fände es tröstlich und wäre sehr glücklich darüber, wenn sie recht behielten und ich unrecht.

Ich lese viel im »Letzten Puritaner« von Santayana. Ich werde es Dir schicken, sobald ich es ausgelesen habe. Nicht, daß es leicht wäre, sich hier mit einem Buch irgendwo in Ruhe hinzusetzen. Es ist nicht leicht, sich zu entspannen. Nur wenige Menschen noch in meinem Beruf bringen die Gemütsruhe zum Lesen auf, während die Kollegen wie verrückt herumrennen.

Ich fühle mich unter Amerikanern – sie als Masse genommen – recht fremd. Unter ihnen komme ich mir sehr englisch, sehr anders geartet vor. Oft, wenn ich sie etwas frage, starren sie mich verständnislos an und bitten mich, meine Frage zu wiederholen. Viele von ihnen sind fett, weichlich und überfüttert. Und doch steckt eine große Zähigkeit, viel Idealismus und eine starke Vitalität in ihnen. Aber sie müssen sich erst noch an Härten und Widrigkeiten gewöhnen. Sie sind in großartiger Weise gütig und hilfsbereit, und manche von den G.I.s machen erstaunlich treffende Bemerkungen. Gestern sagte ein kleiner Jude aus Brooklyn zu mir: »Meine Stimmung ist so tief drunten, daß man sie nicht einmal mehr mit einem Bagger hochkriegt.«

Als mein japanischer Freund Tomoji Murakata in den ersten Kriegsjahren als Militärarzt nach China kommandiert wurde, schrieb er gemeinsamen Freunden in Singapur eine Postkarte mit einem einzigen Satz, der ungefähr so lautete: »Mein Körper befindet sich bei guter Gesundheit, Geist aber und Herz . . .«

Ich habe versucht, etwas Ähnliches zu formulieren, um es an Dich zu schreiben, weil ich weiß, daß Du etwas von der Gewalt der Leere, der Macht des Nichts und dem Sog der Verlassenheit verstehst. Die japanische Sprache ist voller grammatikalischer Konstruktionen, in denen die wahre Bedeutung in derjenigen Satzhälfte liegt, die unausgesprochen bleibt. Wenn man also von jemandem sagen will, daß er ein krummer Hund sei, drückt man sich am besten so aus: »Er ist gewiß ein reizender Mensch, aber . . .« Es klingt viel bedeutungsvoller.

Ich muß jetzt schließen. Auch ich empfinde jetzt meinen Zustand als schwebend — ebenso wie Du. Es gibt keine Zukunft, keine Vergangenheit mehr. Nur die unerfreuliche Gegenwart. So viel Grauenvolles dringt auf mich ein, zwingt sich mir auf, wie sehr ich mich auch in meinen Santayana vergrabe.

28. Juli

Ich bin völlig niedergeschlagen heute morgen. Ich habe gestern meinen »Letzten Puritaner« im Zuge liegengelassen — und ich hatte noch etwa achtzig von den sechshundert Seiten zu lesen. Er hat mir in den letzten Tagen den Verstand gerettet. Es tat gut, aus all dem Wahnsinn und diesen tierischen Grausamkeiten schnell zu entschlüpfen, um einige Seiten zu lesen. Ich hatte auch gehofft, ihn Dir schicken zu können, sobald ich fertig war. Das Buch hat mich in meine Jugend zurückversetzt, mir frühe Neigungen ins Gedächtnis zurückgerufen und mir klargemacht, daß ich bis zum Ende meiner zwanziger Jahre nur von Männern geformt und erzogen worden bin, daß ich mich selbst und die Welt nur durch sie entdeckt habe. Der einzige Teil des Buches, der mich nicht überzeugt hat, ist jener, wo der Held ein ziemlich unmögliches Mädchen namens Edith zu heiraten versucht. Der

Eindruck, den dieses Buch auf mich gemacht hat, wurde durch die Umstände, in denen ich es las, noch verstärkt. Irrsinn, Angst, Haß, Lüge, Leid, Brutalität — all dies stürzt auf mich herein und drängt sich mir Dutzende von Malen am Tage auf.

Nicholas kommt vielleicht nach Hongkong. Er wird Dir gefallen. Er ist klug und nett. Seine Zeitung beauftragte ihn, die »strategischen Möglichkeiten Formosas festzustellen«. Ein hübsches Ansinnen an jemanden, der sich in der Wildnis Mittelkoreas befindet. Nicholas und ich arbeiten immer zusammen, wenn wir an der gleichen Front sind. Ich weiß nicht, ob er etwas von Dir ahnt. Vielleicht. Ich hätte gern mit ihm von Dir gesprochen, wie ich es mit allen meinen Freunden gern tun möchte, aber es ist jetzt noch nie dazu gekommen — hauptsächlich wohl deswegen, weil er so ganz europäisch denkt und für ihn östlich des Mittelmeeres nicht mehr viel Interessantes oder Anziehendes liegt.

Schätzungsweise sind etwa zweihundert amerikanische Berichterstatter auf diesem Kriegsschauplatz. Die meisten gehen nur auf Geschichten von irgendwelchen Heldentaten aus, die wenigsten bleiben länger hier. Ich bin sehr stolz auf unsere kleine britische Gruppe, Engländer und Australier.

Bitte, reg Dich nicht auf und mach Dir keine Sorgen, wenn ich Dir schreibe, daß ab und an auch einige Kriegsberichter fallen. Zwei sind an der Westküste umgekommen, vier bei einem Flugzeugunglück, einer bei Taejon, und einer ist vermißt.

29. Juli

In den vergangenen fünf Tagen war ich bei der Ersten Kavalleriedivision, wo sich die schwersten Kämpfe abspielten. Nachts ein wunderbarer Mond. Jede Nacht ein klein wenig größer, ein klein wenig weiter links aufgehend, brauchte er ein klein wenig länger, um die Bäume rechts zu erreichen. Zweimal, wie bei einem Ritual, las ich bei seinem Licht Deinen Brief. Letzte Nacht hatte ich, gottlob, nicht nur ein Feldbett, sondern konnte es auch so aufstellen, daß ich durch das offene Fenster unseren Freund, den Mond, sah. Ich konnte nicht genau feststellen, ob er schon voll war oder noch nicht.

Ich weiß nicht, wie ich meine seelische Verfassung beschreiben soll. Ich habe ein starkes Bedürfnis danach, allein zu sein, besonders jetzt, weil ich nicht recht weiß, warum wir überhaupt hier sind und warum wir die armen Koreaner all diesen Scheußlichkeiten aussetzen müssen. Ich möchte manchmal sagen: Mais que diable allait-il faire dans cette galère? Das Wissen um Dich und Dein Vorhandensein gibt mir ein seltsames Gefühl von Selbstsicherheit, ja fast von Unverwundbarkeit. »Wer einmal glücklich war«, oder in meinem Fall, wer einmal geliebt hat und das Innere des Rosengartens kennt, »ist von der Zerstörung nicht mehr zu erreichen.« Aber es macht mich nicht unverwundbar gegen all das, was man gemeinhin die Greuel eines Krieges nennt. Ich könnte Dir manches über die Angst erzählen — wie ansteckend, aber auch wie relativ sie ist, wie sicher man sich an einem Ort fühlt, der unter Granatfeuer liegt, nachdem man vorher im Gewehrfeuer war, und wie sicher man sich wiederum auf einem Weg fühlt, über den nur ein paar verirrte Schüsse pfeifen, nachdem man vorher im Granathagel lag. Und über die unerhörte Erleichterung, wenn alles vorüber ist.

Ich bin trotz der Bemühungen, meine Empfindungen etwas abzustumpfen, doch sehr verwundbar gegenüber den Leiden dieser armen, zwischen zwei Heeren eingeschlossenen Koreaner. Die Amerikaner sehen in der Nähe der Front in jedem Zivilisten einen Feind und schießen munter drauf los. Neulich kam ich mit einem Munitionstransport zurück, der Fahrer erblickte plötzlich zwei alte Männer mit schweren Packen auf dem Rücken, die in etwa vierhundert Schritt Entfernung durch ein Reisfeld stapften. Er hielt, und er und ein junger G. I. im Fond des Wagens, ebenfalls kaum älter als zwanzig, rannten mit ihren Gewehren hinter ihnen her. Es dauerte einen Augenblick, bis mir klar wurde, was sie vorhatten, und ich ihnen nachschrie: »Nicht schießen — es sind alte Männer.« Selbst auf diese Entfernung war zu erkennen, daß es alte Männer waren. Einer von ihnen hatte den merkwürdigen schwarzen Zylinder auf, den nur die alten Koreaner tragen. Sie erschossen sie auch nicht, sondern ließen sie nur ihre Säcke öffnen, in denen Reis war. Andere schießfreudige Burschen hätten sie zweifellos umgelegt. Ich war sehr erleichtert, obgleich mir der Fahrer nachher zu verstehen gab, daß er mich für einen englischen Schlappschwanz hielt. Ich mußte an die kleine Geschichte im »Foxhunting Man« denken, wo George Sherston ausruft: »Jagt ihn doch nicht, er versucht ja, zu entkommen« und dadurch seinem Freunde Dennis gegenüber das »Gesicht« verliert.

30. Juli

Ich frage mich, ob das Eingreifen der Amerikaner nicht am Ende gerade die Basis für ein vereinigtes Korea bilden wird. Die Amerikaner machen sich nicht viele Freunde hier in Korea. Einen Teil des gestrigen Tages reiste ich in einem amerikanischen Truppentransportzug. Ehe der Zug abfuhr, verkündete ein Major in unserem Wagen:

»Leute, dieser Zug ist nur für amerikanische Truppen bestimmt. Wenn irgendwelche ›Gooks‹ – so nennen sie die Koreaner – aufzuspringen versuchen, schmeißt sie herunter.«

Tag für Tag verwüsten die Amerikaner mit ihren Bomben Städte und Dörfer und töten fünfzig Zivilisten für einen einzigen Soldaten. In den Dorfkomitees, die die Kommunisten jetzt bilden, wird es nicht an Klägern fehlen, die schwere Schäden zu melden haben und sich gegen diese Befreier empören, gegen diese Bundesgenossen, die ihnen mehr Schaden, Zerstörung und Leid verursachen als ihre erklärten Feinde.

Glaubst Du, daß es im heutigen China noch Liebespaare gibt, die bei all der Gleichmacherei mittun, obgleich sie die Verrücktheit und die Absurdität all dieser Lügen durchschauen? Die ihre eigene innerste Integrität wenigstens füreinander bewahren, die miteinander nachts im Bett leise sprechen, leise lachen und lange Spaziergänge machen? Oder werden auch sie in den allgemeinen Strudel hineingerissen? Entdecken auch sie eines Tages, daß sie nur den »großen Bruder« lieben?

Ich frage mich ständig, ob wir uns je wiedersehen werden. Ich bin gezwungen, hierzubleiben und dies hier durchzustehen. Merkwürdigerweise mache ich mir keine Sorgen um unsere Zukunft. Obgleich ich über so vieles unglücklich bin, bin ich doch deinetwegen nie beunruhigt. Das genaue Gegenteil ist der Fall. Wenn Gott es wirklich will, daß wir in Zukunft zusammen sind, so wird es auch geschehen. Wenn nicht . . .

Du schreibst in Deinem Brief, daß Du Dich im Zustand der »Ergebung« befindest. Ich hoffe, daß dies ein Zustand ist, in dem Du fortfährst, schöne und positive Dinge zu entdecken, in dem nichts vergeblich ist, in dem Du weiterhin lernen, wachsen und reifen kannst.

Denn es ist so, wie Du einmal gesagt hast: Lieben heißt Wachsen.

31. Juli

Ich habe Nicholas gesagt, daß ich es sehr schwierig fände, diesen Konflikt von der moralischen Seite her zu sehen: Recht und Prinzip auf seiten der Vereinten Nationen und nackte Aggression von seiten der Nordkoreaner mit sowjetischer Rückendeckung. Natürlich war es eine Aggression, sogar eine ganz offensichtliche – ich finde es trotzdem schwierig, den Konflikt nicht einfach so sehen zu dürfen: Rußland und seine Satelliten gegen Amerika und die Seinigen. Ich habe das Wort »Feind« selten auf die Nordkoreaner angewandt, obgleich es mir manchmal unterläuft. Nicholas zwinkerte auf seine lustige Art mit den Augen und sagte dann mit seiner hellen Stimme, etwas stotternd: »Mark, nimm es mir nicht übel, aber ich finde, du hast etwas verschwommene Ansichten!« Er ging dann dazu über, mir eine konventionelle und orthodoxe Anschauung zu entwickeln.

Wie denkst Du über all das? Ich halte es für sehr problematisch, über Beziehungen zwischen Ländern einfach mit Recht und Unrecht, Gut und Böse zu urteilen. Wenn man solchen Beziehungen moralische Wertungen unterlegt, sind sie doch nur eine Ansicht, eine Funktion der Macht.

Fusan, 1. August

Warum habe ich in den letzten Tagen so viel an Dich denken müssen? Die koreanischen Frauen sind keineswegs schön, aber manchmal erinnern mich eine Nase, ein paar Sommersprossen, ein Haaransatz an Dich. Ich bin mit Charles, einem jungen, etwas zynischen Franzosen, hier zum Hafen von Fusan heruntergefahren. Charles sagte: »Ich mag den Kommunismus nicht, aber ich muß sagen, daß ich eine ganze Menge Dinge, die im Namen des Anti-Kommunismus geschehen, genausowenig mag.« Er hat mir erzählt, daß er vor kurzem mit David von Taejon nach Taegu im Zug gereist ist. Der arme David war so von Mitleid mit den Flüchtlingen erfüllt, daß er die Wagentür seines für amerikanisches Militär und Kriegsberichter reservierten Abteils aufriß und sie alle einsteigen ließ. Er hat sein ganzes einheimisches Geld ausgegeben, um ihnen Äpfel und Melonen und Reis zu kaufen, hat alle seine Zigaretten unter sie verteilt und während der ganzen Fahrt ein kleines Kind auf seinem Schoß gehalten.

3. August

Die Zikaden schrillen, ihr Gesang steigt langsam an und schwillt dann ab bis zu fast völliger Stille. Auch im Dschungel gibt es diese Klangfolge.

Das Herz ist mir schwer. Ein rein berufliches Mißbehagen. Vielleicht wäre es an der Zeit, daß ich zur Abwechslung für ein paar Tage nach Tokio fahre, um einmal etwas anderes zu sehen.

Glaubst Du, daß wir je wieder zusammensein werden? Manchmal sind wir miteinander aufgewacht und haben die Dämmerung heraufkommen sehen, aber wir haben uns nie auf einen ganzen gemeinsamen Tag freuen können, geschweige denn auf eine ganze Woche oder unsere ganze Zukunft. Und doch hatten wir Glück. Wer weiß — vielleicht meint Gott es noch einmal gut mit uns.

Wir hatten eben wieder eine Pressekonferenz. Ich hasse die Routine und die Überheblichkeit, mit der der informierende Offizier seinen Erfolgsbericht von einem Luftangriff abgibt. Er spricht mit offensichtlichem Stolz und trägt ein eigenartig lässiges Vergnügen zur Schau, wenn er besonders blutige Episoden beschreibt:

»Zweifellos ein Rekordtag ... die schwersten Schläge fielen hier in unserem Gebiet ... Viele kleine Städte dieses Abschnitts sind vollständig zerstört ... Einige Nordkoreaner flüchteten sich in diesen Tunnel hier ... Unsere Jungens haben phantastisch gekämpft, hatten Napalmbomben geworfen, eine vor den Tunneleingang ... am anderen Ende kam Rauch heraus. Dann warfen sie eine vor den Tunnelausgang ...«

Ungeheuerlich. Ungeheuerlich!

Und auf dieser Welt, Suyin, behaupten sie, daß wir verrückt sind, weil wir uns lieben und träumen und nicht hassen können.

Ein Flieger berichtet: »Tote Nordkoreaner liegen wie Konfetti über die ganze Gegend verstreut. Lastwagen und alle Fahrzeuge fahren über sie hinweg. Das ganze Gebiet ist übersät mit Leichen. Zuerst wußten wir nicht, was das für weiße Punkte waren. Ich ging in den Tiefflug. Ich sah die toten Nordkoreaner. Sie waren alle in Weiß.«

Wieso wußte er, daß es ausgerechnet Nordkoreaner waren? Nur Zivilisten tragen Weiß in Korea. Es klingt eher so, als seien es Flüchtlinge auf den Straßen gewesen.

Dummheit, Grausamkeit, Haß, Leid – wie stellt sich ein Mensch »höherer Ordnung« dazu ein, Suyin? Es ist sinnlos, wegzulaufen. Es ist sinnlos, abzustumpfen wie so viele. Ich nehme an, es ist ein Teil dessen, was wir ungerührt als Ganzes sehen müssen, den Wahnsinn und die Beschränktheit der menschlichen Rasse, um zugleich und ständig dagegen zu wehren. Du hast viel mit menschlichem Leid zu tun, aber Du kannst etwas dagegen unternehmen. Ich stehe nur da und muß zusehen.

4. August

Bitte, ängstige Dich nicht um mich. Ich bin nicht unglücklich. Ich bin sogar manchmal glücklich. Der menschliche Organismus ist erstaunlich anpassungsfähig. Außerdem gibt es ja immer noch Dich, die wesentliche und reichste Quelle meines Glücks. Dann sind da die Freunde, die mir unter den gegenwärtigen Umständen sehr viel bedeuten. Dann gibt es den Mond und den Himmelsfluß; und die Befriedigung gut getaner Arbeit und Bücher und Gedichte. Sonnenaufgänge und -untergänge, Essen, Trinken, Rauchen, Sichwaschen – alles Dinge, die ein bewußtes Vergnügen bereiten – und gelegentlich aufblitzende Schönheit in einem menschlichen Antlitz. Ach, Liebling, wenn ich diese Aufzählung fortsetze, käme ich zu der Überzeugung, daß Korea ein wahres Paradies sinnlicher Freuden ist.

6. August

Warum ich Dir jeden Tag geschrieben habe? Weil ich spüre, daß der Tag kommen kann, an dem ich nicht einmal mehr an Dich werde schreiben können. Gestern stieß ich auf eine ältere Ausgabe von »Stars and Stripes« und kam mir vor wie im Irrenhaus. Wahnsinn, Wahnsinn, die Welt stürzt sich in den Abgrund ihrer Verblendung.

Gestern ist noch ein Freund hier angekommen. Er liest Thukydides' »Geschichte des Peloponnesischen Krieges«. Ganz zusammenhanglos sagte er plötzlich zu mir: »Dies ist das Ende unserer Welt, fürchte ich, Mark.«

Und es ist auch Deine Welt, Suyin, obgleich Du zu vielen Welten den Schlüssel besitzt, während ich mich auf eine einzige beschränken muß. Was mich vor allem traurig macht, ist nicht die Furcht, daß irgendein gräßlicher Vorhang niederfallen und uns trennen könnte – sondern weil ich möchte, daß Du die Bücher schreibst, die in Dir stekken und die – das weiß ich – nur in dieser meiner Welt geschrieben werden können.

Aber wir wollen nicht lange darüber nachdenken, denn dies ist einer der Gedanken, die mit dem Besitzenwollen zusammenhängen, was, wie wir ja beide fanden, die Wurzel manchen Übels ist. Du besitzt mein wesentliches Ich, und das Unwesentliche möchte ich Dir auch noch schenken. Wenn wir es von Gott nicht allzu stürmisch erbitten, schon gar nicht verlangen oder gar für unser gutes Recht halten, wird er, der so gut zu uns gewesen ist, es vielleicht auch noch weiterhin sein.

Es ist seltsam, dieses Leben in der Schwebe, von dem Du als deinem gegenwärtigen Zustand sprichst, die Nichtigkeit von Vergangenheit und Zukunft, und die schmale Balance der Gegenwart. Worauf wartest Du? Was wird geschehen? Weißt Du es?

8. August

Dreierlei Anblicke bringen mich im Krieg immer wieder um meine Fassung: Gefangene, Flüchtlinge und Verwundete. Und alle drei aus demselben Grunde: um der Unwürdigkeit ihrer Situation willen.

Heute überholten wir einen Lastwagen mit zehn nordkoreanischen Gefangenen, jungen Männern, mit Nummernschildern um den Hals, mit rasierten Köpfen, deren Hände mit Strohseilen an den Seiten des Wagens festgebunden waren.

Ist der grundlegende Unterschied zwischen den Kommunisten und den Nichtkommunisten einfach der, daß bei den einen die Menschen Individuen sein dürfen und bei den anderen nur Organismen mit Nummernschildern um den Hals?

Aber vielleicht ist diese überfüllte, hungrige Welt ein so komplizierter Ort geworden und die Organisation seines Wirtschaftslebens so schwierig, daß in beiden Welten Schilder unerläßlich geworden sind. Ich weiß es nicht. Du vielleicht?

9. August

Prasad, der auf seiner Rückreise von Tokio gerade bei mir hereinschaute, berichtet, daß dort jeder über den Krieg in Korea sehr optimistisch denkt.

Die Zerstörungen und Leiden haben in Korea ein solches Maß erreicht, daß sie für die gewöhnlichen Koreaner, aber auch für Gebildete, wie Ärzte und Lehrer, den ideologischen Anlaß längst überwuchern. Amerikanische Luftstreitkräfte vernichten systematisch jede größere Stadt in Korea. In Taejon und Kimchon steht kein Gebäude mehr. Bald wird Taegu auch soweit sein. Es sind einige schreckliche Dinge vorgekommen, als noch unerfahrene Flieger die Flüchtlinge mit Bomben bewarfen. Der Reis reift auf den Feldern. Bald ist Erntezeit. Wer wird die Arbeit tun? Die koreanische Intelligenz sieht in alledem nur den Kampf zweier Weltmächte um die Vorherrschaft. Es war Koreas Unglück, daß es zum Versuchsfeld geworden ist, und sein Verhängnis, daß sein Volk dafür zu bezahlen hat. Es herrscht Entsetzen beim bloßen Gedanken an die Rache, die die Nordkoreaner an den Südkoreanern nehmen werden. Man ist ebenso entsetzt bei dem Gedanken an die noch blutigere Rache, die die Südkoreaner gegen den Norden üben werden.

Wenn ich demnächst den südkoreanischen Außenminister interviewe, wird er mir eine hochtrabende Rede halten. Persönlich ist er verbittert – um so mehr, als seine Regierung von den Amerikanern abhängig ist. Es ist immer verdrießlich, Geld und Hilfe von Fremden annehmen zu müssen.

Nach meiner Meinung gäbe es eine Lösung: wenn dieser Konflikt sich zu einem nationalen Kampf ausweitete und sich das ganze koreanische Volk auf der Basis eines Widerstandes gegen alle Einmischung vereinigte. Möglicherweise geschieht das auch noch.

10. August

Gute Freunde wiedersehen, ein Whisky und ein ruhiges Gespräch im Dunkeln, kein Mond, aber viele Sterne und der Himmelsfluß, so hell dahinfließend – und dann der Schlaf, der Schlaf unter meiner Glücksdecke! Bequemlichkeit ist etwas sehr Relatives. Freuden und Genüsse warten darauf, aus der Luft gegriffen zu werden.

Aber jetzt muß ich endlich etwas für meine Zeitung schreiben, die Tür zu der einen Welt schließen und die zu einer anderen aufstoßen. Wer weiß, welches die wirkliche ist? Ich glaube, sie sind beide im gleichen Maß illusorisch.

Findest Du nicht, Suyin, daß wir alle beide dazu neigen, mitten im Sonnenlicht mondsüchtig zu werden?

12. August

Eins der schönsten Worte, die Du mir je gesagt hast: Daß Du in Deinem Herzen immer auf mich warten wirst. Derselbe Gedanke ist mir hier schon oft gekommen. Was ist das — Liebe? Weißt Du es? Du hast mir einige Antworten gegeben, aber auch viele Fragen offen gelassen.

Gestern abend im Bett habe ich versucht, das Gedicht von Francis Thompson »Oh, unfaßbare Welt« zusammenzubringen. Das meiste ist mir wieder eingefallen. Hier ein paar Zeilen für Dich:

Die Engel stehn an immer gleicher Stelle
ganz nah — Ihr braucht nur einen Stein zu drehn.
Doch Ihr, Ihr fremdgewordenen Gesichter
versteht der Erde Herrlichkeit nicht mehr zu sehn.

Kein Wunder, daß ich so ruhig scheine, wenn ich in meinem Innern diese Liebe zu Dir trage, diesen ewig rinnenden Quell von Glück, der mein ganzes Leben durchströmt und fruchtbar macht. Gott ist gut zu uns gewesen. Jemand hat einmal zu mir gesagt, es sei ein Unglück, nicht geliebt zu werden. Das wirkliche Unglück ist, nicht lieben zu können.

Oh, Suyin, ich bin so glücklich! Wir beide, Du und ich — wir haben sie erlebt — alle Herrlichkeit auf Erden!

August

Den ganzen Juli über und in den ersten zwölf Tagen des August lebte ich ein Leben in der Schwebe, erfüllt von einer undeutlichen Angst, und wartete — ich weiß nicht, worauf. Es kam nur ein Telegramm von Mark: »Bitte lies Letzten Puritaner Santayanas wundervolles Buch stop nimmt Mond bei euch in Hongkong auch zu stop Mark.«

Ich kann mich aus diesem freudlosen, überhitzten, von Wolken verquollenen Juli an nichts mehr erinnern außer an Peter Dixons Besuch. Peter Dixon und seine Frau Kay, eine siamesische Freundin von mir, hatten seinerzeit Mei und mich in ihr Haus in Bangkok eingeladen, als wir von England nach Hongkong zurückreisten. Peter Dixon war es gewesen, der vor einem halben Jahr zu Mark gesagt hatte: »Wenn Sie nach Hongkong kommen, rufen Sie Frau Dr. Han an. Sie ist Chinesin, Ärztin und sehr intelligent.«

Peter kam in die Conduit Road zum Tee.

»Himmel, Suyin, Sie sehen fabelhaft aus. Kay würde staunen. Sie haben sich kolossal verändert. Sie sind direkt schön geworden.«

»Alles wegen Mark.«

»Ich weiß«, sagte Peter. »Mark hat's mir erzählt, als er im Februar in Bangkok war. Ich war sehr überrascht, wissen Sie. Sie waren beide so — förmlich, sogar gehemmt.«

»Ja, es war alles wegen Mark«, sagte ich.

»Ich weiß«, wiederholte Peter. »Ich wußte nicht, was es bedeutete, bis ich ihn wiedersah. Er ist auch völlig verändert. Und Sie erst! Du meine Güte —« seufzte er plötzlich wehmütig, »ich wollte, ich könnte auch noch so empfinden. Wir haben uns ja auch gern, Kay und ich, aber schließlich, in unserem Alter . . .«

»Alles wegen Mark«, versuchte ich zu erklären. Peter ist ein Jahr jünger als Mark und drei Jahre älter als ich.

»Hören Sie auf mit Ihrem ›Alles wegen Mark‹«, erwiderte Peter etwas verärgert. »Wahrscheinlich ist euch vorher noch nie so etwas passiert.«

»Nein, niemals«, sagte ich. »Es ist alles nur wegen Mark.«

Dann sprach Peter »sachlich«. Er sprach davon, daß es ganz unmöglich für mich sei, jahrelang auf Mark zu warten. Er gab mir gute Ratschläge. Ich nickte und hörte aufmerksam zu und lächelte und sagte: »Vielen, vielen Dank, Peter. Ich werde es mir überlegen.«

An diesem Sonntagmorgen kam ich in schlechter Laune zum Frühstück herunter. Ich war nervös. Mei aß bereits, und Fiona hatte gerade die Hunde gefüttert — sie kam herein und setzte sich zu uns, um das Haar ein buntes Tuch gebunden: »Puh, diese Hitze! Tattybogle will nicht fressen. Sind die Zeitungen schon da?«

Wir lasen jeden Tag die Kriegsberichte in den Zeitungen, und James hörte um ein Uhr die Nachrichten.

»Fiona«, sagte ich, »ich bin heute so unruhig. Es sind so viele Korrespondenten gefallen oder werden vermißt.«

»Ach, Suyin, es sind nach den Zeitungsberichten zweihundertsiebzig Korrespondenten in Korea. Diese Zahl verspricht immerhin eine gewisse Sicherheit.«

Ah Sun brachte den zusammengerollten »Sunday Herald« herein, und ich fing an, meinen Toast zu streichen. Fiona rollte die Zeitung auf, und kaum hatte sie aufgehört, damit zu rascheln, als sie auch schon leicht aufschrie:

»Suyin . . .«

»Was ist denn?« Ich sah auf. Sie hatte einen erschreckend starren Ausdruck im Gesicht. Ihr Mund stand offen.

»Was ist«, rief ich, »etwas mit Mark?«

»Ja. Bitte nicht, Suyin,« und sie bedeckte die Zeitung mit ihren Händen.

»Tot oder gefangen?« fragte ich.

»Tot. Oh, Suyin, Suyin . . .«, und ihre Stimme brach.

»Es ist nicht wahr«, sagte ich ärgerlich. »Das ist ja lächerlich. Geben Sie die Zeitung her!«

In großen Buchstaben stand es da, quer über das Titelblatt.

»Fiona, das ist doch nicht wahr. Es ist eine Lüge, Fiona, eine Lüge!«

»Es ist wahr, Suyin«, flüsterte Fiona.

Mei hatte aufgehört zu essen und sah mich an.

Ich sagte: »Mark ist tot, Liebling.«

Und dann ging ich aus dem Eßzimmer. Mir schien, als ob ich großen Lärm dabei machte. Ich öffnete eine Tür sehr laut, und dann war ich im Salon und blickte mich um. Da stand der gestreifte, leere Sessel. Ich setzte mich in »meinen« Sessel und starrte den anderen an, starrte und starrte. Wenn ich nur lange genug hinstarrte, konnte ich ihn gar nicht übersehen, einmal würde er bestimmt dasein.

Aber er kam nicht, und dann wußte ich auf einmal, daß es nun immer so sein würde, das leere Zimmer, der leere Sessel, und ich würde dasitzen und hinstarren, und er würde nicht wiederkommen.

Und das Leben ging weiter, leise, leise.

Und dann läutete es an der Tür, das Telefon klingelte, und alle kamen sie mit ihren Stimmen und ihren Tränen, viele von denen, die mit ihm gelacht, mit ihm gegessen und ihn liebgehabt hatten.

Und Pater Low las am nächsten Morgen für ihn die Messe. Nur Fiona und ich waren anwesend.

Und Mei schrieb in ihr Tagebuch: »Ich hatte einen Freund, der wollte meine Mutter heiraten, und meine Mutter wollte ihn auch heiraten. Aber es ging nicht, und nun ist er tot. Das ist schade.«

Und am nächsten Tage fingen Marks Briefe an einzutreffen – einer nach dem anderen. Immer noch einer. Achtzehn Briefe aus Korea.

Und das war alles.

VIERTER TEIL

SCHLUSS

DAS ENDE UND DER ANFANG

Jetzt – wie immer, wenn ein Mensch erst tot ist – sangen alle sein Loblied. Sie sprachen von seinem Mut, seiner Noblesse, wie er durch den Kugelregen gegangen sei wie zu einem Abendspaziergang, und sein Name wurde zu einem Symbol. Sie erinnerten sich, wie gelassen und gleichmäßig er stets gewesen war und wie seine Gegenwart alle Anwesenden beruhigte. Sie sprachen von seiner Sanftmut und seinem anständigen Charakter, seiner Toleranz und seinem Verständnis. Sie beklagten das Geschick, das seine großen Gaben hatte umkommen lassen — zu einer Zeit, da sie am notwendigsten gebraucht wurden.

Seine Freunde kehrten aus den Kampfhandlungen zurück und berichteten viel Schönes über ihn. Unter ihnen befand sich auch David, und David war sehr darauf aus, daß ich nicht ein bereits fast heiliges, jedenfalls für ihn schon etwas übermenschliches Bildnis trübte. Er wollte ein Buch über Mark schreiben. Es würde ein gutes Buch werden. Auch ich sollte es dann eines Tages lesen und darin entdecken, was Mark in diesem und jenem Jahr getan und wohin ihn seine Füße getragen und mit welchen Freunden er damals fröhlich zusammen gewesen. Denn schließlich hatte ich ja doch Mark nur ein Jahr, einen Monat und einige Tage gekannt.

David hielt es für das Beste, wenn ich in aller Stille meine Sachen zusammenpackte und Hongkong verließ, um mich wieder in China in meine ärztliche Tätigkeit zu vergraben und Mark zu vergessen.

Und plötzlich wurde mir klar, daß in Davids Augen all diese Herrlichkeit, die Mark und mir gehörte, etwas Peinliches war. David hatte Mark nie verstanden. Er würde dennoch ein gutes Buch über ihn schreiben. Darin würde Mark das immerhin noch kenntliche Vorbild für lauterstes Übermenschentum sein.

Es wurde mir deutlich, daß die Menschen dem, was sie sehen, hören und fühlen, das Klima ihrer eigenen Seelen und ihre eigenen Widersprüche hinzufügen. So fände in meinem Buch vielleicht ein Moralist genügend Stoff zu berechtigter Entrüstung, ein Politiker würde einige Stellen daraus politisch verurteilen, und die mit einer schmutzigen Phantasie Begabten, die Aufgeblasenen und Würdevollen hätten ein gefundenes Fressen, um ihren verletzten Gefühlen – denen für Anstand, für Intimität und für Verschwiegenheit – Ausdruck zu geben. Ich war David dankbar dafür, daß er mir das alles deutlich machte. Aber ich schrieb weiter an meinem Buch, denn ich konnte nicht mehr aufhören.

So blieb ich denn hier in Hongkong, auf dem meerumspülten Felsen, denn es war der einzige Ort, an dem ich dieses Buch schreiben konnte. In China ging es nicht, und ich konnte nirgendwo sonst hinfahren. Ich blieb und nahm eine neue Stellung an. Tagsüber arbeitete ich, und nachts schrieb ich.

Und nachts werde ich wieder heimgesucht von seiner sanften Gegenwart, und er führt mich bei der Hand in eine bergende Dunkelheit, indessen die Sterne vor Freude am Himmel blitzen. Die Fischerflotte schwingt sich fröhlich auf das Meer hinaus, und unser Freund, der Mond, geht schlafen. Ich aber sitze und träume.

Ich denke darüber nach, wie seltsam es ist, daß mein Liebster ein Fremder war, dem ich zufällig und heiter begegnet bin, ein Wanderer unter vielen Wanderern. Und darüber, wie diese Liebe, leicht wie eine Vogelschwinge und schrecklich wie der Tag des Jüngsten Gerichts, mich aus meiner gefrorenen Starre wieder zum Leben erwecken konnte, zu einem Leben, aus dem es kein Zurück mehr gibt.

Es wird nun immer Mark geben, das leise Lachen, das die donnernden Lautsprecher übertönt, das helle Vogellied im wilden Lärm der Massen. Mark und seine Gelassenheit, seine Hände, die mich halten und mich vor so vielem bewahren:

Vor der Intoleranz und den alleinseligmachenden Glaubensdogmen, vor dem Haß, dem Zynismus und der Bitterkeit, vor den Neigungen und Meinungen der Masse, wo immer sie auftauchen, vor allem, was der menschlichen Seele feind ist.

Und was ist stärker als die Gelassenheit?

Und um dessentwillen, was uns geschah, ist Mark als glücklicher Mensch gestorben.

Wie sagte doch François: »Glücklicher, glücklicher Mark – wie ich ihn beneide! Er starb, wie wir alle sterben möchten, in dem Gefühl seiner Jugend und Unverletzbarkeit, in dem Gefühl, daß das Leben wert war, gelebt zu werden, umhüllt von einer wunderbaren Liebe. So möchte ich auch sterben. Il a toujours eu de la chance, Mark!«

Es hat mich sehr gefreut, obgleich François es vielleicht nur gesagt hat, um mich zu trösten. Denn einen Augenblick zuvor hatte Adeline Palmer-Jones, blaßblau, mit vielen silbernen Münzen, in aller Öffentlichkeit den Arm um mich gelegt, um mich, die Widerstrebende, an ihren wohlgepolsterten Körper zu ziehen und von dem »schrecklichen, ganz schrecklichen Unglück« zu sprechen.

Die gute Adeline – sie meinte es gut. Aber sie hatte viel weniger Verständnis als beispielsweise Lily Wu.

Ich traf Lily zufällig einmal allein, als ich die Praya entlangging. Sie blickte mir in die Augen und ergriff meine Hand. »Es ist also wahr, was ich in den Zeitungen las? Er ist tot. Sie dürfen nicht weinen. Sie müssen lachen, wie Sie gelacht haben, als Sie noch zusammen lebten. Sie müssen jetzt immer glücklich sein, um ihm eine Freude zu machen. Er würde Sie nicht gern weinen sehen.«

So sitze ich denn und träume, zufrieden, weil ich zufrieden sein soll und muß. Und damit tue ich das, was ich versprochen habe – auf ihn zu warten.

Denn nun weiß ich, genau wie Mark, nicht mehr, was Traum und was Wirklichkeit ist. Wenn es ein Traum ist, dann ist er ein köstlicher Schild gegen die Dunkelheit und gegen das Alleinsein, und selbst der Atem des Himmels kann ihn nicht wegblasen.

Es war ein köstlicher Traum, den ich da geträumt habe, von Leben, Liebe und Tod, von Lachen und Weinen, Gut und Böse und all dem, was unter dem Himmel gleich ist, unter einem Himmel, der alles ausgleicht. Ein köstlicher Traum von aller Herrlichkeit auf Erden.

John
Galsworthy

Die Forsyte Saga

Alle Romane
ungekürzt
in sechs
Ullstein Büchern

ein Ullstein Buch

Die Forsyte Saga 1
Der reiche Mann
Ullstein Buch 2969

Die Forsyte Saga 2
In Fesseln
Ullstein Buch 2970

Die Forsyte Saga 3
Zu vermieten
Ullstein Buch 2971

Die Forsyte Saga 4
Der weiße Affe
Ullstein Buch 2972

Die Forsyte Saga 5
Der silberne Löffel
Ullstein Buch 2973

Die Forsyte Saga 6
Schwanengesang
Ullstein Buch 2974

Pearl S. Buck

Die Frauen des Hauses K

Ullstein Buch 2987

ein Ullstein Buch

Sie leben, sie lieben, sie leiden. Sie sind grundverschieden, aber eines verbindet sie: ihr Name. Ob sie mit ihm geboren wurden oder ihn durch Heirat erwarben – die Frauen des Hauses Kennedy nahmen und nehmen im Leben, in der Gesellschaft, in der Geschichte einen besonderen Platz ein. Amerikas First Lady der Literatur legt hier ein zutiefst mitfühlendes und doch kritisches Porträt der Frauen einer großen und mächtigen Familie vor.

Trudy Baker/
Rachel Jones

Kaffee, Tee oder mich?

Ullstein Buch 2874

ein Ullstein Buch

»Wie im Fluge vergeht dem Leser die Zeit bei dieser köstlichen inside-story, die das Stewardessen-Leben mit Offenheit und unbekümmerter Selbstironie schildert.
Trudy Baker und Rachel Jones erkennen schon bei ihrem Jungfernflug, daß vor allem männliche Passagiere von hübschen Stewardessen einiges mehr erwarten als nur freundliches Lächeln ...

M. B. Kennicott

Das Herz ist wach

Briefe einer Liebe

Ullstein Buch 2766

ein Ullstein Buch

Diese »Briefe einer Liebe« schildern den Weg, der zwei Menschen von der ersten flüchtigen Begegnung bis zur tiefsten inneren Verknüpfung zueinanderführt. »Ein vollendetes Kunstwerk, das in seiner Reinheit und edlen Gelassenheit eine Bereicherung unseres Lebens darstellt. Keine hohle Stelle findet sich in diesem Buch; es ist von einer ungewöhnlichen Dichte der Sprache und von einer Eleganz der Formulierungen, wie sie in den letzten Jahrzehnten unserer mechanisierten Zeit selten geworden sind.«
Die Tat, Zürich

Christine Brückner

Wie Sommer und Winter

Ullstein Buch 3010

ein Ullstein Buch

Sommer auf Elba – Katharina verliebt sich in Michele. Winter in Kassel – eines Tages steht Michele vor der Tür. Abgründe tun sich zwischen den beiden auf. Was so heiter und unbekümmert begann, erweist sich als fast ausweglos.

Françoise Sagan

Ein bißchen Sonne im kalten Wasser

Ullstein Buch 3035

ein Ullstein Buch

Für diesen Roman hat die Sagan auf das klassische französische Romanschema des 19. Jahrhunderts zurückgegriffen. Wie die Heldinnen Flauberts, Stendhals und Balzacs wirft Nathalie, die Zentralfigur dieses Romans, ihre bürgerlichen Fesseln ab, um dem geliebten Mann zu folgen.

»Die Sagan hat sich dazu entschlossen, eine feurige Leidenschaft, eine echte Liebe in die Welt kühler Gefühle einzuführen. Ihr neuer Roman ist brillant geschrieben und entwickelt sich in einem immer schneller werdenden Tempo.«
Le Nouvel Observateur